凡人小事三部曲之特殊时段

一叟 著

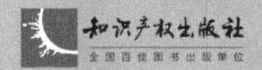

知识产权出版社
全国百佳图书出版单位

图书在版编目（CIP）数据

凡人小事三部曲之特殊时段/一叟著. —北京：知识产权出版社，2018.8
ISBN 978-7-5130-5790-5

Ⅰ.①凡… Ⅱ.①一… Ⅲ.①自传体小说—中国—当代 Ⅳ.①I247.5

中国版本图书馆CIP数据核字（2018）第191790号

内容提要

本篇讲述了"文化大革命"初期北京一所重点中学里一名普通中学生的真实经历。

责任编辑：国晓健　　　　　　　　责任校对：王　岩
封面设计：臧　磊　　　　　　　　责任印制：孙婷婷
插　　图：刘淑兰

凡人小事三部曲之特殊时段
一叟　著

出版发行：	知识产权出版社 有限责任公司	网　址：	http://www.ipph.cn
社　　址：	北京市海淀区气象路50号院	邮　编：	100081
责编电话：	010-82000860 转 8385	责编邮箱：	guoxiaojian@cnipr.com
发行电话：	010-82000860 转 8101/8102	发行传真：	010-82000893/82005070/82000270
印　　刷：	北京建宏印刷有限公司	经　销：	各大网上书店、新华书店及相关专业书店
开　　本：	880mm×1230mm　1/32	印　张：	9.75
版　　次：	2018年8月第1版	印　次：	2018年8月第1次印刷
字　　数：	243千字	定　价：	98.00元（共三册）
ISBN 978-7-5130-5790-5			

出版权专有　侵权必究
如有印装质量问题，本社负责调换。

谨以此文献给我高中的校长、老师、同学们

或许当年我们的看法不一致；
或许今天留在我们脑海里的印象不一样；
但我们毕竟共同度过了那个岁月……

目 录

1 写在前面留作今后　　/001
2 "六·八"事件谁知真相　　/009
3 我和刘平平合作与分手　　/026
4 身不由己心不在焉　　/047
5 非本所愿懊悔久久　　/057
6 两探校长情永难忘　　/070
7 主席挥手我心依旧　　/080
8 一次串联非为革命　　/089
9 二次串联纵览河山　　/130
10 "联动""联动"宣武没有　　/171
11 人家运动我们劳动　　/184
12 突发事件没得来由　　/193
13 泰山观日出见山不见日　　/209
14 夜宿长城上男女六人行　　/238
15 农村小学校三人同诧异　　/254
16 景山秘会无果而终　　/286
17 别了北京再见亲人　　/295

写在前面 留作今后

别样经历

写在前面留作今后

记忆仿佛总是有它自己的主意。有些事不管当时怎样想将它铭记在心，然而事过之后它却在你的脑海里消失得无影无踪。相反，有些事无论时光怎样流逝，它却像依然清晰地印在你的脑海里。

我是1963年秋考上北京师大一附中的高中部的。我之所以考北京师大一附中，主要有两个原因：一是我想上大学。北京师大一附中是北京有名的重点中学。我的好朋友鲁建和英凡对我说考上了北京师大一附中就等于考上了大学。二是我的这两个好朋友都决定考北京师大一附中，他们坚持要求我和他们一块考北京师大一附中。我不愿意和他们分开，也想和他们上同一所高中。可对于考北京师大一附中我还是有顾虑的。他们俩人都是北京市中学生银质奖章的获得者，当时金质奖章的获得者是保送上高中的。银质奖章的获得者都是考生中的佼佼者，而我连优良奖章都没有获得，所以对报考重点中学是没有把握。鲁建和英凡一直在撺掇我，他们俩不仅仅是撺掇，还制订了一个帮扶计划。当时我们三个人分别在三个班。英凡在甲班，鲁建在乙班，我在丙班。他们俩建议我们跨班组成一个复习备考小组。在课余时间一起复习功课。凡是不清楚的地方一定要搞清楚了才能够休息。我经不住他们俩的撺掇，决定冒一下险，和他们一块报考了北京师大一附中。

我很幸运，我竟考上了。鲁建和英凡自然也考上了。我们又可以在一起了。报到时我才知道我们学校考上北京师大一附中的有十几个人，再加上保送的同学一共有 21 人之多。这是从外校考入北京师大一附中人数最多的了。仅四班就有我们初中同学 11 人，除了鲁建、英凡之外还有铁鹰、小英、之中、杨星和颜卿、雪英、涤华、延平、燕玲。三班只有玉珍和我。二班有 4 人，是建国、力力、燕燕和英娥。一班也有 4 人，是海平、小平、荣莉和荒原。虽然我和鲁建、英凡不在一个班，但是我们三班和他们四班的教室相邻，我们可以说是低头不见抬头见了。

上了北京师大一附中我才对这所学校有了更多更真切的了解。

北京师大一附中成立于 1901 年 11 月 2 日（清光绪二十七年九月二十二日）。当时称为五城学堂，是中国最早的三所公办中学之一。清朝末年的"百日维新"时期，在"教育救国""西学中用"的反帝、反封建的思潮影响下，清光绪皇帝钦定于北京建立"五城学堂"。由孙家鼐奉旨核理，陈璧为首任总办，聘请林琴南、王少元为中西文总教习。仿照山东大学堂的章程制定了学制、课程和一系列学堂管理规则。

辛亥革命后的 1912 年（民国元年），奉临时政府教育部令，五城学堂改为"国立北京高等学校附属中学"，聘韩振华为首任附中主任（校长）。1922 年由著名教育家林砺儒（解放后任中央教育部副部长）来校任主任。1920 年程柏卢主任首次编定校歌，音乐老师冯亚雄谱曲。1939 年张少元主任将歌词加以修改。校歌全文为："附中，正正堂堂本校风/我们莫忘了诚、爱、勤、勇/你是个海，涵真理无穷/你是个神，愿人生大同/附中，太阳照着你笑容/我们努力读书和做工。"校训是"诚、爱、勤、勇"。我特别喜欢这个校训。

1937 年"七七"事变，部分师生随大学内迁，在西安玄风桥成立临时大学高中部。1938 年初奉命南迁，最后安营扎寨在城固东关关帝庙，挂上校牌"国立西北师范学院附属中学"，直到1945年。留在北平的师生继续承办北平师大附中。1945年日本投降。1946年城固师大附中部分师生返回北平师大附中。

1949年北平解放，老区华北育才学校与附中合并，又先后接管了"东方""九三""中华"三所私立中学。全校分四个部，学生达两千余人。1952年学校机构调整，二部脱离师大体系改为101中学；三部改为工农速成中学；一、四部合并继续称师大附中。至此一直到1963年秋我考入师大一附中时，它都保持着这个规模。

1950年7月26日，毛主席为附中校刊题词"北京师范大学附属中学校刊"，这在师大附中的历史上是一件大事。

后来北京师范大学为了自己的学生实习方便又在北京师范大学的东边建了一所新的附中。从此坐落在和平门外南新华街东侧的原师大附中改称北京师范大学第一附属中学，简称北京师大一附中。新建的坐落在北京师范大学东边的附中称北京师范大学第二附属中学，简称北京师大二附中。

北京师大一附中有着光荣的革命传统。中国共产党的早期领导者之一赵世炎就曾在1915—1919年就读于此。在"五四"运动、"三一八"和"一二·九"爱国学生运动中，北京师大一附中的学生都曾积极参加。特别是在"一二·九"运动时，参加中华民族解放先锋队的学生就是中学里人数最多的学校。一批爱国学生投笔从戎，从街头走向战场，为了民族的解放血洒疆场。

在培养出一批革命者的同时，北京师大一附中也培养出一批各方面的杰出人才。仅中科院院士就有三十余人是在北京师大一附中读的中学，其中有我国著名的科学家钱学森、张维、汪德昭、马大猷等人。至今还没有哪所中学像北京师大一附中一样出过这么多的中科院院士。能在这么多杰出人物的母校读书真有点使我受宠若惊，诚惶诚恐。

从上学的第一天起我就感到北京师大一附中确实有许多地方与其他学校不一样，使我感触最深的有两件事。

一是北京师大一附中的教师不称老师而称"先生"。这一点在一开始我很不习惯。我知道"先生"即是老师的意思，可那毕竟是旧时对教师的称谓。我们上高中时新中国成立已经十四年了，北京的学校绝大多数对教师都称老师，可北京师大一附中一直还沿用这个清朝时对教师的称谓。对那些年事已高，背已微驼，走起路来已有些蹒跚的老教师叫一声"先生"，尚能够接受。可对那些比我们大不了几岁，刚刚从学校毕业出来，头上还梳着两条小辫子，走起路来轻轻盈盈的女教师来说，怎么看她们也不像"先生"。因此我就在高一的新生中发起了一个改称谓的活动。我建议从我们这一届起不再称教师为"先生"而改称老师。我的建议得到了我们同一初中上来的二十多名同学的一致支持，也得到了一部分从其他学校考来的同学的支持，就是从北京师大一附中初中上来的同学中也有一部分支持我的建议。几乎没有人反对，只是有人怀疑能否把这个在我们学校里存在了几十年的称谓改过来。不过我自己是满有信心的，我开始把所有的教师都称老师。

北京师大一附中有个很好的风气，就是这一天中学生第一次见到教师时都要向教师问好，因此北京师大一附中的一天总是在"先生好"的问候中开始的。我们也是从这一刻开始称"老师好"。一开始我们说"老师好"时，所有的老师都会一愣，然后微笑着点点头。每当老师向我们点头示意时，我们都会感到老师已经认可了我们，学校也没有对我们的做法提出异议。然而使我没有想到的是，这一在其他学校早已成为正式称谓的"老师"，竟然在北京师大一附中一直到1966年"文化大革命"开始都没有被使用。没有任何人反对把教师称"老师",然而最终北京师大一附中的所有学生,包括我自己还是把教师称"先生"。一切均在不言中。以至于后来我上了大学还是把老师称"先生"。大学的同班同学中只有我一个人如此。我又费了很大的劲才改过来称教师为老师。然而即使在几十年以后我再见到北京师大一附中的教师时,我还是称他们为"先生"。在我与他人谈到北京师大一附中的教师时还是不自主地称他们为"先生"。而在我说及我在小学、初中和大学中的教师时,则称他们为老师。一切都是那么自然。

二是在我们开学第一天发书的时候,我发现俄语课本竟发的是高中俄语第三册。我很纳闷,心里想怎么我们才上高一就发高三的书呢?我看了看语文、数学等其他的课本都是高中第一册。我又看了看周围的同学,没有人吱声。过了一会儿我实在忍不住了,便举手示意我有问题。先生示意我可以提问,我站起来郑重地提出:"老师,俄语书发错了。我的书是高中第三册。"

我们班的班主任蔡式祜先生恰恰是俄语先生。他笑着说:"没发错,我们就是从第三册学起。"

我不解地问道:"不学第一册、第二册,怎么学第三册呀?"

蔡先生说:"没问题,我在讲第三册的时候会把第一册、第二册中必须掌握的内容一并讲解,你们只要认真听就行了。"

我又问:"那是不是我们高中三年就用这一本书?"

蔡先生又笑了,他说:"不,第三册仅仅是我们高一的课本。"

我不禁又问:"那我们高二高三学什么?"

蔡先生说:"要学的东西很多,你不要担心没得学。"

说完了他就示意我坐下,我只好坐下了。我哪里是担心没得学,我是担心在一年的时间里怎么能够学会本应该在三年中学会的东西呢。

后来蔡先生果然在高一就把高三的课本讲完了。从高二开始我们就以人民日报俄文版和一些俄文原版文章为课本了。其实，在北京师大一附中不只是俄语所有的功课都提前完成，各科先生都给学生增加了许多课外的内容。我记得三年的数学课我们只用了两年就学完了。在高三的时候已经开始完全在学习课外的知识了。语文我们增加了不少的古文，还增加了一些散文和杂文，甚至还增加了诗词欣赏与习作课。

我渐渐地明白了为什么北京师大一附中的升学率高，因为学生学的知识要比一般中学的学生多不少。

三年很快就过去了。到了1966年5月之前，我们毕业考试已经结束了。还有两个月就要高考了，报考理工科专业的同学和报考文科专业的同学已经开始分班复习了。学校的图书馆里已经挂满了高校的招生简章。我们开始和家长、老师及自己要好的同学商量报考什么专业了。我们正在做着高考的最后准备。高考考场的大门已经向我们打开，只要一步我们就能迈进去了。

就在这时，史无前例的"无产阶级文化大革命"爆发了。这是一场民族的灾难，它改变了国家的命运，也改变了我们每个人的命运。

2 「六·八」事件谁知真相

经历过"文化大革命"的人，似乎很少有谁还记得1966年6月1日这个日子，就是专门研究"文化大革命"史的人，也很少提及这个日子。可我觉得，1966年6月1日这一天是"文化大革命"的一个节点，因为这一天北京市的中学在全国率先全面停课了。也就是说，从这一天开始，北京市的中学生不再以学为主，而是以"运动"为主了。我国自从解放后运动就一直不断，但是还没有哪次运动是社会中的一部分人完全放弃主业而投入运动的。这次中学生的全面停课算开启了我国运动史的先河。

学生不上课全天参加"运动"到底怎么搞，学校的领导很茫然，学生也很茫然。所有的中学照常开门，几乎所有的学生依旧按时到校。特别是我们高三的同学更是不敢一日不到校了。因为我们其中的大部分人都期待着高考能够如期举行。我们已经望见大学的门了，走进大学的校门是我们三年努力学习的目标，甚至是我们上了12年学的目标。我本人也是每天到校，惯性让我们每天早晨准时到校，只是我们不再背书包了，也听不到上课的铃声了。开始大家还坐在教室里，但却无所事事。大家都在等，是在等运动进一步的发展，还是在等运动尽快过去好复课，没人说得清楚。我知道直到这时我们高三的同学中还有不少人没有放弃复习功课。

我也是如此。白天准时到学校去，但这时在学校里再看数理化等功课已不合时宜了。那就多看点政治与时势吧。反正高考也少不了这方面的内容。晚上回到家里我就抓紧时间开足马力复习功课。我大妹妹和我在一所中学，她上高一。她见我此时还在复习功课便问我："学校都停课了，你怎么现在还在复习功课呀？"

我笑着对她说："我们和你们不一样。你们复课了接着上课就是了。我们可是要参加高考的。"

妹妹问："你觉得今年的高考还能如期进行吗？"

我迟疑了一下说："不管运动怎么进行，咱们国家总不能不要大学吧。要大学自然就需要大学生。那高考也就是免不了的。"

妹妹想了一下说："你说的也是。不过我总觉得今年的高考要如期进行也够呛。"

我说："即使不能如期举行也不过推迟一些日子罢了。总之自己准备是没错的。"

妹妹说："那倒也是。那你就复习吧。"

我说："你也别把功课完全放下。运动总会过去的，可学习是一辈子的事。学如逆水行舟不进则退。"

妹妹说："我知道了。"

这时学校的运动基本上还是在校领导和学校党组织的领导下进行的。说是有领导但上级并没有具体的布置，所以校领导和学校的党组织也很难有具体的安排，只是让大家学习一些报纸上的文章什么的。这时的运动基本上还是在学校的范围内，虽然偶尔也有人到外校去看看大字报，但最多也只是看看而已。我也曾到大学里去看大字报，但经常是看得一头雾水。到了6月8日这一天，在北京的中学里发生了一件令人想不到的事——北京许多学校的学生，人数总有两三千之众围困了清华大学附属中学。这是在"文化大革命"中第一次的校际之间学生自发的活动，并几乎造成了流血冲突。我之所以把它称为"六

·八事件",是因为从这天开始中学生们便彻底走出了校园,也使得已经建立起来十七年的中学基层组织不复发挥作用了。那天的情形我印象至深。

1968年6月8日,我像往常一样走进教室,可还没有坐稳就被鲁建给叫了出来。他在走廊里小声对我说:"咱们赶快到清华附中去吧!"

我纳闷地问:"去清华附中干什么?"

他神秘地看着我问道:"袁平平你认识吗?"

我说:"当然认识,小学时我们一个班的。"

鲁建说:"袁平平他们几个干部子弟给学校的领导提了些意见。结果学校的领导就组织落后学生对他们进行围攻。现在他们的处境十分困难。他们已向全北京的中学革命学生发出呼吁,请求支援。现在各校都有人前去清华附中支援他们。咱们学校也去了不少人。"

听了鲁建的话我还是有点犹豫。鲁建催我说:"大部分人已经走了,咱们快去追他们吧。"

我想了一下问:"你们怎么去?"

他说:"大部分人是骑车去,也有人坐公共汽车去。"

我说:"我不会骑车,和你们走不到一块。"

他着急地说:"那我骑车先走了,你坐公共汽车去吧。咱们在清华附中见。"

说完他就下楼走了。我默默地回到教室里坐了一会儿,犹豫片刻,没跟任何人提及此事走出了教室。即使在这个时候我也还是没有下定决心去清华附中。运动虽然已经来了,可应该怎么搞也没人说,能不能去外校我也弄不清楚。可又一想鲁建他们已经去了,我不去也不太好,最终还是决定去看一下。就在我将要走出学校的时候,碰见了学校党总支部书记陶书寅先生。觉得还是和组织上说一下的好。于是走上前去对陶先生说:"陶先生,我们打算去清华附中。"

陶先生随便问了一句:"你们去清华附中干什么?"

我想了一下说:"听说清华附中运动搞得有声有色,我们想去学习学习。"

说实在的我不太相信鲁建刚才说的。虽然当时学校已经停课了,学校的领导和党组织对运动也开始有些失控,但在北京的学校里还没有发生过什么围攻事件,鲁建说的可能是以讹传讹。陶先生听了"哦"了一声说:"你们去吧。学习学习外校的经验也好。"

我顺口说:"那您给我们开封介绍信吧。"

陶先生想了一下说:"现在好像去外校不用介绍信吧?"

我说:"您就给我们开一封吧。如果不用我再给您退回来。"

陶先生只好说:"行,你跟我到办公室来。"

在党总支的办公室里,陶先生给我开了封介绍信。我拿着介绍信匆匆忙忙向清华附中赶过去。

本想着到了那里和鲁建他们会合后看看没什么事我就回家了。到了清华附中的西门一看,那阵势还着实让我大吃一惊。清华附中西门外至少有二三千学生将学校围了个水泄不通。附中的大门紧紧地闭着,墙头上却站满了学生,并在和墙外的学生高声辩论着。听不清楚他们在辩什么,但一看便知是清华附中的学生和外校学生在对峙,火药味越来越浓。情急处双方都有人破口开骂,外面的人是越来越多,火气也越来越大,里面的人也毫不示弱。渐渐地,门外有人开始试图把清华附中的大门给撞开。还有的人跑到离附中不远的圆明园遗址去搬石头,准备攻打进去和里面的人开战。而里面的人也拿着棍子准备随时应战,大有一触即发之势。环顾四周,完全没有人想控制局面。我想尽快找到鲁建他们,赶紧撤离这是非之地。可这么混乱的场面哪里去找他们?虽然也见到了不少我们师大一附中的人。我着急万分,生怕发生不必要的冲突,更怕我和我们学校的同学会牵连进去。费了很大的劲，我挤到了大门口，隔着大门高声地对里面的人喊道："请问你们谁负责？"

里面有一个人也高声地喊道："我们学校的事不用你们管。"

我说："你别激动，我们绝不是来管你们学校的事的。"

里面的人说："既然你们不管我们学校的事，那你们还来干什么？请你们回去吧。"

我说："听说你们学校运动搞得不错，我们是来向你们学习的。"

这时里面另一个声音说："别听他的花言巧语。他在骗人，他想把门骗开带着人冲进来。"

我赶紧说："我说的是真话。我没有必要骗你们。我真是来取经的。"

里面的人又问："你是哪个学校的？"

我一听说话人的语气有点缓和，觉得有门儿就马上答道："我是师大一附中的。"

我刚一说完就听见里面又一个声音说："人家是来取经的，不让人家进恐怕不好。以后咱们要去人家学校也该不让咱们进了。"

里面有人反驳说："这哪里是来取经的，分明是来打架的。"

里面的人意见也不一致。我马上说："我可不是来和你们打架的，就是你们不让进我也不会和你们打架。"

里面又有人说："取什么经？他们取经能听咱们说吗？"

我在外面高声地说："只要你们让我进去，我一定听你们说。"

还是那个人说："要进也行，让他们回去开介绍信去。有介绍信咱们就让他们进。"

我听了马上问："如果我们回校开了介绍信你们就让进？"

里面的人说："有组织的介绍信我们当然让进了，而且欢迎你们来。你们回去开介绍信吧。"

这时我身边一个人说:"别上他们的当。这是他们的缓兵之计。"

"现在是运动时期,要什么介绍信?这是在故意找茬。"

"别和他们废话,打进去算了。我就不相信他们那几个人能挡得住咱们。"

大家七嘴八舌,我马上摆手示意大家安静一点。压低了声音说:"别冲动,别冲动。让我再和他们说一说。"

说完,我又对里面的人说:"你说话算数吗?"

里面的人说:"当然算数。你现在拿来介绍信,我们现在就让你进来。"

他的话音刚落我就接着说:"那你让我进去吧。我有介绍信。"

说着我把介绍信掏了出来。里面的人隔着大门看见我真的拿出一封介绍信顿时不说话了。我接着说:"刚才我们外面的同学可都听到了,你们说有介绍信就让进。现在我们拿出了介绍信,你们再不让进可就是你们理亏了。你们看好了,我拿的可是党组织的介绍信。"

说着我就使劲把介绍信晃了晃。过了片刻里面的人说:"你把介绍信递进来。"

我犹豫了一下,万一他们把我的介绍信拿走不认账了,既不让我们进去也不还我介绍信不就麻烦了?想到这里我说:"哪有你们这样做的。按理来说我是组织介绍来的,我就是你们的客人。怎么能像你们这样把客人关在大门外看介绍信?"

里面的人说:"我们是要让你进来的。可我们一开门你身后的那些人挤进来怎么办?"

原来他们怕这个!我想了想,只好转过身来对站在我身后的同学说:"你们先向后退一退,让我先进去和他们交涉一下。争取让他们把门打开。"

我身后的同学们同意了,可向后退也并不容易,因为他们身后还有几层人呢。在我同校的几位同学的帮助下,好不容易他们才后退了几步。大门里的人见了也只好把门开了一道缝,我进去之后他们迅速把大门关上,锁上,死死地顶住。一个人走过来对我说:"请你把介绍信拿出来。"

我把介绍信递给了他。他看了看说:"你进去吧。"

我说:"这可不行,你看了我的介绍信没有?"

他说:"看了我才让你进去的。"

我说:"介绍信上写得很清楚是一百人,你只让我一个人进怕不合适吧。"

我知道陶先生在我的名字后面写了一百人,这是我请求她写上去的。那人又把介绍信看了一遍说:"你是谁?"

我说:"介绍信上不是写着的吗?"

他说:"那你就是负责人了?"

我心想我是什么负责人,最多我只是个拿介绍信的人。可我不承认我是负责人这事可能就不好办了。因为在这个时候我根本就没法找个负责人来。我也不知道在这个场合下谁是负责人。反正介绍信上只有我一个人的名字。我只好含糊地点了点头。那人见了说:"那好我就对你说。你们学校的人进来可以,但是要按照我们的要求做。"

我说:"你们有什么要求说吧。"

他说:"第一,我们只同意持有介绍信的人进。你拿的是师大一附中的介绍信就只能是师大一附中的人进;第二,介绍信上写了一百人,那就只能进一百人;第三,你们不能只听一派的意见,要听取双方的意见;第四,你们进来后要遵守我们学校的纪律。大概就这些。"

我听了觉得他说的要求合理就说:"没问题,我们按照你们的要求做就是了。"

他又说:"我们还有个要求。"

我一听就有点不高兴了。你有什么要求为什么不一下说完，这不是故意为难人吗？我就拉着脸说："你说吧，有什么要求最好一块说出来。"

他说："你要保证你们学校的人进来时，其他学校的人不能冲进来。"

我一听，就着急了，我们学校的人我都不能保证，怎么能保证其他学校的人？想到这里就说："我保证不了。你的这个要求不合理。你能保证你们学校的人都听你的吗？你恐怕保证不了吧？你连自己学校的人都保证不了，凭什么要求我保证外校的同学。"

他说："那就算了。如果不能保证我们学校的安全那最好你们谁也别进。"

我一看僵在这里了就说："这么着吧，我出去做做工作，看看怎么办。"

他一听说我要出去，答应得倒挺痛快："行，你去吧。"

说着就又把门开了个小缝让我挤了出来。我一出来各学校的同学就围了上来七嘴八舌地问："怎么样？怎么样？"

我高声地说："大家安静一点，我把和他们交涉的情况向大家汇报一下。首先他们坚持必须要有介绍信才能进。"

我刚说到这里周围就有人嚷嚷开了。

"凭什么要介绍信？"

"他们这是故意刁难人！"

"就不给他们介绍信，我们就是要进，看他们能把我们怎么样。"

还有人高声喊："冲进去，冲进去。"

……

我马上挥手让大家安静下来。我说："让我说完了，让我说完了。"

这时有好几个师大一附中的同学也帮助我维持秩序。我继续说："目前我手里有一封师大一附中的介绍信。他们已经同意让师大一附中的同学先进去。我是这样想的，由师大一附中的同学先进去了解情况。我们尽快把里面的情况了解清楚，再出来转告大家。这样我们就可以根据里面的实际情况来决定下一步我们应该怎样做。你们看行不行？"

有人问："你能够了解到真实的情况吗？我们要知道清华附中的革命学生是否遭到了围攻，他们是否安全。"

我说："只要我们进去，我就保证要见到他们。如果我见不到他们，我也一定要把实际的情况传出来。"

又有人问："他们要是连你们也不让出来怎么办？"

我说："不会的。他们同意我们师大一附中进去一百人。他们不会对一百人怎么样的。"

还有人问："那我们还要等多久？"

我想了想说："我进去 15 到 20 分钟之后就会出来向大家通报一次。大家一定要记住千万不要贸然行动。我知道你们是有能力冲进去的。可是冲进去后如果发现清华附中的革命学生什么事也没有，那么挑起冲突的责任就在我们了。而且对清华附中的革命同学也没有好处。所以我希望我们所有外校的革命同学要保持团结，保持克制，保持理性。这就是对清华附中革命同学的最大支持。"

我也惊讶于自己能讲出这么一番话，这也许就是急中生智吧。我说服了大多数人同意等我的消息。少数人虽然不同意，可毕竟拗不过多数人的意见，也只好放弃了硬闯进去的打算。我转过身去对大门里的人说："外面的同学已经同意不冲击了，不过隔 20 分钟我要向他们通报一下情况。"

他们见事态有所缓和，就答应了让我们师大一附中的同学进去。

在大门外我请其他学校的同学先后退一点，让出块地方来让师大一附中的同学列队。有几个外校的同学趁机也站在我们学校的队列里，为了不引起混乱，我装作没看见。这边列队的一共进去了六七十名同学，可是没有鲁建。我相信他一定来了。我转身问一个清华附中的同学："你们学校还有其他的门吗？"

他说："还有一个门。"

他一边说一边指给我看。我想鲁建一定在那个门。想到这里我就走回到拿着我们介绍信的那个人面前对他说："我们还有一些同学在你们学校的另一个门那边。请你把介绍信给我，我去把他们带进来。"

那人说："我和你一块去。"

我说："你别去了。我看你还是很有控制能力的。这边的情况很复杂，你还比较熟悉，还需要你来掌控。"

他一听我这么说，就把介绍信递给了我，说："那你可不许多领人进来。"

我说："你放心，我们学校没来那么多人。"

说着我就拿着介绍信向另一个门跑去。我到了那里一看，这边的火药味也很浓。我把情况跟这边把门的人介绍了一下，他们也看到学校里已经有了一些师大附中的同学，又听说那边的情况缓和了，便同意放这边的师大一附中的同学进去。我也出去安抚了一下其他学校的同学，这边的形势也有所缓和。又有一些其他学校的同学夹杂着混了进来。鲁建果然在这边。他见我已经进到了清华附中里面，奇怪地问："你是怎么来的？"

"我有介绍信。"

"谁给你开的介绍信？"

"陶书寅。"

他庆幸地说："幸亏你有介绍信，不然今天非大乱了不可。"

我说:"是吗?"

他说:"你不知道。你再晚来一步这边就开始砸门了。"

我说:"我到的是西面的那个门,那边也是一样的。"

他说:"这一下咱们进来了情况就缓和多了。"

我擦了一下额头的汗说:"我怎么也没有想到是这个样子。咱们还是快看看袁平平他们吧。我答应门外的同学马上出去通报情况。"

很快,我和鲁建找到了袁平平他们。他们在一栋楼的顶层占据了一间大屋子作为活动场地。我们进去时,袁平平正在向我校的同学介绍他们的情况。他一见我进来了,就马上走过来拉着我的手说:"谢谢你们的支持。"

我说:"咱们之间就不言谢了,也没有时间谢。你先说说你们怎么样?"

袁平平说:"我们还行。"

我又问:"你们没有受到人身攻击吧?"

袁平平说:"到目前为止还没有。"

我说:"那就好。我觉得有了今天这事恐怕也不会有人敢对你们进行人身攻击了。你再把你们这里的情况和你们的想法向我们学校的人介绍介绍。我还要去校外通报一下这里的情况。过一会儿我再来。"

袁平平说:"你去吧。告诉他们我们都挺好的,谢谢他们了。我们先在这里聊着。"

我快步走到了西门外,对等在那里的其他学校的同学说:"同学们,目前清华附中校内的形势还算平稳。校内的革命学生也未受到人身攻击。我已见到他们每一个人了。他们让我向你们、向各校的革命战友表示感谢。感谢你们对他们的支持,感谢你们对他们的关心。关于更详细的情况我们还正在交流之中,因此我建议大家不必等了。如果有人想了解具体的情况,明天可以到我们师大一附中去。我保证给大家一个准确的答复。"

听了我的通报后陆续有人离开。清华附中外的局势进一步地平静下来。虽然还有少数人站在原地，却也只是观察等待。当我再一次回到袁平平他们那里的时候，他们的情况也介绍的差不多了。我和他刚坐下来没说几句话就有几个人过来找我。我一眼就认出来是在门口看我介绍信的那个人。他一见我就说："你不是说要听听两边的意见吗？怎么一直在他们这里，没去我们那边？"

还没等我说话，袁平平就说："别理他们，听谁的意见是你的自由，他们管不着。"

对方一听就嚷嚷起来了："不行，说好了就应该履行诺言。你就得听听我们的意见。"

袁平平还想说什么我马上制止了他说："我这就跟你们去，听听你们的意见，行了吧？"

袁平平立刻劝阻道："你别跟他们去，他们有什么意见就让他们在这里说。"

我看得出来他们是不会在这里说的，便说："没关系的，我还是到他们那里去一下。"

有几个师大一附中的同学见了要和我一块去。我担心去的人多了一旦吵起来就不好办了，说："不用了，我一个人去就行了。你们就在这里吧。"

我跟着他们到了另一间屋子。他们对我还是挺客气的，让我坐下还给我倒了一杯水。为了表示我的诚意我还喝了两口。他们开始说他们的看法。他们认为这次运动和1957年的"反右"运动是一样的。现在也有一些人借口给领导和党组织提意见来反对党的领导，他们就是今天的"右派"。所以广大的学生就应该起来反对这些人，就要旗帜鲜明地捍卫党的领导，捍卫党的组织。他们先申明了观点，又举了好多例子。我一直没有说话，只是在听他们说。我抱定了一个主意就是多看、多听、少说话、不表态。我知道他们是误会了，他们以为我是师大一附中来的这些人的头头儿，甚至他们还以为我是这次围困清华附中所有学校的组织者。所以他们要极力争取我对他们的理解和支持。他们哪里知道我自己都是稀里糊涂被人叫来的。我现在也无法把实情告诉任何一方了。我所做的一切仅仅是不希望发生激烈的冲突。他们正说到兴奋的时候有一个人进来了，把那人叫了出去。一会儿那人又回来了。脸色很不好看，指责我说："你不守信用。"

我平静地说："我怎么不守信用了？"

他生气地说："我们是说好了的，只允许有介绍信的学校的同学进来。你拿着师大一附中的介绍信，所以我们同意师大一附中的同学进来。你说是不是这样？"

我肯定地说："是呀，怎么了？"

他大声地说："可是现在我们发现在你们师大一附中的同学里混进了其他学校的学生。这是怎么一回事？"

我假装不知道地说："是吗？有这种事？"

他说："有没有这种事你心里最清楚。我们希望你解释解释。"

我知道这时候是承认不是，不承认也不是。最好的办法就是装糊涂。我满脸委屈地说："可能会有人混进来吧。"

那人说："不是可能，是肯定。这种事已经发生了。"

我十分诚恳地说："我实话告诉你们，我是师大一附中高三的学生。我对于高二、高一的同学并不都认识，对初中的同学就不认识几个了。我想你们也能理解咱们对自己同班的同学最熟悉，对同年级的同学认识，对其他年级的同学就认不全了。所以有人混进了我们学校的同学队伍我也不是有意的。当然我还是承认这是我的错，我应该负责。可你们也设身处地地为我想一想，是不是也应该理解我原谅我？"

那人说:"那你说怎么办吧?"

我想了一下说:"这事要说好办也好办,要说不好办也不好办,就看怎么办了。你们想想,这事不仅涉及你们清华附中和我们师大一附中,更麻烦的是还涉及多所其他的学校。如果处理的不好就有可能再次引起围困清华附中的事件,甚至于引发冲突。可相反,如果我们处理好了,对于清华附中来说不会有什么不好的影响,反而会有好处。你们仔细想想是不是这样?"

那人说:"依你之见怎样就算处理好了?"

我说:"我很高兴你征求我的意见。因为不管怎么说,我是有责任的,这件事是我错在先。我想最简单的办法,也是最好的办法就是我们什么都不说,就当这件事没有发生。"

我刚一说完马上有人说:"这不行。凭什么你们不按约定做我们还要装不知道?"

我笑着说:"我再说一遍。首先,是我做错了。我在这里向你们道歉。其次,我的这个错误到目前为止没有给你们造成任何伤害,只要我们大家都不说,今后也不会给你们造成伤害。再其次,这些人回到各自的学校把你们这里的实际情况一说,有关清华附中的不实传闻就会消除。这对你们清华附中是有好处的。就拿我自己来说,我来你们清华附中之前听说这里发生了围攻事件。可我来了你们不让我们进来我们还是不清楚,我们就会想里面是不是真的有问题呀?你们让我们进来了,我们一看这里没有发生围攻事件。不实的传闻在我们这里就消除了。这不是挺好的吗?"

又有人说:"你怎么知道他们回去会如实说话呢?"

我说:"这个你们尽管放心。你们应该相信大多数人是会实事求是的。今天你们已经看到了。一开始你们不让我们进来,大家就不了解你们这里发生了什么事,就围着你们学校不肯走,甚至想冲进来。

可后来你们让我们进来了。结果怎么样？大家了解到实际情况就散去了。这不是挺好的吗？你们不是也看到了吗？"

在场的人一听是这个理。那人想了想说："那就按你说的，这事就算了。我们也就不追究了。"

他说完这句话我一颗悬着的心落地了。我想要尽快把我们师大一附中和夹杂在我们之中的其他学校的同学撤出清华附中，免得夜长梦多。想到这里我说："你们的想法我已经知道了。我非常感谢你们给了我们这样一个向你们学习的机会。回去后我们还要认真地总结。希望今后我们能够经常交流，互相促进。"

他们听出了我话中的意思是要离开了。这也正是他们希望的。

我回到了袁平平他们那里。他问我："他们都说什么了？"

我说："他们认为这次运动和1957年的'反右'运动一样。"

袁平平说："这些人一点政治嗅觉都没有，这场运动怎么能和1957年的'反右'运动一样？"

我说："关于这场运动的性质咱们今天就不说了。我有两点建议不知妥否？"

袁平平说："咱们是一个战壕里的战友，你有建议尽管说。"

我说："一是你们一定要注意方法。光有好的想法是不行的，只有有了正确的方法我们的主张才能落实；二是一定要团结大多数，只有我们的主张为大多数人所理解的时候，我们的主张才能够实现。"

袁平平诚恳地说："你说得对，今后我们一定注意。注意方法，注意团结。"

我说："那我们就回去了。"

袁平平说："快到中午了，你们就在这里吃午饭吧。"

我说："算了吧。这么多人怎么吃。"

袁平平说："那你们几个留下来吧。"

我不好再拒绝他，只好安排大部分人撤出了清华附中，仅留下了一些高中的同学和袁平平他们一起活动。下午我们也陆续撤出了。在我确信所有我带进清华附中的外校同学都离开了之后，我才最后一个离开。袁平平他们几个同学把我送到学校的大门口，他握着我的手说："今天你们给了我们极大的支持，我们太感谢了。"

听了袁平平的话我有些不知所措。今天所发生的一切包括我自己的所作所为我都未曾想到过。我只茫然说了一句："不用谢。"

袁平平说："今后我们要保持联系，互相支持。"

我不由地说："这场运动也不知道要搞成什么样子，也不知道什么时候结束。咱们都好自为之吧。"

袁平平笑着说："你真是个夫子。这场运动要搞成什么样子我不知道，可我敢说它才刚刚开始。"

听了他的话我的心不觉一惊。我真想这场运动明天早晨就结束，可看着他们斗志昂扬的神态我什么也没有说。我们再次道了别就分手了。回到家时天已经黑了。

晚上我躺在床上，白天的事又浮现在我眼前。一想到那时有可能发生激烈的冲突就不由得背上冒冷汗。我怎么也想不通，在一场文化运动中怎么会形成如此严重的对立，而这个对立就发生在昨天还是同教室、同宿舍的同学之间。难道只有对立才是革命吗？但愿今天发生的事只是一个偶然事件，今后不要再发生了，更不要蔓延到其他学校。

由于清华附中是"红卫兵"的发生地，我又偶然走进了这样一个在"红卫兵运动"初期很有影响的事件。在后面的一段时间里，我竟成了小有名气的人物，经常有不认识的人来找我，或是问我一些有关运动的事，或是请我参加他们的什么活动。每到这时，我总是找各种理由一推了之。所幸的是运动的发展太快了，我很快就被淹没在这运动的大潮中；不幸的是更多的人在这场运动中遭到了冲击。

3 我和刘平平合作与分手

刘平平是国家主席刘少奇和夫人王光美的长女。据说在家里是很得宠的。我第一次听到刘平平这个名字是在 1965 年。这一年的秋天我大妹妹也考上了北京师大一附中。她第一次上学回来就对我说："哥，你猜谁是我们班的班长？"

我说："那我怎么能知道。"

她笑着说："我们班的班长是刘平平。"

我问："刘平平是谁？"

她说："刘平平就是国家主席刘少奇的女儿呀。"

我听后随便地问了一句："刘平平是她们家老几？"

她说："这我可不知道。不过我知道刘平平是刘少奇和王光美的长女。她在家里是很得宠的。"

我"哦"了一声没再说什么。妹妹又说："哥，你再猜谁是我们班的团支部书记？"

我说："没法猜，你就说吧。"

她说："我们团支部书记是罗巧丽。"

我猜这位的身份也不简单，就说："你说吧，她是谁的女儿？"

她笑着说："罗巧丽是罗荣桓元帅的女儿。"

我说："看来你们班的干部子女不少呀。"

她说："我们班的干部子女还不是最多的。高一二班的干部子女最多，大部分都是咱们八一学校考上来的。"

我提醒她："不管谁当班长和团支部书记和你都没有关系。在师大一附中学习好才是真的。"

妹妹笑了笑说："我知道，我不过是说说而已。"

此后我们谁也没有再提及此事。这一年的十月，北京市的高中生全部停课参加挖京密引水渠的劳动。我们学校被分配在怀柔。白天在工地上劳动，晚上就住在附近农村的老乡家里。劳动一个月就结束了。一天在吃饭的时候我们又说起了这次劳动，我随口说了一句："这次劳动你们班长刘平平也去了吧？"

没想到妹妹说："一开始她是去了。后来不知道是怎么的她是刘少奇的女儿的消息被透露了。学校就让她回来了。"

我问："为什么？"

妹妹说："学校说是怕不安全。"

我问："有什么不安全？"

她说："这我就不知道了。我估计也不见得是咱们学校的意见，可能是上级的想法。"

我心里想真是杞人忧天。刘平平是刘少奇的女儿这事在学校里知道的人太多了，她天天上学在城里走来跑去的都安全，到了农村能有什么不安全。不过我没说，我想人家有人家的想法，不关咱们老百姓的事。这是我和妹妹第二次谈起刘平平。不过到这时我还没有见过刘平平。我问妹妹："刘平平长得像刘少奇还是王光美？"

她说："像刘少奇。你见了一眼就能认出来。"

我心想女孩子还是像王光美好一些。不过说能认出来嘛，我可没有那么好的眼力。前些日子大姐把一张相片拿给我看，说是她们班同学的合影，其中有毛主席的女儿李讷，是她的同学。她也说李讷长得很像毛主席，任何人一眼都能认出来。可我就是没有认出来，在相片上一连指了两个人都指错了。

后来我们就再未说及刘平平的事了。因为高三要准备高考，学习很紧张，这类不相干的事早就忘到脑后去了。直到1966年停课初的某一天，我正在教室里待得无聊，突然有两个陌生的女生来找我。我正在纳闷，其中一人自我介绍道："我是刘平平。我们可以谈谈吗？"

听她这么一说，我才仔细打量了一下站在我面前的这个女生，国家主席刘少奇的女儿刘平平。这是我第一次见到她，对于她主动来找我的原因，我是一头雾水。我想她一定是从我妹妹那里了解到我今天来学校了。自从运动发起后，同学们并不是每天必须到校。她们来找我一定有事，就对她俩说："当然可以，那你们就坐吧。"

教室人不多，有的是空椅子。但刘平平说："我们还是找个其他的地方吧。"

看来她是不想让别人知道我们的谈话内容。于是我跟着她俩来到学校平房区的一间办公室里。大家坐下后，她指着身边的另一个女生说："她是陈岭梅，陈伯达的女儿。"

陈伯达我知道，他还是我们福建人呢。可陈岭梅我没有听说过。刘平平把声音放低了说："我告诉你一个消息。工作组要进校了，来指导学校的运动。"

听了刘平平的话我有点吃惊。吃惊的不是"工作组要进学校了"这条消息。我知道我们党发动过好多次运动都是有派工作组的。一直到现在还没有结束的"四清"运动就有工作组这种形式。我吃惊的是她干嘛要把这个消息告诉我。我想了一下就直截了当地问："那你找我有什么事？不会是就为了告诉我这个消息吧。"

她说："那是当然。工作组进校后首先要找准依靠力量，组成能够领导运动的核心，团结广大的基本群众，改造落后分子，孤立顽固分子，批判坏分子。我们认为你出身好，思想好，有工作能力，在学校里也有一定的影响，是可以依靠的力量。所以我们希望你能和我们一块在工作组的领导下把师大一附中的'文化大革命'管起来，不能使学校的运动处在一种无政府的状态。"

我一边听她说一边打量着她，发现她还真有点像刘少奇。她一说到我是她们依靠的力量，我的心里顿时产生了一种异样的感觉。心想咱们都是同学，凭什么我只是你们的依靠力量而不是你们中的一员？人家袁平平还说我和他们是一条战壕里的战友呢。这个"你们"到底都是谁？不会就是你和陈岭梅吧？可转瞬间我又感到有一些距离没什么不好，我也没必要一定要成为她们之中的一员。想到这里我就说："我可没有你说的那个能力，我在学校里也没什么影响。"

刘平平倒是很干脆，她马上说："去清华附中可不是你组织的吗？你在外校都出了名了。"

她这么一说我才明白她找我的原因。她误会了，以为组织学校里的同学去清华附中的整个活动，甚至联络其他学校的同学去清华附中的事也是我干的。我马上打断了她的话解释道："去清华附中可不是我组织的，你误会了。至于是谁组织的一直到今天我也不知道。我只是跟着大家一块去的。"

刘平平根本不相信。她说："我听咱们学校的同学说，他们都是你给领进清华附中的，还有外校的同学说他们也是你给领进去的。"

我无奈地说："是，咱们学校的人和个别外校的人进入清华附中是我领进去的，这不假，我承认。可他们去清华附中不是我组织的。我可没那个能力组织那么多人去干什么。"

刘平平笑着说："你别紧张，我又没说你做得不对。我们都认为你干得对，干得漂亮。"

我心想，瞧你说的，我有什么好紧张的。我也不需要你来说我做得怎么样。你说的"我们"都是谁呀？清华附中的那次事件不是我组织的就是不是呀，即使做对了我也不能贪天之功为自己呀。我还是要把这事解释清楚就对她说："这纯粹是个偶然。当时那个情况谁都没办法，我出来协调一下也是被逼上梁山的。"

没想到我这是越描越黑。刘平平又笑了，她说："我听说当时有两三千人，就你被逼上梁山了这就说明还是你有能力。"

我真不知道怎样向她解释才好。看了看坐在她旁边的陈岭梅，她也在笑，一句话都没有说。我想这件事是解释不清了。那就算了，她爱怎么想就怎么想吧。想到这里我说："过去的事情我们就不说了。现在你想怎么办？"

刘平平说："我们找你来就是要说这事的。当然是先分析一下咱们学校的情况。看一看哪些人是我们可以依靠的力量。"

这是工作组的一惯做法。工作组都是从外面派来的，初到一地自是人生地不熟，如果不依靠当地的人是根本无法开展工作的，所以工作组一进入是一定要寻觅依靠力量的。想到这里我就说："我个人认为工作组首先应该把目光投向高一、高二。"

刘平平听了我的话感到有点奇怪，便问我："为什么首先要把目光投向高一、高二，那高三呢？"

我说："你看高三是一条腿已经迈出了学校，他们很难把全部心思投入学校的运动中。"

刘平平说："看形势今年的高考肯定是要推迟了，你们还是得待在学校里呀。"

我说："是呀，现在看来高考是不能如期举行了。可国家不能不办大学，大学不能不招生呀。所以我认为高三的同学参加运动的积极性肯定不如高一高二的同学，初中的同学年龄又太小。所以中学的运动应以高一高二的同学为主力军。"

我是想运动总是一时的，可学习的事是长久的。高三的同学正处在关键的时候，还是能把他们尽量撇开，当然也包括我自己了。听了我的话刘平平说："你分析的不是没有道理，但是首先应该进行阶级分析。'文化大革命'实际上也是阶级斗争，不进行阶级分析是不行的。"

新中国成立都已经快十七年了。对于老一辈人来说经过了各种运动，可能还是有一些人思想上没有转变过来是可以理解的。那么无产阶级和资产阶级的斗争依旧存在，而且主要是反映在意识形态上是可以理解的。可是现在的初中同学都出生在解放后，就算高中同学虽然出生在解放前，可也只在旧中国生活了不到三年。他们所受的教育完全是新中国的教育，而且我们国家是很重视思想教育的。对于这样一些人怎样进行阶级分析我可就吃不准了。刘平平见我没有吱声就继续说："每个人都生活在一个家庭里，特别是学生更离不开家庭。所以生活在不同的家庭中就会受到不同的影响。你想一个生活在革命干部家庭中的学生和一个在资本家的家庭中长大的学生所受的影响会一样吗？那我们在运动中应该依靠什么样出身的学生呢？"

她这么一说我明白了。她所说的阶级分析就是分析一下学生的出身，而且在运动中应该依靠那些出身好的学生。我觉得她说的有一定的道理，阶级斗争当然要进行阶级分析了。我点了点头表示认同她的说法。她又说："你好好地分析一下，然后拿出一个名单来，工作组进校后好先和他们接触一下。"

我说："这事恐怕我一个人说了不算，还要多找一些人来议一下。"

她说："这事不能让太多的人知道。只能是核心的几个人知道。你先列个名单，然后咱们议一下就行了。"

我说："恐怕不能只是干部子女，工农子弟也应在考虑范围内。"

他说："那是当然。不过工农子弟的代表不能多，我们主要还是要依靠干部子女。"

我问:"为什么?"

她说:"工农子弟有朴素的阶级感情这不错,可他们受到的革命熏陶毕竟少一些,这你以后会觉察到的。"

我想她说的也许有道理就同意了。分手时她再三对我说:"这事你自己知道就行了,千万不要让其他的人知道。"

我问:"就是名单上的人也不让本人知道?"

她说:"你做的名单是最初的名单,我们还要研究。就算最后确定了也不要让别人包括名单上的人知道这份名单出自你的手。"

我说:"这不成了秘密工作了吗?"

她很严肃地说:"这是阶级斗争的需要。这样做对于你自己也是有好处的。"

她这话我并不以为然。我认为没有必要搞得那么神神秘秘的。不过我还是按照她说的做了。我没有把这事告诉任何人。事后证明她说得对。没人知道这件事对于我来说是最好的。刘平平和陈岭梅也没有再说起过这事,对此我一直非常感谢她俩。

我上师大一附中已经近三年了。平时把精力主要放在学习上,对其他的事关心得不多。关于谁是什么出身就更不关心了。现在既然是运动的需要也只好关心一下。这一关心我才知道师大一附中原来是个藏龙卧虎之地。虽然这里仅有不足一千五百名学生——这个人数在当时北京的学校中规模算是小的——可是这不足一千五百人中却包括了中国社会各阶层人物的子弟。先说党和国家领导人的子女,其中有党中央副主席、国家主席刘少奇的女儿;党中央副主席、全国人大常务委员会委员长朱德的孙子;党中央副主席陈云的儿子;党的总书记、国务院副总理邓小平的儿子;政治局委员、元帅罗荣桓的女儿;全国人大常务委员会副委员长林枫的儿子;党中央组织部部长安子文的儿子；党的理论家陈伯达的女儿；还有一些国务院部长、副部长的子女；地方省市领导的子女；部队中将校级军官的子女等一大批的干部子女。同时，学校中还有北洋军阀、民国早期总统徐世昌的后代；北洋军阀、民国早期总统冯国璋的后代；清朝光绪年间的总管大太监李莲英的后代（李莲英把自己兄弟的儿子过继给自己做儿子。所以李莲英晚年也是子孙满堂）；还有国民党中央委员、国民党政府部长留在大陆这边的后代；等等。当然也不乏社会名流、专家、教授的子女。我们学校还专门从远郊区县招了一些贫下中农子女。我们高三四班就有近三分之一的工农子女。高二有一个整班的工农子女。当然学校中最多的还是处在社会中那些基层干部、职员及各种职业人员的子女。所有的这些人平时在一个校园里一块学习，一起参加各类活动，很少有人去关心他们的出身。他们之间也很少有人去关注彼此出身的不同。大家均可以无碍地交流，相互因为共同的爱好而成为朋友。可是运动来了，一道无形的墙把大家人为地彼此隔开。

很快我就搞出了一份高三的名单，并把名单上的人向刘平平做了详细的介绍。她很满意。她对我说："你这份名单很好。你再考虑一下高二、高一的事。"

我说："高二、高一的情况我不太了解。"

她说："不了解没关系，你可以去了解嘛。要打破年级的界限。运动来了就没有年级的界限了。"

说实话我不喜欢刘平平和我说话时的语气。虽然她也尽量地表示亲近，可我总觉得有点不自然。不过我还是把她想要的东西给她弄好了。后来刘少奇在中南海接见了师大一附中的学生代表，师大一附中的第一个革命委员会的成员都出自这个名单。

工作组到学校后果然很快就找我谈了一次话。因为他们是上级组织派来的，所以我相信他们，也愿意把我知道的情况向他们介绍一下，协助他们做一些工作。后来工作组开始扩大谈话范围，有时也叫我一块参加。很快一件奇怪的事情发生了。工作组在没有任何先兆的情况下突然撤走了。正在大家一头雾水、不知所措的时候第二个工作组又进校了。

由于在第一个工作组进校之前刘平平就告诉过我上级要往学校里派工作组，所以我认为她对于第一个工作组走的消息也知道。我找到她问："这是怎么一回事？工作组还没有怎么开展工作就走了？"

刘平平很平静地说："没什么，领导很重视咱们学校的运动，所以给咱们换了个力量比较强的工作组。"

我还是有点不放心，因为我毕竟和第一个工作组接触得比较多。于是我就直截了当地问："是不是原来的工作组犯了什么错误？"

刘平平肯定地说："没有，绝对没有。你不用担心。新的工作组会更加依靠我们来开展工作。"

果然，第二个工作组还是首先找了名单上的人员开座谈会，了解学校的情况。同时，比第一个工作组更加明确地表态支持我们的革命行动。我们也坚定地支持工作组的工作，很快，学校就进入了一个运动相对平稳的时期。绝大部分同学都能够到校，在学校的主要活动就是检讨十七年的教育路线，批判学校领导在"文化大革命"前所犯的"错误"，组织了几次对学校领导的"大批判"。工作组还抓了一项很重要的工作，就是成立了学校革命委员会的筹备委员会。我被工作组指定为筹委会的成员。一开始我对成立学校革命委员会并不理解，在我看来运动只是短期的，在运动时期有工作组领导就行了，运动后学校还是要恢复学校的领导的，就算这个班子全烂了，上级领导派新的领导来就是了。可是工作组对我说：今后学校的领导将不再是由上级指派，而是由学校的群众选举产生。由群众选出能够执行毛主席革命路线的人来领导学校，而且其成员应该以学生为主。这又使我很不理解。在农村、在工厂、在所有的基层单位都可以由群众选举产生领导，因为农村的农民、工厂里的工人、基层单位的工作人员都是相对稳定的。可学校则不同，学校中的学生是流动的，以学生为主怎么可能形成稳定的领导？没有稳定的领导怎么可能有稳定的工作，形成稳定的局面？工作组解释说：由于学校的领导和教职员工受错误路线的影响比较深，在他们没有彻底地与错误路线划清界线，重新回到毛主席的革命路线上来之前，由他们来领导学校的"文化大革命"是不合适的。因此只能由革命的学生来领导学校的"文化大革命"。工作组还举出了"五四"运动和"一二·九"运动都是由革命的学生担当领导和主力军的例子。我被说服了，便积极投入到筹委会的工作中。参加筹委会的工作还无形中使我暂时脱离了"大批判"。有一段时间我根本就不在班里参加活动。不写大字报，也不看大字报。一般的批判会也不参加，就是全校的批判大会也只是到场露个脸就撤了。一到学校我就一头扎进筹委会进行组织革命委员会的各项准备工作中，从组织机构到相关人员的选定，各级组织的工作权限，各部门的工作范围及工作程序等，我都要先拿出个草案来以供筹委会研究。凡是搞不清楚的地方我就去找工作组，可工作组也往往是说不清楚。因为当时还没有任何一所学校成立过革命委员会，一切都是新的。经过反反复复的探讨，在不知多少次地征求工作组的意见、一部分同学的意见和在私下里征求个别老师的意见之后，我们筹委会终于拿出了一个成立革命委员会的方案。

我把这个方案交给了刘平平，因为她是筹委会的主任。请她把这个方案交给工作组做最后的定夺。在整个方案出台的过程中我征求意见最多的还是刘平平。这主要有以下几个原因。首先，因为刘平平是筹委会的主任，征询她的意见是理所当然的。我只是一个执行者或者说是主要执行者。其次，我知道是刘平平把我拉入筹委会的。虽然我并不清楚她推荐我进入筹委会的原因，但是在那一段时间里她还是挺倚重我的。再次也是因为她是刘少奇的女儿。刘少奇是党和国家的主要领导人之一，又是"四清"运动的主要负责人，对于如何派工作组，如何领导运动自是最清楚不过的。刘平平在家里耳濡目染也一定获益匪浅，在这方面自是比我们要知道的多一点。所以对于刘平平的意见我多数是采纳的，刘平平对于我的提议也总是能认真听取。这一段时间我们之间的合作是顺利的。对于一些不属于筹委会的事她也经常听听我的意见，有一些事也委托我去办。只要能干的我就不推辞，一般也总能使她满意。在推荐革命委员会主任的时候，我首先提名刘平平担任，我的提名得到了筹委会的一致同意。在获得提名后刘平平曾单独问过我："你怎么想起来提名我当革委会主任？"

我说："你合适嘛。"

她说："是不是找一个高三的同学好一些？"

我笑着说："我早说过了，高三的同学是一条腿已经迈出了校门的。还是选一个年级低一点的同学合适。"

她又说："你考虑过其他的人选没有？"

我说："没有。"

她问："为什么不考虑一下其他的人选？"

我反问她："有这个必要吗？"

她说："要不要搞差额选举？"

刘平平的问话使我吃了一惊。难道她还打算用选举的办法来成立革命委员会吗？想到这里我坚定地说："我认为不仅不需要差额选举，甚至不需要选举。"

她问："为什么？"

我肯定地说："要是在平时自是应该进行选举，差额选举是比较合理的。可现在不是平时，而是在运动中。此时群众的意见分歧很大，任何人都很难得到所有人的赞同。这时选举势必给自己树立一个公开的反对派。这是完全没有必要的。"

刘平平听后点了点头说："那你认为应该怎么办?"

我说："协商，在工作组的干预下协商产生革命委员会。"

她又问："要是有人不同意呢?"

我说："肯定有人不同意。只要大部分人同意就行了。这我们是能做到的。"

她问："怎么协商?"

我说："这很好办。我们让每个班出两名群众代表，然后召开群众代表协商会议。在会上我们拿出一个完整的方案，其他的人是不可能拿出一个完整的方案来的，这样就只能以我们筹委会的方案作为协商的基础。我们也应该听听大家的意见，凡是合理的我们就采纳，凡是不合理的我们干脆就置之不理，也不和他辩论。只要在群众代表协商会议上大部分代表同意了，我们就召开革命委员会成立大会，宣布师大一附中革命委员会正式成立。再以后的事就好办了。"

她一边听我说一边点头。我说完后她说："这倒是个比较简单又可行的办法。不过在群众协商会议上出现了比较多的意见怎么办?"

我说："不会的。"

她说："你就这么有信心?"

我说："第一，我们的方案是有群众基础的，我们是听取了群众意见，做了大量工作的；第二，就是有人对我们有意见，你让他马上对我们的方案提出修正意见也不容易。"

她说："要是这样我就放心了。"

我提醒她说："工作组那边你一定要沟通好。"

她蛮有信心地说："工作组那边不是问题。不过你让我想一想还有什么问题。"

我不吱声了,让她慢慢地想。过了一会儿她说:"你提的方案中各部门都只有正职人选,怎么没有提出副职人选?革委会也是只有正主任人选,没有副主任人选?"

我解释说:"我的想法是人选问题分两步走。先在筹委会里通过正职人选。然后再由筹委会和各部门正职人选一块议决副职人选。这样正职人选就知道自己的副手是怎样被挑选出来的,今后工作也好配合。这样做虽然麻烦一些,可对今后的工作有利。"

她听后说:"你想得很细。那我就推荐你当革委会的副主任,而且是第一副主任。"

我一听马上说:"不行,不行。你千万别推荐我。"

她问:"为什么?"

我说:"我真的不是那块料……"

她打断了我的话说:"你怎么不是那块料?你在筹委会里的工作不是干得挺好的吗?大家都是有目共睹的呀。"

我说:"筹委会的工作和革委会的工作不一样。筹委会不是权力机构,它的行为方式就只能是低调的。我这个人适合低调行事。可革委会就不同了,它是权力机构。它的行为方式就需要高调,而我又不适合高调行事。"

她说:"如果我们都希望你能够和我们一块干呢?包括工作组也希望你来当这个革委会的副主任呢?"

从她说这话的语气和神态中我能感到她是真的希望我能留在革委会中。我想了想说:"那也不能由你来推荐我。"

她问:"为什么?"

我说:"这个理由太简单了。我推荐你当革委会主任,你推荐我当革委会的副主任,咱们俩成了互相推荐。这让其他的人看起来总是不太好。"

她想了想也是这个理儿就说:"那你的提名就由其他人来做吧。"

我见她坚持要推荐我就说:"你呀,还是不了解我。我这个人当个参谋还可以,可是要当参谋长就不行了。"

她笑着说:"你就别谦虚了,我再问你个问题。"

我说:"你问吧。"

她说:"你说这正副职人选怎样搭配才好?"

我说:"为了使革委会更有代表性,在同一个部门里的人选最好来自不同的年级。如在一个部门里部长是高二的,那副部长最好是高三或高一的。如果是工作忙不过来还可以增加工作人员。革委会的副主任一开始也不宜多,可以先是两个或三个。如果是两个最好是高三一个,高二一个。如果是三个还可以增加一名初中代表或教职员工代表。"

她说:"你说的有道理。你再想想还有什么需要注意的?"

我想了一下说:"在革委会中还需要增加工农子弟的代表。在各部门的工作人员中也要尽量用一些要求革命的其他出身的同学。这都是需要注意的。我们不能只用干部子女,如果那样就等于把我们自己孤立起来了。"

她点了点头表示赞同。这是我们谈话谈得最长的一次。这次谈话后我们又召集了筹委会的会,筹委会和被推选人员的联席会,最终敲定了革委会的所有人选名单。正如我们所料,筹委会所确定的革委会的候选人员在班级群众代表大会上都当选了。

一切都准备就绪了,连召开革委会成立大会的日子和大会的程序都确定了。原本筹委会想革委会成立后立刻召开革委会的全体成员大会进行分工。我建议在召开革委会成立大会的前一天晚上再召开一次革委会全体委员会议,提前就把分工安排好,再把今后的工作议一下,以便革委会的成立大会一结束革委会就能立刻投入工作。这个会开得很顺利,我果然被推荐为革委会的副主任,革委会的各个部门的人事安排也都确定了,大家的情绪都很高。刘平平讲了话,对大家提出了要求和希望。我也表了态,可不知为什么我没有其他人那么兴奋。刘平平也看出来了。她走到我身边问:"怎么了?我看你有点打不起精神。"

我说:"没什么。"

她说:"是不是这些日子太累了?"

我说:"可能是吧。"

她说:"过了明天就好了,希望明天一切顺利。"

不知为什么我觉得她在说这话时有点底气不足,不过我也没再往下想,也没有时间再想了。各部门的部长们也都表了态。为了做到万无一失,刘平平在大家都表了态之后又让大家分部门再议一下,看还有什么问题。就在大家分部门议论的时候刘平平把我单独叫到了会场外一棵大树下对我说:"你看看还有什么问题没有,如果有什么不便当着大家讲的可以单独告诉我。"

我想了想说:"我们谈的也不少了,能想到的也都想到了,谈过了,没想到的一时也想不起来。不过没关系,不管今后遇到什么问题,只要我们这些人能够团结一致,又能够团结学校中的大多数同学和教职员工就没有克服不了的困难。"

她想了想突然小声地说:"你觉得革委会的这些人真的都和咱们一条心吗?"

刘平平的话使我大吃一惊。我不知道她怎么能有这种想法,这些人都是筹委会千挑万选出来的。刘平平是筹委会的主任,她应该是非常清楚的呀!这些人她还不相信,那她还能相信谁?特别是明天就要召开革委会的成立大会了,在这个时候她这个革委会的主任还不相信自己手下的工作人员这是很糟糕的。一个不祥的念头出现在我的脑海中，但我要尽量打消她的顾虑，说："你放心吧，这些人都是经过运动考验的，没问题。"

她还是心事重重地说："但愿如此。"

为了使她彻底放心，我说："如果你真对谁不放心现在就告诉我。我想办法调整。"

她说："还来得及吗？"

我苦笑了一下说："有什么来不及，到明天早晨开大会还有10个小时。只要大会没开没对外公布，要想调整都是来得及的。"

她说："那影响好吗？"

我安慰她说："影响当然会有，我想办法把不利的影响尽量减小就是了。"

她想了想又说："其实我也没有不相信谁。我只是想今后要是革委会内部有了矛盾怎么办？"

我说："这你不用担心，任何时候组织都不会是铁板一块，有分歧、有矛盾是正常的。有了分歧，有了矛盾我们完全可以坐下来协商解决。在我们这些人之间还有什么不能坐下来谈的？"

她叹了一口气说："是呀，是呀。"

她的语气似乎是承受了很大的压力似的。突然她话题一转说："你说革委会成立了那工作组怎么办？"

我愣了一下说："这个问题我没有想过。"

她说："你想想，随便说一说。"

我说："这确实是个问题。前些日子我主要忙着筹备成立革委会的事。我还真没有想过革委会和工作组的关系问题。不过你就这个问题问过工作组没有？"

她迟疑了一下说："没有。"

我说："这还真是不好说。"

她再三让我说说自己的看法。在她的要求下我说:"学校嘛,运动前是由校领导和党总支领导。运动来了校领导和党总支都垮了,上级派来了工作组,学校自然由工作组领导。明天学校的革委会就成立了,革委会又是权力机构,自然学校就应该由革委会来领导。至于工作组怎么办,这个我没法说。因为工作组是上级派来的,是留是走都由上级决定,咱们不好说。工作组要走,我们欢送。因为工作组还是为我校运动做了大量工作的,再说与我们的关系也非常好。如果工作组要留我们也欢迎。"

她说:"如果工作组留下来,工作组和革委会是个什么关系?你想一想。"

我沉默了一会儿说:"一个单位不能有两个权力机构,要不然一定会乱。大家有事不知道找谁,找工作组还是找革委会?为了一件事有的人找工作组,有的人找革委会。工作组和革委会的答复稍有不同就会引出乱子。所以一个单位只能有一个权力机构。既然成立了革委会,革委会就应该是唯一的权力机构。"

她听我这样说就又一次说:"那工作组怎么办?"

听她的话我猜想工作组是要留下来了。我想了一下说:"工作组是否可以考虑作为革委会的顾问来存在。我们有解决不了的问题就可以咨询工作组。他们是上级派来的,掌握政策比我们好。他们又都是工作过的干部,肯定比我们有经验,有办法。"

我觉得自己这个主意不错,可刘平平说:"仅让工作组当顾问怕不合适吧?"

我见她不同意只好说:"那你说呢?"

她想了一下说:"是否可以让工作组做决策机构,大的事由工作组来做决定。革委会做执行机构,一般性的工作由革委会来办。"

我一听马上说:"这恐怕不好吧。这样革委会岂不成了办事机构,还是我们先前讨论定了的权力机构吗?"

这时刘平平说出了一句让我更吃惊的话。她说:"我觉得大权还是放在工作组手里好。"

听了她的话我完全蒙了。我不明白这些日子以来我们起早贪黑,忙来忙去,做了大量的工作到底是为了什么。我更不明白她为什么要把到手的权力拱手相让。要知道这个权力又不是她自己的,是我们大家相信她才交给她的。可她现在还没有掌权就要把它让出去,这到底是为什么?我想直截了当地问一问她。我刚要开口没想到她先说了:"你是不是不相信工作组?"

这是哪儿的话呀。我只好说:"不,我绝对没有不相信工作组。"

她说:"既然你相信工作组,那把大权放在工作组手里有什么不好?"

我气馁地说:"大权既然还在工作组手里那还成立革委会干什么?我们只需要一个办事机构就行了。"

我觉得她这时的态度和在动员我参加筹委会时的态度完全不一样,不是对我而是对成立革委会。不知是她变了,还是我一开始就没有理解。刘平平看了我一眼说:"你是不是很看重革委会的权力,也很想掌权?"

听她这么一说,一股无名火从我心里窜了上来。我努力地控制住自己,尽量平和地说:"是的。我确实很看重革委会的权力。因为革委会要领导全校的师生把'文化大革命'进行到底,它没有权力怎么行?可我自己绝没有一丝一毫的权力欲望,也不想掌什么权。这一点我早就和你说过,我不适合当什么革委会副主任,也不想当。可这是你们非让我当的呀。"

我本来是想说是你刘平平非要推荐我当什么革委会副主任的呀。可一想真要是这么一说岂不是和她翻了?就改成是你们非让我当的。

刘平平接下来的一句话更让我搓火。她说："你是说过，可我以为你那是谦虚。"

这是什么话呀。我想今天晚上看来是不能再谈下去了。我真不明白她今晚怎么变成了这个样子。这些日子以来我们接触的也着实不少，可她从来不是这样。想到这里我就说："明天还要开大会，今天晚上咱们就谈到这里吧。这些问题留在以后再说。"

她说："也好，这些问题你回去再想想。"

我说："行，你回去也再想想。我们今后有的是机会谈。"

说完后我没有再回到会场而是直接回家了。

第二天一早我按时到校。我一跨进校门直觉就告诉我不要再去筹委会了。我径直回到班里找了个位子坐了下来。班里的同学也陆续到了。他们都知道我是筹委会的成员，也知道今天成立革委会，见我无事般地坐在班里就有人问我："今天不是成立革委会吗？"

我说："是呀。"

他们又问："那你怎么还坐在这里？"

我笑了一下说："该我干的活我干完了。今天革委会成立了，筹委会的使命也就结束了。"

又有人说："我还以为筹委会的人都要进入革委会呢。"

我只是笑了笑没说什么。革委会成立大会按时开会了。我自己一个人站在会场的最后面。台上的人没有谁知道我在哪里，他们也不想知道。此时我心里很清楚，我已经成了一名地地道道的看客了。我只是想看看他们对我草拟的方案到底有多大的改动。一直到最后我看到了唯一的一点改动就是革委会的副主任之一由我变成了另一位高三的同学，而这个人也是我推荐给刘平平的。看到这一切我心满意足了，我只是希望革委会成立之后校园里能恢复秩序。很快我的希望就落空了。

从此后我就成了"文化大革命"中最早的逍遥派，这时"文化大革命"才刚开始不久。后来在学校里我和刘平平也偶尔碰见过,可是我们再也没有交谈过什么,最多也只是礼貌性地打个招呼。我和革委会的成员都保持着良好的个人关系,可是我再也没有参加他们组织的活动。再后来有人给工作组贴大字报,又有人炮轰刘少奇;第二个工作组也撤了,学校里成立了许多组织;师大一附中的第一个革委会不见了,怎么没的我也不知道,又过了一段时间又成立了第二个革委会……对于这一切我都不感兴趣了。最后军宣队进校了。1968年2月我参军离开了学校,从1966年底我就再也没有见过刘平平了。

后来刘少奇被彻底打倒了,还被开除了党籍。1971年我复员回到北京,此时"文化大革命"还没有结束。我听说刘少奇的家被抄了,刘平平和她的弟弟妹妹们都被赶出了中南海。刘平平曾住过学校,当时她小妹妹已经到了上学的年龄。她曾对人说:我们这样的出身哪个学校会收我妹妹呀。听到这样的话我很伤感,不由地对刘平平和她妹妹产生了同情。我曾打听过刘平平和她妹妹,但是没有结果。

"文化大革命"结束后刘少奇平反了。我听说刘平平当了北京某研究所的所长,后来又调到商业部工作。我从心里愿她"文化大革命"后的路走得顺利一些。没想到再后来听说她患了脑溢血,虽然抢救过来了可成了植物人。这可真是天大的不幸,正在年富力强的时候却倒下了,还留下了一个未成年的孩子。前几年又听说她去世了,我只能愿她在天之灵安息了。

4 身不由己心不在焉

师大一附中的第一个革命委员会成立了,筹委会的工作自然就结束了。筹委会的成员除了我之外都进入了革委会,我原来在筹委会的那些同事由于都成了革委会的成员,他们依旧和以前一样忙碌着。而我自然成了闲散人员,他们没有时间也没有什么事再像以前那样找我商量。在"文化大革命"中像我遇到的这种情况是比比皆是。当时最通行的做法就是"此处不留爷,自有留爷处"。况且在"六·八事件"中我还在校内、校外真的结识了一些人,也有了一点小小的知名度。我亦可找几个合得来的人组织个什么"战斗队",贴上几张"大字报",发发声表示自己的存在。这种做法在当时也是最普通不过的,我没有那样做。我既没有去革委会外找志同道合者,更没有自己成立个什么组织,而是平静地回到了班里,就像我从来没有离开过班里去参加过筹委会的工作似的。不过我感到自己还是有些变化的。在离开班里到学校里去参加筹委会之前,我还是比较关注"文化大革命"运动的动向的,偶尔也会写上几张大字报议论一下教育革命的话题。那时作为一名高三的学生,不关心运动,不写几张大字报几乎是不可想象的。可自从筹委会回到班里后,我反倒不太关心学校里的运动,更没有再写过什么大字报。大多时间我都是在看书。我一般是早晨到学校,在班里待上一两个小时,中午前就回家了。以前我是在学校里吃午饭的。在学校时,我的书包一般只放两本书:一本是毛选四卷合订本；一本是大字本的马恩列斯著作的单行本。这样的书在当时还算是很稀罕的呢。我就是在这个时候开始通读毛选的。当然在这个时候你要真想在学校里看点书也只能是看毛泽东的书和马恩列斯的书。毛选我自以为还是看进去了一点。对于马恩列斯的书那就是认了一遍字而已。

  回到家里看什么书那就没人管了。想看什么就看什么。这是我最开心的。中午我稍休息一会儿，整个下午几乎就不出我的房间了。我又开始把前一段时间由于忙筹委会的事而放下的数、理、化捡了起来。每看完一章还把章节后面的习题一道不漏地做一遍。到了晚上做题做累了就找出一本小说来看。整个高中的这三年我都没看过一本小说。现在有了时间，我才发现有些小说还真是很吸引人的，也很能说明一些社会问题。这会儿我妹妹倒是一天到晚的不着家了。有一天，爸爸到我房间来看见我正在做数学题就问："你们不是停课搞'文化大革命'了吗？"

  我说："是呀。"

  他又问："那你怎么每天下午都待在家里？在家里就做习题？"

  我笑着对爸爸说："我这是运动、学习两不误。"

  他又说："前些日子你可不是这样呀。"

  我说："那不是为了成立革委会嘛。现在革委会成立了我也没什么事了，也该放松放松了。"

  他又说："可你妹妹还是早晚不着家呀。"

  我说："爸爸，您别管她了。她们高一的同学就是热情高。她们才上高一也有的是时间。我们高三都毕业了自然是和她们不一样。说不定什么时候就恢复高考了。我们得有所准备呀。"

  爸爸说："你说的也是。有一点我想提醒你们一下。"

  我说："您说。"

他说:"你们参加运动我不反对。可你要和你妹妹说说,一定要有度。要掌握政策和分寸,不能乱来。"

我说:"行,我找个时间和她说说。"

事后,我还真的找我妹妹聊了聊。她听进去了没有我就不知道了。

革委会成立后从表面上看来革委会是取代了学校远来的领导班子成了学校的领导。实际上,革委会并不能有效地管理学校。这一方面是革委会自身的问题。革委会的主要成员都是没有政治经验、没有管理经验的学生,但是更重要的是客观形势也不允许革委会有效地、有序地管理学校。因为有些领导干部就希望天下大乱,越乱越好,特别是在中学里。本来人在十几岁时就是思想最不稳定的时期。在严格的管理和教育下还难免想入非非。这一下可好,没有了严密的组织、没有了权威的领导,那就如同彻底地放了羊。要想再聚在一起就没那么容易了。

一天我正在心不在焉地看书,我们班的同学何忠瑜来找我说:"想和你聊聊。"

我指着旁边空着的椅子说:"行呀,坐下说吧。"

他看了一下周围说:"咱们换个地方吧。"

其实这时教室里没有几个人,但见他这样说了,也只好跟着:"行呀。你说去哪儿我就去哪儿。"

他把我领到了我们学校自行车棚的房顶上,我不知道他是怎么找到这个地方的。这确实是个好地方,坐在这里,学校里任何地方的人都看不到。我俩一坐下他就开门见山地问:"你怎么没进革委会?"

我还真不知道如何回答他,只好说:"为什么我一定要进革委会?"

他说:"可是你参加了筹委会呀。"

我说:"那也不是我主动要求参加筹委会的。"

他说:"可是其他的筹委会委员都进了革委会呀。"

我想了一下说:"可能是我不适合革委会的工作。"

他问:"是不是道不同不相为谋?"

我说:"那倒也不能那么说。"

他说:"我感觉你和革委会的一些人还是有点不同的。"

他的话有点令我诧异。我笑了笑问:"是吗?有什么不同?"

他说:"你不像有些人那么盛气凌人。有些人给人的感觉就是在学校里好像只有他们是最革命的,好像别人都是革命的对象。"

我说:"你说的是不是也有点过分了?"

他说:"有这种感觉的可不是我一个人,只不过我是把它说出来了而已。"

我说:"有些人是有些傲气。"

他说:"不只是傲气。"

我问:"那是什么?"

他说:"我也说不好,但我觉得不单是傲气的事,他们这样会脱离群众的。"

我见他不愿意说也就没再追问。不过我也觉得在筹委会的工作中确实有脱离群众的现象。就拿我自己来说,也是有一段时间不参加班里的各项活动。可筹委会的工作总体说来是在工作组的领导下进行的,所以我本人也有觉悟不到和身不由己的地方。他见我不说话了又说:"就我个人来说,我还是希望革委会中有你这样的人的。你应该留在革委会里。"

我还真的没想到有人会有这样的想法,这多少有些让我感动。我看着他说:"这可不是哪个人能说了算数的。"

他问:"你没有争取一下?"

我反问:"争取什么?"

他说:"争取参加革委会呀。"

我说:"那就没意思了。"

他说:"可你参加了筹委会呀。"

我说:"你认为我是自己要求参加筹委会的吗?"

他问:"那你是怎么参加筹委会的?"

我想这事要想说清楚是很容易的,可说清楚了有什么用?想到这里我就说:"这事已经过去了就让它过去吧。"

他听我这么一说也笑了,说:"那你今后有什么打算?"

我说:"没什么打算。"

他又问:"你不打算成立个什么组织?"

我说:"不打算。"

他说:"如果你今后成立个什么组织告诉我一声。"

我问:"为什么?"

他说:"我好报名参加呀?"

我看着他笑着说:"那你等不到那一天了。"

他问:"为什么?你不要我?"

我说:"不是我不要你,是我根本就不会成立个什么组织。"

他说:"那你总要干点事吧。"

我说:"谁说的干事就要成立组织?不成立组织就不能干事?"

他问:"你一个人能干什么事?"

我说:"我能看书呀。现在有时间多读点毛选,读点马恩列斯的书有什么不好。"

他说:"现在可是提倡在革命中学习革命,在运动中学习理论。"

我说:"你说得对。可我们现在读毛选,读马恩列斯的书并没有脱离运动呀。比如写大字报是参加运动,可看大字报也是参加运动呀。只有写大字报的人，没有看大字报的人，这大字报不就白写了吗？那还怎么运动？还有，投入到大辩论中是参加运动，听大辩论也是参加运动。只有辩没有听那就不能称其为大辩论了，也就不是运动了。你说是不是？就是我们俩坐在这里讨论这些事不也是参加运动嘛。"

他听了说："你说的也是。可现在真能够坐下来看看书也不是件容易的事。"

我说："是这样。不过我觉得还是先看看毛选、看看马恩列斯的原著。同时也要看看历史，当然主要是看看无产阶级革命史，把运动的方向搞清楚，以免运动到歧路上去。"

他说："可你看看现在有几个人像你这样没事就坐在教室里看书的呀。"

我说："正是因为看书少才会时时闹出笑话来呀。"

他看着我问："怎么说？"

我想了一下说："我给你举个例子吧。前些日子我还在筹委会筹备革委会选举的时候，咱们年级其他班的一个同学找到我对我说，'我想给你们提个意见。'

我说：'有什么意见你尽管说。'

他说：'你们制定的选举革委会的方法不对。'

我问：'有什么不对？'

他说：'你们不应该采取班代表选举的办法。'

我又问他：'你觉得应该用什么方法选举？'

他说：'应该是全校学生和教职员工每人一票直接选举。'

我说：'你说的也是一种方法。不过我们国家自解放后人大的选举以及党内的选举都是采用分级选举呀。'

他想了一下说：'那是在平时。现在是在运动期间，在大革命的

时期就应该采取每人一票的方法。'

我问：'你这样说的根据是什么？为什么在大革命时期就应该采取每人一票的方法选举？你可以告诉我吗？'

他说：'巴黎公社是第一个无产阶级专政的政权。我们的选举应该仿照巴黎公社的选举办法。'

我一听他这么说就笑了。他一见我笑了就问：'你笑什么？'

我说：'你回去找一本巴黎公社的书看看。'

他问：'怎么啦？我说得不对吗？'

我说：'你看过书后如果巴黎公社的选举确实如你所说，你就把书拿给我看。我一定想办法说服筹委会改用你说的办法选举革委会。'"

我说到这里何忠瑜问："那他后来找你了吗？"

我说："没有。"

他说："他没有找到相关的书吧？"

我说："他找到了相关的书没有我不知道。但是我知道他不会再为此事找我了。"

他问："为什么？"

我说："因为我知道巴黎公社的选举就是分区代表制。"

他问："你查过相关的书了？"

我说："是的。所以我说一定要看点书，不然就会闹笑话的。"

他说："你说的也是。不过关于这方面的书我看得不多。"

我说："其实我也看得不多。你想想咱们都是眼看着就要走进高考考场的人了，谁还有时间看其他的书。"

他问："那你怎么想起来查书的？"

我说："这不是要选举革委会了嘛。我参加了这方面的筹备工作，为了尽量做到公正，也不愿意让别人提出异议，自然就要做些功课了。当然我知道的也仅仅是皮毛。可惜的是有些人连皮毛也不知道。"

他不好意思地说:"看来我也是连皮毛都不知道。"

我说:"不知道没啥。不知道咱们可以问呀。咱们可以看书学呀。糟的是不知道也不问、不学,还认为自己知道。我刚才说的那个例子不就是这样吗。"

他想了想说:"这样的事可能还不少。你说怎么办?"

我笑了一下说:"咱们一个学生能有什么办法。咱们唯一能做的事就是多看点书,少干点想当然的事。"

他说:"你说得对。看来今天我找你聊聊是对的。今后如果有什么想不通的事我还是要来问问你。"

我说:"别,千万别这样。"

他问:"为什么?"

我说:"不为什么,只是我自己知道的也不多。"

他说:"你总比我知道的多吧。"

我说:"我还真不见得比你知道的多。"

他说:"那咱们俩讨论总可以吧。"

我说:"讨论当然是可以了。"

他说:"那就行了。"

我们俩的这次聊天是那些日子里我唯一的一次和他人推心置腹的聊天,因此给我留下了很深刻的记忆。可在后来的日子里他并没有再找过我。因为不久后我又离开了班级到学校里去干事了。不知是谁推荐我负责接待外地红卫兵的工作。这个工作实际上就是负责管理在学校里借宿的外地红卫兵的吃喝住宿。每天要统计来了多少人,走了多少人,还有多少人在学校里。然后按照实际的人数从红卫兵接待站开出条子,再拿着条子到粮店去拉粮食。至于这些外地的红卫兵睡醒了,吃饱了,喝足了,他们去干什么这就不是我的事了。这是一件非常琐碎的事，没有人愿意干，可我很喜欢干这事。这倒不是这件事的本身对我有什么吸引力，而是这事可以充满我在校的时间。可以使我暂时脱离了班级，避开那些难以避开的不断表态，不停批判和无休止的辩论，使我合理地远离了"文化大革命"的主题。当我忙完了油米煤盐这些琐事之后，就可以躲在那间只有我一个人的临时办公室里，享受着在当时难以享受到的宁静。

5 非本所愿懊悔久久

一天我刚从粮店领回米面，把住宿红卫兵的吃饭问题安排好，回到自己的临时办公室想休息一会儿，躲躲清闲，就听见有人敲门。还没有等我答应，就有几个认识而不很熟悉的初中同学蹦了进来。他们一进门就冲着我嚷嚷："你带我们去抄家吧。"

　　不知道是什么时候开始，刮起了一股抄家风。"地、富、反、坏、右"的家被抄了；干部被说成是"走资派"，家也被抄了；专家、教授被说成是"反动学术权威"，家也被抄了。只要有人说出一个理由家就有可能被抄。从市井胡同到中南海已没有一块宁静的地方。

　　我看着他们懒散地说："我累了，我不去。"

　　他们还想拉我去就说："不用你动手，只要你指挥就行了。"

　　我只好说："不行，我还有事。"

　　他们还是不依不饶地说："你有什么事？咱们一会儿就回来了。"

　　我说："在咱们学校借住着几百名外地的红卫兵，这吃喝都要我操持，我离不开呀。"

　　他们见我就是不肯去，便蹒跚着离开了我的办公室。他们走后我把门关上坐在椅子上心想，这抄家也不知道是谁发起的。一开始是抄本单位"走资派"的家，后来听说国家主席刘少奇的家都被抄了。我们高二的同学林炎志的父亲林枫是全国人民代表大会常务委员会的副委员长，家也被抄了。安国的父亲是中共中央组织部部长安子文，家也被抄了。再后来抄家之风又蔓延到社会上，一些成分比较高的人家也被抄了。还有一些因为说不上来什么原因也会被抄家，抄家被看成是一种"革命"行动，所以就有人积极参加抄家活动以表示自己的革命。我却不愿意参加这样的活动，我甚至不想听到这样的事。我庆幸自己有个好理由躲开这一切。

我刚坐下不一会儿又有人敲门，我以为还是那几个初中同学便不去理他们。这次他们没有蹦进来，而是再次地敲门。我有点不耐烦地说："别敲了，进来吧。"

没想到进来的不是那几个初中的同学，而是两位中年人。他们也带着红卫兵的袖标。我不好意思地说："你们找谁？"

他们说："我们是来请你们师大一附中红卫兵的。"

我客气地说："他们的办公室不在这里。我告诉你们在哪儿，你们可以去找他们。"

他们俩说："我们已经去过了，那里没人。我们听其他的同学说他们出去参加什么活动去了。"

我说："那我就没办法了。"

他们说："有人告诉我们这里是红卫兵接待站，所以我们就来了。"

我打量了他们一下。首先他们两人不是学生。因为没有像他俩这么大年龄的中学生，就是大学生也不可能。再听他俩说话的口音他们也不像外地人。想到这里我就说："不错，这里是外地红卫兵接待站。我们负责接待的主要是外地中学红卫兵。请问你们两位是？"

他们俩听我这么一说马上解释说："我们就是北京的，我们是街道红卫兵。"

我问："那你们找我们有什么事？"

他们之中一个人说："是这么一回事。我们街道上有个反动资本

1

家。这家伙可反动了,解放前他就剥削雇工,解放后还拒绝公私合营。后来虽勉强参加了公私合营还一直吃股息。我们经过学习,认清了吃股息就是剥削。我们让他交出来,他把不交。这不是对抗运动吗?所以我们决定抄他的家。"

听到这里我有点明白了,我就对他们说:"你刚才说的事应该由你们街道负责。我们主要是参加学校的'文化大革命'。"

他们听我这么一说马上解释说:"这我们知道。这事是应该我们负责,可是我们人少力量小,我们开会研究了一下,大家都说应该请你们学校的红卫兵支援我们一下。这不我们就来了。"

我问:"我们怎么支援你们?"

他们说:"你们派些人去就行了。"

我说:"可是我们现在没有人呀。这你们也看到了。"

他们说:"刚才我们已经找了你们学校好几个红卫兵了。"

看来他们是不达目的不罢休,我就对他们说:"那你们就和他们商量着办吧。"

他们又说:"可是,可是他们年龄小了点。我们怕万一有点事什么的他们应付不了。"

这我才想起来他们所说的那几个红卫兵就是刚才来找过我的那几个初中生。可我还是不想去,就说:"不是还有你们街道红卫兵吗?"

他们支支吾吾地说:"我们,我们街道红卫兵也怕掌握不好政策。"

他们的这句话还真的触动了我。是呀,你们怕掌握不好政策,那学校里的红卫兵就能掌握好政策了?抄家还有什么政策?让这些初中的小同学和他们去抄家万一出点事可怎么办?特别是我也听到有消息说,最近的抄家中还发生过流血甚至是打死人的事。看眼前这样子,这事即使我不去也是无法避免的了。想到这里我就说:"好吧,我可以和你们去看看，不过我有个条件。"

他们一听我同意去了就忙说："你说，你说什么条件？"

我肯定地说："我们要是去了，那就得听我们的，否则我不去。"

他们连声说："那是当然，那是当然。完全听你们的。"

一见他们这个态度我才想到这可能原来就是他们求之不得的。反正他们同意了我就说："那我们走吧。"

我一出门就看见那几个初中同学还在门外等着我。见我出来了他们跃跃欲试地说："你带我们抄家去吧。"

我看着他们，心里有一种说不出的滋味。他们还都是初中的孩子，怎么如此热衷于抄家这种事？难道这是革命的必由之路？我无可奈何地说："你们要听我的指挥，记住了吗？"

他们异口同声地说："我们都听你的指挥。你说怎么干我们就怎么干。"

我们一行人在街道红卫兵的带领下走进了学校北面的一条胡同。我们一直向东走。在快走到胡同最东头的地方，来人指着一个大门说："那个反动资本家就住在这里。"

我站在门口问："这个院子里住了几家人？"

他们说："住了三家人。正房住的是那个反动资本家。原来这个院子都是他们家的。解放后，他家把东西房租给别人。他家收房租，这也是剥削。"

初中的同学一听就要冲进去。我马上拦住他们说："跟在我后面。没有我的命令谁也不许动手。"

他们跟着我走进了院子。眼前的情景使我们吃了一惊。只见北房门前的地上堆了一大堆的东西，一个六十来岁的老头儿哆哆嗦嗦地站在北房门前。不用说他就是街道红卫兵说的反动资本家。我走到他面前问："这是怎么一回事？"

他毕恭毕敬地说："红卫兵同志们……"

老头儿刚一开口，那几个初中的同学就大声喊道："闭上你的狗嘴，谁是你的同志？"

老头儿马上改口说："我该死，我混蛋，我胡说八道……"

我制止了他对自己的谩骂，指着门前的一堆东西说："这到底是怎么一回事？"

老头儿说："这些东西都是我剥削来的，我愿意上交，我愿意上交。"

我看着他问："这些东西都是你剥削来的？"

他躲开了我的目光颤抖着说："都是，都是。"

我身后有人吼道："你的东西都在这里？有没有藏起来？"

老头儿忙说："没有，没有，绝对没有。"

我一看这种局面，心里想那就别抄了，把他交出来的东西拉走就算了。这时我身后的一个初中的一同学在我耳边小声地说："咱们不能相信他，咱们得到他屋里去检查一下。"

还有人说："这个家伙太狡猾了，不揍他，他不会说实话的。"

我回头看了一下。我身后的几个人脸上都露出了不相信的神情。我只好说："我们要到你的屋里检查一下。"

老头儿马上站到一边说："请进，请进。"

我们一拥而进。屋里的情况又使我们吃了一惊。这是一套一进三开的房子。中间是一间厅房。厅房里只有一张旧方桌，两把椅子，墙边还有个木柜。柜子的门都是打开的，一眼就可以看清楚柜子里是什么都没有。走进东边的房间，里面站着一个中年妇女，她神色慌张地看着我们。我指着她问那老头儿："她是谁？"

老头儿说："她是我女儿，从婆家来看我的，没想到赶上这事了。"

再看这间屋子已是六面光了，屋里什么都没有，以至于那老头儿的女儿就站在屋子的中间。我们出了东面的屋子，回到厅里。老头儿指着木柜说："这柜子太重了，我和我女儿搬不动，所以没搬到院子里。它也是要上交的。这桌子和椅子太旧了，不知你们要不要？"

我没有搭理他，转身走进了西边的屋子。西边的屋子也是如此。只是在屋里的南面窗下多了一盘炕。这使我很奇怪。在北方的农村睡炕是很普遍的。可在北京城里我就没见过睡炕的了。我指着炕问："这又是怎么一回事？"

老头儿说："我原来住在农村，睡炕睡惯了。后来到了北京我就在自己住的屋里盘了个炕。"

我又看了一眼，见炕上连个炕席都没有。这炕倒不像是新盘的，可我总觉得这炕有点别扭。看来看去我发现这炕没有炕洞。没有炕洞怎么生火，这岂不成了一个死炕了。我坐在炕头，用脚后跟磕着炕问："这炕怎么没有炕洞呀？"

老头儿回答："炕洞让我给封了。"

我严厉地问："为什么封了？"

老头儿说："这个炕盘的不好，太费煤了。后来煤一限量就不够烧了，我就把炕洞给封了。"

这时站在门口的一个同学厉声喝道："你说具体点，是什么时候封的？"

老头儿哆哆嗦嗦地说："就是前几年，具体的时间记不清了。"

那同学又说："你滑头，你自己干的事你自己不知道？谁相信你的鬼话。"

老头儿低着头小声地说："我真的记不得了。"

那同学一听拿着一根竹棍就要揍老头儿。老头儿仿佛预感到自己要挨打了就把双肩紧紧地缩着。我忙拦住说："先别揍他，让他指指原来的炕洞在什么地方。"

老头儿赶忙走到炕边离那同学稍远一点。他指着一个地方说："就在这里。"

我低下头看了看，那个地方确实和别的地方有点不一样。可也不像是新砌上去的。我想既然不是新砌的就不会是在这次运动中有什么新的藏匿，也就算了。可那同学的警惕性蛮高的。他说："他会不会把金银财宝都藏在炕里了？"

老头儿一听忙说："没有，没有，我们家没有金银财宝。"

他越这么说别人越不相信。那同学说："不行，一定得让他把炕洞扒开。"

老头儿说："没工具呀，用什么扒？"

那同学说："你太狡猾了。今天我非叫你把它扒开不可。"

说着他就出去了。片刻工夫返回来，拿着一根不知从哪儿找的炉钩子。他把炉钩子扔到地下说："用这个炉钩子扒。"

老头儿拿起炉钩子开始扒炕洞。可是工具不顺手他扒得很慢。那同学认为他是故意磨洋工，因此很生气。趁我不注意狠狠地打了老头儿一棍子。老头儿一歪躺在了地下。那同学把他拉起来骂道："你想耍死狗，没门儿，你给我扒。"

说着他又高高举起棍子。我一看忙劝阻说："你先别揍他。你越揍他，他干得越慢。"

那同学说："他是故意磨洋工。不给他点厉害看看，他就敢对抗运动。"

我也不想再说什么，我不能给别人留下一个袒护反动资本家的印象。我想了一下对那同学说："你找个同学一块回趟学校，找一辆三轮车来。"

那同学问："找三轮车干什么？"

我说:"咱们得把院子里的东西都拉走呀,这都是咱们的战利品。咱们必须把它们交到区里的收缴站去。"

那同学说:"还得交到区里呀。"

我说:"'三大纪律八项注意'是怎么说的,'一切缴获要归公'。我们当然要交到区里。快去找车吧。"

他听了后说:"唉,刚才来的时候推一辆三轮车来就好了。"

我说:"你就别啰唆了,快去吧。别忘了,带个手电筒来。"

他又回过头来问:"带手电筒干什么?现在可是大白天。"

我说:"扒开炕洞,里面黑乎乎的不用手电什么也看不见。"

他说了声"对"就跑了出去。他一走老头儿就不扒了,他抬起头来对我说:"这炕洞里什么也没有,我压根就没有金银财宝。"

我看了他一眼说:"让你扒,你就扒。没有东西你怕什么。把炕洞扒开了,一看什么都没有他们不就踏实了。"

一会儿的工夫回学校的人就推着一辆三轮车回来了。那个同学拿着一个手电筒跑进屋子就喊:"炕洞扒开了吗?"

恰在这时炕洞也扒开了。他用手电筒照了照发现炕洞里确实没什么。他还有点不甘心,对着老头儿喊:"你是不是把财产转移了?"

老头儿哭丧着脸说:"我根本就没有什么财产,转移什么呀。"

这时我说:"好了,到此为止吧。咱们也该清点一下咱们的战利品了。"

说着,我就把我们同学、街道红卫兵和老头儿都叫到院子里。我们开始一一清点物品,进行登记。老头儿哭丧着脸站在院子中间看着他们清点。当点到皮褥子一条时我问:"这是什么皮的?"

老头儿说:"狗皮的。"

我把街道红卫兵叫到身边问:"你们看看他说的是不是真的?"

他们说:"好像是狗皮的。"

我不满地说:"干吗用狗皮做褥子?"

老头儿不明白我的意思就说:"我有老寒腿,狗皮褥子防潮保暖。"

我一把把狗皮褥子甩在地下说:"狗皮不值钱,上交了也没有用,我们就不费劲拉走了,继续清点。"

刚点了一两件我就不耐烦了,说:"不行,这样点太慢了,太耽误时间,还是我来吧。"

我走到物品堆前拎起一件衣服问老头:"什么料的?"

老头儿说:"布的。"

我往狗皮褥子上一扔说:"不要。"

又拎起一件问:"什么料的?"

老头儿说:"绸子的。"

我把它放在三轮车上说:"登记上绸上衣一件,上交。"

我正在点衣物,一个初中的同学问我:"这锅碗盘盆怎么办?"

我头也没回就说:不要,不要,又重又不值钱。"

我刚一说完就听见身后"啪"的一声。我回头一看他把一个碗摔碎在地上。他又拿起一个盘子准备摔。我马上制止道:"别摔,别摔。"

他说:"不摔还留给反动资本家用。"

我说:"我们来不是为了破坏的。这些东西都是社会的财富。我们不收缴也没有必要毁掉它们。我们先让它们留在这里吧。我再强调一遍。我们收缴的仅仅是他多余的部分。我们是要给他留下生活必需品的。我们党对于像他这样的人的政策不是摒弃,而是改造。"

说实话对于我们党对这些人的政策具体是什么我也说不清楚。可我相信其他的人也不知道。所以我就把这番话说给了我们的同学,更是说给街道红卫兵的,因为他们毕竟还要在一条街上生活下去。

我说完后继续清点，很快三轮车上一堆，地下一堆就分出来了。院子里还有一张床，床上还有一些纸。我也没在意就说："这床也留下吧。你那间东屋里也没有床，这床也不算多余的东西。"

老头儿走到床前拿起一个镜框递到我面前。我见镜框里是一幅字。他说："我听人说这是王羲之的字。我也不知道是不是。要是真的就值钱了。"

我对于文物的价值是一点都不了解。但是我还是拿过来看了看。结果发现没有题款，就问："怎么没有题款？"

老头儿说："我得到时就没有，所以不敢确定是不是王羲之的真迹。"

我把它放在三轮车上说："不管是真是假，它都不是生活必需品。上交了。"

老头儿连声说："我上交，我愿意上交。"

说完老头儿又从床上拿起一个存折样的东西交给我说："这个我也上交。"

我问："这是什么？"

他诚惶诚恐地说："这是我剥削的罪证。"

我皱了一下眉头说："说清楚点，这到底是件什么东西？"

老头儿说："这就是我领股息的折子。"这东西我还真没有见过，接过来我看了看。一看才知道他每月才能领取 27 元钱。我看了老头儿一眼问："你除了这点钱之外还有没有其他的收入？"

老头儿说："没有了。"

我又问了一遍："你还有没有其他的收入？"

老头儿还是说："没有。"

我转过头去问街道红卫兵："他真的没有别的收入？你们都和他住在一条街上，你们说说他有没有其他收入。"

街道红卫兵的两个人你看看我，我看看你，然后说："好像是没有。"

我说："别好像呀，有就是有，没就是没。"

他们其中一人说："那我们只能说目前没有发现他有别的收入。"

我又转过头去，晃着那个折子问老头："你把这个也上交了，你今后靠什么生活？"

老头低声地说："再说吧，再说吧。"

我看了一下院子里的人，大家也都在看着我。我知道收缴不收缴这个折子全在我一句话。收缴了这个折子，这老头儿今后的生活肯定就陷入了绝境，这可能也是某些人希望的。可这不符合我党给出路的一贯政策。要不收缴这个折子，那就一定要有个说法。想了一下我就说："你给我老老实实地听着，在这里我要说明两点：一是我们党的政策是给出路，只要你肯向人民靠拢我们就会给你出路；二是我们说话是算数的。公私合营是我们党的政策，给你适当的股息也是我们党的政策。任何人和组织都是无权改变。况且这还是你唯一的生活来源。这个你就留着吧。"

说着我就把折子扔给他。老头儿再次把折子递向我说："我还是上交了吧。"

我把眼睛一瞪，厉声说道："你什么意思？你给我老老实实听着，给我牢牢记住。我们红卫兵是讲政策的，我们不是打家劫舍的强盗。"

说到这里我看清点工作已经完了，收缴的清单也整理好了，一式两份。我把一份给了老头儿。老头儿说："这都是我自愿上交的，清单我不要。"

我说："这清单是我们写的，是我们给你的，有什么不敢要的。我再告诉你一遍。今天我们来抄你的家是形势发展的需要，可我们不是强盗，记住了没有？"

老头儿连声说:"记住了,记住了。"

我看了看已经没有其他的事可做了,就带着我们学校的同学拉着三轮车走了。在回来的路上我走在最前面,几个初中的同学走在我后面。他们一边走一边议论。有的人说我们这次行动太温和了。他们的理由是毛主席说过"革命不是请客吃饭……"也有人说他已经把东西都交出来了就不应该再采取更激烈的行动了,理由是"三大纪律八项注意"。我一直在听,什么也没说。在我们把东西上交之后,我回到了学校。我把自己关在办公室里好长一段时间。我不知道自己做得对否,但我深知我不适合做这样的事。从此以后,我再也没有参加过类似的活动。

6 两探校长情永难忘

两探校长情永难忘

1963年9月开学典礼上，我和所有新生一样第一次见到了我们北京师大一附中的校长——刘超。我相信一直到"文革"前刘校长可能都不认识我。刘校长给我的印象是高高的个子，黑黑的脸庞，戴着一副度数很高的眼镜。说起话来总是咳嗽，因为他不是嘴上叼着香烟就是手上夹着香烟。烟把他的牙齿和手指都熏黄了。当他给我们作报告的时候，他的第一个动作就是从口袋里掏出香烟，然后点上，深深地吸上一口，之后才是说："同学们，老师们，……"

从1963年9月到1966年5月，在这近三年的时间里我和刘校长打过几次照面，听他作过多少次报告我都不记得了，但我记得很清楚我从来没和刘校长面对面地说过话。1966年夏，大批判开始了。刘校长被批判为修正主义教育路线的代表，是师大一附中走资本主义道路的当权派。批判刘校长的会我参加过，我看得出来，他对于对他的批判是不服气的。后来随着"文化大革命"的进一步发展，批判的矛头指向了更高级别的干部，学生们也把目光由校内转到校外。有一段时间倒没有人再去理会刘校长了。

由于种种原因，当然最主要的还是个人性格使然，我在运动开始后不久便成了逍遥派。我没有介入社会上的各种活动，也不关心校内的事，只是每天例行到学校一次。到了学校后就在本班的教室里坐一会儿。有说的来的同学就多坐一会儿，聊一会儿，没有说的来的同学就转一圈，亮个相就回家了。至于其他的同学都到什么地方去干什么了我是从来不过问。回到家中倒是闲不住，我找来了高等数学开始自学。我想不管怎么样国家不能没有大学，高考最终还是要恢复的，就是我上不了大学多学一点也没有坏处，常言道"艺多不压身"。

　　一天晚上有一道题做得很费劲，很晚才睡觉。第二天早晨我起晚了。这在过去即使头一天熬夜第二天也会准时起床上学的，自从成了逍遥派我就常常不按时起床了。这一天的上午自然就没有到学校去。吃完中午饭不知为什么坐立不安的，遂决定到学校去看看。我去和母亲打个招呼："妈，我去学校看看。"

　　母亲随便地问了一声："学校里有事？"

　　我说："没事。"

　　确实是没事，也许是昨天做题做得累了，便想出去转转，又没别的地方可去，只好去学校。母亲看天阴沉沉的，到了中午还不见太阳，便说："天这么阴，没事就别去了。"

　　母亲这么一说我才发现天果然阴得厉害，还不时吹过一阵小风，使人感到阵阵凉意，但好像下不了雨。我就对母亲说："这天下不了雨，我去去就回。"

　　母亲见我执意要去就说："那你就早去早回。"

　　见母亲同意了我便出了家门。可能是天气的原因，学校里的人很少。我们的教室竟是空无一人。我无事可做，正打算回家，恰在教室门口碰见同班同学何忠瑜。他几步走到我面前把我拉回教室，关上门小声地说："你什么时候来的？"

　　看着他有点神秘的样子我不解地说："怎么了？刚来。"

　　他依旧小声地说："你知道吗？刘超被打了。"

　　我吃了一惊，一种不祥的预感袭上心头。就在前些日子刚听说我们学校斜对面的外国语学院附中打死了一名老师。我实在是无法理解怎么会发生打死人的事。照这样下去"文化大革命"岂不是要变成"武化大革命"了吗？难道解放十七年之后真的还需要在国内进行武力斗争吗？虽说在外国语学院附中已经发生了那样的事，但我从没想过这种事会在我们师大一附中发生。我忙问："刘超被打得怎么样？"

何忠瑜说："听说打得不轻。不过具体的情况我也不清楚。我没有在现场。"

我心存侥幸地问："你也是听说的？"

他说："是呀，刚才我碰到好几个人，他们都说刘超被打了。"

我说："现在都说也不见得是真的，以讹传讹的事多了。"

他说："这次不会的。不信你可以到刘超家去看看。"

我又问："照你这么说，刘超是在他家被打的？"

他说："听说是。"

我"哦"了一声没有再说下去。我们又聊了会儿别的，何忠瑜见我心不在焉就回家去了。他走后我决定到刘超家去看一看。刘超家就在我们学校教学区对面的家属区。这也是"文革"之后我才知道的。

走进刘超家所在的院子，心里便是一紧。只见院子中央有一个摔碎的墨水瓶，墨水将地面染黑了一大片，碎纸、杂物散落在院子里。整个院子空无一人，我轻轻地走到刘超家门口，刚一敲门，门就开了个缝。原来门是虚掩着的。我站在门口等了一下，屋里没有人应声。我又敲了一下，门缝又大了一点，还是没人应声。我轻轻地把门推开，迈进了屋子。一眼看到刘超趴在一张单人床上，脸正冲着门口，可眼睛却闭着。我轻轻地走到他身边，只见他上身穿着一件皱巴巴的衬衣，满是污垢，还有两处撕破的口子，裤子也破了，光着脚，没见到床前有鞋袜。他没有出声，我不知道他是否感觉到有人进屋，我轻轻叫道："刘校长。"

他的头猛地动了一下，这时我才想起来这几个月来他可能很少听见有人叫他校长了。他的嘴动了动吐出几个字来："你是谁？"

我报出了自己的名字。不知道是没有听清楚，还是不相信自己的耳朵，他又问了一次："你是谁？"

我向前迈了一步，弯下腰对着他的头用稍微大一点的声音又报了一次名。他的头又动了一下。我想这次他是听清楚了。停了一下他又用很小的声音说："你找我有事吗？"

我说："没，没事。"

他有点不解地问："那你来……"

我忙说："校长，我是来看你的。"

他面带疑问地说："你来看我？"

我向他解释说："我听说有人打了你，就过来看看你。"

他"哦"了一声没有说话。我又问："怎么会发生这种事？"

他轻轻地说："没事，没事。"

同时努力抬起头来想看看我。我赶快伏下身去，脸对着他的脸说："你别动。"

这是我认识刘校长之后离他最近的一次，但我知道虽然我离他已经很近了他照样看不清楚。他的手在床上摸索着，我忙问："校长，你找什么？"

他苦笑了一下说："没眼镜我什么也看不清。"

我忙说："你别动，告诉我你的眼镜在哪儿，我帮你拿。"

他说："我的眼镜被打掉了，我也不知道掉在哪儿了。"

我说："我来找，我来找找。"

我一边说一边四下寻找，发现眼镜在墙角。我捡起来一看，一只镜片已经不知了去向，另一只镜片也都裂了，镜架也扭曲了。可以看得出来眼镜是掉在地下后又被人踩了一脚，再被踢到墙角的。我无奈地说："这副眼镜摔坏了，你还有别的眼镜吗？"

校长说：“我听到有人踩我的眼镜了。抽屉里还有一副，不知还在不在。你能帮我找一下吗？”

我说：“我来找一下。”

还好这副眼镜还在。我把它拿到床前轻轻地给校长戴上。校长习惯地扶了一下眼镜看着我说：“谢谢你来看我。”

我真不知道如何回答校长，只好说：“我帮你把屋子扫一下吧。”

校长说：“算了，不知什么时候他们又来了。”

我说：“还是扫一下吧。”

说着我就找了一把扫帚把屋里扫了一遍，把垃圾倒了出去。校长一直在看着我。我又找出了一条床单给校长盖上，这时校长拍了拍床边说：“你坐一会儿吧。”

我知道校长是让我坐在他床边。可我怕碰到校长身上的伤就搬了把小凳子坐在校长对面。

我问校长：“是谁打的？”

校长皱了一下眉头说：“我也没有看清是谁。”

我不相信校长不知道是谁打的他，他只是不想告诉我。我又问："他们为什么这样做？"

校长轻轻地叹了一口气说：“没有为什么。”

我们都沉默了。我知道校长不愿意就这个话题再说什么。我也不知道在这个时候还有什么可以说。我们都陷入了沉默。沉默在某些时候能更好地表达心情，我们心照不宣，用沉默表达着抗议。

天渐渐地暗了，我该回家了。我站起来对校长说：“你歇着吧。”

校长点了点头什么也没说。我退出了屋子，又隔着门窗看了校长一眼，只见他又闭上了眼睛。我万万没有想到我和校长第一次面对面的对话竟是如此，如果没有"文化大革命"，我可能没有机会和校长对话，但我宁可不要这样的对话。

此后一连几天我都没有去学校,说不清为什么,就是不想去。后来再去学校,也没有听到刘校长的消息。我还去过一趟校长家,但他没在。我没有打听他去了哪儿,也无处打听。

1968年2月,我参军离开了北京。其后的多少年里我没有再见过刘校长,也不知道他的情况。"文化大革命"结束后的几次校庆中我见过刘校长,他还是坐在台上,我远远地看着他。他老了许多。

2005年5月的一天,我决定再去看看刘校长。学校的宿舍区发生了很大的变化。原来的平房院落被改造成楼房。我不知道刘校长是否还住在这里。正当我在楼前徘徊时碰见了纪强先生。纪先生是我高三的俄语先生,也是我的班主任。我忙问他:"刘校长还住在咱们学校吗?"

纪先生说:"他还住在学校的宿舍里。你找他?"

我说:"我想去看看他。"

纪先生说:"去看看他吧。他病了。"

我忙问:"刘校长住在哪儿?"

纪先生告诉了我刘校长家的门牌号。告别了纪先生我直奔刘校长家。

到了刘校长家门口,像三十九年前一样,我轻轻地敲了一下门。屋里立刻有人应声问:"找谁?"

我回问:"这里是刘校长的家吗?"

屋里人说:"是,你是谁?"

我回答说:"我是刘校长的学生。我来看他。"

门开了,一个中年人一边让我进屋,一边对着客厅喊:"爸,有人来看你,是你的学生。"

我的一只脚刚迈进门另一只脚还在门外就听见客厅里传出了校长的声音:"我的学生,是翁冀中吧?"

我一听校长说出了我的名字吃了一惊。三十九年没见了而且三十九年前我们也仅面对面说过一次话，没想到校长仅听我的声音就能知道是我。我快步走进客厅。只见刘校长坐在桌子边的一把藤椅上。他明显瘦多了，眼睛上还是戴着一副高度近视镜。我走到校长面前说："校长，是我，是我。"

校长扶了扶眼镜对着我说："坐下，坐下。"

我在校长对面坐下。我说："是我。校长，您的记性真好。"

刘校长笑着说："我们有多少年没见啦？"

我也笑了。我说："快四十年了。"

校长说："是呀，好像有那么长时间了。不过你的样子没变，声音也没变。你一说话我就听出来了。"

四十多年来，我一共也没有和校长说过几句话，没想到校长不仅记得我的样子，还能够分辨出我的声音着实令我感动。我有点不好意思地说："前几年尽瞎忙，也没抽空来看您。"

校长说："我知道你们忙，现在干什么都不容易，只要你们还记得我，来不来我心里都高兴。"

我忙说："我们怎能不记得您。不是有句话叫'一日为师终生为父'嘛。"

校长叹了一口气说："现在有些人把这句话忘了。"

我宽慰校长说："还是记得的人多，记得的人多。"

听我这么一说校长笑了。我转了个话题说："校长的身体还好吗？"

校长说："现在是一天不如一天。"

我说："您一定要多保重身体。您现在有什么病？"

校长没有回答，转而问我："你现在在哪儿工作。"

我说："在出版社。"

说到这里我突然想起来问一问校长写过回忆录没有。校长说："写过，不过字数不多。"

我又问："发表了吗？"

校长说："没有。有几个人曾向我要过，我没给。"

说到这里他停了一下，突然说："我给你吧。"

说着他就要站起来去拿。我一听吃了一惊马上劝阻道："别着急，别着急。一会儿再拿也不迟。"

他坚持要去拿，对我说："你不知道我现在得了老年性痴呆症。一会儿我就什么都不知道了。"

说校长有病我相信，因为校长一是年事已高；二是也比从前瘦了许多了，苍老了许多，但说校长得了老年性痴呆症我可不相信。因为从我进屋开始我们俩一直聊得挺好。我一边扶着校长走到书架前一边疑惑地看了他儿子一眼，他儿子点了点头。校长从书架上找出了薄薄的一个打印本，标题是《我的经历与我的教育工作》，副标题是《一位老教育工作者的自述》。校长在封面上写上了"翁吉中同志阅存"。并签上了自己的名字"刘超"。校长把它递到我手里说："这是稿子。原来想在这个基础上把它充实一下。现在看来不行了，来不及了。你拿去想怎么用都行。"

我接了过来对校长说："我先看一下，争取给您先印出一些稿本来。您送送人再征求一下意见，然后我们再来充实。您看好吗？"

他点了点头没有说话。我刚想对校长说您把我的名字写错了，还没张口就听见有人敲门。来的人是师大一附中的一位老师。他也是来看刘校长的。当他坐下来一起说话时，校长已经语不达意了。校长的儿子对我说："他就是这样。刚才你和他说话的时候是他这几天最清楚的时候，也是他这几天最高兴的时候。我都没想到他能和你说那么多，说那么清楚。"

这回我相信了。我真没有想到刘校长已经病成这个样子了。我问校长的儿子："他这样有多长时间了?"

校长的儿子说："有一段时间了。一直在治也没见好，反而越来越重了。"

我知道老年性痴呆症目前还没有好的治疗办法，可我还是对他儿子说："还是要想想办法。我的爱人也是校长的学生，她是医生，如果需要我们帮忙尽管说。"

校长的儿子无奈地点了点头。为了让校长休息我只好告辞了。

回来后我仔细地看了校长的稿子，并提出了修改意见。我知道这时再把稿子交给校长确认已是不太可能，便把稿子交给校长的女儿请她定夺。校长的女儿还没有来得及改完，校长就去世了。我参加了校长的遗体告别式，送校长走完了他人生的最后一程。

一段时间之后，我终于把校长的回忆录印出来了，但此时我只能把它交给了校长的女儿。

刘超校长当了我四年多的校长。在前三年中他是位名副其实的校长，之后一年多的时间里他是被"打倒"的校长，而我们的第一次对话就是在这期间。三十九年之后，他得了老年性痴呆症，就在他去世前几个月我们又有了第二次对话。这仅有的两次对话都给我留下了极深的印象，使我终生难忘。

7 主席挥手我心依旧

1966年的8月18日,"文化大革命"史上是个应该有所记载的日子。这一天,毛主席在天安门城楼上检阅了来自全国各地的红卫兵,人数达数十万之众。从这一天开始,全国各地的红卫兵纷纷涌入北京,北京的红卫兵也大规模地到外地去串联。接受完毛主席检阅的外地红卫兵大多数也不直接回到原地,而是接着前往其他地方串联。从此天下大乱。

8月18日这一天早晨我醒得很早,怎么也睡不着,索性爬了起来,心想那就早点去学校把该干的事干完吧。

一到学校就感到一种异样的气氛充满了校园,这里满是穿着黄军装、戴着黄军帽、腰间还扎着军腰带的人,甚至还有一些人连鞋穿的都是解放鞋,只是没戴领章帽徽。所有这些人胳膊上都带着红卫兵的袖章,看来学校的红卫兵是要有集体活动。师大一附中什么时候成立的红卫兵?谁是红卫兵的头头?红卫兵都是哪些人?我一概不知,也不关心。从师大一附中革命委员会成立那天起我就淡出了学校运动,成了"文化大革命"最早的逍遥分子。这时我只确知我不是红卫兵,因为我没有组织,也没有被组织参加红卫兵。师大一附中最早的红卫兵中,也就是后来人们常说的"老兵"中有不少我认识的人,相信认识我的人可能更多。我见他们都在忙碌着。今天我也穿了一身黄军装,可我并不是刻意穿的,我平时就是这种穿着。我没有去打听他们要干什么，也没有人和我说什么。我已经逍遥有一段时间了，对身边所发生的各种事都能泰然处之。我漫不经心地看着他们忙碌，这时听到有人高声喊我。我回头正看到鲁建在向我招手，他也穿着一身黄军装，头戴黄军帽，脚穿解放鞋，腰间扎一条武装带，当然胳膊上也戴着红卫兵袖章。我迎着他走过去，他急急忙忙对我说："你在干什么？"

我不经意地说："没干什么呀。"

他看了一下周围小声说："你赶快准备一下，今天天安门广场有重大的活动。"

我问他："什么活动？"

他又把我向旁边拉了一下说："毛主席今天要在天安门广场检阅全国的红卫兵。咱们得参加，你快准备吧。"

我一听吃了一惊。虽说在红卫兵运动的初期毛主席表示过支持，使得红卫兵运动在全国潮水般地发展起来，可过了一段时间后就再也没有听到毛主席发表过关于红卫兵的任何最高指示了。怎么突然间就要亲自检阅红卫兵了？鲁建看我还有些迟疑就说："这可是千真万确的，你快准备吧。"

我说："我也没参加红卫兵呀。"

他干脆地说："咱们这样的还用什么参加，咱们就是红卫兵。"

看来这红卫兵的组织是够松散的，就像是土地革命时期的农会一样，是个贫下中农就可以成为农会的会员。不，可能比农会还松散，只要自己振臂一呼就可以成为红卫兵了。想到这里我心头不禁掠过一丝阴影。一个没有严密组织，没有严格纪律的组织怎么能够长久呢？后来的事实也证明了这一点。不过我还是问了他一句："这行吗？"

他肯定地说："你放心，没问题。"

我问："那我还要做什么准备？"

他把我上下打量了一下说:"你有红卫兵袖章吗?"

我说:"我哪里有红卫兵的袖章呀。"

他看了我一下说:"这好办,我现在就给你一个。"

说着他真从口袋里掏出了一个红卫兵的袖章。我一看,这个袖章似乎比一般的还要宽一些,布料也好一点。袖章的中间是三个毛体大字"红卫兵",袖章的上端印着一行小字"北京师大一附中"。他立马就给我戴上了。我不知道是不是从这一刻起我就算是红卫兵了。他看了我一下接着说:"你还缺帽子和腰带,有吗?"

军帽我自然是有的,只是今天没戴。军腰带也是有的,可自从听说有人用军腰带打人,我就不再扎了。我对他说:"有是有,可都在家里没带来呀。要不然我回家取一趟。"

他忙说:"算了吧,来不及了。帽子我想办法给你借一顶,腰带就算了。"

说完他就往他们班跑去,我站在楼下等他。很快他就回来了,手里拿着不知从谁那里借来的一顶军帽。他把帽子递给我说:"快试试,不行我再去换。"

我往头上一戴,正好。这时有人吹响了哨子。鲁建说:"集合了,咱们快去吧。"

说实在的我还是有一些局促,这些人虽然我都认识,其中不乏筹委会和革委会的成员,可我已经有一段时间没有和他们一起活动了。我不知道自己应该站在哪儿,鲁建拉着我说:"你就站在我后面。"

我就挨着鲁建站在了队里,队伍整好就出发了。我们的队伍不仅着装整齐而且走得也相当整齐,因为我们训练有素。我们学校每年都参加国庆游行,而且是国庆游行的仪仗队。仪仗队中的第三块巨型标语牌"各族人民大团结万岁"历来是由我们学校来抬的,我们有抬着巨型标语牌走正步的能力。我以为这次我们可能还是担任仪仗队,可是到了天安门广场,我们并没有被安排在每年国庆游行时仪仗队的出发地——东标语塔东侧,而是被安排在天安门广场内,人民英雄纪念碑前。位置倒是不错,只是离天安门城楼太远。我想毛主席站在天安门城楼上我们可能是看不见的,但不管怎么说,我们毕竟是在现场,想到这里我心里还是挺高兴。北京各大中学校的红卫兵陆陆续续地集中到我们前后左右。我觉得我们的队伍在这些队伍中算是着装最整齐的,不免为此产生了一些自豪感。不时地有一些人在队伍中走来走去,像是大会的工作人员。估计他们是在为大会做最后的准备。

很快又整队了,从前面传下来要求,一是保持紧密队形,快步跟上;二是不许任何人插到队伍中。我们越过了前面学校的队伍向金水桥走去,周围的人都不解地看着我们。我们自己也是丈二和尚摸不着头脑。我小声地问鲁建:"咱们这是去哪儿呀?"

鲁建说:"我也不知道。不过我想可能是让咱们当标兵吧。"

是的,每年国庆游行的时候在长安街的两侧都有标兵。标兵把游行的队伍和观看游行的群众分开以确保游行的队伍能够顺利通过。

我说:"可历来游行的标兵都是由部队担当的,怎么可能让咱们当标兵呢?"

鲁建说:"我想这不是检阅红卫兵嘛,所以让红卫兵当标兵也是有可能的。"

我觉得有些道理,可当我们走过天安门广场的国旗旗杆时,看到标兵的位置上早已站好了现役军人,看来鲁建猜错了。我们的队伍继续前进,越过了两列标兵线,走上了金水桥。再向前走就进天安门了,正在疑惑间,队伍在金水桥上停了下来。我回头望了一下天安门广场,广场上已是人山人海旗帜飘扬。所有的旗帜上都是"某某学校红卫兵"的字样,队伍中齐刷刷的红卫兵袖章格外醒目,整个广场成为一片红色的海洋。停留片刻我们又行动了,过了金水桥队伍向右一拐，还没有来得及想，队伍就上了观礼台的东一台。这下我们才明白，虽然我们也是来接受毛主席检阅的，可我们不是来参加游行的，也不是在天安门广场上欢呼的，而是在观礼台上参加观礼的。我们可以以更好的视角见证毛主席对红卫兵的检阅。我们的心里顿时涌上了一种幸福感，我觉得自己离毛主席更近了。

这是我第二次上观礼台。第一次还是在1959年10月1日的晚上，那是中华人民共和国成立的第一个十年庆典，当时称为十年大庆。国家尽了很大的力量筹办这一年的国庆，提前一年就在北京搞了十大建筑，其中就包括天安门广场西侧的人民大会堂和东侧的历史博物馆，还有军事博物馆、民族文化宫、工人体育场、工人体育馆、北京火车站、农业展览馆、美术馆和华侨大厦。十大建筑为北京的市容增色不少。1959年9月30日晚上，国家在人民大会堂举行了盛大的国庆招待会。党和国家领导人毛主席、刘少奇、周总理、朱德委员长等悉数出席。第二天也就是10月1日的白天，在天安门广场上举行了盛大的阅兵式和群众大游行。当时我父亲就在观礼台东一台参加国庆观礼。晚上凡是参加观礼的人都可以带家属在观礼台上参加天安门广场上的烟火晚会。这一天的晚上，我跟父亲去了观礼台，第一次见到了毛主席和其他的国家领导人。当然我只是从观礼台上望着他们站在天安门城楼上与广场上的人民共同参加烟火晚会的。毛主席的高大形象深深地印在了我的心中，那年我十二岁。

今天我又站到了观礼台上，又要见到毛主席了。但此时我的心情也发生了一些变化。七年前我还是个小学生，还没有自己的看法。我从心里对毛主席充满了感激之情，甚至是依赖之情。我崇敬毛主席的伟大、英明，从内心深处感到没有毛主席就没有中国革命的胜利，没有今天的一切成果，就没有我们的幸福生活。那时想着我长大了也要像父亲一样跟着毛主席干革命。今天我已是一名高中毕业生了，或多或少有了一些自己的看法。此刻一场疾风暴雨式的"文化大革命"已在祖国的大地上以不可阻挡之势无情地爆发了,虽然我自己尸游离在这场由毛主席亲自发动的"文化大革命"运动的边缘,但我从思想上更加依赖毛主席。希望毛主席能够领导着我们战胜一切国内外的反动力量,领导着全国人民从胜利走向胜利。此时此刻的我和整个天安门广场上的每个人的心情都是一样的,就是渴望见到毛主席。

我在观礼台上焦急地等待着,不知检阅何时开始。我看了看站在身边的鲁建,他倒是蛮平静的。我小声地问他:"这检阅什么时候开始?"

鲁建说:"别着急,你看天安门广场上的人还没有到齐呢。"

我说:"这些人也真是的,受毛主席的检阅还不早点来。"

鲁建说:"毛主席这次检阅的人肯定不少,要从北京的各个学校都汇集到天安门广场上来也不是件容易的事。咱们学校离天安门广场近,所以咱们来得早。等着吧。"

又过了一段时间,广场上已经没有空地了,大喇叭里开始播放革命歌曲。我对鲁建说:"检阅快开始了?"

鲁建摇了摇头说:"还有段时间呢。"

我说:"这天安门广场上的人也满了,广播也开始了,还不快了?"

鲁建说:"大家都在等毛主席。"

我说:"你怎么知道的?"

鲁建像是蛮有把握地说:"你想想毛主席日理万机该有多忙,总不能让毛主席等咱们吧,所以只能是咱们等毛主席。等着吧。"

有道理,那就耐心地等下去吧。又不知道过了多长时间,突然广播里传来了"东方红"的乐曲。我们知道那个时刻到来了。"东方红"的乐曲一结束便传来播音员激动人心的声音:"我们伟大的领袖毛主席登上了天安门城楼!"天安门广场一下子沸腾了起来。"毛主席万岁!"的呼声响彻云霄。观礼台上的人们都转过身去,面对着天安门城楼,仰望着天安门城楼的中央。毛主席第一次身穿军装出现在公众面前,出现在天安门城楼上。毛主席的身后依次站着 8 月 12 日中央全会上刚刚改组过的中央政治局常委。他们依次是:林彪、周恩来、陶铸、陈伯达、邓小平、康生、刘少奇、朱德、李富春、陈云。这里变动最引人注目的是林彪由原来的第二位跃居为仅次于毛主席的第二位,刘少奇则由原来的第二位降到了第八位。中央政治局的常委由原来的七人扩大到十一人。新增加的四人是:陶铸、陈伯达、康生、李富春。最使人不解的是,所有的政治局常委都一律身穿军装,当然他们还每人手中都拿着一本《毛主席语录》。

那天,毛主席不仅在天安门城楼上检阅了红卫兵,还走下城楼走过金水桥来到了人群中。毛主席这个不寻常的举动把整个活动推向了一个新的高潮。

毛主席还邀请了部分红卫兵代表登上了天安门城楼,并零距离地接见了他们,欣然接受了红卫兵代表宋彬彬(宋任穷的女儿)送给他的红卫兵袖章,并佩戴了这个袖章。之后毛主席和宋彬彬进行了简单的交谈,大意是毛主席问宋彬彬:你叫什么名字?

答:我叫宋彬彬。

毛主席又问:是哪个字?

答:是文质彬彬的彬。

毛主席说:不要文质彬彬,要武嘛。

从这天后,宋彬彬改名为宋要武。

还有一个细节当时注意到的人不多,其后也没有见过文字记述。就是当时毛主席在天安门城楼上沿着主席台来回走动,一边走一边向在天安门广场上的红卫兵挥手致意。在毛主席走动的时候,林彪、周恩来等人就跟在毛主席身后一起走动,而刘少奇则站在原地未动,且身边没有任何一位其他的领导人。他孤独地站在那里。这时在观礼台上还有不少人高呼:"刘主席,我们要见毛主席!刘主席,我们要见毛主席!"呼喊声一浪高过一浪。刘少奇面无任何表情。他没有举起手中的毛主席语录向红卫兵挥动,也没有把脸转向呼喊的人群。他的双眼一直注视着前方。此刻他的心情只有他自己清楚。

毛主席这次检阅红卫兵后不久,中央发出了关于组织外地师生来京参观"文化大革命"的通知。各地红卫兵纷纷涌入了北京"取经"。北京的红卫兵也分赴各地"点火",号称"大串联"。从8月18日到11月下旬,毛主席共8次在天安门广场接见了来自各地的红卫兵,人数达1100万之众。其后毛主席再没有大规模地接见红卫兵。可"大串联"一直到1967年才逐渐停下来。

从天安门广场回到学校后形势更乱了,学校完全处在一种无政府状态。我依旧每天准时到学校,继续做我的红卫兵接待工作。学校里有很多人都出去串联了,我没有去。因为我不知道在我走后我的这一摊工作交给谁,直到有一天有人来找我。

8 一次串联非为革命

"8·18"毛主席在天安门检阅红卫兵之后，红卫兵运动以更快的速度在全国发展开来。全国各地的红卫兵纷纷到北京来，准备再次接受毛主席的检阅。北京的红卫兵则逆流而动开始到全国各地去煽革命的风，点革命的火。大串联在全国开始了，我没有到外地去，还在学校里接待从全国各地到北京来的红卫兵，也未曾想过要到外地去串联。

一天高一的几个同学来找我。他们对我说："咱们学校到上海的红卫兵炮打上海市委受到了上海保守派的围攻。他们已经打电报回来请求组织力量增援。"

我问他们："你们打算怎么办？"

他们说："首先组织咱们学校的红卫兵增援上海，同时再把上海的情况通报其他学校，请各校的红卫兵都组织人员到上海去。"

我问他们："那你们准备组织多少人去上海？"

他们说："上海的保守势力特别大，所以去的人少了不行。最好是多去一些人，而且是越多越好。如果北京的红卫兵不够就请天津的红卫兵也去。"

我又问："你们准备什么时候把人组织起来？"

他们说："我们想咱们学校的红卫兵先去，各校的红卫兵由各校自己决定去的时间，咱们学校一定要走在前面。"

我问:"那你们准备什么时候去呀?"

他们说:"我们想这一两天就走。"

说到这里我想:他们打算去上海找我干什么呀?可我也没有问他们只是说:"那就祝你们一路平安啦。"

没有想到他们说:"我们找你来是希望你能和我们一块去。"

我笑了一下说:"我去不了。我还要在学校里接待外地到北京来的红卫兵呢。"

他们说:"接待工作不用你做了。我们已经找好人替你了。你还是和我们一块去上海吧。上海市委和北京市委一样是保守派的大本营。现在北京市委已经垮台了。上海市委还在顽抗。咱们一定要把上海市委打垮,让革命的烈火在上海熊熊燃烧起来。"

我说:"我去了能干什么呢?我对上海的情况一点都不了解。"

他们说:"我们组织了一个师大一附中红卫兵支援上海战斗队。这个战斗队里有批判组,专门组织材料、写大字报,炮轰上海市委;还有一个宣传组,负责宣传毛泽东思想;再有一个组负责战斗队在路上和上海的安全;还有一个很重要的组就是外联组。我们希望你能够负责外联组。"

我问:"外联组都干什么?"

他们说"外联组就是负责安排战斗队的行、住、吃。我们都觉得你是外联组的不二人选。"

我又问:"那外联组除了负责行、住、吃之外还需要干什么?"

他们说:"其他的事都不用你干。组织材料写大字报、贴大字报、参加辩论都有人。"

我再问:"那外联组有几个人?都是谁?"

他们说:"外联组需要几个人,需要谁,都由你来定。"

我想了想说:"现在各地都挺乱的,行、吃、住都不容易。我现在什么都不敢保证，到时候遇到什么困难大家一定要克服。"

他们异口同声地说："你放心，不管遇到什么困难我们和你一块克服就是了。我们绝不埋怨你。"

刚一说完和他们一块来的一个高二同学小高对我说："你让我到外联组来吧，我给你当兵。有什么事你尽管让我去干。"

看这样子他们是一定要我参加他们的战斗队不可了，就说："那我得和家里说一下。"

他们说："行。不过希望你能尽快决定，因为我们已经组织好了，只要你决定了咱就可以出发了，你看让小高配合你工作行吗？"

小高虽然不和我一届，但是经过这几个月的运动也算是认识了。他为人老实忠厚，肯出力这就行了。我说："没问题。不过我还未联系车票，什么时候走那要看我联系火车票的情况。"

他们说："我们已经打听好了，现在从北京到外地去坐火车不用火车票，只要到火车站排队就行了，你赶快回家和家里说一下吧。"

我把接待红卫兵的工作交代了一下就回家了。到了家里我并没有和父母说要到上海去炮轰上海市委，只是说要到上海去串联。母亲听了说："现在外面挺乱的，你妹妹已经去串联了，你就别去了。"

我有点为难地说："我都答应同学说去了，不去恐怕不好。"

母亲说："这串联又不是组织安排的，不去有什么不好。"

父亲见我为难就问："你们这次去上海有多少人？"

我说："有三十多人。"

父亲想了一下说："已经说好了去就去吧，不过到了上海你们人生地不熟，一定要少说多看，注意安全。"

见父亲同意了，母亲也就不再说什么了，只是说到了上海最好找一下我妹妹。我妹妹是我们学校高一的学生，她早就跑到上海去了。

第二天在回学校的路上，我先改道去了一趟北京火车站。到火车站一看吓了我一跳，火车站的广场上人山人海。广场南端的火车站入口竖着一排牌子，上面写着火车到站的站名。人流就从牌子下面一直排到广场的最北端，有的队伍都排到了马路上，所有的队伍都在不断地增长着。我回到学校把我见到的情况告诉了支援上海战斗队，没想到他们不仅没有丝毫退缩，反而更坚决地要到上海去。他们很快就把战斗队的人员聚齐了，一共有近三十人。这些人多数是军队干部子女，服装是清一色的黄军装，组织纪律性也比较强。两列纵队，最前面是一面师大一附中红卫兵战斗队的红旗，打旗、护旗的都是保卫组的男同学。后面是批判组的成员，再后面是宣传组。宣传组主要是女同学，所以殿后的是保卫组中最强壮的男同学。我们外联组的两个人已经提前到了火车站，大家排在去上海的队列里。我可以自豪地说，我们这支队伍虽然人数不算多，但确实是整个广场最整齐的队伍，很多人都向我们投来了羡慕的目光。一个小时过去了队伍还停在原地，后面的人越来越多，前面的人一点没少。队伍中开始出现躁动，不断有人问我什么时候才能上火车。其实我心里比他们谁都着急，因为毕竟我是负责联络的。又一个小时过去了，队伍还是没动，我对战斗队的负责人说："你们在这里等着。我到前面去看看。"

他说："你快去快回，问问去上海的火车什么时候开，回来告诉大家一声，也好让大家心里有个数。"

我又看了一下长长的队伍说："就是开上一列火车也轮不到咱们上，前面的人太多了。"

他说："那咱们就等下一趟，下一趟不行就等下下趟，总能排到咱们吧。"

看着他铁了心的样子我说："我先去看看再说。"

我独自一个人走进站里面。恰在这时，有一列开往武汉的火车进站，站台的服务员开始引导去武汉的人上车。一开始队伍还算有序，大家都跟着服务员按着顺序前进。走出几十米后不知为什么前面有几个人突然停了下来，这下子可坏了。后面的人开始跑步超过这几个人，这一跑不要紧，跟在后面的人都开始跑，队伍一下子就乱了，后面的人都向前拥，服务员怎么也控制不住局面。向前跑的人群把服务员挤到了一边差点摔倒，我赶紧跑上前去扶了她一把。她转过脸看着我说："这可怎么办呀？"

说着，她泪水都快流出来了。我见她还是个很年轻的服务员，估计也刚参加工作不久，不由地问："怎么就你一个人？"

她用手指了一下说："她们在那边呢。"

我顺着她指的方向看过去，只见在不远的地方还有两个服务员也被涌动的人群挤到了一边束手无策。我摇了摇头说："没办法，你赶快向你们领导汇报一下这里的情况。"

她转身走了，我则靠墙站着以防被人群挤倒。这时我心里有点后悔不应该答应和他们一块去上海，更不应该答应负责什么外联组，眼前这样的情况你找谁也没办法呀。过了一会儿，车站上调来几个男服务员总算挡住了向前涌的人群。我借机和服务员一块到了站台上，看到上火车的情况更是把我吓了一跳。上小学、初中时我家在外地，每逢寒暑假我都要坐火车，也会碰上人多的时候，却从来没有见过眼前的情景。每个车厢都人满为患，座位上、过道里都站满了人，就是这样还有人不断地往里挤。居然还有人索性从车窗往里爬。我正准备回去把站里的情况和他们汇报，这时有两个小个子的女同学走过来对我说："红卫兵大哥哥帮我们一个忙吧。"

我看她们那个样子也就是初一或小学高年级的学生，我纳闷地问："我能帮你们什么？"

她们说："我们几个同学一块到北京来接受毛主席的检阅，现在准备回去。我们都等了好几天了才等上这趟车，他们几个男生都挤上去了，就剩下我们俩了。"

我回头看了一下车厢，看到每节车厢的门口还堵着好些人，看来要想把她们从门口推上车是不可能的了。我看了看她俩问："你们的同学确实在车上？"

她俩肯定地说："他们在车上，原来我们是在一块的。我们俩个子小，劲也小，他们就在前面开路，我们在后面跟着，结果人太多了就把我们挤散了。我们看着他们挤上了车，就是挤不过去。他们也一定在找我们呢，你就帮帮我们吧。"

我想还是先找到她们的同学再说就问："那你们指给我看看他们在哪节车厢？"

她俩带着我沿着列车一节一节地寻找。片刻一个女孩指着一个打开的车窗嚷嚷道："他们在那里，他们在那里。"

车厢里的同学也发现了她们，一边招手一边大声地喊："你们快上来呀，你们快上来呀，车就要开了。"

她俩在车下一边蹦一边焦急地说："我们挤不上去。"

我走向前去问他们："她们是你们的同学吗？"

他们连声说："是的，是的，不是我们招呼她们干什么。"

我说："既然是你们的同学怎么你们几个男同学都上去了，倒把她们两个女同学扔在下面了，现在你们嚷嚷着让她们上去，她们怎么上去呀？"

上面的人不好意思地说："不是我们把她们扔在下边的，是刚才人太多了，太挤了，一不小心我们才被挤散了的。我们发现她们没上来也想下去找她们，可挤了半天也挤不下去。求你帮帮忙，帮她们上车吧。"

我见他们说得真切就说："这样吧，你们从窗口把她们拉上去吧。"

他们说:"我们在上面使不上劲,不好拉。"

我说:"没关系,你们在上面拉住她们就行了,我在下面推。只要咱们上下一块使劲就行了。"

他们说:"太好了,快点吧,不然车就要开了。"

我招呼一个女同学站到窗前,先把她的挎包从窗口递进去。然后让她把双手举起来让车上的人拉住。我弯下腰抓住她的脚脖子说:"你把腿挺直了,把腰也挺直了。我喊一二三咱们一块使劲。"

车上的人说:"我们准备好了,你喊吧。"

我在下面喊:"一,二,三!"

我们一使劲那个女同学就被从车窗口塞进了车厢。就这样我们又把另一个女同学也塞了进去。我看她俩都上了车就转身走开了,只听见她们在我身后问:"你是哪个学校的?谢谢你了。"

我转过身去向她们挥了挥手告别。在往回走的路上心里犯了难,我们战斗队里有那么多女同学,到了上车的时候真要是给挤散了那可就麻烦了。边走边想突然一个主意冒了出来,我决定去试试。

我径直走到车站办公室,推门走了进去,问:"哪位同志是负责人?"办公室里所有的人都把目光投向了我。

一位四十多岁的人说:"你是谁?有什么事?"

我直截了当地说:"我是北京师大一附中的红卫兵。我看车站前广场上候车的秩序还可以,可上车的秩序太乱了,我想提个建议。"

那人看着我说:"我就是负责人,你有什么建议请说出来。"

我说:"你们的工作人员太少了,根本不足以维持秩序。"

他无可奈何地说:"我们所有的人都在岗位上了,可现在要上火车的人太多,我们根本就没有人手可加了。"

我说:"那是不是可以在每趟列车上成立一个红卫兵临时指挥部,由红卫兵来协助你们维持秩序。"

那人一听马上说:"这倒是个办法,可就是不知道红卫兵会不会协助我们。"

我说:"一定会的。红卫兵都是有组织的,只要找到一个学校的红卫兵组织,他们又有足够的人就行了。"

他又问我:"那你说这列车红卫兵临时指挥部有多少人就够了?"

我说:"人太少了不行,太多了又不容易组织,我想三十人左右就差不多了。你们每个列车员都给配上一名红卫兵来协助他。这样一来,维持秩序的人无形中就增加了一倍。再加上由红卫兵来维持红卫兵的秩序效果可能好一点。"

那人听了说:"我看可以试一试。"

这时旁边的一个人说:"很快就有一列发上海的车要进站了,要不然就在这趟车上试一试?"

我一听有趟去上海的列车要进站了,就马上说:"我也正好要去上海。这么办吧。我来给你们组织三十名红卫兵来协助你们这趟列车从上车到上海途中的秩序。怎么样?"

那位负责人看了一下手表,面带狐疑地说:"去上海的列车还有十几分钟就要进站了,你现在组织还来得及吗?"

我说:"五分钟之内我给你带三十人来,保证整整齐齐的。"

他说:"那好,我就在这里等你。你去把他们带来。"

我转身出了门。门一关上我撒腿就跑,一口气跑回站前广场。战斗队的负责人正在向我这边张望,他一见我跑回来了就问:"你怎么去了这么长的时间?大家都着急着呢。里面的情况怎么样?"

有几个比较熟悉的同学一见我回来了也围了过来,想听一听我的说法。

我一边喘气一边说:"马上整队跟我走。"

他不解地问:"前面的队伍还没有动呢?我们到哪儿去?到底是

怎么一回事？"

我说："现在来不及给你讲了。一会儿消停了我再告诉你。"

他说："行，那你就来整队吧。"

我站在队列的侧面马上喊道："师大一附中的红卫兵听我的口令。"

大家一听我的喊声马上就地立正。我连续地发出口令："向左转，向前三步走，向右转，跑步走，跟上。"

我们这三十人迅速脱离了原来的队伍，向火车站内跑去。周围的人都怔住了，不知道我们为什么提前进站了。我把队伍直接拉到车站办公室的外面，见大家都在喘息，便看了一下表。离我许诺的五分钟的还有三十多秒。我对大家说："休息半分钟。"

时间一到我立刻整好队，转身推门进了办公室。那位负责人一见到我就问："你组织的人呢？"

他那样子一看便是不相信我能在这么短的时间内把人组织起来，我对他说："人到齐了，请你来安排。"

他和办公室的好几个人都走出了办公室。门口的这支队伍着实让他们眼前一亮。三十人清一色的黄军装、黄军帽，脚下都是解放鞋，左臂上统一佩戴着红卫兵袖章，胸前齐刷刷地别着毛主席像章。一杆红卫兵的旗帜竖在队伍的最前面，每个人都挺着胸，昂着头，站得笔直。我敢说在当天站前广场上候车的数万人中再也找不出这么整齐的队伍了。负责人激动地对大家说："谢谢你们来帮助我们维持列车秩序。相信你们一定能把工作做好，现在火车就要进站了，我带你们去和列车长接洽一下。"

我们战斗队的全体人员都还有点丈二和尚摸不着头脑。战斗队的负责人看着我，希望我再具体地说明一下。我站在队伍和车站负责人中间对大家说："时间不多了。我简单扼要地说两句。刚才我和车站的负责同志谈好了。在列车上成立列车红卫兵临时指挥部，协助列车员维持列车上的秩序，保证列车与乘客的安全。我们就是这趟列车的红卫兵临时指挥部。现在我们就上车，列车长会给我们安排具体的工作。我们的工作一切都要听从列车长的安排。为了更好地工作，每一名女列车员我们配上一名男同学，一名男列车员配上一名女同学。"

我这么一说大家就明白了。车站负责人听我说一切都听列车长的安排很高兴。他马上说："大家共同商量把工作搞好，上车吧。"

我喊了一声："向右转，齐步走。"

我们随着车站负责人走上了站台。列车进站了。车站负责人把我们介绍给列车长。列车长也很高兴。他把我们领到卧铺车厢的最里面，拨出5个隔断共30个铺位供我们使用，既作为列车红卫兵临时指挥部的办公地点，当然也是我们休息的地方。我们放下简单的行李，用一个布帘把我们的铺位和其他铺位隔开。男同学被安排在外端，女同学被安排在里面。我们留下了两个身强力壮的男同学守着我们的行李，其他人都下车和列车员一块开始准备放行。安排好这一切我们只用了几分钟。车站开始放行了，由于有我们的协助，这一列车上车的秩序好多了。列车很快就上满了人，启动了。我又建议把我们所有的人分成两班。一班在车厢里协助列车员，另一班撤回到指挥部来休息。一切都安排好了，该值班的值班，该休息的都躺在卧铺上休息了。我看得出来大家的情绪都很好。

这时我才松了一口气。战斗队的负责人走到我身边坐下来。我主动地把刚才他没有看到的事情详细地给他说了一遍。他听后问："你是怎么想到这个主意的？"

我苦笑了一下说："还不是形势逼的嘛。"

他说："那我就没想到。刚才在广场排队时我们都说弄得不好要排到明天去了。"

我笑着说："不至于吧。"

他说："怎么不至于。我问了排在最前面的人。他们就排了整整一天了还没上车。"

我说："咱们现在是上车了，可是咱们一定要把事干好，可不能给师大一附中的红卫兵丢脸。"

他自信地说："那是当然。刚才我还和列车长说了，我们有个宣传组，还可以帮助他们做一些宣传工作。他同意了。"

我故意说："其他的事我就不管了。"

没想到他顺着我的话说："你太辛苦了，其他的事你都不用管了。咱们这么顺利地上了车，而且条件这么好，你就算给咱们这次行动立了头功了。刚才大家还在说要不是你咱们现在还在广场上等着呢，就是明天上了车还不得给挤惨了。"

我说："有什么可惨的。咱们后面车厢里的人不都是一样的吗。"

他解释说："咱们男生到没什么。再挤条件再差咱们都扛得过去。可有几个女生就不行了。刚才排队的时间长了点她们就站不住了。"

我说："是吗？我还没有发现。"

他说："就在你进站了解情况的时候，有几个女生就站不住了。叫她们回去，她们还不走。"

我笑着说："那谁叫你带她们来的。"

他叹了一口气说："原来我是不想带她们来的。可是她们听说了非要跟着来不可。大家都是一个红卫兵组织的，不带她们也不好。我也是实在没办法。"

我说："不管怎么说我们还是对困难估计得不足。下一回可一定要接受这个教训。现在我们上了车这才是第一步。到了上海吃、住、行都不会顺利的，要让大家有个心理准备，不要提太多的要求。到时候我可不一定还有什么办法。"

他忙说:"这你放心。我会做工作的。你也累了,歇着吧。我再到各车厢查看一下。"

他一走我还真的感到累了,躺下一会儿就睡着了。

就这样我们极顺利地到了上海。当我们下车的时候列车长还一再向我们表示感谢。

出了上海火车站,我对战斗队的负责人说:"你们先休息一会儿,我去买张上海地图。"

他说:"咱们是睡卧铺来的还休息什么?这就走吧。"

我问他:"往哪儿走?怎么走?"

他说:"你在火车上不是说了咱们学校的人住在上海铁路医学院吗?那咱们也去上海铁路医学院。"

我问他:"那上海铁路医学院在哪儿?谁去过?谁知道怎么走?"

他不以为然地说:"是,咱是没去过,咱是不知道,但是咱可以问呀,一问不就知道了。"

我说:"你没听说现在上海有一些人对我们北京来的人很有戒心,特别是对咱们北京来的红卫兵。现在咱们这身穿着人家一眼就知道咱们是来干什么的。你要是问路,八成有人给你指到别处去。你信不信?"

他有点不相信地说"还有这种事?"

我说:"还是小心为妙。不然也许咱们在上海走上一天也找不到上海铁路医学院。"

他说:"那你说怎么办?"

我说:"所以我要买张上海地图,顺着地图走就没错。他们总不能修地图,改路标吧。"

他说:"那你还是赶快买张地图吧。"

我买了张上海交通图。很快就在图上找到了上海铁路医学院的具体方位。我发现上海铁路医学院离上海火车站并不太远,就建议大家走着去。我们打着红卫兵的旗帜,迈着整齐的步伐走在上海的马路上。很多上海的市民都向我们投来诧异的目光。虽然现在"文化大革命"已经开展有一段时间了,可上海还有不少人不知道在中国这块大地上将要发生什么事情,也不知道在北京已经发生了什么。尽管在多少年后有人把上海称为"文化革命的策源地"。

当我们找到上海铁路医学院的时候,发现原来住在这里的我校同学已经在前一天离开上海了。不过他们给我们留下了一封信,信中没有说明他们离开的原因,但是他们在信中历数了上海市委的"不是",希望我们步他们的后尘继续炮轰上海市委。这封信对我最有用的是介绍了在上海铁路医学院的吃住的情况。我当即就把这一切办妥了。战斗队在晚上开了会,决定第二天到上海市委去看看。

第二天,大部分人都去了上海市委。我没有去,一是我对炮轰之类的事历来不感兴趣;二也是我还要负责一些后勤方面的事。晚上他们从上海市委回来我也只是问了一下他们第二天的打算。他们打算第二天还去。接下来每天他们都去上海市委、市政府。我则在住处留守。我们给自己定了一条纪律,就是一律不许上街,不许进大商场。因为我们担心会被上海的居民误会我们到上海来不是为了"文化大革命",而是为了逛上海的。这样的事在以前是发生过的。所以到上海已经好几天了,我除了从火车站到上海铁路医学院这一路之外,没有再去过任何地方。没事时我就待在宿舍里翻看上海交通图,从图上过逛上海的瘾。

这一天是星期日。大家决定给自己放假一天。但是要求不要单独活动,必须结伴出行。小平、燕平、海平一起来找我。"三平"对我说:"咱们一块出去转转吧。"

我说:"行呀。你们说去哪儿?"

小平说:"南京路,外滩就算了。咱们去郊区看看吧。"

我问:"去郊区什么地方?"

海平说:"上海在海边,咱们去海边看看大海吧。"

我还真的没有见过大海,我对大海的认识都是从书本和影视中得到的。我一直向往着大海,海平这么一提我就同意了。但是到哪儿去看大海呢?我问他:"到哪儿能见到大海?"

他很自信地说:"你不是有地图吗,看一下就知道了。"

我把地图展开在他们三个人面前,他们不约而同地把目光投向上海的东部郊区。很快海平就把目标锁定在一个叫"白龙港"的地方。"白龙港"的东面被标成了蓝色。他指着地图上的"白龙港"说:"'白龙港'肯定在海边,到了那儿一定能看到大海。"

我也认为不错,因为在地图上海都是被标成蓝色的。我们坐电车到了外滩,又坐轮渡到了浦东,因为那时黄浦江上还没有桥。下了轮渡我们怎么也找不到去"白龙港"的车,我们挺纳闷,"白龙港"从名字上来看应该是个港口呀。也许不大,可只要是港口就应该通车呀。可不管是从地图上还是到了浦东我们都找不到去"白龙港"的车。最后我们发现有一趟郊区小火车到一个地方离"白龙港"比较近,我们就去坐小火车。这种小火车我在北方就没有见过,在我的印象中它是清末民初的东西,这时还坐它真有点复古的味道。我看了一下周围的人,他们都习以为常。下了小火车再一打听才知道,原来"白龙港"根本就不是一个港口,而是一个很小很小的渔村。我们难免有点失望,可转念一想,我们原本就不是来看港口的,而是来看大海的。到了渔村不就到了海边了吗?那就到渔村去吧,渔村肯定有渔村的风光。我们几个又兴奋了起来,我们沿着一条当地人指的路向前走去。一边走一边说着每一个人心中的大海,走了好一会儿也没有见到一个村子,我们开始怀疑这条路是否对。正在这时,从路边的芦苇荡中走出一个当地人。我们忙上去打听:"向您打听个地方行吗?"

那人把我们四个人打量一下说:"你们要去哪儿?"

我们很客气地说:"白龙港。"

那人奇怪地问:"你们去'白龙港'干什么?"

我们说:"没什么,只是随便看看。"

那人"哦"了一声说:"沿着这条路走下去就到了。"

我们看着无尽的路又问:"还远吗?"那人简单地说了一句:"不近。"

我们互相看了一下求助地问他:"有近路吗?"

他说:"有,不过不好走。"

我们一听说有近路不约而同地问:"近路怎么走?"

他指了一下身后的芦苇荡说:"穿过这个芦苇荡就到了。"

我们有点怀疑地看了一下他身后的芦苇荡。他一见我们不相信就说:"我就是从'白龙港'来的。"

说完他竟自走了。我们四个人开始议论走哪条路。我和海平都主张走大路,可两个女生都主张走小路。其实我不愿意走小路就是因为有两位女生,如果都是男生我肯定主张走小路。海平也是这种想法。没想到的是两位女生都主张走小路,我们只好同意走小路了。

我们走进芦苇荡之后不久就发现没路了。脚下的地也不再是干的了。开始是潮地,很快地下就冒出了水,成了泥地。我们只好把鞋脱了,把两只鞋的鞋带一系挂在脖子上一脚深一脚浅地在芦苇荡里穿行。越走泥越深,渐渐地都没到小腿肚子了。我又怀疑走错了。我说:"别走了,咱们可能走错了。"

小平说:"你怎么知道走错了?"

我说:"刚才给咱们指路的那个人他的脚是干的呀。"

海平附和着说:"对,那个人的脚是干的。他肯定走的不是这条路。"

燕平满不在乎地说:"反正咱们是来玩的,只要咱们高兴就行了。管它是哪条路呢。"

我说:"那咱们还去不去'白龙港'了?"

燕平说:"找得着就去,找不着就算了呗。"

正说着她又叫了起来:"看呀,有螃蟹。"

说着她就从脚下捉起一只大拇指盖大小的螃蟹。我们都围过来看。她问:"你们说这是河螃蟹,还是海螃蟹?"

海平说:"在芦苇荡了的螃蟹自然是河螃蟹。"

燕平不服气地说:"你怎么知道这芦苇荡是海边的芦苇荡,还是河边的芦苇荡?要是海边的芦苇荡那就应该是海螃蟹。"

海平听燕平这么一说怔了一下。过了一会儿才说:"海边有芦苇荡吗?芦苇都是长在河边、湖边的。"

燕平的嘴快,她马上说:"刚才咱们在地图上看了,这一带根本就没有河,也没有湖。肯定是到了海边了。"

看着他们俩你一言我一语地说着,说实在的我只知道河边、湖边长芦苇,至于海边长不长芦苇我就弄不清楚了。这时小平说话了。她说:"别争了,别争了。现在水都这么深了,咱们再向前走走不就知道了吗?"

我想也对,就不顾他们俩的争吵继续向前走去。他们三人也跟在我身后不远的地方一边说一边走着。很快我就走到了芦苇荡的边,一片无边无际的水面出现在眼前。我回过头去对他们喊:"快来呀!我看到大海了!"

他们三个人踩着泥水"扑哧扑哧"地跑了过来。当我们都钻出芦苇荡时,出现在我们面前的是一片黄澄澄的、浩瀚无际的水面。燕平高兴地喊道:"大海呀!我们来看你来啦!"

海平看了一会儿说："这是大海吗？"

燕平马上说："这怎么不是大海？"

海平说："大海应该是蓝色的呀。"

海平这么一说，我和小平也觉得有点疑问。因为在我们的印象中，大海就应该像书中描写的和在电影中展现的那样是蔚蓝色的，而不是眼前像黄河水一样的。燕平争辩说："我们是在海边，水浅，浪一冲把海底的泥沙都卷上来了，不就变成黄色的了？这有什么好奇怪的。你们看远处，那不就是蓝色的吗？"

我们三个人顺着燕平指的方向望去。远处的一片水面果然是深色的，可由于太远了到底是黑色的还是蓝色的就看不清楚了。我觉得燕平说的有一定的道理便不再理会海平的怀疑了。开始在水中摸索，想摸出个贝壳或螺蛳什么的。小平和燕平忙着捉螃蟹。她们见我一直在水下摸就问："你在干什么？"

我说："我想摸个贝壳或螺蛳带回去留作纪念。"

她们俩齐声说："给我们也摸一个。"

我说："没问题。你们在干什么？"

她们说："我们在捉螃蟹。小螃蟹可好玩呢。"

我说："你们就别捉螃蟹了。螃蟹是带不回去的。"

她们俩不听，依旧不肯放过四处横行的小螃蟹。就在我们玩耍时，只有海平一个人站在那里两眼紧紧地望着远方。我们都以为他在独自欣赏大海。没想到过了一会儿他大声地喊了起来："你们快看呀，蓝色的海水没了。"

我们抬起头来一看，果然刚才还在远方的深色的水面不见了，都变成黄澄澄的一片了。我们不由地都停下了手中的事向远方望去。过了一会儿我们同时恍然大悟。原来刚才大家看到的深色水面根本就不是什么蓝色的海水，而是天上云彩的阴影。云彩飘走了阴影就消失了。

这时我看了一下表，时间不早了。我说："咱们回去吧。"

小平和燕平对我说："你给我们摸的贝壳呢？"

我说："这里根本就没有贝壳。"

她们说："那咱们就回去吧。"

我们按原路返回了上海铁路医学院。后来我在学院见到了一张更大的地图。在上面我找到了"白龙港"。这才知道，原来"白龙港"根本就不在海边而是在长江入海口。虽然有点遗憾，但这次"白龙港"之行还是给我留下了深刻的印象。以至于多少年后对于这次上海之行中发生的"大事"，如贴大字报，炮打上海市委等我都记不得了，唯独这次"白龙港"之行还留在我的脑海中。

在上海待了几天之后，大家渐渐没了兴趣。战斗队开会讨论下一步的安排。大部分人都主张离开上海。我说："那咱们就回北京吧。"

可他们又不愿意回北京。我又问："咱们不回北京去哪儿？"

因为我是负责联系车票的，所以我必须提前知道目的地。这时不知是谁说了一句："听说重庆市委的问题比较大。咱们去炮轰重庆市委吧。"

这个意见一提出来马上得到了大多数人的响应。我说："那好，明天我和小高去火车站看一下去重庆的火车。要是像北京那样排队咱们就去排队。要是发票我们想办法弄票。不过我有一句话说在前面。我可不敢保证什么时候准能走得成。咱们是什么时候走得了什么时候算。你们看怎么样？"

战斗队的负责人说："没问题。我们都相信你。要是你没办法了，那我们也没办法。大家说是不是？"

由于有北京站那么一档子事，大家都表示相信我。会开到这里正准备解散，就在这时不知是谁又冒出了一句："到重庆去也可以坐船。"

这一下子可炸窝了。不管是男生还是女生都纷纷要求坐船去重庆。我看得出来他们都是因为没有坐过船，其实我自己也没有坐过船。我只好说："不过据我所知船可比火车慢得多。"

可马上有人说："慢点没什么，重庆市委还能跑了。"

我说："可也不知道有没有从上海到重庆的船。"

又有人说："长江里的船多了，还能没有从上海到重庆的船？"

我笑着说："我也知道长江里船多了。我也相信有从上海到重庆的船。可关键是有没有从上海到重庆的客船。咱们这小30号的人总不能搭一条货船吧。"

我说到这里看到有几个人你看看我，我看看你。我想他们或许根本就没有想到船还分客船和货船。这时有人说："咱们到重庆去是革命去了，坐什么船不一样。"

我说："不行，不行。这货船上没的吃，没的喝，这一半天还行。要是几天下来那还不把大家都拖垮了。再说人家也不会让咱们上的。"

战斗队的负责人听我这么一说，也真怕有几个楞头青去扒货船，就对我说："坐货船是不行的，咱们还是争取坐客船。要不然你明天先到码头上去看看情况。回来咱们再定。"

我想也只能如此。

第二天一大早我就去了码头。在去码头之前我拿出之前准备好的提前盖好章的空白介绍信给码头的客运处写了一份。我认为现在的形势虽然已经很乱了，可有封介绍信在一些场合下还是好得多。到了码头一看我心里就乐了。码头上的人比在火车站上的人少多了。可能是在这个时候还有的人没有想到坐船，或者是嫌船走得慢。

我们先到候船室看有没有从上海到重庆的客船。我一看还真有从上海到重庆的航线，但去售票处问票的时候却发现没有从上海到重庆的船票。我没有弄明白，只好去问服务员。

"请问您有没有从上海直达重庆的船？"

服务员说："没有。"

我指着航线图问："不是有航线吗？"

服务员笑着说："有航线不等于有航班呀。原来是有的，后来取消了。"

我不甘心地问："为什么取消了？"

服务员干脆地说："那我就不知道了。"

我又问："那我要到重庆去怎么办？"

服务员爽快地说："坐火车呀。坐火车多快呀。现在有从上海直达重庆的火车。"

我有点不好意思地问："要是坐船呢？"

服务员有点不解地问："干吗非坐船，船可慢多了。不过一定要坐船那就只有先坐船到武汉，然后再倒从武汉到重庆的船。也有从上海坐船到武汉，再由武汉坐火车到重庆的。"

我再问："肯定有武汉到重庆的船？"

服务员肯定地说："当然有。不过从上海到武汉长江水道比较宽，吃水比较深，所以船比较大。可从武汉到重庆要过三峡，水道就很窄了，也浅多了，大船过不去，所以只能换小船。"

了解清楚了基本情况，我便道了声"谢谢"走出了候船室。来到十六铺码头，我一边遛达，一边想下一步该怎么办。既然没有直达重庆的船，不如先到武汉再看情况是坐火车还是坐船到重庆，实在不行从武汉回北京也还算方便。想到这里我又回到客运处的办公室，敲了敲门，听到里面有人说："进来。"

我推门走了进去。里面的人一见进来了一个身穿黄军装，戴着解放帽，左臂上戴着红卫兵袖章的人便吃了一惊，忙问："红卫兵小将，你们有什么事?"

我直截了当地说:"我们是北京的红卫兵。我们到上海来是为了向上海人民学习的。现在我们打算去武汉。"

他可能没听清楚,把我说的我们当成了我一个人。他立马转身从桌子上拿起一张票递给我说:"没问题。我可以给一张今天的票。你下午就可以走了。"

我忙说:"不是我一个人。我们一共有30人。"

那人一听皱了皱眉头说:"哦,那么多人,这可不行。今天的船已经满员了。一两个人我还可以想办法,30人我就没办法了。"

我忙说:"今天没票没关系,明天走也行。"

那人说:"明天也不行。"

我说:"你刚才说今天的船满员了,可没有说明天的船也满员了呀。"

那人笑着说:"你误会了。明天没有航班。"

我说:"那就请你把后天的船票给我们吧。"

那人见我一副不达目的不罢休的态度又笑了,说:"不是我不给你,只是后天的船票我还没有拿到手。按现在的规定,后天的船票明天才到我们客运处来。这么办吧,你们明天再来一趟,我一定把票给你们。"

我一想也只能如此。刚想答应他明天再来一趟,可又一想万一明天他不来可怎么办?现在什么事都有可能发生。换了一个别人就说不知道这事那就麻烦了。想到这里我说:"不行,我明天有事不能来。"

那人说:"这好办。你不能来没关系,我给你写个条子。只要你们的人拿着条子来找我就行了。"

这正是我想要的。可我还是不放心就问:"那你明天来吗?"

那人说:"我明天当然来了。"

这时我想差不多了就对他说:"我相信你。那我就代表我们全体同志谢谢你了。"

他忙说:"不用谢,不用谢。你们是首都来的红卫兵小将,为你们服务是应该的。"

说着他就写了一张条子递给了我。我满心欢喜地接过了条子回到了上海铁路医学院住处。

我先告诉大家没有直达重庆的船。大家听了都感到很遗憾。我笑了笑又说:"不过有去武汉的船。"大家马上七嘴八舌地嚷嚷了起来:"去武汉也行。"战斗队的负责人说:"要不然你明天再去一趟码头,看能不能弄到去武汉的船票。"

我笑着说:"你们明天把行李都准备好,咱们后天就坐船去武汉。"

在场的人都睁大了眼睛看着我问:"你拿到船票了?"

我说:"后天的船票明天才售,我怎么能够在今天拿到。"

负责人问:"那明天一定能拿到去武汉的船票吗?"

我把那张条子拿了出来。大家一看都高兴了,纷纷提议最好能够从武汉换船去重庆,仿佛自己已经到了武汉似的。我对他们说:"为什么一定要坐船到重庆?"

他们都笑而不答。这时高一的李迪说:"这不是显而易见的吗?想看看三峡呗。"

我又何尝不想看看三峡呀,不过我还是说:"我尽力吧。明天你们得去一个人到十六铺码头去取票。"

他们不明就里地问:"别人去行吗?"

我说:"为了让人家写下这个条子,我故意说明天我有事不能去,真去了不就露馅了?多不好。"

高一的小周自告奋勇地说:"行,那你就别去了。把条子给我,我去取票。"

我把条子给了小周。

第二天一大早小周就去了码头，到了中午他才哭丧着脸回来。我一见他的脸色就知道坏事了，我忙问："票拿到了？"

他说："没拿到。"

我问："为什么？"

他说："人家就说票没了。"

我不解地问："你不是去得挺早的吗？"

小周说："我去的是挺早的呀。我去的时候码头上根本就没有多少人。可人家就说没票了。"

我忙问："那张条子呢？"

小周说："我也没要。我想反正票也没有了，要条子还有什么用。"

这时别人开始埋怨他。小周也是满脸的不自在。我说："算了。你再和我去一趟吧。"

这时有人说："咱们多去一些人，找他们说理去。"

我制止道："这事不是吵架能解决的，还是我们俩去算了。"

我和小周到了码头客运处办公室。在门外我对小周说："进去后我不让你说话，你千万别吱声。他们说什么你都别在意，关键是船票，拿到船票是我们的目的。"

小周说："行，我听你的。"

我依旧敲了敲门。进门后我看见那位负责人正坐在一张桌子的后面。他一见我进了门就马上从椅子上站了起来，笑着迎了过来。我还没有等他开口就说："昨天不是说好了有我们的船票吗？"

他歉疚地说："是说好了，可我没有想到人太多了。"

我故作不解地问："那这些人是在我之前来的，还是在我之后来的？"

他张了张口没有说出来。我继续说："如果他们是在我之前来的，你昨天就应该告诉我说没有票了，我也不会说什么；要是他们是在我之后来的，我倒要问问，他们是不是应该比我们优先。"

他忙说："不是，不是。是我没有交代清楚。今天人一多他们就把铺位都卖完了。你们看这样行不行？你们下一班船再走，我一定给你们安排好。"

我说："下一班船就要等到大后天了。不行，不行。我们没有那么多的时间等了。我们到上海来是向你们学习'文化大革命'的经验的，我们还要到武汉去学习，哪能一等就三四天呢。实在不行就是坐在甲板上我们也要及时赶到武汉。"

他一见我态度坚决就说："那怎么行。铺位实在是没有了，不过大统仓还有位子。我想大统仓的条件是差了点，让你们住大统仓不合适。要是你们能晚走几天我一定把铺位给你们留好。"

他再次表示让我们坐下一班船。我根本就没有坐过船所以对整个船仓是什么样都不知道，我只好问："什么是大统仓？"

他解释说："大统仓是由货仓改的，在船的底层。货不多的时候就把它打扫干净，铺上席子。人就直接睡在席子上，没有床位。"

我一听，这不就跟在农场劳动睡仓库一样吗？我说："我们出来是参加'文化大革命'的，也不是为了享福的。大统仓就大统仓，你把大统仓的票给我们吧。"

他一听我们同意住大统仓马上说："还是红卫兵的觉悟高。我要是知道你们不嫌弃，上午就把票给你们这位同学了，还省得你们再跑一趟。"

他一边说一边看了小周一眼，小周听了他的话刚要张口，我马上拉了小周一把，小周明白了就没有再说话。那人转过身去从桌子上拿起一叠票数了一部分给我们。我让小周点一下。小周数后说:"不对,才 26 张。"

那人说:"是 26 张。我这里还有 4 张二等仓的船票,也给你们吧。"

说着他就递给我 4 张二等仓的船票。我接过了船票还是对他表示感谢。他把我们送出门,还一再表示歉意。一出了门小周就愤愤不平地说:"我上午来的时候他只说没票了,根本就没有说还有大统仓的票。刚才见你来找他算账又说有大统仓的票了。"

我笑着对小周说:"小周,我们的目的是什么?是船票。只要拿到船票就行了,其他的就无所谓了。"

小周还是不依不饶地说:"我敢肯定他是把昨天答应给你的船票卖给别人了。"

我说:"把票卖给别人有什么不好。毕竟咱们是免费坐船的嘛。他把船票卖了,钱又不归他自己。钱还是轮船公司的嘛。轮船公司是国家的,国家多收点钱有什么不好。"

小周听我说到这儿也就不再说什么了,只是说:"就你想得开。"

我说:"这事就算了,回去就别说了。"

小周点了点头。

回到住处大家都在等我们。一见我们回来就围上来七嘴八舌地问:"有船票吗?"

我说:"你们放心,船票已经取回来了。"

一听说有船票了他们都很高兴,又争着要看船票。我忙说:"你们都别急,一人一张票,谁也少不了。不过有件事我要和大家说一下。这票有两种。一种是大统仓;一种是二等仓。二等仓的船票只有四张。"

我刚说到这里就有人问:"什么是大统仓?"

我就把我刚知道的说了一遍，我一说完就有人说："干脆咱们都住大统仓算了，省得还分出四个人住二等仓。"

我说："那倒没有必要，既然人家给了咱们二等仓的票，咱们就去住嘛，谁住都一样。"

战斗队负责人说："那你就带三人去住二等仓吧。"

我说："我还是住大统仓吧，住大统仓热闹。"

他又说："你要是不去就叫四个女生去吧。"

我说："女生还是和多数人住在一起好，这样安全。"

大家都认为我说得有理，最后就把四张二等仓的船票给了高二的四个男生。

第二天我们及时赶到了十六铺码头，眼前的客轮足有好几层楼那么高，登船的梯子就像天桥一样。上了船我们还要顺着仓内的梯子向下走才能到达大统仓。大家放下行李就又都跑到甲板上观看黄浦江两岸的风光。

一声长鸣客轮缓缓地离开了码头。站在前甲板上黄浦江两岸的风光尽收眼底，左岸是上海的外滩，许多二三十年代建设的高楼大厦成为上海的标志。这些高楼大厦展示了上海的繁华，也记录了中华民族在近代史上的屈辱。右岸是一片接一片的工厂区，这里孕育了近代中国最大的产业工人群体。他们是中国革命的中坚力量，也是中国共产党诞生的基础之一。黄浦江上大大小小的船只往来穿梭，如燕飞，如鱼跃。这都是我们这些长期生活在北京的同学所没有见过的。我一直紧紧盯着右岸，希望能够望见几天前我们去过的"白龙港"。很遗憾，由于没有明显的标志没看见，或是看见了也不知其为"白龙港"，再或它根本就不在航道边。

轮船出了黄浦江就进入了长江的最东端。浩浩荡荡的长江之水一泻千里奔向东海。辽阔的江面一望无际，使你根本看不到岸。好几个低年级的同学走过来问我:"咱们的船是行驶在长江中吗?"

我笑着说:"你们说呢?咱们的船不走在长江中能在哪儿走?"

他们说:"那岸呢?"

我说:"咱们的左边是江南岸,咱们的右边是江北岸。"

他们又问:"那怎么看不见呀?"

我说:"要是能够看见两岸那就不是长江了。"

他们看着漫无边际的长江水失望地说:"要是一直都这样那坐船有什么意思呀!"

我笑着说:"不是你们一直吵吵着要坐船的吗?"

他们说:"我们还以为坐船和坐火车一样,躺在床上打开窗户就能够看到两岸的风光,怎么也没有想到在黄浦江中还能够看到两岸,可这一进长江除了水就只能看见天了。"

我宽慰他们说:"你们回仓去休息吧。明天早晨起来就能看到长江两岸了。"

他们一听又高兴了起来,问:"那长江两岸的风光一定很好看吧?"

我实话说:"我也没有在长江上坐过船。不过我想长江的江面比较宽,咱们虽然能够看到江岸恐怕也看不清楚。"

他们不解地问:"那很多人写在长江上坐船看到长江两岸如何奇伟,风光如何旖旎迷人,如何令人心醉是怎么一回事?"

我说:"我想那是指长江上游,更主要是指三峡,也就是西陵峡、巫峡、瞿塘峡那一段。"

我刚一说完就有点后悔了。心想他们坐船坐得没意思了,到了武汉或西行重庆,或北回北京就可以坐火车了。我这么一说他们又该要求坐船过三峡了,果然他们一听又七嘴八舌地嚷嚷了起来。

"要是真能坐船过三峡就好了。"

一次串联非为革命

"那咱们从武汉就换船吧。"

"……"

我只好说:"到时候再说,到时候再说。咱们先回仓休息吧。"

我们一块回到大统仓休息。

到达武汉时已是傍晚时分了。船停在汉口码头,码头上有红卫兵接待站。我们被安排去武汉大学住宿,武汉大学专门接送的班车还未到,大家都在码头上等车。我想利用这段时间去联系一下船票,战斗队负责人对我说:"咱们先在武汉大学住下来,你明天再来联系不迟。"

我说:"我先去看看情况,有合适的航班咱们就走。"

他说:"那要是你没有回来武汉大学的车来了怎么办?"

我说:"那你们就坐车走,我一个人怎么也找到武汉大学去了。你放心吧,丢不了我。"

他说:"那你就快去,争取早点回来。"

因为本来就在码头上,所以我很快就找到了码头的客运办公室。我把来意对办公室的人一说,没想到办公室的人爽快地说:"你们要去重庆呀,恰好明天早晨有一班船。"

我马上肯求人家让我们坐这班船到重庆去。客运办公室的人很客气地说:"我们去查一下,如果有仓位我们一定满足你们的要求。"

片刻他们就告诉我只剩下大统仓的仓位了,问我们要不要。我们已经有坐大统仓的经验了,马上说:"谢谢,我们要。"

他们把票递给了我,我道了声"谢谢"转身就向码头的红卫兵接待站跑去。到了红卫兵接待站一看,坏了,他们已经走了。我忙问红卫兵接待站的人:"北京师大一附中红卫兵是什么时候走的?"

接待站的人说:"刚才这里是有很多人,没留意什么时候走的。他们是被分到哪里住宿的?"

我说:"武汉大学。"

"是分在武汉大学的那些红卫兵呀。他们刚走,去上武汉大学的专车去了。你现在去追兴许还能追上。"

说着他就一指,我连谢都没来得及说就顺着他指的方向跑去。跑出去几十米我就看见他们都上车了,只剩下战斗队的负责人在车下向我这边张望。我大声地喊道:"下车,下车,快下车。"

战斗队负责人马上对司机说:"等一等,我们还有一个人,他来了。"

我跑到车前气喘吁吁地说:"明天早晨恰好有一班船。票已经拿到手了。咱们就在候船室待一夜算了。"

车上的人一听有船票了就纷纷往车下挤。负责接我们的人一边拦住不让我们的人下车,一边回过头来问我:"怎么一回事?"

我说:"明天早晨我们坐船去重庆,今晚住在武汉大学我怕明天赶不过来,误了船。"

武汉大学的人说:"北京来的红卫兵,你们放心,明天早晨我们用车把你们送到码头来,一定误不了你们上船。"

他一边说一边把我往车上拉。我实在是不愿意麻烦人家就说:"谢谢了,我们就不麻烦你们了。"

他笑着说:"不麻烦,不麻烦。我们送人上船是常事。"

司机也笑着说:"你们放心,明天误不了你们上船。"

听他们这么说我也就放心了,我们都上了车。车出了汉口码头很快就拐上了武汉长江大桥。我们的人中马上有人问:"咱们这是到哪儿去呀?怎么都过长江了?"

武汉大学的人说:"武汉是由武昌、汉口、汉阳三镇组成的。武昌在长江以南,汉口和汉阳在长江以北。我们武汉大学在武昌,你们刚才下船的码头在汉口。所以从码头到武大一定要过长江。其实我们刚才还过了汉水,不过可能大家没太注意。"

过了长江大桥很快就到了武汉大学。我听说武汉大学坐落在珞珈山麓,东湖湖畔,景色绝佳。可惜当我们到武汉大学时天已完全黑了,再好的景致也无法享受了。我们被安排在武大招待所,在那种环境下,这里的条件是相当的不错了。可我一夜也没有入睡,我一直在担心第二天赶不上船。第二天天还没亮武大的人就把我们叫了起来,带我们在学校用了早餐,然后把我们送到了码头。我们上船后,他们又忙着接待其他的红卫兵了。这件事深深地留在了我的脑海里,我想无论在什么时候总有那么一些人,对自己的工作认真负责。遗憾的是我没有问他们的姓名,也无法再次当面对他们表示感谢。

我们上了船,这次我们所有人都住大统仓。这条船上的大统仓形式跟上次不一样。一上船,凡是持统仓票的乘客一人发一条凉席。你可以夹着凉席满船转,凡是标有统仓的地方都可以铺开凉席,这就是你的仓位。高一的男同学李迪见状很是高兴。他说:"我要找个最高的位置。"

他这么一说激起了大家的各种想法。有的想到船的最前面,有的想到船的最后面,还有的说为了好看三峡风光想就躺在甲板上。我一看这三十人岂不是要分散在全船各个角落了?为了不使大家走散,我还是把大家都招呼到了底仓,还特地让李迪躺在我的身边,怕他到处乱跑。我知道这次航行需要三天多的时间。这三天怎么过呢?总不能三天都站在甲板上观两岸的风光吧,也不能三天都闷在仓中。我找到战斗队的负责人请他考虑一下。他说:"咱们组织学习吧。"

我问:"学什么?"

他说:"当然是学毛选,学'文化大革命'的文件啦。"

我说:"大家可能很难安下心来学,特别是过三峡的时候不让大家观赏一下三峡风光也不可能。"

他问我："那你说呢？"

我想了一下说："咱们参加点劳动吧。"

他问："在船上能干什么？"

我说："能干的活多了，如帮助船员打扫卫生，船靠岸时可以帮船员上下货，帮助旅客拿拿行李。还可以到船上的厨房帮厨什么的，船上可干的活很多。"

他一听马上说："照你这么说，咱们确实可以参加点劳动。那我先和咱们的人说一下，然后就去找船长，请他给咱们安排安排。"

他和大家一说，大家都没意见。谁也不愿意三天都闷在船仓里。他去找了船长，船长答应了。我们分成了几个组参加船上的各种劳动。我和小高、李迪参加帮厨。我们能干的活也就是择择菜，洗洗菜什么的。带我们的厨工也是个年轻人。他曾当过四年的海军。我看他在船上行走如履平地就问他："你是不是上过舰艇？"

他说："何止是上过，我一参军就分在船上。"

李迪听了说："太棒了。当海军就得上船。不上船那跟陆军有什么区别？"

他听了笑着说："你们是没有当过水兵。当了水兵我敢保证你们都后悔。"

我不解地问："为什么？"

他说："我们一开始都和你们的想法一样，所以都争着上船。我和几个战友被选上了。我们都很自豪，没有选上的人也都羡慕我们。可没想到这船可真不是好上的。"

李迪问："船上很艰苦？"

他说："我们没有人怕艰苦，关键是晕船。"

我们就坐在船上，有点不大相信。李迪说："晕船真有那么邪乎？

怎么我们都不晕船？"

他一听笑了起来。他说："你们坐的是江轮。江轮只能在内河里航行。内河能有什么风浪，再说船还这么大。你们知道吗？我们第一次出海所有的新兵没有一个能站在舰艇上的。所有的人都吐了，都能把胆汁吐出来。我们水兵的伙食算好的，可没有一个新兵能吃得下去。船靠了码头新兵都是让老兵扶下船的。晕得厉害的躺在营房里都感到房子在转。"

怪不得呢，经过大海波浪的锻炼，这江水自然不在他的话下了。

厨房在船的底层。每次我们帮厨就在厨房的仓门口择菜。他就给我们讲船上的事，长江中的事。每快到一个什么景点的时候他就叫我们上甲板上去看。我们看完回来后他就给我们讲这个景点的故事。我们问他："咱们在底仓，你什么也看不见，你怎么就知道船该到哪儿了？"

他自信地说："我在这条航线上都跑了三年了，不知道船什么时候到哪儿了才怪呢。"

我们都觉得他是块当水手的料，让他当厨工太可惜了。可他自己却认为能有厨工这份工作已经很知足了。那时我们都没有工作过，都还在上中学，所以很难理解他的心境。

饭做好了，要把饭送到上面的餐厅去。这时他说："好了。你们上去吃饭吧。送饭的事我一个人就行了。"

我们一看两大箩筐的米饭便不约而同地说："我们和你一块送吧。"

他说："你们扛不动。"

我试了一下，果然扛不动。我想了想说："这么着吧，你扛一筐，我们三人抬一筐行吧。"

他看了我们一下说："那就试试吧。抬不动没关系，千万别把饭扣了。"

我们三人满有信心地说:"没问题,你放心吧。"

他把饭筐往肩上一放,一手扶着筐,一手扶着梯子的扶手,几步就上去了。我让李迪在上面拉,我和小高在下面抬。我们是龇牙咧嘴一步三晃,费了九牛二虎之力才把饭弄到了餐厅。我们把饭筐放下。李迪直起腰来一边捶着一边笑着说:"送一次饭我得多吃二两。"

我和小高都笑了。虽说在船上帮厨也挺不容易,可我们还是很愿意干的。吃完晚饭就没事了。我们可以站在甲板上看两岸的风光。

船到西陵峡,航道一下变得很窄,两岸的陡壁仿佛伸手可及。岩壁上的草木,甚至岩石的纹理都能够清楚地看到。有时船简直就是在贴着岩壁行驶。猛然一堵百丈高的陡岩出现在船的正前方,江水有如从岩石下涌出,船似乎是要穿崖而过。只听船一声长鸣,突然一个90度转弯,江面豁然开朗,眼前别有一番风光。我们都看呆了,刚才还是江水翻腾,两岸陡峭,可这里的江面平静如镜,岸边平缓,一丛丛的竹林围绕着几处房屋,袅袅炊烟映着夕阳如画一般。我们都醉了。夜色渐至,江面上泛起了层层薄雾,船仿佛驶入了朦胧世界。慢慢地,慢慢地两岸的陡壁,滔滔的江水连同我们的江轮都被夜色吞没了。只有不断闪烁的航标灯和马达的颤动告诉我们正在驶向明天。

船到万县时已是傍晚。我们被告之船将要在万县靠岸,大家可以上岸看看。船靠岸后我和小高、李迪一道爬上码头十分陡峭的台阶,走进了万县靠码头的街道。我们都是第一次见到像万县这样的川东县城。街道都是石板路。街很窄,有的地方三个人并行都有困难。街的两边都是店铺,可都很小。门面都是木板的,而且清一色都是一种烟熏的黑色。李迪小声地说:"这都是些解放前的房子吧?"

我和小高点了点头表示同意。李迪又说:"我怎么感到跟走在解放前的小城一样。"

我忙说："可别瞎说，或许人们的生活水平提高了呢。"

李迪不信地说："我怎么看人们穿的也不怎么样。"

我只好说："少说为佳，少说为佳。"

说着说着我们走到一个小店旁。小店的主人忙招呼我们。其实我们口袋里都没有什么钱。我迟疑着没有走进去。小店的主人连声说："买不买不要紧，进来看一看嘛。"

李迪一眼看见主人衣服的前襟上补了一块补丁，他动了恻隐之心就进去了。这个店确实很小，站在门外已可将店中的货物一览无余。李迪进去后看了看确实没有什么好买的便转身想出来。这时小店的主人说："你们是坐船来的吧？"

李迪答道："是。"

主人又问："你们是第一次到我们万县吧？"

我们一块说："是。"

主人说："没吃过我们万县的梨吧？买个梨吃吧。我们万县的梨又甜又酥。"

说着他就把一个梨举到李迪的面前。我们一看这个梨的个头真不小，可模样却不怎么样，貌似很硬。店主似乎看出了我们的心思说："别看我这梨不好看，但凡是吃过的都说好吃。"

李迪说："这梨的个太大了，一个人吃不了。"

店主说："没关系，我可以给你们分。"

说着他就拿出了一把刀。李迪见状只好说："那就买一个吧。你给我们拣一个好的。"

店主给我们挑了个个头儿最大的，称了一下说："一角五分。"

李迪付了钱。店主问："去皮吗？"

我们都没有见过卖水果还管削皮的。李迪说："去皮，分成三份。"

店主熟练地用刀削着皮，一会儿的工夫梨就削好了。他把梨分成一样大的三份。我们一人拿了一份。我把梨送到嘴边一口咬下去梨汁顺着嘴角流了下来，甜味充满了口腔，真是好吃。李迪一边吃一边说："我还真没有吃过这么好吃的梨。"

我们一边吃着一边往回走。走了一半李迪的梨吃完了，他把梨核一扔一抹嘴站住了。我看了他一眼说："想什么呢？走吧。"

李迪说："不行，这梨太好吃了，我得回去再买几个。"

说完转身就要去，正在这时船上响起了汽笛，这是在催上岸的乘客回船。我拉着李迪说："别去了，快回船吧。"

李迪不情愿地和我们一块跑回到船上。一上船就见有好几只小船围在客轮的周围。李迪问："这些小船是干什么的？"

几个高二的同学说："是卖梨的。"

可是小船上的人根本够不着站在江轮甲板上的人，就问："这怎么卖呀？谁也够不着谁。"

高二的同学说："你没见他们每人手里拿着一根长长的竹竿。竹竿上有个钩子。钩子上挂着一个筐。你要买梨就把小船招呼过来。他们就用竹竿把筐举到你面前。你把钱放进去，他们就用竹竿给你递上一筐梨。"

李迪问："多少钱一筐？"

高二的同学说："一块钱一筐。"

李迪一听忙说："一块钱一筐不贵，不贵。"

高二的同学说："贵是不贵，可就是不知道好吃不好吃。"

李迪马上说："好吃，好吃，好吃极了。"

高二的几个同学看了李迪一眼说："你怎么知道好吃？你吃过？"

"我当然吃过，而且是刚吃的，不信问问他们。"李迪指着我和小高说。

高二的同学一听好吃便纷纷解囊买梨。一共买了五六筐。船再次鸣笛，要起锚了。小船纷纷离开大船，我们也都回到仓里。有一个同学忙着打开梨筐，拿出一个梨，用衣角擦了擦，张嘴就咬。这一咬发现坏了，没咬动。不仅是没咬动梨牙还被嵌在梨上。他费了好大的劲才把牙顺着牙印退了出来。他看着梨大呼："上当了，上当了。这梨比木头还硬。"

他一边说一边看着李迪。李迪有点不好意思地说："这种梨可能是皮硬，我们刚才吃梨时人家把皮给削了。"

马上有人递过来一把水果刀。高二的同学开始削皮。刚削了两下就停了下来说："这哪里是在削梨皮，简直就是在削木头。李迪，你来试试。"

说着他就把梨和水果刀递给李迪。李迪接过了梨刚要削一不小心把梨掉到船板上，"咚，咚"，砸得船板直响。高二的同学把梨捡起来用手掂了掂说："整个一个木头疙瘩。"

李迪见状自言自语地说："这梨可能刚下树，也许放几天就好了。"

几个买梨的同学也都只能这么想，后来事实证明，这梨根本就软不了，一软就烂，最终大半扔在了路上。

过了万县很快就到了重庆。重庆的朝天门码头和万县的码头在形式上是一样的，只是大得多，气派得多。朝天门码头也是重庆的标志之一。重庆是座山城，道路都是依山势而修，总是上上下下，弯弯曲曲无法和北京的笔直大道相比，可比起万县来那是宽多了。而且城里有不少解放后的新建筑，一派大城市的气势。战斗队一到重庆原本的目的就变了，似乎没有人再想去炮轰重庆市委，所有人都想去参观"中美合作所"的"白公馆"和"渣滓洞"。这两个去处是当时到重庆的红卫兵必去的地方。大家都希望到"白公馆"和"渣滓洞"去缅怀革命先烈,用这些先烈的热血和革命精神来净化自己的心灵,激励自己的革命斗志。

第二天,我们就去了位于歌乐山麓的"中美合作所"。革命先烈的事迹感动了我们每一个人,使我们又一次感受到今天革命成果的来之不易,它是无数革命先烈用鲜血和生命换来的,我们也应该用自己的鲜血和生命去捍卫它。在从歌乐山回重庆市内的途中,不知是谁又提出了应该去参观一下成都郊区大邑县的刘文彩地主庄园,说我们应该从多个角度去认识阶级和阶级斗争。这个建议又得到了大多数人的响应,炮轰重庆市委的事完全被忘在了脑后。当天晚上我们就从重庆赶往成都。

到了成都的当天我们就赶往大邑,刘文彩地主庄园的展览又一次震撼了我们。我们这些长在新中国的年轻人根本想象不出旧社会的地主,特别是恶霸地主的所做所为,也无法想象旧社会的农民所遭受的苦难。这次参观也使我们认识到为什么在中国这块土地上会一而再、再而三地爆发农民革命;为什么当中国共产党领导农民革命时会得到广大农民的踊跃支持。

我们从大邑回到成都时已是9月底了,大家都希望赶回北京过国庆。我立刻赶到成都火车站,到了车站打听到的情况使我吃了一惊。原来几天前铁路系统就得到了"中央文革"的通知,在国庆期间原则上不让学生进京。我只好再一次找到车站办公室,车站办公室的负责人说:"我们接到了'中央文革'的通知,你们不能进京。"

我解释说:"我们完全拥护'中央文革'的通知,可我们不是进京,我们是北京的学生,是返京。'中央文革'的通知没说不让北京的学生返京呀。"

车站办公室的负责人听我这么一说又看了一遍'中央文革'的通

知。上面确实没说不让北京的学生返京。他想了一下说："怎么能证明你们是北京的学生？"

我说："我们是北京师大一附中的红卫兵，我有袖章为证。"

说着我就把左臂上的袖章给他看。他看了一下说："袖章不行，我不能把你的袖章留下来做证明。"

我忙说："可以，我可以把袖章留下来。"

他说："不行，袖章不行。这是规定。"

我说："那你要什么证明？"

他干脆地说："介绍信，你有介绍信就行。"

我问："什么样的介绍信？"

他说："只要是北京学校的介绍信就行。"

我说："行，不过介绍信我没有带在身上。一会儿我把介绍信和人都带来。你一定要让我们上返京的火车。"

他说："只要你们有介绍信就没有问题。不过我们只能按照介绍信的人数放人，你们可不能带其他的人。"

我说："你放心，我们绝不会多带一个人的。"

说完我走出了办公室。其实介绍信就在我的挎包里，只不过是空白的，不能当面拿出来给他看。我迅速地回到住处，把"中央文革"的通知告诉了大家。有的人一听就急了，尤其是一些女同学，一听不能回北京眼泪都快掉下来了。还有的男同学竟提议要去扒火车，就是不能一下扒到北京，一段一段的扒也要扒回去。我忙安慰大家不要乱，也不要急，可能还有办法，只要跟我走就行了。大家纷纷问我有什么办法，我怕到了车站会有什么变化就没有说。好在这一路下来的车票、船票都是我办理的，大家对我还是蛮相信的。我让大家赶快收拾行李，自己则填好了介绍信。

到了火车站我让大家在外面等着。这时我才注意到火车站上的人少多了，尤其是到北京的学生一个都没了。我进了车站办公室，把介绍信给了负责人。他看了一下就说："行了，你们可以返京了。现在是通知上说的特殊时期，你们要按照规定做。"

我说："有什么规定？"

他说："现在就有一列空车要到北京去就是为了把北京的外地学生送回去的。所以为了防止沿途有人扒车，你们上车后不能开车窗。特别是中途停车时，一定要把车窗关好，拉上窗帘，更不能下车。怎么样，能做到吗？"

我问："那吃饭呢？"

他说："饭由车上的餐车供应，也只能是供应什么你们就吃什么了。"

我一听，这条件根本算不了什么，马上说："吃饭的问题解决了就没问题了，我们北京的红卫兵是最遵守纪律的。"

他说："那你们现在就可以进站上车了，至于车什么时候开你们不要问。"

我问："那什么时候能到北京呀？"

他说："我也不知道。车什么时候到北京那要根据上级的通知。不过你们放心，国庆节前肯定到北京。"

说着他就点给了我一打儿火车票，我一看居然都是卧铺票不禁满心欢喜。我回去把车站的要求和大家说了，大家纷纷表示，只要能够回北京了，这点要求就不算什么了。我当即把票发给大家，大家一看还是卧铺票都更高兴了。进了站才发现我们要乘的列车并没有停在站台上，而是停在一条支线上。我们在检票员的带领下越过了几条铁轨，从路基上直接爬上火车。一上火车，我们就按照规定检查车窗是否关好，同时把窗帘都拉上。大家都躺在自己的铺位上，有的人还睡着了，轻轻地打起了鼾。也不知道过了多长时间列车起动了，车一动我悬着的一颗心终于落地了。一路上车都是停在站台外面，也没人上车。我们终于在国庆前夕回到了北京。

这次串联历时二十多天，行程数千公里。我们坐了火车，又乘了轮船。先到上海，途经武汉到了重庆，再到成都，最后从成都回北京。多少年后，这次经历还清楚地留在我的脑海里。

9 二次串联纵览河山

国庆之后一连几天我都没有去学校。我想反正我刚从外地回来，学校里又没有什么事，就在家里多休息几天吧。

　　这一天我正在家里悠然自得地看着书，忽然高三四班的杨星打电话来找我。他在电话里说："咱们串联去吧。"

　　我说："国庆之前我刚回来，不去了。"

　　他动员我说："去吧，国庆之后咱们学校几乎都走空了。不信你到学校去看看。"

　　我说："你怎么知道的？"

　　他说："这几天你没有来学校吧，可我一直在学校，学校里几乎都没有咱们本校的人了。现在学校成了外地学生的食宿地了，我到了学校都碰不上一两个认识的人。"

　　我说："那你怎么不和他们一块去呀？"

　　他说："我这不是知道的晚了吗。国庆之后的前几天我也没去学校，等我去了学校一看人都快走光了。我连续去了几天也没有找到合适的人，这时我才想到了你。"

　　我笑着说："说实话了吧，要是有人和你一块去你才想不到我呢。"

　　他马上解释说："你可别这么想，原来是我认为你早就走了，所以一开始我没有找你。这不是没有找到合适的伴，才想起来给你打个电话碰碰运气。没想到你没走,还是咱们一块走吧。"

我问:"咱们都是谁?"

他说:"咱们就是咱俩。"

我不相信地问:"真的就咱俩?"

他确定地说:"当然就咱俩。不过你要是有合适的人选你可以提出来。要是能和你走到一路我没问题。"

我感到有些奇怪就问他:"就咱俩去串联能干什么?"

他说:"你说串联去干什么?"

我说:"串联说的是革命大串联,自然是为了革命呀。"

他打了一个磕巴说:"是呀,是呀。咱们俩串联也是为了革命呀。"

我问他:"咱们怎么革命?"

他说:"咱们可以了解一下全国各地的革命形势,这对于咱们回来后更好地参加'文化大革命'是有很大好处的。"

我说:"你就给自己找辙吧。"

他不好意思地说:"我不是找辙。周总理都说过:就是看看祖国的大好河山也是好的。"

我说:"那你就实话实说你想出去看看呗,干嘛还找那么多的理由。"

他顿了一下说:"说实话我就是想出去看看。"

我问他:"你想去哪儿?"

他说:"我还没有具体的目标,你要是去我就听你的。"

我说:"真要是就咱们俩一块去串联,那走到半路意见不一致了那可怎么办?"

他信誓旦旦地说:"咱们俩不会意见不一致的。如果真的不一致了我听你的,行不行?"

我说:"这是真的?"

他说:"我保证你说去哪儿就去哪儿,你说在哪儿待多少天就在哪儿待多少天。总之你说走就走,你说停就停,怎么样?"

听到这里我说:"要是这样嘛,倒可以考虑。"

我话音一落,他马上接茬道:"不过我也有建议权。"

我一听就说:"你后悔了?"

他马上说:"没后悔,没后悔。我只是说如果我有什么想法也可以说嘛。"

我笑了,对他说:"谁不让你说自己的想法了。"

杨星就是这样的人。我想了一下说:"我和家里说一下吧。"

他一听,高兴地说:"行,我等你。不过越快越好。"

挂了电话,我把要去串联的事和父母说了。父亲说:"出去看看也好,不过不要在外面待得时间太长了。最好不要超过一个月。"

我答应了。妈妈见父亲同意了也就没有再说什么,只是嘱咐道:"天快凉了,要去就早去早回。"

父亲问我需要多少钱。我在学校搞过接待工作,自是知道一天吃饭花不了多少钱,住宿和坐火车都不需要花钱,想了想说:"我也就去一个月,估计20元就够了。"

父亲说:"给你们30元吧。我可不是让你在外面多待几天,是让你手上有点富余。"

我心里想这次我就去一个月,绝不让父母在家里为我担心。

第二天我就和杨星约定在北京火车站会合了。杨星果然守约说:"你说吧,咱们去哪儿?"

我笑着说:"你不是有建议权吗?我想听听你的建议。"

杨星倒不客气,他干脆地说:"我建议去上海。"

我看着杨星说:"你又不是不知道我刚从上海回来,我不想去上海。"

杨星倒也痛快,他说:"那还是你说吧,你说去哪儿就去哪儿。"

我想杨星想去上海是因为他没有去过上海,虽然我去过上海了,可上次去上海哪儿都没去,连最著名的上海外滩、南京路、城隍庙都没有去,所以再去一趟上海也没什么。随后我就对他说:"这样吧,咱们先到南京,然后再从南京去上海,你看怎么样?"

杨星听了很高兴:"就这样,咱们排队去吧。"

我们这次是老老实实排队上的车。当我们好不容易挤上火车时,车厢里已被挤得水泄不通了,连行李架上都是人。我们只能站在过道里,脚一旦离开地面想再落下去都很困难。随着一声汽笛长鸣,火车启动了。随着车厢一晃,我一个没站稳便摔倒在别人身上。我忙道歉,这时大家都很平和连声说没关系,还纷纷伸手扶我。我侧目一扫突然发现一个好去处——座位底下还都空着。我忙招呼杨星说:"咱们钻到座位下面去,底下是空的。"

杨星弯腰看,脸上露出了喜色说:"太好了,咱们可以躺着到南京了。"

说着他就率先钻到座位下面。我也忙把雨衣铺在一排座位下面,然后钻了进去。躺在座位底下仰面只能看到座椅背面,侧卧只能看见别人的脚和小腿,除此而外什么也看不见了。我只好闭上眼睛休息。火车在济南停车时我和杨星下车活动了一下,放松一下筋骨。虽然是躺着,比站着挨挤舒服多了,可底下毕竟是空间有限,翻起身来也不太方便,躺久了也有些腰酸背痛。就这样我们在座位下一直躺到南京。终于熬到了南京,我们出了火车站,杨星说:"咱们吃点饭吧。"

他这么一说我也感到有点饿了,说:"这一路咱们也没有正经吃饭,是该吃一顿饭了。"

我们就在南京火车站的附近找了一个小铺走了进去,一人要了一碗面。杨星一边吃一边说:"你说今后咱们这吃饭怎么安排?"

我说:"这有什么好安排的,走到哪里就吃到哪里呗。"

他说:"我的意思是咱们是各吃各的,还是一块吃?"

我问他:"你的想法呢?"

他说:"我想咱们就两个人,还是一块吃的好。"

我问:"怎么个一块吃法?"

他说:"我的想法是咱们俩把饭费合在一起,两个人轮流着管。谁管谁作主,当然另一个人也有建议权。"

我说:"你再说得具体点。"

他说:"比如咱们俩各出30元钱做这一个月的伙食费。当然钱还是各自拿着各自的,只不过吃饭的时候由一个人来付费。第一周由我来付费,我出15元算咱俩的。第二周由你付费也算咱俩的。你看怎么样?"

我说:"行,第一周还是我来付吧。"

他坚决地说:"主意是我出的,还是我先来付费吧。"

我想先付费和后付费也没有多少区别就同意了。我又问他:"要是吃超了呢?"

他说:"就吃超了也是两个人一块吃的,另一个人就早点接上。"

第一顿饭就是他付的费。在南京的第一天,杨星说:"咱们去大学里看看大字报吧。"

我说:"算了吧。南京各大学的情况咱们又不了解,仅看大字报能看出什么名堂来。"

他说:"那咱们去哪儿?"

我说:"咱们去中山陵吧。孙中山是中国民主革命运动的先驱。他的陵墓咱们也应该去瞻仰瞻仰。"

我知道明孝陵离中山陵不远,也可以顺路去看看。杨星其实也不一定喜欢去大学看什么大字报,我猜他只是怕我说他出来只想游玩不关心"文化大革命"而已。其实本人早就是个逍遥派了。在北京时我都不怎么看大字报,上次到上海、武汉、重庆也没有看大字报。这次跑到南京来反而要去看大字报这不是有毛病吗?杨星听说去中山陵立刻表示同意。我们坐上公共汽车直奔中山陵。

走近中山陵我便被其宏伟的气势震惊了,这是我所见过的陵园中最具震撼力的。孙中山先生是位伟大的革命者,可他的一生基本上是在失败中度过的,但他的伟大之处就在于每一次的失败之后他都能重新发起带来下一次的革命。他的失败唤起更多的民众起来革命,以至于最终推翻了中国最后一个封建王朝——清朝。当然在孙中山先生生前他并没有看到他理想的社会出现,但无论如何他都是中国民主社会的伟大开启者。我和杨星站在中山陵缅怀这位伟大的民主革命先驱。

离开了中山陵的时候,我小声地对杨星说:"我听说汪精卫也葬在附近,咱们看看去?"

杨星说:"汪精卫的墓有什么好看的。"

我说:"看的是一段历史嘛。"

杨星说:"那我们就去看看历史吧。"

我们还真找到了汪精卫的墓葬原址,可是早已是空无一物了。原来在抗日战争胜利后,蒋介石在返回南京后就把汪精卫的墓给刨了。看着光秃秃的山包,杨星说:"这就是历史,空空如也。"

我说:"空空如也也是历史。汪精卫曾葬于此是历史,后来被蒋介石刨了坟也是历史。不过我是不主张刨坟的。刨坟不是文明的行为,而且历史也不会被刨掉。"

杨星说:"看来你对汪精卫还挺关注的。"

谢天谢地他没有说我对汪精卫挺关心的。

我说:"凡是关注抗日战争的人都会关注汪精卫在抗日战争中的

表现。汪精卫是汉奸这没得说，汪精卫已经被钉在了历史的耻辱柱上，就是留着他的坟这也是改变不了的。"

杨星说："那倒是。"

说着我们俩离开了汪精卫墓葬原址，来到了明孝陵。明孝陵是明朝开国皇帝朱元璋的陵寝，明孝陵虽然还在，但是已是十分的荒凉。明孝陵前神道两边的石人、石兽均被人推倒，不用细看便知是有人故意所为。陵中建筑物上的油漆已经斑剥脱落，有的门窗已破损。庭院中长满了杂草。整个陵园别说是游人，就是管理人员也没有见到一个。杨星笑着说："看来这关注墓地的人只有你一个。"

我说："不是还有你吗。"

他说："我可不算，我是陪你来的。你要不来我是不会来的。"

我说："那我可要谢谢你了。"

他说："不用谢。谁让我把你拉出来串联的。我说话算数，你说去哪儿就去哪儿。你说咱们出了明孝陵去哪儿？"

我笑着对杨星说："墓地咱们就不去了，咱们去蒋介石的总统府吧。"

杨星说："行，咱们就去蒋介石的总统府。"

我们找到了蒋介石的总统府，只见大门紧闭着，一问才知道不开放。不开放就没办法了，这时杨星问："那咱们再去哪儿？"

杨星这一问我倒有点不好意思了。这一天去哪儿都是我一个人说了算，既然是两个人一块出来怎么也不能全听我一个人的，让人家杨星纯做陪客。想到这里我就说："这次听你的。你说去哪儿就去哪儿。"

他说："那就去上海吧。"

他这么一说我就笑了。我的意思是在南京你说去哪儿就去哪儿。这南京是六朝古都，好多可去的地方都还没有去，如夫子庙、秦淮河、莫愁湖等。可转念一想已经让人家说了，人家说了咱又不听多不好。再说这南京又不是什么难来之地，今后总会再来的。去上海就去上海吧。他见我笑了就说："你要是不愿意现在去上海，那你说去哪儿？"

我说："行，咱们就去上海。"

说完我们就直奔火车站，挤上了去上海的火车。

到了上海，红卫兵接待站把我们安排到锦江饭店，这可是我们谁也没有想到的。到了锦江饭店一打听才知道，上海的各大饭店都拨出了一部分客房接待红卫兵。我们住在一个标准间里，杨星一见房间里的设备连声说："还是上海好，还是上海好。"

我也没有见过大饭店的住房，当然就更没有住过。我们先在房间里舒舒服服地洗了个澡，洗去了几天来的汗渍和尘土，然后去吃饭。饭店也有为红卫兵准备的饭。虽说是很简单，只有一荤一素一汤，可对于我们只出3角钱来说已是上好的美味佳肴了。洗好了，吃饱了，我们就上街去了。这次杨星没有再说去看大字报，我们在南京路、西藏路、外滩、城隍庙逛了整整一天。我对逛街是一点兴趣都没有，有人说上海是购物天堂，可我们又没有钱，再好再大的商店对我们也没有吸引力。我也可以看得出来杨星对逛街也没有什么兴趣，这时我想他要到上海来的目的可能仅仅是因为没有来过。第二天中午杨星终于说话了，他说："这上海也没有什么好看的了，咱们走吧。"

我说："那你说去哪儿？"

他说："还是你说吧。"

我问他："你坐过轮船吗？"

他说；"没坐过。"

我说："那咱们坐船走吧。"

他问："坐船去哪儿？"

我说:"反正咱们也没有具体的目的,船到哪儿咱们就去哪儿呗。"

他说:"行。咱们到哪儿上船?"

我说:"去十六铺码头。"

他说:"行。就去十六铺码头。"

我们退了房间,直奔十六铺码头。到了码头一看,当天傍晚恰好有一班船去宁波。我们就上了船。这回我们是四等舱,一人一个铺位。我和杨星都挺高兴的。我们看了一下航线,知道从上海到宁波是走海路。虽说是近海但毕竟不是江河了。这时我又想起了上次从武汉到重庆时那个曾经当过水兵的厨工说过的话,在海上航行和在江河里航行根本就不是一回事。想到这里我就对杨星说:"船到海上时你敢站在甲板上吗?"

他说:"有什么不敢?我会游泳,不怕水。"

我说:"会游泳的人也不见得不晕船。"

他又说"我也会划船。"

我说:"你不过是在湖里划划小船而已,那跟在大海里可是不一样的。"

他不相信地说:"那有什么不一样,都是在水上嘛。"

说话间船启动了。我和杨星跑到甲板上。我又领略了一番黄浦江两岸的风光。

船驶出了黄浦江进入了长江。上次船是向左转,所以我就没有看到长江入海口,也没有看到大海。这次我自是想领略一下长江入海口的风光,欣赏一下大海的风景。但是我没有想到船还没有完全驶出长江入海口天就完全黑下来了,甲板上的人陆续回到船舱中。最后只剩下我和杨星了。此时一片漆黑,只有船上的灯光隐隐约约地映在船周围的海面上,连海水的颜色都看不出来。再有就是天上闪动的星光和在远方不时闪动的航标灯。杨星问:"怎么知道咱们是否到了海上?"

我摇了摇头说:"不知道。"

杨星说:"这可没什么好看的。"

我不得不承认这确实没什么好看的。偶尔有一条船相向驶来也只能远远地看到对方船上的灯光,听到两船鸣笛互致问候,但我们俩都坚持站在甲板上。船又航行了一段时间,风越来越大了,船也晃得比较厉害了。风卷着水滴打到甲板上,溅到我们的身上、脸上。杨星说:"到海上了。"

我问:"你怎么知道的?"

他说:"刚才水打到我脸上,我一舔是咸的。"

这时我深深地吸了一口气,也感到一种咸腥味儿。我说:"是到海上了。"

这一说不要紧,立刻感到船晃得更厉害了。我和杨星只好紧紧地抓住甲板上的栏杆。我想这风浪肯定是越来越大了,万一不小心让浪给打到海里去就麻烦了。我对杨星说:"咱们还是回船舱吧。"

他说:"我没晕吧?"

我说:"趁咱们俩都没晕还是回去吧。真要是有一个晕的都麻烦。"

他想了一下说:"行,回去吧。"

我们俩回到了船舱里。一进船舱就各自躺在了自己的铺位上。这时我还真的感到有点晕,好在不厉害,过了一会儿就睡着了。

睡梦中,我们俩被叫醒。船靠在了宁波码头,我们收拾好行李准备上岸。这时隐隐约约地听到码头上"呱呱"的蛙声一片,我和杨星都感到奇怪,都十月了怎么还有这么多的青蛙。我们走出了码头才发现原来这叫声并不是来自青蛙,而是三轮车在鸣喇叭招揽顾客。宁波的三轮车和北京的三轮车不一样,没有车铃,而是在车把上有一个小气喇叭。用手一捏喇叭后面的气囊就像青蛙叫一样"呱呱"响，真是一地一景。我们俩漫无目的走着，忽然看见路边有一公共汽车站，这一路车是从码头到火车站。杨星说："咱们先到火车站去看看吧。"

我一听觉得有理就说："行，上车吧。"

到了火车站一看，恰好有一趟车去杭州。杨星就说："咱们去杭州吧。"

我一想宁波也没什么好看的就同意了，我们急急忙忙地跑上火车。我们一上火车车就开了，车上的人不多，都有座位。我坐稳了看了一下表，从下船到火车开动整整 100 分钟。这车一离开宁波我才想起来，宁波附近有一个地方应该去看一下，这就是蒋介石的家乡——奉化溪口。我没有告诉杨星，毕竟说了也不能再下车了。

到了杭州，我们被安排在一条弄子里的红卫兵接待站。我们安顿好就跑到西湖边去了。俗话说"上有天堂，下有苏杭"，已然到了杭州我们自是要好好地游览一番。西湖里有专门的游船，是那种带篷子有人专门为你划船的。杨星见了说："咱们也坐坐游船吧。"

我说："算了吧，肯定不便宜。"

杨星说："我去问问。"

说着他就跑过去问划船的中年妇女。片刻跑回来告诉我："挺好的，船沿着西湖转一圈，中间还让上岸游览。柳浪闻莺一站，花港观鱼一站，还可以就近观看三坛印月，再到湖心岛。中午在岳王庙上岸，可以到楼外楼吃午饭，一共才 1 元 5 角。"

我说："两人 1 元 5 角。"

杨星把嘴一撇说："你想什么呢？人家这条船可坐 4 个人，一共收 6 元钱。如果坐 1 个人那你就交 6 元。坐 2 个人就每人交 3 元。现在船上已有 2 个人了，咱们只要交 3 元就行了。"

我说："太贵了，算了吧。咱们沿着西湖走一圈不是一样的嘛。"

杨星说:"那怎么一样,到杭州游西湖,自然是在湖里游啦。再说,咱们还能来几次杭州,不坐坐西湖的船该有多遗憾。"

我见他坚持要坐便不想扫他的兴,让他遗憾,就和他一块上了船。划船妇女把船划离了岸边,她一边划船一边介绍西湖岸边的风景。西湖风光确实好,岸边垂柳万千条,随风轻拂西湖水。不知人间有此景,疑在天上瑶池边。到了"柳浪闻莺",划船妇女介绍可以上岸到动物园一游。我和杨星都认为听人家的没错,就去了动物园。一进动物园才发现,这里根本无法和北京动物园相比。可我没有想到杭州的动物园里也有大熊猫,而且可以近距离观看。我还看到了以前没有见过的琵琶鹭,这是一种稀有的涉禽。离开了"柳浪闻莺",我们的船直奔"花港观鱼"。"花港观鱼"的鱼真多,一开始我和杨星都以为这里的鱼也和北京公园里的鱼是一样的,都是金鱼。后来仔细一看,这里的鱼大多数都是红鲤鱼,有的个头还真不小。中午时分到了岳王庙,我们先到楼外楼吃午饭。楼外楼是杭州第一餐馆,点菜时杨星点了西湖醋鱼,这是楼外楼的招牌菜。这天该他管伙食我也没说什么,只是想照这样下去超支是难免的了。杨星也看出了我的心思就对我说:"超支了没关系,到时候咱们可以到昆明去。我姑姑在昆明。我可以向她借点钱,然后再让我爸爸给她寄过去。"

我说:"最好还是别借钱。"

他说:"没关系。"

看来他是没了钱也不打算回北京。我的想法是去哪儿都行,反正时间是一个月。想到这里我就说:"谁知道咱们什么时候能到昆明呀。"

他说:"没事,等到快没钱时咱们就直奔昆明。"

我说:"那就但愿咱们能坚持到昆明。"

西湖醋鱼上来了,杨星要的是最小的一盘,不过味道确实不错。

这是我们一路走来吃得最贵的一盘菜，我们都认为值。吃完饭我们去了岳王庙，没想到岳王庙没开。此时岳飞也受到了批判，批判他主要是两条：一条是愚忠；一条是镇压了太湖杨么的农民起义。岳王庙进不去我们就去了灵隐寺。灵隐寺倒开着，不过没有进香者。我相信这时全国的寺庙和灵隐寺一样都是冷冷清清的。在灵隐寺中没有见到一个僧人，听说寺里的僧人被劝还俗了。我们转了一圈就走了。之后又去了宝俶塔、黄龙洞。最后不知不觉走进了浙江大学。大学里也没有什么人。到处贴的都是大字报，可没有什么人看。我们则更是不感兴趣了，随便转了一圈就回住处了。

第二天我们去了六和塔。听说六和塔是梁山好汉花和尚鲁智深圆寂的地方。不过我认为这不过是传说而已。六和塔前就是著名的钱塘江大桥。钱塘江大桥是我国著名桥梁专家茅以升先生设计并督造的。这在旧中国是一个创举。我们眼前的这座钱塘江大桥并不是茅以升先生最初建造的那座桥。那座桥在抗日战争时为了阻滞日军的进攻，茅以升先生忍痛指挥把它炸毁了。抗日战争胜利后，茅以升先生又把它恢复了。我和杨星下了六和塔专门到钱塘江大桥桥头上看了看。据说著名的钱塘潮可以从钱塘江河口一直推进到钱塘江大桥。此时非潮期钱塘江水平如镜。我们站在高高的钱塘江桥头上竟可以看到江中的游鱼。可惜的是大桥不让上，因为安全的原因，大桥上有全副武装的战士守卫。

离开了六和塔和钱塘江大桥，我们到了虎跑泉。虎跑泉被誉为天下第四泉，杨星问我："那天下第一泉在哪儿？"

我说："被誉为天下第一泉的是济南的趵突泉。"

他又问："那第二泉呢？"

我说："据我了解天下第二泉在无锡，就是二泉映月的二泉。"

杨星说："原来二泉映月的二泉是一口泉水，我还以为二泉是两口泉水呢。"

我说:"我之所以想到虎跑泉去看看是听说虎跑泉的水质极好。如果能尝尝就好了。"

杨星也是个愿意凑热闹的人,他一听就说:"走,咱们去尝尝。"

我们走到虎跑泉前一看,原本人家这里就是可以随便尝的,还准备了盛水的勺子便于游人品尝。我俩尝了尝,说实在的,我没有喝出什么特别的。我们上小学时,学校西墙外就是著名的京西稻产地。据说京西稻是清朝康熙皇帝下旨开辟的稻田,收获后是专供皇室享用的。稻田中有数不清的泉水,有的泉水水流如镜,你根本觉不出它在流动;有的泉水冒出水面一尺多,"咕嘟,咕嘟"的终年不息。小时跑到校外去玩稻田里的泉水都喝遍了。京西的泉水可比这虎跑泉的泉水好喝多了。我们都有点失望。走到虎跑泉的大门口见有一茶社,社前有块介绍虎跑泉的牌子。上面写的大意是在清朝时每年杭州的官员都要向皇上进贡西湖的龙井茶,同时也进贡虎跑的水。皇上喝龙井茶时一定要用虎跑泉的泉水来沏。看到这里杨星又想尝尝虎跑泉水沏的龙井茶了。他对我说:"咱们也去喝一壶吧。"

我说:"你刚才没有喝够呀?你要是渴了,咱们回去再喝。"

他说:"我不渴。"

我说:"不渴喝什么茶。"

他说:"我就是想尝尝皇上喝过的茶水是什么味。"

我说:"那怕是不便宜吧?"

他说:"我去问问,贵了咱们就走人。"

说着他就进了茶社。片刻他又出来了。他笑着说:"不贵,不贵。一元钱一壶可以随便添水。还有一角五分一杯的不能添水。你说咱们喝哪种?"

听他的口气好像我已经同意了似的。我说:"哪种都不便宜。我看算了吧。"

他一看我不同意马上说:"你想想这可是皇上喝过的茶,一元一壶还能添水,这算贵吗?咱们怎么也得尝尝吧。"

见他坚持要尝尝我就说:"你一定要喝,那咱们就来一角五分一杯的吧。"

他说:"那不如一元一壶的合算,一元一壶的可以随便添水。"

我笑着说:"随便添咱们能喝多少,要想随便喝那就到泉边喝算了。"

他也笑了。我们一人来了一杯虎跑泉水沏的龙井茶,说实话,我俩同样谁也没有喝出个好来。这倒不是人家的茶沏得不好,实在是我们不懂得品茶,按俗话说也就是个牛饮。

喝了虎跑泉水沏的龙井茶后,我们决定离开杭州到南昌去。南昌是八一起义的地方,我们俩都是部队的子弟,自是十分想到我们解放军的发祥地去看看。到了南昌,我们立刻就去了八一起义的纪念馆。八一起义纪念馆就是当年八一起义的总指挥部,周恩来、贺龙、叶挺、朱德等领导人就是在这里指挥了轰动全国的八一起义。我俩看得都很仔细,我们都为八一南昌起义而感到无比的自豪。三十九年前我们的先辈在这里打响了反抗国民党反动派的第一枪,他们虽然经历了其后无数次的挫折和失败,但经过了二十二年的努力终于成功了。他们推翻了国民党反动派在祖国大陆的统治,把蒋介石等一小撮反动派赶到了台湾。台湾是我国不可分割的领土,我们是一定要收回台湾的。我们一边参观一边说起了自己的理想,我问杨星:"以后恢复了高考,你考什么学校?"

他干脆答说:"那还用说,考军事院校呗。你呢?"

我也毫不迟疑地说:"我也考军事院校。"

他又问:"你是想考军事工程学院还是考军事指挥学院?"

我说:"我考军事工程学院。我这个人好谋乏断,不是个当军事干部的材料,但是搞点技术工作还可以。"

杨星小声地说:"我记得拿破仑曾说过'不想当将军的士兵不是好士兵'。"

我看了他一眼也小声地说:"我认为一心只想当将军的士兵也不是好士兵。"

我们俩一边看着一边聊着走出了纪念馆。之后还参观了有关八一起义在南昌市里的各个纪念地。其中有叶挺的前敌指挥部,朱德的居所等地。

两天后,我们又去了一趟江西共产主义劳动大学。江西共产主义劳动大学在当时是很有名的。它是作为教育革命的一杆旗帜被树起来的。它的教育主要是以实践为基础的,所以一些课程被搬到了田边地头、工厂车间去上。"共大"不是国家教育部批准办的,是当时的江西省委省政府办的。由于教育部不支持,在"文化大革命"中教育部还为此受到了批判。最使"共大"学生愤愤不平的是,由于教育部的不支持,"共大"的文凭不被江西以外的单位承认,所以"共大"的毕业生在分配工作时遇到了很大的困难,大部分只好都留在了江西。在"文化大革命"初期参观"共大"的人很多,大家普遍认为"共大"之路是教育革命的方向。我们在"共大"参观了一整天,参观时也很为"共大"人的精神所感动。可不知为什么,回来后竟未留下什么很深的印象,也许是我们受传统教育太深了。

从"共大"回到南昌市里之后我们去了南昌五中。我有个同班同学叫王克恕,他在我们上高二时因为父亲工作调到了南昌便也转学到了南昌五中。没想到扑了个空,他也出去串联了。

随后我建议去福州。我是福建人,可我从来没有去过福建。这次串联出来时父亲对我说:"你要是有机会到福建去就争取回老家看看。"

我对父亲说："我没有回过老家，到福州没问题，可到了福州以后怎么走？"

父亲说："你到了福州就到省里去找刘永生副省长。你找到他就对他说你是我的儿子，请他把你送回老家去。"

我问："那样行吗？刘永生副省长会管这事吗？"

父亲说："没问题，他会帮忙的。"

我又问："要是找不到刘永生副省长呢？你告诉我怎么走，我自己回去不就行了？"

父亲说："如果你没有找到刘永生副省长就算了。咱们老家不通车，走回去是很困难的。"

临出门时父亲又叮嘱了我一遍，如果找不到刘永生副省长就算了，可千万别贸然自己回去。我知道他是担心我走不了那么多的山路，担心我找不到老家。我答应了父亲。

我把想回老家的想法告诉了杨星，他倒是很仗义，马上说："没问题，我陪你去。"

我说："到了福州你可以留在福州等我，我去不了几天。"

杨星满不在乎地说："那倒不用，我还是陪你一块回老家吧。"

我说："我们老家在闽西北，听说可苦啦。"

他说："苦不都一样，你能受得了，我就受得了。"

我说："我受得了是因为那是我的老家，你就没有必要吃那个苦了。"

杨星很坚定地说："我也锻炼锻炼嘛，再说两个人做伴好上路。"

听杨星这么一说，我就答应让他和我一块回老家了。

我们到了福州，安排好住处就直接去了福建省政府。到了省政府的大门口，在传达室我们按规定填写了会客单。传达室的人一见我们要找刘永生副省长马上对我们说:"请你们两位稍微等一下,我给你们联系一下。"

我对传达室的人说:"你告诉我们刘永生副省长的办公室在哪儿就行了,我们自己去找他。"

在这之前我根本就没有到政府机关去过,也不知道到政府机关办事或找人是个什么程序。我的想法很简单,怎么也不能叫刘永生副省长出来接见我们吧?还是我们自己进去好。传达室的工作人员说:"我们也不知道刘副省长在不在办公室。我帮你们联系一下,不然你们不好找。"

见人家不让进,我们只好在传达室等了。不一会儿从里面来了一位工作人员,他一进传达室就问:"谁找刘副省长?"

我站起来说:"我们找。"

他看了我们一下,很客气地说:"我是秘书。请问你们是从哪里来的?"

我说:"我们是从北京来的。"

他"哦"了一声又问:"你们从北京来找刘副省长有什么事吗?"

我想这请刘副省长帮忙的事可不好先告诉别人就说:"是有点事,不过我要当面和刘副省长说。"

他还是很客气地说:"刘副省长不在省里,他下乡去了。你们有什么事能先告诉我吗?"

我没有回答他的提问,而是反问他:"刘副省长什么时候回来?"

他说:"说不好。"

我看他的样子不像是在搪塞我们,于是就说:"那好吧,过两天我们再来。"

他把我们送出了省政府的大门。我们在福州的大街上漫无目的的走着,杨星问我:"下一步怎么办?"

我说:"咱们先在福州市里转转吧,过两天再说。"

杨星说:"好吧。"

我们发现福州大街上有不少温泉浴室。杨星说:"这福州的浴室比咱们去过的哪个城市的都多。"

我想了一下说:"可能是福州比较热吧,而且我们福建人爱干净。"

杨星说:"还有不少是温泉浴室。"

我看了杨星一眼问他:"你洗过温泉吗?"

他说:"没有。"

我说:"要不咱们洗个温泉澡吧。"

他说:"咱们已经好几天没洗澡了,是该洗个澡了。只是不知洗温泉澡贵不贵?"

往次都是我嫌贵不知为什么这次杨星倒想起贵贱来了。我说:"我先去问问。"

他说:"咱们就两个人还是一块去吧。"

我们一起走进了一家温泉浴室。售票处没有人,杨星刚想叫人,我一看墙上挂着个价目表就拉了他一下说:"咱们先看看价目。"

价目表很简单,就三栏。大池每人7分,中池每人9分,单间每人1角3分(含肥皂)。

这次我说:"咱们洗个单间吧?"

杨星说:"你不嫌贵啦?"

我说:"嫌贵有什么办法,谁让咱们什么都没带,洗单间不就有肥皂了吗?"

他说:"你说得对,我没有意见。"

说着他就大声地喊:"有人吗?"

随着他的喊声从里面出来了一位服务员。我们买了两张单间的票。他递给我们每人一块大毛巾一块小毛巾还有半块肥皂，然后指着一个挂着布帘的门说："从这里进去。"

杨星问："我们要的是单间，怎么没有号呀？"

那人说："单间就在里面。你们想用哪间都行。"

我们从那人指的门进去，一看才明白，原来里面是一间很大的屋子。屋子里有一个大池子，一个中池子，在靠门的一边有一排用木板隔出来的单间。整个浴室好像只有我们俩人，杨星一见忙说："亏了，亏了。早知如此还不如买张大池票，买张中池票，咱们俩一人一个池子，多好呀。"

我说："算了吧。你才没有那么细呢。"

杨星笑了。我们选了相邻的两个单间走了进去。单间里有一个水磨石的单人浴池，池边还有一个单人床。池子里没有水龙头，只是在池子的上沿处有两个用木栓塞住的洞。不用很大的劲就可以把木栓拔出来，这样水就流出来了。一个洞里流出来的是很热的温泉水，还带着浓浓的硫黄味；一个洞里流出来的是凉凉的自来水。池子的底部有个放水孔，也是用木栓塞住。我先用热水把池子洗了一遍，然后把水温调好，整个身子泡了进去。真是舒服极了。这时我才知道为什么有那么多的人喜欢洗温泉浴。泡了好一会儿我又用肥皂把浑身上下打了一遍，又换了一次水。这才从池子里出来。这时隔壁传来了杨星的声音"你洗好了吗？"

我说："洗好了。"

他说："咱们这单间里还有个床，要不然咱们就在这里睡一会吧。这里挺安静的。"

这里确实挺安静的，我们洗澡的时间不短也没有再进来人，服务员也没有来催我们。再说也没有地方去，我就说："行，就睡一会儿吧。"

也许确实是太累了，一躺下就睡着了。我们足足睡了一个多小时才走出浴室。

第二天我们去了鼓山上的涌泉寺。涌泉寺是福建的八大寺之一。涌泉寺的建筑很雄伟，而且院落甚多，没有人引路往往会迷路。涌泉寺的有名不仅在于它的建筑，更主要的在于相传寺里藏有释迦牟尼佛的指舍利子一枚。我到涌泉寺的目的也在于想一睹佛舍利子的真容。不过这一点当时我没有告诉杨星。我怕他对此完全不感兴趣。当然我们没能看到，因为当时正是在"文化大革命"之中。（"文革"结束后我第二次到涌泉寺时才见到了相传的那枚释迦牟尼佛的舍利子。）不过我们看到了涌泉寺的另外一个镇寺之宝——几株高大的苏铁树。这种苏铁树在北京的公园里也有，不过都没有涌泉寺里的高大。我们都知道，苏铁开花是60年一次。所以有俗语说是遇到了难遇之事就像是见到了铁树开花。可相传涌泉寺的苏铁树可不是60年开一次花，它们是逢到大吉之年才开。我们去的时候没开。看来1966年不是大吉之年。不过这种事我是不大相信的。

在涌泉寺有人告诉我们这样一件事。说的是那年朱德委员长到涌泉寺来游览，临走时站在山门外的台阶上向对面望去，随行的人员不知朱德委员长为什么停下了脚步，也不知他在看什么，只好随着他也停下了脚步向对面看去，可是看来看去什么也没有看见。大家正在纳闷，朱德委员长突然指着对面一棵大树说："你们看那树杈上长的是什么？"

随行的人员顺着朱德委员长指的方向看去都说："没长什么呀。"

朱德委员长又问寺里的僧人。僧人们也纷纷说："我们天天从那棵树下过，也没有看见什么呀。"

朱德委员长笑着说："那树杈上有一株兰花。"

随行的人员和寺里的僧人都以为是朱德委员长年事已高，肯定是眼花了。大家都说没听说兰花长在树上的，朱德委员长见大家不信便领着众人走到大树下，他抬手一指说："你们看。"

大家顺着他指的方向一看都惊呆了，在树杈上果然有一株茁壮的兰花。寺里的僧人找来梯子爬上树去，小心翼翼地把那株兰花带根带土地采下来，捧到朱德委员长的面前。顿时一股清香散开，沁人心脾。朱德委员长连声说："好兰，好兰。"

朱德委员长的随行人员问众僧人："这种兰花叫什么名字？"

众僧人你看看我，我看看你，谁也说不上来。这时有个小和尚凑上来说："只有朱德委员长能发现的兰花自然叫朱德兰。"

朱德委员长听了哈哈大笑说："哪有什么朱德兰呦。"

在大家的心里这株兰花就是朱德兰。后来朱德委员长把它带回了北京，养在中南海。这是一个美丽的故事，我相信这是真的。

从鼓山回来的第二天，我和杨星到省卫生技术学校去找我的一个远房堂兄。他见了我很高兴，问我："你回福建有什么打算？"

我说："我想回老家看看。"

他看着我问："你打算怎么回去？"

我没有把找刘永生副省长的事告诉他。只是说："我找你来就是想问问你回老家怎么走。"

他问："就你一个人去？"

我指着杨星说："我们俩一块去。"

杨星说："对，我们俩一块去。"

堂兄转了个话题直截了当地问："你带钱了吗？"

我纳闷地问："回老家带什么钱？"

堂兄说："我就问你带钱了没有？"

我只好实话实说："除了路费我可没带其他的钱。"

堂兄说："那我就建议你别回去了。"

我问:"为什么?"

堂兄叹了一口气说:"我也不怕你笑话。你是不知道老家的实际情况。老家现在还很穷,很困难,你回老家去就会见到老家的情况。你叔叔和你在家的堂兄弟也一定会向你哭穷,向你伸手要钱。你没有怎么办?"

我说:"我要是不回去他们就不穷了,就不困难了?"

堂兄说:"那倒不是。可你没回去,你就没看见。他们给你们写信向你们哭穷,要钱,你们能给就给,不能给就不给。可看见了你要是不给就不好办了。再说咱们老家还不通车,还要走几十里的山路,不熟悉也不好走,你不回去这也是个理由。"

听堂兄这么一说我也有点打怵了。我倒不是怕那几十里的山路,而是怕老家的人向我哭穷。从卫生技术学校回到住处,杨星问:"你还回老家吗?"

我说:"照我堂兄的说法我还是不回去的好。"

杨星又问:"那你还找刘副省长吗?"

我说:"算了,就是找到刘副省长,他把我送回老家我也没钱呀。总不能再向刘副省长借钱吧。"

杨星说:"那咱们是不是可以考虑离开福州了?"

我说:"走吧。你说去哪儿吧?"

杨星说:"咱们去韶山吧?"

我同意了。

第二天我们离开了福州去了长沙。到了长沙我们就直奔长沙的长途公共汽车站,那时韶山还没有通火车,要去韶山只能坐长途汽车。我们已经料到了去韶山的人一定不少。因为这时毛主席的威望已经达到了顶峰。大家都想到韶山去看看毛主席是出生在怎样的一个家庭中,他又是怎样从韶山这个小山村走上中国这个大舞台的。为了能够早点到韶山,我们没有到接待站去安排住处。我们到达长途汽车站时天已经黑了,就在这时我肚子突然疼了起来,疼得我实在是走不动了。杨星只好把我扶到一个长椅上,让我裹着雨衣躺下。过了一会儿还不见好,杨星有点急了,他说:"我背你去医院吧。"

我说:"也不知道医院在哪儿,怎能让你背着我到处找医院。"

杨星说:"那你先躺着,我去打听一下附近哪儿有医院,再回来接你。"

我说:"算了,你别忙了。"

杨星说:"那怎么行,万一你有个三长两短可怎么办呀?"

我苦笑了一下说:"不至于,不至于。你快去买点吃的吧,咱们还没有吃晚饭呢。"

杨星说:"你想吃什么?我去买。"

我说:"我什么都不想吃,你想吃什么你就买什么吧。"

杨星说:"你要不吃,我怎么吃得下去。"

他的话让我很感动。我再三让他去给自己买点吃的他都没去。过了一会儿杨星又说:"你父母在长沙有认识的人吗?"

他的这句话提醒了我,我想起来妈妈有个老乡,也是和她一块出来当红军的,叫李金莲(音)。她的爱人姓欧阳,我父母都认识。他在湖南省农业厅当厅长。我对杨星说:"我父母认识湖南省农业厅的欧阳厅长。"

杨星一听马上说:"我去找他。"

我劝阻他说:"现在天已经晚了,我又没有地址,你怎么找?"

杨星说:"我去省农业厅,他们总有值班室吧。"

我说:"这样吧。如果到了明天早晨我还没好,你再去找他怎么样。"

杨星见我还能挺得住又不愿意麻烦他人就同意了。过了一宿,我的肚子居然好了，一点都不疼了。早上杨星又给我买了碗热粥，喝下，我的肚子竟和没有疼过一样，浑身也有了劲儿。杨星见了自然也就放心了。我们一块挤上了去韶山的公共汽车。

到了韶山，我们首先参观了毛主席的故居。从毛主席的故居可以看得出来毛主席的家在旧社会是属于殷实人家，所以毛主席和他的弟弟们才有可能读书。当然在农忙的时候，毛主席他们兄弟还是参加劳动的。劳动不仅锻炼了毛主席的体魄，也使他了解到劳动的艰辛。离毛主席的故居不远是毛主席革命事迹纪念馆，纪念馆里的展品记录了毛主席走过的革命道路。我们仔细地浏览了一遍，使我们对毛主席走过的道路有了更进一步的了解。特别是当我们看到毛主席有6位亲人在革命中牺牲了生命时很受感动，毛主席的一家对革命所做出的牺牲是巨大的，毛主席对中国革命的贡献是无可比拟的。

从韶山回到长沙后，我们感到手中的钱有点紧了。杨星建议到昆明去，他说到昆明去一来可以解决经费的问题；二来可以游览一下云南的风光，可以说是一举两得。我说还有一个办法就是先打道回京，解决了经费再出来。杨星坚决反对回北京，我只好同意去昆明了。

在去昆明的路上途经桂林，当火车临近桂林时，我马上对杨星说："桂林不可不去。"

杨星问："为什么？"

我说："你没听说过'桂林山水甲天下'吗？"

他说："听说过。"

我说："那咱们怎么能略过桂林而不下车呢？"

杨星想了一下说："好，桂林下车。"

我们在桂林下了火车，当天我们游览了漓江。在漓江边漫步就像行走在画中，江边的竹丛青翠欲滴，漓江的水清澈见底。江底的水草随波浮动，水中的鱼儿在水草中穿梭，处处美景令你目不暇接。象鼻山真像一头站在漓江边的大象把鼻子伸到了漓江水中，我们还真到象鼻山下走了一圈。

在回来时我们看到在漓江大桥上有一些卖柚子的，筐子里的柚子个头都不小，有的还剥了皮。杨星见了说："咱们买个柚子尝尝吧？"

我看了也有点馋，见杨星提议就顺水推舟说："那就买一个吧。"

杨星走到一位卖柚老人的面前笑眯眯地问："老人家，这柚子怎么卖？"

卖柚老人说："五分钱一个。"

杨星听了有点不相信自己的耳朵，他又问："多少钱一个？"

老人又说了一遍："五分钱一个。"

这回杨星相信了。他马上说："买两个。"

我说："买一个就够了。"

杨星用手比画了一下说："这么大的柚子才五分钱，多便宜呀。买两个，买两个。"

我说："这么大的柚子一人一个吃不了，而且柚子吃多了小心上火。"

杨星看着我问："真的吗？"

我还没有说话卖柚老人说说话了，他说："柚子是清火的，多吃一点不会上火。"

杨星一听更坚持要买两个了，没办法只好随他了。老人给我们拣了两个大一点的柚子递给杨星，杨星拿在手里掂了掂问："这两个好吗？"

老人说："这是我自家树上的柚子，保证好。"

杨星顺手递给我一个，然后给了老人1角钱。我们刚要离开，老人又说："要不要帮你们把皮剥开？"

杨星说："不用了，我们自己剥。"

老人再说："柚子皮不好剥。你们要是现吃还是让我帮你们剥吧。"

杨星见老人一再要帮我们剥柚子皮有点不理解。他问我："剥皮要钱吗？"

他这么一问使我想起来我和小高、李迪在万县吃梨的情景，就对他说："好像剥皮不要钱。"

杨星还是有点不放心就说："我还是问问吧。"

说着他就问："老人家剥柚子皮要钱吗？"

老人笑了，说："剥皮不要钱。"

杨星一听说不要钱马上把他手中的柚子递过去说："那还是请你帮忙给剥一下吧。"

老人接过杨星递过去的柚子，从筐里拿出一个刀状的竹片在柚子皮上划了几道，再把竹刀插到皮和果肉之间，轻轻那么一剥就把柚子皮给剥开了。剥好一个柚子没用半分钟。老人把剥好的柚子递给杨星。杨星对我说："你也让人家帮着把皮剥了吧。"

我也把柚子递给了老人。就在老人给我剥柚子皮的时候杨星已经开吃了。他刚吃第一口就嚷嚷开了："不行，不行。我这个柚子是苦的。"

老人一听杨星嚷嚷柚子是苦的就放下了正在给我剥了一半的柚子对杨星说："怎么会呢？我卖的可是甜柚呀？"

杨星说："我这个柚子就是苦的，不信你自己尝尝。"

说着他就把自己的柚子递给了卖柚老人。老人接过柚子轻轻地从剥开的柚瓣上捏起一点果肉放在嘴里嚼了一下，笑着说："这是甜柚呀。"

杨星不解地说："我吃分明是苦的嘛，你怎么说是甜柚？"

卖柚老人从柚筐里拿出一个剥开的柚子递到杨星的手中说："你

尝尝这个。"

杨星也学着老人的样子尝了一下老人递过来的柚子。他刚嚼了一下就立刻吐了出来连声说："好苦，好苦呀。"

老人看着杨星的样子笑着说："这才是苦柚。"

杨星还有点不甘心地对我说："你尝尝。"

我把杨星的柚子拿过来一尝就明白了。杨星是柚子吃得少。我对他说："是有点苦味，可这对于柚子来说是正常的。"

杨星说："那我尝尝你的柚子。"

我把我的柚子递给他。他尝了尝说："原来柚子都是这样呀。要是我知道是这样就不买两个了。"

我笑着说："算了吧，咱们拿回去吃吧，吃柚子清火。"

我和杨星各自拿着柚子往回走，卖柚老人在我们身后高声说："吃好了再来买。"

杨星小声对我说："我再不买了。"

我笑着对他说："你也别说不买了，你再尝尝你的柚子。"

杨星把一块柚子肉放在嘴里嚼了几下不觉一怔："嗯，怎么不苦了。"

我问他："是不是还有点甜？"

杨星感到奇怪地说："怎么变甜了？"

说着他又把一块柚子放在嘴里，吃得蛮香的。我说："你是山西人吧？"

他说："我是山西文水人。"

我又问："你们山西人不吃苦味吧？"

他说："山西人吃不吃苦味我不知道，反正我们那儿的人不吃苦味。"

我说："吃苦味在南方是很普遍的。我们家就常吃苦瓜，那比这柚子来说可苦多了。"

他说:"那你不早说,也省得我露怯。"

我说:"这不算露怯。人生有多长,能经历多少事,遇到自己没有经历过的事不算什么。"

我们俩一边吃着柚子一边聊着回到住处。

第二天我们游览了七星岩。七星岩是桂林最著名的溶洞之一,也是最早被发现被开发出来的溶洞。据导游介绍,在新中国成立前七星岩溶洞曾被用来驻兵,最多的时候曾驻过一个师。开始我们还有点不相信,可一进洞我们就发现驻一个师是完全有可能的。导游要求我们紧紧地跟着她。因为溶洞中有很多岔路,一旦走入岔路很有可能迷路。溶洞中到处都是石笋、石柱和石钟乳,在彩色灯光照射下显得千奇百怪,趣味无穷。我们在七星岩游览了一上午。

下午我们去了芦笛岩。芦笛岩是个新开发的溶洞。洞中的石笋、石柱、石钟乳显得比七星岩的光鲜得多。由于芦笛岩离城里远一点,所以游览的人少许多,游览起来更惬意。杨星说:"这里的感觉比七星岩好多了。"

我说:"你知道为什么吗?"

他说:"你说呢?"

我说:"原因很多主要有两点:一是新;二是人少。"

他笑着说:"我觉得新是对的,可是怎么人少就显得好?"

我说:"对于游览来说,人太多了肯定感觉不好。你想想,游览不是比赛,是需要心静的,可人太多了还怎么能够静得下来?特别是在洞内,回声很大。对于说话的人来说是有想法要表达,可对于别人来说就是噪音了。还有人多呼出的二氧化碳就多,就会加快石笋、石柱、石钟乳的形成。"

他说:"加快了不更好吗?石笋可以长得更高,石柱长得更粗,石钟乳长得更大。"

我说:"可沉积的速度快了,石笋、石柱、石钟乳的表面就糙了,看起来就不光鲜美丽了。"

杨星说:"还真是这样。"

我们从芦笛岩回来就商量着去一趟阳朔。因为我们都知道"桂林山水甲天下,阳朔山水甲桂林"。可是当我们找到了码头一看,去阳朔的船停航了。我们都很失望。杨星找到码头上的一个人问:"去阳朔的船为什么停了?"

那人说:"阳朔那个地方除了山水外,既没有革命的对象,也没有革命的力量,所以领导让停航了。"

这是什么理由,也只有在那个时候才会有这样的理由被拿出来。我们也没办法,只好离开了码头。杨星说:"咱们坐汽车去吧?"

可我想阳朔的山水只有在漓江上泛舟才好看,要是坐汽车可就逊色多了。我把我的想法告诉了杨星。随后我们打消了去阳朔的念头,决定立刻赶往昆明。

在前往昆明的路上,我们俩又在贵阳下了车。这时我们早已把"文化大革命"抛到了九霄云外了。每到一处,像学校、政府机关等"革命"的热点我们都避之不及,而是专门到一些风光好的景点去游玩。从贵阳火车站出来,杨星问我:"贵阳有什么好玩的地方?"

我想了想还真不知道贵阳有什么好去处就说:"我只知道贵阳的特点是'天无三日晴,地无三尺平'。至于有什么好去处我还真是不知道。"

杨星说:"那咱们总不能坐上下一班车就去昆明吧。总得在贵阳转一转,也不枉来一趟贵阳。"

我说:"这么办吧,我买张贵阳地图。看看地图上有什么咱们认为可去之处,咱们就去。你看怎么样?"

杨星说:"行,买地图去。"

我和杨星也是跑过不少城市的人了。我们的经验是到了一个没有去过的地方最好就是先买一份当地的地图。而且火车站都有卖本地地图的。可这次我们错了。我们怎么也没有想到这一天贵阳火车站就是没有卖贵阳地图的。不知是贵阳地图恰在这一天卖完了,还是压根就没有卖的。我有点不死心就说:"咱们到城里去。城里也许有卖贵阳地图的。"

我们进了贵阳城。可这我们又错了。城里也没有卖贵阳地图的,就是在新华书店也没有卖的。最后我们俩都失望了,放弃了。可我们在寻找贵阳地图的过程中发现了贵州省博物馆。这是个在当时看来很气派的建筑。我们决定进去看看。进了博物馆我们才发现除了我们俩外偌大一个博物馆再没有第三个参观者。反正也没事,我们就仔仔细细地看了起来。有几次服务员从我们身边走过都用诧异和审视的眼光看着我们。他们不明白在这个"文化大革命"高涨的时刻,怎么还有两个红卫兵打扮的人对他们的展览感兴趣。展览看完了我们对贵州省的各方面都有了一个大概的了解。给我印象最深的是我第一次知道在我国还有造假人民币的。博物馆里就展出了一些假币。这些假币制造得很糙,我们一眼就可以看出来,这在城市里是根本无法使用的,所以就只能在边远地方危害那些本来就很贫穷的人群。这些造假者真是可恶至极,他们应该受到法律的严惩。离开了博物馆我们回到了火车站乘当天的火车前往昆明。我们在贵阳只待了一个白天。

到了昆明我们找到了杨星的姑姑。杨星的姑夫在学校工作。由于家里的地方较小就把我们安排在学生宿舍住下。这对于我来说是太好了,住学生宿舍可以少些拘束。杨星的奶奶和他的姑姑住在一起。老人家见到杨星这个他们杨家的长孙自是十分高兴。老人家张罗着给我们包饺子。我有点不好意思,想帮老人一起包,杨星却说不用帮忙,他说老人家就喜欢自己一个人在那里静静地干活。说着就把我拉出了他姑姑家。

第一天我们游览了西山龙门。去龙门的路十分陡峭。路紧紧地贴在西山的石壁上，窄的地方只能通过一个人。如两人相遇必有一人退到较宽处等待。有的地方还穿石而过，向上望右边是千仞石壁，向下看左边是浩瀚的五百里滇池。杨星问我："听说在'文化大革命'前，龙门的香火极盛。不知在龙门供的是何方神圣？"

我说："龙门确实有名，可我还真不知道龙门供的是哪位神仙。"

他又说："这依山傍水的没准供奉的是龙王。要不然怎么叫龙门。"

我想了一下觉得杨星说的也有理，可毕竟没有见到不敢贸然应允。我说："这龙门就在眼前，一会儿看看就知道了。"

杨星抬眼看了一下前方的路，只见路在前方猛地一拐，仿佛这路是一直通到天上。杨星笑着说："看来这龙王爷要住到天上去了。"

我说："是呀，这是一条通天的路。"

我们终于走到天路的终点。只见在峭壁上有一个不深的山洞。山洞里有一尊泥塑的神仙，样子有点像钟馗，手里拿着一支笔正在做下笔状。杨星看了看说："这肯定不是龙王。"

我看也不像就点点头表示同意。杨星又说："这不是龙王是谁呢？"

我们看了看周围没有任何的说明标识。我想本来这里应该是有的，可能是在运动中让人给拿走了，还好塑像还在。我贸然说了一句："在我见过的塑像中拿笔的只有一位。"

杨星问："是谁？"

我说："判官。"

杨星说："有点像，他拿着笔正在写判词。"

可我说完了又有点后悔。一般判官都出现在阎罗殿里。在阎罗殿里主角是阎王。阎王坐在中间。判官只是配角，他要站在阎王的旁边。阎罗殿里还要有牛头马面，黑白无常等小鬼。也没见过单供判官的。可这里只有一尊塑像，既没有阎王，也没有小鬼。我们俩正在揣摩。不知何时来了一位老者。他在我们身后说："这是魁星。"

老人的一句话使我如梦初醒，我明白了。这条路就是通天之路，十分难走喻示着登科之路不易。路的尽头是龙门，走过龙门寓意着跃过龙门。我回头问老人："魁星拿着笔在干什么？"

老人笑着说："他在点状元呀。传说如果考生能够摸到魁星手中笔的笔尖，高考就会考上的。"

我说："是吗？"

老人说："传说，只是传说而已。"

虽说我不相信有此等事，可我还是隔着洞前的栅栏把手伸向魁星手中笔的笔尖。我怎么也摸不到。杨星见了说："让我来试试。"

他也摸不着。我们回头问老人："有人摸着吗？"

老人说："有人摸着的，有人摸着的。"

我们俩相对笑着说："看来咱俩是没上大学的命了。"

是呀！要不是"文化大革命"我们现在都有可能已经坐在大学的教室里了。我心里感到好笑，看来就是魁星有灵也不会保佑我们俩了。谁让我们面对着魁星不仅不认识，还把天上的魁星误认为是地下的判官了。我们离开了龙门。临走时我又向魁星看了一眼心里默默说"魁星呀魁星，你要是真灵验就让明年恢复高考吧！即使我们俩考不上，那也总会有人考上的。"

从龙门有一条小路可以直接下到滇池边。那里有渡船可以横渡滇池直达昆明市里。

第二天我们去了大观楼。大观楼最有名的是孙髯翁的一副对联。

这副对联被誉为天下第一长联。其实单就字数来说它不是最长的对联，可它确实是最著名的长联。

五百里滇池，奔来眼底，披襟岸帻，喜茫茫空阔无边。看东骧神骏，西翥灵仪，北走蜿蜒，南翔缟素。高人韵士，何妨选胜登临。趁蟹屿螺洲，梳裹就风鬟雾鬓；更苹天苇地，点缀些翠羽丹霞。莫辜负四围香稻，万顷晴沙，九夏芙蓉，三春杨柳；

数千年往事，注到心头，把酒凌虚，叹滚滚英雄谁在？想汉习楼船，唐标铁柱，宋挥玉斧，元跨革囊。伟烈丰功，费尽移山心力。尽珠帘画栋，卷不及暮雨朝云；便断碣残碑，都付与苍烟落照。只赢得几杵疏钟，半江渔火，两行秋雁，一枕清霜。

我说："这副长联确实好。它把浩瀚的自然风光和无尽的历史画卷都描述出来了。"

杨星说："这大观楼也不错呀，很有气势。"

我说："逢楼就要有文，名楼定是有名文。这就是中国的文化现象。"

杨星说："是吗？著名的楼都有著名的文吗？"

我说："那是当然。如湖南岳阳的岳阳楼有范仲淹的《岳阳楼记》；湖北武汉的黄鹤楼有崔颢的《登黄鹤楼诗》；江西南昌的滕王阁有王勃的《滕王阁序》；眼前的这座大观楼就有孙髯翁的长联。"

杨星说："是不是有的时候这文章比楼本身都有名了。"

我说："你说得太对了。"

杨星说："这岂不是有点喧宾夺主了吗？"

我说："是有那么一点。比如说咱们谁都没有去过岳阳楼，可《岳阳楼记》都背过。黄鹤楼、滕王阁我们都没见过，可崔颢的诗、王勃的文章我们都读过。文章的生命比任何建筑的生命都长。"

杨星问："这怎么讲？"

我说:"据我了解,黄鹤楼和滕王阁都没了,可崔灏的诗、王勃的文章却千古流传。"

杨星问:"黄鹤楼和滕王阁怎么都没了?"

我说:"在历史上这两座楼都不止一次被毁。后代人见到的黄鹤楼、滕王阁往往也不是王勃见到的滕王阁、崔灏见到的黄鹤楼。我们索性就没机会见到了。黄鹤楼好像是在建设武汉长江大桥时被拆了。滕王阁好像是被战火给烧了。"

杨星说:"可惜了,可惜了。不然我还真想去看看,体会一下'登斯楼也'的感觉。"

我说:"没关系。你我或许还有'登斯楼也'的机会。文化有使其再生的能力。也许多少年之后这些被毁掉的楼阁又会被重新修建起来。"

杨星说:"何以见得?"

我说:"我不是说了嘛。这些被拆掉或毁掉的名楼在历史上由于种种的原因都不止一次地消失过。但每次消失后都会被重建,这就是文化传承的力量。"

杨星说:"只要它们重建了我一定要去看看。"

(若干年后杨星还真兑现了他的诺言。他真的去了黄鹤楼、滕王阁和岳阳楼。我是1996年去的黄鹤楼和岳阳楼,2000年去的滕王阁。)

我们一边聊着一边走,出了大观楼又在昆明的街上逛了逛。晚上我们回到宿舍,杨星被他奶奶叫走了。过了好一会儿他才回来。杨星告诉我说:"奶奶说她想回山西文水老家。"

我说:"她老人家和你说有什么用,难到你能把她送回老家?"

杨星说:"她说给我是想让我把她的想法转告我父亲。"

我说:"昆明不是挺好的嘛。人称昆明是春城,冬天不冷,夏天不热，气候很适合老人的。"

杨星说："老人嘛，总还是想回家的。"

我问："你爸爸在北京，你姑姑在昆明，你奶奶回山西怎么过呀？"

杨星说："说白了，她就是怕死在外面。"

我说："要是这样说我就理解了。那你就告诉你爸爸呗。"

杨星说："我当然得告诉爸爸，不过我就不理解。"

我说："你有什么不理解的？"

杨星说："我就不理解，有些老人为什么一定要死在家乡，死在家乡有什么好？就拿我奶奶来说，她在我姑姑这里不仅气候好，我姑姑夫对她也好，生活也不错。可回到老家去那条件就差多了。可她就是想回老家。"

我说："那依你想呢？"

杨星说："依我想生前哪儿好就在哪儿。人死了就什么都不知道了，死在哪儿不一样。"

我说："我完全同意你的想法。对于老人生前我们要尽力孝敬，至于死后嘛还是从简为宜。"

杨星说："就是嘛。哪儿的黄土不埋人。"

我又说："不过，老人是从旧社会过来的，难免有点旧思想。再说想回老家去也不是什么错事。你还是和你爸爸说一下好。"

杨星说："说是要说的。至于怎么办我这个做孙子的就不好多嘴了。"

我们在昆明玩了几天，原来还想去石林。可后来听说路不好走也就算了。杨星从他姑姑那里借了 30 元后我们就离开了昆明准备去广州。在去广州的路上我们在柳州停了一下。之所以要在柳州停，主要是受了电影"刘三姐"的影响。我们听说电影"刘三姐"的部分外景是在柳州拍摄的。电影中的风光吸引了我们。这次路过柳州便想去实地看一看。到了柳州之后游览了一番，有两点使我印象很深。

一是电影的实景地远不如电影中的风光中看。也许是拍过电影之后再没有人来维护的原因。再有就是电影拍摄的角度也不是我们游览者所能享受的角度。由此看来电影的魅力不仅在于它的情节，同时也在于电影画面对现实的美化。

二是我们在柳州住的是最差的。几百人就躺在体育馆的场地内和看台上。铺的是草，枕的是砖。白天大家都出去了，不少人就把自己的挎包和衣物放在自己的铺位上。晚上回来没有任何人丢东西。这可是不容易呀！要知道这几百人可是无组织，而且来自五湖四海，都是萍水相逢，互不相识的。这一点给我留下的印象太深了。

我们在柳州也只待了一天。第二天我们就去了广州。

在广州我们又被安排在一个旅馆内。其各种条件虽然比不上上海的锦江饭店，可也是我们这一路走下来条件相当好的了。特别是饭菜更是别有风味。

我们住下后就先去参观了黄花岗七十二烈士墓。这七十二位烈士都是中国革命的先驱，他们的血没有白流，他们生前的理想正在一步步变成了现实。

其后我们又参观了广州农民运动讲习所。毛主席在这里讲过课，培训过农民运动骨干。这里也是毛主席最早宣传他的农民运动思想的地方之一。许多中国农民运动的早期领导者就是在这里认识毛主席并开始接受他的思想的。在中国共产党建党的初期，党的早期领导人中的大多数都把目光集中在工人身上，集中在城市的时候，毛主席独具慧眼地看到中国的农民才是中国革命的主力军，中国的农村才是革命的广大天地，这实在是件了不起的事。毛主席自己出身是农民。其后由他领导的中国工农红军、八路军、新四军、中国人民解放军的绝大多数指战员也是出身农民。就是在1955年被授予元帅、将军军衔的一千余名的开国将帅中百分之九十以上的人也是出身农民。离开了农民很难想象中国革命将是个什么样子。

参观了广州农民运动讲习所之后我们又去了黄埔军校旧址。黄埔军校旧址没有开放，也没有布置什么展品。我想这可能是有人把黄埔军校看成是蒋介石的发祥地等原因。其实黄埔军校也是许多共产党人和中国人民解放军将领的发祥地。周恩来总理就曾任过黄埔军校的政治部主任，聂荣臻元帅曾任过黄埔军校的教官，徐向前元帅是黄埔军校一期的学员，林彪元帅是黄埔军校四期的学员，陈赓大将也是黄埔军校的学员等。有趣的是在国共双方的战争中许多次战役双方的主将都是黄埔生。

从黄埔军校旧址回到广州市里后我们恰恰碰上了徐向前的儿子徐小岩。他也跑到广州来串联了。我看他手中拿着一本没有书皮的书就问他："你拿的什么书？"

他说："清江壮歌。"

我问："写什么的？"

他说："写清江那个地方革命斗争的。"

我说："好看吗？"

他说："我觉得还可以。"

我们出来串联已经一个月了。这一个月没有看书，见了书心里就有点痒痒。我就对徐小岩说："借我看看吧。"

他说："我还没看完呢。"

知道他还没有看完我只还说："那就算了。"

他见我实在是想看就翻了一下最后两页说："反正我也快看完了，你就拿去看吧。"

说着他就把书递给了我。我接过书一看，这书不仅没有书皮，连扉页和目录都没有，不过正文倒是一页不少。我笑着问他："你怎么把书皮和目录都看掉了？"

他诡秘地一笑说："是我给撕掉的。"

我问："为什么？"

他说："有人说它是株大毒草，是为右倾机会主义翻案的。我怕有人见我看它惹麻烦。没书皮要是有人问我这书的名字我就说没皮，不知道。"

我说："这你不告诉我了吗？"

他说："告诉你没关系。"

我又问他："你基本上看完了，你看呢？"

他小声地说："没那么多右倾机会主义。你看看就知道了。"

我说："回北京我还你。"

他说："不用了。这书原本也不是我的。"

我们又聊了一会儿就分手了。和徐小岩分手后我和杨星商量该回北京了。一是因为我出来时答应父母一个月后回去。现在已经一个月了，我不愿意让父母为我担心。二是我已经没钱了。现在花的钱都是杨星的，我也不好意思。杨星不愿意回去，但他见我坚持要回去也就同意了。

从广州上车我们就没有挤到车厢里去，只好在车厢门口席地而坐。能坐下我已经很满意了。没事我就开始看"清江壮歌"。果然有人见我看书就过来问"是什么书？"每到这时我就把书一合说："没皮，不知道名字。"这一招很灵，也就没有人让下再问了。车开出广州大约半天，杨星对我说："咱们在武汉再下一次车吧？"

我问："在武汉下车干什么？"

他说："咱们去一下庐山。"

我又问："去庐山干嘛？"

他说:"看一下庐山会议的会址呀。庐山会议可是我党历史上一次重要的会议呀。"

当时庐山会议被列为党的历史上的一次重大的路线斗争。这次会议原来的目的是为了纠正在"大跃进"中出现的"左倾"错误。可会议的结果却是反对"右倾",打倒了当时的政治局委员国防部部长彭德怀,总参谋长黄克诚,政治局候补委员张闻天,湖南省委书记周小舟,当然还牵连到一大批干部。庐山会议是在1959年召开的。当时我们才12岁,不可能对此有什么认识。但是我对庐山会议还是有感觉的。因为父亲参加了庐山会议后的军委扩大会议。这次会议是为了贯彻庐山会议精神而召开的,也是我军历史上最大的一次军委扩大会议。在这次会议之后有好长一段时间父亲的话少多了。我想了想说:"算了吧。庐山以后还是有机会去的。"

杨星坚持要去。他说:"庐山不在铁路线上,交通不是很方便,以后机会也不多。"

可我是实在不愿意再串联下去了。杨星见了说:"要不你直接回北京。我在武汉下车去庐山。"

我又想了一下说:"这样也好,也省得今后你遗憾。不过我还是希望你上了庐山就回京。一个人在外面多注意安全。"

他笑着说:"我上了庐山就回京。安全我会注意的。"

车到了武汉他下车了。我又再三叮嘱他一定要注意安全早日回京。我直接回了北京。我的第二次串联结束了。

杨星上了庐山。他是从庐山回的北京。我一直没去过庐山。也许我与庐山无缘。

10 「联动」「联动」宣武没有

"联动"是个简称,全称应该是"北京市中学生红卫兵纠察队联合行动委员会"。在北京"文化大革命"初期,"联动"曾是赫赫有名的,但是它的消失和它的崛起一样迅速。

    红卫兵是"文化大革命"初期的产物,它诞生在清华附中。由于它曾受到过毛主席的关注,所以红卫兵运动迅速在全国蔓延开来。初期的红卫兵主体是中学生中出身比较好的学生,骨干主要是干部子女。但是随着"文化大革命"的进一步发展,广大的干部受到了冲击,许多的干部被打成了"黑帮""走资派",甚至被扣上了"叛徒"的帽子。这对于以干部子女为骨干的红卫兵来说无疑是难以面对的。因此中学的红卫兵就和由"中央文革"支持的以揪斗各级领导为主要目的的大学"造反派"发生了无法避免的冲突。为了增强自身的力量,红卫兵成立了纠察队。为了更有效地使用纠察队的力量,东城区、西城区、海淀区先后成立了各区红卫兵纠察队指挥部,分别简称"东纠""西纠""海纠"。很快"东纠""西纠""海纠"又联合起来成立了"北京市中学红卫兵纠察队联和行动委员会",简称"联动"。

    "联动"成立后和大学中的"造反派"的冲突更加激烈了。"联动"认为大学中的"造反派"是一群打着红旗反红旗混入革命队伍中的投机分子。大学中的"造反派"认为中学的"联动"是北京最大的"保皇派"。在一开始的冲突中双方基本上是势均力敌,有时"联动"还略占上风，两方面都希望能够得到"中央文革"的支持。"中央文革"的态度明显倾向大学"造反派"，但是在表面上"中央文革"还是中立的，它希望在斗争中大学"造反派"能够打垮"联动"。然而"联动"没有被打垮，"中央文革"只好走到台前公开支持大学"造反派"。大学"造反派"开始渐渐占了上风，一些"联动"骨干分子被大学"造反派"抓了起来。当时大学"造反派"还不敢自行关押这些人，就把这些人送到了公安部。公安部接到了"中央文革"的指令就把这些人关押了起来，"联动"自是要想办法营救这些人。开始"联动"还寄希望于"中央文革"，希望"中央文革"的成员能够接见一下"联动"，倾听一下"联动"的意见，了解一下"联动"的观点。只要"中央文革"的成员表一下态，"联动"被抓的人就可得到释放。可"中央文革"一直没有接见"联动"的代表，"联动"终于等不及了，他们开始以自己的方式行事了，他们组织力量冲击公安部企图解救自己的战友。一开始由于公安部未得到上级的指示，也未做布置，还真有人从公安部被抢了出来。可这样一来"联动"就彻底走到了"中央文革"的对立面。"联动"一共冲击公安部六次，在全国都引起了轰动。最后"联动"被"中央文革"宣布为"反动组织"。"联动"的许多重要成员，当然其中绝大多数是干部子女都被学校中的"造反派"给抓了起来，再次被送到公安部关押了起来。未被抓起来的"联动"骨干或藏匿，或逃亡外地，"联动"被打垮了。"联动"骨干的被抓、被关押在北京引起了极大的震动，不仅是社会的分裂和对抗加剧了，而且也引起了尚在坚持工作的许多老干部对"中央文革"的强烈不满。在这些老干部的施压下，在周总理的斡旋下，所有被抓被押的"联动"骨干在被关押了八十多天后全部被释放了。释放的当天，周总理还带领着包括江青等"中央文革"成员在内的许多领导干部接见了被释放者。虽然这次关押"联动"骨干的事件就这样戏剧性地结束了，但是"联动"作为一个群众性的组织已经不复存在了。

"联动"作为一个跨区性的群众组织为什么仅仅包括东城区、西城区、海淀区三个区的中学红卫兵，而没有包括宣武区、崇文区、丰台区、朝阳区的中学红卫兵呢？（当时一般群众性的组织不包括远郊区县，主要是联系不方便。）没有人能够说得清楚。但是我却知道宣武区的一些中学的红卫兵确实计划成立"宣武区中学生红卫兵纠察队指挥部"，并在"宣纠"成立之后立即加入"联动"。只是在"宣武区中学生红卫兵纠察队指挥部"成立的大会上由于有人反对而使此计划流产。我便是这次大会的亲历者，也是使这个计划流产的推动者。

事情的经过是这样的。

一天我刚到学校就在学校的大门口碰见了刘平平和漆燕西。刘平平一见我就说："碰到你太好了，你能去开个会吗？"

平时我到学校都是比较晚的，有时到了学校人都走得差不多了，我在学校里待不了多一会也就又回家了。不知为什么那天早到了一会儿就碰见刘平平了，自从我们俩在成立"革委会"的问题上有分歧之后已经有一段时间没有往来了。我早就把自己置身在这场运动之外了，所以她让我去开会使我感到很奇怪，便问："开什么会？"

她说："我也不知道。"

我说："开什么会都不知道参加干什么？"

她说："我只知道是宣武区中学红卫兵的一个什么大会，我想咱们还是派个代表去看看得好。"

我说："作为咱们学校的红卫兵代表我怕不合适吧。"

她说："咱们就是去看看，去听听，不需要你表态。"

我说："那就随便去个人行了，我就免了吧。"

我心想，我平时连学校里的各种活动都很少参加，还去参加什么区里的活动。没想到刘平平又说："现在哪儿有人呀，实在是无人可派呀。就算你帮我个忙吧，去听听。"

她说到这个份上我就有点不好再推辞了，便答应去看看。她递给我一张纸条上面写着会议的时间和地点，并说："你去了之后可以相机活动，如果实在是没什么可听的，你点个卯就可以回来。"

我想她说这话是为了表示相信我。我接过纸条一看地点还不近，时间也快到了。就说了："我去看看吧。"

说完我就骑上车走了。

等我到了会场一看，一间大教室人已经坐满了。前面的人坐在椅子上，后面的人就只能坐在桌子上了。我来得晚就只好坐在桌子上。我刚坐下就听见大会主席台上有人说："刚进来的同志请报一下学校的名字。"

我只好又跳下了桌子说："我是师大一附中的。"

我话声一落会场上很多人都回头看我。我若无其事地又跳上了桌子坐下。这个时候我对于开会的态度是姑妄听之。

主席台上的几个人碰了一下头。一个像是大会主席模样的人说："红卫兵战友们，请安静一下。现在我们宣武区大部分学校的红卫兵代表都来了，还有个别学校的代表没有来我们就不等了。我们现在就开会。我们召开的这次大会目的只有一个，就是成立'宣武区中学红卫兵纠察队指挥部'，然后尽快地参加'联动'。

下面我先讲一下目前的形势。目前红卫兵运动蓬勃发展，现在已经发展到全国各地，发展到了各个行业。我们中学红卫兵是红卫兵运动的发起者，现在已有落后的趋势。我们要努力继续站在大革命潮流的前端，站在大革命浪潮的风口浪尖上。只有这样，我们才无愧于中学红卫兵这个光荣称号。怎样才能继续革命永不掉队？我们就需要团结起来，组织起来，形成更强有力的队伍。现在海淀区、东城区、西城区的红卫兵都已经组织起来了，他们都成立了各区的红卫兵纠察队指挥部。这三个区的红卫兵纠察队指挥部又成立了红卫兵纠察队联合行动委员会，已经显示出了强大的力量。我们宣武区的红卫兵也要在红卫兵运动中贡献一份我们的力量。你们说是不是？"

台下很多人都表示赞同他的说法，纷纷答道："是，我们也要成立红卫兵纠察队。"

同时我也注意到了一些学校的代表并没有表态，他们还在看。我也没有表态，我也在看。

我很不喜欢讲话人的口气，好像他是个领导似的。

他继续说："我们宣武区中学红卫兵运动的发展很不平衡。有的学校红卫兵的力量强大，已经掌握了本校的大权，领导了本校的'文化大革命'。可有的学校的红卫兵力量还很弱，还处在斗争的下方。这种情况是不能被允许的。我们要组织起来，帮助这些学校的红卫兵发展壮大，取得本校革命的主导地位。战友们，'文化大革命'的胜利一定属于我们战无不胜的红卫兵！"

说到这里他生硬地做了一个列宁式的动作，我不由地对他产生了一种反感。在群众运动中总有一些人以为自己是领导，好像只有他们才能把握运动的方向。当然也总有一些人附和他们，更使得他们飘飘欲仙。他又讲了许多，我再也听不进去了。本来我想离开了，一看路已被后来的人堵住了，只好勉强留下来。

他看有不少的人支持他的说法就更来劲了。他不无得意地说："我先说到这里，大家也来谈一谈。"

这时有一位与会者站起来说："我完全同意成立宣武区中学红卫兵纠察队。现在是个人就可以宣布自己是红卫兵，这太乱了。我们应该对各校的红卫兵来个统一的检查。合格的就承认他是红卫兵，不合格的就不承认他是红卫兵。"

他刚说到这里那位大会主席插话说:"对,你说得很对。现在红卫兵是太乱了,我们应该整顿。成立红卫兵纠察队指挥部也是为了整顿红卫兵。"

听了这话我想谁给你的权力去整顿红卫兵,你又怎么能够去整顿红卫兵。他一说完又有一位与会者站起来说:"我们也同意成立红卫兵纠察队指挥部。现在有的红卫兵参加了红卫兵的组织,不参加红卫兵的活动。对于这种人我们建议把他们清除出红卫兵的组织。"

这时那位大会主席又摆出了一副领导者的架势插话说:"对,你说得对。我们需要的是名副其实的红卫兵,我们不需要挂名的红卫兵。"

他说这话时的神情好像大家是冲着他才参加红卫兵的,也只有他才能决定谁是红卫兵。他完全不了解红卫兵是在运动中由群众自发组成的群众性的组织,从红卫兵成立的第一天起就没有统一的领导,也不可能有人来统一地领导红卫兵。他的想法说好了是天真,说得不好是妄想。不过那个时候妄想的人是大有人在,他有这种想法也不足为怪。

接着又有几个人站起来发言,都是表示同意成立宣武区红卫兵纠察队指挥部的。那位大会主席的脸上露出了满意的神情。他首长似地向与会者做了个手势说:"刚才发言的各位代表都同意成立红卫兵纠察队指挥部,由于我们的时间不多,没有不同的意见就不要再说了。现在我问大家一下,有没有不同意见?"

他说完了之后会场上没人吱声。他看了一下会场满有信心地说:"我再说一遍,有没有不同意见?"

会场上还是一片安静。我是有不同意见,可我不想在这里耽误时间了。我想,道不同不相为谋,还是让他早点宣布散会,我好回家。这时他就说:"好了,没有不同意见就是大家都同意了,也就是说凡是刚才登记到会的学校都同意成立宣武区红卫兵纠察队指挥部。"

他这么一说我为难了。如果我不发言就是表示我们师大一附中也同意他的说法,赞同他的做法。可是要发言说什么呢?怎么说呢?不能只说不同意吧,总要有个理由吧。我一点准备也没有,我从心里埋怨刘平平,又是她把我拉入了本与我毫不相干的事中。看来我还是表个态吧,想到这里我就高高地举手表示要发言。可大会主席不知是真的没看见,还是故意装作没看见,他没有表示让我发言。而是说:"既然没有不同意见,我们的大会就继续向下进行。"

我一看不行了,就从桌子上跳下来大声地说:"我说几句。"

大会主席说:"没有不同意见就不要再说了,大家的时间都很宝贵。"

他的话使我很不高兴,心想你怎么就知道我没有不同意见?难道我就一定要同意你的意见吗?我大声地说:"我有一点不同的看法。"

大会主席有点不高兴地问:"你是哪个学校的代表?"

他这么一问我就更不高兴了。刚才他还问过我是哪个学校的代表我已经告诉他了,这才多一会儿他又问我,显然这是故意的。对于我个人来说别说是其他学校的人,就是师大一附中的人你都可以不认识我,这很正常。可是在宣武区上中学你要是不知道师大一附中就只能说明你是装的。我高声地说:"师大一附中。"

他看着我,我看着他。我们对视了几秒,然后他极不情愿地说:"你说吧。"

我说:"成立宣武区中学红卫兵纠察队指挥部没有什么不可以的,只是现在时机尚不成熟。"

我刚说了一句他就打断了我的话说:"怎么时机不成熟?人家海淀区、东城区、西城区不都成立了吗?"

我看了他一眼,又看了全会场一眼。我发现坐在我前面的人都把头扭了过来,全会场的目光都投向了我。我说:"海淀区、东城区、西城区是都成立了红卫兵纠察队指挥部,但是这并不能说明他们成立的时机是对的。再说就算海淀区、东城区、西城区成立纠察队指挥部的时机是对的,也不能说明我们宣武区就到了成立纠察队指挥部的时机。"

大会主席又一次打断了我的话说:"你凭什么说咱们宣武区还没有到成立红卫兵纠察队指挥部的时机?"

从刚才他的发言中,我隐隐地感觉到他看的书不多,理论水平也不高。同时我也发现在场的各校代表中有相当多的是初中的同学。因此我就想要说服大会主席和他们中的一些人,或是即便不能说服他们也要堵住他们的嘴,最好的办法就是搬出马列主义的老祖宗。可说实在的我自己的理论水平也不高,再加上没准备就只好对不住老祖宗了,靠临时发挥来应付当下的局面。我说:"我完全同意你刚才对咱们宣武区运动形势的分析,那就是一方面革命在蓬勃发展,另一方面是发展的不平衡。在这种形势下应该怎么办?我们的前辈伟大的马克思主义者、马克思的亲密战友恩格斯给我们做出了榜样。我们都知道恩格斯是伟大的无产阶级战略家,马克思的女儿们都把他称之为将军,他对形势的洞察力无比地敏锐,他对革命所做出的指导都被历史证明是正确的。在革命形势迅猛发展,各国发展又极不平衡的时候,恩格斯不是加强共产国际,不是以共产国际的名义要求各国统一步伐,而是解散了共产国际。当然恩格斯的做法也使很多人不理解,甚至有人指责恩格斯削弱了革命的力量,妨碍了世界革命的发展。然而事实证明,共产国际解散之后革命形势的发展并没有受到影响,而是更加蓬勃地发展起来了。这个事实是在座的各位都知道的,为什么会这样呢?道理很简单,只有各国人民最了解本国的情况,最知道在本国应该如何作为。我们现在的情况也是一样的。各校的革命形势发展不尽一致，为什么呢？这是因为各校的情况不一样。如果我们依靠外校的力量去强求各校一致，势必挫伤各校革命师生的积极性。因此，这个时候最好的办法就是允分相信各校的师生，让他们自己去把握自己的命运。所以我认为咱们宣武区还没有到了一定要组成红卫兵纠察队指挥部的时机。"

我说到这里发现大会主席的脸色很不好看。他板着脸说："照你这么说人家海淀区、东城区、西城区成立红卫兵纠察队指挥部都错了？他们联合起来成立了'联合行动委员会'也错了？"

我反驳说："我没有这样说。因为我对海淀区、东城区、西城区各校的情况不了解。他们也许做得对，也许做得不对。对与不对都不是我们今天能下结论的，还要看他们在成立了'联动'之后对革命是起到了什么样的作用。"

他立即说："事实已经证明了'联动'的成立是促进了革命的发展的。"

我毫不示弱地说："你这样说是不负责任的。我丝毫没有否定'联动'的意思，但是我们仔细地想一想'联动'才成立多长时间。在这样短的时间就断定一个群众组织的成立对革命的作用是完全没有事实依据的，我们要对革命负责。我们要对咱们宣武区的红卫兵运动负责，那就必须要有耐心。我们要耐心地去等待，耐心地去观察。我们千千万万不能人云我亦云，人动我亦动。我们要在仔细观察的基础上得出科学的、符合咱们现实状况的结论，然后再去行动。这样做有什么不好呢？我相信在座的咱们宣武区红卫兵的代表中一定有人同意我的看法。"

我刚一说完身后的一个人也从桌子上跳下来，他站在我身边说："我同意师大一附中代表的意见，我们也认为应该再观察一段时间。"

紧接着又有几个刚才没有发言的代表站起来表示同意我的看法。还

联动联动宣武没有

有两个刚才发言支持成立宣武区红卫兵纠察队指挥部的人转过来发言支持我的看法。大会主席一看风向有点不对了马上说："大家安静一下，既然大家觉得还需要再观察一下，那咱们就再观察一下。我们今天就不成立红卫兵纠察队指挥部了，但是为了能够使各个学校的红卫兵保持密切的联系，我建议成立一个红卫兵纠察队指挥部筹备组。"

他变得也很快，他一说完好多人都把目光投向了我。我明白我还得表态。我就边想边说："筹备组不是不可以成立，但是我们必须明白不能为成立筹备组而成立筹备组。我们成立筹备组的目的是为了工作，怎样才能更好地工作呢？很重要的一点就是要有群众基础。没有群众基础，脱离了群众我们还能干什么呢？我们就什么也干不成了，我们将一事无成。怎样才能不脱离群众呢？最起码的是我们做什么事情都要征求群众的意见。我请问在座的各位代表，我们在这里成立红卫兵纠察队指挥部筹备组，你们征求了本校的红卫兵群众的意见没有？如果征求了那很好，请你说出来你们学校的红卫兵对这个问题是个什么看法；如果没征求，那我请问你们怎么代表本校红卫兵的意见。大家想想是不是这样？"

说到这里我停了下来，马上有人说："我完全同意你的意见。我们每位代表都应该回去征求一下本校红卫兵的意见。"

还有人说："不征求群众意见就不能代表群众，就没有发言权。"

也有人说："今天不管是成立红卫兵纠察队指挥部也好，还是成立筹备组也好都太仓促了，都不合适。"

有许多的人都支持我的意见，大会主席见此气馁地说："那我们这个大会岂不是白开了？"

我不是来辩论的，此时也不想辩论，只不过是事情赶到这里了自己不能不表个态。想到这里我就说："怎么能说白开了呢？我以为还是有成绩的。"

他无力地说:"有什么成绩?红卫兵纠察队指挥部没有成立,连个筹备组都成立不了,还有什么成绩?"

我严肃地说:"哦,没有成立红卫兵纠察队指挥部或是没有成立筹备组就没成绩了?我看不能这么说。首先我们了解了相当一部分宣武区中学红卫兵代表的想法,这就是一个成绩。再有我们大家互相认识了,这就为我们今后加强联系,互相学习打下了基础。这也是个不小的成绩。怎么能说没有成绩呢?"

他无可奈何地说:"看来我们今天的大会只能开到这里了。我们回去一定好好地研究一下大家的意见,争取下次会议能够拿出一个令大家满意的方案来。谁还要发表意见?"

说到最后他还没有放下架子,还自以为是红卫兵的领导。他还想再召开一次会,想继续做点什么。我想了一下说:"我再说两句吧。我想提醒大家一下。现在是在'文化大革命'的群众运动之中,有一句话不知道大家听过没有就是'平时靠组织,运动靠群众'。当然这句话并不是说平时不要依靠群众,运动时不要依靠组织,而是说在运动时要格外注意依靠群众。我们现在做什么都要紧紧地依靠群众,可有的时候我们注意不够,比如说这次会议群众路线走得就不好,看起来也是群众代表大会,可是会前大家对于开会的目的都不甚了了,所以不少的代表都没有广泛地征求本校红卫兵群众的意见,使我们代表的作用就大大地打了折扣。即便我们在今天的大会上成立了一个什么组织也很难有广泛的群众基础。我建议在座的各位不论今后谁想做什么,只要是涉及群众运动就要广泛地征求群众的意见。"

我说完后又有几个人表示支持我的看法。还有一个人说:"今后如果不提前通知开会的内容,不留给我们做工作的时间,我们就不再来开会了。"

大会主席一看这形势马上宣布散会。散会后还有一些代表围着我说这说那，他们都表示同意我的看法。有一个代表说："我根本就不同意成立什么纠察队指挥部。我看有的人就是想当领导，想指挥别人。可我又没有办法，你的发言完全代表了我们的意见，太好了。这个结局也太好了。"

说着他就拿出了两把刀要送给我，一把是大约 6 寸刀口的藏刀，一把是刀口只有两寸的芬兰水果刀。我婉言谢绝了他，他一定要送给我说是留个纪念，最后我选了那把芬兰水果刀。

回到学校后我没有刻意地去找刘平平说这次开会的情况，我想如果她想知道此事，她会找我的，我也会如实告之。可她没来找我，我想这件事对于我们俩来说都算过去了。

也许有人会说之所以宣武区没有"联动"，是因为我搅黄了那次大会的原故。其实我认为不是这样，我认为没有成立红卫兵纠察队指挥部的原因主要有两点：一是广大的红卫兵群众没有要求；二是有要求的人没有能力。如果说我也起了一点作用，那也是微乎其微。

那次宣武区中学红卫兵大会之后一段时间内就没有人再张罗这事了。很快中学红卫兵中的"联动"就和大学中的"造反派"发生了冲突，最后导致了"联动"被宣布为反动组织。其不少骨干分子被拘入狱，这时就更没人提及此事了。"联动"事件之后不久，送我水果刀的那人到学校找过我一次。他对我说："幸亏在那次会上你阻止了成立宣武区红卫兵纠察队指挥部，要不然这次进大牢的人里也少不了咱们宣武区的人。"

11 人家运动我们劳动

人家运动我们劳动

1966年的冬天全国的运动正处在高潮之中。突然传来了中央的新精神，大意是部队军以上干部的子女要一律退出群众组织。我本来就是个逍遥派，有了这个精神自是名正言顺地逍遥了。虽说我是个逍遥者，可一天到晚无所事事却也不是很舒服的，毕竟我还年轻，有的是精力和体力。开始我还经常去学校点个卯，找几本书回家里看，可很快就没什么书可看了。图书馆不开门，新华书店里也没有什么新书，更不能向别人借书了。不过这时候我还真看了几本书，这几本书是刘平平借给我妹妹的。她在借给我妹妹时还说：拿去看吧，不用还了，还回来我也没地方搁。我和妹妹还是把看过的书都还回去了。不久她就被撵出了中南海的家，她在学校里住了一段时间，再后来就不知去向了。

再说在那个大的环境下要真能够静下来看书也确实不是一件容易的事。书没得看，事没得做，又不想投身到运动中真不知如何度日才好。

到了1967年的1月份，就在我百无聊赖之时鲁建给我打来电话。他在电话里问我："你现在在干什么呢？"

我无精打采地说："无事可干。"

他说："你真的没事干？"

我说："你说我现在还能干什么？咱们现在又没有组织，又不想参加运动,你说咱们还能干什么?"

他马上说:"你要真没事干不如和我们一块下工厂劳动去。"

我一听就觉得这是个打发日子的好办法,便马上问他:"谁组织的?"

他听我这么一问便笑着说:"现在还有谁组织,咱们自己去就是了。"

他这么说我也觉得有道理,这个时候还有什么组织。学校的领导都被打倒了,党的基层组织也都瘫痪了。名义上学校是有个革命委员会,可真听它召唤的就不知道有几个人了。想到这里我就问他:"都谁去?"

他干脆地说:"有铁鹰、英凡、之中、永平、建国、左群,还有荒原、荣莉、力力她们几个女生。一共多少人我也说不清,反正就是咱们那些人。"

我知道他说的咱们那些人就是在"文化大革命"初期的那些高三的老红卫兵,都是一些干部子女。我又问:"是什么工厂?"

他说:"是摩托车修理厂。"

我再问:"到摩托车修理厂去干什么?"

他说:"咱们可以一边参加劳动,一边学习修理摩托车。我还打算在劳动期间学会骑摩托车。你也学学吧,学会骑摩托车没坏处。"

我笑着对他说:"学会骑摩托车有什么用?哪儿有摩托车让你骑呀?"

说实话,这时虽然在北京的大街上能看到摩托车,可那也是寥寥无几。再说我还是刚学会骑自行车,觉得骑自行车就很方便了,根本没想过去学会骑什么摩托车。不过现在反正没事可干,能有个地方消磨一下时光还是可以的。想到这里我就问他:"摩托车修理厂在什么地方?"

他说:"就在广渠门外。好像离你家不算太远。"

对广渠门一带我并不熟悉。那时候我们的生活轨迹基本上是两点一线,早晨从家里到学校,下午再从学校回到家里。即使是在假期里我们也很少到处游走,所以虽然广渠门离我家所在的东四并不远,可我还是一次都没有去过。但我对北京的地图还是比较熟的,他在电话里一说"广渠门"三个字,我马上就知道了具体的方位。想到这里我就问:"那住在工厂里吗?"

他解释说:"摩托车修理厂是个很小的工厂,根本没有住的地方。"

我说:"那离你家可不近呀,你怎么办?"

他说:"没关系,我们都想好了。我和铁鹰他们几个家远的同学都住学校,你要愿意也可以和我们一起住校。"

我不解地问:"学校哪儿有住的地方?"

他说:"我们都已经安排好了,住在学校的小工厂。我们已经把床都搬过去了,你真的可以来一起住。"

我想了一下说:"去工厂劳动没问题,不过我还是住在家里吧。"

他听了后说:"那也好,等定了具体的时间我再打电话通知你。"

我刚放下电话父亲就问是谁来的电话,我原原本本地把鲁建在电话里说的事告诉了父母。父母听了之后也同意我到工厂去劳动一段时间。特别是这个工厂离家还不远,每天还可以回到家里来住。父亲嘱咐我到了工厂后不要参与工厂的运动,他担心我们不了解工厂的情况站错了队,引来不必要的麻烦。我让他放心,在学校里我都游离在运动之外,到了工厂我自是更不会介入运动了。母亲嘱咐我到了工厂一定要小心,千万不要磕着碰着弄出个什么工伤事故来。我告诉母亲我们去的工厂是个摩托车修理厂,工厂里没有大型的机器设备,也不容易发生什么事故,母亲听了自是放心了。

几天后，鲁建来电话告诉我下工厂劳动的具体时间和工厂的地址。我按照鲁建给我的地址在约定的时间找到了摩托车修理厂。工厂就在广渠门外离护城河不远的路北。若不是大门口挂着"北京摩托车修理厂"的牌子，从外面根本就看不出来是工厂。工厂只是一些很简陋的红砖灰瓦的平房。进了工厂的大门从堆在院内一角的一堆黑糊糊的废料和院内带油渍的路上才能看出一点工厂的影子。我们的人陆陆续续地都到了。大家都站在院子里，负责安排我们工作的工厂负责人向我们简单地介绍了一下工厂的情况。

北京摩托车修理厂原来是北京汽车厂的一个摩托车修理车间。后来在整顿中独立出来了。工厂里的工人都是老工人，技术上都有一把刷子。因为是修理厂所以没有什么大型的设备，也没有什么先进的仪器。工作全凭老工人的经验，所以年轻人都不愿意到修理厂来。今天来了这么多的年轻人他们都很高兴。他们愿意把掌握的技术传授给我们。说完了这简单的几句之后，他就要求我们自己分成三个组。然后他再把每个组对应地分到他们工厂的一个车间。这时我们才知道，这个工厂一共只有三个车间。一个是大修车间，一个是小修车间，再一个是底盘车间。我们就随便地分成了三个组，说好了每隔一段时间三个组再调换一次，争取让每一个人都在三个车间体验一下。我和鲁建一个组，被分到大修车间。到了大修车间我们又两两一组，我和鲁建组跟一个工人师傅的班。师傅把我们领进他的工作间。

这个工作间在一排平房的最东头。再往东就是小修车间了。小修车间是一间百十来平方米的大房子。车间外还有个大棚子。棚子里放着几台正在修理的摩托车。凡是进厂修理的摩托车都先放在这个棚子里由有经验的师傅进行检查。如果问题不大就在棚子里修了，问题稍大一点，一时半会儿修不好的摩托车就推到房子里去由指定的师傅修理。再不行就转到大修车间去修。到了大修车间一般就要把摩托车拆了，把有问题的部件拆下来能修的修，不能修的换。底盘出了问题的摩托车就要送到底盘车间去修。底盘车间有大量的钳工活和板金工活。所以底盘车间的工人师傅都是钳工和板金工的高手。

  我们这个工作间只有七八平方米，门是向北开的。与门并排的有一扇窗户，窗户上满是灰垢已经不能让室外的光线照进屋里。师傅随手关上门，屋里黑糊糊的什么也看不清楚。师傅拉开灯，我们这才看清楚屋内的布置。屋里的东西很简单，但是很乱，东墙码了一排箱子，箱子里放的都是摩托车的零件和各式各样的耗材与工具。地下零乱地摆放着一些拆下来的摩托车零件，地是用砖砌的，可砖的本色已经看不出来了，都让油渍浸成黑色的了。屋里所有的东西都是油腻腻黑糊糊的。师傅把我们领进这个工作间后，看着我们穿得干干净净的衣服不好意思地笑了一下说："嘿，太脏了点。"

  鲁建和我都不是第一次到工厂。虽说也觉得这里是脏乱了一点，可也觉得没什么。鲁建对师傅说："没什么，车间都是这样。"

  话虽这么说，可这满地乱七八糟的东西也让我们一时无从落脚，这时师傅不知从哪儿拿出了两个小板凳说："咱们坐下说吧。"

  我们刚要坐下师傅又说："先别坐，等一下。"

  我们不知是怎么一回事，只好站在那里一动不动。只见师傅在箱子码成的柜子上找来找去，一会儿找出几张皱皱巴巴的报纸，一边翻看着一边说："这几张报纸上没有毛主席像，可以用。"

  说着他就把报纸垫在小板凳上说："这下你们可以坐了。"

  我不好意思地说："不用垫，不用垫。"

  师傅说："还是垫上点吧。我这里哪儿都是油糊糊的，沾上不好洗。"

  鲁建说："我们到工厂里来是参加劳动的，不怕脏。"

  师傅说："那还是不要弄脏的好。我们厂里也没有多余的工作服

1

凡人小事三部曲之**特殊时段**

给你们用，明天来时你们可以带套旧衣服来，干活的时候好穿上当工作服。"

我和鲁建忙表示没关系，其实我们穿的就是旧衣服，只不过是比较干净而已。我们一边说一边坐下，师傅随便拉过来一只箱子就坐在我们俩的对面。他对我们说："我这个组平时就我一个人，我的工作就是修理摩托车的汽缸。摩托车开的时间长了汽缸的缸体和活塞就会磨损，这样汽缸就会漏气。汽缸一漏气摩托车就跑不动了，缸体磨损大的我们就换缸体，活塞磨损大的我们就换活塞。"

我问："要是缸体和活塞都磨损大了呢？"

师傅说："那反倒好办了，就整体换汽缸呗。不过一般到不了那一步摩托车就跑不动了。"

我们心想看来大修的活比较好干就是换部件，哪个部件坏了就换哪个部件。想到这里鲁建问："我们的工作就是把磨损的部件拆下来换上新的。是不是？"

师傅笑了一下说："也可以这么说，不过没那么简单。这和换螺丝螺母不一样，换螺丝螺母把旧的拆下来把新的拧上去就行了。可汽缸和活塞换上任何一个都不能用，必须要经过磨。只有通过我们很仔细地磨，才能使换上去的部件和原来的部件配合好，摩托车开起来才有劲。"

鲁建看了一下屋里四周问："用什么磨？"

师傅晃了一下手中的砂纸说："用砂纸磨。"

我也看了一下屋里四周，发现这屋里没有任何设备，不由地问："我们就用手工磨？"

师傅说："对，就是手工磨。这可是个技术活，要十分小心。汽缸一磨大了就报废了，活塞磨小了也报废了，汽缸和活塞太紧了摩托车跑不了，汽缸和活塞太松了就漏气，摩托车还是跑不动。"

师傅一边说一边从旁边拿过一个他正干着的活磨了起来给我们做示范。我和鲁建一看，这可是完全凭经验呀，不觉得面露难色。师傅也看出来了，他一边磨着一边说："你们也别急。这个活就是个慢活。你们先从简单的粗磨干起，你们磨个大概，细的活我来干。"

说着他就把两个需要磨的部件递给我们，让我们试着磨磨，我们也就学着他的样子磨了起来。我们磨得很小心根本不敢使劲，生怕磨大发了，磨了好一会儿也没见什么成效。师傅看了看笑着说："你们这哪里是在磨呀，你们是在摸。这缸体和活塞都是很硬的金属，你们就是使很大的劲也磨不下来多少，你们就放心地磨吧。"

听了师傅的话，我们俩就使劲地磨了起来。又磨了一会儿，师傅拿过去一看还是没磨下来什么。这一下子我们放心了，就大胆地磨了起来。我们一边磨一边和师傅聊天，他告诉了我们很多工厂中的事。我们聊了很多就是没有聊"文化大革命"的事。我是不关心"文化大革命"的事，看来师傅也不关心。

中午大家就到工厂的食堂去吃饭，食堂的饭比我们学校的饭好多了，特别是包子很好吃，咬一口满嘴流油。男同学多数都吃包子，汤是免费的高汤，随便喝。大家一边吃一边聊着劳动的体会和从师傅们那里听来的各种趣闻。饭后就各自回到车间休息，其实车间并没有休息的地方，师傅们和我们只是坐在车间里聊大天而已。下午又开始各干各的活，一天很快就过去了。

下了班晚饭也可以在食堂吃。鲁建他们住在学校里没地方吃饭，自是在食堂里吃了晚饭才回去。为了早点回家，我便回家吃饭。回到家里父母问我劳动得怎么样，我把工厂的情况如实向他们说了一遍，他们觉得这样总比憋在家里无事可做好，就更加支持我在工厂干下去了。

由于我们的劳动是纯义务的，分文的报酬都不取，再加上我们除了参加具体的劳动之外，其他的事一律不闻不问，所以摩托车修理厂的领导和工人们都很愿意我们去，大家相处得很融洽。有的时候摩托车修好了师傅要试车就带上我们，一边试车一边兜风。骑着摩托车兜风在当时还是蛮有趣的一件事，师傅还承诺，过段时间要教我们骑摩托车。我们都相信这是能够做到的。

　　我白天在摩托车修理厂劳动，晚上回到家里看看书或看看电视。就这样日子一日复一日地过着，平静得如水一般。"文化大革命"的风暴不管怎样的猛烈，我们就像在台风的风眼里一样悠然自得地干着自己的事。谁也没有想到台风风眼中的平静总是暂时的，风暴又一次降临到我的身边，打破了我们的宁静生活。

12 突发事件没得来由

一天我照常去上班，可发现鲁建没来上班。我正在纳闷，师傅问我："你同学怎么没来？"

我如实地说："我也不知道。"

他关心地问："他是不是病了？"

我说："不像，他昨天下班时还好好的怎么会睡一觉就病了呢。"

他又说："要不然就是家里人病了？"

我说："有可能，我知道他父亲的身体不好。"

他再问："你知道他家吗？"

我说："知道。"

他说："下午你去他家看看，如果他家里有病人你就告诉他先别来了。反正你们上班也不挣工资，和我们不一样。我们是要挣钱养家的。"

我点了点头没说话，心想一会儿中午吃饭的时候问问其他的同学，看看他们知不知道。

可中午吃饭时候的情况使我大吃一惊，原来上班的只有我和荒原俩人，其他人均不知去向。我预感到一定是出了什么事，荒原问我："你知道他们为什么都没来吗？"

我摇了摇头说："不知道。"

荒原说："是不是他们有什么活动忘了通知咱俩了？"

我说:"不像。"

荒原有点着急了,她问:"那咱俩怎么办?"

我想了一下说:"下午咱俩也先别干了,你回家等消息。我先回学校看看,有什么消息我一定告诉你。"

荒原说:"不,我不回家,我和你一块到学校去。"

我说:"现在一切都不清楚,你最好还是别去,有事我一定会告诉你的。"

我想他们大部分人都住在学校里,如果真的有事还是在学校里的可能性大。在情况不明的时候,还是不要叫荒原去的好。我这个人逍遥得早,在学校里也没有和他人结下什么梁子,我一个人去就行了。可荒原坚持说:"我还是和你一块去吧。"

我见她坚决不肯回家,也只好同意她和我一块去学校看看。我说:"我们到了学校只是看,尽量什么都不说。"

荒原说:"行,听你的。"

吃了中午饭我们就向各自的班组告了假,骑着自行车奔向学校。一路上我们的心里都是惴惴不安的,荒原问:"你说他们会不会不在学校了?"

我说:"我估计他们八成不在学校了,只要在学校就不会出大事,没大事他们就会通知咱们,可现在咱们没有收到任何消息。"

荒原一听有点急了忙问:"照你这么说,他们一定是出了什么大事了?"

我说:"是呀,他们现在一定是身不由己。要不然他们十几个人就没有一个人想起来给咱们打个电话?这是不可能的。"

荒原问:"他们能出什么事呢?"

我说:"那可不好说了。现在形势复杂得很,什么事都有可能发生。"

我们说着说着就来到了铁鹰、鲁建他们住宿的学校小工场。我们推车走近小工场的大门，发现大门上了锁。奇怪，小工场的大门白天是从来不上锁的，怎么今天锁上了？看看周围没有人，我开始敲门，把门敲得山响。荒原忙说："别敲了，别敲了，门锁着哩，里面没人。"

我一边敲门一边说："我知道里面没人。"

荒原问："没人你敲什么？"

我说："我敲不出里面的人，把外面的人敲出来一个也行，咱们也好问问呀。"

不一会儿，果然有个人从旁边的院子里走了出来。我虽然叫不出他的名字，但我知道他是附中的员工。我忙上前去问："您知道这门为什么锁上了吗？"

他忙说："不知道，不知道。"

我拉住他再问："请您告诉我是谁把门给锁上了？"

他小声地说："是学校锁的。"

咳，他这句话等于没说。现在学校是谁？谁又能代表学校？我只好又问："谁拿着钥匙呢？"

他四周看了一下，指着身后的一个院子说："钥匙在陈老师的手里，实验室的陈老师。"

我轻声地说了声"谢谢"。他快步地走开了。我等他走远了转身走进了他指的院子大声地喊："陈老师，陈老师，请您出来一下。"

一个门开了，陈老师从屋里走出来。他看着我问："是你在叫我吗？"

这不是明知故问吗？院子里只有我和荒原。我说："是，是我找您。"

他问："你找我有什么事？"

他脸上冷漠的表情使我很不舒服，我认识他，但不熟。他也认识我。我在筹委会工作时曾召开过教职员工座谈会，那时他对我很客气的。现在就是这样斗转星移，立刻人脸阴阳两面，也怪不得谁。我知道再客气也不会有结果的，所以我就用不容置疑的口气说："陈老师，我知道小工场门上那把锁的钥匙在你手里，请你把门打开让我们看一看。"

他说："不合适吧。"

我说："有什么不合适？"

他说："钥匙是在我这里，是领导给我的。你们想进去看看可以，让领导和我说一声。"

听他这么一说，我马上把脸拉下来说："领导？现在谁是领导？你告诉我。我现在就去找他，问问他凭什么当领导？他领导得了谁？他领导得了我吗？"

他一见我急了口气马上软了下来，他说："你别冲我嚷嚷嘛，我不是做不了主吗？"

我也缓和了一点说："我也不想为难你，我只是想进去看看。我们俩都是咱们学校的学生，进自己学校的小工场看看有什么不可以的？"

他叹了口气说："现在里面什么都没有，真的没什么好看的。"

我说："什么都没有你就更不用担心了。说实话吧，本来我是想把锁给砸了的，一把锁能锁住谁？可我一想钥匙在你手里，我要把锁给砸了不是对你也不好吗？如果你实在不愿意开门也没关系，我也不为难你，你就赶快进屋，我转身出去就把锁给砸了，你装不知道也好，你愿意告诉别人是我给砸的锁也好，由你去。"

说着，我就叫上荒原转身走出了院子，他追了出来说："别砸，别砸，我给你们看看就是了。"

走到小工场的门口，他从口袋里掏出钥匙攥在手里说："咱们说好了，你们就是进去看看，千万别动里面的东西。"

我说："你放心，我们什么都不动。我们不会给你添麻烦的。"

他打开了锁，我推门迈进了院子。院子里的场景使我大吃一惊，遍地狼藉就像刚被洗劫了一番似的。我转过头去问跟在我身后的陈老师："人呢？"

他说："当时我不在场，听说都被带走了。"

我想就是当时他在场现在他也不会说他在场，我也不关心他在不在场。我问："人带哪儿去了？"

他说："不知道？"

我又问："是谁干的？"

他说："好像是北航红旗。"

我再问："人是被北航红旗带走的吗？"

他小声地说："好像是吧。"

我问："你知道是为什么吗？"

他用更小的声音说："我听说好像和'联动'有什么关系。"

这简直是莫须有。"联动"是个公开的组织，又不是什么秘密团体，宣武区有没有"联动"大家心里是有数的。再说，这些日子我们一直在工厂里劳动，根本就没有参加任何其他的活动，又何来什么"联动"呀？我心想这下子可坏了，定是有什么人捣了鬼。这北航红旗是北京高校有名的"造反派"，是"联动"的死对头。在老红卫兵的眼里，这些"造反派"就是一群投机革命的痞子。他们也是所有老红卫兵的对头，落在他们手里可没有好果子吃了。荒原听了也一脸的焦急，她急切地问："人到底被带到哪儿去了？你知道不知道？"

他嘟嘟囔囔地说："听说北航红旗把他们都送到公安部去了。"

我一听马上追问了一句："真的是送到公安部去了吗？"

他说:"好像是。听说今天早晨学校里还有人到公安部去看了他们。"

我问:"学校里的谁去的?"

他说:"谁去的我就不知道了。"

我想他既然知道有人去了公安部就一定知道是谁去的,只不过他是不愿意告诉我罢了。不说也就算了,我又问:"那学校里的人去干什么?"

他说:"我真的不知道。"

不知道就不知道罢,我说:"只要人在公安部就好办。"

荒原问我:"怎么人在公安部就好办?"

当着陈老师的面,我没有回答荒原的问话,而是在几间屋子里转了一下,然后对荒原说:"咱们走吧。"

我一转身见门口的一张床上有一块怀表。这块表我太熟了,因为在当时的同学里带表的人不多,而带怀表的只有毅强一个人。我顺手把它拿了起来。陈老师一见马上说:"不是说好了只看看不动东西吗?"

我说:"这是毅强的私人物品,放在这里还不丢了。我替他收着,找到毅强我会还他的。"

他说:"这不合适吧。"

我提高了嗓门说:"你哪儿那么多不合适,现在这里都成这个样子了合适吗?不过我也不为难你,我给你写个条子,以后没人问也就算了。如果有人问起来当然是我负责,也不干你的事。"

荒原在一边说:"咱们拿自己的东西给他写什么条。"

我说:"写个条也没什么,这也不干陈老师的事。"

他马上说:"是呀,是呀,这确实是不干我的事。"

我从地下捡了张纸,抖了抖上面的土,给陈老师写了张字条。我和荒原走出了小工场的院子，陈老师在我们身后有把门给锁上了。

这时荒原又问我："你刚才说人在公安部就好办了是怎么一回事？"

我看了一下周围没有人，就对她说："北航红旗这批人就是一群打手，他们心狠手辣。咱们的人要是落在他们的手里那还能有好？可在公安部就不一样了，公安部不能胡来，所以问题不大。"

荒原说："可是咱们的人是北航红旗抓的，他们怎么给送到公安部去了？"

我说："看来北航红旗也是有顾虑的。"

荒原问我："那现在咱们怎么办？"

我说："这摩托车修理厂肯定是不能再去了，你先回家吧，有什么事我会通知你的。"

她问："那你呢？"

我说："我想这事是昨天夜里发生的，由于平时他们都住在学校里，和家里联系不多，到现在他们家里可能还不知道。所以我想先到几个我知道地址的同学家里去报个信，一方面了解一下情况，另一方面也要想想办法尽快把他们弄出来。"

荒原说："我和你一块去吧。"

我说："不用了，报信一个人就够了。"

她问："你认识燕燕家吗？"

我说："不认识。"

她说："我认识，她家离学校不远，咱们先去她家吧。"

我问："燕燕住在学校吗？"

荒原说："她有时候住，有时候不住。"

我问："那她昨天住了吗？如果她昨天没住她不会被抓进去的，如果昨天她住了那肯定跑不了。"

荒原说:"咱们去她家问一问不就知道了。"

我想她说的也是,就和她一块骑车往燕燕家去。我一边骑车一边想着如何尽快把他们营救出来。这事是夜长梦多,一拖长了没事也是事。要营救他们就要有人,要有个营救方案。我正想着,荒原问我:"报了信后怎么办?"

我说:"自然是想办法营救他们了。"

她问:"怎么营救?"

我说:"通过各种关系先找到公安部负责这事的人,然后把实际情况向他说明。说明我们根本就不是'联动',他们抓错了,争取让他们放人。"

她又问:"要是他们还不放人呢?"

我说:"如果咱们把实情说明了他们还不放人,就是他们理亏了。咱们也如法炮制。"

她问:"咱们也想办法抓一些北航红旗的人?"

我说:"抓北航红旗的人没用,他们都是些无足轻重的人。抓了他们虽然也能弄出点动静来,但是对于解决问题没用。没有人会去真正地关心这些被利用的人。再说,咱们也没地方关这些人。咱们总不能把他们也送公安部去吧。"

她问:"那抓谁?"

我说:"只有抓公安部的人。"

她吃惊地看着我问:"抓警察?"

我说:"警察可不能抓,抓了警察就算犯罪了,那麻烦就大了。"

她说:"那还能抓公安部的什么人?"

我说:"如果他们公安部真的不放人,咱们就想办法抓几个公安部的干部子弟。这次他们抓的主要是部队的、国家各部委的、地方政府的干部子弟。咱们就把大家串联起来逼着和公安部换人,我就不相信他公安部的干部都是花岗岩的脑袋。这样做还有个好处，就是在政府内部把问题解决了，不和那些'造反派'发生正面的冲突，在社会上影响不大，容易解决问题。"

荒原说："这倒是个办法。咱们通过各种办法孤立公安部。我就看不上谢富治，好像别的部长都是走资派，只有他是革命派似的。"

我说："当然，咱们也不希望事情发展到那一步。现在关键是要先把情况摸清楚，有哪些同学被抓了，被关在什么地方，谁负责看管他们。咱们还要把外面的人组织起来。"

说着说着我们就到了燕燕家，荒原上去敲门。一个小战士出来问："你们找谁？"

荒原说："我们是燕燕的同学，我们找她。"

小战士说："她不在家。"

荒原又问："她妈妈在家吗？"

小战士又说："也不在家。"

荒原再问："那燕燕昨天晚上回家了吗？"

小战士说："不知道。"

荒原又问："你知道燕燕的妈妈什么时候回来吗？我们找她有点事。"

小战士还是说："不知道。"

荒原急了问："她家还有别人在吗？"

小战士面无表情地说："现在她们家没人。"

荒原无可奈何地回过头来看着我。我忙说："她家没人，那咱们就走吧。"

我和荒原离开了燕燕家，荒原说："怎么这样呀？"

我宽慰荒原说："也许她家真是没人。"

荒原不满地说："我就不相信她们家只剩下一个小战士。"

我说:"荒原,算了吧,现在情况这么复杂,就算人家家里有人,人家不愿意见生人也是可以理解的。"

我们又来到了鲁建家,我和鲁建的父母都很熟悉。鲁建昨天果然是住在学校里,而且至今没消息。他八成是被抓进公安部了,我只好把实情告诉了他父母。鲁建的母亲一听,忙问:"发生冲突了吗?"

我说:"当时我没在场,从现场上来看像是有些冲突。"

鲁建的母亲一听急了,忙问:"流血了吗?"

我安慰她说:"现场我仔细看过了,没有发现流血的痕迹,看来没有发生流血冲突。我也碰到了学校里的其他人,也没有听说发生流血冲突的事。这一点您请放心。"

听我这么一说,鲁建的母亲稍微平静了一点。鲁建的父亲在一旁说:"怎么让人家给抓去了,这就是当了俘虏呀。打得过就打,打不过就跑嘛,也不能让人家抓了去当俘虏呀。"

我说:"黄叔叔,鲁建他们肯定是遭到了突然袭击,双方力量又太悬殊。再加上我们那个小工场只有一个大门,所以没跑成。"

鲁建的父亲又问:"鲁建他们是被什么人抓去的?"

我说:"是被北航红旗的大学生抓走的。不过他们现在是被困在公安部里了。"

我没敢说是被"关"在公安部里,而是说被"困"在公安部里,是不想让鲁建的父母太着急。

鲁建的父亲再问:"北航红旗的人干嘛要到你们学校去抓人?"

我说:"最近大学的'造反派'和中学的'联动'冲突不断。我估计北航红旗是把他们当成'联动'了。"

鲁建的父母同时问:"那你们是'联动'吗?"

我向他们保证说:"我们绝对不是'联动'。别说我们学校没有'联动',就是整个宣武区都没有'联动'。这一点我最清楚,请叔叔阿姨放心。"

鲁建的母亲说："那就找公安部去，和他们说清楚。让他们放人。"

荒原也说："请叔叔阿姨放心，我们是先来报个信。回去我们就展开营救，很快他们就会被放出来的。"

说完我和荒原就告辞了。从鲁建家出来天已晚了，我就让荒原先回家，我怕她回家晚了家人又该着急了。我独自一个人又去了力力家。力力的父母我也熟，从她父母那里我知道力力也和鲁建一样昨天晚上是住在学校的小工场，而且一直到现在也没有消息。很明显，力力也在被抓的人之中。我把学校发生的事尽量婉转地说了一遍，听后，力力的父亲说："他们怎么能随便抓人？"

力力的母亲愤愤地说："这些人简直是无法无天了。"

我说："我们也没有想到事情会发展到这步田地，如果我们稍有准备也不至于此。"

力力的父亲说："现在是太乱了，一点秩序都没有。"

力力的母亲狠狠地说："没秩序就没秩序，你们应该和他们斗，以眼还眼，以牙还牙。在地下打不过就上房，上房掀瓦打他们。"

她的话给我留下了极深的印象。我说："现在最关键的是先想办法把人营救出来。"

力力的父亲到底是政委出身，他说："你们一定要注意策略。要做到有理有节，要争取多数人的支持和同情。"

力力的母亲说："现在哪还有什么道理，真不知道这运动是怎么搞的。"

力力的父亲说："他们讲不讲道理是他们的事，我们不能不讲道理，我们要以理服人。"

力力的母亲说："和不讲道理的人怎么讲道理？讲理他们就不抓

人了。"

我一看力力的母亲很激动，就安慰她说："您们放心，我们外面的人还是很多的，我们会想尽一切办法营救他们的。很快她们就会回来。"

至于之前我和荒原说的办法我没有告诉他们，一是不想把他们老一辈的人也牵扯进来；二是真要实施我的想法，还需要缜密的计划，争取做到万无一失。

我看天色已晚就告辞回家了。回家后我没有把学校发生的事告诉父母，也省得他们担心。当晚鲁建就打电话告诉我，他们大部分人都出来了，只有少数几个人没出来。开始他们要求一块出来，只要有一个人不放就谁也不走。他们还表示，要把公安部的牢底坐穿。后来在公安部的人一再保证剩下的人一半天之内一定也放出来之后，他们才先回来了。我问他力力出来没有，他说力力没出来，不过明天，最迟后天也会出来的。放下电话我又给力力家打了电话，告诉他们公安部已经开始放人了，过不了一两天力力就可以回家了。果然一天后所有的人都被放出来了，我的营救计划也就没有必要实施了。公安部的人还一再表示这件事过去了，公安部不会出示任何可以留存在档案中的东西，请大家放心，事后也证明确实如此。

这件事就这样突然发生又迅速过去了，我们没有再回到摩托车修理厂去劳动。大家商议要回到学校去，而且要以高姿态、以胜利者的姿态回去。要让那些促成这个事件的人看看他们只能得逞一时，却是无法最后胜利的，也让那些幸灾乐祸的人把咧开的嘴闭上。很快我们就又都回学校了。

一开始，我们这些人中还有人表示要查一查是谁把北航红旗招来的，但大部分人都表示算了。我们已经回来了，这就表明他们的伎俩失败了。这件事从表面上看很快就过去了，可它在同学之间造成的裂痕却很难平复，也许在有些人之间是终生平复不了的。

事后又过了一段时间我们才知道，确实有一些'联动'骨干分子被抓了起来，他们被关押了八十多天。他们被放出来的时候，周总理还带了一大批人其中也包括"中央文革"的成员接见了他们。周总理是想把这件事平息下去，表面上看这件事也就这样过去了。"联动"消失了，消失得无影无踪，就像它没有存在过一样。其后，大学的"造反派"也消失了，他们消失得或许冠冕堂皇一些。他们是以大学毕业分配工作而被分到了各地基层。然而不久后，他们就开始为他们在"文化大革命"中的行为付出惨痛的代价。当然真正的输家还是"中央文革"。他们挑动了大学"造反派"和"联动"的争斗，目的是想借大学"造反派"的手打击"联动"身后的各级国家干部。"中央文革"把自己置于广大革命干部的对立面上，他们的失败就成了注定的了。

1974年，我大学毕业被分配到北京航空学院工作。虽说"文化大革命"还没有结束，但是在"文化大革命"初期涌现出来的各种群众组织已经不复存在了。"北航红旗"也销声匿迹，只是每个系里还留有一两个被审查的对象。他们偶尔出现在人们眼前，才使人们不由得想起"北航红旗"的曾经存在。

1975年的夏天，每天中午我都能看到有个人在我们宿舍楼对面的楼门口晒太阳，他身边还有个人陪着他。一天我问一位北京航空学院的老人这个人是谁。他告诉我，这个人就是在"文化大革命"初期赫赫有名的"北航红旗"的头头韩爱晶。听说在大学生分配的时候中央命令把所谓的大学中的"五大学生领袖"中的四名学生，清华大学的蒯大富、北京航空学院的韩爱晶、北京地质学院的王大宾、北京师范大学的谭厚兰统统分到京外边远地区的基层，使他们远离了北京，远离了政治生活的中心，后来中央又决定审查他们。听说韩爱晶在得知中央让他回北京之后，不明就里的他还着实高兴了几天。北京派人去接他，让他坐飞机回北京。他还有点受宠若惊。在飞机上他还在想，到了北京机场一定会有不少的人去欢迎他。没想到到了机场一个接他的人都没有，他不禁问身边的人："怎么没人来接我？"

陪同他的人反问了他一句："你想让谁来接你？"

他瞠目了，失落地问："我们去哪儿？"

陪同他的人明确地告诉他："去北京航空学院。"

一到了北京航空学院即对他宣布，根据中央的指示对他进行隔离审查，并宣布了审查纪律。北京航空学院这个使他发迹的地方，又成了他被隔离接受审查的场所。几年前，他可以带着他的喽啰从这里出发去围困中南海；去冲击国务院的任何一个部委；去把彭德怀元帅抓到北京航空学院批斗得死去活来；去他想去的任何地方，干他想干的一切。而如今，没有审查组的同意，他不能离开北京航空学院宿舍区半步。

一天我见他身边暂时无人，他依旧老老实实地站在那里。我便走过去问他："你是韩爱晶吗？"

见有人和他说话，他脸上露出了一丝悦色说："我是韩爱晶。"

我明知故问："你现在在干什么？"

他叹了口气说："我还能干啥，接受审查呗。"

我说："你当时不过是个学生……"

我还没有说完他马上说："是呀，是呀，其实当时我就是个学生。"

他说这话时满脸的无奈，完全没有当年叱咤风云的样子。我笑了一下说："可你是个呼风唤雨的学生呀。"

他苦笑了一下说："唉，哪里是我们在呼风唤雨，我们是让呼风唤雨的人当枪了。"

我说:"那你们把事情说清楚不就行了。"

他说:"要是能说清楚就好了。"

我说:"有什么说不清楚的,实事求是就是了。"

他深深地叹了一口气说:"要是那样我早就没了。"

我似乎理解了他说的是什么了,便不再和他说下去了。"文化大革命"在一年多以后结束了。随着对"林彪集团"骨干和"四人帮"的审判,听说韩爱晶也被判了刑,以后就再也没有听到他的消息了。

13 泰山观日出见山不见日

1967年5月的一天，我在学校里无事正准备早点回家，高二的泰安突然找到我说："咱们去一趟济南吧。"

我说："去济南干什么？"

他说："刘超在调到北京工作之前曾任济南市教育局局长。咱们到济南去调查一下他的历史问题。"

我说："你认为刘超有什么历史问题？"

他说："没有调查怎么能说呢，有人说他是混入革命队伍中的投机分子。这可不能随便瞎说，得有根据。经过调查，证明他是混入革命队伍中的投机分子，那咱们就彻底打倒他。要是经过调查，证明他不是混入革命队伍中的投机分子，而是自觉参加革命的，那我们就应该还他一清白。"

我一听他说的有理，就问他："就咱俩去？"

他说："不，还有小平、荒原。"

我说："搞外调两个人去就行了，去那么多人干什么？又不是去串联。"

他说："她俩非要去，我想多一个人多一份力也没什么不好。"

我想反正现在学校里也没有什么事，要去就去呗。想到这里我就问："你们打算什么时候去？"

他说："现在就去。"

我说:"那不行,我还没有告诉家里。"

他说:"这还不好办,你给家里打个电话说一声不就行了。"

我说:"那也不行,我怎么也得回家一趟。"

他说:"我怕来不及了,票我们都准备好了。"

我说:"我怎么也得回家取点钱呀,我身上一分钱都没有。"

他一听马上说:"就是为了钱的事呀,那你就不用费心了,我们都准备好了。"

说着他就把我拉到学校门口的传达室,让我给家里打电话。我把要去一趟济南的事告诉了父母,他们只是说让我路上小心,早去早回。他们也已经习惯了这种毫无事先准备的事了,谁让现在是在运动中呢?放下电话,小平和荒原也不知道什么时候从哪里冒了出来。我们四人就直奔了北京站。他们三个人都挎着挎包,只有我一个人什么也没带。我对泰安说:"我连个洗脸的毛巾都没带。"

泰安说:"没关系,用我的。"

我说:"牙刷、牙膏怎么办?总不能也用你的吧?"

小平说:"牙刷我给你准备了,牙膏你就用泰安的吧。"

我感到有点奇怪了。怎么他们都准备好了,还为我准备了牙刷,可我事先什么也不知道。

想到这里我就对他们仨说:"是不是你们有什么事瞒着我?你们要是有事瞒着我,我可就不去了。"

泰安马上说:"没有,没有,我们绝对没事瞒着你。这事我们原本也是昨天才定的,当时就想找你商量一下,可是没找到你。回家后我想给你打个电话,又没有找到你家的电话号码。我们料到你一定会和我们一起来的,所以也就先替你做了一些准备。"

我说:"你们怎么知道我一定会和你们一块去?"

泰安笑着说:"第一,我们都认为你这个人比较随和,能和我们走到一块，再加上咱们大家的关系原本就不错。第二，我们还认为你比较关心刘超的事，而且能够公正地对待他。"

我说："你别给我戴高帽子，现在戴高帽了就是为了游街。你们是不是打算把我骗到济南去游街。"

小平、荒原听我这么一说都乐了，她们忙说："不是我们给你戴高帽子，我们真是这么认为的。"

说着说着我们到了北京站。这时正好有一趟开往天津的火车在进站，泰安说："正好，咱们就坐这趟车。"

我一看忙拉住他说："不对，这趟车只到天津。"

他拉着我一边向前跑一边说："咱们先到天津。"

我一看小平和荒原已经跑到前面去了，只好一边跟着跑一边问："我们为什么不坐直达济南的车？"

泰安说："咱们先上车，到了车上我再告诉你。"

上了火车，我们刚一坐稳车就开了。这时我气喘吁吁地问："这是怎么一回事？到了天津还得转车多麻烦呀。"

泰安说："是这么一回事，我弄到了一张通勤票，这张票就限在北京至天津之间使用，而且今天是最后一天。"

我问："什么是通勤票？"

泰安说："通勤票就是铁道部为了方便自己的职工在城市之间上下班用的票，是属于免费性质的票。但是它有地域和时间的限制。"

我又问："你说你有一张通勤票，可咱们是四个人呀？"

泰安说："通勤票也是一种福利票。它不仅可以铁路职工使用，而且铁路职工的家属也可以使用。最大的好处就是可以多人使用，所以我们四人可以用一张票。"

我说："那咱们四个人也不像一家人呀。"

泰安说："你只要有票就行了，是不是一家人检票员就不管了。"

我们正在说着，列车员来查票了。泰安大大方方地把通勤票交给她，指着我、荒原、小平说："我们四个人是一块的。"

列车员看了看票，又看了看我们，只说了一句："这票今天可就到期了。"

泰安冲她一笑说："我知道。"

列车员把票还给泰安就走了。列车员一走我就问他："到了天津咱们还得转车吧？"

泰安说："那是当然了。不过路过天津到济南的车很多，随便哪一趟都行。"

我说："这回该咱们自己买票了吧？"

泰安说："是呀，这回咱们得买票了。"

我又说："你不会到时候又弄出了什么我不知道的东西来让咱们再白坐一次火车吧？"

泰安听我这么一说笑了。他说："我倒想呀，可是白想了。只好自己掏腰包了。"

我说："那我是腰包都没得掏。"

泰安忙说："看看，你又说什么了。咱们不是说好了嘛，这次出来不用你掏钱。"

我说："要不然这么着吧，咱们记上账，回去我把钱还给你们。"

小平、荒原一听，马上说："可别这样，要是这样可就是你见外了。"

她们这么一说，我倒有点不好意思了。天津很快就到了，我们在天津北站下了车。一打听才知道，去济南的车都在天津东站。我们匆匆忙忙赶到天津东站，这时天已经黑了。泰安问我们："咱们是歇一夜再走，还是连夜走？"

我想，歇一夜走不仅耽误时间还得增加花销，就说："咱们还是连夜走吧。"

小平和荒原也同意连夜走。泰安说:"那好,咱们就连夜走,我去买火车票,你们到候车室去等我。"

我、小平、荒原到了候车室找座位坐下来等泰安。这时小平问我:"你去过济南吗?"

我说:"没去过。"

我反问小平、荒原:"你们去过济南吗?"

小平说:"我们也没去过。这次咱们到济南一定要抽时间去看看趵突泉和大明湖。"

我说:"也不知道趵突泉远不远?"

小平说:"我想远不了。"

我说:"你又没有去过济南,你怎么知道不远?"

小平说:"我听到过济南的人说,济南本身就不大,它远还能远到哪里去。"

荒原倒干脆,她说:"远近咱们也得去一趟,要不然到了号称泉城的济南,没看到号称天下第一泉的趵突泉岂不遗憾。"

我说:"济南既然号称泉城,恐怕不只是有趵突泉吧?"

小平说:"那是当然。听说济南遍城都是泉水,不少的济南人平时用的就是泉水。"

我们正聊着,泰安回来了。他买到了当天夜里去济南的火车票。我们知道到了济南就没时间休息了,所以上了火车,坐在座位上就开始打盹了。

到了济南,出了火车站,我们直奔济南市教育局。到了市教育局,我们对接待人员说明了来意。他听后对我们说:"你们所说的这个刘超很早就调离我们市教育局了。现在我们局里的人认识他的不多,不过我可以帮你们联系一下,看有谁认识刘超,请他来和你们谈谈刘超的情况。"

说完，他就去打电话了。过了一会儿他回来对我们说："我帮你们联系了一下，联系到了一位教育局的老同志，他认识刘超，不过他现在不在局里。他同意下午和你们见一面，你们看怎么样？下午再来一趟吧。"

看来也只好如此了。我们问他："你们下午几点上班？"

他说："你们下午两点钟来吧，你们是第一次来济南吗？"

我们说："是。"

他说："那正好，你们利用这段时间去看看趵突泉，凡是第一次到我们济南来的人没有不看趵突泉的。"

说着，他就给我们指点从市教育局到趵突泉的路，他的话正合我们的意。我们出了市教育局就奔向了趵突泉。

我们四个人的初中都是在八一学校上的，八一学校西墙外就是著名的京西稻田。京西稻田中分布着大大小小的许多泉水，每一眼泉水旁总有一洼潭水，潭后总拖着一股溪水。这溪水灌溉着京西稻田，养育着著名的京西稻。每到夏天就有数不清的青蛙在这些潭水、溪水、稻田中跳跃，游来游去，"哗啦哗啦"的流水声和着蛙鸣构成了一首首悦耳的田园交响曲，跟前的眼眼泉水和天边的一片片稻田构成了一幅美丽的田园画。我们就是在这诗画般的泉水旁长大的。泉水对于我们四人来说是熟之又熟了。可当我们走近趵突泉时，还是被它感动了。京西稻田中的泉水是从地下涌出来的，而趵突泉的泉水是从地下喷出来的。它高高地跃出水面，发出了很大的声响，仿佛是一个浑厚的男低音在畅叙着大地的博大胸怀，展示出的一种王者之势。趵突泉眼落在一个大潭的中间，它的周围还有一些小的泉眼，大潭的后面形成了一条河水。这河水自古以来就养育着周围千万户的人家，最后它的流水汇入了我们中华民族的母亲河——黄河。它不愧为天下第一泉，我们在趵突泉边逗留了好一会儿。

离开了趵突泉，我们又去寻找泉城中的其他泉水。在当地人的指点下，我们找到了珍珠泉的所在地。遗憾的是，珍珠泉在省委招待所内，不对外开放，不能随便参观。我们无法一睹其真容，便只好再去寻找另一处名泉——黑虎泉。黑虎泉很是好找，它就在马路边，泉眼隐藏在几块巨大的黑石下面。这些巨大的黑石就像一群黑色的老虎护卫着泉水，也许这就是黑虎泉名称的由来。不过，这些"黑虎"却一点也不吝啬，它们任由泉水从它们的身体下汩汩流出，任由附近的人家和路人享用。最上端的人们在用各种器具汲水，看来他们是打回家食用的；中间的人们在淘米、洗菜；下端的人们在洗濯衣物。一切都是那么的自然和谐，这种场景我只在江南的乡村见过，没想到在北方的城市里也有这般风情。我们跑到上端，用手捧起水来喝了几口，这黑虎泉的水还真好喝。此时我想，这泉城的泉水和我们北京西郊京西稻田中的泉水确实不一样。我们那里的泉水虽然大小各有不同，但是形态都是一样的，她们像一群在田野里欢歌的少女。可这泉城中的泉水却是千姿百态，趵突泉有王者之势，他独居在公园内，泉边有石栏围护，园内有雕梁画栋的亭榭；珍珠泉有如养在深闺中的富家千金，使人不知其容颜；黑虎泉则是完全的平民化，他是千万济南人民中的一员。

离开了黑虎泉，我们又赶到了市教育局。和我们约好了的那位同志已经到了，他告诉我们，他是调到市教育局之后才认识刘超的。在他与刘超共事期间，他认为刘超工作是积极的、认真负责的，也能够团结同事，基本上是执行了党的教育路线。至于这条路线是否对，他认为这都不是刘超的事。因为作为一个市教育局的局长，他的职责不是制定路线，而是执行路线。因此，即使是这教育路线出了偏差，只要不是他刘超在认识上出的偏差，而是在执行上出的偏差，那作为市教育局局长的刘超就不应该负什么责任。这位同志说得很客观。在这种怀疑一切、打倒一切的大环境下,能够说出这样的话,我认为这位同志还是蛮了不起的。最后他又说,至于刘超在历史上有没有问题,他不清楚,因为在解放前他和刘超不在一块工作。说完了这样的话之后他又说出了一番更大胆的言论。他说,他不相信那么多的干部有历史问题。因为我们党在解放前和解放后都进行过多次的干部审查。甚至有过全党的审干运动。诸如像"延安整风"运动这样的大规模的审干运动,如果说现在又发现了那么多的干部都有历史问题,岂不是说我党以前的审干都白审了,"整风"也白整了吗?我们岂不是自己否定自己吗?他的这番话简直就是在质疑今天的"文化大革命"运动。当然我们也听出来他是不赞成我们的这次济南之行的。听了他的这番话,我们也没说什么。不过从心里来说,我对他的话还是赞同的。分手时他说,其实你们完全没有必要到济南来,刘超的档案早随刘超一块调到北京去了,要查刘超的档案也只能在北京查。他认为从档案中也不会发现什么问题,如果有问题他也不会在像你们学校这样一所教育部的重点中学当校长。他的话使我突然醒悟到这次济南之行是完全没有必要的。

　　从市教育局出来,他们建议去大明湖转一转。我是一点心情都没有,可我也不好扫大家的兴,就跟着他们一块去了大明湖。到了大明湖之后更是使我大失所望。由于"文化大革命"的影响,大明湖完全失去了"四面荷花三面柳,一城山色半城湖"的景致。湖中荷叶荷花尚有但不多,湖岸垂柳尚在但生气荡无,亭台楼榭均呈败象。游人稀少,行色匆匆。也不知道是什么单位傍着大明湖,其高音喇叭播放着大批判的文章,吵得人更加烦躁。我们转了一半就不想再转下去了,我说:"咱们回去吧。"

　　泰安说:"咱们回哪儿去?"

我说："咱们还能回哪儿去？当然是回北京啦。"

泰安说："那咱们岂不是白来了一趟山东。"

我是一无精神准备，二无物质准备，自是说："不回北京还能去哪儿？"

小平说："咱们去泰山吧。"

我说："要去你们去，我不去。"

泰安说："咱们四个人一块出来，刚到了济南就分手这多不好。"

我说："咱们在北京时不是说好了吗？到济南是来外调的。既然外调只能如此，当然就应该回北京了。"

泰安笑着对我说："这事怪我。我们三人原来就想去爬泰山。可我怕在北京时告诉你，你就不来了，所以我就想到了济南再和你商量。可这一天跑来跑去的我就把这事给忘了。"

我不满地说："你给我说实话，咱们这次来山东到底是为了外调还是为了爬泰山？"

泰安说："我说实话，外调是真的，想爬泰山也是真的。我们真的希望你和我们一块去泰山。"

小平、荒原也在一旁说："你就和我们一块去吧。济南离泰山很近，就跟郊区一样。"

我想了想，我也没有去过泰山，也很想去泰山，可我不高兴的是他们事前没和我打招呼，结果我什么准备也没有做。特别是口袋里一分钱也没有，实在是太不方便了。想到这里我就说："爬泰山我没意见，可有什么事你们一定要事先告诉我。我这一点准备都没有，多被动。"

泰安一见我同意爬泰山了马上说："不是说了吗，你的费用我出。"

他这么一说小平和荒原马上说："凭什么你出，不是说好了咱们仨出吗？"

他们这么一说我倒不好意思了，就说："那好，你们说吧，咱们什么时候去？"

荒原说："现在就去吧，连大明湖都没意思，济南也就没什么好看的了。"

我们离开了大明湖就直接去了济南火车站。凡是经济南南下的火车都经过泰安，我们选了一趟最近的在泰安停车的火车就上去了。

泰安离济南确实不远，我们很快就到了泰安。下火车时还是三更半夜。出了火车站就进了泰安。我们想找个小客栈休息一下，可连着敲了几家小客栈的门，人家都不开。我们很奇怪，这客栈本来都是24小时营业的，怎么这泰安的客栈到了晚上就关门了？奇怪归奇怪，人家不开门咱也没办法。我们四人孤零零地站在泰安的街上不知该怎么办。

泰安说："索性咱们就直接上泰山吧。"

我说："不成，不成。这摸着黑怎么爬山呀？"

泰安说："别的山摸黑没法爬，可泰山就可以爬。"

我问："为什么？"

泰安说："一是泰山不高，主峰玉皇顶也就1500米多一点，而且不险；二是泰山的路早就修好了。从泰山脚下一直修到泰山顶。所以咱们只要沿着路走就行了。"

我说："泰山不高我相信。可你说这泰山的路一直都修到了山顶这可是真的？"

小平在旁边说："是真的。你想想从秦朝的秦始皇封禅泰山到后来汉朝的汉武帝到再后来的历朝历代的皇帝到泰山来封禅的多了，没路也得修路呀。所以这路最少也修了两千多年了，那还不到山顶？恐怕泰山再高也修到了。"

我想小平说的有理。可转念又想这黑灯瞎火的到哪儿去找上泰山的路呀。想到这里我就问："这上泰山的路在哪儿呀？"

泰安满有把握地说："这泰安没多人，咱们就在这街上走走，注意点兴许就能找到一个指示牌或图标什么的。"

也只好如此了，我们就沿着街向前走。走了没多远，果然见到一个路牌指示着登泰山的路就在前方不远。我们沿着路牌指示的路又走了一会儿果真见到一个牌楼。我们想，从这里开始就是登泰山了。我们跨上了几个台阶走过了牌楼，一条大道隐隐约约地出现在我们面前。

小平说："咱们可得注意点路边。"

我说："咱们沿着路走就行了，注意路边干什么？"

小平说："我听人家说这泰山可是一步一景，咱们就这么摸着黑爬泰山可就什么也看不见了。"

我说："那咱们不如就在这牌楼下歇着，等天亮了再爬也不迟。"

小平说："那也用不着。一般的景致也就算了。重点的景点路边一定有说明牌，咱们见了牌子就可以知道是个什么景点了。想看一下咱们就等天亮，放弃了的咱们就继续赶路。"

我们都觉得小平说的有理，就一边摸着黑向前走一边特别注意路的两边。还真是走了没有多远就看见路边竖着一块牌子。牌子的旁边就有一条岔道。可恰在这时一块云彩把月亮给遮住了，牌子上的字我们怎么也看不清楚。好不容易登一次泰山我们都不愿意随便就放弃一个景点或随便就走到什么也没有的岔道上去。因此只好站在牌子边等着月亮露脸，等了片刻荒原就不耐烦了。她低声地骂了一句："他妈的，老天爷也欺负咱们，就这么点月光也不肯给咱们。"

她的话声刚落，月亮就露出来了。我们都乐了，我说："还是荒原厉害，一骂就把月亮给骂出来了。"

荒原倒有些不好意思了。我们赶紧借着月光看牌子。牌子很旧有些字已经脱落了，但我们还是看了个大概。知道在这个岔道的前面有个庙，庙前有个放生的王八池。最关键的一点是，这个庙仅在前面1里处。这两天我们一直没有很好地休息，不是在走就是在坐车，到现在也确实有点累了，于是我们就决定到那个庙里去歇一歇。"文化大革命"中大部分庙都空了，庙里的和尚都让他们还俗了，所以我们想在庙里找到一块歇身之处应该不成问题。走了一里路左右果然一座庙出现在我们面前。庙的山门前有一个不大的池子，这就是王八池了。从外面看这个庙不大，庙里也不会有太多的殿堂，但是只要有一间空屋就够我们用了。这样想着我和泰安就前去推门。一推门没开，再推门还是没开。这使我们吃了一惊。我们沿着门缝从上到下看了一遍，又摸了一遍，发现门外没锁。看来门是从里面插上的或锁上的，这说明庙里有人。我和泰安回过头来和小平、荒原商量，她们认为庙里有人更好。庙里的人也肯定不是庙的主人，他们肯定也是投宿者，只不过是比我们早一步进了庙。他们投宿，我们也投宿，一块投宿挺好。我和泰安又转过身去敲门，这一敲，庙里果然有了动静，传来了"沙沙"的脚步声。响了几声后又静了下来。我们对着门缝喊："我们是爬泰山的，请开开门让我们歇歇脚。"

门里没有人回答，"沙沙"的脚步声又响了几下，但好像不是向门口走来的，随即就消失了。不管我们怎么敲门，庙里就是没有动静。我看庙的院墙不高就说："他们不给开门咱们自己开。"

小平在我身后问："咱们在外面怎么开呀？"

我说："这院墙不高，我和泰安翻墙进去，从里面把门打开，你们不就进去了。"

小平问："你行吗？"

我说："你可别忘了，我是咱们学校学生消防队的队长。这翻墙上房的事我还是有两下子的。"

荒原说："咱们学校还有个学生消防队？我怎么不知道。"

我说："这是应市消防局要求成立的。因为和你们女生没关系所以你不知道。"

小平说："我看算了吧，人家不给咱们开门咱们就别进去了。"

荒原说："凭什么他们不让咱们进？这庙又不是他们的。"

小平说："算了，谁让人家比咱们先进去的呢。"

荒原说："那咱们怎么办？"

小平说："我看这庙门口挺平坦的，咱们就在这庙门口歇一会儿吧。"

我想我和泰安没问题，可还有小平和荒原两个女生呢，就问："行吗？"

小平说："有什么不行，咱们的前辈谁没有露过营？怎么到了咱们这一辈人就不行了。"

她这么一说，我们几个人就没什么好说的了。小平从挎包里拿出了一块塑料布铺在地下。我对小平和荒原说："你们俩躺在塑料布上。我和泰安就躺在地下了。"

小平说："算了吧。咱们挤一挤都躺在塑料布上吧。你们又没带换洗的衣服，躺在地下弄脏了就没得换了。"

说着她就和荒原躺在了塑料布的一边，给我和泰安留下了另一边。四十个小时都没有躺下过了，我也确实想躺下。我和泰安便也躺下了。刚躺下时我还想在野外露宿一定得有个人放哨，就让他们先睡吧。我睁眼望着在云朵中穿行的月亮，侧耳倾听着庙外林中的松涛。这看着看着，听着听着就进入了梦乡。

晨曦和露水唤醒了我，我爬起来一看吃了一惊。原来庙门已经大开了。我们是头枕着庙门口的台阶睡觉的。如果有人从我们身边走过我们怎么一点动静也没有听到？我赶快叫醒了他们。他们一边收拾东西一边问："庙门是你打开的？"

我说："你们说什么呢，我要是能把庙门打开，昨天晚上我不就把它打开了。"

小平说："里面的人走了？咱们怎么没发现？"

我说："什么都别说了，咱们进去看看吧。"

我们走进了庙门，这是一座很小的庙，庙中供奉的神像已无了踪影。昨天夜里宿在庙里的人也不知了去向，没有留下什么痕迹。荒原说："昨天这庙里是不是就没有人？"

我说："不可能，我和泰安推门时这门分明是从里面栓上的。我们还清清楚楚地听见了'沙沙'的脚步声。"

荒原说："会不会是鬼栓门呢？我可听说过鬼栓门的事。"

我说："这可是庙呀，庙是有神灵的。"

荒原笑着说："庙里有神，神在哪儿呢？神不在了，鬼自然就来了。"

我也笑了，我说："那我怎么没有看见鬼呀。你们谁看见了？说一说鬼长什么样子？"

荒原说："咱们要是能看见鬼，那鬼就不是鬼了。就是因为咱们看不见那才是鬼呢。"

其实在我们心里是既没有神也没有鬼的，我们就是这么逗着玩。这一逗就来了精神，昨夜的疲乏也减轻了不少。我们出了庙门把庙的大门轻轻地虚掩上，然后向大路走去。

我们走在大路上，前前后后一个人都没有。泰安说："要是有个人就好了。"

我问："有个人怎么好？"

他说："有人咱们也好问问他到中天门还有多远。"

我说："这么早恐怕不会有人的，谁这么早出门呀。"

小平说："咱们不就上路了吗。"

我说："咱们是不得已，谁让咱们是睡在庙门口的半疯子。"

他们一听我的话都乐了，我们正说着乐着，前面一转弯还真走过来一个人。泰安忙走过去问："同志，这离中天门还有多远？"

那个人行色匆匆脚步都没有停下来就说："不远了，还有二十里。"

他们一听只有二十里路了都挺高兴的，认为这二十里路对于我们来说没多远。我说："你们听说过吗？望山跑死马。这二十里可是山路呀。"

他们都不在乎地说："咱们有一天的时间，别说二十里了，就是四十里也没关系。"

我说："这可是才到中天门，中天门到南天门还有段距离呢。"

他们都说中天门到南天门就不远了。小平和荒原也不知道怎的来了精神，一边走还一边唱，唱完了一首又一首。这歌声在山里显得格外响亮，也格外好听。我们走了一个多小时，估计少说也走了五六里路了。这时对面又走过来一个人。他的模样、打扮和上一个人一样，完全是本地人的样子。泰安又走向前去问："同志，从这里到中天门还有多远？"

那人站了下来很客气地对我们说："不远了，不远了，还有三十里。"

我们一听都吃了一惊。怎么走了一个多小时反而越走越远了。我心想是不是我们走了弯路。我走向前去问："这条路是不是一直通到中天门的？"

那人十分肯定地说："是呀，没有错。"

我又问："通向中天门的路有几条？"

他说:"有两条。一条就是你们走的这条路。这条路是南路大多数景点都在这条路上。大部分上山的人也都走这条路。你们走的不错。"

我接着问:"还有一条路呢?"

他说:"还有一条路是北路。那条路上的景点少一点,只有白龙潭和黑龙潭两处。不过走那条路到了山脚下可以路过冯玉祥的墓。"

小平接着问:"那沿着这条路走会不会走弯路?"

那人笑着说:"不会的,不会的。只要你们沿着这条路走就不会走弯路,泰山上没弯路。"

荒原说:"那我们刚才在山下问了一个人,他说还有二十里。我们走了一个多小时再问你,你怎么说还有三十里。这是怎么一回事?"

那人听了笑了起来。他说:"这不奇怪。我们俩说的不是一回事。"

荒原问:"那你们俩谁说的对?"

那人说:"我们俩说的都对。"

他的话使我们如坠雾里云中,他们俩说的相差甚远怎么可能都对呢?他看我们不明白就说:"我说的是咱们国家用的那个里,也就是华里,就是说从这里到中天门有三十华里。他说的是我们山里人的习惯说法,我们山里人说的一里实际上比一公里还多。"

他这么一说我们有点明白了,我刨根地问:"那你们所说的里是怎么定的?到底有多长?"

他又笑了,说:"我们山里人说的那个里不规范。一个山有一个山的里,甚至一条山路就有一条山路的里。他说的是一个大概的数。大约就是你们城里人走一里山路的时间我们山里人能走的距离。基本上这个距离是一个习惯的长度。"

他的话使我们大长见识,我原来也是经常爬山,也经常问山里人路的远近，可每每我总有感觉他们说得不对。可到底问题出在哪里我也弄不明白，这回可明白了。这是我到泰山来的一个收获，我们向他道了谢又继续赶路。

一会儿我们到了斗母宫。见到斗母宫对面有一小店。我们决定先吃点什么。走进小店，女主人迎了出来。我们一看她脸也没洗，头也没梳，蓬头散发地就出来迎客了。她一边扣着胸前的扣子一边堆着笑脸问我们："你们是不是吃早饭？"

泰安皱了一下眉头说："是吃早饭。你这里有什么吃的？"

她笑着问："你们是等会吃，还是现吃？"

泰安说："现吃，吃了我们还要赶路。"

她依旧笑着说："要是现吃的话那就只有面。"

泰安问："什么面？"

她回答说："挂面。"

泰安说："我问的是你这里是有炸酱面，还是打卤面？"

她说："只有白面。"

泰安回头看了我们一眼问："咱们吃不吃？"

小平说："管他什么面呢，吃吧，好像前面也没有什么店了。"

泰安对女主人说："那就来四碗白面吧。"

女主人从屋里拿出四个小板凳让我们坐下等。她又从屋里提出了一个小炉子。在炉子上坐上一个锅，往锅里倒上水。我们就一边坐着休息，一边等着水开女主人给我们下面。这时天已经大亮了，可路上的人依旧很少。好一会儿也不见一个人出现。我们想，也许这是因为"文化大革命"的原因，人们都去"抓革命"了，无暇再来登泰山。就在我们认为不会有人来的时候，从山下远远地走来了一个人。看她走路的姿态像是一个老年人，但她走路的速度可不像是老人，我们四个人的目光不约而同地被她吸引住了。当她再走近一点的时候我们发现她确实是一位老年人。可从她的穿着打扮来看并不像是这山里人。当她走过我们身边的时候,小平用手轻轻地拉了我一下,并用手指了指老人的脚,我也发现了老人是一双三寸金莲。老人走过去了,我们望着她的背影,小平问:"你们猜她来干什么?"

荒原说:"我看她反正不像咱们是来游泰山的。"

我问:"为什么?"

荒原说:"哪有一个人游山的。你们看她走路那么专注,目不四顾,一点游玩的样子都没有。"

我们都觉得荒原说的有理。小平又问:"她不是游玩的是干什么的?"

泰安说:"我看她也不像探亲的。"

我又问:"为什么?"

泰安说:"她的表情太庄重了,要是探亲完全没有必要那么庄重。"

我说:"会不会是访友的?"

他们三人一齐摇头说:"不像。"

小平说:"从她的样子看也不像是个文化人,一个老婆婆神情庄重地跑到山里来不像是访友的。"

不游山、不探亲、不访友,那她来干什么?我们一时想不出,眼看着她就走远了。这时女主人出来了,我们指着老人的背影问她:"请问,知道她是来干什么的吗?"

女主人望了老人一眼说:"哦,那是一个拜山的人。"

我们一听恍然大悟,她就是一个拜山人。这些人对山是十分敬重虔诚的,他们会定期来朝拜。虽然他们的朝拜没有帝王那样排场,可山在他们的心里有甚于山在帝王的心中。我们目送着老人消失在山路上。

女主人搬出了一个小方桌，把四碗面摆上。我们一看这碗灰不溜秋的，面也是灰不溜秋的。荒原看着面问："不是说是白面吗？"

女主人说："这就是白面。"

荒原指着碗里的面说："这分明是灰面嘛，怎么能说是白面。"

女主人听荒原这么一说笑了，她说："客人，你们误会了。我们说的白面就是不加佐料的面，不是用白面粉做的面。"

荒原一听嚷嚷道："不加佐料怎么吃呀？"

她一边说一边用筷子在碗里不停地翻动着面。我问女主人："这是用什么面做的？"

女主人说："豆面。"

我夹了一筷子面在口中还真有一股豆腥味，再加上没有佐料还真是不太好咽。我不知道是让我们碰上了这家店没有佐料还是泰山上就是这样吃面，我忙问："有咸菜吗？"

女主人不好意思地说："不巧，咸菜刚好没有了。"

我想这下子可不好办了。我还真没见过这样什么都不放就干吃面的，我一看他们也都望着自己碗里的面发愁。女主人见我们端着碗不吃就小声地说："要不加点盐。"

我一想有点咸味也好就说："行，请你给我们来点盐。"

女主人拿出了一个小盐罐放在方桌上。我用筷子夹了点盐放在碗里，拌了拌吃了一口果然好多了。我说："放点盐吧，好吃多了。"

他们也都放了点盐，勉强把面吃完了。

吃完面我们就走进了对面的斗母宫。斗母宫的建筑还是不错的，可惜的是室内的陈设已荡然无存。我们在空荡荡的殿堂里转了转就出来了，继续向山上走去。又走了一段路就到了中天门。

中天门是个三岔路口，一条是上泰山的南路，也就是我们刚刚上来的路；另一条路是北路，我们决定下山时走这条路；第三条路就是

泰山观日出见山不见日

唯一的一条通向南天门、玉皇顶的路了。中天门坐落在玉皇顶前的一座山峰上。因此要上南天门、玉皇顶还要先下一个长长的坡，下到坡底后再一直向上爬，就可以通到南天门了。泰山的景点大多在中天门之后的这段路上，走几步就可以看到历代文人骚客留下的石刻，其中也有不少帝王文臣的遗迹。不过我对书法知之甚少，所以也没有看出什么名堂来。这一路都是台阶，有的路段甚是陡，像我这样的年轻人爬不了几十步就气喘吁吁了。这时我突然想起了那位拜山的老人，她该如何面对这么陡的台阶呢？可沿途我们又没有碰到她下山，看来她还是在我们的前面。当爬到一定高度可以俯视中天门的时候，我们回头向下望去眼前豁然开朗，还真有一览众山小的意境。亦可看到白云在山间浮动，仿佛在梳理着山麓上的松柏。当一块白云从你脚下浮过时，还真有一种身在白云端，疑为已在天的感觉。回过头来再向前看，南天门还高高在上，欲要登顶尚需不断努力登攀。我们一步一步地向南天门迈近，渐渐地感到周围的空气湿度越来越大，南天门越来越模糊。一阵风来雾散尽，南天门就在你眼前。风去云又聚来，你和南天门又浸在云雾中，一切都变得朦朦胧胧。当我们站在南天门的时候，已完全浸在云雾中，此时根本无法再体会一览众山小的意境。过了南天门就进入了天街。天街并不宽，可你走在天街中间的时候就无法看清楚街两边的景物与店铺。因为雾实在是太浓了，随时都会感到有水珠儿滴落在你的手臂上，不一会儿头发也变得湿漉漉的。好在天街上行人甚少，不然真要和对面走来的人相撞了。就这样，我们摸着走到了玉皇顶。玉皇顶上各个殿堂的大门都是开着的，可以随便进入。可你什么都看不清楚，这可真是让我们体会了一次什么是如坠雾里云中了，我们只能草草地转了一圈。我本以为这就要下山了，因为再这样转下去还是什么也看不清楚。可没想到他们三人都无意就此下山，而是表示要在泰山顶上过夜。我立刻反对，我说："这玉皇顶和泰山脚下可不一样，这里太阴冷了，要在这里过一夜非生病不可。"

泰安说："咱们是不能再住在庙门口了。"

没等他说完我就说："住殿堂里也不行。你们没看见殿堂里潮气有多大，地面都湿得冒水。"

小平说："这回咱们可不露宿了，咱们住旅馆。"

我问："这山顶还有旅馆？你们听谁说的？"

荒原说："我们已经打听好了，泰山顶上确实有旅馆。"

我说："这泰山顶上没有多大的地方，咱们刚才都转遍了，怎么没有见到有旅馆呀？"

泰安说："兴许是雾太大了咱们也没有在意。再找一找，会找到的。"

我说："现在才中午，咱们下山完全来得及。在这山顶上住一夜，一耽误就是一天图什么？"

他们三人异口同声地说："看日出呀。"

小平说："来一趟泰山不容易，这好不容易爬到了泰山顶上了怎么能不看泰山日出呢。"

荒原也说："俗话说'登泰山，观日出'，这观日出是登泰山的目的之一。要是登了泰山不观日出，岂不是太可惜了。"

小平又说："这泰山虽说不临海，可在泰山的东面没有比泰山更高的山了。所以在泰山上观日出就可以看到太阳跃出海面的壮丽场景，我们怎么能不看呢。"

荒原又说："再说，回到学校去也没有什么事，那还不如咱们多待一天看看难得一见的日出。"

她们你一言我一语说得都有理，我也只好同意了。在玉皇顶上我们一共没有碰到几个人，更没有见到一位工作人员，所以也无法打听旅馆在哪儿，只好沿着路又转了一圈自己仔细查看。好在玉皇顶不大，一会儿还真找到了一家旅馆。这家旅馆的门面还不小，看来是个大旅馆。我们走了进去，接待处只有一名工作人员。周围也没有其他要住宿的客人。我们先打听了一下价格，一个床位要好几元钱，确实太贵了。我拉了泰安一下说："不行，太贵了。咱们还是去看看有没有便宜点的旅馆吧。"

那位服务员一听马上说："你们不用去找了，这玉皇顶上就我们这一家旅馆，除了我们这一家旅馆之外最近的旅馆也要下到中天门以下了。"

我说："刚才我们过天街时看到天街两边还是有些店铺的，怎么就没有旅馆了？"

那位服务员笑了，她说："那都是些卖东西的商店，没有旅馆。就我们这一家旅馆还是十天九空，再开第二家旅馆就更没人住了。"

她这么一说我们可就为难了。住吧太贵，我们学生身上没有几个钱，不住吧在这山顶上又没地方住。这可怎么是好？这时泰安想出了个主意，他对服务员说："我们要两个床位行不行？"

服务员问："你们要两个床位，那两个人怎么办？"

泰安说："我们两个人睡一张床。你看行不行？"

那个服务员倒也痛快，没有请示领导就自己决定了。她给我们办了入住手续。泰安问她："在这玉皇顶上哪儿吃饭最便宜？"

她说："要论便宜还是我们旅馆，不过要想吃有点特色的饭菜还是要到天街上去。天街上有饭馆，只不过价钱贵一些。"

泰安问："那旅馆里什么时候有饭吃？"

她说："你们要吃中午饭现在就得去，再过一会儿食堂就关门了。"

泰安说："那我们先去吃饭，吃完饭你再给我们开门吧。"

她说："行，你们去吧。"

说着她就给我们指明了去食堂的路。到了食堂一看，也就我们四个客人。一位女服务员见有人进来了就向我们走来，招呼我们坐下，递给我们一份菜单。我们点了两个菜，服务员很客气地说："对不起，你们点的菜今天没有。"

泰安问："怎么没有？"

女服务员解释道："我们这食堂里的菜只能够从山下肩挑背驮运上来的，很不容易。只能是运上来什么，我们做什么。"

是呀，我们空手上来都不容易，人家还要肩挑背驮地向上运那么多东西。想到这里泰安就把菜单合上说："你就直接说有什么菜吧。"

女服务员平静地说："今天中午只有炒土豆丝和炒白菜片。"

泰安说："那就要份炒土豆丝，要份炒白菜吧。主食有什么？"

女服务员说："只有馒头和窝头。"

泰安说："咱们爬了半天山了，犒劳一下自己吧。咱们吃馒头。"

我们都同意。泰安问："你们这里的馒头几两一个？"

女服务员说："二两一个。"

泰安说："那就来八个馒头吧，一人两个。"

小平说："来十个吧，你们两个男生一人三个。"

我忙说："不，不，我只要两个。虽说是有点饿了，可我的肚子就这么大，三个馒头吃不了。"

泰安也说他只吃两个馒头。女服务员刚要走，泰安又把她叫住问："你们这里有汤吗？"

女服务员说："今天没有。"

泰安想得很周到，他想我们爬了半天的山了，出了不少的汗。沿途又没有喝水的地方，这会儿到了旅馆里怎么也得给大家要点稀的，补充补充水分。女服务员说："有茶水。"

我忙问："茶水要钱吗？"

女服务员说:"茶水是要钱的,不过白开水不要钱。"

我一听忙说:"那就给我们来壶白开水吧。"

女服务员走了,他们三个人冲着我直笑,我问:"你们笑什么?"

荒原说:"你就怕花钱。"

我说:"我不是怕花钱,我只是觉得跑到泰山顶上来花钱喝茶不值,要喝茶还不如回家去喝。"

小平说:"那你就不渴了?"

我说:"谁说我不渴,所以我要了壶白开水。要论解渴白开水最好,渴了是缺水不是缺茶。"

听我这么一说,他们都乐了。一会儿饭菜都上来了,炒土豆丝和炒白菜片的量都不少,可味道太一般了。可能是因为这旅馆客人少,所以招不来好厨师,或是就是有了好厨师没有佐料也做不出好饭菜来。不过我们是够饿的了,所以吃什么都是蛮香的。

吃完饭我们回到接待处,那个服务员把我领到客房。一进客房就必须开灯,否则即使正中午也什么都看不清楚,眼前都是雾蒙蒙的。服务员临走时给我们留下了一把钥匙说:"你们要是出去可要把门锁好。开水我会给你们送来。"

我们在屋里坐了一会儿,小平和荒原来了。她们就住在我们的附近。我们商量下午干点什么好,总不能一下午都待在旅馆的房间里吧。小平说:"我觉得咱们应该为明天看日出做点准备。"

我问:"看日出还有什么好准备的?只要能够按时起来就行了。"

小平说:"我们应该去选一个看日出的地点。明天天不亮我们就得起床,到时候连个地方都找不到就坏了。"

我们都觉得小平说的有道理,就一起出了旅馆去选看日出的地点。到了天街一打听才知道,玉皇顶上有一块向东突出的巨石是看日出最好的地点,因此人们就把那块巨石叫观日台。我们按照人家的指点很快就找到了观日台，不过此时我们谁也没敢站在观日台上。因为雾气太大了，这观日台上又没有围栏扶手，是很危险的。找到了第二天观日出的路，便没有别的去处了，我们回到了旅馆。

回到旅馆也无事可做，幸好荒原带了一副扑克，我们就在房间里打扑克耗时间。可刚打几把就觉得身上有点冷。原来这山顶上气温本来就比较低，一直在活动也就没感觉，这一坐下来不动就觉出冷来了。我顺手把床上的被子拖过来把四个人的腿脚都盖上。这一盖才发现被子是湿的。荒原说："这被子是湿的，咱们换一床吧。"

泰安顺手摸了一下邻床的被子说："恐怕这里的被子都是湿的。不信你回你们房间看看。"

荒原刚要起身去她们的房间，小平把她拉住了说："算了吧。荒原，你想想这房间里雾气这么大，空气里都能拧出水来了，被子还能不湿。"

荒原说："被子这么湿晚上可怎么盖呀？"

泰安说："只能凑合了，好在我们也就住一个晚上。"

我们就这样一边说着话一边打牌消磨着时间。到了吃饭的时间我们到食堂一看，还是我们四个人，菜还是炒土豆丝和炒白菜片，主食还是馒头和窝头，汤依旧没有。我们吃完饭就回房间休息了，为的是第二天好早点起来看日出。

第二天早晨还不到四点钟我们就起来了，我和泰安一推开房门一股浓浓的雾气扑面而来，我们不禁倒吸了一口凉气。当我们走出门口的时候，眼前的情形使我们的心凉了大半。雾太浓了，几乎是伸手不见五指。我们摸索着和小平、荒原会合了，站在她们房间的门口大家商量怎么办。我说："这么大的雾，要想看日出看来是没戏了。"

泰安说："真是没想到雾这么大，可不知道会不会一会儿来一阵风把雾给吹散了。"

泰山观日出见山不见日

小平说:"昨天一下午这雾都没散,今天早晨反而更浓了。谁知道这什么时候能有风呀。"

泰安说:"这都是说不准的事,俗话说'天有不测风云',说不准一会儿风就来了。"

荒原说:"不管怎么说咱们已经起来了就不能再回去睡觉了,就是回房间也睡不着呀。不如咱们先摸到观日台去,在那里等着看能不能看到日出。"

小平说:"反正已经起来了,咱就去碰碰运气吧。"

见她们两位女生都是这么说,我和泰安也不好说什么了。我们就摸着走出了旅馆。因为这段路我们昨天下午才走过,而且也是在雾中走过的,所以今天再走一遍也不太困难。比较危险的是怕摔倒,因为路两边的地势都不清楚,所以我们一直互相拉着走。终于到了观日台,很快天就蒙蒙亮了,可雾气一点也没有消。笼罩在玉皇顶上的微带青色的白光仿佛根本就不是来自太阳将要升起的东方,而是来自我们头顶上的九霄云外。随着天渐渐地亮了,我们彻底灰心了。按照时间来说,太阳早该有一定的高度了,可我们别说是看日出,就是太阳的面都看不着。浓浓的雾遮住了一切,它不仅遮住了太阳,还遮住了天,遮住了除我们自己脚下几平方米之外的整个大地。我们只好垂头丧气地回到旅馆。

在旅馆门口我们碰到了服务员,她见我们从外面走进来很是奇怪,就问:"这么早你们怎么就出去了?"

我们说:"我们想看日出,可惜没看成。"

她说:"在这个季节根本看不到日出。"

我们问:"那什么季节能看日出?"

她说:"泰山日出虽说是很有名,可一年四季能看日出的日子极少,也就二十来天吧,还主要集中在秋季。"

我们问:"难道平日里这玉皇顶总是这样雾蒙蒙的,就没有个晴天的时候?"

她笑了,说:"是呀,一年有三百二十多天都是这样雾蒙蒙的。今天的雾还不算最大的。大的时候人走对面会碰头的。"

听了她的话才知道,我们是在一个根本看不到日出的季节来到泰山看日出的,所以看不到日出是正常的。下山吧,没有别的可想了。我们在旅馆里吃了早餐就开始下山。一出南天门向下走几步,一片蓝天青山就出现在我们面前,大家心情顿时好了许多,没有看到日出的懊恼也都留在玉皇顶上的浓雾中了。

我们很快就下到中天门了,按照昨天的计划沿着北路下山。北路比南路窄得多,也没有什么石刻和建筑物等人文景观,主要是自然景观,最有名的景点就是白龙潭和黑龙潭。我们没有想到泰山上竟有这么大的水,真是山有多高水有多高。北路比南路也短一些,所以也陡一些,来往的人就更少了。我们从中天门一直走到山脚下竟没有遇到一个人。

冯玉祥将军的墓就在泰山脚下,墓修得很好。因为冯玉祥将军长期和共产党合作,他的夫人李德全女士又长期担任国家的卫生部长,所以即使在"文化大革命"中冯玉祥将军的墓也得以保全。

离开了冯玉祥将军的墓我们就直接到了泰安火车站,这时泰安对我说:"咱们的钱几乎花完了,不够再买四张回北京的火车票了。"

我一听有点蒙了,忙问:"这可怎么办?"

泰安倒是不着急,他说:"让小平和荒原去找一下车站办公室。"

我说:"行吗?"

泰安说:"最近'中央文革'有个通知,要求滞留在外地的学生都要返回原地闹革命,并要求铁路部门给予协助。咱们就说是北京滞留在泰安的学生就行了。"

我听了有点将信将疑，因为我根本就没有听说过"中央文革"有这样一个通知。小平和荒原二话没说就去找车站办公室了，我和泰安就在候车室里等她们。过了一会儿，她们满脸堆笑地跑回来，荒原手里拿着四张票。就这样，我们轻而易举地回到了北京。我们四个人的济南之行和登泰山观日出就这样结束了。

14 夜宿长城上男女六人行

夜宿长城上男女六人行

1967年5月的北京形势相对稳定，我们大部分人都在学校里复课闹革命。可高三的学生毕业考试也考完了，中学已经毕业了，不上大学再学什么谁也说不出来。我们只好每天到学校里来山南海北地瞎聊，聊完了或在学校里吃午饭，吃完了就回家；或索性就直接回家去吃午饭不再来学校了。一天我来到学校刚走进教室，赤裔就把我拉到一边对我说："你怎么现在才来？"

我不解地问："有事呀？"

他说："咱们去一趟八达岭长城吧。"

我问他："怎么去？"

他说："骑车去。"

我知道他们曾经骑车去过一次八达岭长城，那次赤裔还摔了，差一点出事。我说："骑车太危险了。"

他说："这次我有经验了，只要车闸好就没问题。我上次摔了就是因为闸不灵，这次咱们带上工具，下山时都把车检查一下。"

我说："骑车恐怕一天的时间不够。"

他说："所以咱们星期六的下午走。"

我说："那岂不是要在外面露营了？"

他说："就是要在外面露营呀。毛主席在上学的时候就经常利用假期在外面露营，风餐露宿以锻炼自己的意志和体魄。"

其实我对露营也感兴趣就问他:"还有谁去?"

他笑着说:"还有荣胜,一班的松海,加上你和我一共四个人。"

荣胜是我们班的自然是很熟,松海是一班的虽然认识却不熟悉,好在我和谁都能走到一路想了想就同意了。

我说:"要露营就得野炊,所以除了带点铺盖还得带点吃的。"

他说:"这个我们有分工,吃的,工具你都不用带了。"

我说:"那我带点什么?"

他说:"你只要带上你自己的东西就行了,其他的就不用带了。"

我说:"那怎么行呢?我总得带点公用的东西吧。"

他说:"我们都准备好了,你再带东西就多了,带去还得带回来。"

又是一次他人都准备好了才叫我的出行,没办法我只好同意了。我们约定星期六的下午三点钟在德胜门聚齐,回家后我就和父母说了一下,父母除了说要注意安全之外也没说什么。我给自己带了一件军雨衣,我想万一下雨可以遮雨,冷了穿上可以保暖,露宿时铺着还可以防潮,顺便还带上了点粮票和钱。谁知道赤裔他们准备得怎么样,万一需要买食品时也不至于手头拮据。

星期六的下午我准时赶到了德胜门,他们都已经到了,集合后就出发了。那时京昌路上没有什么车,他们骑得飞快我勉强跟在后面,不到两个小时我们就到了昌平。我不明白他们为什么要骑得那么快,在我看来这就是一次郊游,我们又有的是时间,应该是悠哉悠哉才好。我刚要问赤裔他就说:"咱们歇一会吧。"

我的体力比不上他们三个人,也确实累了,就下了车坐在路边休息。不一会儿,赤裔看了一下表说:"荣胜,你们俩再歇一会儿。我和松海去前面探探路。"

我有点纳闷就问他:"你们不是走过了吗?"

他好像没听见我的问话似地一边骑上车一边说:"你们多歇一会儿,我们在南口路口等你们。"

不等我们答话他就和松海骑上车走了,我想一共就四个人这就别分两拨了。我刚想站起来跟上去,荣胜一把拉住了我说:"别管他们,让他们先去吧,咱们再歇一会儿。"

我看荣胜不想跟上去只好又坐下来。我见有路标指示南口路口就在前面也就不管他们了。大约又歇了半个小时,荣胜说:"咱们走吧。"

我们俩骑上了车,荣胜这回可骑得不快了,他慢慢悠悠地骑着,我也只好慢慢悠悠地跟着。好在昌平到南口不远,一会儿的工夫我们就到了,却不见赤裔和松海的影子,就感到有点奇怪。他们怎么不在呢?他们干什么去了?这是个三岔路口,一条路是到昌平,我们就是从这条路来的,一路上路标都是清清楚楚的,没有岔路,他们不会走错的;一条路是到八达岭的,没有等到我们他们是不会自己去的;再有一条路就是去南口的路,路标写得很清楚,南口和八达岭正好在相反的方向上他们也肯定不会去的。我百思不得其解,只好问荣胜:"他俩到哪去了?"

荣胜看了一下表不紧不慢地说:"管他们呢,他们走不远,一会儿就来了。"

看荣胜不着急的样子我就知道他们一定有什么事瞒着我。问肯定是问不出来了,只好等着吧。过了一会儿,只见赤裔和松海从南口方向过来了,他们还各自驮着一个人。等他们走近了一看,驮着的是徐蓉和左贞清。我也没顾着和徐蓉、左贞清打招呼就把赤裔拉到一边问:"你们怎么把她俩给带来了?"

赤裔说:"不是我要带她们来的,是她们自己非要来的。"

我不相信地说:"这事你要是不告诉她们,她们能非要来吗?"

他笑着说："是我不小心说漏了嘴，她们知道了就非要来。我想都是同学不带她们也不好。"

我根本就不相信他的说法，我说："咱们是要野炊露宿的，带着两个女生多不方便。"

他说："现在她们已经到这儿了，那怎么办？"

我说："好办。咱们再把她俩送回南口去，让她俩坐火车回城里去。"

他说："不行，没火车了。"

我还是不相信地说："怎么可能没火车了呢？有来的火车就应该有回去的火车。"

他说："回去的火车太晚了。让她俩在南口火车站等到天黑也不安全。"

我反驳说："那让她俩上山，风餐露宿就安全了？"

他笑着说："和咱们在一块不就安全了？再说也让她们锻炼锻炼。"

这时荣胜和松海远远地站在一边笑，好像没他俩事似的。徐蓉见我和赤裔一直在争就知道我不愿意带她们上山，走过来对我说："我们挺愿意和你一块出来玩的。可是我们都知道一告诉你我们俩要来，要么是你不来，要么就是你不让我们来。所以就没有事先告诉你。算了吧，你就让我们和你们一块去吧。"

徐蓉说到这里，赤裔接着说："我还忘了告诉你了，咱们这两天的饭她俩都给准备好了。要是不带她俩，咱们连吃的饭都没有。"

说到这里他们五个人都笑了，看着他们五个人的样子我心里明白了，这事只瞒了我一个人。可事到如今我也没办法，只好答应六个人一块上山。赤裔、松海驮着徐蓉、左贞清，我和荣胜驮着行李便开始向八达岭前进。

到了坡陡的地段我们就只能是下了车推着走。徐蓉见我驮着行李便走过来对我说:"你推着车走挺重的,还是让我来拿行李吧。"

我看了她一眼说:"算了吧,我用车推比你拿着轻多了,还是我推吧。"

徐蓉见我不让她拿行李就说:"你是不是还在生我和左贞清的气?"

徐蓉这么一说我笑了,我说:"我根本就没有生你俩的气,我是生赤裔的气。既然是大家一块出来,他就应该事先告诉我,让我事先也好有个准备。"

徐蓉见我笑了她也笑了,说:"是我和左贞清不让赤裔告诉你的。"

我问她:"为什么你和左贞清不让赤裔告诉我?"

她说:"那你先说是不是告诉了你,你就不让我俩来了?"

我说:"不,不会的。我有什么权力不让你俩来,不过我就要考虑我还来不来了。"

徐蓉笑着说:"我们还是猜对了吧?要是提前告诉你,你就有可能不来了。好了,反正现在是你也来了,我们也来了。我想问你个问题行吗?"

我不知道她要问什么问题,想了一下就说:"你问吧。"

她说:"在'文化大革命'前我们都觉得你这个人挺随和的。可是到了'文化大革命'之后好像你就和我们女生的往来越来越少了。"

她提的这个问题我还真的没有注意到。因为在"文化大革命"中,人们是否能在一起主要是看"观点"是否一致。"观点"一致的人就常常聚在一起,"观点"相左的人就很难相聚了。其实大家都很少考虑什么男生女生的。在"文化大革命"前,我这个人的脾气不是很好的,常常是我行我素,给班里添了些麻烦。但是我和同学的个人关系还是不错的。可在"文化大革命"开始后不久我就逍遥了，游离在运动之外，和班上的同学都处在一种若即若离的状态。男同学很少想到这种事，女同学心细可能就有感觉了。我该怎么和她解释呢？我想了一下还是实话实说的好，就说："其实我也没有刻意地疏远女同学，只是我这个人对'文化大革命'的各种问题都比较漠然，所以就变成了个逍遥派，和班上的同学交流得就少。你看如果你们想搞个什么'大批判'的准不会来找我。可这次出来玩就找我了，你说是不是？"

她想了想说："还真是。运动初期你还参加了一些活动，后来我们就不知道你在干什么了，只觉得班上的活动你很少参加。"

我笑着说："我什么都没干，所以你什么也不知道。"

她说："这我就不明白了，你出身好，也有能力，你应该是个积极分子呀，怎么就逍遥了？"

我说："这可是咱们俩随便说的，你可别在班上说，到时候让人家把我给批判一通。"

她忙说："不会的，不会的。"

我相信徐蓉不会说。我们俩说着说着就落后了，我对她说："你看他们走远了，咱们快追上去吧。"

我们快步追了上去。这时只见荣胜在向我们招手，他大声地说："你们快来喝水呀。"

徐蓉大声地问："哪儿来的水？"

荣胜说："泉水，山里的泉水可甜了。"

我们顺着荣胜手指的方向一看，只见一股清水从山上流下来，一直流到公路边的水沟里。他们几个人就坐在公路边一边休息一边喝着从山上流下来的泉水。徐蓉坐下来想喝口水，我则想再往上走一走，看看泉水的源头。我就推着车子向前走，就这几步是一个死弯。转过这个弯我一看大事不好，在水流的上游恰有几头牛在撒尿，尿全都流到山泉中了。我赶快跑回去说："别喝了，别喝了。"

他们几个人同声问："怎么啦？"

我说："这水不干净。"

左贞清用手把水捧起来说："这水挺干净的。"

松海也说："山里的水干净，没污染。"

我知道他们没看见是不会相信的，就说："你们别喝了，也别说了，快来看看吧。"

他们几个人都站了起来跟我向前走了几步，拐过弯一看都傻眼了。还有一头牛刚好在撒尿。荣胜捂着嘴干呕了几声也没有吐出来。松海还说："刚才喝水时一点也没觉出来。"

赤裔苦着脸说："浓度不够呗。"

徐蓉则笑着说："我没喝。"

我赶快说："走吧，走吧，别说了。"

走了一会儿我们就把这事都忘在脑后了，大家说说笑笑走在公路上。那时去八达岭的公路上车少，人也少，我们望着路边的青山绿水，把"文化大革命"忘得干干净净。我和徐蓉走在前面，刚翻过一道山梁见到前面有一架排子车。一个人在驾辕，一头小毛驴在拉套，车正在吃力地爬坡。已经爬到一半了，却好像是再也爬不动了。徐蓉见了说："咱们过去帮帮他吧。"

我们俩刚要走过去就见那个排子车开始向下滑了，拉车的人和小毛驴都被拖得向后退。拉车的人拼命想把车压住也不行，小毛驴都快摔倒了。我一看坏了，排子车沿着公路滑下去那肯定会翻到山沟里去的，因为我和徐蓉都看见在前面不远就是一个急拐弯。我把自行车支在路边就向排子车跑去，徐蓉也跟在我后面跑，我头也顾不上回就对徐蓉喊："徐蓉，你别过来。快，快去喊赤裔他们。"

徐蓉迟疑了一下又向回跑去，她一边跑一边喊："快来帮忙，快来帮忙。"

我跑到排子车的后面用肩死死地顶住车，车是不向下滑了，可一步也前进不了。我和拉车的人都在死死地扛着，很快赤裔、荣胜、松海他们就赶到了。他们忙把自行车支在路边交给左贞清看着，都跑过来帮助推车，连徐蓉也加入了推车的行列，经过一番努力，大家终于把排子车推到了这一段公路的最高处。我们都出了一头汗，同拉车人一同坐下来休息。这时我才有时间仔细地打量了一下拉车人和他的小毛驴、排子车。小毛驴实在是小，不仅小而且瘦，瘦得皮包骨，骨头像是要刺破皮毛露出来一样。排子车快散架了，几处都用绳子绑着，一个轱辘瘪瘪的，另一个轱辘索性只剩下瓦圈了，车轱辘上的辐条少说也有三分之一已经断了。拉车人满脸沧桑，一脸的皱纹像是被风犁过一样，头发已经花白了，脖子露出了一条条的青筋，搭着一条看不出本色的脏毛巾；上身穿着一件打了几处补丁的单衣，一半已被汗水湿透，裤子的一条腿少了半尺多，脚上的胶鞋已经露出了脚趾。他坐在地上一边喘着粗气，一边连声说："谢谢，谢谢你们了。"

我借着这个机会问他："你从哪儿来呀？"

他说："从呼和浩特。"

徐蓉和左贞清睁大了眼睛问："你是从内蒙古的呼和浩特来的？"

他点了点头。我又问他："你拉的是什么？"

他平静地说："是我妈。"

他的回答使我们所有的人都吃了一惊。我们不由地向车上看去。

他说："我妈死了。"

这时我们才意识到排子车上是一具棺材，而且里面有个死人。

我轻声地问："你打算把你妈拉到哪里去？"

他说："到大兴，我们是北京大兴人，解放前我带着我妈到了呼和浩特做小买卖。今年开春我妈去世了，她去世前对我说，一定要让我把她送回北京大兴老家。"

我说："那你干吗不坐火车呀？"

他叹了一口气说："火车和汽车都不给运呀，我这才变卖了家产买了这架车和两头牲口，可没想到才走了一半驾辕的骡子就累死了。这头小毛驴又驾不了辕，只好我来驾辕了。好歹现在是快到了。"

说到这里他的眼里露出了一丝光亮，我问："到大兴后呢？你今后怎么办？"

说到今后他一脸茫然地看着我们说："我还没想呢，我现在想的就是按照我妈说的把她送回大兴老家。"

赤裔问："这一路你住哪儿呀？"

他指了一下排子车的下面说："我就住在这车子的下面。我也只能住这里，哪家店也不让我带着我妈住店呀。"

听了他的话我们又一次愕然了，原来这几十天来每天晚上他就睡在他妈棺材的下面，他已经故去的妈妈就躺在棺材里。

荣胜问："那你怎么吃饭呀？"

他说："吃饭简单，买几个窝头、馒头，买点咸菜就行了。"

我们都没有想到解放都已经十七年了，"文化大革命"都快一年了，天下还有这样的人，干这样的事。不过我们也挺为他的这股劲所感动。这时松海问了一句："这一路上没人管你？"

他说："怎么没人管，有不少的人像你们一样帮我推车，要不然我也过不了这八达岭呀。还有人家给我吃的，别看现在有点乱，可还是好人多呀。"

我们都哑然了。我们要把他送下坡去，他再三说这个坡缓就不用了，我们也只能目送着他缓缓地走了。

晚上八点钟以后我们才到八达岭长城。那年月长城不售票可以随便上，白天或许还有人管理，晚上可就没人管了。我们想找个存自行车的地方，可没找到，只好把自行车也搬到长城上去了。我们四个男生扛着自己的自行车，两位女生拿着行李爬上了离我们最近的一个长城烽火台。我就把自行车锁在烽火台的下层，跑到烽火台的上层借着月光开始晚餐。月光下我们六个人席地而坐，在长城上晚餐确实别有一番风味。徐蓉、左贞清打开她们的行李，嘿，她们带的东西还真不少。干粮有馒头、豆包、咸火烧、甜火烧，菜是各种各样的咸菜，还有熟肉和茶鸡蛋，可惜的是没有水，可再也没有人提喝水的事。这时赤裔对我说："你看这晚餐怎么样？"

我说："不错，真是不错。"

他笑着说："这就是有女生的好处。"

我也笑了，我说："原来你在这里等着我呢。"

说着他们几个人都笑了，大家一边吃一边聊，谁也没提有关"文化大革命"的事。不是我们在有意回避，实在是大家都没有想。我们坐在长城上，头顶着星星和月亮，望着周围的群山心情真是好极了。我想，要不是"文化大革命"，我们是不会有机会这样聚在一起的。我们可能都上了大学，而且在不同的学校里，那可真是天各一方。我看了徐蓉和左贞清一眼，她俩特别兴奋，不停地让我们吃这吃那。我们此时也是不客气了，她们给什么我们就吃什么。说实在的，对于我来说这也不是第一次和女同学在外面野炊露宿了，上一次去泰山，我、泰安和小平、荒原她们就曾在泰山上一个庙门口露宿了一夜。虽说有女生同行的感觉确实不一样，可我还是觉得有点不方便。要是让我选择的话，我还是愿意只和男生一块郊游露宿。

吃完饭，我们凭依着烽火台的箭垛眺望月光下延伸到远方的长城。此时的长城别有一番魅力，它静静地躺在群山之巅，使你感觉到它蕴藏着一股无穷的力量，这股力量非但没有把长城两边阻隔，反而更紧紧地将它们维系在一起。长城始建于春秋战国，一直到明朝末年都在修建，历经了两千多年才有了现在这个规模。在这两千多年中，长城一直把两边的各族人民紧紧地维系在一起，直至各族人民都融合在中华民族这个大家庭中。这就是长城对我们中华民族最大的贡献。

夜色渐浓，到了该休息的时候了，可怎么睡觉使我们几个男生犯了难。徐蓉和左贞清说："你们怎么睡？"

松海说："我们几个好办，躺地下就睡了。"

她们说："这还不好办。你们怎么睡，我们就怎么睡。你们睡地下，我们也睡地下。"

我坚决地说："不行。你们不能睡地下。你们睡地下睡病了怎么办？"

徐蓉说："不会的，我们没那么娇气。"

我说："我们是男生，你们是女生。女生和男生怎么能一样？既然你们跟着我们出来了，那就不能让你们也睡地下。"

他们几个男生也都同意我的看法。徐蓉看了一下周围说："现在不睡地下还能睡哪儿呀？"

说的也是，这光秃秃的长城上除了城砖什么也没有，不睡在地下还能睡在哪儿呀？再说，前不久小平和荒原还不是跟我和泰安一样睡在了庙门口的台阶上。可我转念一想，那也是不得已而为之的事，能不睡在地下就不睡在地下。我想了一下说："我下去看看能不能找个地方或是找点铺的东西。"

赤裔说："我和你一块去。"

荣胜和松海也要去，我对他们说："你们俩就别去了。这黑灯瞎火的，把她们俩女生单独留下来也不好。"

说完我和赤裔就下了长城，到了下面我们俩又分头寻找了一番，随后我们又回到了烽火台上把我们在下面发现的情况告诉了大家。我先说："下面是有几间房,可门都是从外面锁上的,看来屋里是没有人。咱们也无法进去。不过我发现下面有四个长条椅子可以搬动。咱们可以搬上来给她们女生搭个床。"

赤裔说："我发现一面墙上挂着几块木牌子,上面写的什么我也没看清。我试了试可以取下来。咱们可以把它们取下来铺在地下。这样也比直接睡在地下强。"

徐蓉说："是不是毛主席语录牌呀?"

赤裔说："也有可能。"

不知是谁说了一句："要是毛主席语录牌怕就不合适了。"

赤裔看了我一眼说："你说呢?"

我想都没想就说："问题不大吧。"

赤裔也说："我看问题也不大。"

我们的意见统一了,大家一块下去把四把椅子和四块牌子都搬上了烽火台的底层。荣胜说："咱们就睡在这里吧。"

我看了一下这烽火台的底层虽然四面有墙,上面有顶,可是它除了墙上有洞之外,它两边都还有门,还有一个通向顶层的楼梯口。这等于是有三个堵不住的口子。睡在下面不太安全。我说："咱们还是睡在顶层吧,顶层安全一点。"

松海说："要是咱们睡着了有人从楼梯上来怎么办?"

徐蓉说："咱们值班吧。每个小时换一个人。"

荣胜说："要是值班的人睡着了呢?"

我说："我看了一下楼梯的宽度就是两把椅子宽。咱们上去后用两把椅子就可以把楼梯堵得死死的,下面有人也上不来。烽火台顶层的四面都是垂直的墙,要想在夜里爬上来也不是件容易事,所以在上面虽说是露天的,但却可以放心睡觉。"

他们都同意了我的办法，我们就把椅子和牌子都搬了上去，并把楼梯用椅子堵上。我们在烽火台顶层的中间用剩下的两把椅子拼成了一个床。让徐蓉和左贞清铺上她们带来的毛巾被，盖上夹被睡在上面。我们四个男生各自铺了一块牌子睡在烽火台的四个角。我睡在东南角，赤裔睡在东北角，松海睡在西北角，荣胜睡在西南角。我们这样做也是为了安全。我带了件雨衣。我就裹着雨衣躺下了。刚躺下时我们还望着天上的星斗山南海北地聊天，聊着聊着大家都睡着了。

原来我们是想在长城上看日出的，谁知道第二天醒来时天已经大亮了，太阳早就出来了。我们赶紧把椅子和牌子都复原了。等我们把一切都弄好后我就以为要打道回家了，没想到他们又要去官厅水库。赤裔问我："你去过官厅水库吗？"

我说："没去过。"

他说："官厅水库就在延庆，离延庆县城很近，咱们去看看吧。"

我说："我怎么记得官厅水库在河北怀来呀。"

他说："官厅水库是一半在河北，一半在北京，没错。"

我想已经到了八达岭，而且时间尚早，离延庆县城又不远了，去就去一趟吧。可徐蓉和左贞清怎么办？想到这里我就问："那徐蓉和左贞清呢？"

他说："我去问问她们。有两个办法，一是她们不想去，那就让她们从青龙桥火车站坐火车回去。如果她们想跟咱们一块去官厅水库，那也只好让她们跟着了。"

我一听马上问："跟咱们怎么走呀？她们又没有骑车。"

他说："那还用说，咱们驮着她们呗。"

说完他就转身问徐蓉和左贞清："你们是回去，还是和我们去官厅水库？"

她俩异口同声地说:"去官厅水库。"

赤裔做了个无可奈何的样子说:"走吧,全去官厅水库。"

我想去官厅水库也一定是他们早就安排好了的。到了现在我也只好和他们一块向延庆县城骑去了。我们轮流驮着徐蓉和左贞清。好在一路下坡也不算费力。延庆县城离八达岭确实不远。没用多少时间我们就到了。到了延庆县城一看,我们还以为是到了村子里。我还真的没想到北京远郊区的县城和北京城里差了这么多。我们穿过了延庆县城就直奔官厅水库去了。走了不久我们就看见前面有一片不小的水域,可再往前就没办法走了。水的前面是一片泥泞的滩涂。别说骑车了,就是徒步都无法走。走在前面的松海和荣胜已经把鞋脱了,自行车也上了肩头。我和赤裔、徐蓉、左贞清在后面站住了。徐蓉冲着他们两人大声地喊:"别走了,别走了。"

荣胜停下来说:"水就在前面,不走怎么到水边呀。"

赤裔见泥都没到他们的小腿了也忙说:"你们快回来吧。咱们找个人问问再说。"

正在这时恰有一个人从我们身边走过。我忙赶过去问:"同志,同志,向您打听个事。"

那人站住了,看了我们一眼说:"什么事?"

我指着前面的水问:"那是官厅水库吗?"

那人说:"是呀,那就是官厅水库。"

我又问:"请问怎么才能到水边?"

那人笑着说:"到不了水边。"

我问:"为什么?"

那人说:"今年水小,前面那两个人站的地方就已经是库底了。库底都是泥,根本就走不过去。"

赤裔忙走过来问:"那我们要去官厅水库的大坝呢?"

那人又笑了。他说:"那可去不了。大坝在河北省怀来,还远着呢。"

那人说完就走了,我们把荣胜和松海叫了回来。大家商量了一下决定打道回家。为了安全我们把徐蓉和左贞清送到康庄火车站,让她们坐火车回去。我们骑车从康庄经八达岭、南口路口、昌平原路回到北京城里,到家时天已经黑了。

15 农村小学校三人同诧异

农村小学校三人同诧异

1967年夏的某一天，我和赤裔、长林在教室里说起了教育革命的事。赤裔说教育革命首先应该考虑到农村的教育现状，我和长林都认为他说得对。因为中国是个农业大国，中国的人口百分之七十以上是农业人口，如果没有很好地解决农村教育的问题就等于没有很好地解决中国教育的问题。可是中国农村教育的现实情况到底如何？这对于我们这些城里的高中生来说是说不清楚的。毛主席说过：要想知道梨子的滋味，就只有亲口尝一尝梨子。赤裔提议我们到农村去考查一下，我和长林就同意了。可是去哪儿呀？我想起来我们班有个农村来的同学——凤魁，我就说："咱们去凤魁家吧，他家在农村。"

赤裔一听马上反对，他说："凤魁家就在丰台区的马家堡，虽说是农村，可是离城里太近了。他家的情况不能代表广大的农村。"

长林说："不去他家，你说去哪儿？现在串联停止了，边远的农村咱们也去不了。"

赤裔说："那咱们可以去远郊区呀。"

长林说："远郊区也是北京，北京的情况总会比外地的情况好一些。"

我也同意长林的看法，北京毕竟是首都怎么也比外地强。赤裔说："不管怎么样也只能是到现场看看才知道。"

我想也是，就说："那也得有个目标吧？咱们总不能走到哪儿算哪儿呀。"

长林对赤裔说："那你就选个目标吧。"

赤裔很爽快地答应了。他说："我找个北京的边远地区，咱们去看看。"

我笑着说："北京有多大，还能远到哪儿去。"

赤裔一本正经地说："你们信不信，北京现在还有不通车、不通电的地方。"

我和长林都以为不通车的地方可能有，不通电的地方不会有的。通车需要修路自是不容易，可通电就相对容易了，只要竖上几根电线杆，拉上两条线就行了。赤裔见我和长林都不信就说："好，我找个地方，让你们去看看。"

我和长林都表示，只要他找得到，不管多远，路多难走，我们都跟他去。事情就这样定了。

过了几天，赤裔找到我和长林说："目标我选好了，就在怀柔县八道河公社最北端的一个大队。"

我和长林问他："你是怎么找到的？"

他说："我是从报纸上看到的。报纸上报道了一个民办小学的女教师，她本来是城里人，工人出身，后来自愿到山区乡村小学去当民办老师的事迹，很感人的。"

我们问他："八道河公社在什么地方？"

他展开了一张北京市交通图，把八道河公社的位置指给我们看。我们一看八道河公社在怀柔的中部，并不算太靠北。我说："八道河公社还不算北京的边缘地区。"

赤裔指着地图说："你们看路就通到八道河公社，再往北路就不通了，我们要去的那个大队就不通路。"

我和长林还有点狐疑。从地图上看，这个八道河公社距北京城的直线距离确实不远，它和北京的近郊区能有多大的差距呢？赤裔见状就说："你们就别想了，咱们去看看不就行了。"

我问："怎么去？"

他说："骑车去。我查了一下要坐汽车去太麻烦了，不仅要倒几次车，可能还要在怀柔县城住一天。"

齐长林说："照你说的，不通车是不是也无法骑车？"

赤裔说："咱们可以骑车到八道河公社，然后就把车存在公社里，剩下的路就只能步行了。"

我们看他满有把握的样子就同意择日和他一块去一趟八道河公社。又经过两天的准备我们就上路了。

我们出了东直门沿着京顺路一直向东走。一路上我们并不着急，因为在地图上看这个距离并不算远，只要我们保持每小时20里的速度天黑前赶到八道河公社问题不大。在路上我说："咱们这次出来肯定是要花钱的，你们打算怎么办？"

赤裔说："该花的就花呗，还有什么怎么办？"

我说："咱们是各花各的，还是三人搭伙？"

长林说："你说呢？"

我说："我建议三人搭伙。"

长林问："怎么搭伙？"

我说："咱们每人出10元钱，一共30元，放在一个人那里。凡是需要花钱的地方就由他来支，不够了咱们仨就再出。活动结束了有节余就退回各人。"

他们都同意搭伙。我建议长林来负责，赤裔没意见。我们各拿出了10元钱交给了长林，中午长林给我们每人买了一盘肉丝炒饼，一碗蛋花汤。他说："这可是咱们出门的第一顿饭，这顿饭是一定要吃好的，要不然这一路都吃不好。"

我和赤裔都笑他，自己想吃就吃呗，还找这么个理由。长林说："咱是讲理的人，当然干什么都得有理由呀。"

我们一边吃炒饼，赤裔一边打开地图看路。长林说："吃饭的事我负责，这路的事可得由赤裔负责。"

赤裔蛮自信地说："你们放心，这路错不了。"

我说："你把我们领到哪儿，我们就去哪儿。反正去哪儿都一样。"

赤裔说："那可不行，说去那儿就得去那儿。怎么能走哪儿算哪儿呢。"

吃完饭我们就又上路了。赤裔带的路还真准，我们一点弯路没走就到了八道河公社。我们找到了公社的办公室，公社秘书接待了我们。我们向他说明了来意。他对我们说："你们要去的那个大队是我们公社最穷的一个大队。全大队不过才八百多人，还分住在几道山梁上。今天你们也去不了了，你们可以先到公社的小学校去看看，饭可以在公社的食堂吃。"

听说让我们到公社的小学去这正合我们的意。公社的小学校就在公社的所在地，离公社的办公室不远。到了小学校，走进校园，校园里一个人影也没有。校舍也很简单，只有一排六七间平房教室，在教室的一头还有两间小一点的房子像是办公室。长林一见不由地说："这人真成问题，明明知道学校里没人还把咱们支来。"

赤裔说："别急，别急，咱们再找找看。"

长林说："还找什么？这不都一目了然了。"

我们顺着教室走，只见教室门上都挂着锁。一直走到最后一间办公室，才见门没上锁。我们敲了敲门，听见里面有个孩子问："谁呀？"

我们回答说："我们是北京来的，想了解一点情况。"

里面的孩子说："进来吧。"

这时赤裔看了长林一眼说："怎么样，有人吧？"

长林不好意思地笑了一下。我们推门进去，只见两个学生模样的人正坐在办公桌前。我问他们："同学，你们老师呢？"

其中一人说："我们不是学生。"

我不好意思地说："你们不是学生，是……"

另一个人说："我们是老师。"

我们仨互相看了一眼，不约而同地露出了怀疑的神色。在我们面前的这两个人一脸的孩子气，他们怎么可能是老师呢？我不由地问："你们真是老师？"

第一个人很正经地说："我们真是老师，是代课老师。你们找我们有什么事？坐下说吧。"

我们三人坐在了他们的对面。我问："你们是什么学校毕业的？"

他们说："我们什么学校都没有毕业。"

我睁大了眼睛问："你们没上过学？"

他们不满地说："我们怎么没上学，我们都上到初中了，只是没毕业。"

赤裔问："你们初中没毕业怎么不继续读书，却来代课？"

他们说："公社的领导说了，小学这边没有老师了就叫我们先过来代课，说以后老师来了再让我们回去继续读初中。"

长林问："小学原来的老师哪儿去了？"

他们说："原来的老师走了。"

长林又问："你们知道他们为什么走吗？"

他们说："听公社的人说，他们嫌我们这里的条件太差了。我们这里的老师都是这样，来了干不了多久就走，所以学校经常停课。这次公社的领导为了不让小学的学生停课，就把我们俩叫来了。"

我问:"那你们怎么讲课?"

他们俩互相看了一眼说:"我们就照着课本讲。"

看着他俩满脸的稚气我们真不知道说什么好。沉默了一会儿,我问:"学校给你们工资吗?"

他们说:"民办老师是不拿工资的,都是由生产队给记工分。像我们这样的代课老师也只能拿工分。"

我问:"你们拿什么样的工分?是壮劳力的,还是半劳力的工分?"

他们说:"我们拿妇女劳力的工分。就这样队里还嫌我们拿得多。"

我又问:"你们自己觉得是拿得多了?还是拿得少了?"

他们说:"我们觉得拿得不少了。真要是回到队里去劳动,我们俩最多也只能拿半劳力的工分。"

我们正说着公社秘书来了,他是叫我们去吃饭的。这方圆几里地也只有公社的食堂可以吃饭,而且过时不候,因为做完饭炊事员还要自己回家吃饭。吃饭的时候通过与秘书交谈我们得知,公社的这个食堂还是1958年大跃进的时候建立起来的。本来在三年自然灾害的时候是要撤掉的,可是当时公社有几个外地派来的干部,他们的家都不在八道河,这样这个食堂就留下来给他们做饭。我问:"不是可以吃派饭吗?"

公社秘书说:"我们这个地方穷,派饭都派不下去。"

吃完饭后,我们又回到了小学校。我们对两位小代课老师说想借宿在学校了,他们说学校里没有宿舍,我们表示可以住教室。他们给我们打开了一间教室,然后他们就各自回家了。

本来我们是想再和他们聊一聊的,可想到他们还没有吃饭就算了。他们走后我们想开灯,可所有的灯都不亮。我们走出教室向公社机关望去，也是黑糊糊的一片，我们想可能是停电了。我们只好摸着黑用桌子拼了三个床。虽然此时已是夏天，可山里的夜晚还是挺凉的。幸好我们有所准备，每人都带了毛巾被，我还带了雨衣。我们裹着毛巾被勉强可以挡住山里的凉气。骑了一天的车也累了，躺下不久我们就睡着了。

第二天天还未亮，两位代课的小老师就来了。我们告诉他们要去的地方，他们热情地为我们指路，还告诉我们要早点走，因为去那里的山路很不好走。我问他们去过没有，他们都说没去过。我问他们都是一个公社的大队为什么不去看看。他们笑着说，那里太偏僻了，又穷，所以一般没事谁也不会去。我们问他们可否把自行车存在他们学校，他们爽快地答应了，并让我们放心，说这里是很少丢东西的。我们在公社的食堂吃了早饭就准备上路了。正在这时，公社秘书来了。他对我们说："等一下，等一下。一会儿有人要到你们去的大队。我让他带你们一块去，省得你们找不到路。"

我们一听自是很高兴，连忙说："谢谢你了。"

他笑着说："不用谢，你们城里的学生能到我们这个地方来看看，我们就很高兴，只是我们这里太穷没法招待你们。"

他正说着一个中年人走了过来。他肩上扛着一个几十斤重的麻包。公社秘书走过去和他说了几句话。他点了点头，冲我们笑了一下，一句话也没说就领着我们上路了。

出了村子就上山了，一条崎岖的小道在山上盘来旋去。中年人不时回过头来看看我们，见我们还跟着他，他就继续走；见我们拉开一些距离，他就停下来等等我们。一开始我们还能跟得上他，一个小时后我们就开始有点跟不上了。他不时地停下来等我们，可他从来不催我们，我们看得出来他有点着急。一次我们刚赶上他，他就要抬脚向前走去，我忙叫住他说："大叔，大叔，你等一等。"

他站住了,回过头来看着我们问:"累了?"

我喘着气说:"大叔,你走得太快了,我们有点跟不上。"

他笑了一下说:"这是和你们一块走,我走得慢多了。"

我说:"你能不能走得再慢点,要不然我们可真要掉队了。"

他说:"再慢点晚上就赶不回来了。夜里在山上是很不好走路的。"

他这么一说我们才知道,今天他还要赶回来。我不好意思地说:"你先走吧,我们在后面慢慢地走。"

他说:"那不行,秘书说了要我把你们带到的。"

长林也在一边说:"可我们实在跟不上你,你还是先走吧。"

他说:"这山里的路很不好走,走错了就麻烦了。"

他坚持不肯独自先走,我们只好咬着牙跟着他继续向前走。他明显走得慢了,山里人真朴实,我们都很感动。这山路确实不好走,陡的地方连骡马都走不过去。我们翻过了一道最高的山梁,在下山的路上连续走过了几个岔口。当我们又来到一个岔路口时,给我们带路的老乡说:"咱们就在这里歇一会儿吧。"

我们二话没说就一屁股坐在路边的石头上了。我一边喘着气一边问:"还有多远?"

老乡说:"才走了少一半。"

我看了看前面的山,又回头看了看刚走过的山问:"是我们刚走过的山高,还是前面的山高?"

老乡笑着说:"最高的山已经过了。"

我又问:"岔路还多吗?"

老乡指着前面的一条路说:"沿着这条路一直走就到了,再也没有岔路了。"

赤裔一听马上对老乡说:"那你就先走吧。我们沿着这条路慢慢走就行了。"

我和长林也劝他先走。他想了想说:"那我就先走了。你们只要沿着这条路一直走下去就行了。"

说完后他扛起麻包就走了,我们挥手和他告别,感谢他给我们带路使我们少走了不少的弯路。他走后我们反倒安心了,一直看到他的身影消失,我们才慢慢地上路了。在路上赤裔说:"我发现了一个问题,不知道你们发现了没有。"

长林说:"我发现了。"

赤裔说:"那你说。"

长林说:"咱们走了这一路没有看见电线杆子。"

赤裔说:"对了,我也仔细看了。这一路确实连一根电线杆子都没有见到,看来咱们去的地方有可能不通电。"

我想了一下说:"也不见得。如果他们从别的方向把电拉进了村子我们岂不是见不到电线杆子吗?"

赤裔说:"咱们走的路一定是最好走的路,要是架线一般也是沿着路架线,所以我看那里还很有可能是不通电。"

我也承认赤裔说的有理,可到底那里有电没有还是要进了村子才能知道。走到中午,我们已是饥肠辘辘了,可这前不着村后不靠店的自是无处弄饭吃。好在三个大小伙子一顿不吃也没什么。赤裔说:"咱们走了这半天了,路上一个人都没有碰上,看来这地方是够偏僻的。"

长林也说:"是呀,别说在路上了,就是咱们走过的这几座山连一个人影也没有见到呀。"

这时我才感觉到就是在北京原来也有这样偏僻的地方。在这重重的山岭中就只有我们三个人。说来也怪,这一路上别说是人就是一只小动物我们也没有见到,只是偶尔有一两只鸟儿从头顶上不宽的天空飞过。山上有一些树，可都不高也不成林。裸露的岩石布满了大大小小的山头。在道路的两边可以看到薄薄的土层，上面长着一些杂草。这么恶劣的条件老百姓是怎样生活的不得而知。我们又向前走了一会儿，齐长林突然说："前面有人。"

我们顺着他指的方向望去，果然看见在我的前面有个人形色匆匆地向我们走来。他走近了一点我们一看原来就是给我们带路的那位老乡。我们赶快迎着他走去，碰了面我忙说："大叔，咱们又见面了。"

他说："你们走得还挺快的。"

我问他："还远吗？"

他说："不远了，不过你们也得快点走。山里天黑得早。"

说完后我们就分手了。我们加快了步伐，终于在天黑前见到了村子。我们进了村子找到了大队部。大队长已经回家了。我们找到一个在大队部门口玩耍的孩子，问他："你们大队长的家在哪儿？你能带我们去找他吗？"

他仰起脸来看着我们问："你们是哪儿来的？"

我们回答说："我们是从北京城里来的。"

他又问："你们是干什么的？"

我们说："是学生。"

他说："你们在这里等着，我去给你们叫去。"

我们忙说："你带我们去找他吧。"

他说："你们等着吧，他一会就来了。"

说着他就跑了。他一边跑还一边喊："大队长，大队长，北京来的学生找你。"

孩子清脆的声音在山间回荡着。我们只好站在大队部的门口等了，片刻大队长就来了，他一见我们，还没等我们说明来意就连声说:"欢迎,欢迎,太欢迎你们来了。"

我们向他说明了来意。他说:"好,好,既然你们是来了解学校情况的,就把你们安排在学校吧,吃饭也跟着学校的老师。老师在哪家吃饭,你们就在哪家吃饭。"

我们不解地问:"怎么你们这里的老师自己不开伙吗?"

大队长说:"我们的小学一共只有两名老师。一名是本村人就回家吃饭了。一名就是从你们城里来的。她只身一个人就没开伙。大队里给她派饭。她能在这里教我们的孩子识字实属不易呀,给她派饭也是应当应分的。你们就跟她一块吃派饭吧。"

说实话,我们都还没有吃过派饭,也想体验一下吃派饭的滋味。赤裔说:"我们的到来给你们添麻烦了。吃饭我们是要付钱的。大队长,你看我们是把钱给大队还是给派饭的人家?"

大队长很直率地说:"你们自己付钱太好了。本来你们到我们这个小山村我们是应该招待你们的,可队里年年吃返销粮太穷了。我想你们在哪家吃就把钱给哪家吧,就不要过队里了。"

我们在高一、高三下乡劳动时都住过老乡家,所以我们对大队长说:"我们就住老乡家吧。"

大队长说:"我们这里的卫生条件差,我看你们还是住学校吧,学校里有住的地方。"

我们很奇怪,听说这是一个很小的学校,它怎么会有住房呢?大队长接着说:"当初我们建小学的时候就给老师盖了两间宿舍,连炕都给盘好了。我们想的是公社给我们派来了老师,不能让人家没地方住。可没想到,争取来争取去就来了一位女老师。她一个人还不敢住在学校里,我们就把她安排在老乡家里了,所以学校的住房就一直空着。不过,有时我们也在那里开个会什么的,所以打扫得还算干净。"

听大队长这么一说，我们也就只好同意了。大队长又说："今天晚了，也到了吃饭的时候了。我先带你们去吃饭，顺便也认识一下老师，吃完饭就让她带你们去学校住。哦，学校里没有被子，我给你们借几床干净点的被子，其他的事明天再说。"

说完他就带我们向村子里走去。没走几步就到了一户人家。长林忙赶上前去问大队长："我们吃派饭每人交多少钱？"

大队长回过头来对长林说："按大队的规定每人交一角钱就行了。"

长林说："一顿饭一人一角钱是不是太少了？"

大队长站在门口说："我们这里穷，没什么好吃的，一角钱就够了。"

说着他就推门进了屋子。我们也跟着进去了，一进屋我们就发现屋里没电灯，一盏小油灯放在灶台上，一个中年妇女正在和面。大队长一进门就说："今天北京城里来了三个学生，就在你家吃派饭了，快去多和点面。"

那个妇女头也没抬就说："大队长还是把他们领到你家去吧，别在我们家吃了。"

大队长笑着说："你要是不愿意我可就真领走了。这次人家可是付现钱的。"

那个妇女一听马上抬起头来笑着说："你不早说，我这就去加面。你们先到里屋坐，一会儿就吃饭。"

说着她就把我们往里屋让。进了里屋，只见一个中年男子和两个孩子坐在炕上，一盏小油灯放在一张桌子上，桌旁坐着一个瘦小的青年女性。大队长面对着她招呼我们说："我来给你们介绍一下，这位就是从城里来的老师。这三位是北京城里来的学生，他们想了解一下我们这里学校的情况，你们明天再聊。今天他们走了一天了，吃完饭就让他们到学校去休息，我这就去给他们借被子。"

说完大队长就走了，男主人见大队长走了就招呼我们坐下，我们就坐在炕沿上。女教师见我们坐下后就问："你们是北京哪个学校的？"

赤裔说："我们是北京师大一附中的。"

她又问："你们是高中的学生吧？"

赤裔说："我们是高三的学生。"

她淡淡地一笑说："我也是高中毕业。"

她这么一说大家更觉得亲切了，我们正要和她继续聊下去，女主人进了屋。她把一张炕桌放在炕上，不好意思地对我们说："我不是不愿意你们在我们家吃派饭，以前每次吃了派饭大队几个月都不给钱。"

我问："大队为什么不给钱？"

男主人说："其实大队也不是不给钱，是大队没钱。"

长林问："大队连吃派饭的钱都没有？"

他说："我们这个大队年年都吃返销粮，大队的账上连一分钱都没有。"

长林又问："那你们拿什么钱来买返销粮呀？"

他说："拿救济款呀。有的时候救济款下来得慢了，我们就更困难了。"

我说："都解放这么多年了，你们这里为什么还这么困难？"

他说："主要是我们这里的耕地太少。我们这个大队解放时才四百多人，地里打的粮食还勉强够吃。现在都八百多人了，可地连一寸都没有多。农民没地还有什么办法，所以越来越困难。"

我说："我们来的时候沿路没见到什么庄稼地。你们怎么不开点荒地？"

他说:"大跃进的时候我们也开过荒,可土层太薄,种的庄稼连种子都收不回来。"

赤裔问:"那你们为什么不搬到山外去?"

他说:"这里是家嘛。"

是呀,这也许就是常说的故土难离。我们正说着,女主人把饭端上来了。每人碗里两个窝头,一盆青菜放在炕桌的中间。女老师把油灯从桌子上拿起来放到炕桌上。我们请她坐到炕上来。她说不用了,说着她把自己碗里的一个窝头拿起来放在女主人的碗里说:"我一个就够了。"

然后夹了一些青菜在碗里又坐回到桌子旁吃了起来。女主人把女老师给她的窝头又放到男主人的碗里。男主人什么话也没说只是埋头吃饭。女主人不好意思地对我们说:"家里没有别的粮食,就是这种棒子面。不够吃告诉我,我再去做。"

我忙说:"够了够了。"

说着我就夹了一口菜放在嘴里。一嚼我才知道这菜根本就没有进锅,只是用水洗了洗,用刀切了切,洒点盐水而已,一点油花都没有。窝头是用一种我在城里没有见过的比较粗的棒子面做的。我很快就把这两个窝头吃完了,还故意做出吃饱了的样子。赤裔和长林也吃完了。女老师吃得很慢,她还在一点一点很细地吃着自己的那个窝头。女主人见我们吃完了就问:"够吗?"

我们异口同声地说:"够了,够了。"

主人家的两个孩子也吃完了,女老师才吃完。她放下碗对我们说:"咱们回学校吧。"

我们下了炕跟着她走出了屋子,也不知道她从哪里拿出了一个手电筒把地照得很亮。我们走出了几步发现长林还没有出来只好站下来等他。我回头喊了声:"长林,走了。"

他在屋里喊:"等我一下,我这就出来。"

赤裔说:"他在磨蹭什么?"

正说着他跑了出来。他说:"我在付饭钱。"

我笑着说:"你明天不吃了。"

他说:"还是现付的好,你没看见人家多困难。"

他这么一说我们都觉得他做得对。我们跟着女老师走到了学校的宿舍,她打开门点起了一盏油灯说:"你们稍等一会儿,大队长会给你们借被子来的。"

说完她就转身向门口走去,我送她到门口问了一句:"学校里没有电呀?"

女老师转过身来看着我说:"我们村还没通电呢,是不是不习惯?"

我点了一下头说:"是有一点。"

她说:"我刚来的时候也不习惯,时间一长就好了。"

我说:"我们也会习惯的。"

她笑着说:"你们不用习惯,过不了几天你们就走了。"

说完她就推门走了出去,我借着手电筒的光看着她瘦小的背影想她真是不容易呀。她说得对,我们是待不了几天。可她已经在这里待了很长一段时间了,是什么使她一直待在这里呢?在今后的几天里我一定要问问她。女老师走了一会儿,大队长就抱来了三床被子。他放下被子说:"你们走了一天也累了,早点休息吧。"说完了他就走向门口,我们连忙表示感谢,把他送到门外。赤裔见大队长也没有拿个手电就说:"大队长,天这么黑你也不拿个手电。"

大队长说:"我们习惯了,看得见路。"

转眼他就消失在黑暗中,我们回到屋里无事可做就躺在炕上。走了一天也确实有点累了,可一天所见又使我们无法入睡。赤裔躺着说:"咱们把灯灭了吧,省点油。"

我又爬起来把灯灭了,我们就摸着黑说话。赤裔说:"怎么样?我说得不错吧,就是在北京也有不通电的地方。"

我说:"要不是亲眼所见打死我也不会相信的。"

长林也说:"我也是呀。"

赤裔说:"我是看了报道才知道这里不通电的。我知道这里苦,可我没有想到这里的农民会这么苦。"

我说:"是呀。农民是干什么的,就是种庄稼的。可这里的农民劳作一年打的粮食还不够自己吃,还要吃返销粮。"

长林说:"吃返销粮又没有钱买,还要等国家发救济款。真不知道这样过下去什么时候是个头。"

我们都很奇怪解放这么多年了,为什么这里农民的状况竟是如此,不知道是哪个环节上出了问题。这时赤裔突然问:"长林,刚才我们都走了,你在屋里磨蹭什么?"

长林说:"忘记告诉你们了,我刚才给了他们家六角钱,他们不要,我硬塞给了他们。"

我和赤裔都赞成他的做法。虽说多给他们一角钱也解决不了他们的问题,但我们的心里会好受一些。因为我们是学生,我们也只有这么点钱。聊了一会儿我们就睡着了。

第二天一大清早我们还没有起床,昨晚我们吃派饭的那家人的小孩就跑来叫我们去吃早饭。我们叫他先回去,说洗好了脸就去。他就站在屋门外等我们,我们草草地洗了一把脸就跟他去了。一进他家的门女主人就笑着问我们:"晚上睡好了吗?"

我说:"睡好了。"

她说:"昨天忘了告诉你们,我们山里凉,夜里可一定要盖好被子。"

她说的这一点我们昨夜已经有了体会，一开始我们三人都嫌炕太硬，就把大队长拿来的被子当褥子铺。我们想现在已经是夏天了，只要盖上我们自己的毛巾被就行了。可到了半夜我们都被冻醒了，只好反过来铺着毛巾被盖上了被子。

我们进了里屋，炕桌已经摆好了。炕桌上放着一个碗，里面有半碗的咸萝卜条。女主人把早饭端了上来，和昨天一样依旧是每个碗里两个窝头。女主人说："锅里有粥，吃完了干的我给你们盛粥。"

我见女老师不在屋里就问："老师怎么没来？"

女主人说："她一会儿就来，给她留着呢。"

女主人的话音刚落就听见女老师在外面说："别给我留了，我就喝碗粥。"

女主人笑着说："那可不行。大队长知道了该不给我饭钱了。"

女老师端着一碗粥进来说："你就跟大队长说我一顿吃三个窝头，让他多给你点饭钱。"

女主人的笑声更大了。她说："我说你吃两个大队长都不信，还说你吃三个呢。"

女老师也笑了。她一边笑一边说："那我就没办法了。"

两个女人的笑声使我这两天来多少有点压抑的心情顿时好了许多。我夹起一块萝卜条吃了一口，真够咸的。就着咸萝卜条三下五除二我就把两个窝头给吃了。我刚把碗放到炕桌上女主人就把我的碗给端了起来说："我给你盛粥。"

我本来想说"够了"，可我的胃却让我的嘴说成了"我自己来"。

女主人说："你坐着吧。我给你盛。"

说着她就从外屋给我端来了满满的一碗棒子碴粥。我接过了碗一闻，这棒子碴粥还真香，吃到嘴里还甜丝丝的。我吃完了棒子碴粥没有再把碗放在炕桌上，而是端着碗到外屋把碗给洗了。赤裔和长林也吃完了，就在这时大队长来了。他一进屋就说："我一早到学校去叫你们吃早饭。一看你们不在，我就知道你们被拉到这里来了。"

女主人笑着对大队长说："不是你安排他们在我家吃派饭的吗？怎么又想叫他们去你家了？"

大队长说："好了，好了。在谁家吃都一样，只是你要让人家北京来的学生吃好。"

女主人说："那是当然。今天早上我煮了粥，还拿出了咸萝卜条呢。"

大队长听了也没有再说什么。我们对他说："大队长，今天你能不能先给我们介绍介绍大队的情况。"

大队长说："我就是为这事来的。今天我先带你们到周围看看，一看你们就清楚了。"

我们说："那太好了，咱们现在就去吧。"

大队长问："你们吃完早饭了吗？"

我们说："已经吃完了。"

大队长说："那你们就到大队部去等我，我回家吃口饭就来。"

说完大队长就走了，我们也告辞了女主人。临出门时女主人再三叮嘱我们："中午一定回来吃饭，我做好了等你们。"

我们答应了她。到了大队部不一会儿大队长就来了，他带着我们走到了村旁一个小山上，站在这个小山上村子的全貌一目了然。大队长说："这是我们大队最大的一个村子，不过也就二十来户人家一百多人。我们全大队一共才八百多人，分布在周围的几道山梁上，最小的居住点只有一户人家。"

说着他指向对面山的半山腰。我们可以清楚得看到那里有一户人家，那门虚掩着，人的一举一动都可以看得清清楚楚。大队长大喊了一声，那边的人就回过头来向大队长挥了挥手。我对大队长说："看来是不太远。"

大队长说:"是,看来是不太远。可咱们眼前这条山沟很深,要走到对面去恐怕得走一个半到两个小时,来回半天就没了。"

赤裔说:"那他们干脆搬过来不就得了。"

大队长说:"那可不行。一方面是这边没有他们种的地;另一方面如果他们搬过来了他们那边的地又无法种了,舍不得呀。我们这里都是择地而盖房子的,哪里有可以耕种的土地就在哪里盖房子。我这就带你们去看看我们的地,少得可怜呀。"

说着他就带着我们在村子周围的山梁上转了起来。我们确实没有看到一块像样的平地,地都是坡地。我们走到一块较大的地前面。长林悄悄地问我:"你看这块地有多大?"

我小声地说:"不到一亩。"

长林说:"不会吧,这可是咱们见到的最大一块地了。"

我对于地的大小是有感觉的,因为从幼儿园到初中我一直在海淀上学,学校外面就是有名的京西稻田。据说那里的稻田都是康熙皇帝开垦的,十分的规整,半亩一块。我们常常在稻田埂上跑来跑去。时间长了就对一亩地的大小有了感觉。长林不信,我就让他问大队长。长林问大队长:"大队长,你们这块地有几亩?"

大队长一听就乐了。他说:"这块地有个六七分就差不多了。"

长林听了回过头来对我说:"你看得还挺准的。"

这里的地块不仅小而且之间的距离还远,从一块地走到另一块地要走上二三十分钟。我们见到的最窄的一块地只种了一行的玉米。赤裔见了问:"这样的地就无法耕了吧?"

大队长说:"这样的地也得耕呀。"

赤裔问:"这地还没有牛宽,牛怎么拉犁呀?"

大队长说:"我们耕地主要靠人来拉犁,牛是没用的。"

长林说:"一直到现在你们还是用人拉犁?"

大队长说:"一会儿你们就可以见到了。"

我们转过了一个小山包,正好见到旁边一块地旁躺着一副犁,两个社员正坐在地边休息。大队长把犁扶了起来说:"我们就是用这样的犁耕地的。你们没见过吧?"

我们三个人就数我见过的犁比较多。最简单的犁就是一个带弧形的扶把,犁头插在扶把的下端,扶把大约有腰高,扶把的中间或有杠或无杠都用来栓绳子,绳子的另一端由牛来拉犁或是用人来拉犁。而这张犁的扶把竟有肩那么高,还斜插着一根短杠,在扶把的中间有一根长长的杠子斜插在扶把上。杠子的前端与杠子呈九十度角也插着一根短杠,我还是第一次见到这样的犁。大队长见我们不作声又说:"你们没见过用这样的犁耕地吧?"

我们都说:"没见过。"

大队长扶着犁叫过来一位社员说:"咱们耕给他们看看。"

说着大队长就把犁头使劲地插入地下,然后用肩死死地抵住扶把上的短杠。那位社员也用肩头抵住杠子。一人拉一人推共同一使劲犁就滑动了,褐色的土地被犁出了一条沟。大队长他们犁到了地头把犁调个头,又把犁头插入土中然后说:"你们来试试。"

我自知没什么劲不敢走向前去,赤裔和长林走到大队长身边说:"我们俩试试。"

说着,赤裔从大队长的手里接过了犁把,学着大队长的样子用肩抵住犁把。长林也学着那位社员的样子,两人一块用力,犁却没动。两人又一次用力,犁还是没动。我一看也跑上前去用手帮助扶住犁的扶把用力地推,一下子把犁推出了地面。大队长一看马上扶住犁把说:"试一下就行了。"

我们走出了这块不大的田地,这时,我突然想起曾在一张汉画砖的拓片上见过一幅耕田图。图中的人用的就是这样的犁，看来这样的犁已经有了两千年的历史了。在这两千多年中，山外的犁发生了巨大的变化，在平原上都用拖拉机耕地了，可在这里时光仿佛没有流动，两千年了，犁竟也没有一丝一毫的变化。我们又转了一圈就跟着大队长回村了。走到村边大队长说："这会儿你们对我们大队的情况有个基本了解了吧？"

我们说："真没想到你们这里的条件这么差。"

大队长说："多少年来我们也想了一些办法，可都没有什么效果。我们真希望山外的人多到我们这里来看看，帮我们出出主意。"

我们默然了。说真的，我们完全不知道怎样才能改变这里的面貌。我们所看到的一切只是改变了我们自己对一些事物的看法。进村后大队长说："下午我就不陪你们了。我让我们学校的老师给你们介绍介绍学校的情况。"

我们和大队长分手了。

下午学校的女老师来了，她告诉我们她有事暂时不能和我们座谈了，让我们自己安排，说完就要走。我赶忙问了一句："我们可以帮忙吗？"

她回过头来说："我要去做一个学生的家访，你们帮不上忙。"

她走了。我们只好回到宿舍里，三个人坐在炕上不自觉地聊起了这几天的感触，对我们触动最深的就是落后，特别是经济上的落后。我们怎么也没有想到，北京还有这么落后的地方。我们几乎看不到解放十七年来这里到底有什么变化。这里是没有剥削，也没有压迫，可农民的生活太苦了。就这样还是政府救济的结果，如果没有政府的救济，这里的情况我们简直不敢想象。这时长林说："这是北京，到了外地情况会怎样？"

赤裔说："外地肯定不如北京，到了偏远地区就更差了。"

我说:"再差可就是吃不饱饭了。"

赤裔反问了一句:"你以为没有吃不饱饭的地方吗?"

我们三个人的心里都明白肯定是有吃不饱饭的地方。正在议论着,突然听见有人敲门。我很纳闷,在这里谁会来敲门呢?这里的人都是站在门口喊,不敲门的。我下了炕去开门,只见门口站着四个也是学生模样的人。我问:"你们找谁?"

他们说:"我们谁也不找,是大队长让我们到这里来住宿的。"

我又问:"你们是从哪儿来的?"

他们说:"我们是清华大学的学生。"

我一听他们也是学生就说:"你们进来吧。"

他们一进来就把自己的背包挨着我们的被子放在炕上,一看就知道他们比我们有准备。

赤裔见他们放好行李就问:"你们是来做什么的?"

他们说:"我们是来做社会调查的,你们呢?"

我们说:"我们也是来做社会调查的。"

在这么小的一个山村里,一下子来了两拨七个学生碰在了一起,大家都感到挺亲切的。他们问:"你们什么时候来的?"

我们说:"也就比你们早来一天。"

他们忙问:"你们的感觉怎么样?"

我们仨互相看了一眼,心想初次见面还是不要谈感觉的好。我们就把沿途和这天上午所见到的情况和他们交流了一下。他们听得很仔细,还不时地提问。我们也是凡是能回答的就尽量答复他们,他们每个人都拿着笔记本记录。见他们这样认真,我心想到底是大学生,做起事来有板有眼,不像我们一冲动就跑来了。

吃晚饭的时候,他们四个人被分到两户去吃派饭。我们仍在原来的那户吃饭。这是我们吃的第四顿饭了,四顿饭都一样。

吃完饭，我们都回到宿舍里和本地小学的两位老师座谈。经过他们介绍，我们才知道这所小学一共只有二十几个学生。从小学一年级到六年级都有。两个老师各教三个年级。女老师教一至三年级，另一名老师教四至六年级。上课的时候，三个年级的学生同时坐在一间教室里。老师一般是从低年级到高年级先给一个年级的学生讲课，另两个年级的学生就自己做作业。而且是一个年级的课都由一个老师教，所以老师的负担很重。每个老师每年都要教好几门功课，他们怎么能很好地备课呢？问到班级学生人数，他们告诉我们学生最少的年级只有一名学生。可就是为了这一名学生，老师也必须把他应该上的课都讲一遍。我们都被这两位朴实的老师忠于教育事业的精神所感动了。他们介绍完学校的情况后，我们表示希望第二天能和他们的学生座谈一下。两位老师说，他们的小学第二天有活动。我一听马上问："能告诉我们是什么活动吗？"

女老师不好意思地说："我们这个地方太偏僻了。很多在山外人看来很平常的东西在我们这里都见不到。比如我们在讲课中讲到了火车，可我们的学生都没有见过火车。后来我们发现西面有一座高山，在山顶上可以看到铁路。明天我们就带着高年级的学生到山顶去看火车。"

赤裔听了说："那我们也跟你们一块去吧。"

清华大学的同学听了也表示要跟着去。女老师说："你们就别去了，一是路不好走；二是路也太远，来回得走一天；三是我们去时还要砍柴，回来时还要把柴背回来。"

我们坚持要去，女老师还是不同意。她说："我们在山里都习惯了走山路，中午可以不吃饭。你们不吃中午饭怎么行？到时候该走不回来了。"

听女老师这么一说我们才明白他们明天走一天的山路是不吃中午

饭的。我们当然不肯示弱，人家小学生都能做到的事，我们这些高中生怎么会做不到呢？我们再三表示一定要去。清华大学的同学也表示一定要去。最后两位老师没办法了，只好同意第二天让我们一块去。

第二天一大清早，我们就在大队部的门口集合。一共也就八九个稍微大一点的孩子，两位老师，再就是我们七名从北京城里来的学生。我们一看孩子各个装备齐全，每个人的腰间都缠着一段绳子。有的孩子手里拿着斧子，有的孩子手里拿着镰刀，还有两个孩子拿着锯。只有我们七个人两手空空。老师见人到齐了刚要说出发，几个清华的同学忙说："等一下。"

说完他们就向宿舍跑去。女老师问我们："他们干什么去了?"

我说："不知道。"

借机我对女老师说："能不能帮我们也借把镰刀或斧子?"

女老师说："你们就别砍柴了，山上的柴是不能随便砍的。咱们大队周围的山都被封山了，可是咱们大队又没有可烧的东西。这样就经过公社、县里批准把今天咱们要去的那座山指定为可以作为砍伐烧柴的山。但是领导又做了具体的规定，不是什么树都能够砍的，砍错了要受罚的，所以你们就不要砍柴了。"

我问她："那这些小学生就知道该砍什么树吗?"

她说："他们都跟家长砍过柴，所以他们都清楚。"

我们正说着，几名清华的同学就回来了。他们手里都拿着自己的背包绳。他们归队后我们就出发了。一出村子我们就下到一个很深的山沟里。在山沟里转来转去走了好远来到了一座高山前面，这座山和我们住的那个村所在的山大不一样。我们所在的那座山上没有什么树，只是在村子的周围有一些树木，而这座山上长满了树。有高大的乔木，也有低矮的灌木。密密的树木把山体遮蔽得严严实实，连一条小路都看不到。正在我们不知如何是好时，男老师喊道："都过来，

都过来，从这里上。"

我们跑过去一看，并没有发现什么路。清华的同学问："路在哪儿呀？"

男老师指着几棵被砍倒的树说："就从这里上。"

说着他就钻进了树林。他们学校的学生也都跟着男老师钻了进去。女老师见我们还有点犹豫就对我们说："这里也封了山，所以就没有路。这几根晒干了的树枝是上次上山的人专门砍来留做记号的。它告诉我们从这里上去一路都有晒干的树枝。我们也砍一些柴来晒上。"

清华的同学说："明白了。上山的时候砍柴，下山的时候再把这些背回去。"

女老师说："不是的，咱们今天不背咱们自己砍的柴，咱们背上次上山人砍的柴。"

清华的同学忙说："背别人砍的柴合适吗？"

女老师说："我们这里都是这么做的。我们今天砍的柴就晒在山上。我们把上次别人砍下的晒干的柴背走。下回有其他人再上山砍柴就把我们这次砍下的背回去。"

我们还是有点不理解就问她："自己背自己砍的柴多好，为什么非要用这样的方法。"

女老师笑了，说："新砍下来的柴是湿的，很重。一个人背不了多少。再说，背回去后再晒又没有地方晒，不如就晒在山上。这也是前人总结出来的方法。听说许多地方都用这种方法砍柴。"（后来我参军到了东北驻军在大山里，那里的人也用这种方法砍柴。）

我们细细一想，这确实是个好方法。我们又问："那孩子们是不是就把柴背回自家了？"

女老师说："不，不是的。这次是为学校砍的柴。"

我问:"学校里不开伙用什么柴?"

女老师说:"是学校里冬天取暖用的。山里的冬天特别的冷,教室里不生火就无法上课。"

我们明白了,接着大家都跟着女老师钻进了山林。我们每人都跟着一个小学生,用他们的工具帮他们砍柴。我跟着一个个子很小的孩子。他拿着一把锯,我就和他一块拉锯。他专门找那些分杈很低,长得离拉歪斜的树锯。这些树都很不好锯。有的时候都找不到下锯的地方。我对他说:"咱们锯一些树干高一点的树好不好?"

他摇了摇头说:"不行。我爸爸说了,只有这些不成材的树才能锯,那些树干又直又高的树是要成材的。"

哦,我明白了。他们不只是在砍柴,还起到了整理山林的作用。他们砍掉了那些不成材的树木,使那些成材的树木长得更好。

正在我们干得欢的时候突然听到了哨声。孩子说:"老师叫集合了。不干了,走吧。"

说着他就把锯停了,带着我向哨声的方向走去。刚才还四下响起的伐木声一下子就听不到了,取代的是"哗啦哗啦"树枝和树叶晃动的声音。一会儿的工夫人都到齐了,大家的衣服都湿透了。男老师说:"今天就干到这里了,我们休息一会儿就到山顶去看火车。今天有北京城里来的同学和我们在一起,到了山顶有关火车的问题你们可以问他们。"

中午时分我们终于爬到了山顶,可是站在山顶四下望去却没有发现铁路。这时男老师指着西边的一座大山说:"大家不要四下看,就看我手指的西边的这座山。在这座山的山下有一条南北走向的铁路。"

我使劲地向男老师指的方向望去,却怎么也看不见铁路。男老师说:"看不见铁路没关系,一会儿火车来了就可以看见了。"

我们不再看那里了,而是四面眺望群山。这里的山上植被比我们住的那边山上的植被好多了。周围的几个山头都长满了郁郁葱葱的树木。我们都不明白,当地的人为什么要住在那边光秃秃的山上,而不住在这边长满了树的地方。我们问男老师,因为他是本地人。他说:"关键是没有可耕的地。我们那边虽说现在是光秃秃的,可多少年前兴许也是树木茂密的。因为能开出可耕地,我们的祖上就在那边开地种田,伐木盖屋,砍柴烧火,结果把山给搞秃了。这边没有可耕地,所以人们就不来这里,树木也就保留下来了。"

我们想他说的有道理,事情就是这样。大自然养育了人类,可人类不注意倒把大自然给破坏了。现在人们开始注意了,封了山,使树木不再受到过度的砍伐。连小孩都知道这个道理,都能够自觉地爱护树木。这真是太好了。就在我们在这边说话的时候,孩子们却一直在向西望着老师指的那座山上。突然男老师大声喊:"看呀,火车来了,快看。"

我们顺着老师指的方向看去,果然一列火车出现在天边的群山之间。车头不时吐出的白气(烟)告诉我们这些遥望它的人它来了。孩子们都跳了起来,脸上露出了兴奋的神情。他们纷纷喊道:"我看见啦,我看见火车啦!"

火车的车厢就像火柴盒那么大,一列火车就像一串火柴盒。火车在山间缓慢地移动着,大约一分钟后消失了。有个孩子问老师:"火车还来吗?"

老师说:"过一会儿还有一趟火车过来。"

孩子们说:"那我们还想看看火车。"

老师说:"行,行。我们等一会儿。你们有什么问题可以问问身边北京来的同学。"

我身边的孩子扬起脸来问我:"你见过火车吗?"

我说:"见过。"

他脸上露出了羡慕的神情。他又问:"你坐过火车吗?"

我说:"坐过。"

他睁大了眼睛喊道:"你真的坐过火车?"

我点了点头。他说:"我长大了也要坐火车。"

我宽慰他说:"会的。你长大了一定会有机会坐火车的。"

他又问:"火车跑得快吗?"

我说:"火车跑得很快。"

他说:"那我怎么看它跑得很慢呀?"

我说:"那是因为它离我们太远了。如果你离它近一点就会知道它跑得飞快。"

他再问:"火车有多大?"

我说:"你刚才看见了,火车是由一节一节车厢组成的。一节车厢比我们两间教室加起来还长一点,人坐在里面很宽敞。"

他问:"火车是不是能够跑得很远?"

我说:"火车是在铁轨上跑的,只要有铁轨的地方火车都能跑到。"

他似乎还不太理解,我也不知道怎样向他解释才好。如果他能够看一眼铁轨我相信他就会明白了,可这是不可能的,铁路离我们太远了。我们不可能走到铁路旁边去。就在这时又一列火车出现了,孩子们依旧兴高采烈地遥望着火车在遥远的地方奔跑着。火车又消失了,老师说:"咱们回去吧。"

孩子们都有些不舍。老师说:"下一趟火车的出现要等比较长的时间,再等下去我们就回不了家了。"

我们沿着原路往回走。我问男老师:"你是怎么知道火车在这个时间会过的?"

男老师说:"我也是偶然发现在这个山顶上能够看见火车的。为了能够让孩子们看一下火车，我又来了几次，摸到了火车出现的规律。"

没有想到，为了让孩子们遥望一下火车老师们竟如此费心。

我们很快就下到了我们砍柴的地方，老师又把孩子们散开。孩子们每人拾好了一捆柴，又帮清华的同学每人捆了一捆柴。我们三人没有绳子，只好每人拣了一棵粗一点的树，把枝枝丫丫的砍去，扛在肩上。我们这支队伍很快又踏上了回家的路，在路上说说笑笑，可我却因为没吃午饭而感到格外得没劲。有几次老师看见我站下来休息就劝我把肩上的柴给扔了，可我看见那些比我小得多的孩子背着比我扛的还多的柴时就无法丢掉肩上的柴。我咬着牙把柴扛回了村子，我们按照老师的要求把柴垛在学校教室的后面。吃完晚饭肚子是饱了，可是身上无一处不酸。回到宿舍，我一头倒在炕上连脸也没洗就睡了。这一夜我睡得很香。

第二天清晨醒来疲劳竟一扫而空，山里的空气真养人呀。学校安排我们和学生座谈，在座谈中，我们发现这些山里的孩子有两点是很突出的。一是他们有强烈的求知欲，他们在座谈中什么都问，而且刨根问底。二是他们知识的匮乏。很多在城里幼儿园的幼儿都知道的事物，在这里上了五六年级的小学生还不知道。如公共汽车，这里所有的孩子不仅没坐过，甚至都没有见过。这也就是为什么昨天他们遥望了一下火车都兴奋不已的原因。

下午我们又进行了家访。我们分成了三个组，每组走访了两家人，突出的一个感觉就是贫困。这里所有的人家都吃国家的返销粮，所有的人家都接受政府的困难补助。不同的只是接受政府补助的多与少，所有的人家吃的粮食都是一样的。这一段时间政府返销什么粮食，全村全大队就统一吃什么粮食。我曾问一户人家："你们为什么不要求政府返销给你们一些细粮？"

这户人家的男主人说:"有一年过年政府曾计划返销一些白面给我们,可大家一算每户都要多花不少的钱,后来我们还是主动放弃了这批白面。"

我又问:"既然如此为什么不向政府多申请些补助?"

他内疚地说:"我们是农民,不能向国家上交粮食,还要吃返销粮接受补助,还怎么好意思要求增加补助呢?"

这里的农民真是朴实。

村里人穿的也几乎是一样的,家家户户的陈设都很相近。你走进了一家就等于走过了全村的每一户。

晚上我们回到宿舍聊起了感受,我们七个人的感受都是一样的。主要就是一个字"穷"。清华大学的同学中有两位的家也在农村。他们的感受比我们还强烈。其中一个人说:"我们家就不富裕,可是我万万没有想到在北京还有比我们家还贫穷的人家。"

另一个人说:"我们那里也穷,也不通公路。从我们村到县城去也要走几十里山路。可是我们家通电,通了电就好多了。"

他们说到这里使我想起了一句我们常说的话:"我们不仅要解放我们自己,还要解放全人类。"现在想来这句话说是好说,可真要做起来就不容易了。不要说解放全人类,就是解放我们自己也不是一件容易的事。解放都十七年了,这里的人们还生活得这么苦。他们虽说在政治上已经站起来了,可是他们在经济上还远远没有被解放。我们的心里都有一种说不出来的滋味。

第五天,我们应老师的邀请和大队小学的同学举行了一个联欢会,全村的人都来参加了。

第六天一清早,我们离开了这个小山村。大队小学的全体师生都来给我们送行,他们一直把我们送到村外。这次怀柔之行给我留下了极深的印象。后来我当了兵,复员后上了大学,毕生后参加了工作,由于各种原因我去过许多地方，每到一地只要有机会我就去农村看看。看看那里的人们的生活。当我们国家一步一步走向繁荣的时候，我也总会想起那个小山村的人们，想再去看看他们。我相信他们的生活也一定逐步好起来了。

16 景山秘会无果而终

景山秘会无果而终

1967 年的秋天来得格外早，树上的叶子早早地就开始发黄了。夜里一阵风过，早晨便有树叶撒落在地下。我偶尔看了一下落叶便发现这年的落叶与往年有些不一样。往年总是秋风凉树叶黄，一夜秋风起遍地落叶黄。可这年的落叶中有不少的叶子尚是绿色的。这种秋风落叶绿的现象总使我有些异样的感觉。

这一年的高考还是没有进行。我们这些六六年的高中毕业生只好依旧待在中学里。虽然军代表已经进入中学了，也复课闹革命一段时间了，可我们这些高中毕业生复哪门子课没人说得清楚。至于闹革命嘛也是越来越说不清楚了，有更多的人跳到了我的战壕里成了我的战友，我们是一群无拘无束的逍遥战士。学校里也有革委会。但此时的革委会是我们学校的第几任革委会我也不知道，他们是由哪些人组成的我也不清楚，他们在干什么我也不关心，他们也不关心像我这样的人在干什么。我实在是什么也没干，我本来是想两耳不闻窗外事，一心只读圣贤书，可也没能去读圣贤书，这倒不是我不愿意读圣贤书，而是此时不知道何人是圣贤。不过我却做到了两耳不闻窗外事，我只是每天早晨到学校来点个卯，在教室里和同学聊一会儿天，多是聊一些山南海北的闲杂趣事。过了九点我就和赤裔、长林三人一块去玉渊潭游泳。我们是从夏天就一直到这里来游泳的，只是到了秋天游泳的人越来越少。后来长林也不下水了，他还是陪着我们俩来。我和赤裔在水里的时间也是越来越短了。出了水我们就一块赶回家去吃中午饭，下午我就在家里猫着了。

一日，我正在教室里坐着等赤裔和长林。不知为什么他俩这一天都没有出现在教室里，不过在这个时候如果哪一天谁没有到校是不会引起人们注意的，因为就是来了学校也是无事可做。我正在想他俩再不来我就回家了，这时听见有人在教室的门口叫我。我向教室的门口看去，只见一个人正在向教室里张望。此人我一点印象也没有，可以看得出来他也不认识我。我正在纳闷，来人又喊了一声。我只好站起来说："我就是，你找我有什么事？"

来人没有走进教室，而是站在门口一边向我招手一边说："你能出来一下吗？"

我走到门口对他说："你是谁？找我有什么事？"

他没有回答而是说："我们找个地方说话好吗？"

看来他是不想让其他的人听到。我把他领到通向三楼西面的楼梯口说："三楼的门关死了。这个楼梯没人走。你有什么事就在这里说吧。"

说着，我就在楼梯的台阶上坐下，同时示意他也坐下。他看了一下周围确实没人就在我身边坐下，他一坐下就小声地对我说："我们想请你参加一个会。"

我看着他再次问他："你们是谁？"

他迟疑了一下说："怎么和你说呢。"

我说："虽然我们是第一次见面，不过我想你还是可以想怎么说就怎么说。"

他想了一下说："这么和你说吧，我们是全国最早的红卫兵。"

我自是知道红卫兵的发源地是清华附中就问他："你是清华附中的？"

他摇了一下头说:"我本人不是清华附中的,但我是我们学校最早的红卫兵。"

我没有告诉他虽然我也参加过一些红卫兵的活动,可其实我本人从来没有正式参加过红卫兵,也不在任何一个红卫兵的组织里。我接着问他:"那是个什么样的会?"

他又看了周围一下神秘地说:"是北京市主要中学的早期红卫兵代表的一个会议。"

我说:"早期的红卫兵已经好久没有什么活动了,怎么又想起来开会了?"

他说:"正是因为我们这些早期的红卫兵已经好久没有活动了,所以大家才想起来要开个会研究一下。"

我问他:"你们是怎么想起来找我的?"

他说:"这次参加会的人不多。这只是一个预备会议。参加的人都是红卫兵运动初期有影响的人。"

听他这么一说我笑了。我对他说:"我可不是什么有影响的人。"

他一本正经地说:"早期的红卫兵都是知道你的,你是清华附中红卫兵推荐的人,我们都希望你能来,你一定要来呀。"

他一提清华附中红卫兵,我立刻就明白了两点。一是这个会议的策划肯定是有清华附中早期红卫兵的人;二是清华附中的红卫兵还真是误会了。他们至今还以为去年那次北京各中学围困清华附中,声援清华附中红卫兵是我所为,或最起码我起了很重要的作用,可他们哪里知道那一次活动我的参加完全是偶然。所以在其后我并没有像许多人一样在各学校之间串联,也没有积极地组织和参加红卫兵的活动。只是到了师大一附中红卫兵成立一段时间以后才稀里糊涂地被有些人也认为是红卫兵。因此也参加了"8·18"毛主席接见红卫兵,参加了北京红卫兵到上海去串联等活动。在这些活动中,我只不过是被组织的普通一兵而已。只是跟着参加，没有起过什么作用。现在那些红卫兵真正的先行者又来找我，我还真不知道如何是好。

他见我有些犹豫就继续动员我说："现在红卫兵运动到了生死存亡的关键时刻，咱们这些人无论如何也应该研究一下。"

我看他很真诚的样子，再说也只是研究一下便同意了。他见我同意了高兴地站起来说："那太好了。咱们到时候见。"

说着他就告诉了我时间和地点。（具体的时间现在我已经忘了，可地点我记得很清楚是在景山的后山坡上。）

到了那一天我如约去了景山。那是个阴天，云层很低，阵阵秋风吹过片片黄叶飘落，使人感觉到一丝凉意。这时景山几乎没有什么游人，偶尔遇到一两个游人便不禁互相看上一眼。我沿着后山的小路慢慢地踱着，不一会儿就在半山腰的一块平地处见到七八个学生模样的人聚在一起。我一眼就看到了其中有到学校去找过我的那个人，他也看见了我，便招呼我过去。我走近一看，没有一个认识的人，我有点后悔了，可也不好再走开，只好有点尴尬地站在那里。他把我介绍给先来的那几个人，大家都过来和我握手表示欢迎。他轻轻地对我说："还有几个人没到，咱们再等一会儿。"

我什么也没说只是点了点头。有的人好像互相认识，在那里交谈着什么。有的人看来和我一样跟别人并不相识，只是静静地坐在那里等着开会。过了一会儿又来了几个人，组织者说："人到齐了，咱们开会吧。"

说着他介绍了一下来的人，我没有记住都是那几个学校的人。但我记得有清华附中、男四中、北大附中等十几个学校。一般一个学校也就一个人，总共也就十几个人。大家随便地坐在山坡上，组织者首先回顾了一下红卫兵出现的过程。在谈到早期红卫兵在"文化大革命"初期的作用时，组织者不无动容。特别是在说到毛主席给清华附中红卫兵回信时他甚至有些激动。随后他又说到了红卫兵的现状，这时中学的"红代会"已成立有时日了，各学校的"革命委员会"也成立有时日了，可在"红代会"和"革委会"中几乎没有早期红卫兵的身影，说到此他满脸的气愤。他认为是一些动机不纯的人窃取了早期红卫兵的革命成果，这些人在革命的初期畏首畏尾不敢站起来，可当革命的高潮到来的时候他们又表现得十分激进。他们秉承了混入"中央文革"中的不良分子意图，对真正的革命派进行压制和打击，从而破坏了革命的大好形势，使"文化大革命"走入歧途。他的说法得到了大部分与会者的赞同。我没有表态，一是我逍遥已久不要说大的形势，就是我们学校的"红代会""革委会"都是哪些人，他们在干什么我都搞不清楚。二是我想他一定不是只说形势的，他一定还要说别的事，我想听一听再说。果然，他在说完了形势之后提高了声音说："我们要起来斗争，在斗争中重组红卫兵。"

他的话立刻得到了响应。有人说："我们不能再沉默了，沉默无异于自杀。"

还有人说："我们必须起来斗争，只有在斗争中我们才能获得重生。"

……

组织者用眼睛看着每一个与会者，与会者一个接一个地表态。几乎每一个表态者都同意起来斗争，重组红卫兵。我正想着如何表态，一个低沉的声音说："我同意起来斗争，可是怎么斗我们应该想好了，我们不能盲目地斗。"

组织者说："我们当然不能盲目地行动，我们要发出自己的声音。我们要让广大的人民群众知道我们的存在，这就是我们开这个会的目的。"

还是那个人说："我们要发出自己的声音就要有行动，怎么行动？"

组织者说："现在说是复课闹革命，复课了吗？闹革命了吗？大家想一想各校每天有多少人到学校里来？到了学校又在干什么？没到学校的人又去干什么了？这是有人在用复课做幌子来消磨群众的革命意志，扼杀群众的革命精神。"

他的话一停马上有人说："是这么回事。我们学校每天到校的人就不足一半，到了学校也没事好干，复课根本就没有那么一回事。"

这我承认，因为这一段时间我还是出勤率比较高的，我们班从来就没有到齐过。有的人隔三岔五的不来，有的人已经好长时间不来了，他们在干什么没人知道，我自己该干什么我也不知道。这样的状态什么时候结束没人知道，以何种方式结束更没有人知道。

这时组织者斩钉截铁地说："既然不能名副其实地复课闹革命，那我们就不如号召大家起来罢课。通过罢课来发出我们自己的声音。"

有几个人同时说："我们同意罢课，与其像这样半死不活地待着，不如弄出点声音来表示我们的抗议。"

我一直没有说话，组织者注意到了这一点，他转过脸来看着我，他想知道我的想法。可我一直没有想好怎么说，我承认他们说的很多情况是事实，他们的一些想法也有一定的道理，他们的不满情绪是可以理解的。我对现状也不满，可真要罢课也不是个简单的事。姑且不说罢课能够得到多少人的响应，就说是否能够通过罢课来重组红卫兵就很不好说。想到这里我就说："关于罢课嘛，我们可能面临一个很大的问题。"

组织者转过身来面对着我说："你说什么问题？"

我说："大家都明白，现在在学校里真正管事的既不是'红代会'，也不是'革委会'，而是军代表。如果我们要组织罢课，能不能得到军代表的支持就很重要了。"

有人说："要想让军代表支持罢课这不太可能。"

我说："能不能取得军代表的理解或默许。"

那人说："也难。"

组织者说："那我们能不能绕开军代表？"

我说："怎么绕？现在每个班都有一名军代表。你要搞游行、集会、罢课等什么活动不让军代表知道是不可能的。除非你是很少的人参加，而且是秘密的就像今天咱们在这里聚会一样。那可能军代表不知道。"

组织者倒吸了一口气说："要是我们不理会军代表呢？"

我说："你可以不理会军代表，但是你想了没有，军代表要复课，你要罢课，军代表会不理会你吗？军代表要劝阻你，你怎么办？"

组织者底气不足地说："那，那我们也可以不理会他。"

我说："如果军代表劝阻你，你再不理会军代表，那么势必你就站到了军代表的对立面了，这在现在来说是非常危险的。"

我这么一说其他的人也不再说什么了，刚才还充满了激愤的场面一时冷静了下来。我继续说："现在军队是全国唯一的能够控制时局的力量，我们无论如何不能和军队发生冲突。再说我也认为我们没有力量，也没有理由和军队发生冲突，我认为我们不应该把我们自己置于军队的对立面。"

组织者沉着脸说："那你说怎么办？难道我们就这样忍下去了？"

我说："这不是一个忍不忍的问题，而是一个可为不可为的问题。"

他说："那你认为是不可为了？"

我点了一下头说："我认为不可为，真的不可为。我们怎么想都可以，但要付诸行动一定要慎之又慎。"

这时又有人问我："这么说就没有办法了？"

这个问题我确实没有想过，因为此时此刻运动的出路在哪里？我们这些人的出路在哪里？没有人能够说清楚，也不是我们能够想清楚、左右得了的。我想了一下说："我认为我们最好的办法就是积蓄力量，等待时机。"

刚才一直没有发言的一个人说："我也同意积蓄力量，等待时机，我也不认为现在是个时机。"

组织者说："那我们今天的会岂不是白开了。"

我说："也不能那么说。今天我们见了面，谈了我们对很多事情的看法。我们有很多的共识，这就说明了我们不是孤立的。只不过现在不是我们行动的最佳时机，因此我们要等待，要积蓄力量。我相信机会一定会有的，只要我们做好了准备，当机会来临的时候我们就一定能够有所作为。"

组织者听了我的话没再说什么，其他的人也没有再说什么，会就这样散了。我走出了景山的东门，一个人从后面追上了我。他对我说："你提醒得对，原来我们是想弄出点动静来的，可是我们没有想到军代表的问题。如果和军代表发生了冲突还真是个麻烦事。"

我说："今天大家表现得挺理性的，这真的挺好的。"

他说："除了等待就没有别的办法了？"

我说："等待本身就是办法，有的时候等待比冲动还难。我们应该有卧薪尝胆的意志。"

他点了点头没有说什么，我们分手时他对我说："我们保持联系。"

我说："好的，保持联系。"

我们最终没能保持联系，因为不久我就应征入伍了。

17 别了北京再见亲人

1968年中学生的出路在何方没人知道。那时大学不招生,工厂不招工,中学生怎么办恐怕连中央都不清楚。但是部队不能不招兵了,因为已经有两年没招兵了。部队总不能让全军的战士都超期服兵役吧?所以1968年元旦一过,有一件非常重要的事就是招兵。这是国家的事,是一件大事,可对于我个人来说还是想上大学。有一天军训的排长找到我问我想不想当兵,我心里是不想当兵的,但是在那个时代解放军是国家权力的象征,是革命的中流砥柱,是全国人民学习的榜样。我怎么能说不想参军呢?但是军代问你,你又不能不答。怎么办?我灵机一动就说:"我想上军校。"

军代表一听笑了,他帮我分析了一下当时的形势。他说:"今年高等院校肯定不招生了。现在大学比中学乱得多,不少的老师都被打倒了,大批的老师下了干校。就是让你上大学谁教你?你学什么?可这么多中学生都待在学校里也不是个事,总要给你们找个出路吧?当然这不是我一个排级干部能说清楚的。不过我想今后高等院校招生了,军校自然也要招生,那时你从部队也可以上军校嘛,说不定从部队上军校还容易呢。要不你回家和你父母商量一下,我刚才和你说的话不要和其他同学说。"

我想军代表说的也有道理,就答应回家和父母商量一下。回到家里,我把军代表说的和父母说了一遍。父母也感到很突然。商量来商量去，最后把问题集中在不去当兵今后怎么办？是呀，这个问题在那样的形势下谁能说得出来？就是不发生"文化大革命"，人们自己能进行选择的机会也不是很多的。也就是小学上初中，初中考高中，高中考大学，自己能报几个志愿算是可以选择，那还要看你是否考得上，就算是大学毕业了还是要服从分配。最后还是父亲决定了，同意我去当兵。我知道这个决定对于他来说也是不得已而为之。

第二天我找到了军代表，告诉他我决定服兵役。他听了很高兴，对我说："从今天起你每天都要按时来学校，不知道什么时候上级就要通知体检。"

"还要体检？"这我没有想到。

军代表说："那当然了，只有体检合格了才能参军。"

和军代表打过招呼之后我心里平静了许多，就等着体检了。没事我就坐在教室里看书，那时可看的书不多。我就找了本《毛泽东同志外交言论集》看。其实也没有真正看进去，只是消磨时光而已。

一天我打开书没看几页就听见有人叫我，我抬头一看，是四班的鲁建在教室外招呼我出去。鲁建是我小学、初中的同学，我和鲁建、英凡是从小的好朋友。考高中时因为不愿意分开就一起报考了北京师大一附中，没想到我们三人还都考上了，他和英凡被分到四班，我被分到三班。虽然我们不在一个班，可平时往来仍旧很频繁，我们是熟得不能再熟了。一看他招呼我，我马上跑出了教室。他把我拉到一个僻静的地方小声地问："你报名参军了吗？"

我说："报了，你呢？"

他说："我也报了，你们班还有谁报名了？"

我说："不知道，军代表不让我说，我也没敢问。你们班呢？"

他说："我们班报名的人比较多，有铁鹰、文国等。"

我问："英凡报了吗？"

他说:"他没报。"

我问:"为什么?"

他说:"他说他体检肯定通不过,所以没报。"

我说:"通得过通不过他怎么知道?不管怎么说也要试一试嘛,没准还能蒙过去呢,你把他叫来咱们再劝劝他。"

他说:"行,你等着,我去叫他。"

一会儿英凡就和鲁建一块过来了。我一见英凡就问:"你为什么不报名参军?"

英凡肯定地说:"我报了也白报,体检这一关就过不了。"

我不甘心地劝说道:"你怎么知道通过不了?你知道这次咱们当的是什么兵?体检的标准是什么?"

他说:"别的不说,就说视力这一关我就过不了,当什么兵也要查视力吧。"

英凡的视力确实是太差了,他的眼镜总有七八百度深,他这么一说我也没辙了。可鲁建却说:"查视力这一关最好过,你把视力表背下来不就行啦。"

"那要是体检时用的视力表和我背的表不一样那可怎么办?"

英凡还是不想去试。他说的也是,谁知道体检用的是哪种表呀。自从上了高三之后我们已经体检过几次了,用的视力表不完全一样。可是我和鲁建都不想让英凡放弃,我们一起已经十几年了,如果能够一块参军该多好呀!

我再次劝道:"咱们再想想办法。英凡不如你先报名,什么时候体检还不知道,咱们还有时间想辙。"

我刚一说完鲁建马上接着说:"我有办法了,不就是查视力吗?这好办。咱们也不是体检一次了,咱们把铁鹰他们都叫来,在查视力时我们几个视力好的先上,一人背一行。英凡你先查别的项目,最后查视力。等我们查完视力后把背下来的告诉你。你只要背下来就行了。"

我一听觉得这个主意不错，以我们的实力用不了几秒钟就能背下来视力表中的一行。以英凡的实力他也用不了多少时间就能全部背下来。我说："我看鲁建的这个主意不错，我们一人背一行问题不大，你只要把表上 1.0 到 0.1 这五行背下来就行了。"

"那要是真到了部队我看不清该怎么办？"英凡还是信心不足。

我说："到了部队就好办了，体检查的是裸眼视力，可到了部队让戴眼镜呀，你一戴上眼镜不就什么都能够看清楚了嘛。再说咱们肯定在一个部队，大家都会关照你的，你就放心吧。"

说实在的我真想让英凡和我们一块去当兵，英凡终于被鲁建和我说服了。我们把铁鹰找来，把我们的计划告诉了他，他自是完全同意。鲁建说："咱们多找几个人，争取保险系数大一点。"

铁鹰说："不行，这种事是知道的人越少越保险。"

我同意铁鹰的意见。最后我们决定再找两个人就行了。一个是二班的建国，一个是一班的少俊。没想到把他们一找来才发现少俊的眼睛也不合格。这样一来能先背视力表的人只有我、铁鹰、鲁建、建国四个人了。需要照顾的不仅有英凡还增加了一个少俊。建国说："要不再找一个人来吧。"

铁鹰慎重地说："算了，还是人越少越好。你们一人背一行，我背两行。"

铁鹰的记忆力是可以信得过的，我们就这样决定了。

体检通知终于到了，我们都满怀信心地去参加体检。一到了医院，我们四个人就直奔视力检查处，而英凡和少俊则结伴去检查其他项目。很快，我们完成了视力检查，并把背下来的视力表写在一张纸上，让鲁建想办法找到英凡交给他和少俊。

"鲁建，找到英凡后你们找个僻静地方，让他俩尽快背下来，千万别让外人发现，最好你陪着他俩，让他们别着急。检查完了我和铁鹰、建国在大门口外等你们。"不知为什么这时我总有点不放心，所以再三叮嘱鲁建。

　　"你们仨快去检查吧，我估计问题不大。英凡和少俊背这点东西还不是小菜一碟儿。"鲁建倒是信心十足。

　　我、铁鹰和建国一块儿去做其他的检查，这样一来我们六个人就分成了两组。可我们怎么也没有想到我们这一组出了问题，在测血压时铁鹰竟被测出血压高，这使我们仨都大吃一惊。我和建国忙过去对医生说："医生，不会吧？他可是咱们北京二百米栏的冠军呀。"

　　医生笑着说："你们别紧张。他血压仅是偏高，紧张也可以引起血压升高。"

　　我求医生说："那麻烦您再给测一下，铁鹰你也别紧张。"

　　铁鹰也对医生说："我刚才是有点紧张，麻烦您再给我测一次。"

　　又测了一次，铁鹰的血压还是偏高，他坐在那里呆住了。我和建国也有点茫然，我们都待在那里不肯离去。医生看着我们仨笑了一下和蔼地说："这么着吧。你们先出去，让他静静地待一会儿再来。"

　　我们只好离开了诊室。我和建国陪着铁鹰来到医院的大门口，一看连个坐的地方也没有，铁鹰只好坐在台阶上。这时建国说："我听说躺着血压比较低。"

　　我说："算了吧，这哪有地方躺呀？"

　　铁鹰倒干脆，他说："我就躺在这台阶上。"

　　说着他就躺了下来。北京的一月是最冷的月份，躺在水泥台阶上和躺在冰上没有什么区别，来来往往的人都向我们投来了好奇的目光。我小声对铁鹰说："你闭上眼睛，什么都别想。"

　　半个小时很快就过去了，铁鹰再次测血压果然降下来了一些。不过还在上限，医生很欣赏我们参军的决心就算铁鹰合格了。我们这下子可高兴了，可没有想到我们没高兴几分钟，情绪就又一落千丈。铁鹰在内科检查时被查出来脾大，而且是不容置疑的不合格。我们仨都蒙了，接下来怎么检查的都不记得了。只记得我们十分沮丧地走到医院的大门口，我们还要在那里等鲁建他们。等了一会儿建国就不耐烦了，他要进去找一找鲁建他们。铁鹰倒还沉得住气，他拦住建国说："找也没有用，我们还是再等一会吧。"

又过了一会儿体检的人都走得差不多了，这时才见鲁建、英凡、少俊姗姗走了出来，一看他们那个样子我心里想肯定是出了岔子了。三个人都像霜打的茄子似的，铁鹰迎了上去问："你们那里怎么样？"

鲁建垂头丧气地说："完了，全完了。"

我一听"全完了"三个字脑袋"嗡"地一下大了起来，忙问："怎么啦？三个人都没过？"

鲁建说："我过了。他们俩没有过。"

铁鹰忙问："怎么会呢？是我们弄错了？还是英凡和少俊出岔了？"

建国说："我觉得我没背错，英凡和少俊还不至于把这么简单的问题搞错吧？"

我问："是不是其他检查项目出了问题？"

听着我们的提问英凡苦笑了一下叹息道："唉，我说不行嘛。我连医生拿的指示棒都看不见。"

听他这么一说我们都傻眼了，什么都想到了，就这一点没想到。事到如今是一点办法也没有了，只好认命了。我又问少俊："那你呢？出了什么岔子？"

少俊叹了口气说："我一紧张有一行没记住，这一下子就完了。"

建国说："你紧张什么呀，平时咱准备得不是挺好的嘛。"

少俊说:"唉,算了。谁让咱眼睛不好哩。要是好不就能看见了吗?你们仨怎么样了?"

建国抢着说:"我们这边也出事了,铁鹰被刷下来了。"

鲁建、英凡、少俊一听都瞪大了眼睛问:"什么?铁鹰是咱们这里的运动健将呀。他会身体不合格?怎么可能呢?"

铁鹰说:"我自己也没有想到,说我脾大。"

六个人一块来体检,三个人不合格。我们垂头丧气地回到了学校,一路上谁都没说话。

可谁也没有想到,很快事情就发生了变化。当天晚上铁鹰和之中一块回家,之中的妈妈是海军总医院的内科主任。之中回家后把铁鹰的事告诉了妈妈,他妈妈一听就感到不大对劲,她对之中说:"你叫铁鹰来咱家一趟,我给他检查一下。"

之中马上给铁鹰打了个电话,铁鹰连夜赶到了之中家。到底是专家,之中的妈妈让铁鹰躺在之中的床上用手一摸就摸出来了,根本就不是脾大。由于铁鹰是跨栏运动员,所以腹肌发达。结果是检查的医生没有经验,错把一条腹肌摸成肿大的脾了。之中的妈妈说:"铁鹰,你放心吧。明天我让之中给你带回去一份海军总医院的诊断书。你交给军代表就行了。"

铁鹰十分感谢地离开了之中的家,他的问题就这样解决了。后来我们又鼓动少俊要求复查,我们知道复查还在原医院。我们几个人一块帮助他反复练习背视力表,终于少俊也过关了。我们五个人可以在一起了。

我们入伍的是空军,不过不是飞行部队。其实我还真参加过飞行员的体检,不过没过几关就被刷下来了。这次我们入伍的是地勤部队,当然从身体要求上就没有那么严格了,体检我就顺利地过关了。说实在的,报名参军的时候参加的是什么部队,甚至于是什么军种,什么兵种都不知道。一直到批下来发了军装，一看发的是黄上衣、蓝裤子，才知道是空军。当时的军装种类很少，一身黄就是陆军，一身灰就是海军。知道了军种就想知道是什么兵种，便跑去问军代表，军代表说他也不知道，等我们到了部队就知道了。没办法，也只好作罢了，反正当什么兵都是一样的。

虽然从心里说我并不十分想参军，可参军毕竟是件好事。特别是在那个年代，所以我也挺高兴的。没到部队前虽然发了军装，但是没发领章、帽徽。这没关系，家里有。我就把父母的领章、帽徽借来暂时一用，和同学们一块跑到天安门广场去照相。那两天天安门广场上都是入伍的新兵和送行的人，据说那一年仅北京地区参军的学生就有两万多人，凡是能到天安门广场去的都去了。

又过了两天，也就是1968年2月16日那天，我们终于离开了北京。那天我们全家的午饭都提前吃了，因为中午我要到学校去集合。父母和妹妹们都到学校去送我，这次我们学校一共有五十多人参军。送行的人很多，有家长、同学、老师、军代表……学校的操场挤得满满的。很快我们就集合好了，全区的新兵都要赶到陶然亭公园去大集中，然后再从陶然亭公园到永定门火车站上车开赴自己部队的驻地。我们就在来接兵的部队军代表和负责军训的军代表的带领下排好了队，背起了背包，沿着南新华街向陶然亭公园走去。临出发时我和父母、妹妹们告了别。我知道这一别最少也得三年才能再见面，希望父母能够保重身体，希望妹妹们能够照顾好父母。

我们上路了。我们这支队伍不只是五十几个新兵和带队的军代表，在我们的两边走的都是送行的同学，当然队伍的后面还有送行的家长和兄弟姐妹。部队在行进中是不能随便说话的，大家都默默地走着，不时地从其他学校的门口也走出同样的队伍。这样的队伍越汇越多，却依然只有脚步声。在"文化大革命"中，大街上经常出现各种各样的队伍，这是我参加过或见过的最安静的一支队伍，除了脚步声你再也听不到其他的声音。

很快我们就到了陶然亭公园。这时我才发现父母和妹妹们已经赶到了那里，他们都站在汽车边向一队队走进公园的队伍张望。大妹妹和我在一个中学上学，她很快就发现了我们学校的队伍，发现了我。她把我指给了父亲，小妹妹把着车窗把我指给坐在车里的妈妈，妈妈没有下车。

父亲和妹妹们跟着队伍进了公园，妈妈没有来，她一个人留在了车里。队伍原地休息，跟送行的人进行最后的话别，该说的话前几天就已经说过了。他们一直把我送到部队的最后集合地仅仅是为了多看上我几眼，多和我在一起待一会儿。我劝他们早点回去，我不愿意让妈妈一个人留在车里，我不能送他们到公园的门口，多走几步都不行。我不能离开队伍。我目送着他们一步一步地离我而去，两个妹妹走在父亲的两边，她们还不时地回过头来看我。我一直在向他们挥手。父亲没有回头，他的步子很慢，背也有点驼。一股酸楚涌上心头，我目不转睛地望着他们。渐渐地，渐渐地他们远去了，他们从我的视线中消失了，消失在人群中。我久久地站在那里望着他们消失的地方，我知道他们已经不在那里了，可他们仿佛又回来了，回到了我的心里。一直到现在每当我想起往事的时候，此情此景都会清晰地浮现在我的眼前。当我三年后复员回到家里的时候，小妹妹告诉我，在那天他们回家的路上父亲母亲没有说一句话，她们也没说话，整个晚上父母都没说话。他们就这样静静地度过了我不在家的第一个夜晚。

部队再次集合整队，这次是要上火车了。整个队伍是按年级排的，初中的同学排在前面，我们高三的自然排在了最后面。我排在了整个队伍倒数第五的位置上，后面四个人就是鲁建、少俊、铁鹰和建国。

"嘟，嘟……"哨声响了起来，前面的队伍已经开始行动了。我抖了一下背包紧紧地跟了上去，突然我发现带队的军代表向我身后喊道："快跟上，别掉队。"

我愣了一下，回头一看，原来我后面的四个人都没有跟上。他们几个人被送行的同学围着，不管是走的还是送的，也不管是男生还是女生都在流泪。他们的背包还没有背上，都在送行的同学的手里。我赶快跑回去把背包从送行的同学手里接过来让他们背上，小声地说："走吧，快跟上。"

我把他们几个人推到前面，自己走在最后赶上了队伍。我又回过头去对送行的同学高声喊道："回去吧！一到了部队我们就会给你们来信的。"

当我回过头来时发现带队的军代表正指着我喊道："你，你走在最后面，注意别让一个人掉队。"

我一直走在队伍的最后面。

当我们走进车站的时候天已经黑了，周围的灯都亮了。运送我们的列车已经停在车站里面了，车站里面安排好了专门送行的人员。他们打着横幅，敲着锣打着鼓，呼喊着口号。我看了一下没有发现我们学校的人，在车站里我们吃了在北京的最后的一顿饭。

饭后车门被打开了。我发现原来这种军车是上下两层的，车板上什么都没有只是铺了一些稻草。车厢每一边都上下各有两个很小的窗子，但可以清楚地看到窗子都关得严严的。可能是怕车一开起来灌风吧，二月份北京的天气还是很冷的。这种车在当时有个名字叫闷罐子车。我们开始上车了，我仍走在最后面，当我刚要上车的时候突然听到有人喊我。我回头一看原来是给我们送行的同学，他们不知从什么地方钻了出来，正在向我们招手。我赶快向车厢里喊了一声："他们来了。"

已经上车的同学都把头从车门口伸出来。

"到了部队马上给我们来信。"

这是我听到的同学们最后一句话,我一边挥手一边向他们喊道:"放心吧!一到了部队就给你们写信,等着吧。再见了!"

这是我向他们说的最后一句话,这时我把一只手伸向准备拉我上车的军代表,我被拉上了火车。我是最后一个上车的人,当我的双脚离开月台的时候看了两边一下,已经没有一个战士在月台上了。其他车厢的车门都开始关了,我上车后军代表并没有马上把车门关上,他让我站在车厢的门口面对着送行的同学。他站在我后面紧紧地拉着我的背包。我望着送行的同学,只能看见他们挥动的手臂,听不清他们嘴里喊出的声音,因为锣鼓的声音太大了。我心里想,在今后的几年里我可能再也见不到他们了。再见,再见,我希望再见。永别了,永别了,也许可能真的永别了。我努力记住这个时刻,努力记住每一张面孔,努力记住他们的每一个动作,希望把他们都记在心里。片刻之后军代表在我身边轻轻地说:"把车门关上吧。"

我一边挥动着左手,一边用右手缓缓地关上了车门。

当我按照要求枕着背包躺在铺着稻草的车板上的时候,火车"呜——"的一声长鸣,紧接着"哐当"一声车厢震动了一下。我的心一震,虽然我是刚才唯一没有流泪的人,但此时我感到眼眶湿润了。我紧紧地闭上双眼,我知道车厢里一片漆黑,即使这时我的眼泪夺眶而出也不会有人看见,可我还是不愿意让它流出来。我从五岁就上了寄宿学校,离开父母离开家是经常的事,但我知道这次不一样。

就这样我离开了父母,离开了家,离开了学校,离开了曾朝夕相处的同学,离开了培养我的老师,离开了我生活了近十九年的北京城。我当兵了。我走了。走向不知在何方、是什么样的一座军营。我不知道我什么时候才能回来,也不知道我是否还能回来。

人小事三部曲之军旅三年

一叟 著

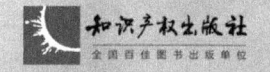

知识产权出版社
全国百佳图书出版单位

图书在版编目（CIP）数据

凡人小事三部曲之军旅三年/一叟著．—北京：知识产权出版社，2018.8
ISBN 978-7-5130-5790-5

Ⅰ.①凡… Ⅱ.①—… Ⅲ.①自传体小说—中国—当代 Ⅳ.①I247.5

中国版本图书馆CIP数据核字（2018）第191783号

内容提要

本篇讲述了"文化大革命"中解放军的一个普通连队里一名普通士兵的经历及其复员后生活中的一段偶遇。

责任编辑：国晓健　　　　　　　责任校对：谷　洋
封面设计：臧　磊　　　　　　　责任印制：孙婷婷
插　　图：刘淑兰

凡人小事三部曲之军旅三年
一叟 著

出版发行：	知识产权出版社有限责任公司	网　址：	http://www.ipph.cn
社　址：	北京市海淀区气象路50号院	邮　编：	100081
责编电话：	010-82000860 转8385	责编邮箱：	guoxiaojian@cnipr.com
发行电话：	010-82000860 转8101/8102	发行传真：	010-82000893/82005070/82000270
印　刷：	北京建宏印刷有限公司	经　销：	各大网上书店、新华书店及相关专业书店
开　本：	880mm×1230mm　1/32	印　张：	10
版　次：	2018年8月第1版	印　次：	2018年8月第1次印刷
字　数：	250千字	定　价：	98.00元（共三册）
ISBN 978-7-5130-5790-5			

出版权专有　侵权必究
如有印装质量问题，本社负责调换。

谨以此文献给我的战友

虽然我们的连队已不复存在,
我的战友或生或死,
我们或曾又相见,或不曾再相见,
但我们毕竟共同出过力、流过汗,
共同经历过风雪与烈火,
共同战斗过……

编者语

作者
我的同事
就坐在我办公桌的对面

作者
我的老师
常常给我一些有益的建议

他
一个平常的人
头发已经花白
皱纹已经爬满额头
钢硬的胡碴常常刺破沧桑的面颊

他
一个普通的人
每天上班回家
走过了半个北京城的大街小巷
伴随他的
是一辆跟我同岁的自行车

然而

我却不曾想到

他那深邃的目光

浓缩了人生的五味

为了战友

他曾

寒夜斗风雪

工地战烈火

为了集体

他甘愿

自冒风险

独挑重任

虽然他

不曾立过功

不曾受过奖

甚至于

没有得到过表扬

而当我问起

您心中是否怨愤

他却总是笑笑

战友的平安

连队的荣誉

祖国的利益

便是对我最高的奖赏

困难　挫折　忧愁　怒气
转瞬即逝
留下的永远是
满脸的阳光与微笑

他有机会选择富足与发达
可他却宁愿选择崎岖与清贫
而他得到的
是踏实与快乐

他常对我说
挫折不可多得
经历便是财富
平平淡淡才最真实

我突然感到
我们每一个人都在写书
书的内容
不一定辉煌传奇
但肯定精彩动人

我们不求
名留史册　千古传扬
只求

聊以自慰　不虚此生

让我们
拿起笔来
记下我们的足迹
写出我们老百姓
自己的
故事

目 录

楔子		/001
第一日	高考停止似无期 无可奈何当兵去	/016
第二日	深山老林一连队 谁知新兵挑大梁	/033
第三日	暴风骤雪除夕夜 冰天雪地战友情	/062
第四日	边陲烽火军情急 男儿心中柔情长	/081
第五日	紧急战备兵有责 结果无常谁人知	/101
第六日	一念之差真后悔 千里野营感触多	/139
第七日	夜谈军中私情事 冬月花开世无常	/167
第八日	浪迹街头复员兵 常思连队往事多	/198
第九日	心中有信难相寄 误打误撞上大学	/234
第十日	自信人间童话多 她是眼前灰姑娘	/260
没有结束的故事		/303
写在后面的话		/308
编后语		/309

楔子

当我骑上自行车离开公司的时候，我情不自禁地回头看了一眼公司所在的大楼。为什么？我也不知道。其实我已知道这一天很快就要到了。从明天开始我就不用再来上班了。说实在的公司经理对我不错。两年前我所在的原公司垮掉了，我成了"自由人"，是经理收留了我。来到了公司我努力地工作，和公司里的同事关系也不错。但是很快我就发现，我和经理的工作方法相差较远。我努力过，想改变一下自己的想法和工作习惯，可是一个五十多岁的人要想改变自己也不是一件容易的事。我发现经理一直很容忍我，但我知道让经理忍着也不是个办法。

一天经理提出要调整我的工作岗位。我便借口新的岗位离家太远不方便，要求离开公司。

经理做了挽留。我知道这是经理给我面子，我也应该给经理一个台阶，便坚决要求离职。经理同意了。当我把手头上的工作交给接替我的人之后，便到财务室去办理离职手续。财务部经理一定要我把这一个月的工资都领了。原本我是不打算要的。一是这个月才过了一半，即使领也只能领一半的工资；二是这半个月我也没有干什么工作。但是财务部经理说这是经理吩咐的，经理一定要给我全月的工资。我只好把全月的工资都领了。临走时我没有再向经理告别，我不知道应该怎样和她告别。说实在的，我还是挺感谢她的，她给了我两

楔 子

年工作的时间。现在我的心里平静了许多。

我尽量骑得慢一点。当我拐过第一个弯儿，公司所在的大楼已经在我的视野中消失的时候，我深深地叹了一口气"唉……"，我知道我离开的不只是公司很有可能就是工作。我已是五十多岁的人了。有了第一次失业的经历之后，平时我就十分注意招聘的各种信息。在这两年的时间里，我不止一次的代表公司参加各种招聘会。我知道很少有单位聘用五十多岁的人、除非你有过人的专长。现在是年轻人的时代。一个五十多岁，只有中级职称的人在人才市场中可以说是等外品了。这一点对于我这个做过公司人事部经理的人来说是心知肚明的。好在我的儿子已经参加工作了，而且被他所在的公司派到了国外。这是我最大的宽慰。我爱人也有一份稳定的工作，如不发生意外她能够一直工作到正常的退休年龄。她也非常理解我的处境。最困难的是我那八十多岁的老母亲，怎么跟她说呢？肯定不能告诉她我失业了。如果不告诉她那我就必须像往常一样每天早晨离开家门，到了下班后才能回到家里。我能去哪儿呢？去干什么？我一边骑车一边想。一直回到家门口也没有想出个好办法。望着家门口我没有贸然进去，我把自行车停在离门口不远的地方，跨在车子上一直搜肠刮肚地想着怎样向母亲解释。过了好一会儿我也没有想出什么好理由。我又不敢在门口附近停留太久，怕遇到同院的人。只好又骑着自行车离开了。我漫无目的地骑着，任时光随意地流逝。

中午我买了两个火烧，骑车来到工人体育场。七月中旬的体育场对于我来说真是个好去处。这时骄阳似火，烤得人地冒烟，就是在树荫下你也感觉不到一丝凉意。整个体育场不见一个人影。只有躲在树叶下的蝉也因受不了这样的酷热在拖着长声嘶鸣着。我找了个树荫下的长椅坐了下来。一边慢慢地吃着火烧一边想着如何面对今后的局面。偶尔有人走过我的身边，向我投来好奇的目光。我只有装出若无其事的样子,认真地嚼着我的火烧。生活是不成问题的。我这个人生活比较简单,不对,一直是很简单。我从 1988 年初下海,虽然没有赚到大钱,但还是略有积蓄的。再加上我已经上了社会养老保险、医保、失业保险等,六十岁以后的生活是有保障的。关键是这几年怎么办?我一边慢慢地嚼着火烧,没有水也只能慢慢地吃,一边在心里细细地算着账,还能应付得过去。但是有一个条件就是不能出意外,不能生大病,不能出像车祸什么的事。真要是有个天灾人祸那可就没办法了。不过现在想这个也没用,只有自己小心了。

  吃完了火烧感到有点累了。说实在的,我这才知道心累其实是最累人的。我站起来把自行车锁上又坐回到长椅上。把头靠在椅子背上,闭上眼睛打算休息一会儿。虽说长椅是在树荫下,可七月中旬的室外哪有凉快的地方?我又不能现在就回家,将就着吧,就与同在树荫处长鸣的蝉做个伴儿吧。就这样我一直坐到快下班的时候才骑上自行车回到了家里。

浪迹街头

楔 子

  第二天我像往常一样按时出了家门。骑上车我就一直向北去。到了第一个十字路口习惯性地准备左拐，这是我平时上班应该走的路。但我马上意识到今天不用拐了。我一直向北骑去，直到路的尽头又顺着路向右拐去。我知道向左拐还能走到公司。我怕在不自觉中仍走回到公司附近。向右拐就会越走越远。我随意走着，漫不经心地走着，一天天地走着。这是我29年后又一次在北京的街头毫无目的地走着。29年前我还知道组织上最终是会给我安排一个工作的。我的"流浪"只是一时的，它也许明天就会结束，我又会回到一个集体中。可29年后的今天不同了。我知道这一回是没人会再来管我了。我是一个彻底的"自由人"，一个真正的白天流浪者。我随意浏览着街道两边的店铺，但很少走进去。我怕会有某种今天没有需要而我又喜欢的东西勾起我的购买欲望。中午时分我尽量不去看饭馆、餐厅。我知道在今后的日子里我应该尽量避开这些过去经常光顾的地方。我也不去书店，原本我是很喜欢逛书店的。我不喜欢去图书馆，其原因就是在书店里我看到什么喜欢的书就可以买下它。在图书馆就不行了，虽然有些图书可以借回家，但终究是要还的。我还真怕抵御不住一些书的诱惑，那我又要有一笔支出了。就这样我走着，我不知道马路的尽头在哪里，也不知道什么时候是个尽头。

  一天我走在一条不大的胡同里，发现了一间不大的人才中介公司。从门口向里望去，里面只有十几平方米。两张大一点的桌子面对面地对在一起。一张桌子后面坐着一位女职员，一张桌子后面的椅子是空着的。在靠近门口的地方还有一张两屉桌。桌子面前放着两把圆凳。里面没有几个人。有个人在两屉桌前填写着什么表。另一个人在和那位唯一的女职员说着些什么。在这间公司外面的墙上挂着一个透明的玻璃橱窗，里面贴满了招工启事。这条胡同我走过不知多少次，从来没有注意到这家公司，也不曾在这个橱窗前驻足过。今天是百无聊赖，便站在橱窗前看了起来。与其说我是在看那些招工启事的内容，还不如说我是在看上面的那些文字。

原来我从不把这样的人才中介公司看作是人才交流机构。我认为它们只能算是劳务市场。这些中介公司所介绍的岗位大多是一些从事体力劳动的岗位。例如，我看到了一些饭店还有一些餐厅招聘厨师，可我还没有发现招聘厨师长的；有招聘电工的，没有招聘电力技师的，更别说是电力或电工工程师的；有招聘缝纫工的，没有招聘服装设计师的；还有招聘美工的，没有招聘美术师的。林林总总都是招聘一些工人，没有那些要求学历或技术较高的岗位。所以我感到可能这些用人单位也是一些较小的单位吧。也许因为我自已已是五十多岁的人了，所以在看这些招聘启事的时候便格外地注意是否有年龄的要求。其实我心里十分清楚，就是在启事中没有注明年龄要求的单位，他们在聘用一个人的时候也会考虑到这个人的年龄的，这也是无可厚非的。

忽然我被一则招聘启事吸引住了。这则启事中注明需要一名陪聊。条件还不低，要求大专以上学历，中级以上职称，十年以上工作经历，还有个特别的要求，要在两个以上单位工作过。这是我在任何一则招聘启事中没有见过的要求。下面还有个很特别的要求，就是年龄在三十五岁以上。绝大多数提出年龄要求的启事都是注明某某年龄以下。这第一次见到要求在三十五岁以上的。

陪聊的事我是知道的。开始我是在小说和电影中见到的。一般是孤独的老人或是病人在精神上需要别人去安慰，或是满足他们的某些心理上的需要。后来我听说我的一名初中同学就干过陪聊这样的工作，只不过她不是在国内而是在澳大利亚。她原来在北京某家报社当编辑，这是一份不错的工作，收入也还可以，并有个美满的家庭。可不知为什么她跑到了澳大利亚，并一个孤独的老太太家找到了一份陪

楔 子

聊的工作，报酬还不错。开始仅仅是读读报，读读书，后来就是陪着老太太聊天。天长日久，老人感觉离不开她了，就建议她把爱人和孩子也办到澳大利亚去。果然在老人的帮助下，她爱人和孩子都去了澳大利亚。老人还帮助她爱人找到了一份工作。孩子也在当地上了学。此时她也成了老人家中不可或缺的一员，而且是身兼数职，是陪聊也是女佣，还兼做管家。再后来的事我就不知道了。不过这一切都是听说的，就算是真的也是在澳大利亚。在中国，在北京，我还没有听说过，这回我算见到了。我在揣摩这位需求者是个什么样的人，为什么需要有人陪他聊天。

正在这时候，中介公司里的那位女职员从外面向屋里走去。她是什么时候出来的我竟然没有感觉到。她看了我一眼，然后用漫不经心的语气说："您看上哪项工作了，可以进来谈谈。"

鬼使神差地我跟着她走进了屋子。不，应该说是好奇心。我想知道他或她到底是个什么样的人。当我走进屋子里的时候才发现刚才不仅是女职员出去了，其他的人也都走了。现在屋里只有我和女职员两个人了。她又看了我一眼，自己先坐了下来，然后指着她桌子旁边的一个圆凳说："您请坐。您看上哪项工作了？"

我已经溜达了好半天了，又站了好一会儿，腿还真有点酸了。此时屋里又没有别人我也就不客气地坐下了。听了女职员的问话我在心里问自己：你是来找工作的吗？你不是偶尔路过这里随便看看的吗？

"你怎么知道我是来找工作的？"我反问道。

"您不找工作？那您看那些招聘启事干什么？我见您看了好一会儿了。"

"我就是随便看看。"

"随便看看也行。您随便看上哪项工作了？"

看来这位女职员还真有点韧劲。她认准了我是来找工作的。是呀，现在正是上班时间，但凡有工作的人也没时间在街上溜达呀。不找工作谁还关心招聘启事呢？女职员一定是这样分析的。

"我想了解一下那个招聘陪聊的启事。"

"哦，是那项工作呀。那个工作不错。您看，一天只需要工作两个小时，一周工作五天，周一至周五。她家的条件不错。据上次去的那位陪聊的回来说，她家的房子可大了。家里没有别的人，只有一位老人和一个保姆。关键是报酬挺高的，两个小时五十元。工作很简单，就是陪老人说说话。她家还提供饮料。"

"你能够说得再详细一点吗？"

"我知道的就是这些。不过如果您填了表，交了费，我倒可以把我从上一位陪聊的人那里听到的一些情况告诉您。"

"你不能先说说吗？"

女职员又笑了。这家公司的经理真会用人。这位女职员在和我说话的过程中一直是笑眯眯的。现在她笑得更甜了。

"刚才我说的都是公司要求我向每位应聘者必须介绍的。您要想再了解更多的情况就超出了我们必须介绍的范围了。不过您要是应聘了这项工作，我们会给您一些忠告，帮助您把工作做好，使招聘者满意，使应聘者能够更好地工作，这是我们应该做的。您要是不应聘，那我们可就没义务再给您提供进一步的情况了。"

她在说这番话的时候还是一直笑着。

"需要多少钱？"

我为什么要问这句话我自己也不知道。难道我真的要应聘这项工作吗？每小时二十五元钱这算什么高报酬？前几年我曾在中关村一家公司兼任过办公室主任，一周仅需要去两天。每月工资四千元，平均每小时六十多元。我还不是拿的多的。不过每天工作两个小时，工作强度也小，这倒也算不得什么了。

楔　子

"只需交十元。"

十元确实不算多，但也够我几天的中午饭钱了。我一般中午就吃两个火烧，也就一元或一元两角钱。虽然儿子常常叮嘱我要把伙食搞好一点，在吃的方面不能太省了。而且每次回家都想给我留下一些钱。我爱人也总是要求我把中午的伙食搞得丰盛一点。她倒是不给我钱，怕的是伤了我的自尊心。可现在我没了工作，没了收入，花儿子的钱或花爱人的钱心里总是有点不是滋味。花积蓄吧，那可是花一角少一角，花一元少一元的事。还是省着点吧，我在想自己的事。

女职员仍在笑。她把一张表推到我的面前说："想好了吗？想好了就填表。"

在不知不觉中我拿起了笔顺着表上的要求填了下去。填好了之后我都没有再看一眼就把表推到了女职员的面前。

她看了一眼说："您基本上符合要求。"

"什么叫基本上符合要求？"我问。

她说："您看看。您是大学生，学历够了；您又有中级职称，这项工作也不需要高级职称，中级就足够了。您再看看您的经历：当过兵，上过大学，当过老师，还搞过科研，最后还下了海在公司里干过，您的经历多丰富呀。您经多见广，聊起来一定有话题。您就交费吧。"

她说了这么多话原来在这里等着我呢。我连忙拿出了十元钱递了过去。说实在的我并没有看上这份工作。虽然这也叫工作，但这是什么工作呀？收入就更别说了，一个月几元的收入恐怕连夏天卖冰棍的都不如。虽说每月才工作四十个小时，可我现在有的是时间。对于一个失业者来说时间是他不得不拥有的。说真的我就是想听听招聘者的情况。好奇心驱使我忍痛花了十元钱。

女职员麻利地把钱收到了她的抽屉里，熟练地给我开了一张收据。她顺手给了我一张纸，上面写着一个地址，说："您明天就可以去了。不过您千万别早去，每天下午三点钟差一两分钟到她家门口。您不用按门铃，按了也白按。您只要稍微等一会儿，三点整她家的保姆会准时给您开门的。当然您更不能晚去，晚去了她是不会给您开门的。您的这份工作就算吹了。"

"你能不能再详细地介绍一下她的情况？"

"我不是正在和您说着吗。"女职员仍在笑，不过好像笑的不如刚才甜了。

"我要是不按门铃，她们怎么知道我到了呢？"

"您走后我们会打电话通知她家的。您记住这位老太太脾气有点犟。一是她家要求非常准时；二是她不爱说话；三是更不爱笑。"

"她找的不是陪聊吗？何谓聊？聊就是两个人或两个人以上的人说话。她不说话，光让我一个人说，那还叫什么聊呀？还不如让我给他念念报、读读书算了。"

"那可不行，她要听的就是您说。她就是这么个人。听前几个人说有的时候两个小时她连一声都不吭。到点了保姆来收拾东西，这时您只管走人就是了。"

"那她想听些什么呢？"

"这我可就说不准了，到时候您就会知道了。"

"那前几个人为什么没干下去？"

"每个人的情况都不一样，我也不都说得上来。不过有几个人我是知道的。一个人是迟到了——其实也就迟到了三五分钟，她家就不开门了，当天她家就打电话过来说要换人；还有一个是嫌地方口音太重，不会说普通话；再有一个嫌那人怨气太大，说什么事都是怨天尤人的，老太太也不喜欢。再有的我就记不清了。总之，他们都反映老太太神经兮兮的。"

楔　子

"她家有别人吗？"

"听说她有个儿子，不过好像不常回来。没人见过。"

一个神秘的老人。这便是我的感觉，也使我更想见一见她。

"你能说的再详细一点吗？"

"我就知道这些。哦，还有一点您一定要穿得干净、整齐。旧一点不要紧，关键是干净。好像有一个人就是穿的衣服脏了点被辞退的。就这些了，其他的我真的不知道了。"

刚好这时候有人推门进来，她忙着招呼新来的人。我一看再也问不出什么了只好起身告辞了。当我走到门口的时候突然听到她在后面喊道："记住，明天下午三点钟，别早也别晚，着装一定要干净、整齐。一定要记住。"

我回头看了她一眼，冲她笑了笑，心里想：她是不是把中介公司当成了幼儿园，把应聘者都当成幼儿园的小朋友了？我走出了中介公司才发现自己并没有下决心去干这项工作。我只是对这位老太太有点好奇而已。为什么对她好奇呢？也许是因为没事干，脑子里太空的缘故。我这个人爱好太少，对各项运动都没兴趣，又不感兴趣各种棋牌，养花养草不喜欢，养个宠物也不行。说真的，这几十年除了上学就是工作。现在五十多岁了学什么也提不起精神，又没了工作，脑子里一下就空了起来。也许这就是我对老太太感到好奇的内在因素吧。

第二天一早起来，我还是像往常一样拿着我的提包出了家门。我的提包里原来装的都是上班用的东西，自从没班上了，我就装上两本书。原来想是到了外面找个清净的地方看看书，也是个消磨时间的办法。可是后来我才知道真失了业再去看书，其实是很难看下去的。原来这些书都是我上班时买下来的。当时觉得好，吸引了我，虽然没时间看还是先买下来准备有时间了再看。现在有的是时间，可这些原本吸引我的书再也吸引不了我了。我真的看不下去。那也带上两本吧，反正也不沉。总不能出门不带提包吧。提包里总不能什么都不装吧。

出了门，骑上车，两脚一蹬，由它去吧！一会儿直行，一会儿左拐，一会儿右弯。大部分人骑车不愿意碰到红灯。此时的我却时时希望红灯把我拦下来。有的时候原本快蹬两下就能过去的，我偏一直磨蹭到变红灯，便心安理得地停下来站在停车线前等绿灯。有一次我正在一个十字路口磨蹭等着绿灯变红灯好把我拦下来，没想到挡住了一位小姐的路，最后把她也拦在了红灯前。当她和我并排站在红灯前的时候，我看见她狠狠地瞪了我一眼，满脸露出了疑惑的神情。这时我才意识到是我挡住了她原本可以过去的路。我连忙道歉说："对不起！"

她又看了我一眼没说话。我想她心里一定在说：他有病，别理他。

骑着骑着我来到了一个小区的大门口。大门口有保安公司的保安在站岗。透过小区的围栏可以看到院子里的风景。这肯定是个高档的小区。小区内的车行道宽敞平整。路的两边整齐地栽着龙爪槐。树中间是乳白色兰花状的路灯。院内地上种满了草，看不到裸露的土地。我推着自行车走近围栏可以清楚地看到这是一种三叶草，我在北京住了几十年，大大小小的公园都去过，近郊远郊也跑过不少地方，从来没有见过这种草。不过我在一本苏联的小说《一颗铜纽扣》中见过这种草。说不定这草还真是从国外引进的。大门的左边草地中间有一座太湖石垒成的假山。假山的山顶上有一人造喷泉，泉水潺潺。假山下有一形状不规则的水池，水池边是用天然的石块堆砌成的，典型的苏州园林风格。大门的右边草地中间有个亭子，四棱八角，红柱黄瓦，有点皇家园林做派。草地上蜿蜒崎岖的石砌小路，或通水池，或通亭子。环境真是不错。抬头看看楼房，宽大的阳台，大大的落地窗，欧式墙饰都展示出房子的档次绝对高档。

楔　子

　　我忽然纳闷起来。我怎么跑到这里来了？完全是随意吗？不，好像不是。为什么？怎么也想不起来。我推着自行车绕着小区走了一圈。当我再次来到小区的大门口时，我想起来了。我口袋里放着一张纸，纸上有个地址。我掏出来一看就是这个小区。也许我真该进去认识认识那位老太太。我决定去看一看。当我走向小区的大门口时又想起了中介公司女职员对我的提醒：不能早，也不能晚。我看了一下手表发现时间尚早。我只好离开小区，临走时我又看看了一眼大门，发现小区的保安正用眼睛注视着我。可能我在这里已经驻足了好一会儿，欲进又退的样子引起了他的注意。我冲他笑了一下走开了。

　　我离开小区有一段距离，溜溜达达地消磨着时光。离下午三点还有半个小时我又回到了小区的大门口。这一次我没有犹豫，直接推着自行车走向大门。小区的保安立刻拦住了我，问我找谁。我说明了来意。保安一听马上一挥手说："请进。您沿着这条路走到第二个单元门口就到了。"

　　"谢谢。"我答谢了保安的好意，推着自行车向里走去。刚走两步我又退了回来问保安："请问我把自行车放在什么地方？"

　　其实我早就注意到了，从这个大门走出的人要么坐汽车，要么步行，还没有一个推着自行车或骑自行车的。保安愣了一下说："您千万别把自行车放在楼门口，就放在地下车库吧。"

　　怪不得我刚才绕着小区走了一圈，只见汽车进进出出没见到小区里停一辆汽车。原来这个小区有个地下停车库。我推着自行车向前刚走了几步，保安又从后面叫住了我："先生，您停一下。您还是把自行车放在我们门卫室的后边吧。地下停车库只停放汽车，没有放自行车的地方。"

　　我又退了回来，把自行车放到门卫室的后面。那里也只有我一辆自行车，还是辆十分旧的自行车，车座子上还包着塑料袋。平时我骑着这辆自行车走在大马路上，就是走在长安街上也没觉得有什么。可今天我确实感到有点寒酸。不，不是有点而是太寒酸了。连保安看我的神情都使我感到有点不自在。我开始后悔不该贸然跑到这里来，我和住在这里的人有什么好打交道的？都是好奇心使我陷入了如此尴尬的境地。我正在犹豫保安又在后面说："先生，您快去吧。她家已经打过电话了。说正在等您。"

我说为什么一报名保安就让我进来了，原来她家已经打了电话了。没有小区住户的电话你连大门也进不去。我低头看了一下自己的衣服，好在还算干净整齐。没办法，只好硬着头皮向里走去。

我很快就找到了她家。到了门口我看了一下手表，还差两三分钟。我习惯地伸手去按门铃。蓦地又想起了中介公司女职员的提醒。算了，两三分钟也不算长。我就等一下吧。开始我面对着门，很快我就感到别扭了。这时我的自尊心又上来了。我想现在虽然看起来是她聘用了我，可实际上是她需要，而我并不是需要者。我只是个好奇者。她应该尊重我，而不应该让我在门口等，连按一下门铃都不行。怎么办？对了，我想起来了。我应该背对着门。这样可以表示在某种意义上来说是你在求我，就像有些电影里描写的那样。想到这里我赶快转过身来背对着门。我刚站稳就听见背后一声门响。门开了。紧接着一个甜蜜的声音响了起来："先生，您请进。"

我故意慢慢地转过身来。一位身材苗条，面容娇好的少女出现在我的面前。她身穿一件淡蓝色的半袖连衣裙，雪白的袜子，雪白的鞋。最让我感到新奇的是，她胸前围了一条雪白的带褶边的围裙。一条同样雪白的宽丝带把她长短适中的头发从下到上束了起来。丝带在头顶上打了一个大大的蝴蝶结。她的这身打扮使你一眼就看出了她是这家的佣人，而且是十九世纪末二十世纪初的装束。少女见我转过身来又说："请进。"

楔　子

我只好随着少女走了进去。

初识阿珍

无可奈何当兵去

高考停止似无期

第一日

第一日　高考停止似无期　无可奈何当兵去

按照少女的指点我换好了拖鞋。拖鞋也是白色的。我直起了腰，尽量地把胸也挺起来。好在我当过兵，虽然那是三十年前的事，可还是能在短时间内做做样子的。我顺便环视了一下屋子。

这是一间不小于四十平方米的客厅。进门的右手也就是南面是一排通向阳台的落地窗。落地窗的中间是个全透明的玻璃门。窗内挂的是蓝丝绒的落地窗帘；进门的左手边有一楼梯。这肯定是一套复式的房子；顺着楼梯向前好像是个走廊；正面的墙上挂着一幅大大的油画。画面上有椰树，有郁郁葱葱的丘陵——看得出来是南方的景致。我莫名的有种感觉，总觉得这幅画和房子的主人有某种联系。墙角放着一张躺椅，上面躺着一位身材瘦小的老人，穿着一件半袖的连衣裙，腰间搭着一条纱巾。鼻子上架着一副金丝框的眼镜。她的左手边是一个藤编的茶几，再过来是一把藤椅。我猜想那可能是为我准备的座位。在靠近窗子的地方有一单一双两把藤椅。屋里就这么点东西，所以显得格外空旷。屋里的几件用具都是藤子编的，这似乎都在暗示着这屋子的主人和热带有某种情结。

我进门后老人一动未动，仍旧静静地躺在那里。少女把我引到茶几旁，指着我刚才看到的那把藤椅很客气地说："您请坐。"

老人仍旧未动。我想她可能是个重病在身的人。我只好坐下，发现眼镜后面的那双眼睛根本就没有睁开。少女见我坐下便走开了。我

始见阿婆

正想着如何开口,少女又端着一个托盘走过来。她在我面前放了一只茶杯,小声地问:"您喝点什么?"

我说:"白开水。"

她问:"矿泉水行吗?"

我说:"行。"

她又问:"什么牌子的?"

我心里有点纳闷,难道她们家什么牌子的矿泉水都有?不过我可没有那么说,只是说:"随便。"

她再次问:"农夫山泉行吗?"

我抬头看了她一眼,点了点头说:"可以。"

少女从托盘中拿出了一个矿泉水瓶子,当着我的面拧开瓶盖,往

第一日　高考停止似无期　无可奈何当兵去

我面前的茶杯里倒了大半杯水。顺着少女倒水的动作，我的目光落到了茶几上。这时我看见在老人和我的茶杯之间的一个盘子里放着一张崭新的五十元人民币。我的心里一下涌出了一种异样的感觉。难道我真是为它来的吗？我为什么要到这里来？为什么？

少女为我倒完了水又给老人倒了半杯茶水，其实只是很少的一点，连半杯都不到。少女倒完了水托着盘子就离开了。客厅里只剩下我和老人了。少女的一举一动，行为举止，言谈话语，声音语调，我都感觉她是经过精心培训的。这样的服务员我好像只在外国的电影中才见过。在北京用家庭服务员的不少，但是像这样一位服务员我还是第一次见到。我正想着眼前的事，老人的嘴轻轻地动了一下。一个不大却是非常清楚的声音从她的嘴里传了出来："说说你的情况吧。"

真是奇怪。她怎么没问我的姓名呢？这是一般人第一次见面首先要提出的问题呀。是中介公司告诉她了？当然会告诉她。那我们毕竟是第一次见面，她怎么就知道我一定就是中介公司推荐的那个人？到现在她连眼都没有睁开过一下。好，你不问我也就不说了。我就先把自己的简历报一下吧。

"我，1966 年高中毕业；

1968 年参军；

1971 年复员，同年上大学；

1974 年大学毕业，分配在大学里当老师；

1976 年调到研究所工作；

1986 年调到研究所的上级公司工作；

1988 年下海；

1998 年公司垮了，我又到了另外一家公司工作；

今年我又从这家公司辞职出来了。"

我尽量说得简单，说得清楚，也尽量说得慢一点。说完之后我便看着她，等待着她的下一个问题。过了片刻她说："我可以问你一个问题吗？"

我说："当然可以，您请问。"

"您什么出身？"

老人一出口让我吃了一惊。现在都是什么时代了，还有谁这样提问题？况且是面对着一个五十多岁的人。就是想知道对方父母的情况一般也是问对方的父母是做什么的，或是问在什么单位工作。问什么出身，这完全是上个世纪六十年代到七十年代中期的提法。可她既然问了，我还是回答一下吧。我说："我父亲是军人。"

她"哦"了一声说："那您参军是您父亲的愿望了。"

我说："不，不是。"

"难道在那个年代里您父亲不希望您参军？那他希望您做什么？"

这时我发现她眼镜后的那双眼睛动了一下。从她的问话里可以听得出来她不大相信我的回答。我们都知道，那个年代对于一个中学生来说，参军是最好的出路。要说你本人或家人不愿意你参军是很难使人相信的。看来我还是有必要说明一下。

"我父亲是名军人不错，但他在参军前没有上过学。解放后国家进入了经济建设时期，没有文化给他的工作带来了很大的困难。所以他一直希望我能够尽可能地多掌握文化知识，鼓励我要上好中学，要努力考上好的大学。当时我所上的高中是北京一所非常有名的中学，高考率几乎是百分之百。我已经高中毕业了，只差一个多月就要参加高考了。只是因为突如其来的'文化大革命'才使我没能够最后走进高考的考场。您想想我怎么能不想上大学呢？特别是到了1967年下半年，中小学都开始复课了。我想大学迟早也会复课的。一个国家哪能没大学呢？今后谁来上大学？还不是我们这些高中毕业生。就是讲政治条件，我在当时来说也是响当当的。所以一开始复课我就认真地复习功课，准备考大学。回到家里我还自学了大学的基础课。到了这一年的年底我已经把大学数学的第一册学完了。"

"那您为什么还是参军了？您为什么没去干别的？"

我听出来她还是不相信我的话。看来她也是在那个环境中过来的人。她所说的干别的实际上指的就是上山下乡。我说："我想您可能也是从那个环境中过来的人。"

她的眼睛又轻轻地动了一下，仍然没有睁开。我继续解释道："您是知道的，在1968年的一月份中，学生的出路在何方并没有人知道。那时大学不招生，工厂不招工，中学生怎么办恐怕连中央都不清楚。但是部队不能不招兵，因为已经有两年没招兵了。部队总不能让全军的战士都超期服兵役吧？所以1968年元旦一过，有一件非常重要的事就是招兵。国家的事可是大事。但对于我个人来说还是想上大学。有一天军训的排长问我想不想当兵。我心里是不想当兵的。但是在那个时代解放军是国家权力的象征，是革命的中流砥柱，是全国人民学习的榜样。我怎么能说不想参军呢？但是军代表问你，你又不能不答。怎么办？我灵机一动就说：'我想上军校。'

军代表一听就笑了。他帮我分析了一下当时的形势，说：'今年高等院校肯定不招生了。现在大学比中学乱得多。不少的老师都被打倒了。大批的老师下了干校。就是让你上大学谁教你？你学什么？可这么多中学生都待在学校里也不是个事，总要给你们找个出路吧？当然这不是我一个排级干部能说清楚的。不过我想今后高等院校招生了，军校自然也要招生。那时你从部队也可以上军校嘛。说不定从部队上军校还容易呢。要不你回家和你父母商量一下。我刚才和你说的话不要和其他同学说。'

我想军代表说的也有理就答应回家和父母商量一下。回到家里我就把军代表说的和父母说了一遍。父母也感到很突然。商量来商量去最后把问题集中在不去当兵今后怎么办上，是呀，这个问题在那样的形势下谁能说的出来？您是知道的，就是不发生'文化大革命'，人们自己能进行选择的机会也不是很多，也就是小学升初中，初中考高中，高中考大学自己能报几个志愿算是可以选择。那还要看你是否考得上。就算是上大学毕业了，还是要服从分配的。"

说到这里我看了老人一眼。她好像是同意似地点了点头。她的动作是那样轻，如果不是我坐的离她仅隔了一个茶几，或许我就不会觉察到。

"最后还是父亲决定了。让我去当兵。我知道这个决定对于他来说也是不得已而为之。

我报名了，通过了政审、体检，我被录取了。

1968年2月16日是我们离开北京奔赴军营的日子。父母和我的两个妹妹把我送到了新兵的最后一个集合地——陶然亭公园。我们从这里去了火车站。我有一些同学混入了火车站有组织的送行队伍。我在车厢最后关门的一刻向他们挥手告别。我心里想在今后的几年里我再也见不到他们了。再见，再见，我希望再见。永别了，永别了，也有可能真的永别。我努力记住这个时刻，努力记住每一张面孔，努力记住他们的每一个动作，希望把他们都记在心里。

就这样我离开了父母，离开了家，离开了学校，离开了曾朝夕相处的同学，离开了培养我的老师，离开了我生活了近十九年的北京城。我当兵了。我走了。走向不知在何方，是什么样的一座军营。我不知道我什么时候才能再回来，也不知道我是否还能再回来。"

"真有永别的吗？三年后你就可以复员了，不就可以见面了吗？"老人问话的声音很小，她可能觉得我太伤感了。

"唉——"我深深地叹了一口气。几个同学的身影浮现在我的眼前。

第一日　高考停止似无期　无可奈何当兵去

无可奈何　弃笔从戎

"永别的事竟然发生了。我一个常在一块玩的同学在我们走后的一次独自的郊游中坠崖了，永远留在了那座大山中。我们班还有三个同学我再也没有机会见到他们了，他们都因为不同的原因离开了我们。"

"哦！"老人轻叹了一声。

我继续说下去："车越来越快，不一会儿就进入了匀速运动状态。突然车厢的中间一亮，军代表打开了手电说：'大家赶快打开背包把被子铺好，用棉衣当枕头。头一律向外，中间要留出过道来，方便大家进出。车厢的中间有便桶，谁要小便可以喊我，我给他照着。好了快一点，马上动作。'

军代表的话还没有说完就有人开始脱棉衣，有人打开背包了。建国就在我身边。他刚要打开背包我拦住了他。我想这背包也许要不了多久就得打起来，怪麻烦的，就对建国说：'你别把背包打开了。咱

俩合盖一床我的被子就行了。俩人挤在一块暖和。再打背包时还可以少打一床被子。'

建国说：'那咱俩合盖我的被子吧。'

我说：'算了，还是盖我的吧。'

我一边说一边打开我的背包。我俩一块躺下，紧紧地挨在一起。军代表的手电一关，车厢里重新陷入一片漆黑之中。静静的，整个车厢里只有车轮碰击铁轨的声音，是那么地有节奏。如果是往日很快就能使人昏昏入睡，可此时我怎么也睡不着。建国紧紧地挨着我，我知道他也没有睡着。车厢里我敢说大部分都没有睡着，因为很快就不时地从各个角落传来了翻身的声音。大家都是躺在干干的稻草上，一翻身就传出'沙，沙'的声音，还不时有人起来小便。'唰，唰'的小便声，'沙，沙'的稻草声和不停的车轮碰击铁轨的'哐当'声就像一曲奇特的音乐传入每一个人的耳朵里，使人们产生各种各样的遐想。建国轻轻地碰了我一下问：'睡着了吗？'

我同样小声地说：'没有，你不也没有睡着吗，在想什么呢？'

他说：'我想他们送完我们后现在在干什么？'

我说：'肯定是找个小饭馆，一边吃一边聊。'

他说：'你说他们能在哪儿吃呢？'

我说：'八成是在虎坊桥的包子铺。'

他想了下说：'我想也是。那里的包子和馄饨特别好吃。'

我笑了一下说：'怎么你也想吃了？'

他说：'想也是白想，也不知道什么时候再能去吃一下那里的包子和馄饨。'

我说：'如果能按期复员，那只要三年就可以回去吃包子了。要是超期服役那就只好等探亲了。'

他说：'算了，不想了。你说咱们是往哪儿走呀？'

我说：'我想可能是东北。'

他问：'为什么？'

我说：'咱们发的是大头鞋，这种鞋是不发给关内部队的。'

他说：'那咱们会不会被分到黑龙江呀？我可怕冷。'

我说：'不会的，你放心。我估计咱们也就是在辽宁。'

他问：'你怎么知道的？'

我说：'你忘了。咱们一块在天安门广场照相的时候有戴皮帽子的。凡是戴皮帽子的一定比咱们靠北。他们不是在内蒙古就是在黑龙江、吉林。咱们戴的是棉帽子只能在辽宁了。'

他说：'你分析的有理，这一头一脚没准还真能告诉咱们的驻地就在辽宁。'

我说：'其实咱也不用想，想了也白想。到了现在咱们去哪儿已经定了。'

他说：'我就是睡不着。你说他们留在学校的同学今后该怎么办？'

我说：'这可不好说。前些日子我们班的杨克勤和四班的马兰到青海去了，也不知道他们是怎么办的。'

他说：'还有去内蒙牧区的，我们班何方方他们一些人就去了。'

我问：'是去劳动锻炼一段时间，还是到内蒙古安家落户？'

他说：'说不准。不过好像她们去的时候说了要扎根边疆、扎根牧区一辈子。'

我说：'学校里还有那么多的同学，真不知道他们将何去何从。'

我们俩又情不自禁地为留在学校里的同学担忧了起来。突然一束手电光照了过来。原来是军代表查铺。他看我们俩都没睡就说：'睡觉吧，一时半会儿到不了。'

我看着军代表说：'睡不着。'

他问：'怎么想家了？'

我说：'没有。'

'你们俩不会不习惯部队的生活吧？'他自是知道我和建国都出身军人家庭，自是十分熟悉部队的生活。

我说：'没有什么不习惯的。'

他说：'那还不快睡？想什么呢？'

建国说：'想学校的事。'

军代表说：'刚才在公园里我就看出来了你们同学之间的感情还挺深的。行了，别想啦。到了部队你们再给他们写信吧。'

没想到傍晚在公园里的那一幕都让军代表看在眼里了。建国和我都有点不好意思了，赶快闭上了眼睛。军代表继续查铺去了。经军代表这么一说，建国和我的心情也平静了很多。渐渐地我们俩都迷迷糊糊地睡着了。

忽然听到有人说：'军代表，我要大便。'

军代表答道：'我给你照着。你就在便桶里解大便吧。'

他说：'不行，那样我解不出来。'

军代表问：'能不能忍住？'

他说：'忍不住。'

军代表问：'怎样你才能解出来？'

他说：'我只能蹲着解。'

军代表说：'蹲着不行。你总不能把大便解在车厢地板上吧？'

他说：'那可怎么办呀？我快憋不住了。'

说着他就要蹲下去。军代表一把拉住他忙说：'别别，别拉在车厢里。这可怎么办呀？'

军代表也没办法了。我一看军代表为难就挨到他身边悄悄地说：'不行咱们就叫他蹲在车门口，把屎拉在车外不就得了。'

第一日　高考停止似无期　无可奈何当兵去

军代表还在犹豫。那人在军代表的身边直哼哼。军代表没办法了只好说：'行，就这么办吧。'

他对那人说：'你过去，我们把车门打开，你蹲在门口把屁股撅到车外解吧。'

那人一听面有难色地说：'我没有这样解过大便。'

军代表说：'我找人拉着你。放心掉不下去。你总不能把屎拉在车厢里吧。那这一车人还怎么待？'

他一边说一边叫我和另一个人过去帮助那个要解大便的人。我对军代表说：'您再找一个人，我得替他望着点风。万一有错车好及时把他拉进来。'

'对，对，你提醒得很对。你替他望风，小心点，千万别出事。'

说着军代表把车门拉开。一股凛冽的寒风吹了进来。我趴在车板上把头伸出车外向前望去。寒风噎得我都快喘不上气来了。我回头一看，好家伙，他的屁股离我的头不过一尺左右。我赶快又把头转了过来。幸好我在上风处，要不然他一撒尿还不都让风吹到我脑袋上了。恰在这时拉着他的人大声说道：'你慢点，风把尿都吹到我脸上了。'

军代表一听马上喊道：'拉紧点，千万别让他掉下去。'

解手的人带着哭腔说：'对不起。我不是故意的。'

这是我才想到中学物理中是讲过的，在行进中的列车车外的压力大于车内一方。所以人们向车窗外泼水时总会有一部分水飘向车体，甚至于飘进后面开着的车窗。所以尿会飞向车内。特别是他还是向着车内小便。幸亏车速不算太快，要不然也许大便还会飞进车内。要是那样可就糟了。很快他就解完手了，战友们把他拉进车厢。我赶快把车门关上了。这时军代表对我说：'你这个主意是馊了点，不过还是解决了问题。'

他又转过脸去对那个人说：'没事了吧？'

那人说：'没事了，就是我的屁股都冻僵了。'

听他这么一说，车厢里没睡着的人都'扑哧'一声笑了出来。军代表也笑了，说：'好了，好了，睡觉吧。在被窝里暖和一会儿就缓过来了。'

经这么一折腾大家的心情都放松了，离家的思绪也淡化了。可能也是到了后半夜有些困了，车厢里的鼾声多了起来。整个车厢进入了梦乡。

我们的列车时走时停。每次车一停我就会从睡梦中醒来。这时我总听到在邻近的铁轨上有另一列火车轰轰地驶过。我知道又是我们的列车在给其他的列车在让行。一开始我还有点纳闷。按理来说，我们可是军列呀，是运兵的车。其他的列车应该给我们让行，可为什么总是我们的军列停下来给其他的列车让行呀？后来我终于想明白了。现在是和平时期，我们早一刻晚一刻到军营都无妨，自然是要停下来给其他的列车让行以保证它们的正点运行。

我们的列车又一次停了下来。这一次停的时间较长，而且没有其他列车从我们的列车旁边驶过。我正在纳闷，军代表把车厢门拉开了，一线光亮照进了车厢。军代表喊道：'起来了，把衣服穿好。'

我根本就没有脱衣服。军代表一喊我一个轱辘就爬了起来，忙问：'到地方了？'

军代表说：'还没到。'

我再问：'要不要把背包打起来？'

军代表说：'不用打背包，是吃早饭。'

我顺着打开的车门向外看了一下，原来我们的列车是停在了一个车站的月台上。我回过头来对建国说：'跟铁鹰他们说，下了车先别吃饭，先上厕所。'建国把我的话传给了铁鹰、鲁建和少俊。我们按军代表的口令下了车。其他的人都直奔打饭点，只有我们五个人反其

道而行奔向厕所。军代表在后面问：'你们几个人干什么去？'

我回头答道：'去厕所。'

军代表听了也就不再理会我们了。我们五个人冲进了厕所。厕所里一个人都没有。这时少俊问：'人家都去吃饭，咱们干嘛来厕所呀？'

我说：'吃饭着什么急，就是咱们最后去也缺不了咱们的。可你看看这厕所就这么几个坑，到时候不排队才怪呢。'

鲁建说：'那要是谁排在了后面可就难受了。'

我们这么一说少俊就明白了。当我们走出厕所时，厕所的门口已经开始有人排队了。我们从从容容地去洗了脸，然后去打饭。这时打饭还不用排队了。打完饭我们就在月台上一边溜达一边吃饭。虽说夜里我们都是躺在车厢里睡的，可只铺了薄薄的一层稻草的硬车板还是硌得我们腰腿有点酸痛。这在月台上溜达溜达活动活动还真是挺舒服的。正在这时，忽然听见有人叫我们。我们几个人同时回过头看去，原来是我们初中时的一位同学。高中时他和我们不在一个中学，已经四个多年头大家没见面了。此时大家碰在一起还是挺亲切的。他见我们几个人都穿的是空军军装就问：'你们几个人怎么都是空军？'

铁鹰说：'我们几个人都是一个学校的，自然参军就在一块了。'

他不无羡慕地说：'你们几个人能在一个部队真好。'

我对他说：'我们虽然在一个部队可能否分在一个连队还不好说。'

鲁建说：'咱们肯定分不到一个连队。咱们学校这次一共来了50多人，高中、初中的都有，怎么能把咱们几个高中的人都分在一个连队。'

我们都觉得他说的有理。再说既然当了兵就得服从部队的分配。我们倒也没有什么其他的想法。我见他穿着一身海军的军装就问：

'你这次参军能上舰艇吗?'

他说:'不知道,连到哪儿去我都不知道。你们知道去哪儿吗?'

建国说:'我们也不知道。不过我们肯定是上不了天的空军。'

他一听笑着说:'咱们呀彼此彼此。别看我穿了一身海军的军装,可当海军的人又能有几个人分到舰艇上?据我们的军代表说,还真有没见过海的海军。'

听他这么一说,我拍了一下他的肩头说:'你要真是连海都见不到那可就有点惨了。我们几个人虽说是上不了天,可天我们还总是能见到的。'

他们几个人听我这么一说都笑了。可我们谁也没想到,一语成谶,在其后我们当兵的日子里,还真有那么一段时间连天都见不到。不过那是后话了。

我们几个人正聊的热闹,忽听哨声响了。上车的时间到了。大家匆匆忙忙地道了别就跑向自己的车厢。各个车厢的门纷纷关上。火车一声长鸣开动了,开向我们都不知道的地方。

我躺在车厢里闭上眼睛想着刚才的一幕。人生就是这样。有的时候你真的不知道要走到哪里,你也不知道何时在何地会遇到谁,也许仅仅是匆匆一见,别了就是永别。彼此天各一方,一生不得相见。

说到这里我停了下来。我忽地有一种感觉,我是不是说得太多、太细了。我甚至弄不清楚到底是我对面的这位几乎没有睁眼的老人想听,还是因为这些陈年往事在我的心里存的太久了以至于我想一吐为快?

少女这时正好出现在客厅里。老人轻轻地,慢慢地端起了茶杯。她没有把茶杯送到嘴边。我猛地感觉到老人的这个动作好像有什么含义。对,举杯送客!我看了一下手表,正好下午五点。我站了起来说:"我该走了。"

第一日　高考停止似无期　无可奈何当兵去

"谢谢。"老人的身子向前倾了倾。我不知道是她想起来还是仅仅出于礼貌而有了这样一个轻微的动作。我忙说："您歇着吧。"

说着我就走到了门口，迅速地换上了自己的鞋。少女赶了过来，手里托着那只放着五十元钱的盘子，说："先生，这是您的。"

我说："先放着吧。请你给我开门。"

她不解地看着我又说了一遍："先生，这是您的。"

我非常客气地说："我说过了，先放着吧。请给我开门。"

少女一边给我开门，一边回头望着仍然躺在躺椅上的老人。我趁着少女还没有回过头来就迅速地迈出了房门。一跨出房门顿时感到一阵轻松。走到了院子里，我连头也没回推着自行车走向小区的大门口。当我走到大门口时，保安拦住了我说："先生，您能等一下吗？"

我惊奇地问："为什么？"

保安十分客气地说："没什么。您拜访的那户主人说务必请您留步。"

保安正在解释，我回头看见少女正在跑着赶过来。我以为她是送那五十元钱的，脸上露出了不快的神情。她跑近了我才看见她是空手来的。她跑到我的面前有点微微地喘气。她对我说："先生，请您明天再来。"

我说："再说吧。"

少女恳求说："别，请您明天务必来。"

我看到少女满脸的诚恳有些不解，没有马上做出回答。说实在的我不想再来了。我不喜欢刚才的气氛。少女见我没有回答又说了一句："求您了。"

看着少女恳求的表情我心里有点不忍。她给我留下的印象是蛮好的。在北京我还没见过举止这么得体的服务员，特别是家政服务员。

"好，我可以考虑。"

我并没有下决心再来，只是不愿意让少女太失望。

"不，您一定要来。您要是不来我会去请您的。"

少女的表情由恳求变成了急切。我看得出来她一定要我给她一个明确的答复，而且是一定来的答复。我不愿意让她感到为难，她在我的眼里毕竟还是个孩子，看来只能答应她了。

"好吧，我明天来。"我说出了这句话后自己也感到奇怪。好像我自己并没有一种很勉强的感觉。我不知道自己究竟是答应了眼前这位可人的女孩，还是答应了楼上那位古怪的老人。

少女一见我答应了，脸上马上露出了笑容，真是个孩子。她说："那请您再等一下。我去给您拿东西。"

我知道她说的是那五十元钱。我笑着说："不用了，明天不是还来吗？"

她笑了，笑得那么甜，刚才紧张的表情一点都没有留下。我走出了大门。当我走出了一段路之后不禁回头看了一眼。她仍在大门口目送着我。见我回头她马上挥了挥手，像是在提醒我明天一定要来。

深山老林一连队
谁知新兵挑大梁

第二日

第二天我准时到了，门也准时打开。少女一开门见我站在门口脸上露出了浅浅的笑容。

"先生，您早来了。"

"不，我刚到。"

"您请进。"

她把我让进了屋里，屋里的一切都和昨天一样。老人还坐在昨天的位置上，仍旧是那个姿势。脸上的表情与昨天也一样，眼睛还是微微地闭着。当我走近她身边的时候她轻轻地说了一声："谢谢您能来。"

我没有想到她会说出这句话来，一时不知如何回答才好。少女见我没说话赶过来让我坐下。

"请坐下吧。先生。"

"谢谢。"我一边道谢一边坐在昨天的那把椅子上。这时我才注意到我面前已经放了一个水杯。水杯的旁边有一瓶没有启封的农夫山泉矿泉水。少女启开了瓶盖，给我倒了大半杯水。然后说："您先喝口水。"

"谢谢。"我冲她点了一下头。茶几的中间仍旧是昨天就放在那里的那只盘子。只是盘子中已经变成了两张五十元的人民币。看来她认准我今天会来的。

"我们今天聊点什么呢?"我想尽快地进入话题。

"就说说你在部队的生活吧。"她说话的声音还是那样的轻,那样的平静,就好像是在自言自语一样。看来她和她的家人都没有经历过部队的生活。因为我好像听说过这样一句话——人们想知道的都是人们不知道的。

我想了一下说:"虽然我在部队仅仅三年零八个小时,但经历的事情还是不少的。说起部队的生活我还真不知道从哪里说起才好。"

老人说:"就从开始说吧,细一点。"

我觉得昨天我说的就够细的了,甚至于有点啰唆。没办法谁让我又来了呢?我只好说:"我尽量吧"。我们是1968年2月8日凌晨一点钟到达部队所在地的火车站的。当火车停下来之后又前后震动了两下。我感到好像火车机车开走了,便轻轻地问军代表:'到地方了吗?'

他说:'到了。'

我问:'是什么地方?'

他说:'歪头山。咱们团部的驻地。'

歪头山,一个我从来没有听说过的地方。全车厢的新兵可能也没人知道,更没人知道自己要去的团队是个什么样的团队。当然也就不知道这个团队所在的具体地理位置。不过也不是一无所知,最起码知道我们的团队是空军地勤部队。我们的军车曾在锦州停了一阵子。我们下车吃了饭。所以团队的驻地肯定是东北。我小声问:'咱们团是什么部队?'

他小声对我说:'咱们团是沈阳空军通讯团。你们这些兵原来是我们帮空二军带的。当我们把你们的情况向沈空直属部队首长汇报了之后,直属队的首长就决定把你们留在通讯团。这事一直到咱们的军车停在锦州时才定下来。要不然,你们一车人现在还在去丹东的路上

呢。现在算是到家了，赶快把大家叫起来，收拾背包准备下车吧.'

我们匆匆忙忙地收拾好自己的背包。很快，车厢的大门就打开了。军代表第一个跳了下去。我跟着跳了下去。这才发现原来我是跳到了铁路的路基上。这里根本就没有车站的月台，连有没有车站都看不见，周围一片漆黑，一点亮光都没有。好在车厢里更黑，所以眼睛还能适应。我隐隐约约地看见路基的下面就是稻田。我和军代表站在车门的两边，扶着战友一个接一个地跳下来。下了车大家都挤在铁路路基上也无法整队。等人都下来后，军代表又让我跟着他重新爬上车厢查了一遍，生怕漏下一个人或什么东西。等我们再次下车后，发现大队人员已经开始移动了。军代表赶快清点了一下我们这支小分队的人数，并嘱咐我走在最后面，不要让任何一个人掉队。

下了铁路路基就是稻田。我们深一脚浅一脚地走在田埂上，一不注意就会掉倒水田里。不过掉下去也没什么。这时节水田里都结了冰，脚踩在冰上"喳，喳"作响。天上布满了云，见不到一丝月光。我们也不知道是走向何方。其实大家也不关心走向何方，只是希望能够早点到驻地。我格外地紧张，在这伸手不见五指的黑夜里落下一点就跟不上了。我又是最后一个人，一旦掉队就是我。我也怕其他人掉队，其他人掉队我也有责任。真不知道军代表怎么就这么相信我，一定让我走在队伍的最后。本来这是到部队的第一次行军，也是极普通的一次行军，结果弄得我好紧张。"

说到这里我停了一下。我想看一下老人的反应，想知道她对我讲述的事情是否有兴趣。

"你还记得你吃的第一顿饭吗？记得你住过的第一间营房吗？"我注意到了她刚才对我说话时把"您"换成了"你"。

当然记得。我们在稻田里走了多长时间我不太清楚。但不久我们就发现队伍的前方出现一片灯光，很快就传来了锣鼓的声音。我们明白，到驻地了。出了稻田就上了公路。公路的对面就是我们团队的驻地。营房门口灯火通明，两边站着列队的老兵。我们也在公路上整理了一下队伍，然后整整齐齐地走进了我们的营房。一进营房大门就把我们分到各个连队，直接进了连队的餐厅。我记得很清楚，第一顿饭是四菜一汤，两荤两素，有大米饭也有高粱米饭。大家都吃大米饭。东北的大米特别好，又白又亮，油光光，香喷喷。只有我一个人吃高粱米饭。我想营房周围都是稻田大米还不有的是。好不容易见一次高粱米饭，还不尝一尝。我一口气就吃了两碗。可没想到，这高粱米一吃就吃了三年，没有一天不吃的。我也再没有吃过两碗，而大米一年也吃不上几顿。

吃完饭该休息了。各连都有一些老兵把分到自己连的新战士接到宿舍去。只有我们这支小分队自己背着背包，跟着带队的军代表又走出了营区。我感到有点奇怪便悄悄地问军代表：'您不是说到地方了吗？咱们这是往哪儿去呀？'

'去宿舍。'

见他不愿意说我也不好多问了。我们走出了营区，过了礼堂，又过了一片平房，便上了一个小山坡。山坡上有几间小平房，其中一间亮着灯。走进去一看，原来是间空房子，一条炕占了大半间房。炕的一头放着一口缸。缸上有盖，盖上放了一把斧子。其他的什么都没有了。

军代表说：'这就是咱们的宿舍。炕小了点，大家挤一挤。我是咱们班的班长，他是副班长。'

他指着已经站在屋子里的一位老兵说。老兵没说话，只是冲着大家笑了一下。大家七七八八地把背包放到炕上去。班长睡在炕头，副班长睡在炕梢。我挨着副班长。临躺下时我指着斧子问副班长：'斧子是干什么用的？'

'睡吧，明天早晨你就知道了。'

副班长没有回答我的问话，我只好躺下睡觉了。折腾了一夜头一挨枕头就睡着了。

第二天清晨起床号一响，大家迅速地穿好衣服。还没有等班长招呼就都跑到屋外去了，都想看看周围的环境。这时才发现我们宿舍对面矮矮的棚子原来都是猪圈，里面还真有不少的猪。我们是住到部队的猪场来了。班长追了出来，整理好队伍，把我们带到小山坡顶。带着我们面对着东方齐声高唱'东方红'。

'东方红，太阳升，中国出了个毛泽东……'

嘹亮的歌声迎着初升的朝阳响遍了山岗。当兵的第一天就这样开始了。从此以后，每天早晨起床后的第一件事就是向着东方高唱'东方红'。不管刮风下雪这是雷打不动。有一天下大雪，凛冽的东北风卷着成团的雪花漫天飞舞，只要你一张口，雪团就会迎口飞入。就是这样我们也照样把'东方红'唱完，而且是由衷地唱。

唱完了'东方红'列队回宿舍洗漱。这时我们才明白缸盖上那把斧子的用途。原来屋里没有水管，那口大缸是用来储水的。虽然缸是放在屋里但上面还是厚厚地结了一层冰。每次用水时必须用斧子砍开冰层才能将水舀出来。用毛巾洗脸也只能洗一把。毛巾只要一出水就冻上了，你别想把毛巾拧干。

洗完脸去吃早饭。吃完早饭新兵训练就开始了。我们这才知道新兵训练分两步走。第一步全团新兵集中训练。主要是入伍教育，以政治教育为主，再加上一些队列训练。然后是入伍宣誓，发领章帽徽。这时才算正式入伍了。第二步分到各连，根据各连不同的分工进行业务训练。第一阶段大约一个月。第二阶段大约三个月。"

说到这里我又停住了，端起了茶杯慢慢地喝了口水。当我把水杯刚刚放到茶几上时老人又问道："政治教育有哪些内容？还记得当时发生的一些事吗?"

她说的还是那样轻,好像是漫不经心。但无论如何我还是能感觉到她是想知道一些她曾经历过的那个时代她所不曾经历过的事情。

那个时代嘛,政治教育自然是以学毛选为主。学毛选对于我们这些高中生来说可以说是轻车熟路了。不论学的如何,从形式上讲大家都是会学的。在有的人眼里,学毛选最重要的就是背,要一字不漏、一字不错地背。这才叫学习毛选不走样,原原本本地学,忠实原著地学。孰不知背书是最简单,最容易的。对于一般高中生来说最不怕的就是背了。大家刚到部队还搞不清楚部队的情况,自然也不敢多说。那时人人都能背上几篇毛著。当然背的最多的,最熟的还是'老三篇'——《为人民服务》《纪念白求恩》《愚公移山》。

就在我们新兵集中训练快结束的时候,发生了一件大家都没想到的对全团都有所震动的大事。新兵集中训练的最后是全团的新兵在大礼堂进行入伍宣誓。誓词我已经不记得了,但誓词最后的几句口号我还记得:

'誓死保卫毛泽东思想!'

'誓死保卫毛主席的革命路线!'

'誓死保卫以毛主席为首,以林副主席为副的无产阶级司令部!'

'誓死保卫吴、余首长!'

就在我们刚刚宣誓完没几天,北京突然传来了打倒'杨、余、付'的消息。杨是指当时的代总长杨成武;余就是当时的空军政委余立金;付是当时的卫戍区司令付崇碧。他们都是我们部队的首长,而且是手握兵权的人。消息一传来,我们每个人心里都有一种说不出的滋味。几天前还是毛主席司令部里的人,而且还是重要的成员,是我们誓死保卫的对象,几天后就成了打倒的对象。难道这就是阶级斗争?当时没有人出来解释什么。不过从此以后,我们在喊口号时就不喊'誓死保卫某某首长'之类的口号了。几年以后林彪出事了，黄永胜、吴法宪、李作鹏、邱会作等一批人也跟着垮掉了。杨成武、余立金、付崇碧又陆续平反了。这是我参军后遇到的第一件人事。"

"哦，能说说你自己亲身经历的一些事吗？"老人又提出了具体的要求。

我说："可以，不过我是个小兵，而且是新兵，自然经历的都是些小事。这些事除了我们这些当事人知道没有别人知道，也没有别人关心。到了现在恐怕连一些当事人都记不得了。"

老人说："只要你记得就行了。"

我真不知道她为什么想听这些事，也许是闷了或是好奇，还是像现在有些人吃细粮多了就想尝一口粗粮。我不知道在我进屋前她是否就是这样一直躺着，也不知道我走后她是否还躺在这里。反正昨天我在时她几乎没动过，今天至此也是如此。

"新兵集中训练完了以后就被分到各个连队。我被分到了二营六连。这是个新组建的连队，驻地在深山老林之中，方圆几十里都没有一户人家。那是一处重要的军事设施。我们连进驻时工程兵还在紧张地施工。要等他们施工完成后我们才能进入工地搞设备安装。我们就利用这个段时间进行技术培训。同时还在山里开垦了一些荒地，种上一些玉米、大豆、蔬菜用来改善连队的伙食。就在这时发生了一件使我终生难忘的小事。

那是一个初春的星期天。早饭后，我们排的王技师把全排的战士召集到一块。他说：'同志们，咱们要响应毛主席"自力更生，丰衣足食"的号召。学习老前辈"南泥湾"的精神。要在这荒山老林里开出一片菜地，改善咱们连队的生活。再说，咱们在这老山里星期天也没有什么事好干，不如干些对咱们自己有益的事。今天早上副连长下山了，临走时布置咱们排上山种萝卜。现在咱们就出发种萝卜去。'

说完他就把全排带到山上一块相对平缓的地旁。全排战士按班分开开荒。虽然这片山上也长满了草和一些灌木，但是土层很薄，到处都是大大小小的石头。开始大家先把草和各种山条子都铲了，再把石头拣出去。拣来拣去才发现，这里的石头好像是越拣越多。后来有人建议不如从别的地方弄些土来。大家觉得这个主意不错，于是分头去找土。结果一找才发现看起来满山都是土，可真要是把土收集起来还真不容易。任何一块地都是拔了草拣了石头就剩不下什么了。最后不得已把这个办法也放弃了。不管怎么样，二十来个大小伙子干了两个多小时，好歹也收拾出了一块地。王技师让大家休息一会儿，他回营房拿菜种去了。大家坐在地边，一边看着这块高低不平，石头多土少的地，一边议论着种菜的事。不知是谁提出这快地根本就不能种菜。他说：'种菜讲的是一水二肥三功夫。这地缺肥缺水净石头可怎么种菜呀？'

有人搭腔说：'肥好办。咱们连有百十号人还能没有肥？功夫也有，咱们在这大山里，今后除了训练施工，还不有的是功夫？最不好办的就是这水和石头。这块地的地势太高，水上不来。石头太多了，在石头上能种什么呀？'

又有人说：'副连长说种，哪能不种，怎么也得种。'

还有人说：'种是得种，可种什么好呢？总得种点合适的吧？'

大家七嘴八舌地议论开了。突然有人说：'种萝卜肯定不合适。你们想萝卜主要向下长，咱们这地净石头萝卜能长吗？'

大家听他这么一说都觉得有理，马上问他：'你说种什么好？'

他说：'要我说这就不是一块能种菜的地。一定要种也只能种白菜之类的。白菜嘛，主要是吃菜叶。菜叶在地面上，只要咱们水、肥跟上了或许还能长起来。'

听他这么一说，大家都觉得有理。怎么和王技师说呢？大家推举我去和王技师说一下。正说着，我看见王技师已经从营房那边走过来了。我便迎着走去。王技师见我走到他面前就说：'萝卜种子拿来了，走，种萝卜去。'

说着他就把萝卜种递给我。我接过种子低声对王技师说：'想和您商量个事。'

王技师说：'什么事？说吧。'

我说：'您看咱们这块地地势高，水上不去，石头又太多，不太适合种萝卜。'

王技师看了我一眼说：'嘿，这山里哪块地里石头少？不适合种萝卜？适合种什么？'

我已经从王技师的口气里听出了他的不满意了，可我又不能不说下去。我只好说：'种白菜。'

王技师看着我问：'种白菜？谁说的？你说的？'

王技师一连三问，问的我心里有点发毛。我忙说：'不，不是我，是大伙说的。我虽然没有种过菜，可有不少人是从农村来的，谁家还没有二分菜园子。'

王技师说：'既然是大家说的，那就集合吧。'

听王技师这么一说，我挺纳闷的，集什么合呀？可技师说了也只能集合了。我跑了几步回到地里把全排的战士集合好，等着技师前来布置种菜。王技师走到队伍的前面轻轻地咳嗽了一声开始说：'你们说要种白菜。为什么？谁的主意？站出来说一说。'

王技师说话的声音不高且有点沙哑。我们每一个人都听得出来他不高兴了，没有人站出去。王技师又说：'说说嘛。'

还是没人站出来。王技师再说：'为什么不说了？'

我一看麻烦了，捅了马蜂窝了。虽然种白菜的主意不是我出的，可是我提给王技师的。不能把这事推给别人，只好硬着头皮站了出去

说：'王技师，我是想……'

这时我没敢说"我们"，只说了"我"。王技师顶了我一句说："你刚才不说是大伙的意见吗？怎么现在又是你的主意了？'

我只好说：'是我提的，他们也没有反对。'

王技师用鼻子哼了一声说：'算了吧。我就不相信你知道什么地该种什么菜。'

我一听王技师这样说，就知道他不是冲着我的，便笑着说：'我是想……'

王技师又抢了我一句说：'你想什么？你说。'

我说：'我想这地里石头太多了，萝卜向下长肯定拱不动石头长不好，不如种白菜。'

王技师说：'就你知道这山上石头多。我不知道，副连长不知道。你们现在是干什么的？你说。'

王技师指着我问。我马上答道：'我们是军人，是战士。'

王技师看了看我又看了看大伙说：'你们还知道自己是军人？我还以为你们是老百姓呢。以为你们还在生产队，队长说什么你们可以和队长争，和队长辩。你们现在是战士，是军人，领导让你们干什么你们就干什么好了。听没听说过"服从是军人的天职"？从入伍的第一天你们就应该学会服从。听见了没有？'

说到这里他停顿了一下。我们谁也没敢吱声。他又问了一声：'你们听见了没有？'

这时我们才反应过来，齐声说：'听见了。'

他再问：'听见什么了？'

我们说：'服从是军人的天职。'

他说：'对，服从是军人的天职。光听见了还不行，还要把服从命令的精神溶在血液里，落实在行动中。就说今天吧，副连长让我们种萝卜，我们就高高兴兴地种，认认真真地种。就是真的长不出来我们也要种。这就体现了我们作为一名军人的基本素质。萝卜长得出来，长不出来是次要的，关键是要完成上级布置的工作。咱们是军人不是老百姓。如果上级下达了命令每个士兵都要问个为什么，都要提出自己的看法，那还要领导干什么？那还是部队吗？那和老百姓有什么区别？还能打仗吗？还能打胜仗吗？……'

　　就这样王技师一直训了我们一个多小时。我们都站得腰酸背痛的。本来是初春的天气，气温并不高。可在太阳底下一挨训，我们每个人都汗流浃背的。谁也没敢再吱声，生怕任何一点动静都会引来王技师进一步地训斥。最后王技师训完了还是把萝卜种发到各班，我们都按照王技师的安排把萝卜种上了。

　　我一直很关心这块地。我施了肥也浇了不少的水，希望这块地里能有收获，哪怕是一棵萝卜，只有指头粗的萝卜也行。遗憾的是，这块地里一棵萝卜也没有长成，就是萝卜缨也长得稀稀落落的。还没有到秋天，全连的人除了我之外就再也没有人惦记这块地了。不过在这块地上我感到还是有收获的。我知道了应该如何当兵。

　　这件事后，我估计王技师还是把我们的意见向副连长反映了。副连长也采纳了我们的意见。第二个星期天副连长亲自带我们开垦了另一块地。虽然这块地离我们的营房较远，但地势较低，能够利用溪水灌溉，并全部种上了白菜。虽然副连长没有说是根据我们的意见这样安排的，但是我们从心里还是高兴的。这块地我们收拾得比上一块地好，面积也大一些，白菜也长得不错。每到星期天我都会到这块菜地去看看，拔拔草，拣拣石头。遗憾的是，这块地上的白菜我们也没有收成。"

　　每当我想起这事心里就有一种说不出的滋味。

　　"为什么？菜不是长得挺好的吗？为什么没有收获？"她的声音还

是那么轻，但她的眼睛却睁开了，充满了疑惑。

我继续说："秋天到了。连里上上下下都为这块地里的白菜高兴。贾司务长最高兴，早早地就指挥我们挖了一个大大的菜窖。他不止一次地说：'咱们连今年将告别酸菜，整个冬天的菜费都可以省下来。全连的伙食要上一个档次了。'

看着宽大的菜窖，地里即将丰收的白菜，大家心里美滋滋的。我们连是个新组建的连队，因此去年没有冬储菜。冬季和开春吃了几个月的酸菜还是兄弟连队支援的，结果是把大家的牙都吃倒了。有的战士一见酸菜就反胃。这下可好了。今年冬天我们再也不用吃酸菜了。菜窖是自己挖的，菜是自己种的，贾司务长说的没错，省下来的菜钱可以用来改善伙食。

可谁也没有想到，就在我们正要收白菜的时候，团政治处的一位副主任突然到我们连来了。说是根据上级的指示到我们连里蹲点抓学习毛选，时间是三天。糟就糟在从副主任一到我们连，就开始变天。天是一时比一时阴，风是一刻比一刻紧。有诗曰'山雨欲来风满楼'，在我们这里是'山雪欲来风满沟'。这山风把全连战士的心都吹毛了。副主任来的第二天早晨，起床号一响大家睁眼的第一件事就是向窗外望去。坏了，天上开始飘雪花了。我急急忙忙穿好衣服跑到户外。还好天公好像格外施恩，雪下得并不大，仅仅是零零星星地飘下几片，落到地下也都化了。一夜的山风也没有使气温下降多少。我心想谢谢老天爷，只要吃完早饭一两个小时我们就把白菜收到窖里了。那时您爱下多久就下多久吧。不仅是我这样想，恐怕全连的战士和干部都是这样想的。可谁也没有想到，早饭后连里并没有让大家去收白菜，而是把全连都集中在连队的活动室里，毛泽东思想学习班正式开课了。副主任讲第一课。他讲得很认真，看得出他是做了准备的。他不紧不慢，有条不紊地讲着，可我怎么也听不进去。我两眼一直望着副主任身后的那扇窗户。这时老天爷好像开始不留情面了。山风使劲地摇动着窗户,窗子发出了'嘭,嘭'的声音。这声音传到了全连每一个人的耳朵里。大家都把目光集中到副主任的脸上,希望能够从中看到什么。然而我们什么也没有看到,他还是用他原来那样的声调,那样的语速,不紧不慢地说着。风后自然是雪,此时的雪已不是彼时的雪了。零零落落的雪花儿变成了鹅毛大雪。窗外已经什么都看不见了。活动室里的战士没有一个人出声,大家都凝视着副主任身后的那扇窗户。我偷偷地看了一眼贾司务长。他的脸比任何人的脸都黑。

两个小时以后,副主任的课讲完了,安排全连分班学习。这时外面地上已经开始积雪了。回到班里我实在忍不住了。悄悄地对班长说:'班长,这雪可下起来了。咱们的菜可还在地里呢!这白菜可是经不住冻呀。再不收全连的冬菜就泡汤了。'

班长说:'现在正在办学习班怎么和领导说呀?'

我说:'不过是调换一下时间。只要给咱们一两个小时,这白菜就入窖了。晚上咱们再补上一两个小时,不行多补点不就得了。'

班长被我说动了。他说:'我去试试。'

班长也实在舍不得地里的白菜。说着他就向连部走去。我们忙着准备东西。大家想连里一定会让我们去收菜的,不知谁还说了一句:'毛主席还号召大生产哩,哪有生产了不让收获的道理。'

片刻班长就顶着雪花回来了。从班长的脸上我们已经知道结果了。

班长只说了一句:'还是先学习吧。'

还有人不死心地问:'那菜就不收了?'

班长说:'副主任没说不让收,只是说学习毛主席著作必须做到雷打不动。学好了毛选什么问题都能解决,让咱们自己掂量什么重要。你们说咱们怎么办?'

第二日　深山老林一连队　谁知新兵挑大梁

大家全傻眼了，不约而同地向窗外望去。雪越下越大了，别说三天，几个小时之后雪就能把白菜埋上。

'学习吧，白菜的事就别想了。'班长无可奈何地说。我知道班长说的是今年的白菜肯定是没指望了。

三天后副主任回团里去了。

我们来到了菜地。只见一片白茫茫的，白菜已经完全被大雪掩埋住了。当我们扒开积雪时，发现白菜已经都被冻透了。只要一动就会发出清脆的折断声。贾司务长叹了一声说：'算了，别收了，就让它们在地里吧。'"

说到这里我停住了。三十年后的今天我还能清楚地记得我们的那块地，还能够回忆起我们站在那茫茫的雪地里看着那晶莹剔透的白菜的情景。

"唉！"她轻轻地叹了一口气。

"第一年的生产是全面泡汤了。可是我们的施工任务却大大地超额完成了。"

老人一听我说这话，刚才紧锁的眉头舒展了。她马上问："能给我说说吗？"

我说："可以。"

每当我回忆起这段工作和生活，心中都会泛起一种自豪的感觉。

"我们分到连队之后本来应该进行三个月的技术训练。可是刚刚进行了一个多月，上级突然下达了紧急施工命令。原来在工程兵施工时没有预留我们通讯兵要使用的架线孔。这样就需要在已经筑好的钢筋水泥墙上打出数百个 10 厘米见方，20 厘米深的孔。可是这时工程兵的主力已经走了，剩下来的少数兵力已无法完成这个任务了。所以上级把我们连提前拉上了工地去完成这个任务。当时我们连没有任何在水泥墙上打孔的设备，上级也只拨下来一批锤子和钢钎。接到命令的第二天全连就拉上了工地。连里没做任何动员，只是分配了一下任务。其实也不需要动员，当兵的人只要有命令就够了。当时全连上下谁也没有把这项任务当回事，不就是在墙上打孔吗？大家都以为只要肯卖力气就行了，哪里想到一上工地完全不是那么回事。

我们要打的孔离地大约 2 米，离房顶大约只有 10 厘米。这样打孔的人就必须站在梯子上，一个人扶钢钎，一个人抡大锤。当你站到梯子上才知道，首先就是打锤的人抡不开锤，其次是扶钢钎的人根本就不敢扶也扶不住。很快就出现抡锤的人打伤扶钎人的事情。铁鹰的鼻子也让人给碰破了。就这样干了一天，一个孔也没有打成，反倒伤了好几个人。晚上连里开会要求大家一定要注意安全。

第二天一上工，大家的心情就和第一天不一样。人人都战战兢兢的，结果情况更糟了，进度更慢了。大部分人根本不是在抡锤打钎而是在举锤碰钎。一锤下去在墙壁上仅仅是留下一个白色的点点，根本啃不下多少水泥，即使这样还是不断有人被砸伤，甚至还有从梯子上掉下来摔伤的。这一天晚上连里做出了新的决定。决定第三天不上工地了。要求各排开展练兵活动。哪个排练好了，哪个排上工地。连长说这叫'磨刀不误砍柴工'。要求大家一定要注意安全，绝不许再发生工伤。

第三天早饭后，窦排长把全排拉到了宿舍后的山坡上。他瞪圆了眼睛看着大家说：'大家都要认真地练习扶钢钎、抡大锤。我们是一排，我们要争取第一个上工地。你们说是扶钢钎难？还是抡大锤难？'

大家你看看我，我看看你，不知如何回答窦排长的问话。这时王技师说：'要我说，难还是抡大锤难。抡大锤一要有劲；二要打得准。不过要说危险还是扶钢钎危险。不要说 12 磅的大锤，就是 8 磅的锤抡圆了砸在手上那还不是粉碎性骨折？要是砸在脑袋上一准开瓢。'

窦排长说：'那好，我来扶钢钎。王技师，你来抡大锤。咱俩先

试试。'

　　说着窦排长就拿了一根钢钎，蹲在地上把钢钎使劲地往地上一戳。王技师走过去拿起一个12磅的大锤在手中掂了一下又放下，换了一个8磅的锤，然后走到窦排长的面前。只见窦排长一只手扶钢钎，手臂伸的直直的，而且还是侧着身子。王技师抡起了大锤高高地举过头顶，但是他并没有使劲地将大锤砸下去，而是努力地控制铁锤下落的速度。最后铁锤轻轻地碰了一下钢钎。窦排长一看王技师这个样子就说：'王技师，这可不行呀！把锤抡起来，狠狠地往下砸。'

　　王技师说：'排长，我一看你扶钢钎的样子我就不敢下锤。咱们是没有扶过钢钎，抡过大锤，但是咱们见过人家工程兵干呀。没你这样的。'

　　窦排长一听王技师的话马上转过身来，面对着王技师双手扶着钢钎说：'这样行了吧？我把我的这双手都交给你了。'

　　王技师把钢钎往地下一戳说：'你这么说我就更不敢下锤了。我看这么练不行，就算大家都小心地练也难保不出事故。'

　　窦排长说：'那你说怎么练？总得有个办法吧。'

　　王技师沉思了一会儿说：'我看这么办吧。咱们找一些粗铁丝截成一米左右长，在一头做一个钢钎粗细的圆圈套住钢钎，扶钎的人就可以拿着另一头。这样抡大锤的人就可以放心地砸大锤了。'

　　窦排长听后一拍大腿说：'好主意，就这么干。'

　　很快，我们就按照王技师说的准备好了。还是窦排长和王技师做示范。这一回王技师挑了一个12磅的大锤，抡圆了狠狠地砸向钢钎。可根本就没有砸在钢钎上反把铁丝砸弯了，带得钢钎蹦起来老高。王技师不好意思地说：'我瞄得挺准的，可怎么没打上呀？'

　　窦排长站起来把铁丝弄直了说：'没关系，没关系，再来。只要你不脱手砸到我身上就行了。'

王技师又抡起了大锤。一下，两下……真正能打到钢钎上的很少，不过确实是安全多了。窦排长觉得没问题了就说：'大家都分成两人一组开始练吧。'

于是大家就分头练了起来。练了一上午人人都是一身汗，可真正砸到钢钎上的没有多少锤，铁丝倒砸断了几根。这样练安全是安全了，没有出现一例工伤，可效率太低了。

下午接着练。练了一会儿，我就觉得这样练还是不行，就去找铁鹰说：'你看这样练行吗？我看这样还是很难练出来。'

他问：'那怎么办？'

我问他：'你说这抡大锤的关键是什么？'

他说：'就一个字"准"。'

我说：'那我们就没有必要上来就练打钢钎。我们可以先练打的准。只要能打准，再来打钢钎就容易了。'

他说：'我知道你的意思了。你是说咱们先不打钢钎，随便找个目标练。练好了再来打钢钎。'

我说：'对。你看这样行不行？咱们先在地下画一个钢钎粗细的圆圈，就照着这个圆圈砸。谁什么时候能做到每锤都砸准了再去打钢钎。你看怎么样？'

他说：'好主意，我看行。'

说着我俩就练了起来。由于一点顾虑都没有，我们很快就砸得很准了。没用多久，我们就能做到锤锤不偏了。我们是越练越有信心。这时铁鹰说：'咱们来次实战怎么样？我扶钎，你来抡大锤。'

我说：'别，还是我来扶钎吧。'

说着我就放下大锤，拿起了一根钢钎。我把钢钎戳在地下，双手紧紧地握住。铁鹰高高地举起了铁锤重重地砸了下来。只听"铛"的一声不偏不斜正好砸在钢钎上，把我的手震得生疼。铁鹰又抡起了大

第二日　深山老林一连队　谁知新兵挑大梁

锤。我忙说：'不行，不行，先别砸了。'

铁鹰放下大锤问：'怎么啦？'

我说：'你劲太大了，震得我手生疼。'

铁鹰说：'不使劲怎么行？可能是你扶钢钎的方法不对。'

我想他说得对。听人说扶钢钎是不能握得太紧，只要扶住了就行。想到这里我对铁鹰说：'来，你再砸一下。'

我用手轻轻地扶着钢钎。铁鹰一锤打下来，果然手没有感到多大的震动，可钢钎却蹦出一尺多高。哦，我明白了。原来当大锤打到钢钎上时你的手一定要离开钢钎。当大锤因钢钎的反弹而离开钢钎时，你的手要及时抓住钢钎。这样就行了。我对铁鹰说：'你再来一下。'

我一试果然很好。我们俩就这样一锤一锤地练了起来。一会儿竟在岩石上打出了一个不小的坑。窦排长走过来一看很是高兴。他在全排推广了我们的练法。很快全排的每一个战友都练得很好了。我们排第一个拉上了工地。很快全连也采用了这个练法。在我连的宿舍旁、食堂边到处都可以看到有抡着大锤砸地、砸岩壁，甚至砸树的人。没过多久，全连上至连长，下至勤杂班、炊事班的每一个人都能够扶钢钎砸大锤了。后来我们不仅能在地上、墙上甚至在天花板上都能够打出各种各样的孔来。我们连终于提前完成了上级下达的任务。"

老人听到这里插话问："就这么一个小点子就使你们连很快完成了任务？"

小小建议　解决难题

我说："是呀。"

老人又问："那连里怎么奖励你们的?"

我说："没有奖励，那个时候不兴奖励。"

老人说："那总该表扬表扬吧?"

我说："表扬也没有。那个时候只要是把上级交给的任务完成了就行。这就是表扬，就是奖励。"

"哦——"老人长长地"哦"了一声，然后问："那后来呢?"

我说："后来的任务就更艰巨了，全连都投入到专业施工中。我们排的任务是安装馈线。"

老人睁开眯着的双眼问："什么是馈线?"

我说："馈线嘛，怎么和您说呢。您知道天线吗?"

老人说："天线，我知道。"

我说："知道天线就好办了。馈线就是连接天线和收发报机的那段导线。当时我们采用的技术还是从苏联引进的。主要的工作是要把直径2.5厘米的钢管对焊在一起。当时完全是手工操作。我们排别说是新兵，就是排长和技师也没有干过。好在三排的老兵焊过电缆，连长就让他们给我们做示范。三排派出了他们技术最好的老兵来帮助我们，首先给我们出示了所需要的用品，一把汽油喷灯，一块魔子皮，一块锡。他用喷灯先把钢管烧热，同时把锡烧软，然后拿着魔子皮把锡揉到钢管上，从而把对接的钢管焊上。看起来好像并不难，可我们谁也没有想到，他在我们一排全体人员面前焊了一个上午竟没有焊好一个接头。到了中午，连长虎着脸问三排长：'怎么搞的？你们不是焊过吗?'

三排长嘟囔着说：'我们排原来焊的电缆不是钢铠装的就是铅铠装的，没有焊过钢管。'

连长看着满头大汗的三排老兵和紧张的三排长无可奈何地说：

'算了，你们干自己的活去吧。'

连长放走了三排长他们，又转过身来对我们一排说：'从下午开始，你们排马上练习焊接。要用最短的时间找出焊接的方法，争取尽快再次进入工地完成上级交给你们的任务。听清楚了没有？'

'听清楚了。'大家回答的声音很小。连长一看大家没信心的样子又说：'大家是不是觉得心里没底？连里对你们是相信的。上次就是你们第一个进入工地的，而且完成任务也是你们排完成的最好。在那之前你们不是谁也没干过吗？好了，解散。'

到了下午，窦排长和王技师把大家召集到一块，把用具摆在大家面前。窦排长说：'东西都在这里了。大家把工具都领回去，马上开始练习焊接。谁先练好了谁先上工地。'

窦排长刚说完，三班的陈老兵就说：'排长，怎么练呀？'

窦排长瞪着眼睛说：'你上午没来？就按三排那个法练。'

陈老兵说：'三排那个法不是不成吗？'

窦排长说：'三排不成咱们一排也不成？不练你怎么知道？好了，我不多说了。各班散开马上开始练。'

大家心里都明白，排长和技师也没有好办法，只好让我们先按三排的方法练着。一个下午过去了，全排二十多人没有焊好一个接头，还有两名战士把手给烫伤了，好在伤情不重。第二天仍旧没有取得任何进展。连长和指导员整天都泡在我们一排，他们也亲自动手了。到了晚上临收工的时候连长说了一句话：'我看三排这个法子不行。你们是不是琢磨琢磨有没有其他的法子？'

第三天一开工，铁鹰就来找我说：'你看问题出在哪儿？'

铁鹰提出的问题这两天我一直在想。我对他说：'可能是有两个方面的问题。一是钢管的表面极易氧化。一加热马上就氧化，一氧化就形成了氧化层。氧化层和锡根本就粘不到一块；二是要把锡控制在

软而不流的临界状态很难。我就想到了这两个方面，还有没有其他的问题我就不知道了。'

　　铁鹰说：'我觉得你分析得很对。'

　　我说：'那怎么解决呢？'

　　铁鹰说：'第一个问题好解决。咱们可以先把钢管焊接口处打磨了，露出新的创面来，然后把它放到熔化的锡里。这样就在接口处镀了一层锡，再焊时就可以防止钢管氧化了。'

　　我一听马上说：'好主意，好主意，那关键就是第二个问题了。'

　　他说：'你看我们能不能所幸把锡给熔化了？'

　　我说：'那可不行，锡一熔化了就没办法固定了。'

　　他说：'如果我们做个模子不就把锡给固定了吗？'

　　铁鹰这么一说，我恍然大悟了。我说：'对呀，我们做个模具把要焊接的两根钢管固定住，然后把锡熔化了灌入模具。等冷却后锡自然就把钢管焊住了。'

　　铁鹰说：'就是你说的这个办法。'

　　我马上说：'怎么是我说的办法，分明是你的主意嘛。走，咱们找窦排长和王技师说说去。'

　　我们俩一块找到了排长和技师。他俩还正在为训练进行不下去发愁呢。一看我们俩来了，窦排长就问：'你俩有什么事？'

　　我抢着说：'铁鹰有个好办法，我估计能行。'

　　我没敢说得太肯定。窦排长和王技师一听有办法了齐声说：'铁鹰，你说说有什么好办法？'

　　铁鹰用胳膊肘碰了我一下说：'还是你说吧。'

　　我又碰了他一下说：'还是你说吧。'

　　窦排长一看我们俩互相推，就瞪着眼说：'都什么时候了你们俩还互相推，铁鹰你说吧。'

王技师也在一旁说：'铁鹰你说吧，不完善也没关系，有什么方案先拿出来。'

铁鹰就把我们刚才说的又从头到尾说了一遍。铁鹰一边说我一边观察着窦排长和王技师的脸色，我发现他俩的脸上都毫无表情。我开始担心这个方案被他们枪毙了。铁鹰一说完我马上抢着说：'排长，我看这个方法行。'

窦排长面无表情地说：'这个方法你俩谁用过？'

我俩异口同声地说：'没用过。'

我俩要是有一个人用过还至于第三天才提出来？这不是明摆着的事。

窦排长问：'没用过你们怎么知道准行？'

我俩哑口无言了。是呀，没做过的事谁也不敢说准行。可是如果不试一试谁又能说准不行？不过这是我俩心里想的事，谁也没有说出口。"

老人听到这里看了我一眼问："是不是你们俩都接受了种菜那件事的教训了？"

我说："可能吧。"

老人又问："那后来呢？"

后来还是王技师说：'反正也没有什么好办法，不妨让他们试一试。窦排长你说呢？'

窦排长虎着脸对我俩说：'这么办吧。明天全排继续按老的办法练，你们俩按这个办法试一下，有什么困难让王技师帮你们解决。'

听了窦排长的话我俩放心了。我们知道这是能够得到的最好的答复了。转身刚要离开，王技师又把我俩叫住了。他满脸严肃地说：'你俩回去先画张图让我看看，然后再让四排的同志帮你们加工模具。'

我俩答应了一声就回排里去了。铁鹰找来了笔和纸，我找来了尺子和钢管。由于没有专业绘图工具，我们只能画个示意图，然后标上尺寸。好在这样的模具也不需要多么精密。很快我们就把图画出来了。铁鹰把它交给了王技师。王技师看了好一会儿才问：'尺寸对吗？'

铁鹰回答说：'差不多吧。'

王技师不满地说：'什么叫差不多吧？差不多让人家四排的同志怎么加工？'

铁鹰一看王技师不高兴了马上解释说：'咱们既没有专业的测量工具，也没有专业的绘图工具，所以只能大概地测出个尺寸，画出个样子。再说这种模具也不是什么精密的东西，差不多就行了。'

听了铁鹰的解释，王技师依旧绷着脸说：'既然这样那在做模具时就多做几个。要防止因为一两个模具不合适就使试验做不下去。'

听了王技师的话我俩都感到热乎乎的。王技师是为我们好，他希望我们的试验能够成功。王技师把图还给铁鹰说：'我刚才已经和四排长说好了，你们就直接把图交给车工就行了。不过你们最好在车床旁边看着，随时把要求讲给车工。你们这个图可不是加工图。行了，快去吧。'

王技师一发话，铁鹰和我立马跑去找车工。车工也是我们同期的兵，很好说话。铁鹰开始给车工讲他的图，我去备料。当我从仓库里把料领出来时，铁鹰已经给车工讲明白了。很快三个模具就加工出来了。我们把模具拿到窦排长面前，他拿着看了又看然后淡淡地说：'就是这个样子？明天试试看吧。'

从窦排长的脸上可以看出他不太相信这个办法，之所以让我们试一试也是因为除此之外还没有人提出别的办法。不过铁鹰和我还是充满了信心。

第二日　深山老林一连队　谁知新兵挑大梁

第二天试验就要开始了。全排的战友都停下了手中的活跑来观看，连长和指导员也来了。铁鹰让我去化锡，他开始把模具安装在钢管上。很快锡就化好了，铁鹰也把模具安好了。我用勺子把锡灌注到模具中，接下来就是等待锡冷却固定住就可以打开模具了。突然铁鹰小声对我说：'我觉得有点不对头。'

听铁鹰这么一说，我吃了一惊忙问：'怎么啦？有什么不对头的？'

他说：'我怎么觉得锡灌注的量不够呀？'

经铁鹰这么一说，我也觉出来了。模具的空间是一定的，锡好像是没有灌进去那么多。我问铁鹰：'那怎么办？'

他说：'没办法，只好打开模具看了。'

连长见我俩嘀嘀咕咕的就问：'你俩嘀咕什么呢？'

铁鹰只好如实向连长汇报说：'我们觉得锡灌注的量不够。'

连长听了之后说：'马上打开模具看一下。'

铁鹰打开了模具一看，模具内的空间果然没有让锡充满。模具的下半部分还是空的，所以钢管有一半没有焊上。窦排长见此状马上问：'这是怎么一回事？'

铁鹰和我一时语塞，刚才还很兴奋的战友也都愣住了。这时连长倒显得很平静。他拿着焊件看来看去然后不紧不慢地说：'别着急，想想问题出在哪儿。'

虽然连长说了让我们别着急，可我们怎么能不着急？特别是在众目睽睽之下。铁鹰和我的额头上都冒汗了。观看的人群中开始出现低低的议论声。

'看来我们还得用老办法。'

'老办法是从苏联引进来的，不会没道理。'

'也许他们这个方法人家苏联也试过，也不成功。'

'……'

窦排长说话了：'大家散了吧。回去抓紧时间练，争取早点掌握焊接技术，早点进工地。'

围观的战友们渐渐地都离去了。连长、指导员也走了。窦排长最后离开时对我和铁鹰说：'连长说了别着急你们就别着急。慢慢想，我看有门。'

我真没有想到窦排长会说出这句话来。刚才还有点发冷的心又感到热乎了。"

老人又一次看着我问："到底是什么原因？你们找到了吗？"

我说："其实大家刚刚离开，问题出在哪儿就找到了。铁鹰拿着模具对我说：'你看，锡在模具里并没有流到模具的底部而是在中部就凝固了。这是为什么？'

我说：'模具太凉了。'

他说：'对，肯定是这个原因。前面的锡凝固了就堵住了后面的锡的通路，自然锡就灌不满了。'

我说：'走，咱们告诉排长和技师去。'

铁鹰说：'别，别，咱们先试一试，成功了再说。'

我说：'你说怎么试？'

他说：'这样吧，咱们先把模具安好。然后你化锡，我来加热模具，等我把模具加热后你再灌锡。怎么样？'

我说：'行，就按你说的干。'

我俩立马动手干了起来。等铁鹰把模具加热之后我开始慢慢地向模具里灌锡。这一次我特别注意锡的用量。很快我就觉得这一次锡的用量比上一次多。当我把模具灌满之后对铁鹰说：'行了，你可以停止加热了。'

铁鹰说：'我再加热一会儿。你用东西轻轻地敲一敲模具，防止

第二日　深山老林一连队　谁知新兵挑大梁

模具里存气泡。'

我按铁鹰说的做了,他才停止了加热。我俩坐在地上谁也不说话,紧张地等着模具慢慢地凉下来。我们知道全排的战友,还有连里的干部都很关心试验的成败。

就在这时,我班一个叫福利的战友悄悄地跑来问:'试验怎么样了?'

我说:'这不我们又做了一次,怎么样还不知道。'

他再问:'那你们现在在干什么?'

我说:'我们正在等模具凉下来,再打开看看结果。'

福利一听说在等模具凉下来,伸手就去摸模具。这把铁鹰和我吓了一跳。我们想拦他已经来不及了,我大声地喊:'小心烫着你。'

福利已经把手缩了回来。他笑眯眯地说:'不烫了,不烫了。可以打开看了。'

我瞪着福利说:'烫着你怎么办?咱们连可没有獾油。'

福利仍旧笑眯眯地说:'快打开看看吧,要是成功了别说烫一下,就是烫个十下八下的也值得。'

铁鹰一看也差不多了,就招呼我和他一块打开模具。当我们把模具打开时,我们三个人都吃了一惊。"

老人突然插了一句:"成功了。"

您说对了,成功了。在两根钢管的接口处出现了一个规规整整的,谁也没见过的焊头。铁鹰和我还没有来得及反应,福利就一边往排里跑一边喊:'成功了,成功了,他们的试验成功了。'

随着他的喊声,全排的战友都放下了手中的活跑了过来。连长、指导员、窦排长、王技师也都过来了。连长走到铁鹰面前说:'怎么回事?我们刚走你们就成功了?拿过来我看看。'

铁鹰把焊好的钢管递给了连长。围上来的战友反倒把我和铁鹰挤

到了圈外。连长看了好一会儿终于说：'不错，不错，真是不错。何排长，何排长来了吗？'

窦排长说：'何排长没来。'

连长说：'快去把何排长叫来。'

不一会儿何排长来了。连长拿着模具对何排长说：'何排长，照着这个模具多做几个，马上就做！'

何排长拿着模具走了。连长又转过脸对窦排长和王技师说：'窦排长、王技师，你们一排马上用新的方法开始训练，争取尽快进入工地。'

老人的眉毛舒展开了，脸上露出了一丝不易察觉的微笑。她说："你们一共没有试验几次，还是挺顺利的嘛。"

我笑了一下说："事后想起来还真是挺顺利的。因为事情本身并不复杂，只不过是我们没有学过、没有见过而已。"

老人说："能把自己没学过、没见过的事做好，那可是不简单。"

我继续说："在后来的施工过程中，我们又对模具进行了多次改进，使模具越来越好用。还把个体式的施工方式改为流水线式的施工方式，使施工的效率提高了几十倍。后来当我们连完成了这项任务，请司令部通讯处的领导来检查时他们都有点不相信。"

老人听到这里关切地问道："这回该给你们立功了吧？"

我又笑了一下说："没有，在我的印象里好像和上次一样连表扬都没有。"

老人紧了一下眉头问："你们没想法？"

我平静地说："没有。我们当兵又不是为了立功受表扬的。"

"哦——"老人长长地"哦"了一声。

我看了一下墙上的挂钟，时间已经到了。我站了起来说："我该走了。"

老人说:"不着急,喝口水吧。"

"不,谢谢了。"我向老人点了点头。一来表示谢谢;二来表示再见,说着我转身向门口走去。少女适时地出现在客厅里。她把我送到门口,替我打开门。当我向她道别时发现她手中没有拿着那只放着两张五十元钱的盘子。她浅浅地一笑说:"欢迎您明天再来。"

我没有回答只是点了点头。

我走下了楼。当我走出小区大门的时候,情不自禁地回头看了一眼那所公寓的窗户。隐隐约约地,我好像看见窗子里有两个人影。

冰天雪地战友情
暴风骤雪除夕夜

第三日

第三日　暴风骤雪除夕夜　冰天雪地战友情

当我第三次来到这个门口的时候，这个门也同时打开了。少女微笑着说："您请进。"

我注意到少女在称呼我时把"先生"换成了"您"。我对她点了点头走进了房门。我立刻感到好像屋里和昨天有点不一样。由于客厅里的陈设很少，所以一点点的变动就能使人察觉到。哦，原来是在老人的躺椅旁又多了一把椅子。

少女把我让到了我的椅子旁，请我坐下。老人还是前两天那个姿势，仿佛这两天她就没有动过似的。可是我知道她肯定动过，最起码我知道昨天她曾站起来到过窗边。

茶几上还是那几样东西，盘子中的钱币由两张变成了三张。我的杯子里倒好了矿泉水。杯子的旁边放着一瓶刚打开的矿泉水瓶子。只不过和昨天的那瓶矿泉水不是一个牌子。从这一点上可以看得出主人是个极心细的人。

"谢谢您能来。"

不知为什么她又把"你"换成"您"了。话还是昨天那句话，还是说得那样轻，也还是那样的神态。

"今天我们聊些什么呢？"

说到"聊"，我觉得这个字我用得不太准确。我理解的"聊"是要两个或两个以上的人都说才能算得上是"聊"。这两天一直是我一个人在说，她只是偶尔问一两句，这只能说是我说她听。

"想和您商量个事。"

她没有回答我而是用完全商量的口气，好像还有一些恳求的意味说。

这两天来我从未听到她用这样的口气说话。当然我无法拒绝一位老人的要求，虽然我不知道她要说什么。我说："您请说。"

"在下面的两个小时里我想让她坐在我的身边。"

她用手指了一下我身后。我回头一看，原来少女并没有像前两天那样在我坐下后就主动离开客厅，而是一直站在我身后。我看到她的双眼流露出恳求的目光。

"当然可以。不过我想知道，前两天我只不过和您说了一些我的亲身经历，就是些普通人的平常事。您怎么想起来让她也听一听呢？"我也向她提出了自己的问题。

她没有马上回答，而是先招呼少女坐到她身边。少女轻盈地走过去面对着我说："谢谢您。"

少女坐下后，老人说："她叫任珍。任珍，多好的名字。您以后就叫她任珍吧。"

我点了点头表示认可。

老人接着说："她才十九岁，说起来还是个孩子。她有多少经历，她还要经历多少。我想让她听听过来人的经历，或许对她今后有好处吧。"

这是两天来她说话最多的一次。

我以为老人并不在意像我这样的某一个人，而是想知道那个时代的部队生活。

我说："昨天我说了上级交给我们的任务是完成了，可我们的施工条件太差了。首先一条就是我们缺少现在看来是起码的装备。我们是通信工程连。我们的工作是离不开电的，可我们每个人连一支试电笔都配不上。一个班只有一块电表，所以只好由班长来保管。一分开施工，这电表就不够用了。每天上工地一到自己的施工地点，第一件事就是先试一试拉到自己点上的电线有没有电。"

老人问："你们没有试电笔和电表怎么试有没有电？"

我微微一笑说："其实很简单，用手试试就行了。"

任珍露出了惊讶的表情，老人也睁大了眼睛问："用手试有电没电那多危险呀？"

我告诉她们："只要方法正确并没有什么危险。首先一条就是要知道自己所要用的电源的电压是多少伏的。我们一般用的是220伏的，可以用手试，如果是380伏的就不要用手试了。第二就是方法要正确。试电前一是自己要站稳；二是手臂要伸直；三是用手指的背面轻轻碰一下自己要试的电线；四是当手指一碰到电线时要马上收臂、握拳。只要你手指感到麻了一下那就是有电，如果没有感觉那就是没电。"

说着我就用手指背面轻轻碰了碰茶几边，做了演示给她们看。

"慢慢大家都习惯了，以至于到后来就是电表在身边我们也不用电表来试了。"

老人把目光从我身边移开，望着远处若有所思地说："那还是太危险了。你们就不怕被电着？"

她的语气里透着关切。

"那个时候我们根本没有想那么多，可能也是老天爷的眷顾吧。在那么简陋的条件下，我们竟没有发生一次触电事故。不过有一次可把我和我的战友吓坏了。"

"出事了？"老人轻轻地问道。

"事情是这样的。有一次我们在工地上施工，突然整个工地的配电盘出了点故障。一般出现这种情况应由连里的电工来负责检修。可恰恰这一天，连里唯一的电工和他们排长出去了。怎么办？还有一个通行的办法就是停电检修，那也需要由电工来干。可是一停电整个工地就会陷入一片漆黑。所以必须在停电前把我们连在工地上施工的人员和兄弟连队的人员都撤出工地。这在当时的情况下是不允许的。剩下唯一的办法就是带电检修，而且是非电工来检修。谁来检修？排长、班长犯了难。过了片刻排长说：'二班长，你上去试试吧。'

二班长说：'行。不过这玩意我可没有拾掇过，没有把握。我先上去看看吧。'

说着他就要上去。这个配电盘是个大家伙，高度在2.5米以上。在它的顶部不断传来'啪，啪'的响声，还伴随着闪光，看起来怪瘆人的。我看见几根电源电缆伸到了配电盘的顶部后面。我想那可能是个接线处，闪光可能就在那里，故障也在那里。这就需要爬上去检修。我们班长向配电盘走过去。我一把拉住了他对排长说：'排长，这两天我们班长身体不太好，还是让我来试试吧。'

排长问：'你行吗？'

我说：'我先上去摸摸情况，不行再让班长上去。你们先站远一点。帮我找一块木板来。'

排长随手从地上捡起一块1米长0.2米宽的木板递给我。我把木板插在配电盘的架子上轻轻地爬了上去。到了上面一看，果然是配电盘上的接线处出了故障。我头也没回把手伸向后面说：'排长，递给我一把扳子。'

排长把扳子递给我。其他人都躲在远处紧张地看着我。我把身子整个趴在配电盘上，排长也一步不离。扳子刚刚能触到接线处。我用扳子慢慢地把松的螺丝一圈一圈地拧紧。火花渐渐地消失了，'啪，啪'的响声也消失了，工地的照明灯也不再闪了。在场的人都松了一

第三日　暴风骤雪除夕夜　冰天雪地战友情

口气。当我拧紧最后一圈之后，排长在下面问我：'怎么样了？'

我长长地出了一口气说：'排长放心吧，就是电源线的接头松了，接触不好。我已经拧紧了，没问题了。'

排长说：'你先把扳子递给我，然后再慢慢地下来，千万别摔着。'

我依旧没有回头，把手向后一扬准备把扳子递给排长。就在这一瞬间，我的手臂突然感到一股酥麻的热流传遍了全身。随即扳子脱手飞向了排长，擦着他的帽子飞落在地上。随着扳子落地'哐当'一声响，我的身子一软便瘫卧在配电盘上。这下把排长、班长和在场的战友们都吓坏了，他们在下面大声地呼唤我，而我什么也听不见。"

老人微微地抬了一下身子急切地问："触电啦？"

任珍瞪圆了眼睛看着我，显然她也以为我触电了。

"开始我也以为自己触电了。脑子里'嗡嗡'直响，身子软得一点力气也没有。排长他们在下面喊什么我都听不见。突然我觉得有人动我的脚。我勉强回头看了一眼。原来是排长他们在用一根木棍拨我的脚，想把我从配电盘上弄下去，但是没有成功。我的战友都急了，想把我拽下来。排长阻止了他们。他怕其他人也触电。就在这时，我感觉这次触电好像和我以前触电的感觉不太一样。以前触电后触电处还有一种烧灼感，而这次却没有。随即我动了一下腿，还能动。我便对排长说：'你们别动我，我没事。'

排长一听我说话了，马上让大家别动了。他急切地问：'真的没事？没事就下来吧。'

我说：'我身上没劲。'

排长喊道：'没电着就好办，上去两个人把他给我抬下来。'

我忙说：'别，别上来，危险。就让我在这上面趴一会吧！'

排长急了，大声说：'危险你还不快下来？快下来！'

为了不让大家为我着急，我强挣扎着向下移动。我的脚刚一沾地就瘫坐在地上了。"

老人问："没事吧？"

我说："没事。"

老人接着问："那到底是怎么回事呀？"

"事后我才明白，是我在给排长递扳子时，配电盘上的铁架子碰到了我胳膊肘处的麻筋。因为在带电的配电盘上作业精神高度紧张，所以一碰到麻筋就以为触电了，整个身子一下子就瘫了。这不仅吓坏了我自己，同时也吓坏了我们排长和在场的战友。"

老人轻轻地笑了一下说："精神反应蛮强烈的。刚才还把我和阿珍也吓了一跳。"

听老人这样说，我从心里感谢老人对我的在意。我向前探了一下身子说："这都是些再平常不过的事。不过我在部队里也遇到过一些不平常的事。但是不管今后我再遇到什么事，我都要求自己尽量平静以免自己的身体不自觉地做出过度反应。"

老人关切地问："能讲给我们听听吗？"

"我就说说我在部队第一年经历的两件事。一件小事一件大事，这两件事都使我终生难忘。小事差点让我送了命，大事让我不惜去送命。"

当我说到"送命"两个字时，她们俩都把眼睛瞪大了。老人的眼里露出了诧异的目光。她似乎不相信在我这样一个看起来平凡得不能再平凡的人身上经历过生与死。任珍眼里露出的完全是惊异。说实在的，我也认为自己是个平凡人，但是平凡的人也会经历生与死，也会经历一些不平凡的事。也许一些看起来不平凡的事其实也是再平凡不过的事而已。

"那是 1968 年的最后一天，第二天就是 1969 年的元旦了。部队

第三日　暴风骤雪除夕夜　冰天雪地战友情

按惯例是休息了。可我们在深山老林里休息又有什么好消遣的？部队不让打扑克，下棋只能下军棋，其他的棋一律不让下。没电视没收音机，甚至连当天的报纸都没有。再加上外面是冰天雪地，大家只能待在屋子里。这时候新兵是最容易想家的。因为这是我们在部队过的第一个年，所以哭鼻子掉泪的情况也是有的。不过我和铁鹰还算好。因为我们自小在幼儿园里长大，离家的日子多也就不那么想家了。窦排长让我们想办法活跃一下排里的气氛，省得大家想家。我们就想起了一种在学校里常玩的游戏。就是两个人手拉着手脚顶着脚，互相拉或推，谁的脚动了谁就算输了。三个班比赛，看哪个班能赢。比赛刚开始进行得很顺利。大家都参加，各为各班加油，气氛挺活跃。但没想到，在一班和三班比赛时出事了。轮到铁鹰和一班的周老兵比赛。这两人的比赛是两个班之间的决胜局，所以两人格外卖力气。两个班的人也使劲地为本班的选手加油。铁鹰一使劲一下子把周老兵的胳膊拽脱臼了。这下可把我们给吓坏了，赶快把连队的卫生员喊来。卫生员想了好多办法也没有把周老兵的胳膊复位。他疼得满脸都是汗珠。连长、指导员都过来了。一看没办法，连长决定连夜把他送到抚顺城里去。

我们连的驻地离抚顺还有好几十公里，中间还要翻过一座大山。而且大部分的道路都是山路，白天走也得两个多小时，更何况是个风雪交加的夜晚了。可不送也没有办法，总不能让自己的战友一晚上掉着胳膊吧？就是挨到第二天还得往抚顺送。连长让我们排的窦排长带队，除了司机和卫生员外还有铁鹰、春生和我一块护送前往。我们连只有两辆第二次世界大战时苏联生产的卡车——嘎斯69，还是抗美援朝时苏联卖给咱们的。汽车发动了。卫生员和伤员坐在驾驶室里，窦排长带着我们三个人站在卡车上面。卡车上连个篷子都没有，我们只好露天站着了。连长看外面的风雪太大了，怕我们冻坏了，又让人抱来了两床被子。我们是绒衣绒裤、棉衣棉裤、棉帽子、大头鞋,再穿上棉大衣,两个人再裹上一条棉被就这样全副武装地出发了。

一路上还算顺利,很快我们就到抚顺了,卫生员把头从驾驶室里伸出来问:'窦排长,车往哪儿开?'

窦排长捅了我一下说:'你说往哪儿开,给指一下路。'

我最初当兵在一排二班,后来被调到勤杂班当器材员。两个月前被派到沈阳仓库。这次是回连过年的,没想到出了这档子事。我和春生是器材员,进城的机会多一点,路熟一点,自然送伤员病号的事就少不了我俩。窦排长让我指路也是有道理的。我只好迎着风雪站在车厢的最前面,要向左拐时就敲车顶的左边,向右拐时就敲车顶的右边。

我原想带他们到抚顺市第一医院。那是抚顺市大医院之一,我也熟悉一点。可车刚进抚顺不久,就发现路边有个中医院。我立即敲车顶让车停下来。我想中医有骨科,治脱臼正好,还省得再往前走,伤员少受点罪,我们也少挨点冻。车一停下来,我就从车上跳下来向中医院走去。窦排长在后面喊:'你看看清楚,这是中医院,看咱这病行吗?'

我说:'排长,你别急,让我问问。'

我头也没回就去敲门。里面马上亮起了灯,窗帘拉开了,一个一尺见方的小窗户打开了。一个声音传了出来:'什么事?'

'我们是解放军,有个战士脱臼了。'

我把头向窗口凑过去,为的是让里面的人好借着灯光看清楚我的领章和帽徽。

'那快进来吧。'

说着我就听见里面开门的声音。我跑回车边让卫生员把伤员扶下来。窦排长、铁鹰、春生也都跳下来了,拥着伤员走向医院。一进医院就是值班室。值班的是一位四十多岁的男医生。他还穿着衬衣衬裤，上身仅披了一件棉衣。我们这群人一进屋，把一股寒气带了进去。他和我们一打照面先就打了一个寒战。我不好意思地说：'大夫，给您添麻烦了。'

医生十分客气地说：'不麻烦，不麻烦。是哪位解放军脱臼了？把衣服脱了让我看看。'

我说：'大夫，您快穿上衣服，别冻着。'

他说：'我没事。快帮他把衣服脱了。把胳膊露出来就行了。'

卫生员赶快帮助伤员把大衣脱了，再把脱臼的右臂袒露出来。大夫用他的右手轻轻地拉住伤员的右手，用左手摸着伤员的右臂上端问：'疼吗？'

伤员说：'疼。'

大夫又问：'能伸一伸胳膊吗？慢慢伸。'

同时大夫轻轻地拉了一拉伤员的胳膊。突然他左手向上一推，然后两手一摆说：'好了，穿上衣服吧，别冻着。'

他一边说一边向药柜走去，拿出了一丸跌打丸。他用力一捏，把蜡壳打开，用一把小刀把药丸切成两半，倒了半杯水走回来说：'把这半丸吃了，明天下午再吃半丸。注意这两天别干重活就没事了。'

我们都看呆了，整个过程没用一两分钟。大夫见我们没动笑着说：'放心吧，回去吧，真的没事了。对于骨科来说，脱臼不算什么事。'

我们谢了又谢。我要付钱，大夫说什么也不收。他说：'给解放军看病怎么能收钱呢？'

我说：'解放军有三大纪律八项注意，不拿群众一针一线。让您看了病还吃了您的药，怎么能不付钱呢？'

我坚持要付，窦排长、铁鹰、春生他们都说一定要付。最后医生只好让步了，但他还是只收了药费，不肯收诊费。窦排长一看没办法就让我把药费付了。

当我们返回连队时雪下得更大了。整个原野尽是白茫茫的一片。汽车打开了大灯也照不出去多远，好在我们司机路熟，不会走错。可走了将近一半快进山的时候，汽车突然抛锚了。这下可坏了。司机马上从驾驶室里出来，冒着大雪打开车盖，用手电照来照去地检查，之后他又把手电交给卫生员帮他照着，他开始修理了。窦排长跳下车，我和铁鹰、春生还在车上裹着被子没动。因为我们谁也不懂修车，下去也是白挨冻，一点忙也帮不上。过了一会儿，窦排长在下面喊：'下来一个人帮着摇一下车。'

一听有事干，我们三个人都跳下了车。这种老式的车发动前都需要人先摇，等着了火之后才能开。在东北的冬天摇车是个很吃力的活，因为只要车一停下来就冻了，机油就会凝住，再想把车摇起来需要费很大的劲。摇得不好摇把还会反弹，不注意还能把胳膊打断。军区每年都会发生几起这样的事故。

铁鹰第一个上阵。他身高力大，摇车对于他来说本是小菜一碟。像我们这样的连队，大部分战士都会摇车。在山里待的时间久了，大家都想出去转转，要跟车就要会摇车，否则领导就不会派你跟车。铁鹰是有名的摇车好手。要是在夏天，他上去一下两下就能把车摇着了。但这次摇他上去一使劲，竟然没有摇动，再一使劲还是没有摇动。窦排长一看铁鹰没摇动忙问：'怎么回事？'

铁鹰没吱声把大衣脱了往我手里一塞说：'帮我拿着，我就不信这个邪。'

终于，车是让他给摇动了，但发动机没点着。很快铁鹰脸上就开始流汗了。我一看赶快把大衣给他披上说：'你歇会儿，我来。'

我也把大衣脱了递给春生，从铁鹰手里接过摇把摇了起来。我比

第三日　暴风骤雪除夕夜　冰天雪地战友情

铁鹰可差远了，没摇几下就流汗了。春生一看，也忙脱了大衣上来替我。最后卫生员、窦排长都上阵了。车还是纹丝不动。怎么办？窦排长把大家召集起来说：'看来车是不行了。大家说说下一步怎么办？'

司机、卫生员、伤员三个老兵都用眼睛看着窦排长没有说话，春生先说话了：'咱们走回去吧，不就几十里山路吗？'

卫生员说：'那伤员呢？'

伤员说：'我没问题，胳膊现在好多了。再说我腿脚都没伤呀。'

我说：'那不成，车怎么办？咱们一走不就把车扔在这荒郊野地里了吗？'

司机马上接着说：'车可不能扔，车是咱们连的装备。'

窦排长说：'车肯定是不能扔下。现在关键的问题是无法和连里取得联系。咱们在这里死等，可连里并不知道咱们在这荒郊野地里被困住了。现在已经是 1969 年元旦了。这两天连里放假休息，肯定不会出车，也不会发现咱们被困在这里。'

铁鹰跟着说：'万一连里以为咱们去了沈阳，那咱们还不得在这里冻上两三天。'

春生一听马上嚷嚷起来：'还没饭吃，连冻带饿那可糟了。'

窦排长再次把头转向三位老兵征求他们的意见：'走不行，车不能扔下；不走也不行，没办法让连里知道咱们的处境。你们三个是老兵，说说你们的想法。'

三个老兵态度都一样，就是听窦排长的。

雪越下越大了。虽然我们都穿着棉大衣，但很快就冻透了。我们几个人都开始跺脚了。怎么办？怎么办？窦排长也没了主意。突然铁鹰说：'排长，我有个想法。'

窦排长一听马上来了精神，忙说：'你快说你有什么想法？'

铁鹰指着我说：'我俩先回去，你们在这里等着。我们向连里报

信，让连里派车派人来接你们。'

窦排长还没有说话春生就抢着说：'这是个好主意。我也和他们一起回去报信。'

窦排长说：'这是个办法，不过……'

他的话没说完我已经明白了。铁鹰和春生在我们这六个战士中是个子比较高、体力比较好的，我路比较熟。我们几个回去送信还是比较合适的。但我们三个人都是不到一年的新兵，再加上又是一个风雪交加的夜晚，万一路上出点事那麻烦就更大了。换个老兵吧，一名司机，一名卫生员，一名伤员，谁都不合适。我说：'排长，要不这么办吧。您带着铁鹰和春生一块回去报信。我们几个人守着伤员和车在这里等着。'

'这几十里山路又是黑天，我们走回去连里再派人来，搞好了也得十来个小时，你们在这里可不好受呀。'听窦排长这么一说，我知道他接受了我的建议，说实在的也真没有别的办法。

我说：'排长，你们快走吧。你们回去得越早接我们不是越快吗？'

'那我们走了，你们一定要注意千万别冻坏了。'窦排长说完就带着铁鹰和春生走了。很快他们的身影就消失在茫茫的雪夜之中了。

等排长他们走远了，我就对他们三个老兵说：'你们赶快进驾驶室吧。'

驾驶室虽然不挡寒，但它挡风遮雪呀。

卫生员问：'那你呢？'

我说：'我上车。车上还有两条棉被。我用棉被裹着。'

说着我就爬上了车，他们三个人进了驾驶室。嘎斯69车的驾驶室坐两个人正好，坐三个人就挤了点，坐四个人是不可能的。特别是在冬天，人们穿得多。不过此时此刻他们挤一点或许还暖和一些。我

第三日　暴风骤雪除夕夜　冰天雪地战友情

一上车就把两条棉被叠在一起。正好车上有把扫帚，我把车厢里的积雪扫干净，把被子铺上躺在上面一滚，把自己像个蚕茧似的裹得严严的。我想这回可能差不多了，抗上几个小时天就亮了。天一亮就好办了。

可是对于东北的严寒来说，棉衣棉被只能是一时御寒，时间长了根本就不起作用。很快我就感到透心的冰冷，身体开始不停地哆嗦。我咬紧牙关想不抖，可根本控制不住。又过了一会儿，我后背开始发疼。这时我想起父亲曾告诉过我，在抗美援朝的时候，我们有的战士就冻死在战壕里。我一想坏了，这个地方的纬度跟朝鲜可差不多。我又想起母亲曾说过，她们在爬雪山的时候，不管多冷、多累、多困都不能停下来休息。只要走下去就可以翻过雪山，要是在雪山上休息一下也许就永远站不起来了。我想要是我就这么一直躺下去可能过一会儿我想抖也抖不起来了，就僵了。想到这里，我也不管雪有多大，风有多急，不管背有多疼，身有多乏，一个滚儿就从棉被里滚了出来。跳下了车围着汽车跑了起来。跑了几圈之后身上那种麻疼的感觉好多了，也不抖了，但仍旧是透心冷。棉衣穿在身上就好像穿了张网似的，你能感觉到风一直吹到了你的肌肤，雪好像就在你的皮肤上融化。

忽然，驾驶室的门打开了，坐在里面的三个老兵也都跳了出来，他们在驾驶室里也坐不住了。驾驶室里虽然没风没雪，可仅仅一层薄薄的铁皮也是根本挡不住严寒的。驾驶室里外的温度都不会高过零下三十度，就跟坐在冰窖里一样。坐的时间长了，那还不都冻木了？他们出来也和我一样围着汽车跑了起来。

这时我想起了在小学时学的一篇童话。说的是风兄弟俩比赛看谁的威力大。风弟弟选中了一个穿着单薄的樵夫，风哥哥选中了穿着很厚坐在马车里的富人。风弟弟对着樵夫使劲地吹，樵夫抡起斧头砍树，不论风弟弟怎么吹樵夫都不停。结果树倒了，樵夫还出了一身汗。樵夫唱着歌背着柴回家了。风哥哥钻进了马车，钻进了富人的皮袍，最后把富人冻死了。

童话就是童话，适当的活动是可以御寒的。但我们不能几个小时、十几个小时一直跑下去。还没有出汗我们就跑不动了，而且也不敢让自己出汗。真要是出了汗再一冻还真就没救了。这可怎么办？满天的大雪使我们什么也看不见。天上不见星辰，地下只见一片雪白，是何时辰都不知道。伤员说：'也不知道窦排长他们到了没有。'

他比我们更难挨。虽说脱臼在中医说来不算大事，可折腾了半宿体力消耗比我们就大多了。卫生员说：'唉，肯定没到。其实他们走了没多长时间，兴许他们还没有翻过前面的山呢。'

司机说：'我看弄不好咱们非冻死在这里不可。'

我说：'要是咱们有皮大衣就好了，这棉大衣实在是不顶用。'

司机解释说：'皮大衣要四平以北的部队才发。咱们恰好在四平南一点，所以只发咱们棉大衣。这是没办法的。'

怎么办？又是怎么办？真就这么一直冻下去？我看卫生员和伤员都有点吃不消了，开始不停地哆嗦。我不甘心就这样一直冻下去，就问他们三个人：'你们谁知道咱们在什么地方？'

司机说：'那谁知道。咱们这里要是没村没屯就没有具体的地名。谁也说不出具体的方位来。'

我接着问：'离山还远吗？'

司机说：'咱们走的这条路是沿着山边走的。离前面要翻的山不会太近。可咱们的左手边就是一条山梁。我估计远也不过百米，近也就几十米吧，要是不下雪应该看得到的。有山又有什么用？'

我对司机说：'我有办法了，你把手电给我。'

司机一边把手电递给我一边问：'你要手电干什么？'

我说：'是这样，我拿着手电到旁边山上弄点柴禾，咱们生上火不就行了吗？'

卫生员问：'你怎么知道山上有柴？'

我说：'我注意过在离路不远的山上都有附近村民砍下来的柴，他们就把柴晒在山上，这次上山砍柴背回上次晒的柴。所以有山就有柴。'

卫生员再问：'要是没有呢？'

我说：'没有也没关系，冬天的树都很脆，怎么也得弄点柴禾回来，不然咱们非冻死不可。'

卫生员说：'那我和你一块去吧。'

我说：'不用了。你不是还有一个手电吗？我走后每隔一两分钟你就向我走的方向亮三下，好让我知道方向。千万别忘了，不然我就会迷路的。帮我找条绳子。'

车上一般都有绳子。司机找来了递给我，我把绳子缠在大衣外面。这样一是方便走路，二是暖和一些。我拿着手电就向左边走去。"

这时，老人担心地问："你为什么不让卫生员跟你一块去？"

我说："您哪里知道呀，我也没有把握。在那个年代里每年冬天我们沈阳军区都有在外执行任务被冻伤、冻死的战士。少去一个人就少冒一点风险，出了事不就是我一个人吗？"

任珍也睁大了眼睛问："那您没迷路？山上有路吗？"

我笑了一下说："山上是没有路的，即使有羊肠小道也被大雪埋上了，不过我也没迷路。真要是迷了路我今天就不能坐在这里和你们聊天了。"

"那后来呢？"老人急切地希望知道下面的事。

我说："我就深一脚，浅一脚地向山上走去。"

"你就不害怕？那时你多大？"老人又忍不住插嘴问道。她的身子向前探了一探，可以看出她的担心。

"那年我21岁。怕倒不怕。当时的情况就是这样，天是黑的，地是白的，雪竖着下，风横着刮，能碰到的只有树。遇到这样的天气别说是人，就是动物你也别想遇到一只。我们有时会开玩笑说，这种天气连鬼都冻回阎王殿去了。这时最怕的就是迷路，因此我是三步一回头五步一转身，只有看见灯光了我才再向前走。

我的命还真不错，就在我眼瞅着就看不见灯光的时候，心里一紧张被绊了一跤，恰巧摔倒在被雪埋住的一堆柴上。我几下把雪扒开，把绳子从腰间解下来，结结实实地扎了一大捆，拖着向回走。我得顺着脚印快一点往回走。那么大的雪用不了多一会儿脚印就会不见了，好在很快我又看见灯光了。下山的路好走得多。一是下山在雪地上拖柴不太费劲；二是有目标心里有底。很快我就回到了车旁。我见伤员和卫生员抖得更厉害了，连话也说不出来了。司机还好一点，我说：'弄点汽油来。'

司机弄来了汽油，我们在柴上洒了一点。司机用火柴一点，'噼噼啪啪'地就着了起来。我们四个人围在火堆旁，心里踏实多了。

卫生员说：'多亏了你想出了这个主意，要不然没准儿咱们得冻死在这里。'

司机问：'你是怎么想起这个主意的？'

我说：'这都是冻出来的。我是最不禁冻的，一冻就冻出了这个主意。再冻一会儿你们也会想出这个法子的。'

伤员说：'没听说还能冻出主意的。'

我笑着说：'你要再坚持一下就想出主意了。'

伤员说：'我只听说过冻死人的事。刚才我差一点就坚持不住了。谁不想坚持？可体力不行呀，没体温了怎么坚持？'

伤员说话还有些不利索，但看得出精神好多了。我宽慰他说：

'不至于，不至于。'

司机问：'你怎么知道山上有柴？'

我说：'我不是当了几天器材员吗？这条路走了几次我就注意到这个情况了。'

卫生员说：'咳，你说我们几个都是老兵，这条路走的肯定比你多，但是谁都不知道这档事。真要是没有这火，那沈阳军区 1969 年第一批牺牲的没准就是咱们四个人了。'

我说：'别想那么多了，现在一切不都过去了嘛。'

我们一边烤着火一边聊着，又开始为窦排长他们担心。真不知道他们怎么样了。

太阳出来了，雪也停了，风也住了。1969 年的第一天是个好天气。太阳是火红的，大地是雪白的，天空是蔚蓝的，我们是草绿的。周围的世界就这四种颜色，简单极了，美极了。一夜的暴风雪把空气洗涤得干干净净。你每一次吸进去的都是清新，都是活力，都是生命；呼出来的都是混浊，都是压抑，都是忧愁。我们四个人同时站了起来，把腰挺直，把胸挺起，张开双臂伸向蓝天。我们又站起来了，我们又可以向前迈进了！

十点多钟，连里接我们的人终于到了，连长和指导员都来了。窦排长他们三人都很安全。当连里知道我们将在这暴风雪的野外待上一夜的时候都吓坏了，认为我们是九死一生，非死即伤。此时见到我们都安然无恙，一颗悬着的心才放下。卫生员简单地向连长和指导员汇报了一下我们晚上的经历。连长对我说：'行呀，以后有事还派你。'

我耸了一下肩没说什么。心里想：行呀，您派就派吧。谁让我是兵呢？其实我心里挺美的。"

说到这里我停住了。我知道时间到了。我该走了。

"那后来呢?"任珍问。

我说:"当然是回连队,吃饭、睡觉。1969年的元旦我就干了两件事。一是挨冻;二是睡觉。啊,睡得好香呀。"

"你说这是小事吗?差点冻死人也是小事?要是四个人都冻死了呢?"老人突然提出了这个问题。

我从椅子上站起来,低着头看着老人和任珍说:"对于部队来说,特别是在和平时期,死一个人不算小事,肯定是大事,要是一次死四个人那就是特大的事了。但是对于当兵的人来说,生死就不是大事了。"

"那你明天一定要给我们讲一讲大事。"老人提出了要求,她的话一天比一天多。

"没问题,明天再说吧。"

我看得出来老人和任珍都希望我明天再来。

第四日

边陲烽火军情急
男儿心中柔情长

我准时到的时候，门已经打开了。任珍站在门口等着呢。

"您来了。"她笑得真甜。

我问："怎么提前开门了？"

她笑着说："让在门口等您，快进来吧。"

我走进了客厅，客厅的布置依旧。不，又有了一点变化。我发现老人的躺椅不见了。在放躺椅的地方放着一把藤椅，老人正坐在椅子上向这边看。

我走了过去。这是第四天了，不看茶几我也知道茶几上的东西依旧，只是那只盘子中的钱币肯定是四张了。

我坐下后任珍也坐下了。老人轻轻地说："您今天该讲讲大事了。"

我说："这确实是一件大事，是一件震动全国、震动世界的大事。"

"哦？您经历了？是什么事？"老人看着我问。

我说："您也经历了，只不过我离事件发生的地点可能更近。这就是著名的'珍宝岛事件'。"

"对，'珍宝岛事件'是那个时候发生的，可我是后来才知道的。当时您正在东北当兵，请您详细讲讲当时的经历。"老人的话有点让我吃惊。她是后来才知道的，这是什么意思？这可是一件举国上下都知道的事件,当时她会不知道?我感到奇怪。

"您是说当时您不知道'珍宝岛事件'?"我不解地问道。

"是的,当时我的确不知道,我是事后很久才知道的。"老人淡淡地一笑说道。

"当时您是在……"我不知道怎样问老人。她肯定是有文化修养的人,在哪儿也应该知道"珍宝岛事件"呀。当时国家对此的宣传可以说是家喻户晓了。老人看出了我的疑惑,她轻轻地说:"当时我在一个小的不能再小的偏远山村。那里没有电,没有报纸,甚至于没有识字的人。可以说那里的人连'文化大革命'都不太知道,就别说'珍宝岛事件'了。还是说说您的经历吧。"

我刚想问老人这是怎么一回事,可转念一想还是不问的好。我想这位老人一定有一段不平常的经历,也许我来的次数多了她会告诉我一二。接下来我就开始了我的讲述。

"当时我正好在东北当兵,不过不是在黑龙江而是在辽宁,离珍宝岛还远着呢,可我却实实在在地感受到了战争的气氛。因为我毕竟是一名军人,而且仗就打在本军区内。

昨天我说了连长说有事还派我,果然等我一觉醒来,连长又把我派到沈阳仓库去了,而且是一个人单独去执行任务。年前我就在沈阳仓库,不过还有一个人。我负责六连的器材,另一个人负责九连的器材。这次各自回连队过年,原本是过了年就该换人了。没想到这次连里没换我,九连的人也不去了,让我一个人负责两个连的器材。当兵的服从命令,说去就去。我又回到了沈阳仓库。

回到沈阳仓库不久的一天下午,我正在操场上打篮球,突然听到操场上广播里报道中苏边界发生激烈冲突,双方均有人员伤亡。我马上放下篮球侧耳倾听,这时,传达室的喇叭里传来声音:'六连的快来听电话。'

我马上跑过去抓起电话。电话里传来急促的声音：'喂，喂喂，你是六连的器材员吗？'

'我是，我是，您是？'

'我是通讯处的张工。听着，现在命令你马上回连队取东西。'

'取什么？'

'你回到连队就知道了。'

'送到哪里去？'

'拿到东西后立即返回仓库，东西就放在你身边，到时候会通知你送到什么地方。记住东西一定要放在你身边，其他的你就不要问了。'

'是，我马上坐火车赶回去。'

'不，你马上回宿舍穿上大衣到仓库门口，可能送你回连队的车已经到了。快点！'

电话挂断了。我冲出了传达室飞快地跑回宿舍，拎起大衣就向仓库门口跑去，正好一辆军用吉普车刚到门口。车还没停稳，司机就把头探出车窗喊道：'是通讯团六连的吗？'

我说：'是。'

他说：'上车，快！'

我跑上前去拉开车门跳了上去，屁股还没有坐稳，吉普车一下子就窜了出去。

司机头也没回地说：'坐稳了，把门扣死，把大衣穿好。'

按照司机说的话我检查了一下吉普车后面的两个门，都扣死了。我这才穿好大衣坐稳了。这时我注意到在副驾驶座位上还有一个人，正裹着大衣睡着。我问司机：'他也去我们六连？'

司机说：'不，他是和我一块的，也是司机。我们俩从昨天下午开这辆车出来已经 24 小时了，除了上厕所还没有下过车，连吃带睡

都在车上。'

我不由地说：'这么紧张？'

司机说：'紧张？我们俩算什么，就是把车开得快一点呗。你没见到司令部，那才叫紧张。谁叫咱们是空军呢？空军就得快！黑龙江离咱们这里远了去了，可飞机一眨眼的工夫就到了。知道你回去干什么吗？'

我摇了一下头说：'不知道。'

他说：'肯定和打仗有关系，你看着吧。喂，你抓紧时间在后面睡一会儿，我想你今天也别想上床了。'

生平第一次遇到这样的事我怎么还能睡着觉呢？为了不影响司机开车，我不说话了。我默默地坐着两眼望着前方。快出沈阳的时候遇到一个十字路口，我们这个方向上正好是红灯，可车并没有减速。我低头一看，司机的脚仍旧踩在油门的踏板上。我忙喊："红灯，红灯。"

司机头也没有回，只是长长地按了一声喇叭。在惊愕中我发现我们的正前方有一辆车正在横过马路，车已经过了停车线快到十字路口中心了。站在十字路口中间的警察马上对它做了个紧急刹车的手势。眼看两辆车马上就要撞上了。只见那辆车上的司机一个右转满把，车子来了一个急转弯，差一点翻了。它歪歪斜斜地成了和我们顺行的状态。我们的车擦着那辆车'呼'地一下飞驰过去。当我回头去看的时候，那辆车的司机已经把车停住了。他还把头伸出来向我们招手，好像是在祝我们 略走好。我长长地出了一口气说：'真悬呀！'

司机依旧双手紧紧握着方向盘，脚踩着油门踏板，眼看着前方头也不回地说：'今天我遇到的红灯多了，还没有停过车呢。'

我说：'这可太危险了。'

他说：'没办法。你知道这是什么？这就是战争！在这 24 个小时里坐过我的车的人多了,绝大多数我都不认识。就说你吧,我只知道你是通讯团六连的器材员。我要用最快的速度把你送到连队,再把你带回来,对于我来说这就够了。你们做的事肯定和战争有关,我们快一点,冒点危险,前方就可能少点危险,甚至少点牺牲。这就是战争呀!'

我没有想到一名司机能说出这番话来。这不见得是他们领导的动员词,或许这就是他们24小时的体会,自己的亲身感悟吧。

我问:'你去过我们连吗?'

他说:'当然去过,我陪司令部的领导去过好几次。你们连常年在大山里也够苦的。'

我笑了一下说:'那倒没什么,习惯就好了。现在我一个人在沈阳还有点不习惯。'

他说:'新兵吧?'

我不愿意说自己是新兵,当兵都一年了。我就说:'六八年的兵。'

他说:'六八年的兵就是新兵,再过一年就好了。咱们当兵的人走到哪里都一样。原想咱当的是和平兵,学上一门技术在部队锻炼几年,再复员回到地方干什么都行。可没想到真赶上打仗了。'

我说:'打仗也轮不到你们呀。你们在司令部里,要是轮到你们那我们不早完了。'

我说的是心里话。

他说:'那哪有准儿呀!咱们当兵的人还不是领导一句话。前方需要谁上前线谁不得去呀!告诉你,我还报名要求上前线呢。再说,咱们当兵是干什么的?能赶上一场战争就是咱们的命。现在的战争都是现代化的。哪里有前方后方?真说不准越是司令部越危险。'

是呀,他说的都是实话。谁也不愿意打仗,但打不打仗咱当兵的

第四日　边陲烽火军情急　男儿心中柔情长

人是管不了的。既然战争爆发了，咱当兵的人就要努力去干，争取把仗打好，争取把仗打赢。流血牺牲都是应当应分的。谁让我们赶上了呢？

出了沈阳，车开得更快了。这时我发现路上的车格外少。沈阳是个重工业城市，平时在进出沈阳的公路上总是车来车往，堵车的现象时有发生。现在路上很难遇上几辆地方的车。偶尔遇上几辆，如果是迎面会车，对方会远远地把车向路边靠，尽可能地给你让开宽一点的路，让你快速通过。如果是顺行的车，只要你一按喇叭或是他从反光镜中看到你，就会主动让行让速，等你过去。就连路边行人也会停下来再向路边靠一靠，让你走得更顺畅。这一路真真实实地让我感到枪声就是命令。整个社会，全体人民都被动员起来了——一切为了战争。"

"那时你的心思是不是只想着打仗？"老人看着我的脸问。

我说："不，那也不是。别人是怎么想的我不知道，但我不是。再紧张也有闲下来的时候。那时首先想到的是我的父母，他们都是军人，都是经历过战争的人。对于战争，他们有自己的感受，有自己的认识。我想象得到，自己上战场和儿子上战场的心情是不会一样的。我不愿让他们为我担心，虽然我还没有直接上战场。可实际上我已经参与到了这场战争之中。我坐在飞驰的汽车中，看着路边迅速闪过的树木、房屋以及注视着我们的人们，父母的容貌闪现在我的眼前。司机的话深深地印在我的心里，这场战争可能没有前方后方。父母虽然在北京，可北京离边境并不远。战火究竟能烧到哪里谁也说不准。他们年事已高且体弱多病。我、姐姐、大妹妹都不在他们身边，只剩下弟弟和小妹妹陪在他们身边，怎不让人担心呢？真想知道此时他们的情况。平时可以写信，此时连信也无法写了。一切思念只能留在心里了。"

说到这里我顿住了，眼望着窗外，仿佛又看到了当年的情景。

老人刨根问底道："只想到了父母？"

我轻轻地一笑说："那也不是。"

"可以告诉我们吗？不过——"老人把这个"过"字拉得很长。我知道她要说什么。

"不过要涉及个人隐私就算了，对吧？"我替老人说了出来。

老人微微一笑说："打听别人的隐私是不好的。我只是想知道在战争来临的时候人们是怎样想的。"

我说："每个人的想法不见得一样。要说我也只能说说自己的想法。"

"那您就说说吧。"任珍也忍不住在一旁插话说。

我说："我还想到了我的一位同学。"

老人接着问："是女同学吧？"

我说："是的。"

老人再问："女朋友？"

我说："不，不是。在我们那个时代，我不敢说在中学里没有谈恋爱的，但是在我们那样一所重点学校里大家把心思都放到考大学上了，所以还真没心思想这事。"

"那……"

我看出来了老人和任珍都不相信。她们不相信在战争的时候我会想到一位和我只是一般关系的一位女同学。

我说："真的。当时我们仅仅是同学，连一般意义上的朋友都说不上。"

老人还是不相信。她问："那后来呢？"

我说："后来就是后来的事了。"

"哦。"老人脸上露出了得意的微笑，任珍也笑了。

第四日　边陲烽火军情急　男儿心中柔情长

"项羽垓下怜虞姬，吕布被围思貂蝉。男人嘛。"

我不知道老人的这句话是从哪里引的或是她自造的。她脸对着我，可目光仿佛越过了我望到了很远的地方。

"当时我们确实只是同学而已。"我又一次辩解。

"那在战争降临的时候你怎么没想到别人，而是仅仅想到了她？难道在你当兵走的时候她也没去送你？"

老人在说这话的时候好像我们不是刚刚认识三四天，而是已经认识好久了。

我说："这话说来长了。"

老人问："可以说给我们吗？"

我想这事已经成为历史了，何况坐在我面前的这两位一老一少对于我们当时的处境是完全不了解的。人有时很怪，对于朝夕相处的人不愿意说出心里的某些事，相反，倒可以把这些事说给那些与自己毫不相干的人。我说："我是这样认为的，友情有时尚需隐藏一下，但友谊和真诚是不需要隐藏的。我参军走的时候她确实没有送我，她家不在北京，我走时她正好回家了，所以她根本不知道我当兵这档子事。等她后来回学校时我都已经走了。

当时我们在部队很少写信，主要是不想给领导留下一个不安心部队的印象。可又想和学校的同学多联系联系，怎么办？我们就想出了个办法。每次写信都是五个人一块写，由一个人执笔，把大家要说的话都写上，寄到学校后由他们传阅。这样五个人轮流，一个人几个月才写一封信不算多。同学给我们写的信也都装在一个信封里。我们收到信之后利用星期日休息的时候跑到山上，找个别人不去的地方，一个人念信四个人听，所以我们的信都是公开的。信的抬头也都是写我们五个人的名字或绰号。

有一次学校里又来信了，正好轮到九连一排的建国念信。除了他

鸿雁传书　同窗情深

坐着，我们都舒舒服服地躺在地上闭着眼睛享受着这一刻。建国念着念着突然停了，他把一封信放在我的脸上说：'这是给你的。'

我连眼都没睁就说：'念吧，哪会有我个人的信？'

几个月来，他们都收到过只给其中某个人的信，一般遇到这时候我们就把信交给收信人不再公开念了。可我从来没有收到过一封单独写给我的信，我习惯了。

建国说：'真是给你的。'

我睁开眼一看，还真的是，是她来的。信只有一页而且字不多，只说了两件事。一是说她回校后才知道我参军了，知道有这种联系的办法，在同学们的要求下给我写了这封信；二是让我给她说说部队的生活。

也正好轮到我给同学们回信。我就在给同学们集体回信的同时单

第四日　边陲烽火军情急　男儿心中柔情长

独给她写了封信，仅仅是介绍了一下部队的生活。我的想法也很简单，来而不往非礼也。

她可能也是这种想法。从此我们之间就建立了任何同学都可以看见的公开的书信往来。每次也只是一页，字数都不多，内容也很简单。她在学校的事，我在部队的事互相通报一下，仅此而已。

一天，我突然收到她单独给我寄来的一封信，没有装在大信封里。这天晚上我失眠了。信写得很简单，大意是学校里开始动员上山下乡了。她一时拿不定主意，想听听我的意见。她本是个有主意的人。我们同班三年，又"运动"了近两年，她从来没有征求过我的意见。现在她问我，这说明一来是她面临着困难的选择，需要别人的帮助；二来也说明她相信我，相信我会帮她选择。很难呀，这次选择很可能会影响到她今后生活的走向，要影响她的一生。我不能不慎之又慎。"

"你给她怎么回的信？"老人急着问。

我故意说："您怎么知道我给她回信了？"

"我相信你一定给她回信了。"

这是一个走过来的老人的判断。

我说："当夜我就给她写了一封回信。"

"你是怎么回的信？"老人真是个急性子。话说到这里我也只好继续说下去了。我端起了水杯喝了一口。每当我想起这段往事的时候总是感到口渴。

"我给她的回信很简单，主要就几条，而且写得十分明确。一是能不上山下乡就不上山下乡，最好是当兵，具体的办法就是找她父亲直接提出；二是如果实在不行一定要上山下乡，无论如何要选择交通方便的地方；三是真的下乡了无论如何要和我保持联系，让我知道她的具体去处。最后写明看后烧掉。"

"为什么要把信烧掉？"任珍不解。

"孩子，你不知道当时的情况。当时是毛主席号召上山下乡，你叔叔能够提出这样的建议是要冒多大风险的呀！一旦让别人知道了这就是一件不得了的罪过。"老人抚摸着任珍的头替我做了回答。四天来我第一次看到老人慈祥的目光，我也第一次听到她叫任珍"孩子"。任珍的一举一动都未曾用老人说一句话，好像一切都是约定俗成。我也是第一次听到她对任珍提到我时用"你叔叔"这个词，也使我有一种亲切的感觉。

老人问："她要是上山下乡了，你为什么要求她一定和你保持联系？"

我说："她要是真的上山下乡了肯定会遇到很多的困难，或许我能给她一些帮助。虽然我不能给予她具体的帮助，但我可以给她出出主意。其实我还有一个想法就是，如果她周围的人知道她有个当解放军的同学和她保持着某种联系可能对她也有好处。"

老人说："你想得很细。"

我说："我这个人不是个很有能力的人，但我愿意做个认真负责的人。她既然相信我，我就要让她知道我是可以相信的。"

任珍问："那后来呢？"

我说："自信发出之后我心里一直惴惴不安。"

老人说："怕信被别人发现？这种事在那个年代是常会发生的。"

我说："那倒不是。我是怕她在收到我信之前就拿定主意上山下乡了，或是虽然她收到了我的信，但在当时环境下她还是去了。我真是不愿意让她上山下乡。好在她没有让我担心很长时间就给我回信了。"

"信中说了什么？"任珍比老人还急。

"别急，让叔叔慢慢讲。"

第四日　边陲烽火军情急　男儿心中柔情长

"收到信后我没有马上打开看,而是把它揣到衬衣的口袋里。"

"你为什么不看呀?"老人和任珍异口同声地问。

我说:"周围有人呀。我不想让别人看到我看信时的表情。等到没人的时候我把信拿了出来,信都热了。她的回信仍旧简单,还是只有一页纸。我的信她收到了,我的意思她也明白了,她烧掉信马上就回家了。而且,她让我放心,说她不会把这事告诉任何人。最后她不让我回信,说她会给我再写信的。心中的一块石头终于落地了。我把她的信也烧掉了。"

"烧掉了多可惜呀!"任珍惋惜地说。

"还是烧了好,烧了踏实。好的东西留在纸上不如留在心里。"

一老一少发表着不同的见解。

"这件事过后我很快就淡忘了。部队毕竟有很多的工作要干,她也不让我写信,我也认为自己已经尽到责任了。过了一段时间,信又来了,同样只有一页,同样寥寥数语,但她告诉我一条好消息。她参军了,分在医院里。这回我是彻底放心了。一切都恢复了老样子。有时一个月一封信,有时两个月一封信。有时一页,有时两页。说的都是各自部队的事。唯一不同的是原来是集体写信,现在只能是一对一的信件往来了。"

"这种变化有没有个人的因素?"

今天老人的话格外多。我明白她的意思。

"绝对没有,起码我本人没有什么别的想法,估计此时她也不会有什么想法。只不过是双方的环境发生了变化。先是儿连调走了,我们五个人分开了;她也参军了,也没有办法再集体写信了。不过,我们之间仍旧是同学关系,说的宽一点又都是军人,也算是战友吧。都说战争让女人走开,可我刚建议她参军就爆发战争了。这时全军的部队都在紧张战备,医院也不会例外。她们那里的情况也使我放心不下。我心里有一种说不出的滋味。"

老人轻轻地问:"有点后悔?"

我说:"不,不后悔。军人的子弟一般是不会因为参军而后悔的,只是一种担心。"

老人自信地说:"我想可以说从这时你们不只是同学了,而是朋友,并且不是一般意义上的朋友,是一种在紧要关头还互相牵挂的朋友。"

我说:"也许吧。也许是战争使我们相隔千里却离得更近。"我的思绪又回到了那天夜里。

"司机让我打个盹,可心里有事眼睛怎么也闭不上。我眼睁睁地看着车窗外的情景,天渐渐地黑了下来。车在盘山道上转着。我手紧紧地握住把手,双脚顶住前面的座位免得自己在车里晃得太厉害。终于见到深山里的一点灯光,那就是我们连的驻地。

司机问:'前面就是六连吧?'

我说:'没错。'

见到自己的连队真有一种到家的感觉。司机说:'记住,一到地方你马上办事。快点,我们要尽快返回。我们不下车,也不熄火了。'

'知道了。'我一边答应着一边双眼紧盯着我们连队的营房。当车临近营房的时候,司机长长地按了一下喇叭。连队活动室的门开了。连长、指导员的身影出现了。车一靠近我便拉开车门就跳了下去。连长一把将我拉进房门。司机在外面调车头。

连长指着一个箱子说:'就是这个箱子,马上带回沈阳交到司令部通讯处。箱子里的东西全都测试过了,没问题。你在路上千万要注意安全,万一出点漏子可就来不及补救了。'

'知道了。'

我抱起箱子刚要转身走。指导员又说:'你还没有吃饭吧?吃饭

第四日　边陲烽火军情急　男儿心中柔情长

是来不及了。连里给你准备了点花生带在路上吃。'

说着就往我大衣口袋里塞花生。我说：'还有司机呢。'

连长端起盛花生的盒子跟我走出了房门，说：'剩下的给司机带上。'

连长也没有招呼司机下车，拉开车门把花生递给两位司机并叮嘱道：'路上一定要小心。这可是十万火急的事呀！'

'请连首长放心。我们一定会把东西安全送到的。'司机一边说一边关上了车门。车刚一开动，我又把车门拉开探出头去对连长说：'连长，指导员，有上前线的任务别忘了我。'

连长和指导员朝我挥了挥手说：'放心吧，多注意安全。'

车子驶离了连队的驻地。一路上我紧紧抱着那只箱子。车子开得飞快，我在车里不停地摇晃，但一刻也不敢放松，不敢让箱子碰到车里的任何部位。连长和指导员给我的花生我一粒也没吃竟也没觉得饿。过了抚顺路就比较好走了，车子开得更快了。我看了一下汽车的荧光表盘，发现速度表的指针不动。我问司机：'速度表坏了？'

司机说：'没坏。'

我再问：'那怎么不动了？'

司机说：'这你就不知道了。不摘了速度表车开得太快了你的脚就踩不住油门，摘了速度表脚踩在油门上踏实。车子能开多快就是车的事了。咱们是能快一点就快一点，你明白了吗？'

原来是这么一回事。

战争把一切都改变了。很快我们就回到了沈阳。原来我打算先回仓库，然后再给通讯处打电话告诉领导我们回来了，请示下一步的行动。没想到我刚抱着箱子从车上下来，仓库的门就打开了。通讯处的张工从里面三步并做两步地跑过来说：'快，快上车。我一直在等你们。'

我还没有站稳又转身上了车。张工也紧跟着上了车，一上车就对司机说：'去皇姑屯车站，快！'

司机一声未吭调过车头直奔皇姑屯车站。

皇姑屯车站是沈阳的军用车站，平时不对外开放，再加上历史上有名的'皇姑屯事件'，更使它蒙上了一层神秘的面纱。一般情况下，非有关人员就算你是军人也难得进入车站。我在沈阳待了几个月就从来没有去过皇姑屯车站。

我们的车接近皇姑屯车站了，这里已经设立了军事检查哨，即使军车也必须接受检查，越是接近车站越是严。不仅有检查记录的，两边还有警戒人员。进了站更是三步一岗，五步一哨。我们的车通过检查直接开到了站台上。

车一上站台，我立刻感觉到整个车站的氛围已经进入了临战状态。在离我们最近的一条铁轨上停着一列军车，装的都是高射炮。炮衣都已经脱掉了，炮位上都坐着战士。列车的两边五米一岗站着警卫，荷枪实弹背对列车面冲外，警惕地注视着车站上的每一点动静。每个人的表情都十分严肃，仿佛是一尊尊雕像。但是从他们注视你的目光和他们口鼻中呼出的水汽你能感觉到他们每人的胸膛里都有一颗军人的心在有力地跳动着。我顺着列车向车头望去，只见机车已处在待发的状态，机车不时放出的水汽更加重了车站紧张的气氛。我们的车猛然停了下来，张工跳下了车。我刚要跟着下去，张工阻止了我说：'把箱子给我，你就在车上等着。'

我只好把箱子递给了张工。从汽车的前窗望出去，我看到一名干部匆匆忙忙地向张工走来，张工把箱子递给他。只见俩人小声说了几句话，忽然张工向车子一招手，我觉得是在招呼我，就赶快跳下车向张工跑去。当我跑到张工面前时，他小声地问：'都试过了吗？'

我肯定地答道：'都试过了，没问题。'

第四日　边陲烽火军情急　男儿心中柔情长

那位干部说：'那太好了。要不然炮一响起来耳机里的声音往往听不清楚。'

我明白了，这肯定是增音器。在那位干部身后不远的地方站着一群人。为首者应该是这支部队的首长，他在月台上不停地踱着步子，不时抬手看看手表。当他一停下来的时候马上就会有人跑到他的面前，他会交代上几句，来人就再转身跑开，他则继续踱着。

我知道这是待命状态，部队待命是最紧张的。仗一打起来可以不顾一切地去拼，可等待就不同了。什么时候上，上哪儿去，怎么干都是未知数。想拼都无法拼，所以最紧张。

张工和那位干部三言两语交谈完了，一摆手让我和他一块回去。我们上车原路返回。当我回到仓库时东方已经发白了。

这就是我在中苏边境之战第一夜的亲身经历。"

老人问："一夜没合眼？"

我说："没有。"

任珍问："也没有吃饭？"

我点了一下头说："没有，就是连长和指导员给我装的花生都没来得及吃一粒。"

"那后来呢？"老人缓缓地问道。

我说："自然是战争改变了一切。全军上下都动起来了，每一个人的精神面貌都发生了很大的变化。"

"你能讲得具体一点吗？"老人又提出了要求。

事情虽然已经过去二十年了，但当时的情景还常常闪现在我的眼前。

"战争在即，第一件事就是给我们发枪。我们连是通讯工程连。在我们刚到连队的时候，连里除了干部一人一支手枪外，全连的战士没有一支枪。老兵说，原来我们连是有武装配备的。可在'文革'

中，上级领导怕枪支遗失就让上缴统一保存起来。珍宝岛战斗一打响，枪就发下来了。每个班长一支冲锋枪。每个班两支半自动步枪。枪支都是由老战士负责。枪一到手立即把枪上的黄油擦去。每个老战士都把枪擦得锃明瓦亮，而且上级还配发了相应的弹药。战士手中有了枪和没有枪是大不一样的。大家的脸色马上严肃了起来。晚上站岗也变成了双岗。紧接着全连进行了装备检查，大到车辆，小到镊子、钳子都要完好配齐。原来在施工中有些东西损坏了、遗失了要想配齐很不容易。这次一下子就都配齐了。接下来的任务是我们每个战士都没有想到的。连里要求每个人把所有的私人物品一律打包，并在包裹上写好自己的家庭地址和收件人姓名。连里说得非常清楚，一旦连队接到战斗命令，所有的私人物品都要寄回各自的家里。这使连队的气氛更紧张了。不过连里还提出了一条特别要求，就是要和家里保持正常的书信往来，但是不许在信中透露部队的情况以免引起地方混乱。当时这叫'内紧外松'。

　　这个'内紧外松'对于我团来说也是有缘由的。团里一营有一名和我们同年的战友。来自天津，是家中独子。他父亲是一名参加过抗美援朝的老军人，在战斗中负了伤不能再生育。所以他父母格外地宝贝他。我们参军的那个年代独生子女本来是不用服兵役的，他父母也舍不得他，可他自己坚决要求参军。部队不收他就向自己的父母施加压力。一连三天不吃不喝。最后他父亲不得已找到了武装部，以一名转业军人的身份请求部队同意他参军。他就这样如愿以偿地参军了。他走的当天父母就病倒了。到了部队他倒是很努力，领导让干什么就干什么，不怕苦也不怕累。可就是他的家庭给部队带来了不少麻烦。一是他的信太多，隔不了一两天就一封信。二是光来信还不说，隔不了两三个月他父亲就会来连队探望他一次。每次来都给他带来不少烟和糖果什么的。他倒是十分大方，统统分给战友们共享。后来每当他们班的战友没烟吸了就问他：你爸爸什么时候来看你呀？他也不恼总是回答说：快了，快了。战友们给他起了个外号'千顷地一棵苗'。就是这个'千顷地一棵苗'的一封信差一点要了他母亲的命。"

老人吃了一惊忙问："怎么回事？儿子的一封信就差点要了母亲的命？"

任珍也睁大了眼睛看着我。

我继续说："事情是这样的。部队一进入战备状态大家就纷纷写请战书，申请到前线去保卫祖国。我们部队还有人写了血书，表示要用鲜血和生命与入侵者决一死战。'千顷地一棵苗'也写了请战书。就在这个时候，上级来了命令，调我们团一个连到黑龙江省去执行任务，恰恰就是他们连。虽然他们去的黑龙江省比我们离前线近多了，可离战线还差好几百里呢。就是这样，我们全团的战士也都十分羡慕他们连。他们连的指战员个个都很兴奋。就在他们连出发的前夜，'千顷地一棵苗'怕他父母来部队探望，就抽空给家里去了封信，说他去执行任务了，请他父母放心，千万不要再来部队探望。没想到他母亲看到信后当场晕了过去。他父亲把他母亲送到医院去抢救。他母亲醒来后坚持要到部队来再见儿子一面。他父亲万般无奈，只好答应请假到部队来探望。临来部队前，他母亲千叮咛万嘱咐一定要亲眼看到儿子，他父亲自是满口答应。当时我们整个部队都在备战。上至团长、政委，下至每一名战士都很紧张忙碌。突然来了一个家属自是使部队措手不及，无暇照应。当然也无法把'千顷地一棵苗'从前方调回来让他们父子见上一面。好在他父亲是个老军人，能够理解部队的处境。本来他想到了部队就回天津，可又怕回去不好和爱人交代，只好在部队住了几天才回去。他走后，我们部队通知每个连队要做好家属工作，在战备期间不要来队探亲。但也一定要注意方式方法，不能引起干部战士家属的过度紧张。这些都是我回连队之后才知道的。"

"那你回仓库之后干什么了?"老人问道。

我笑了一下没有回答。因为时间到了。

"您该休息了,后来的事还有明天呢。"说着我站起来告辞。我不是不想说下去,只是不想打破老人的生活规律。

老人慢慢站起来。这是四天来我第一次见到她站起来。她向我点了点头露出了满意的表情。

我走出了客厅的大门。任珍在我走下楼梯之后才把门关上。

结果无常谁人知
紧急战备兵有责

第五日

当我第五次走进这间客厅，走向我坐的那把椅子时，老人好像有点等不及了。还没等我坐下她就问："那后来呢？"

任珍也快步走到自己的座位前两眼看着我。我坐下后她也紧跟着坐下。

我说："后来我就睡觉了。"

"您真的就睡觉了？那前方不是还在打仗吗？"任珍有点不解。

我说："是呀，前方打得更激烈了。可我的任务完成了，我也不想睡，最起码我想知道在皇姑屯车站上的那列炮车到底开了没有，但我不能问也没地方问。但愿我给他们送去的东西在战斗中能够用得上。仓库的领导让我一定睡一会儿，说不定什么时候又有任务了。

果然没睡多久连里就来了电话，连长命令我立刻赶回连队。放下电话我就回到宿舍打背包。十分钟后我上路了。

回到连队后，连里没让我回勤杂班继续当器材员，而是让我回到我原来的一排二班。因为全连进入紧张的战备状态，所以要减少后勤人员，充实一线力量。

我第二年的部队生活就在紧张的战备中开始了。"

"这一年的生活一定很精彩。"老人好像在和自己说话。

我说："怎么说呢，对于我个人来说这一年在我的一生中确实是不一般。但对于整个部队来说，我的经历和大家又都是一样的，这也

第五日　紧急战备兵有责　结果无常谁人知

是普通的一年。虽然珍宝岛前线的仗没打多长时间，但苏联在中苏边境上陈兵百万，我们能轻松吗？所以在其后的一年里，我们都十分紧张。一切工作都转入了战备。工程的进度需要大大地提前，假日也都取消了。全连的精神状态发生了很大的变化。病号都少了，后进的战士也都转变了。战争改变了许多在和平时期难以改变的东西。这一年是我最难忘的一年，同时也决定了我在部队的生活将是短暂的。"

"发生了什么事？"老人关切地问。

我说："发生了两件意想不到的事。其实这是两件极普通的事，但其结果实际上决定了我今后的人生走向，决定了部队不是我的终身归宿。自从我当兵之后，我就把上大学的事忘在了脑后，一心一意想在部队干下去。部队大生活虽然紧张、单调、艰苦，但是对于我这样一个生在部队、长在部队、周围大部分人都是军人的年轻人来说，似乎当兵就是我唯一的出路，军队就是我的归宿。所以当了兵我就没有打算复员。我决心在部队干一辈子，像我的父母一样终身做名军人。就是在战争爆发的时候我也没有动摇过。"

"这一年到底发生了什么事？"老人真是个急性子。

我说："这第一件事是一件事故。元旦的时候我们不是差一点被冻死吗？这一次我又差一点被烧死。"

"呀！叔叔，您真倒霉。"任珍睁大了眼睛。

"由于战备的需要，很多工作必须提前，可条件并不具备，只好硬着头皮上了。我们当时是在一个封闭的工地里施工，工地的六面都是钢筋水泥。一天，我们排两个班的战士正在做施工的准备。我听见一个陕西来的新兵对技师说：'技师，我的喷灯坏了。'

技师说：'拿过来我给你修。'

喷灯你们见过吗？"

"没有。"老人和任珍同时说道。

"喷灯就像我们家里烧水壶那样,有大有小。我们用的喷灯大约能装三磅汽油。灯的顶上有个打气的筒,可以把空气压缩打入灯内。灯的前面是喷嘴,后面是手柄。打开喷嘴压缩的空气就把汽油喷出来,点着就产生高温喷射火焰,可以烧化很多金属。一般情况下,我们用它来做焊接。

我正在埋头做准备,只听见'嘭'的一声响。我身后的人'哗'的一下都站起来向两边闪去。火不是从喷嘴里冒出来,而是从顶上的打气筒处窜出来。火苗足有两米高,还带着'呼呼'的响声。我也一下子站了起来闪在一边。我看了技师一眼,只见他呆呆地站在那里手足无措,两眼瞪着喷射的火焰,额头上冒出了黄豆大的汗珠。我们这个工地很狭小,里面还放着两桶汽油,还有一些其他的易燃易爆化学原材料。糟就糟在为了赶进度还没有来得及准备任何消防设备。这时两个班的战士都站在喷灯周围,没有一个人动。每个人的脸都被火焰烤得通红。再这样烧下去,用不了一会儿喷灯就会像燃烧弹一样爆炸,那在场的人肯定是非死即伤。因为在这样六面都是钢筋水泥的工地里是没地方躲藏的。再把两桶汽油引爆了那恐怕就没有人能够生还了。"

"快跑!跑出工地去!"任珍着急地喊道。

"没有一个人跑。真的,就是刚刚入伍的新兵也没有一个人动,就别说跑了。因为我们是军人,没有命令谁能够跑呢?我看着已经蒙了的技师,他是在场唯一的干部。他原来是我的班长,也是刚提的技师,从来没有遇到过这种事,一下子慌了神。

突然,技师对面的一个战士说:'技师,我们这边还有汽油桶。'

技师说:'快,快把喷灯往我们这边推一推。'

那个战士用铁棍捅了一下燃烧的喷灯。又有人说:'不行,这边有酒精。'

'快，快报……'技师说不出来了，往哪儿移动都不行。在这么狭小的地方，除了十几名战士就是汽油和化学原料。看来一场有人身伤亡的事故是不可避免了。

这时，刚刚从炊事班调到我们班的小李拉了一下我的衣角小声问：'怎么办？'

我有什么办法？我也没有见过这阵势呀。我低头看了一下小李拉我衣角的手，把他悄悄地往我身后拉了拉。突然我想到我们身上的棉衣。我撒开了小李的手，迅速脱下了棉衣扑了上去，用棉衣紧紧地捂住了喷灯。"

"把火捂灭了？"老人急切地问道。

我摇了摇头说："没有。如果当时有水，把棉衣打湿了再捂是有可能把火捂灭的，但只用棉衣就困难了。很快我就发现身下的棉衣着火了。同时冒出了黑烟，呛得我直淌眼泪。我一看这法子不行，便抬头冲着技师喊：'技师，不行，赶快叫大家撤出去吧！'

这时技师才如梦方醒，忙下命令：'都撤出去！快撤！快撤！'

偶然火情　意外结局

钢筋水泥的门一打开，人们往外一跑，屋里的黑烟也冒了出去。邻近一个工地的人看到了。那是一支工程兵的老施工部队，备有消防用的沙子，也有经验。他们一看这边冒烟就知道出事了，马上捉着沙袋顺着烟赶过来。在他们的支援下，我们最终把火扑灭了。在送走了友邻部队后，我请技师进到我们的工地清点一下物品。还好，除了烧坏了一个喷灯就是我的一件棉衣被烧掉了，没有其他的损失。除了我的手有点烧伤之外也没有其他的人员受伤。真是万幸呀！"

　　"好危险呀！你当时是怎么想的？"老人问。

　　我说："当时我什么都没有想。"

　　"什么都没想？你就把自己的棉衣脱了扑上去了？"老人有些不相信。

　　我说："说真的，当时我确实什么都没想，也没工夫想。说在紧急时刻想这想那都是作家编出来的，那都是小说。"

　　老人问："立功了？"

　　我说："没有，这算什么事？立什么功呀？"

　　任珍很认真地说："防止了事故，杜绝了可能的伤亡，怎么不能立功？"

　　老人接着问："那受表彰了吧？"

　　我笑了一下说："也没有，真的没有。"

　　"为什么？"老人和任珍不解地问道。

　　我说："不为什么，我也没觉得有什么。"

　　老人说："那连里总该有个说法吧？"

　　我说："说法倒是有的。晚上连里的干部开会提出了要注意安全。我们技师受到了批评。他很晚才回到宿舍，而且哭了。我的心里也很难受。其实这事儿也不能全怪技师。设备陈旧，经验不足，仓促上马等等都可能引发事故，好在没什么了不起的损失。第二天，我们的老排长，也是现在的副连长找我谈话。他问我对昨天的事有什么想法。我说：'还是要注意安全，不能光强调进度。如果真出了事不仅麻烦，还肯定影响进度。'

窦副连长说：'你说还有哪些不安全的地方？'

我认真地说：'用火要注意。用火的地方总要备点灭火的材料。用电也要注意。我们连随便拉线，随便接线的事太多了。'

窦副连长说：'你说的很对，这些连里昨天晚上的干部会上都说了。今后一定要注意，绝不能再出事了。你还有别的想法吗？'

我想了一下说：'别的想法没有了，只不过有个要求。'

窦副连长说：'你说。'

我说：'连里是不是能给我换件棉衣？我的棉衣烧了。'"

"这还用说，连里肯定会给你换一件新棉衣的。"老人用十分肯定的语气说。

"连里是没有多余棉衣的，想要一件棉衣就必须向团里打报告要。所以窦副连长对我说：'是呀，按理是应该给你换件新棉衣。'

窦副连长这么说我就不明白了，什么叫'按理应该给我换'？但我没吱声，静静地听他说下去。他说：'昨天晚上开完了干部会，我和连长、指导员一块研究了这个问题，关键是怎么向团里说。烧了棉衣肯定是事故。当然这不是你的责任，那连里就要负责。连里要向团里申请一件新棉衣肯定就要先报一件事故。一报事故连里肯定要做检查，肯定要受批评，肯定会影响年终评比。'

他一连串的肯定使我明白我肯定得不到一件新棉衣了。因为连队的荣誉比我的新棉衣重要得多。我确实没想到一件棉衣的背后还有这么多的问题。可没有棉衣在东北的大山里冬天可怎么过呀？我沉默了。窦副连长见我不说话就接着说：'当然你的棉衣被烧了也是个问题。我想你是不是先从咱们连的工作服中挑一件暂时凑合一下，以后

再说?'

  我们东北的施工部队每人都有两件棉衣。一件是正式的军装,是新的,比较厚;另一件就是工作服,主要是施工时穿的。一般都是旧军服,也比较薄,有的还是抗美援朝时的军装。正是因为太薄,所以在天冷的时候我才不得不穿着新棉衣施工,也才把我的新棉衣烧了。我当过连里的器材员,也保管过那批旧工作服,所以知道那里实在是挑不出什么像样的来。我也知道'以后再说'的意思就是不会再说了。这肯定不是窦副连长一个人的意思,这是连里的想法。连里不想让团里知道这件事。说实在的我也不认为这是什么了不起的事,也不愿意为了我的棉衣让连里去写检查,影响连队的荣誉。所以我就对窦副连长说:'算了,我自己的工作服还能凑合,我就不挑了。'

  窦副连长说:'那怎么行?别人都是两件,你只有一件还是旧的。'

  我说:'两件也好,一件也罢,反正穿的时候不是只能穿一件吗?谁还能穿两件棉衣?'

  窦副连长说:'那就这么着,你需要的时候就去挑。哦,还有,连里说这件事就算过去了,以后也不用说了。你明白吗?'

  我说:'您放心。我明白这件事昨天就过去了。今后我不会提的。副连长,没事我就施工去了。'

  窦副连长说:'别,你手不是烧伤了吗?休息两天。'

  我说:'没事,我能施工。'

  说着我就站起来向工地走去。"

  "这事就这样完了?"老人和任珍都感到有些诧异。

  我说:"是的,就这样结束了。"

  老人问:"那,副连长在私下里面也没说你一句好?"

  我说:"没有,真的没有。"

第五日　紧急战备兵有责　结果无常谁人知

"你们连队怎么能这样处理问题呢？"老人有些愤愤不平。

我说："其实也没什么。当兵的人连牺牲生命都可以，哪还能舍不得一件棉衣？头一两天我还有点不好意思，再过两天一切都和过去一样了。要不是年底又发生了另一件事，我自己也把这事给忘了。"

老人问："你们连又出事故了？"

我说："事故倒是没有再发生，又发生了一件我想不到的事，是一件过后不再被人记得却影响了我人生走向的一件事。"

老人问："能告诉我们吗？"

我说："都过去三十多年了。在这三十年里我没有和任何人说过。"

老人再问："和父母、妻儿都没有说过？"

我说："没有，从来没有说过。知道这件事的人很多，可事后人们很快就不再记得了。有的人是真不记得了，有的人是故意不记得了。我是永远忘不了的。那是 1969 年底，我们连正在紧张地施工。这一年一到过节就格外紧张。我们都进行过战备教育，都知道德国进攻苏联是在星期天，日本偷袭珍珠港也是在星期天。还有好多的战争都发生在节假日，所以一到过节反倒比平时还紧张。

这次上级要求我们一定要开通一部电台做战备值班用。电台已经装好，馈线天线也都架好了，只差把馈线和天线接上了。但就是这一点使连里犯了难。原来，这部天线是一位从德国留学回来的工程师设计的。现在他正在被审查，而且被下放到农场去了。他留下的图纸不完整，没有注明馈线和天线的迁接处。这部天线大约高四米，宽二米，长约四十米，是个庞大的家伙。上面的导线像蛛网一样布满了，馈线究竟应该接在何处谁也说不清。

连里为此专门开了一次干部会。听说会上各排的干部之间还发生了争吵。四排、二排的干部说这事与他们无关，而且理直气壮。四排是加工排，分管的是车、钳、铆、焊、木、电；二排是有线排，分管的是总机、电话。三排是电缆排，按说这天线、馈线的事跟他们也无关。但这次不行，因为安装天线时一排恰巧有别的任务，连里就把安装天线的工作交给了三排。这下三排就有责任了。因此一排的技师就强调本排没有参加安装，也没有见过图根本就无法接，只能由安装天线的三排来接。三排长明确表示，这个任务本来就是一排的，三排是帮忙的，从专业分工上来说就该由一排来干；再说三排也没有这个技术力量，虽说图纸已上交了，可天线还在，实物比图纸更清楚，如果需要他们可以带一排的人上山实地去看一下。一排和三排的干部争吵得很激烈，谁都不敢接这个烫手的山芋。一排的技师还埋怨三排把图纸上交了。三排的排长则说他们是把图纸交给了连里。连长一看这架就要打到连里了就制止了两个排的争吵。最后连长觉得还是三排长说的有理，就拍板把这个任务交给了一排。一排的技师只好硬着头皮接受了任务。三排长带着连长、副连长和一排的技师上山了。到了山上面对着庞大的天线，所有在场的人仍旧是一头雾水。最后连长对我们一排的技师说：'你们现场画个草图，回去分班开会，一定要研究出个办法来。要和大家讲清楚这是战备任务，关系到领导机关的通信畅通问题。一定要完成任务，不然就无法向领导交代。'

  技师耷拉着脑袋回来了。晚饭后我们一排各班分头开会。技师轮着参加各班的会。各班的会都开得很沉闷，关键是大家根本没有头绪。我当兵近两年了从来就没有接过一次天线，又没有经过系统的训练，真是不知从何想起。那些只有初中或小学学历的战友要考虑这个问题就更困难了。没办法只好沉默。会都开了一个小时了几乎没人说话。又过了一个小时还是没人说话。技师也没了主意。正在为难的时候连长来了。连长说：'通讯处刚才来了通知说明天上午十点试机，问咱们准备的怎么样了。'

第五日　紧急战备兵有责　结果无常谁人知

'机器没问题。'不知是谁说了一句。

'屁话！天线还没接上，连得通吗？'连长吼了一声。

大家都不敢再说话了。一见到连长，我突然想到有一次我到连部办事，看到连部桌子上有一本书。可能是很久没人看了，上面落了一层灰。我把灰掸去露出了书名《军用天线》，我曾借来看过。后来我到沈阳仓库去执行任务就把那本书还给连长了。我隐隐约约记得那本书中有一副天线好像和技师摆在床上的这副天线图有点相似。我问连长：'连长，您那儿好像有本书叫《军用天线》。'

'那上面说的是微波天线，现在咱们用不上，再说那本书我也找不到了。'连长有点不耐烦，说完就到其他班去了。

连长走后，我拿起了床上的那张草图，怎么看怎么觉得这两副天线有点像。在我少的可怜的那点对天线的认识里，我感到天线的尺寸和接收信号的波长有关。信号的波长越短天线的尺寸越小。会不会是这两副天线唯一的差别就是接收信号的波长不一样呢？如果是这样的话，那这两副天线与馈线的接点就应该在同一个位置上。可惜呀，书又找不到了。我只好搜肠刮肚地想那副天线的样子了。技师看我拿着图翻来覆去地看就凑过来问：'怎么，有什么想法？'

我说：'说不好。'

技师：'你再想想。明天就要试机了，咱们怎么也得把天线接上呀！'

我想了一下说：'技师，我想咱们不是明天就要试机了吗？明天一早不管是哪儿咱们先给它接上。不行再要求重试，多试几次总会试出来的。'

班里的战友都认为这是个办法，纷纷表示同意。技师只好去向连里反映。片刻技师就回来了，说：'连长说了不行。发射台那边不能反复发射，那样容易泄密。你们只能是一次成功。'

这下子压力更大了。怎么办？时间一分一分地过去了。其他排的战士都睡觉了，只有我们排的宿舍灯还亮着。小李坐在我身边已经开始打盹了。他是从炊事班调过来的，早睡早起习惯了。我推了他一下说：'你睡去吧。'

他看了一眼班里的其他人，见大家都没睡也不好意思就躺下。其实这时大部分的人只是坐着而已。我真不忍心让大家就这么熬着，这样熬它三天三夜也是白搭呀！可我一个兵又有什么办法呢？一着急我还真想起点东西来。这副天线是一个对称天线。对称天线接馈线处大部分都在对称点上。是不是这样我没有把握，但是我好像见过这种说法。我又一次把草图拿了过来，仔仔细细地又看了起来。我觉得我基本上找到了天线对称的地方。我对技师说：'技师，不管怎么样咱们明天总得试一下吧？'

技师说：'谁试？让连长试，还是让副连长试？'

他就是没说自己试，看来他是不打算自己去试试的。我说：'要不然我试一试？'

他瞪大了眼睛看着我说：'你试？你有把握吗？'

我说：'没把握。要是有把握也不至于让大家熬到现在呀。可就咱们这样干坐着到明天上午十点不是也没办法吗？不如试一下。'

他说：'那我去和连里说一下。'

技师又出去了。技师一走，班里的战友都问我有没有把握。我实话告诉他们一点把握都没有。可明天咱们是战备试机呀！我们总不能不接天线吧？有人对我说：'唉，这接不接得上是咱们连的责任。可你应下来了，万一接不上可就是你的责任呀！'

是呀，不接和我个人没关系。上有连长、指导员，下有技师，就是司令部批下来也和我没什么关系，可是要是去接，接通了是应该的，接不通影响了战备……我就不敢往下想了。唉，要下地狱还是我

第五日　紧急战备兵有责　结果无常谁人知

下吧！

这次技师出去的时间长了一点。技师回来把我叫到了连部。连长一见我就问：'你真想试试？'

我没有正面回答而是反问了一句：'不试还有什么别的办法吗？'

连长没说话。连里的干部和排里的干部都在。只有我一个兵站在他们中间。过了一会儿连长长长地叹了一口气说：'唉——，那你就试试吧！你一个人行吗？'

说实在的我真不想让别人跟我一起干。"

"为什么？有个帮手总会好点的。"老人又在替我担心。

"多叫上几个人，人多力量大。"任珍也在出主意。

我说："那怎么行？这事是有风险的。干好了是小事一件，是应当应分的；干砸了耽误了战备，那罪过就大了。像这样只是有罪过绝不会有功劳的事还是参加的人越少越好。可是天线太大了，一个人也确实有困难。我想了一下就对连长说：'最好能给我派个帮手。'

连长说：'没问题，你需要几个人？'

我说：'一个人就行了。'

连长说：'那好，全连这百十号人，连干部带战士都算数，你点谁就是谁。'

我说：'那就让我们班的小李和我一块去吧。'

连长一听皱着眉头问：'小李行吗？'

他是有点担心。我说：'行，小李一个人就足够了。人多了也插不上手。'

连长说：'那就这样定了。你需要什么东西让你们技师今天晚上给你们准备好。明天早饭后你们就上山，一定要赶在十点钟之前把天线接好。副连长在山下收报机前负责开通机器。我们都到场。你们真要是接好了天线放你和小李两天假。就这样吧，你回去休息吧。'

我知道这是连长的无奈之举。他并不很相信我，因为我也确实没干过这事。可他又没有别的办法。从连部出来我对技师说：'让大家休息吧，先别告诉小李，明天我自己和他说。'

技师说：'我帮你准备工具吧。'

我说：'不用了，没什么好准备的。我自己准备就行了。'

他说：'连长说了让我帮你准备。'

我说：'技师，你还是和大家一块睡觉吧，我自己准备的合手，用不了几分钟我也就回去了。'

当我把第二天要用的东西都准备好回到宿舍时，他们都已经睡着了。"

"唉，你为什么不让告诉小李？为什么不让技师帮你准备？"老人问得越来越细了。

我说："不让告诉小李是为了让他好好睡觉。我不让技师帮忙怕万一接不好那不是参与的人越少越好吗？"

"那小李呢？万一接不好不把小李牵连上了吗？"任珍又担心起小李来了。

"那总不能让叔叔一个人去吧。"老人是在袒护我。

我说："小李是刚从炊事班调来的，万一接不好他好开脱嘛。所以我不愿意让别人参加。"

"哦——"老人长长地"哦"了一声。

"第二天吃过早饭，我叫小李和我一起上山。小李吃了一惊问：'我行吗？'

我说：'有什么不行？我看你准行。'

小李疑惑地问：'就咱们俩？技师他们都不去？'

我笑了一下说：'一共就两个接头，去那么多人干什么？就咱们俩也用不了多一会儿。'

'那昨天不是说没办法接吗？'小李还是感到有点奇怪。

我说：'今天不是有办法了嘛？你就放心和我上山吧。'

我一边笑着让他放心，一边把一架梯子递给他。

他接过了梯子说：'我相信你。走，上山去。'

小李扛着梯子，我拿着工具在连长、副连长、技师和战友们的注视下上了山。到了山上，我又仔仔细细地查看了一遍天线处。我知道已经没有时间再考虑了，便选定了接线的位置让小李架好梯子，准备上去焊接。这时小李把住梯子说：'让我上去接吧，你在下面指挥。'

我说：'还是你在下面给我扶梯子，我来焊接。'

'不相信我？就是让我来给你扛梯子、扶梯子的？'小李把住梯子非要上。

我说：'不相信你就不带你来了。'

他说：'那不就结了。我上，你在下面指挥。'

说着他就爬上了梯子。没时间争了，我只好让他上了。我在下面把准备好的工具递给他，并指明焊接的地方。没有多一会儿就接好了。小李爬了下来并开始收拾工具。我阻止他说：'先别动。'

小李看着我问：'为什么？不是接好了吗？咱们下山吧。'

我说：'谁知道通了没通呢？现在咱们不收拾也不下山，就在山上等技师他们的消息。'

小李说：'刚才在山下你不是说没问题吗？'

我说：'不是没问题，是没把握。'

'那万一接不通怎么办？'小李有点着急了。

'别着急，办法总会有的。'我心里一边打着鼓，嘴里一边安慰着小李。我们找了个能够望见山下的地方坐下焦急地等待着。

山下比我们还急。早早地，连长、指导员、副连长、技师他们都到了机房。副连长亲自打开了收报机调到了指定频率，戴上耳机两眼一动不动地盯住机器的面板。连长他们在副连长的背后一声不吭,闭气凝神地站着。机房寂静得掉一根针都能听见。时间就这样在焦虑中一分一秒地流过。副连长的额头冒出了微小的汗珠。他顾不上擦,生怕漏掉任何信号。连长他们不时地挥手扬腕看手表。突然指导员说:'时间到了,怎么样?'

副连长打了个寒战没有回答指导员的问话。

'别着急,还差一分钟。'连长说。

这一分钟好像格外漫长。

忽然,副连长把右手一扬,左手紧紧地捂住耳机。大家都明白他听到了。所有的人紧紧地屏住呼吸,生怕呼吸的声音会干扰副连长收听信号。

一组信号,停顿。大家静静地站着。又一组信号,再停顿。没有任何人出声。再一组信号,结束了。副连长摘下了耳机。大家同时开口问道:'怎么样?'

副连长说:'收到了,信号收到了。'

连长问:'清楚吗?'

副连长说:'挺清楚的,不错,信号质量不错。'

'唉!'所有的人都长长地松了一口气。

这时连长问:'他们下山了吗?'

技师说:'还没有。'

连长说:'赶快叫他们下来吧。'

我们班长跑上山来叫我们。小李远远地就看到了班长,对我说:'来人叫咱们了。行了,咱们下山吧。'

我说:'你看清楚,来了几个人?'

小李说:'就一个人。'

我问:'是谁?'

小李说：'是咱们班长。'

我说：'行了，你告诉班长让他别上来了，咱们这就下山。'

小李扯着嗓门喊。班长听到了喊声站住了。"

老人问："为什么只有你们班长一个人上来叫你们，你才下山？"

我说："只有班长一个人上来说明没事了。要是真有事那连里的干部还不都得上山来？那我们还下去干什么。"

老人说："哦，是这么一回事。那后来呢？"

我说："我和小李收拾好工具，顺着上山的路慢慢地回到连里，把工具放回仓库就回班了。"

"就完了？"老人睁大了眼睛问。

我说："完了。"

老人说："连长什么也没说？"

我说："我连连长的面都没见到，不过副连长到我们班来了一下。他说让我和小李休息一天。"

"连长不是说让休息两天吗？"老人心有不平地问。

我说："全连都在战备施工，我们怎么能休息？再说了把天线接好了也是我们的职责，分内的事。"

"不管怎么说，你们为连里解决了这么大的难题总该有个说法吧？"老人又刨根问底。

我说："说实在的，我从心里真的希望没有人再记得这件事。我隐隐约约地感到，如果有人还记得这件事那一定不会有什么好结果。"

"为什么？"老人和任珍都感到不解。

我说："为什么我也说不清楚，反正我就是有这种感觉。"

老人问："那后来呢？"

我说："后来的事验证了我的感觉。"

任珍问："真的？"

我说:"真的。"

"后来到底发生了什么事?"老人急切地想知道后来发生的事。

我真不知道应该怎么说。

"这件事情发生不久后就开始年终总结了。对于一个战士来说,年终总结最重要的就是五好评比。评上了就是五好战士,第二年的评比尤为重要。评上五好战士入党就有了基础,后续的发展才有可能。如果评不上,那么第三年你想入党,甚至于留队,再进一步提干就很困难了。"

"那你评上问题不大吧?你刚刚帮助连队解决了那么一个大难题。"老人又急着插嘴问道。

"我不是说过了吗?如果没有人再记得这件事我肯定能评上。要是有人还记得这件事我就可能评不上了。可恰恰就有人还记得这件事,结果我就真的没被评上。"

老人不解地问:"怎么会这样?难道你的战友都为此不选你?"

我看着窗外说:"不,我在班里以最高的票数被选上了,可到连里被刷下来了。"

任珍"啊"了一声问:"为什么?"

"理由很简单:有骄傲情绪。当时是副连长找我谈的话。他说的很简单,说是连里的干部觉得我有骄傲情绪。可他没有具体指出在什么地方我的骄傲情绪有所表现。他希望我不要泄气,争取下一年评上。他特别说了一点没有评上五好战士也能入党也能提干。我知道他这是在转着弯地安慰我。"

老人说:"骄傲总要有表现嘛。他没有给你具体指出来?"

我说:"没有。"

"你也没有问一问?请他指明咱们也好改嘛。"老人完全站在我这一方了。

第五日　紧急战备兵有责　结果无常谁人知

"还有什么好问的？既然没有指明就是不好说。当然后来我还是知道了。当连里所有的干部在最后审定五好战士名单时，恰恰在轮到我的时候，一位曾和我同在勤杂班的战友正好路过连部门口。他在不经意中听到了干部们的议论。有的干部认为在接天线这件事上我表现的有骄傲情绪，眼里没有连里的干部。特别指出我不应该让一名刚从炊事班调到排里的战士和我一块去接天线。这位战友把他听到的告诉了我。他在说时还流泪了，认为连里对我不公平。"

"这些人怎么这样呀？当时他们为什么不和您一块上山去接天线呀？现在天线接好了，任务完成了他们又说三道四，真是的。"任珍愤愤不平地说。

"那你是怎么想的？"老人接着任珍的话问。

"如果是我亲耳听到连里的某些干部是这样看问题的，我心里是不会平静的。但是当我从我的战友嘴里听到这事时我的心里平静了许多。他在为我鸣不平，还为我流了泪。这使我很感动。我平静地告诉他：我们当兵不是为了某些人，我们是为祖国来当兵的。只要我们所做的事对国家有利，对部队有利，那有的人爱怎么说就让他怎么说吧。他问我今后怎么办，我告诉他该怎么办就怎么办。后来他又问我，要是他们不让你干了呢？我说总不能让我吃饱了就睡觉吧？让我干什么都行，我仍旧会尽力的，最了不起让我复员。复员了我照样可以干革命，照样可以把工作做好。"

老人问："你真的复员了？"

我说："那是一年后的事。不过从那天晚上我就明白了，我是注定要复员的。"

"是不是就因为您接上了全连干部都没有接上的天线的缘故？"任珍问。

我说："这个我说不好。我只是一种感觉。"

"要是您叫你们的技师或其他的干部和您一块去可能就没事了。"任珍提出了自己的看法。

"不，不会的，问题不在于和谁去。"老人替我回答了。她接着问："你后悔吗？"

我说："不后悔。"

老人说："你现在不后悔，当时也不后悔？"

我说："当时我也不后悔。如果当时没有接好天线，通讯连不上，完不成战备任务，那问题可就大了。"

"那和您也没有关系呀！"任珍说。

我对她说："不，可不能这么说。"

"为什么？你不过是你们连的一个兵嘛。"老人试着问。

我说："就是因为我是我们连的一个兵呀。国家兴亡，匹夫有责。更何况我是一名战士。"

"那他们也不能这样对待您呀，这不是妒贤嫉能吗？"任珍仍旧不解地说。

我说："可不能这么说，我也不是什么能人。我自己吃几两饭我知道，这次就算是让我给撞上了。反正连队的战备任务完成了，怎么对待我也就不重要了。不过后来我还听说连队为此受到了司令部的表扬。说我们连顺利地完成了设备安装任务，一次开机成功，保证了战备任务的完成。任务的完成是我们全连所有指战员共同努力的结果，受到表扬是应该的。至于我个人仅仅是个小小的意外而已。"

"命运坎坷呀！"老人像是在对我说，也像是在自言自语。

我随口说道："我倒不这么认为，这也算不得什么坎坷。"

"这时你想她了吗？"老人突然问了这么一句。

"谁？"我没有明白她说的是谁。

"和你通信的女同学。"老人这么一解释我明白了。

我坦率地说:"没有。"

"真的没有?"老人不信,任珍的脸上也露出了疑容。怎么和她们解释呢?当时我还真的没有想到她。

我说:"真的没有,这事和她没有什么关系。这都是我自己的事。"

"那在这一年的时间里你就没有想过她?"

我不知道老人为什么突然想到了这个问题,而且大有让我一定回答的意思。我看了任珍一眼。她正眼睁睁地望着我。从她那双亮晶晶的大眼睛里我看出了她也希望得到答案。我微微地笑了一下,坦诚地说:"想过。"

老人笑了,任珍也笑了。刚才有些压抑的气氛顿时消失了。

"我说嘛!什么时候想来着?"

老人又开始刨根问底。我真的不知道该怎么回答这个问题。这是我心中的秘密,我不曾和任何人说过。我已经感受到了她们对我的真诚。她们的真诚又使我不忍直接拒绝她们。我说:"你们猜。"

老人没有马上猜,她看了任珍一眼。任珍想了一下说:"过节,每逢佳节倍思亲。"

我轻轻地摇了摇头。老人看了我一眼,用不确定的语气轻轻地说:"那是当你遇到什么高兴的事的时候?"

我又摇了摇头。老人和任珍互相看了一眼,脸上露出了不解的神情。

"我告诉你们吧,是在晚上站岗的时候。"我平静地说道,仿佛又回到了那个时刻。任珍看了老人一眼小声地问:"是真的吗?"

我说:"是真的。晚上站岗的时候你一个人漫步在山间小路上,呼吸着林间清新的空气,脚下碎石发出的'沙沙'声响会把你的思绪带到很远很远的地方。

秋天的时候。

我会借着月光采摘路边的山里红,并把山里红分装在左右两个口袋里,左边口袋里装的是我的,右边口袋里装的是给她的。我们山里的山里红可好吃呢,甜甜的略带一点酸。我知道她最喜欢吃酸甜的果品。虽然她没有吃过我们山里的山里红,但是我相信她一定会喜欢吃的。我一边在山间小路上巡查着,一边吃着山里红,一边想着她,想她吃山里红的样子。每当我从左边的口袋里摸出一个较大的山里红时,我就会把它放回到右边的口袋里,留给她。"

说到这里我停了一下。任珍轻声地问:"她能吃到您给她摘的山里红吗?"

我看着她微微地笑了一下说:"她怎么能吃到呢?我们相隔着一千多里呢!"

任珍不解地问:"那您还给她摘?"

我说:"是的。整个秋天从山里红红的那一天开始一直到下雪。每次晚上站岗我都会给她摘山里红。一直摘了两年,直到我们连队离开那座大山。"

老人略微抬了一下身子问:"那你一直留着这些山里红?"

我说:"那怎么可能呢?山里红没法留,它们会烂掉的。"

老人看着我问:"那你怎么处理这些山里红?"

我说:"每当我巡查完了快要交班的时候,我就会走到小溪边,把右口袋里的山里红都掏出来,在溪水里把它们都洗干净,然后把它们轻轻地放到溪水里,让它们顺着溪水向山下漂去。我们山里的这条小溪是向西南流去的。当这些山里红离我越来越远的时候就会离她越来越近,在我的心里她已然收到了这些山里红。"

当我说到这里的时候,老人的眼睛一亮,她仿佛看见我在溪水边放流那些洗得干干净净的山里红。

第五日　紧急战备兵有责　结果无常谁人知

"那冬天呢?"老人若有所思地问。

我说:"我们那里的冬天常常是漫天大雪。由于巡查没有固定的路线,只是在营房前的山里转一圈就行了。所以大部分战士都是能少走一点就少走一点,尽快地回到营房的屋檐下躲风避雪等着换班。我则不然。我一定要走得尽可能远,每每都会跑到我们营房对面的小山包上去。从那里可以望到出山的第一个山口。其实在下雪的夜晚你在那里什么也望不到。你的眼前仅仅是漆黑的夜和漫天飘舞的雪花。但不知道为什么,每当我站在那里的时候,就好像能够透过黑沉沉的夜、白茫茫的雪看到北京,看到她们医院。冬天是我最不放心她的季节。她们医院建在一座古庙里,条件太差了。没有暖气只能生煤火,又怕煤气中毒门窗不能关得太严,生火不生火相差不多。她又是最怕冷的,一受冻就会病。每到这时候我就会后悔建议她去当兵,可是不当兵又能如何呢?我的心里常常为此陷入深深的矛盾中。此时我会站在风雪中,让更多的雪花落在我的身上,让更寒冷的风吹在我的身上,愿她那里少一点风,少一点雪,多一点阳光,多一点温暖。"

"冬天过后就是春天。"老人好像是在自言自语道。

我说:"我们那里的春天来得晚,而且还特别短。所以春天就特别忙。不仅要抓紧施工,还要抓紧春种。那时要想把连队的生活搞好一是靠养猪;二是靠种地。所以在山里开了好几块地,除了种菜还种了不少的玉米和大豆。玉米不仅自己吃还可以用来喂猪,大豆可以用来换油。连里的干部总是希望能够多种点地。这样一来春天的活就特别多,再加上常言说的春困秋乏,一到春天,战士们就格外地不愿意起夜站岗。不过我倒是无所谓。我们那里的春天天空格外晴朗。晚上天上没有一丝的云彩,月亮挂在天上又圆又亮。我能够想象到这月光能够照到我,也能够照到她。这月光透过了树枝照亮了我巡查的山间小路,陪我站岗。这月光也透过了窗格,照亮了她的床前,伴她进入梦乡。这月亮又像一面明亮的镜子,透过它我可以看到她安然的睡影。如果她从睡梦中醒来,她也会从中看到我在山间小路上巡查的身影。"

说到这里我看了老人一眼。老人轻轻地闭上了双眼。她的眉头是那样的舒展,嘴角露出了一丝淡淡的微笑。当我停下来的时候她轻轻地说了一个字:"美。"

看着老人,我也靠在椅子上闭了一下眼睛,当时的情景立刻闪现在我的眼前。片刻后我说:"在我们那里夏天才是最美丽的。夏天我们那里一片葱绿,到处都显露出勃勃生机。也许是我们那里的夏天相对比较短的缘故,所以一到夏天所有的植物都拼命地生长。在夜深人静的时候,你待在树林中都能够听到树木花草生长发出的声响。我最喜欢在这个时候去站岗了。"

老人和任珍听我说最喜欢在夏天的夜里去站岗都感到奇怪。老人睁开了双眼用不解的眼光看着我。任珍忍不住问:"那您白天施工不累呀?"

我说:"当然累,不仅累而且还热。我没有想到东北的夏天还那么热,每天施工后都是一身的疲乏浑身的汗。"

她再问:"那您还喜欢夜里站岗,那不是更累了吗?"

我笑了一下说:"我有个至今没有告诉过人的小秘密。每到夏天的时候我站一个小时的岗可以顶上睡半宿的觉。只要轮到夜里我站岗,第二天我就特精神。"

老人听我这么一说也来了精神。她睁大了眼睛看着我问:"真的呀?什么秘密?你能告诉我们吗?"

说到这里我突然有点后悔了。怎么话赶话就说到这里了呢?这确实是我个人的一个小秘密。虽然已经过去三十多年了,可我还从来没有告诉过任何人。可我看到老人和任珍渴望的表情又不忍拒绝她们。

我不好意思地说:"我总是利用站岗的时间偷偷地洗澡。"

任珍不解地问:"您干什么一定要晚上站岗的时间洗澡呀?"

我说:"我们刚进入工地的时候条件很差,一切都在建设之中。工地上还没有洗澡的设施。所以洗一次澡还要开车跑出去几十里山路。全连还要轮着去,每人每月只能洗一次澡。可在夏天两天不洗澡身上就会发酸。全连上至连长下至新兵都是如此,大家也只好忍着。"

老人好奇地问:"那你夜里在哪儿洗澡呀?"

我说:"在溪水里。在我们食堂前不远的山沟里有一条小溪。溪水从山腰流过我们工地一直流到山脚下。小溪的水虽然很浅,但是十分清澈,而且还有点甜。我们连的炊事班就用这溪水为我们大家洗菜做饭。我利用休息的时间悄悄地在小溪靠下游的地方挖了个坑。坑的长度就是我的身长,坑的深度是刚能够没过我躺着的身体。我故意保留了坑边的青草。它们遮住了水坑使别人从小溪边走过也看不出来。一轮到我站岗,我就带上毛巾、肥皂跑到小溪边,脱光了浸泡在溪水中。然后用肥皂打遍全身,再静静地躺在溪水中,任溪水缓缓地冲洗我的肌肤。睁开眼睛,我可以透过树叶间的缝隙看到天上明亮的月亮和浮动的白云。闭上眼睛,我可以听到草丛中各种昆虫的鸣叫声。溪水是那样轻柔地冲洗着我周身每一寸肌肤,不仅洗去了我身上的汗渍和污垢,还洗去了我浑身的疲惫,甚至洗去了我心中的烦恼。每到这时我就会不由自主地想到她,睁开眼睛透过明亮的月亮我就可以看到她。她坐在炉火旁煎着中药。炉火映红了她的脸。她用筷子轻轻地搅动着每一只药罐,药香弥漫了整个药房,飘出了窗户扩散到整个天空。只要我深深地吸上一口气,那药香就会充满我的胸膛。再闭上眼睛我就仿佛看见她安睡在白云的另一端。伴随着轻轻地呼吸,她那微微起伏的胸部散发出阵阵迷人的体香。此时我会一动不动地躺在溪水中,生怕一点的声响会惊扰她的梦乡……"

"别，你可不能真的睡着了，你还要换岗呢。"老人忽然打断了我。

我说："您说得太对了。我还真有一次差一点误了换岗。"

任珍问："真的吗？"

我说："有一次白天我刚刚收到她的一封信，夜里我就躺在溪水里想着如何给她回信。我一遍一遍地打着腹稿，不知不觉时间就过去了。突然我听到溪边的小路上有脚步声。我睁开眼一看坏了，是连长查岗来了。"

任珍忙说："您赶快从水里出来呀。"

我说："不行，来不及穿衣服了，我又不能光着身子站在连长面前。"

老人问："那怎么办？"

我说："我只好静静地躺在水中一动不动。连长的手电在草丛中晃来晃去。我知道连长在找我。我心里默默地念叨着，千万别让连长发现我。幸好连长没有发现我。他揣着满腹的疑惑渐渐地走远了。我马上从水中窜出来，把身子擦干净，一边穿衣服，一边顺着连长走的方向走向宿舍。当我在宿舍门口出现在连长面前的时候，他唬着脸问：'刚才你跑哪儿去了？我查岗的时候怎么没有看见你？'

我一本正经地说：'报告连长，刚才我肚子有点疼，在草丛里方便了一下。我看见您走过去了。这不我赶快就追过来了。'

连长说：'你看见我了为什么不吱一声？让我好找。'

我说：'连长，拉屎挺臭的，怎么好叫您呢。'

连长瞪了我一眼问：'现在肚子还疼吗？'

我说：'不疼了。'

连长说：'那快回去睡觉吧。'

我向连长敬了个礼赶紧跑回了宿舍。那一夜我睡得特别香。"

听到这里老人和任珍都笑了。任珍问:"那后来呢?"

我说:"后来连里又把我调到了勤杂班再次当连里的器材员。"

老人不解地问:"你在班里干得不是挺好的吗?怎么又把你调走了?"

我说:"连里说工作需要。"

老人关切地问:"你愿意去勤杂班当器材员吗?"

我说:"没什么愿意不愿意。这时我已经完全习惯服从了。勤杂班的战友们高高兴兴地把我接到了勤杂班。我调离二班后不久,原炊事班班长繁启调到二班当班长。他是我同校的校友,比我低一级。有人说把我调走是为了让他当班长。我却不以为然。后来我又回二班了,在他手下当兵。我们一直相处得很好。最后我们俩又一块复员了。不过那就是后话了。

我这次当器材员时连里的施工已基本上完工了,只剩下一些扫尾的工作,所以我的工作也相对轻松。一上班我就把自己关在库房里,除了盘点库存品之外就找出一本书来看。在这段时间里我看了《无线电原理》《无线电数学》等书。虽然此时我已感到自己也许不能长期在部队干下去,但是我还是抱着一线希望。希望自己能够多掌握一点无线电方面的知识,希望能够为部队服务的时间长一点,能够为部队服务的多一点。我们连的老器材员也常常和我一块泡在库房里。盘点时自是我们俩一块干,不过闲下来时他从来不看书。他宁可坐在窗前看着窗外的天,窗外的山。我曾问他:'待着也是待着,干吗不找本书来看看?'

他对我说:'没用的事我是不会干的。'

我又问他:'你认为看书是没用的事吗?'

他振振有词地说:'看书当然是好事,但有用没用看对谁来说,比如对我来说就没有用。我这次肯定复员,回到我们那个地方就只能

种地了。所以看无线电的书对于我来说一点用也没有，不仅没用还是一种浪费。'

我不明就里地问：'怎么能说是浪费？谁能说他今天所学的明天就一定能用得上或者就一定用不上？所以我想多学点无论如何没坏处。'

他解释说：'干没用的事就是浪费。一是浪费时间；二是浪费精力。很浪费呀。'

我对他说：'没事闲待着或许不浪费钱财，难道不是浪费时间，浪费精力吗？'

他笑着对我说：'咱当兵的人时间和精力都是国家的。组织上让咱们干，咱们就干。组织上让咱们待着咱们就待着。这算不得浪费。'

看着他我笑了。我知道说服不了他，可他也说服不了我。只要干完手上的活我还是看我的书，他还是没事闲待着。我们依旧时不时地争上几句。依旧是谁也说服不了谁。过后谁也不在意。不过有一次的聊天却给我留下了很深的印象。那一次我问他：'你想复员吗？'

他爽快地说：'当然想。'

我问：'为什么？部队不好吗？'

他笑着对我说：'部队好是好，但是我家里有父母需要我去尽孝呀。'

我也笑着反驳他：'那在部队里可以为国家尽忠呀。'

这时他满脸严肃地说：'你说得很对。在部队里是可以尽忠，但是无法尽孝。自古忠孝难两全。我认为为官者应尽忠在先，为民者可尽孝在先。官言忠，民言孝，国不可敌。我已经服兵役三年了，也算是为国尽忠了。我也该回家尽孝了。'

我没有想到他竟是如此解释'忠孝'的。不过细细地想一想他说的也有一定的道理。自古道'铁打的营盘流水的兵'。当兵的人只有三个出路。一是战死沙场；二是提成干部在部队干一辈子。这两种情况在当时都是极少数的。就是有些兵提了干也不过是在部队多干几年，他们中的大多数还是要转业的。三是绝大多数的兵是服兵役期满后就要复员回家。想到这里我不由地问他：'那你回家之后怎么孝顺你父母？'

他自信地说：'这个我早就想好了。孝顺这两字最为讲究。孝为先，顺为重。最大的孝就是顺。我回家之后事事顺着父母。父母让我往东我就往东，父母让我往西我就往西。父母让我站着我不坐着，父母让我趴着我绝不蹲着。总之一切让父母高兴就是了。'

我说：'那要是父母让你结婚呢？'

他说：'那我就结婚。'

我说：'那要是你看上的女人和你父母看上的女人不是同一个人怎么办？'

他立刻说：'那我听父母的。'

我不信地说：'那你自己就没有一点主意？'

他说：'我相信我父母的眼光。你仔细想想，父母毕竟是过来人，再说哪有父母不为儿女好的？所以每当我和父母看法不一致时我就尽量把父母往好处想。这么一想一切都解决了。'

我说：'那你父母百年之后呢？'

他说：'这我早想好了。'

我的本意是你现在事事听你父母的。那你父母百年之后没人给你掌主意了，那时你怎么办？你听谁的？没想到他误会了我的话。他说出了一番我完全没有想到的话。"

老人问："他怎么说的？"

他说：'我父母百年之后我就找个山沟把他们随便一埋就行了。'

我听了以后不解地说：'那怎么行？咱们中国的农村是很讲究厚

葬的。老人过世之后怎么能够随便一埋就了事?'

他说:'我原来想连棺材都不用。有打棺材的钱还不如在老人生前给老人用了。'

我问:'不用棺材,那你怎么葬老人呀?'

他说:'找张席子一卷埋了就算了。'

他的想法着实让我吃惊。他又接着说:'我认为孝顺就是老人生前的事。至于老人去世了你修不修坟,坟修得再好,那老人已经死了,他本人能知道吗?他能感受到吗?凡是用心修坟的都是修给后人看的。与其在老人死后下功夫不如在老人生前对他们好一点。让老人活得舒服点,让老人长寿点。真要是有钱不如花在老人生前。只要在老人生前尽力了,我就不怕老人死后别人再指责我。我最看不上的就是那些在老人生前不孝顺,老人死后假模假式地给老人大办后事的人,那管个屁用。在我的眼里这些人根本不是在给老人办事,而是在给他们自己办事。'

说这话的时候他的脸上还露出了鄙夷的神情。他的话给我留下了深刻的印象。当然我并不相信他在老人百年之后会像说的那样做,但我认为他所说的重生轻死的观点是有一定道理的。说实在的,现在我已经想不起他的姓名了,但是他的观点我却一直记得清清楚楚。虽然在这次谈话后不久我们就分手了,可在他复员前我们经常在一起聊东说西。他把许多心里话告诉了我。我也把自己的一些想法告诉了他。他给了我一些忠告。他是第一个明确告诉我,在他看来我再愿意也是不可能在部队长期干下去的。他还劝我如果不能在部队长期干下去,晚复员不如早复员。"

老人插话问:"你不问问他,他凭什么说你不可能在部队长期干下去的。"

我说:"我问了,他没有说具体的理由,他只是说这是他个人的感觉。也正是由于他的这个感觉我们俩走得更近了,互相之间更信任了。他还把自己做的一个小木箱子送给了我,对我说:'这个小箱子我用不着了。我看用它来装你的书正合适,就留给你吧。'

他帮我把书一本一本地码在箱子里。最后他把箱子盖合上并用他自己的一把锁锁上,把钥匙递给我说:'我知道你爱书,喜欢看书。但我告诉你,这一箱子无线电的书对你今后的工作没什么用。我说的是真话。'

我笑着对他说:'就算明年我和你一样复员了,你怎么知道我复员后不会搞无线电的工作?'

他'唉'了一声说:'这就是感觉嘛。'"

老人又插话说:"我记得你好像还真的没有从事过和无线电有关的工作。"

我笑着点了点头。任珍眨了一下眼看着我问:"您当时信他说的话吗?"

我笑着对她说:"当时我根本就不相信他说的话,但是我相信他是为我好。我轻轻地拍着箱子说:'书呀书,愿你们陪伴我一生。'

他看着我说:'不会的,不会的。这些书已经给你添了不少麻烦了。'

我说:'这都是些技术方面的书,它们只会对我今后的工作有益,怎么能给我带来麻烦呢?你说连里上上下下谁说过我看书不对?'

他又'唉'了一声说:'我不多说了,你慢慢体会吧。'"

老人问:"你一直留着那些书吗?"

我说:"没有。我大学毕业后分到北京航空学院教化学。工作中用不到那些书,家中也没地方放。虽然我对那些书还是挺有感情的,但是也没有办法再留它们了,只好把它们都卖了。"

任珍看了老人一眼又看着我说:"那位老器材员说的还挺准的。"

我说:"这也许就是人们常说的直觉。后来他复员了。我一直把他送到我们连的卡车上。我最后一次拉着他的手说:'再见了,希望我们能够再见。'

他使劲地拉着我的手深深地弯下了腰。我知道他要和我说话便踮着脚把耳朵向他凑过去。他对着我的耳朵说:'我们没有机会再见了。明年轮到你走的时候一定要像我一样高高兴兴地走。'

我把嘴对着他的耳朵说:'也许到那个时候我做不到。'

他又把嘴对着我的耳朵说:'那也要心平气和地走,对你自己有好处,真的。'

我没有再说什么,只是向他点了点头。车开了,他紧拉着我的手松开了。车上复员的战友和车下送行的战友都在挥手高声说着再见。这时他对我说了最后一句话:'记住我的话,高兴点。'

车渐渐地走远了。"

老人问:"他说话总是那样心对口直来直去的吗?"

我说:"那倒不是。有一次他就对我说了违心的话。"

老人看着我问:"是吗?"

我笑了一下说:"就在他复员前几天不知为什么他突然害了牙疼。俗话说'牙疼不是病,疼起来要了命'。牙疼得他吃不下饭喝不下水。从早晨到晚上什么事也干不了,只能托着腮帮子哼哼。卫生员给他吃了止疼的药也不起作用。我们只好干瞪眼了。白天我们还有自己的工作不能守着他。他就一个人在宿舍里哼哼。到了晚上大家都回了宿舍,这时他的牙就显得格外疼。疼得他在床上翻来复去地烙饼。我和他都睡在上铺,而且我们俩还是枕头靠着枕头被子挨着被子并排睡在一起。他哼哼就在我的耳边,自是使我无法入睡。但是看到他痛苦的样子我也不忍心说他,只好由他去哼哼。可是他一翻身整个铺都晃,再加上他的哼哼声使得下铺的文书、卫生员、司机都无法入睡。大家

第五日　紧急战备兵有责　结果无常谁人知

都和我一样没有一个人起来说他。但很快叹息声和翻身的响声就此起彼伏地响了起来。我知道全屋的人没有一个人能够睡着。这时我突然想起我的小书箱里有本针灸的小册子，里面好像介绍了一个穴位是止牙疼的。想到这里我便悄悄地对他说：'你牙疼得是不是特别厉害？'

他哼哼着说：'白天还好点。可一到了晚上就疼得特别厉害。'

我问他：'吃止疼药了吗？'

他说：'吃了两片了都不管用。'

我说：'要不再吃两片？'

他说：'卫生员说了止疼片不能吃太多，吃多了伤胃。'

我对他说：'要不试试针灸？'

他不信地问：'针灸能够止牙疼？'

我劝他说：'我记得确实有个穴位只要用针刺就可以止牙疼。'

他将信将疑地问：'真的？'

我说：'真的。你不信，我有书。我找来给你看。'

说着我就爬起来从他给我的小书箱里把那本针灸的小册子找了出来。然后对他说：'你起来穿好衣服，咱们一块到活动室去看看。没准还真管用呢。'

他也是实在疼得没有办法了，只好爬起来和我一块到了活动室。他打开小册子一看，还真有个止牙疼的穴位就在手掌上。他说：'那麻烦你把卫生员叫来，让他帮我针灸一下。'

我说：'这会儿卫生员还不都睡着了？我看就别叫他了。'

他哼哼着说：'那谁给我针灸呦？'

我说：'这还不简单？我去卫生员的药箱里把针灸用的针和酒精棉球拿来。你自己给自己针灸一下就行了。'

他想了一下说：'行，你去拿吧。'

等我把针和酒精棉球拿来之后他又变卦了：'不行，我没有针灸

过，我下不了手。你还是把卫生员叫来吧。'

我说：'刚才我回宿舍时见他们都睡着了。我看还是你自己来吧。自己扎针也有自己扎针的好处。'

他问：'好在哪儿？'

我说：'别人给你扎针他感觉不出效果。自己扎能够直接感觉到效果呀，还是你自己来扎吧。'

他想了一下说：'那我试试吧。'

他把手掌伸了出来，我们俩选中了穴位。我帮他用酒精棉球消毒了一下针灸的针和穴位，把针递给他。他刚要扎，我忙说：'别，等一会儿。'

他问：'为什么？'

我说：'酒精还没有干，这时针扎下去酒精就会被带进去刺激你，使你感到格外疼。'

我用手帮他扇了一会儿，酒精干了。他拿着针哆嗦了好一会儿也没有扎进去，说：'不行，我扎不进去。你还是把卫生员叫来吧。'

我一看他也是实在下不了手就说：'你要是实在扎不进去那让我来试一试吧。'"

老人关切地问："你扎过针吗？"

我说："他也是这样问我。我对他说：'虽然我没有给别人扎过针，可我见的多了。很简单的，只要是穴位找准了我看问题不大。'

他看我信心满满地就说：'那你就试试吧。'

他皱着眉头把手掌伸给我。我刚要下针他又说：'你可轻点，我怕疼。'

我说：'你放心，我一定轻着点。'

我拉着他的手轻轻地把针刺进了他的手掌。这时他大声地叫了起来：'哎哟，哎哟。'

我马上停止了进针问：'怎么了？'

他说：'疼。'

我仔细看了一下发现针不过刚刚刺进皮肤也就一毫米。我说：'你太紧张了，我还没有扎进去呢。'

他说：'是吗？我怎么感到那么疼呀？'

他连针灸的针都没敢看一下。我说：'你自己看一看，连你手上的茧子都没有扎透，你疼什么？'

他低头看了一下针确实没有扎进去多少，便有点不好意思地说：'那你就进针吧。'

我说：'那你可不许再叫唤了。你看这书上写了会有麻、胀的感觉，不疼的。疼就是你自己吓唬自己。忍着点，一会儿你的牙就不疼了。我可进针了。'

他咬着牙点了点头。我又进了一点针。我抬头看了他一眼发现他紧锁着眉头，不过这一次他没有叫唤。我拧了一下针感到针很涩。我拧一下他就哼一声。我问他：'疼吗？'

他皱着眉头说：'不疼。'

我又转动了几下针问他：'牙疼好点了吗？'

他说：'好点了。'

我还有点不放心地问：'真的好点了？'

他点了一下头说：'真的好点了，可以起针了。'

我一听有效果自己也很高兴。为了加强效果我说：'要不我再转动几下吧，好巩固一下止疼的效果。'

他忙说：'不用了，不用了。现在挺好的。你也累了一天了，咱们赶快回去睡觉吧。'

他一说睡觉我还真觉得有点困了。我轻轻地把针起了出来。我们一块回去睡觉了。这一夜他再也没有哼哼。"

老人说:"你的针灸还真的起了作用。"

任珍也说:"您真行,看着书就会针灸。"

我笑着对她们说:"根本就不是那么一回事。几天以后他的牙真的好了,他才对我说那天我给他针灸一点作用都没有。我奇怪地问他:'那你当时不是说牙不疼了吗?你也确实不哼哼了。'

他说:'你哪里知道呀?你扎得比牙疼还疼。我怕你不给我起针只好说牙不疼了。'

我听了自己也觉得好笑。原来我还以为帮他解除了牙疼,可没想到使他更疼痛了。我连忙把他的手拉过来看着说:'对不起。现在手还疼吗?'

他下意识地把手抽了回去背在背后笑着说:'不疼了,不疼了。你这个方法叫恶治。'

他说完了我们俩都笑了。至今这件事还记在我心里。"

老人又问:"你以后还针灸过吗?"

我说:"经过这次后我哪还敢再给别人针灸?以后再也没有遇到机会了。不过后来我又给别人打了一次针。"

老人好奇地问:"真的?你还打过针?你给谁打?"

我说:"有一次我们连的卫生员病了,需要打针。可是连里除了他自己之外再没有人会打针了。他找到我,让我给他打针。有了上次的经历之后我说什么也不答应他。可他坚持要我给他打针。看着他病的样子我只好勉强答应了。他自己用针筒把药抽好了递到我手上,然后褪去裤子趴在床上用手指了一下屁股上打针的部位对我说:'就打这里。'

我用碘酒擦了一下他指的部位,又用酒精棉球脱了一下碘,然后一边等着酒精挥发一边用手轻轻地揉着那个部位。这时卫生员说:'你做得挺好的,别紧张,进针的时候要快,推药的时候要慢。行了

第五日　紧急战备兵有责　结果无常谁人知

打吧。'

我看了一下针尖，挺锋利的。我想，这么尖的针一使劲还不把整个针都扎进卫生员的屁股里去了？还是慢一点吧，好控制扎入的深度。可我没有想到只要你慢慢地扎是根本扎不进皮肤的。结果是疼得卫生员大叫了起来：'不行，不行，你这样可不行，太疼了。'

我马上住了手问：'怎么扎不下去呀？是不是针头太钝了。'

卫生远说：'不是针头太钝了，是你扎的速度太慢了。我刚才不是说了吗，进针要快，最好是戳，戳的速度越快越不疼。你再来一次。'

好在我小时候玩过戳刀，还有点体会。我拿起注射器照着卫生员的屁股一戳，果然进去了。我再慢慢地推药，一边推药一边帮他揉。总算给他打完了。卫生员提上裤子对我说：'谢谢你，麻烦你下午再给我打一针。'

我不好意思地点了一下头，擦了一下额头的汗说：'对不起，给你打疼了。'

他说：'第一次打针能打成这样就算不错了。我们在卫生学校的时候第一次打针就有好些人没打成。'

我一连给他打了三天的针，自是一次比一次打得好。三天后卫生员的病好了。我也基本上学会打针了。"

老人说："在部队里你还学会了不少东西。"

我说："那个时候流传着这么一句话'解放军队是个大学校'。所以，只要你上心就可以学到许多的东西。"

说到这里我打住了，站了起来，该告辞了。老人见我要走，把身子向前倾了倾，轻轻地说："喝口水再走，外面热。"

我端起了水杯大大地喝了一口。任珍把我送到门口。我刚要迈步出门，就听见老人在后面大声地说："下次说说你当兵第三年的事好吗?"

我真没有想到老人能用这么大的声音说话,还真吓了我一跳。我回头看了她一眼。她正用双眼直直地望着我。我向她点了点头,走出了门,下了楼梯。我没有听见任珍关门的声音。

我骑上车在回家的路上思量着,这个老人究竟是怎样一个人,现在还不得而知。但我知道她能够站起来,而且能够大声地说话。

千里野营感触多
一念之差真后悔

第六日

当我第六次走进这间客厅的时候发现老人并没有坐在她的椅子上而是站在窗户边。她见我进了门,一边向她的椅子慢慢地走过来,一边招呼我:"坐,坐,先喝口水。外面热吧?"

老人的话说得很亲切。

"还好,不算很热。"我一边说,一边走到了椅子旁。我没有坐下,也没有伸手扶她,我等她慢慢地走过来。有的老人不愿意让人扶,特别是女人,以为让别人一扶就更显老了,一般老人是不愿意在别人面前显出老态的。任珍在我身后关上门,快步走到老人身边。老人用手指了一下她的椅子。任珍明白了。她走到自己的椅子前面站在那里。老人慢慢地走到自己的椅子前面轻轻地坐下。她一边做着手势一边说:"坐下,坐下。今天就说说你当兵第三年的生活吧。"

我说:"其实我当兵第三年的生活过得很平淡,简直没有什么可说的。"

老人问:"一点值得记忆的事情也没有?"

我说:"那倒也不是。首先是我们的连队要撤出已经待了两年的深山了。我们的任务是战备施工,工程完成了我们的任务也就完成了。接班的部队进山了。她们的任务是战备值班。我们把安装好的设备交给她们使用。她们的到来在我们这条山沟沟里引起了很大的震动。"

第六日　一念之差真后悔　千里野营感触多

"为什么？"老人和任珍都感到很诧异。

我说："来的是女兵！"

"什么？接你们班的是女兵？"她们也没有想到。

我接着说："我们谁也没有想到来接班的竟是十几位女兵。她们的到来就像在我们这里扔下了一枚炸弹，引起了一串冲击波。为了准备她们的到来，连里提前三天就召开了全连大会，做了相应的布置。

首先指导员讲话。大意是女同志进入我们这个工地是革命工作的需要，是上级领导对我们的信任。相信我们能够顺利、圆满地把我们安装的设备交给通讯站的同志，而且不能出任何差错。

指导员的再三强调使我们大部分人都有点丈二和尚摸不着头脑。女兵的接班是革命工作的需要我们能够理解。可是领导对我们的信任就有点令人费解了。难道把班交给男兵就是对我们的不信任了？不知道指导员说的是哪门子逻辑。至于能不能顺利交班，出不出差错，那是二排的事。因为二排是有线排。电话总机是他们安装的，只有这部分要交给女兵使用。我们其他的排和班都没有要和她们女兵交接的工作。没有交接能出什么差错呢？大家不明白。指导员讲完话连长接着安排具体的工作并宣布了几条纪律。这下子我们有点明白了。连长说：'为了顺利地交接，我宣布几条纪律：第一条，除了二排的同志，其他各排、班的同志一律不许和通讯站的女同志说话。二排的同志除了交班工作之外也一律不许和女同志随便说话。交接工作一律在工作时间内进行。明白了吗？'

大家异口同声地回答道：'明白了。'

这时突然有人问：'如果在路上遇到了可以打招呼吗？'

连长坚决地说：'不行。你有什么招呼可打的？'

又有人问：'要是人家和咱们打招呼呢？'

连长唬着脸说：'你想什么呢？要相信人家。人家凭什么和你打

招呼?'

还有人问:'要是有事呢?'

连长有点不耐烦了。他提高了嗓门说:'有什么事?都两年了这个山沟沟里没有一个女人也没事,刚来几个女兵就有事了?乱弹琴!不行!'

没人再说话了。连长接着说:'第二条,任何人不许给通讯站的女同志写信、写字条什么的。一个字都不许写。明白了吗?'

大家又异口同声地说:'明白了。'

连长接着往下说:'第三条最重要,就是任何人不得以任何理由和通讯站的女同志随便接触。明白了吗?'

这时又有人问:'连长,什么叫接触呀?不说话,不写字条还怎么接触呀?'

连长把眉头一皱说:'所以说这一条最重要。我举个例子。比如说,和女同志走个对面不要盯着人家看。人家走人家的,你走你的。更不要都走过去了还要扭过头去看。有什么好看的嘛!再比如说,人家女同志在说话,不要凑过去听。人家又没有和你说话,有什么好听的嘛!不要见了女同志就迈不开步,走不动路,眼睛发直,脖子发硬,甚至于脸发红,心发慌,和你没关系嘛!总之,对于她们,我们要努力做到视而不见,充耳不闻。'

为了更好地完成这次交班任务,连里做了如下安排。首先,咱们连左边的这一排房子要交给通讯站的同志们住了。一排负责把卫生打扫好。要特别检查一下门窗,破损的要修好。听明白了吗?'

一排技师答道:'是,保证完成任务。'

连长接着说:'二排负责把左边这一排房子后面的厕所重新修理一下。这个厕所要给通讯站的女同志使用。昨天我和指导员去看了一下,四面透亮漏风的。咱们用还凑合,可女同志用就不行了。一定要

修严实。二排的这个工作很重要,一定要做好。二排有问题吗?'

二排长不情愿地说:'让我们修女厕所呀?把咱们的厕所让给女兵,咱们到哪儿上厕所呀?'

连长一看二排长满脸不高兴的样子乐了。他说:'你们修的时候还是咱们的厕所嘛,是男厕所,只是修好了之后才让给女兵的,那时才是女厕所。这个任务很重要。不仅要把厕所修好,还要把通向厕所的路修好,把厕所的灯修好。这个厕所就算你们排送给通讯站女同志的一份礼物。'

连长说到这里,全连的同志都笑了。连长接着往下说:'我再补充一条纪律,这条纪律必须严格执行。两天以后,这个厕所就是女厕所了。女厕所周围五十米是禁区。咱们连所有的人不得以任何理由进入。凡是进入者连里一定严肃处理。

刚才二排长说了,咱们上厕所怎么办,我和指导员商量了。由三排在右边的山坡上找一个隐蔽的地方为咱们连再重新修一个厕所。'

这时三排长插话说:'连长,咱们自己的厕所是不是可以简单点?'

连长严肃地说:'简单点可以,但一定要严实,特别是不能透,大家一定要记住女兵来了。这里不再是只有咱们这些男人了。所以我还要补充一条纪律,从今以后一律不准随地大小便。'

这时又有人提问:'连长,在山上可以吧?'

连长干脆地答道:'在山上也不行。这山从今以后也不再是咱们男人的山了。保不准什么时候人家通讯站的女同志就上山了。让人家看见你正挺着肚子撅着屁股像什么话!我知道咱们连有些人喜欢在山上大小便。过去嘛,也无所谓。可今后这个习惯一定要改过来。'

连长说这话时不经意地看了我一眼。我知道连长是在说我。自从进了这山沟沟,只要不下雨我就不在厕所里大小便。我喜欢一边解手一边看花草，看树木，观山景。再说山坡上的空气也好。后来我们排在小山坡上开了块菜地。我就在菜地旁大小便，为的是就地还田。听连长这么一说我向连长笑了一下，表示我明白了。

连长继续说下去，左一条右一条又宣布了好几条纪律。我没有都记全。我相信全连也没有几个人能都记下来。但是我们都明白了，就是一定要记住要和即将来的女兵保持距离，而且越远越好。

连长布置完了各排就分头去执行。这时我发现一个有趣的现象。就是我们连的大部分人每当走过左边那排房子的时候都会不由自主地向它看上几眼，甚至还会抬起头来看一看房后的小山坡。其实通讯站的女同志还没有入住呢。

第三天一大清早，连长就把全连拉上了工地。原本工地上的工作我们已经干完了，但是连长还是让全连的人员都上了工地。当我们下工的时候，大家发现左边那排房子已经有人住了。虽然我们当时并没有碰到一位女兵，但心里都明白她们来了。

次日凌晨我们还在酣睡，一阵急促的哨声把我们叫醒。当我们都爬起来之后才发现原来是通讯站的哨声。连长也借机开始整队出操。我们这个工地前只有一块平地而且不大。一个连在这里出操还显得小了点，现在通讯站又来了就更小了。可连里有些人很高兴。因为走不了多少步，两支队列就需要转身又形成相对而行。很快连长就发现连队中不少人的目光一直追踪着通讯站女兵的身影。当连队再次走到尽头的时候，连长用严肃地口气小声地说：'你们刚才都看哪儿呢？不要把目光都盯在人家女同志的身上。记住了没有？'

全连大声地回答：'记住了。'

我想通讯站的女同志听到我们的回答一定会感到奇怪的。但连长很快就发现他的要求远没有女兵身影的威力大。最后，连长没办法只好在两队相会的时候采取断然措施。当女兵出现在我们连左方的时

第六日 一念之差真后悔 千里野营感触多

候,连长就会发出号令:向右看!当女兵出现在我们连右方的时候,连长就会发出号令:向左看!最可笑的是,有好几次我们连的个别人不听连长的号令,而是听人家女兵出操的号令。该走的时候不走,该停的时候没停。连长费了很大的劲也约束不了连队。不过说句实话,我们连队的队形虽然有点乱,但是大家出操还是很卖力气的。每个人的胸脯都挺得高高的,步子也迈得很有力量,而且出完操后还显得很兴奋。两支部队在一起出了几天操之后,连里终于决定把我们出了两年操的那块平地让给通讯站的女同志,我们改在进山的公路上出操了。

就在女兵进山后的第一个星期六的晚上,我正在宿舍里看书。我班的一个战士跑来对我说:'坏了,坏了。'

我忙问:'出什么事了?'

他说:'刚才我出去打水,在井边听见两个女兵说她们明天要上咱们宿舍后面的山。'

我一听这个笑了,说:'这算什么事呀,人家想上就上嘛。那又不是咱们的山。'

他说:'怎么不是咱们的山?山上的每一条小路都是咱们踩出来的。要是女兵上山的事让连里知道了就该不让咱们上山了。'

我说:'不至于吧?再说咱们都在这里待了两年了,你还没有爬够山呀?'

听我这么一说班里的战友都嚷嚷开了。他们说:'那可不行。那是咱们老爷们的地盘。营区内女兵去的地方咱们都不能去。山上再让她们给占了,那咱们还不憋屈死了?反正她们还要在这里长驻下去,那就等咱们走了之后她们再上山吧。'

我说:'我们怎么才能不让人家上山?'

他们说:'我们也没有什么好办法,所以才来找你嘛。'

我想了一会儿说：'那咱们试一试吧。'

我就把他们几个人聚拢如此这般地布置了一下。

第二天是星期天。本来星期天人家起来得都比较晚，反正休息日吃两顿饭，可以借机睡个懒觉。可这一天我们几个人都早早地起来了。我起来跑到井边去洗衣服。过了一会儿两个女兵来洗脸。我故意装作没看见她们，也没有躲她们。她们一走到井边，我们班的福利就拎着一双破鞋跑来找我，哭丧着脸说：'你快帮我看看这是怎么回事？我的鞋昨天放在窗台上，今天怎么变成这个样子了？'

我把鞋接过来看了又看对他说：'你怎么这么不小心，谁让你把鞋放在窗户外面呢？好几次夜里我都听见咱们窗户外面有动静。你的鞋肯定是让野兽给啃了。'

他说：'你看像是什么动物？'

我说：'看这些被咬的痕迹八成是狼。'

福利伸了一下舌头说：'哎呀，我的妈呀，狼咬鞋干什么？'

我煞有介事地说：'那还用问？一是狼饿了；二是你的鞋上有人味呗。'

福利听了我的话又吐了一下舌头跑回了宿舍。我也端着脸盆回宿舍了。过了一会儿，通讯站的一位男技师来到我们宿舍。他一进门就问：'同志，这里有狼吗？'

福利故意装作没见过他反问：'你是谁呀？'

来人说：'我是通讯站的技师，咱们是兄弟部队。'

福利'哦'了一声指着我说：'是兄弟部队的技师呀，那你有什么问题就问他吧，他对这山里熟。'

福利又是故意把球踢给了我。什么叫我对这山里熟？大家都是同一天一块进的山。我把来人拉到床边让他坐下，说：'你有什么问题尽管问。凡是我知道的一定相告，我不知道的还有大家呢。'

第六日　一念之差真后悔　千里野营感触多

来人十分客气地说：'咱们这山沟里有野兽吗？'

我十分肯定地说：'野兽肯定有。如狐狸、山耗子等，还有蛇，而且是毒蛇。我就抓住过一条毒蛇。这我们连的人都知道。'

他说：'是吗？蛇也挺可怕的，特别是女人没有不怕蛇的。那有狼吗？'

我说：'这就不好说了。我自己没见过。不过听原来的工程兵说他们套住过一条狼。如果他们说的是真的，那咱们这山沟里就真有狼。'

他又问：'你们没见过狼，那发现过狼的踪迹吗？'

我说：'踪迹嘛，那还是有的。昨天我们班有个战友把鞋放在窗户外面，结果鞋让野兽给叼了。这肯定不是小动物，很像是狼所为。'

他再问：'那咱们这营区内会有狼吗？'

我说：'在营区内一般不会。'

他说：'咱们这营房就在这大山沟沟里，连个围墙也没有，草都长到门口啦。要是山里有狼，那它一迈腿不就进了营区了吗。'

这时福利又指着我说：'他知道的多。你让他给你讲讲狼的习性。'

我对福利说：'你瞎说什么。我知道的不都告诉你们了。'

来人马上说：'那你就给我讲讲吧。我回去也好讲给我们的同志，也让她们长长知识。'

我说：'其实我也没有什么经验，主要是从书中看到过一些关于狼的知识。狼是一种十分凶残的食肉动物。一般是群居的，而且不到十分饥饿的时候是不会袭击人的。咱们这山沟沟里是绝对不会出现狼群的。但是也有的狼会独居。独居的狼一般都是有精神病的。它们是被逐出狼群的。这种狼行为怪异，格外凶残，往往会主动袭击人。'

来人又问：'如果遇到狼怎么办？'

我告诉他说：'最好的办法就是别遇见。'

他说：'谁愿意遇见狼呀？可怎么才能不遇见呢？'

我说：'要是不想遇到狼，最安全的办法就是不要离开营区，甚至于不到营区的边缘地带。因为营区里的人还是比较多的，再疯狂的狼也不会跑到咱们工地上来。还有最好不要单独行动，特别是你们那些女兵一定要结伴而行。一旦遇到什么事情也好有个照应。而且有一点要特别注意，就是走路要走路中间，不要靠边。一定要躲开路边的草丛，树丛什么的。'

来人听我说完后站起来就要走。我把他送到门口。他一边走一边说：'谢谢，谢谢。今天我们站有几个女同志还要上山玩，我得赶回去劝阻她们。'

说完了他就匆匆忙忙地走了。他一走班里就有人问我：'真要是遇到狼了怎么办？'

我说：'你想什么呢？咱们在这山里都待了两年了，谁见过狼了？'

他说：'那你说的和真的似的，不得不让人想到真遇上狼怎么办？'

我笑了一下说：'真要是遇到狼也好办。首先是不要怕它，千万别跑，最好要面对它。如果你手上有家伙就更不用怕了。你要分析一下它会不会攻击你。如果你们是偶然相遇，它又没有进攻你的意思，你就让它走，它走远了你再走。如果它有进攻你的意思，你就要小心了。你可以考虑是否先进攻它。当你发动进攻时一定要大喊大叫，动作也要大。一般情况下野兽都会怕人的。它一看你很厉害它就会害怕。你要是一胆怵，一逃跑，那可就坏了。搞不好还会引起它对你的攻击。'

他问：'那要是打狼先打狼的什么部位？'

第六日　一念之差真后悔　千里野营感触多

我说：'记住。狼是铜头、铁背、麻秆儿腿。打狼一定要先打腿，打折了狼腿它就没办法了。'"

听到这里老人和任珍都睁大了眼睛。任珍问："您们那里还真的有狼？"

我听了任珍的问话不由地笑了。我说："那不是在吓唬女兵嘛？我们这个工地设立十来年了。原来天天放炮，机器轰鸣，早把狼什么的大型野兽给吓跑了。再说，如果真有狼我怎么敢一个人夜里跑到小溪里去洗澡。"

"你说的和真的一样，连我们都忘了你是在吓唬人。那后来呢？"老人小声地问。

我说："一直到我们连离开，那些女兵也没敢上山。营区外的山林还是我们这些男兵的天地。后来我们连的司机还专门给他们通讯站提过意见，说他们的女兵怪癖，走路不知道靠边总是走在路中间，常常挡住汽车的路。他们哪里知道这都是我们引起来的。"

老人问："那你们一直没有和女兵接触过？"

我说："我们排没有，最起码是我不知道。"

她不信地问："那你们真的做到了对这些女兵视而不见充耳不闻？"

我说："那倒也没有做到。其实连里还是有些人挺关注那十几位女兵的。首先这些女兵来了没几天，连里就有人给她们每个人都起了外号。反正也不知道人家的姓名。当说到她们的时候就说她们的外号。她们在公众面前的一举一动都会成为一些男兵茶余饭后的话题。什么胖子打水把水桶掉进井里啦，什么瘦子出操把脚崴了，什么矮个子上班时摔了个跟头，什么高个子下班时帽子让风吹掉了，等等。但是女兵最引人注目的风景是跑战备。

通讯站经常会跑战备。到底是真战备还是训练我们就不知道了。

警报一响，女兵就会一个接一个地从宿舍里冲出来，跑向自己的工作岗位。平时这些女兵出现在男兵面前时总是衣帽整齐，目不斜视。可这会儿她们跑出宿舍时每个人都是衣帽不整。有的外衣没扣上扣子，有的甚至于把外衣拎在手里一边跑一边穿。她们跑动的身影，颤动的胸部把我们连许多人的眼球都吸引到窗边，而且是常看不厌。以至于后来通讯站的警报一响，我们连的一些人比人家通讯站的人反应还快，迅速地占据有利观看的位置。更有甚者索性跑到宿舍外面去直接瞪着眼睛瞧。"

老人问："那你们连也不管呀？"

我说："怎么不管，连里开会说了好几次，但都不太管用。好在我们连不久就调走了。我们连走时把菜地、菜窖、猪圈都无偿地送给了他们。猪我们带走了，羊没法带，羊到了城里没草吃，只好把羊杀了。连队一连吃了好几天的羊肉。我们连还有几只狗。狗最不好办，不能带进城，也舍不得杀。以后没准儿还要进山，还想带着它们呢。后来想出了个办法，送到沈阳医学院的动物饲养场，请他们代养。我们连撤到了沈阳，开始进行集中训练。

连队到了沈阳，暂驻在南湖沈阳体育学院的校舍里。连里的大多数战士都很高兴。论生活条件那是好多了。住的是楼房，用的是自来水，训练也是在标准的教室里。出门都是平地，再也不用爬山了。可我一点也高兴不起来。首先是铁鹰走了，他被选送上军校了，我很为他高兴。上了军校肯定能提干，留队是没问题的。可他走了我又少了一个可以聊天解闷的战友。和我最熟悉的王技师也复员了，他是河南郑州人，临走时送给我一张他们的全家福照片，叮嘱我以后有机会去郑州一定去找他。其实我们心里都明白，今后要想见面恐怕是不容易了。班里已经没有比我参军早的兵了。我是老兵了。班长和我是同期兵也是我的同校校友，比我低一年级也小一岁，名副其实是我的师

第六日　一念之差真后悔　千里野营感触多

弟。平时我们彼此之间都是特客气。我是新兵的时候，连里、排里的干部都爱用我。我也乐得忙活，生活充实得很。但自从那事后，连里、排里的干部就不怎么再用我了。凡事对我还挺客气，仿佛我不是这个连里的一名战士而是临时来队的客人。真是十分的乏味。这时我想起刚当兵时站在太阳地里挨王技师批评的事都感到很有趣。现在不行了，连批评你的事都很少有。我也渴望能够上学，铁鹰的走又勾起了我上学的梦。但我知道这是不可能的。连队不可能推荐我，他们希望能够把我忘了。

训练都是一些老科目，主要是训练那些刚入伍的新兵。老兵只是做些辅导而已，但就是在这个时候发生了一件使我终身懊悔的事。"

"你做错事了?"老人双眼看着我问道。我发现当老人在用双眼看着你问话的时候，她的神态很像是当过老师的人，有一种你一定要回答的神情。

我说："是的，我做错了一件事。"

"可以说给我们听听吗? 也许还不是你的错呢。"老人在说这句话的时候完全是一种老师的口气，一种老师的神态。

我说："这件事我也没有和人说过，但它深深地留在我的心里。事情是这样的。有一天我们训练的时候，连长把我们排的技师叫走了，一直到训练结束技师也没有回来。当然我们就按部就班地完成了训练，吃饭，然后自由活动。大家都到操场上去踢足球了。我没去，我想到教室里看会儿书。当我走进教室时发现技师正在这里伏案制图。这位技师是王技师复员后新分配来的，刚刚技校毕业，年龄和我们不相上下。大家吃住训练都在一起，很快就熟悉了。只是他没有和大家一块施过工，所以工作能力如何谁也不清楚。

我见他正埋头画着就顺口问了一句：'技师忙着呢?'

技师头也没抬地说了一句：'连里交下来一个活，让我设计一个

机盒。'

一个干部一个样。有的时候一句话就把两个干部的不同作风反映出来了。如果是王技师他肯定回答说：'连里交给咱们排一个活，让咱们给设计个机盒。'

甚至会说：'过来看看，有什么好想法？'

我也会凑过去看一看或许说一下自己的看法。而此时技师什么也没说，我也不好再问，也没有在意技师的回答。看着技师在忙着我拿了本书走出了教室。就在我经过技师背后的时候不经意间看到了技师所制的图。就这一眼看坏了。"

老人插话问："有纪律不许看吗？"

我说："那倒不是，是我发现技师的图可能画错了。我故意放慢了脚步又多看了一眼。没错，这肯定是一张机壳的下料图。可是按照技师所画的图面板可能是斜的，而且后面可能还合不上。"

老人问："你没有指出技师的错误？"

我说："我正要指出，忽然看到连长和副连长正朝我们教室走来，已经快到门口了。我迟疑了一下还是什么也没说走出了教室。我拿着书回到宿舍之后怎么也看不进去。最后我决定，等晚上技师回来一定问一问他图纸的事。可我没有想到一直到熄灯号响过后技师也没有回来。就在我迷迷糊糊刚要睡着的时候，福利悄悄地走到我床边小声说：'喂，醒一醒。咱们下去看看吧，技师挨连长批呢。'

我一听马上醒了问：'为什么？'

他说：'不知道。刚才我上厕所发现技师没回来就到教室去看看。结果发现连长正在对技师发脾气，好像是把什么东西做坏了。'

我一听一个骨碌爬了起来，拉着福利悄悄地跑到教室的门外，隔着门偷偷地听连长在说什么，一听就明白了。果然是那幅图的问题。唉，我没想到这批活上级催得这么紧，技师画好了图就直接交给四排

第六日　一念之差真后悔　千里野营感触多

去制作。四排为了赶进度就一下子把料都给下了。第一个机壳做出来就发现坏了。果然面板倾斜，后面板合不上。这时技师傻眼了。四排长一看也没办法了，只好报告了连长。连长一听'腾'的一下火了，把技师叫到教室劈头盖脸地臭骂了一通。技师站在那里低着头，一句话也不敢说，眼泪'啪嗒，啪嗒'掉在地上，他都没敢擦一下。

'哭，你还好意思哭。你画过图没有？'连长吼着。

'没有。'技师用蚊子叫般的声音回答。

连长说：'没有？为什么不说？你上学都学什么了？学喝粥了是不是？连这么简单的图都没学，你说你们都学什么了？'

技师站在那里没有吱声。连长铁青着脸继续说：'你瞧瞧你干的这活。这机壳怎么用？浪费了多少板材！浪费了多少时间！告诉你，今天晚上必须把机壳都做出来，明天的工作不能耽误。你听明白了没有？'

'听明白了。'技师回答的声音很小。

'你画得了吗？'连长又吼了一声。

'连，连长，我不，不会画。'技师的声音有点哆嗦。

连长说：'连这么简单的图都不会画你还当什么技师！你从哪里来回哪里去吧。告诉你，就是你们排的兵都会画。'

听连长说到这里，我的心里'咯噔'一下。我不知道连长指的兵是谁，但我知道这确实不是一件很难的事。作为任何一名有高中学历的人都应该会画。我不明白为什么作为一名技校毕业的技师竟然不会画。此刻我想，既然是连里的工作又是紧急的活，咱们搭把手，把它完成了不就行了嘛？我刚要推门进去，福利在后面拉住了我说：'这事跟你没关系，你别去。'

我说：'可这是咱们连的事呀。'

福利说：'你忘了去年的事了？'

我迟疑了一下。就在这时我听见技师小声地说:'连长,您看谁能画就叫谁画吧。我跟着学行吗?'

连长瞪了技师一眼说:'什么?叫战士来画?你算把咱们连干部的脸都给丢尽了。你一边给我站着去。'

连长说完自己坐到技师画的图前,仔细地看着图。福利在后面又拉了我一把悄悄地说:'咱们赶快走吧,连长要自己上了。别让人发现咱们。'

到这时我也只好打消了进去的念头,和福利又蹑手蹑脚地回到宿舍。我躺在床上一晚上没有睡着。我很懊悔,如果在发现技师画错时立即给他指出来,事情就不会发展到这一步了。这给连里的工作带来的损失我也有责任。"

任珍不解地问:"您有什么责任?这项工作连里又没有交给您。"

我说:"这事如果我不知道,那确实没有我的责任。可这事恰恰让我知道了,而我又有可能纠正却没有及时纠正,结果造成了不应有的损失。怎么能说我没有责任呢?"

任珍还是不解地问:"可连里没让您管呀?"

我说:"这个问题很简单。比如你走在马路上恰巧有一位老人摔倒了,你没有看到自然就罢了。可如果他恰恰摔倒在你身边,你也见到了,你完全可以扶他一把而你没扶,难道你能说你没有责任吗?当然我相信你是会扶老人一把的。"

任珍点了点头。她明白了,责任在某种意义上来说也是一种义务。

老人轻轻地问道:"你一直到现在还在后悔?"

我说:"是的,一直到现在我都后悔。当时我就是一念之差,想等到晚上睡觉的时候私下问一问技师,悄悄帮他改过来就行了。唉,没想到……"

第六日　一念之差真后悔　千里野营感触多

"好在损失不大,就是浪费了几块板材。你们连也应该接受点教训。"老人又在宽慰我。

我说:"损失不大也是损失,而且本来是可以不损失的。"

老人自言自语地说:"一个技师连一张下料的图都不会画是不是也太不称职了?"

我想了一下说:"这也不怪他。"

老人不解地问:"怎么不怪他?那应该怪谁?"

我说:"他那么年轻,肯定是在'文化大革命'中上的学。那个时候在学校又能读多少书?您说是不是?"

老人说:"想一想也是,'文化大革命'耽误了一代人。"

我说:"虽然技师出了这事,可我还是挺同情他的。我们一直相处得很好,在后来的训练中我常在私下帮他出点小点子。"

老人问:"以后再遇到这样的事你会怎么办?"

我说:"当然,如果以后再遇到这样的事,我会在第一时间就想办法解决的。不过后来也一直没有再发生类似的事。"

"如果是你不熟悉或和你完全不相干的人希望得到你的帮助呢?"

老人为什么会提这个问题我不得而知。

我说:"只要是我能,我相信我也会做的。"

"哦——,那后来呢?"老人把话锋一转又回到了原来的话题。

我说:"到了年底,全军开展了千里野营拉练运动。我也参加了。"

"什么是千里野营拉练?"任珍没有听说过。

我说:"千里野营拉练就是背着背包徒步行军千里。要进行野炊,但我们没有安排露营,因为我们部队没有露营的装备,所以要在东北的冬季露营是很危险的。"

"在冰天雪地里行军很苦吧?"老人关切地问道。

我说："苦是肯定的。但是我很愿意参加千里野营拉练。因为这样我就可以走出军营，离开单调乏味的生活。特别是我们每天都要宿营在不同的村子，住在不同的农家，就能够使我获得不同的感受。"

老人问："你体会最深的是什么？"

我说："苦，就是一个字——苦。"

老人问："行军太苦了？"

我说："不，不是我们苦，是当地老百姓太苦了。确切地说也不是所有的老百姓都很苦，而是有一部分老百姓确实太苦了。这对我是一个很大的震动。我没有想到我国已经解放二十一年了，东北有的地方解放了二十三四年了，可当地的农民有的竟是过的如此艰苦。

那是在1970年12月31日的晚上。我们连队进驻了朝阳的一个屯子。屯子的名字我忘了，可这一晚上我见到的情景却是终生难忘。连队安顿下来第一件事就是安排年夜饭。按照北方的习惯，过年是要吃饺子的。部队吃饺子很方便，把肉、面、菜往各班一发，各班就各自为战，自己包，自己煮，自己吃。班长带着两个战士去领面、肉、菜。我和班里其他的战士一边向房东借面板、擀面杖做包饺子的准备，一边帮助房东扫扫院子，挑水，劈柴。这时我才发现我们的房东特别的穷。他们家共八口人，夫妻两人带着六个女儿，最大的十四五岁，最小的两三岁。我们进门的时候，男主人和他们的大女儿都不在家。女主人说大女儿去给姥姥家送年礼了。她不好意思地说：'家里穷，一年也就给娘家送一次礼，也就是二斤肉。'

刚进屋时我就注意到这个家里没有一点过年的迹象。别说肉了，就是白面好像都没有。锅里熬的是玉米碴子粥，锅边上烀的是贴饼子。四个小一点的孩子都缩在炕上，只有二女儿在屋里屋外帮助妈妈抱柴、烧火、做家务。

'你们自己不割点肉？过年也该让孩子们吃顿饺子嘛。'我和女主

第六日　一念之差真后悔　千里野营感触多

人唠着。

女主人说：'不怕解放军笑话，我们哪能吃得起饺子呀。别说肉了，家里连白面都没有。我们家一年就买过二斤肉。这不还得先孝敬老人。'

我有点不相信地问：'那你们就没吃过肉？'

女主人说：'好多年没吃了，我那几个小点的孩子从来就没有吃过肉。没办法呀。'

我问：'那你们为什么不养猪？自己养自己吃嘛。'

女主人说：'用什么养？我们家人口多劳动力少，连口粮都不够。'

说到这里，她的二女儿从灶口站起来，准备出去抱柴。我一看女孩连棉衣都没有穿，一把把她拉回来说：'你没有穿棉衣，外面冷。我去抱柴。'

等我从外面抱柴回来才注意到她们娘儿六个都没有穿棉衣。我拉着二女儿冰冷的手说：'怎么不穿棉衣就往外跑？外面可冷啦。'

她看着我说：'我们家就两件棉衣。一件我爸爸穿走了，一件我姐姐穿着上我姥姥家去了。'

我惊愕了。东北的冬天又冷又长，没有棉衣怎么过呀？我原来以为几个女孩缩在炕头是因为认生。现在才明白，她们只是因为没有棉衣不得不缩在炕头取暖。望着挤缩在炕头的孩子们，我不知道说什么。这是我过去从未见到过的情景，也是我从未想到过的。

班长回来了。他们领回了包饺子的原料，小李去和面。我把班长拉到灶边掀开锅盖。班长看着玉米碴子粥和贴饼子问：'这就是他们家的年夜饭？'

我说：'是呀。'

班长又问：'菜呢？'

我指了一下放在灶台上的一个盛着几块咸菜的碗没说话。班长看了一下咸菜碗，沉思了片刻说：'我看这么着吧，咱们班和他们家一块吃顿年夜饭。'

　　说着班长就把全班七名同志都找到一块，一边准备包饺子一边说出了他的想法。大家都同意。我们就在北炕上开始包饺子。南炕上一排四个小姑娘整整齐齐地趴在炕沿上，用手支着头，目不转睛地看着北炕上的饺子。

　　一个小姑娘大着胆子问：'解放军叔叔，你们做的啥？'

　　我的心都要碎了，不知道该怎样回答她。一个战友说：'饺子，过年吃的饺子。'

　　小姑娘说：'好香呀。'

　　我强打着笑脸说：'一会儿煮好了我们一块吃好吗？'

　　'真的？'四个小姑娘一块笑了起来。

　　'不许吃解放军叔叔的东西。解放军叔叔明天还要行军呢。'女主人拉着脸对孩子们喊道。孩子们一听妈妈说的话一下子都蔫了。班长见了马上说：'军民一家人。今天是年三十，咱们一定要在一块吃顿年夜饭。'

　　小姑娘们一听班长的话又高兴起来。

　　饺子刚包好，门突然打开了。女主人的大女儿带着风夹着雪地跑了进来。到了屋里还在一边跺脚一边搓手，面颊都冻紫了。他一进门就喊：'妈，妈，我回来了。'

　　女主人忙问：'肉送到了吗？'

　　'送，送到了。咱，咱们家住解放军了吗？'大女儿一边哆嗦着一边问。

　　女主人指着坐在里屋的我们说：'住了。你看，这不就是住在咱们家的解放军吗？'

第六日 一念之差真后悔 千里野营感触多

'太好了。我还真怕队里嫌咱们家穷,不给咱们家派呢。'说着大女儿咧开冻紫的嘴唇笑了。我见她只穿了条单裤,上身的棉衣也很单薄,还打了好几个补丁,就赶快把她拉到炕头让她暖和暖和。她刚坐下又蹦下地说:'我帮你们生火去。'

我把她按下说:'你暖和一会儿,生火我们都会。'

'我不冷,习惯了,生火我熟。'大女儿还是跑到了灶口。我也跟着她到了外屋。我蹲在门口用自己的后背挡住从门缝吹进来的寒气。灶火映红了她的脸。从她的脸上我看到了一种由衷的满足。仿佛由于我们住进她们家,她们家就和全村任何家都一样了,都平等了。任何人都没有权力再嫌弃她们家,嫌她们家穷了。我真希望我们能够起到这样的作用。虽然我们不能改变她们家一丝一毫,但或许我们能给她们一些心理上的宽慰。

饺子煮熟了。班长把七个碗和七个缸子都摆在桌子上。他数着个地把饺子盛在每一个碗和缸子中。最后他高声地说:'吃饭了。一人一碗。正好。'

我班每个人都端起一碗饺子分别送到她们一家人的手中。几个小孩伸手就去抓碗里的饺子。小李忙说:'慢点,别烫着。'

孩子们连头也不抬,仍旧用手去抓饺子。女主人不好意思地说:'没吃过饺子,没出息。让解放军笑话了。'

'没关系。孩子就是孩子,谁小时候不馋?'我搭了一句。

女主人接着说:'解放军同志,你看我们把你们的饺子吃了,要不你们尝尝我们的贴饼子吧,好歹也能吃饱。'

班里的几个战士异口同声地说:'不用了,今天晚上不行军。我们够了。'

女主人有点尴尬地站在那里。我一看马上说:'我尝块,贴饼子我可挺爱吃的。'

千里野营　一夕难忘

　　刚才还说不吃的几个战友一听我要吃,也纷纷地表示:'那我们也尝尝吧。'

　　女主人的脸上露出了笑容。她从外屋端来了一碗贴饼子还有一碗咸萝卜条。我掰了一口贴饼子拣了一小块萝卜条,一边细细地嚼着一边说:'嘿,贴饼子加咸萝卜条还真好吃。'

　　'真是尝呀,多吃点。'女主人笑着说。

　　我也笑着说:'这一口就够了。你们的贴饼子可真不错。我可是好几年都没吃过这么香的贴饼子了。'"

　　"你真的喜欢吃贴饼子?"老人笑着问我,看来她是有点不相信。

　　我说:"我说的是真话。为了吃棒子面我们连队还闹了一场小风波哩。"

　　"还有这种事?你说说。"老人和任珍都不相信。

　　我说:"我在部队的时候,粮食部门只供应我们三种粮食。大约

第六日 一念之差真后悔 千里野营感触多

三分之一的白面和大米，其他的全是高粱米。这在当地是最好的配给。白面和大米是细粮，高粱米是粗粮。不过高粱米是粗粮中最好的粮食，玉米就算是粗粮中比较差的粮食了。可是我们这批兵都是北京兵，吃的惯玉米吃不惯高粱米。一天吃上两顿高粱米没有不胃泛酸的。时间一长，这吃高粱米的事就成了老大难的问题。因此经常给司务长提意见，要求少吃高粱米增加点棒子面。可司务长总是推说粮食是国家配给的，不好解决。拖来拖去也没有给解决。终于在一次士兵大会上，有几个北京兵向连里提出了批评意见。说连里不关心士兵的生活，连吃点棒子面这点小事都不给解决。司务长怎么解释也不行，最后士兵委员会一致要求派一名战士陪着司务长一块去粮库调粮食。连里同意了，司务长也同意。结果大家都选我，我只好和司务长一块去了一趟粮库。

到了粮库我才知道，原来这棒子面还真是吃不成。开始，我们和粮库主任商量用高粱米和粮库换棒子面，一斤换一斤。粮库主任说那不行，粮账上平不了。我们又提出折价换，粮库主任还是说不行。因为每种粮食有多少库存都是有数的，不能随便换。总之一句话，配给什么粮食你就只能领什么粮食，吃什么粮食，别的甭想。最后还是一粒粮食也没换成。粮库主任把我们送出粮库大门，对我们说：'解放军同志，配给你们的粮食是最好的，你们就凑合着吃吧。棒子面那是我们老百姓吃的。你们就别想了。'

望着粮库主任我真不知道说什么好。但是我相信政府是好意，粮库主任也是好意。没办法，只好和司务长一块又把高粱米拉回了连队。此后连队再也没人嚷嚷着要吃棒子面了。

说真的，当兵三年我在连队还真的没有吃过一回棒子面，真挺想吃的。"

"还真有这种事。"这回老人和任珍都信了。

"那吃完饺子呢？"老人又把话题拉了回来。

我说:"我们的饺子是吃完了。可女主人的饺子没吃完。我见她只是尝了一个饺子,就把剩下的饺子用一个碗扣上放得高高地留了起来。我知道她舍不得吃,要留给她的男人。这就是中国的女人。"

第二天早晨我们离开了这个屯子。房东一家七口一直把我们送到村口。在凛冽的寒风中,女主人抱着最小的女儿,小女儿不停地挥小手。她的小手都冻红了。我让她们回去,她们不肯。我们只有快步离开。我们知道只有我们走后她们才会回到那并不十分暖和的家。走吧,快走吧,走得越快越好。我们离开屯子越来越远了,屯子渐渐地消失在晨雾中,但女主人和她的女儿们却一直闪现在我的眼前。一直到现在已经三十多年了,我还能够清楚地回忆起当时的情景。"

"你同情她们?"老人问。

我说:"说不清。不过我总觉得她们不应该过着那样的生活。她们凭什么连过年都吃不上口白面,吃不上口肉?我心里很不好受。我也说不上是一种什么心情。"

老人看着远方叹了一口气说:"命,这就是命。没有为什么。"

我问:"真有命吗?"

老人依旧看着远方说:"这只有上帝知道。你能选择你的出身吗?任珍能吗?我能吗?我也问过自己。我们都不能选择。我看任何人都不能选择。"

我说:"出身不能选择,但是走什么道路还是能够选择的。这可不是命的事。"

老人说:"这我也承认,有的时候自己能够选择。但有的时候你就不能选择。比如说你高中毕业了,你想上大学,你能上吗?"

我没有想到老人家在这里等着我呢。我说:"这我也承认。有的时候我们个人是无法选择的,不过……"

"好了,好了。我们不说这个话题了,还是说说你吧。"今天老人

第六日　一念之差真后悔　千里野营感触多

的话格外多。她不断地把话题岔开，又及时地把话题拉回来。

我说："我们还是继续拉练。可我的心情一直不太好。原本是希望通过拉练离开军营里枯燥无味的生活。可没有想到看到农村的情况竟是这样。我心里感到十分压抑，常常一个人走在连队的最后。我愿意自己一个人走。就在这个时候，我们班另一个战友凑过来和我一块走。他叫张立和，是和我一块入伍的。我们还是同校同年级校友。上学时他在二班，我在三班。这次拉练我们俩被编在一个班了。他看书多，又会讲述。每次行军我们俩就故意走在大队的最后，并和大队人马拉开一段距离。他就给我讲《三侠五义》的故事。他讲得生动。故事中包公清正廉洁的形象，还有那些英雄豪杰敢作敢为的作风使我暂时忘记了眼前令人心烦的事。我的心情好多了。就这样我们度过了拉练的大部分时光。

一天还像往常一样我们走在连队的最后。他继续给我讲《三侠五义》的故事。突然一个声音从背后传来：'你们俩怎么掉队了？'

我们回头一看，问话的是我们团长。我说：'报告团长，我们没有掉队。我们俩是连队的收容队。'

这是我自己封的。我看了张立和一眼，见他十分认真地看着团长，好像是在证实我说的不错。团长也没在意我的回答接着问：'这几天你们连有掉队的吗？'

'报告团长，这几天我们连没有掉队的。'张立和还是那样认真地看着团长回答道。

'没有掉队的就好。走，咱们一块走。'团长这么一说，我心想这下《三侠五义》是听不成了。我们只好和团长一块跟着大队人马行进。

团长一边走一边问：'你们是哪个连队的？'

张立和答：'我们是六连的。'

团长再问：'你们是哪年入伍的？'

张立和说：'我们俩都是六八年入伍的。'

团长说：'哦，服役期已经满了。有什么打算？'

张立和干脆地说：'服从组织需要。'

'好，这很好。'

团长说着回过头来问我：'你呢？你有什么打算？'

我迟疑了一下回答道：'团长，我希望留队。'

团长问：'为什么？'

我说：'我是生在部队里，从小就长在部队里。我认为部队就是我的家。'

团长问：'你叫什么名字？'

我报上了自己的姓名。

'哦——'团长把'哦'字拉了很长时间然后说：'我知道你。你父母都是老红军。好，这很好。愿意留在部队里说明你对部队有感情。好，我看可以考虑，可以考虑你留队。部队就需要对部队有感情的人。好，好哇！'

我不知道团长是怎么知道我的。我还坐过团长的吉普车和团长聊过天。可团长之前并没有问过我的名字。团长一连说了好几个'好'字，也不知道他是什么意思。到底是说我父母是老红军好，还是说我想留队好？不得而知。

我们和团长一起走了两个多小时。团长还问了一些其他的问题。一般都是张立和回答，我没再说更多的话。团长也给我们讲了一些部队的事。当然都是为了教育我们，教育我们要热爱部队，教育我们要服从组织的需要。我和张立和都默默地听着。

前面的大队休息了。团长和我们分手了。团长走后张立和悄悄地问我：'你真想留队？'

第六日　一念之差真后悔　千里野营感触多

我说：'当然是真的。'

他说：'那我看这回你肯定是留队了。'

我看着他说：'那可说不好。'

他说：'你没有听见团长说可以考虑你留队吗？'

我说：'听是听见了，可是我怎么也感觉不出来。'

他说：'我看没问题。'

我说：'这事你千万别跟其他人说。我感觉不是那么一回事。'

他说：'行，我不跟别人说。不过怎么就不是那么一回事了？'

我说：'我的事不说了。你呢？'

他说：'我也想留队，不过我可就没谱了，谁知道连里留不留我呢？'

我说：'我觉得你留队的可能性比我大。'

他问：'为什么？这三年我在连队的时间不长，都在团里的宣传队混了，连里的干部对我都没什么印象。'

我说："没印象挺好的。"

他不解地看着我问："凭什么呀？"

我说：'感觉，就是感觉。凭什么我也说不清楚。'

张立和推了我一把说：'你说得挺玄的。算了，听天由命吧。咱们一个小兵有什么办法。不过现在回去还真不知道有什么好去处。'

我说：'你要真的留队了可一定要好好干，争取干出个样子来。'

他说：'说实在的就是这次我能留下来，可能我在部队也待不长。'

我问：'你怎么知道？'

他说：'咳，也就是感觉。'

我说：'那，那我们就跟着感觉走吧。'"

老人问："后来你们的感觉实现了吗？"

我说："后来我们的感觉都实现了。我没有能够留队。立和虽然留队了,但也跟他的感觉一样并没有在部队待多长时间。我这个人不信命,但有的时候有些事真是巧得你无法解释。"

老人问:"是吗?"

我说:"真是这样。"

说到这里我一看时间到了,只好就此打住了。

老人说:"时间过得真快。明天你一定要给我们讲讲你遇到的巧事。"

"只能明天讲了。"我笑了一下站了起来。老人也站了起来。这是她第一次站起来送我。她没有跟我到门口,只是站在原地向我招了招手。我看得出来她希望我明天再来。我也有一种莫名其妙的感觉,也希望明天再来。

冬月花开世无常
夜谈军中私情事

第七日

当我第七次走进这个小区的大门的时候,我下意识地望了那扇窗户一眼。我清清楚楚地看到窗户里有两个人影。我知道那肯定是老人和任珍。放好了自行车我快步向楼房走去。当我走进单元门口时,我习惯地看了一下表。糟了,还差好几分钟哩。我只好放慢了步子,一步一步上楼去。当我准时走到门口时,门打开了。任珍站在门里,微笑着。我换了鞋快步走到茶几前,老人已经坐好了。她问:"你早到了?"

我说:"不,正好。"

她微笑了一下说:"这都是我们做老师的习惯。"

我知道了,老人是当过老师的人。

她又说:"守时可是个好习惯。"

我也一直这样认为。我要求自己守时,也希望大家都能够守时。

老人接着说:"你当过兵,做过老师,自然更会守时了。不过现在咱们都不是老师了,你也不当兵了,今后如果你早到了就按门铃,让任珍给你开门。现在外面太热了。"

老人的话让我感动。她没有说迟到了怎么办。她或许认为一个当过兵又当过老师的人是不会迟到的。我从心里感谢她对我的信任。我坐下了。任珍刚一落座老人就开口说:"喝口水,润润嗓子,告诉我们你都遇到什么事了。"

第七日　夜谈军中私情事　冬月花开世无常

我说:"我还是按照时间顺序说吧。"

"好,拉练之后你们就开始准备复员了吧?"老人记得挺清楚。

我说:"不,拉练回来后首先进行的是年终总结。要先评'五好战士''四好连队'。"

老人和任珍互相看了一眼谁也没有说话。我接着说:"就在年终总结的前夜,我们班发生了一件事。这天晚上熄灯哨吹过后,我怎么也睡不着。我们班的其他人好像也睡不着。和我们班同住的庄技师更是一个劲地翻动,还不时发出长吁短叹的声音。我想反正也睡不着,不如大家聊聊天。于是小声地说:'庄技师,你光在床上烙饼吵得我们都睡不着。不如你把你的活思想亮一亮。一来可以缓解一下你心头的郁闷,二来我们或许还可以给你出出主意,想想办法。没睡着的同志们,你们同意不同意?'

福利就睡在我旁边。他第一个响应说:'同意,同意。庄技师把你的活思想和我们大家说一说。'

还有人说:'反正就要年终总结了到时也要讲个人的活思想。晚讲不如早讲。庄技师你就在今天晚上讲了吧。'

大家都同意我的提议。庄技师一看我们都让他讲,他索性就坐了起来裹着被子开讲了。

原来是庄技师提干之后家里给他说了个对象。他根本就没有见过所以不同意。可没有想到这个姑娘经常到庄技师家里去帮助做家务,把两位老人侍候得舒舒服服的,很快就赢得了二老的欢心。二老一致认定此女就是自己的儿媳妇。她不仅赢得了技师父母的心,还把技师儿时的小伙伴都拢住了。连生产大队的书记、大队长都认为这是一门理想的婚姻。可技师本人实在是不愿意和一个自己从未谋过面的女人结婚,然后就这么过一辈子。这一阵子,技师的父母不断来信,催技师回家结婚。还下了最后通牒,说他再不回去结婚,他们就带着这个姑娘到部队来完婚。技师要是不和这个姑娘结婚，他们就住在部队里不回家了。技师儿时的朋友也纷纷来信做他的工作。一方面说这个姑娘如何如何好；一方面批评他提干后忘本了。甚至他们大队的大队长也给他来信，表示队里已经批准了这门婚事，让他抓紧时间向部队打报告回家结婚。在如此的压力下，庄技师真是食无味，寝不安呀。

听了庄技师的讲述之后我首先发言说：'婚姻是什么？婚姻是爱情的果实。如果没有爱情，那婚姻还有什么意义？没有爱情就像没有花朵一样，是不可能结出美好婚姻这个果实的。所以我认为技师应该理直气壮地拒绝这门婚事。同时庄技师父母的做法也不合法。1954年我国就公布了新的婚姻法，任何人不得包办他人的婚姻。庄技师完全有权力选择自由恋爱。'

我的看法是既合理又合法。可没有想到，福利第一个就反驳我，说：'你说的不对。虽然现在不讲媒妁之言、父母之命了，可父母的意见无论如何也不能不考虑。'

我反驳说：'那到底是谁结婚？是当事人双方还是当事人的父母。'

福利说：'你问的太好了。任何婚姻都不只是把两个人联系到一块了，而是把两个家庭联系到一起了。特别是咱们中国，在大多数情况下两个人结婚后还要在男方家里生活一段时间。所以在这种情况下最好是和父母取得一致意见。'

'我也知道最好是大家意见一致，可这不是大家意见不一致嘛。在这个时候就要听当事人的，毕竟是当事人双方要过一辈子嘛。一个愿意一个不愿意，今后的日子怎么过？'我依旧坚持自己的观点。

福利也不反驳我而是说：'咱们再听听别人的意见。'

我小声地问：'小陈，小李你们睡着了吗？没睡着就谈谈你们的看法，帮庄技师出出主意。'

第七日　夜谈军中私情事　冬月花开世无常

小陈先说：'庄技师，我觉得福利说的有道理。父母的话不能不听。首先父母是过来人，比咱们有经验；其次父母也是为儿女好。哪有父母给儿子挑媳妇往差里挑的？再者就是福利说的还要和父母生活在一块嘛，父母想要个可心的儿媳妇也没错。'

小李接着说：'我同意福利和小陈的意见。庄技师说他和那位姑娘不认识、没感情这不是理由。'

听小李说到这里我马上插话说：'小李打住，打住。你说什么？不认识、没感情还不是理由？难道是对男女就可以结婚？'

小李说：'你别急，我还没说完呢。我是说不认识的可以认识，没感情的可以建立感情嘛。天下男女生下来时谁认识谁呀？还不是长大了以后通过各种方式互相认识、慢慢地建立了感情的。我相信那个姑娘对庄技师的父母好也一定会对庄技师好。'

小李刚说完福利又接着说：'小李说得对。她凭什么对庄技师的父母好？还不是想对庄技师好。只不过是两人没见面她没办法表示而已。'

庄技师听到这里有点沉不住气了，说：'她又没见过我凭什么对我好？'

小陈说：'庄技师，这你还不明白。她肯定是听了中间人介绍的呀。你现在是解放军的干部，她到你家一看家庭条件也不错。再见到你的相片一看咱们庄技师小伙子挺英俊的。这不感情就来了。'

我说：'小陈，你瞎说什么呀，哪里像你说的那么简单。感情就那么容易建立？'

福利说：'人家小陈一点都没瞎说。对于大多数人来说还真就这么简单。所谓的复杂都是少数当事人自己弄出来的，再有就是作家们编出来的，不信你就问问咱们班的小李。看看小李和他的对象是怎么认识的。认识才几天？小李，你给他们说一说。'

小李倒不含糊，说：'我们俩到现在一共见过两次面。第一次是我接到入伍通知书后家里说要给我定亲。我也没有表示反对。她舅舅就把她领到我们家来了。我爸爸妈妈见了她以后说挺好，我也没意见就这么定了。'

庄技师问：'见了一面就定了？用了多长时间？你和她说话了吗？'

小李说：'也就个把小时吧。我们俩也没说话。不过我爸爸妈妈和她说话时我在旁边听着呢。第二天她舅舅又来了一次，说她们家没意见，也同意就这么定了。第二次见面就是我参军走，她去送我。家里还让我们俩照了一张合影。这次我们俩说话了。'

庄技师问：'说什么了？'

小李说：'也没说什么，也不知道说什么好。她只是说她等我回来。我也只说了有空多过我们家来看看。也就是这些。'

庄技师问：'那你们俩有感情吗？'

小李说：'我觉得还行。她认字不多还常托人写信来关心我，也常到我家去照顾我爸爸妈妈，我们家对她挺满意。有个未婚妻的感觉挺好，我知足了。'

福利听小李说到这里马上插话说：'庄技师，怎么样？没那么复杂。你和你那位见上一面，说上几句话也会有感情的。小陈，你再把你和你对象的事说一说。'

小陈说：'我没什么好说的，我们是指腹为婚的。'

我听了吃了一惊忙问：'什么？什么？都什么年代了你们那里还指腹为婚？'

小陈听了我的话不以为然。他说：'怎么啦？我们那里一直到现在还有不少指腹为婚的呢。'

我更为惊异了。我说：'现在可是"文化大革命"时期，你们那

第七日　夜谈军中私情事　冬月花开世无常

里的人不知道?'

小陈依旧平和地说:'我们那里"文化大革命"搞得轰轰烈烈的呢,可指腹为婚的事没人管。这都是老百姓私下定的,上级也没法管呀。'

我不知道说什么好。只好说:'怎么会是这样?'

福利说:'你让小陈把他的事说完了。'

小陈接着说:'我妈怀着我时,我未婚妻的妈妈抱着她到我家来玩,当时她才一岁多。她妈妈对我妈妈说:"你要是生个男娃就把我们松妮送给你们做媳妇。"当是我妈妈说:"好呀,你可不能反悔。"就这样定了。后来生了我,家里一看是个男孩专门报信到她家,还给她家下了聘礼,所以从小我就知道她是我媳妇。小时候我们俩常在一起玩,村里的小伙伴也都知道。我家有什么好吃的就会叫她过来吃,她家有什么好吃的也喊我过去。我们俩从小就是吃两家饭长大的。后来慢慢长大了来往反倒少了。参军时我们也照了一张合影。'

我没有想到在农村竟然是这种状态。这时福利建议说:'你们都把照片拿出来,让大家看看好不好?'

小李小陈都很痛快,庄技师有点不好意思。他说:'我的不算,就不用拿了吧。'

福利说:'庄技师这可不成。说实在的,人家小李、小陈都是陪你的。你快拿出来好让我们大家帮你参谋参谋。'

除我之外,宿舍里的人都起来起哄,一定要庄技师把照片拿出来。最后庄技师没办法只好把照片交给了福利。借着手电筒的光,福利把三张照片翻来覆去地看。一边看还一边说:'不错,不错,都挺不错的。不过在我看来好像还是庄技师这位更漂亮点。'

听他的口气好像他已经认定了照片上的那位姑娘就是庄技师的未婚妻。说着他就把照片传了下去。每个人都看了一遍,而且是一边看一边品头论足。还不时地提出各种各样的问题引得大家一遍又一遍地笑，可我怎么也笑不起来。我自然也看了。说实在的庄技师的那位（我姑且先这么说吧）长得还真不错，五官端正，眉清目秀的。看完后，福利把照片还给了他们，说：'各人的照片各人都收好了。要是弄丢了那可是谁捡着归谁了。'

大家又笑了，对福利说：'福利，你捡了照片管什么用，人不还是人家的嘛。'

福利也笑了。他对庄技师说：'庄技师我看你就别挑了。你这位的长相还真不错，鼻子是鼻子，眼是眼，听你介绍也蛮会来事的。女人长得漂亮、会来事不就得了。你还图什么？'

其他人都附和着福利的话说，希望庄技师能够顺应父母接纳家里给他说的那位姑娘。在这个问题上我成了孤家寡人。在大家的轮番工作下庄技师终于动摇了。可我开始后悔我的这个提议。"

"你们技师真的动摇了？"老人有点不相信。

我肯定地说："是真的。我发现那天晚上他比我睡得还好。"

"那后来呢？"老人不甘心地问道。

我说："庄技师年终总结后回家结婚去了。"

"真的就这么着结婚了？"老人再次问。

我说："我也没想到。年终总结后营教导员把他叫去给了他一封结婚介绍信。然后对他说：'营里给你假，你回去好好看看。看上了就把介绍信拿出来结婚，没看上就把介绍信再带回来。不过一定不能给乡亲们留下不好的印象，让人家说我们解放军的干部看不起农村的姑娘。结婚不结婚是你个人的事，你自己看着办吧。'就这样庄技师回家了。结果是大家都想得到的。"

听到这里，老人长长地叹了一口气。然后转了个话题缓缓地问："年终评比你评上了吗？"

第七日　夜谈军中私情事　冬月花开世无常

我看了老人和任珍一眼，平和地说："我有我的想法。'五好战士'的评比和往年一样还是先由班里提名，再由连里评出。班里一开会我就看出了班长为难的表情。名额有限不可能都评上。老兵呢，要是复员了这就是最后一次了，不评不合适；新兵呢，第一年就没评上对今后的发展肯定有影响。又不能不评，只好硬着头皮让大家选。我们班长是个老实人。我不愿意让他为难，因此我首先发言：'我先说说我自己的想法。第一，我不参加被选，大家别选我；第二，我想凡是今年有可能复员的老兵也算了；第三，凡是去年已经评上了"五好战士"的，今年又有可能留队的老兵最好还是评上；第四，新兵嘛，能评上的还是最好评上，他们还要在部队里待下去。'

我一发完言福利马上表示同意。他说：'我同意这个意见。我也不参加评比。今年我肯定复员，评上也没用。还是评他们新兵吧。'

'不行，不行，"五好战士"关键还是看表现。再说谁复员谁留队还没有定，怎么能够根据留队与否评"五好战士"？'

班长听我和福利这么一说马上反对，但我看得出来他也认为我说的有一定的道理。我接着班长的话往下说：'班长说的也有道理。按理来说评比是要看表现，对标准的。可这一年咱们在班长的带领下大家干得都不错，对照标准也都差不多。因此我想还是怎么实用怎么干吧。'

听我这么一说大家都不再说什么了。"

"你对评'五好战士'彻底失望了？"老人问道。

我说："那倒也不是。我只是不想让本来是一件好事的事变得让大家都感到为难。"

"那你又一次没当上'五好战士'？"老人好像还有点不甘心似的。

我说："在我的坚持下我们班根本就没有对我进行表决。"

"那不公平。"任珍嚷嚷道。

我说："我觉得挺公道的。说实在的我当兵的第三年基本上就没干什么工作。如果真要是评上我了，我心里还真过意不去。"

"那，那没什么活也不能怪您呀。那当兵的工作还不都是领导安排的。"任珍还是不服气地说着。

我说："不管怎么说毕竟是没干什么工作嘛。没有干工作就不能享受荣誉这是公平的。"

任珍嗽着嘴还想说什么。老人插话说："让伯伯说下去。他有他的想法和道理。"

老人第一次对任珍称我伯伯，我开始有了一种更加亲切的感觉。这时我才发现原来放在茶几中间的那只放钱的盘子不见了，当然钱币也没了。我感到老人开始理解我了。

我继续说："经我这么一提议，班里的'五好战士'很快就评出来了。福利也主动不参加评比。他认为自己是要复员的。老兵就评上了我们班长一个人。他前两年都是'五好战士'，又是班长。如果我们班有留队的名额肯定是班长，按理也应该评上他。其他的名额都给了新兵。最后我还建议班长要尽量把新兵的名额都保住，因此我们班评上的新兵是比较多的。

年终总结工作一结束，复员教育马上就开始了。这也是我第三次参加复员教育。"

"伯伯，您怎么经历了三次复员？"

任珍这孩子嘴真甜。老人一改口，她马上就跟着改口了。她叫的是那么自然，那么甜，让我心里很舒服。我笑着说："不是我经历了三次复员，而是我经历了三次复员教育。每年连队都有服役期满的兵。可是根据实际需要，服役期满的老兵又不能都走，必须有少数留下来超期服役，所以年年都要进行复员教育。教育大家要正确地对待去与留的问题。复员的就不说了。留队的老兵有的过上一年、两年或是更长的时间还是要复员的。有的可能就提干了,在部队能干比较长的时间甚至是一辈子。当然这是极少数。"

老人问:"那你们是愿意复员还是不愿意复员?"

我说:"那就不好说了。有的人愿意复员,有的人不愿意复员,其原因也各不相同。但一般说来,城里的兵愿意复员的多,农村的兵愿意留队的多,特别是困难地区的兵愿意留队的就更多了。"

"那干部呢?"不知道老人为什么提这个问题。

我说:"干部也是一样。特别是我参军的第二年,团以下的干部都由转业改成了复员。这对部队干部的震动很大。"

"复员和转业差别大吗?"老人不解地问道。

我说:"差别太大了。特别是在当时,复员和转业可是完全不同的两回事。转业就是保留你的干部身份、干部级别,变化的只不过是工作环境,由部队到了地方,而且你还不一定要回到原籍去,哪里能安排工作你就可以到哪里去。而复员可就不同了,复员是你从哪里来一定要回哪里去。而且干部的身份、干部的级别都不再保留。当然部队是要给一笔复员费的,不过好像也没多少。"

老人说:"照你这么说,部队的干部一定不喜欢复员了。"

我说:"那倒也不一定。不过刚一开始实行干部复员制的时候,基层的干部不愿意复员的还是占大多数。就拿我们指导员来说吧。他是 1956 年的兵,行政级别 21 级,在部队一个月拿 72 元钱的工资。虽然妻子和孩子都在河南农村的老家里,但他一个人的工资在当时当地养活一家人还是挺富裕的。1970 年春,团里通知让他复员。一接到通知指导员就傻眼了,他是流着泪离开我们连到团里集中学习的。他离开农村已经 14 年了,根本就不会种地。让他回去种地别说养活家就是养活他自己都成问题。后来听我们连的副连长说,指导员是一把鼻涕一把泪地离开了部队。最后临上汽车时他哭得连汽车都上不去，还是副连长把他给搡上车的，一直到家指导员的泪都没有干。后来副连长托人给指导员在一个小火车站找了一份验货的临时工，月收入大约三十多元钱吧。知道了指导员的情况我们都挺心酸的，可是也没有办法呀。铁打的营盘流水的兵。部队要更新，兵要换，干部也要换呀。"

老人问："那你们当兵的呢？"

我说："当兵的好办。一是当兵的年轻；二是离家的时间不长。从哪里来回哪里去呗，原来干什么回去还干什么。"

"你们团长不是答应可以考虑你留队吗？你干吗不告诉你们连里或索性去找团长一趟？"老人又想起了昨天我和她们说的那档子事。

我说："我根本就不想说这事，也不想去找，要是想找，我甚至可以找到比团长更大的干部。我的问题可以解决，那对于别人来说不就太不公平了吗？还是跟着感觉走吧。就在这个时候发生了一件奇怪的事。"

"就是你昨天曾提到的那件事吗？"老人急着问。

我说："正是。"

她催着说："那就快说给我们听听。"

我看着她笑了，说："那是1971年1月的某一天。前一天夜里下了整整一夜的大雪。凛冽的北风呼啸着卷起鹅毛般的雪花漫天飞舞。这雪花时而从天而落，时而又腾空而起，使你辨不清它是从何处来又要到何处去。仿佛在这茫茫大地上除了风与雪别无他物。这样的风刮了一夜，这样的雪下了一夜。

天一亮，风戛然而止，雪也停了。天蓝蓝的，一丝云彩也没有，使人一望九霄。周围的一切都静静的，仿佛已经凝固了一般。清晨的太阳格外好。阳光洒满了院子，甚至有一些春天的味道。只是院内地上、房上、树枝上厚厚的一层白雪才使人们想到原来还是隆冬时节。

第七日　夜谈军中私情事　冬月花开世无常

晶莹的白雪折射着清晨的阳光别有一番景致。

复员教育不紧不慢地进行着。排里开过会后便安排自习。我最喜欢自习，找了本书便自己读了起来。正读得起劲，忽听窗外有人叫我。我没理。叫声不断。一会儿一个同年的战友跑进来拉住我便向外走。我被他拉了个趔趄，忙问：'什么事？'

他一边拉着我向外走一边说：'快去看看吧。外面有棵苹果树开花了。'

我一听便甩开了他的手说：'瞎说，现在是什么时节？苹果树能开花？你还不如说太阳从西面出来了。'

说着我就要往回走。他一把又拉住了我说：'是真的，你去看看就知道了。大家都觉得奇怪才叫你去看看。'

听他这么一说我便跟他走了出去。

走到院子里一眼望去，着实让我吃了一惊。这个院子里种满了苹果树，少说也有百十棵。此时的苹果树别说是花就是叶也不见一片，满院满树皆是秃枝。唯有主楼北墙下一株不大的苹果树虽然也是无一片叶子却是满树鲜花怒放，十分艳丽。世人能见此景的恐怕不多。我不由得踱到树下。这时树下已有些人了。他们一见我来了便有人问：'你看这是怎么回事？'

我哪知道这是怎么一回事呀？只是呆呆地望着这白雪粉花。这景观真是太奇了，这花真是太艳了。我有些醉了。他们见我不答便又问：'你看这是个什么兆头？'

这时我突然想起来《红楼梦》中有这样一个情节，怡红院里有棵海棠树不合时节地开了花，宝玉便把灵通宝玉丢了。我便说了四个字：'恐非吉兆。'

一听我这么说又有人问：'能应在哪儿呢？'

我脱口说出：'站在此树下的人恐怕今年都得复员。'

179

此话一出口连我自己都吓了一跳。原本谁也没注意树下都有谁，听我这么一说周围的人立马环顾四周。此时站在树下的人有十二三个。一、二、三、四排的战士都有。十分奇怪的是竟然清一色的都是六八年的兵。大家不约而同地离开了此树。从此便再无人在此树下驻足。

几天以后公布了复员人员的名单。果不其然，那天站在树下的人无一遗漏全部复员了。后来叫我出去看花的战友还对我说：'对不起。如果那天我不叫你去看花或许你可以不复员。'

我苦笑着对他说：'没关系。就是你不叫我去看花，也许这几天我自己也会走到那棵树下的，或许这就是命吧。'"

"真的就这么巧？"老人问。

我说："这可不是听说的。这是我自己亲身经历的一件事。如果不是我亲身经历的，我也不信。"

"当你站在树下的时候你是怎么想到你们都要复员的？"老人刨根寻底地问道。

我说："完完全全是脱口而出。当时我说出口的时候脑子里好像是一片空白，什么都没想就说出来了。现在这十几个人都还在，我相信他们之中一定还有人记得此事。"

"那可真是太巧了，或许就是命吧。"老人说道。

我说："我倒不认为是命，不过我也说不清楚具体的原因。"

老人问："那你就这么复员了？"

我说："我就这样复员了。当然复员前还是有一些事的。就在复员名单公布前，我们连的叶副连长找我谈了一次话。按工作程序，连里的干部要分头找每一名复员的战士谈一次话。这项工作从复员教育一开始就同步进行了。可是一直没有人找我谈话。班长都被找去谈话了，他回来对我说连里决定让他复员。听到这个消息我吃了一惊。班

第七日　夜谈军中私情事　冬月花开世无常

长问我是不是打算留队,因为我们班没被找去谈话的老兵只有我一个人了。我心里明白连里是不会留我的,就是不知道为什么还没有人找我谈话。班长没多说什么,只是说如果我能留队希望我把班带好。我不知道怎样和班长说。就在最后一天叶副连长找我了,这也让我感到莫名其妙。我们排的复员老兵主要是由窦副连长找去谈话的。班长和已经超期服役的老兵是连长和指导员谈的话。再说,窦副连长原来是我们排长,一直是我的直接领导,他由排长提成副连长之后也一直负责我们排的工作。而叶副连长原来是二排的技师,我们虽然认识可由于专业不同一直来往不多。但是自从复员教育开始后,窦副连长就很少来我们排,即使来了也绝不到我们班来。连队本来人不多,即使他不到班里来也难免互相碰面。每次我俩碰见,副连长的表情总是有些尴尬。为什么?我可从来没有和他闹过别扭,而且总是尽量维护他做领导的尊严。我以为窦副连长一定会来找我的,没想到等来的是叶副连长。叶副连长是连里有名的老好人,他一见我就笑眯眯地对我说:'连里让我找你谈谈。我不知道怎么说好,可又不能不说。'

我一看叶副连长为难的样子就说:'不就是复员的事吗?有什么不好说的。'

叶副连长一听马上说:'就是这个意思,就是这个意思。可连里也考虑了你可能不愿意走,所以让我来和你谈谈。'

我拉着脸说:'谈什么?都已经决定了还有什么好谈的?'

他说:'想听听你的意见。'

我不客气地说:'已经决定了再来问我的意见还有什么意义?这不是自欺欺人吗?'

他马上解释道:'这绝不是欺负你,历年的工作都是这样做的。'

我说:'那就是欺负我们当兵的了。连里已经决定了我们的去留再来征求我们当兵的意见还有意思吗?还能改吗?叶副连长,我不愿

意为难你，可是我也不愿意说假话。我实话告诉你，我不愿意走，不愿意复员。'

叶副连长有点结巴地说：'看，看，连里的分析还是对的嘛。'

我有些激动地说：'连里知道我不愿意走为什么还要让我走？你们让我去哪儿？我生在部队里长在部队里，部队就是我的家。'

说到这里我的眼睛模糊了。老指导员的身影又出现在我的眼前。我强忍着不让眼泪流出来。我知道作为一名军人是不能够在人前流泪的。老指导员流泪了，我不能流。

叶副连长说：'你，你当然是回北京了。北京会给你安排工作的。北京的条件比……'

没等他说完我就抢白他说：'我不愿意，告诉你们我不愿意回北京。我愿意待在部队里，我愿意待在山沟里。我招谁惹谁了？我妨碍谁了？我什么都不要，我只要当兵，当一个小兵。'

'我知道，我知道，你看看，你看看……'叶副连长说话更结巴了。他满脸为难地说：'连里也是为你好，为你好。你想想连队提干的名额有限，超期服役几年还得复员，就是提干了说不准也得复员。就像你们排的王技师，三排的杜排长，还有咱们连的老指导员，最后不是都复员了吗？说不准过几年我也得复员。晚走不如早走，连里让你复员也确实是为了你好。'

我说：'那连里让有的老兵超期服役就不为他们考虑了？'

他苦笑了一下说：'那也是连队工作的需要嘛。'

我说：'哦，我明白了。连队工作不需要我了，对吧？'

'看，看看，你把我绕进去了。不能说连队不需要你了，只是，只是不是……'叶副连长说不出来了。

我知道这一切都和叶副连长没有丝毫的关系。我说：'叶副连长，和您说实话。我早看出来连里不待见我。我只是不明白这是为什么，

您能告诉我吗?'

他迟疑了一下说:'我也和你说句实话,我可只代表我自己。连里的确有干部对你有看法,但是具体是些什么看法,为什么会有这些看法我也说不清楚。不过我自己觉得你还是为连队做了不少工作的。早先你在勤杂班经常单独外出执行任务,完成得都不错,各方面反映也挺好。后来你回到一排,在战备施工中也确实为连队解决了一些问题。当时我在二排当技师,还想你要是在我们排就好了。再后来情况就发生了变化,不过我对你的看法还是没变。'

我说:'所以他们就叫你来和我谈话。'

他说:'也许是吧。'

我说:'要是我不走呢?'

他说:'那好办。我就回去和连里说你不同意复员,你不走。'

我问:'连里有办法吗?'

他摇了摇头说:'你不走连里有什么办法?我看别说连里就是团里恐怕也没有办法。连里要是有办法也不会让我来找你谈话呀。'

我问他:'我的道行就那么深?'

他说:'我不知道你道行有多深,但是我想你要是真的不想走,那连里、团里还真不敢拿你怎么样。'

我说:'那你怎么办?你这不就没完成连里交给你的任务了吗?'

'那你就别考虑我了。你要不打算走就说,没关系。'

这时叶副连长能够说出这种话来也真叫我感动。我深深地叹了一口气说:'唉—,如果连里对我一点办法都没有,那我待在连里还有什么意思?我还是走吧。'

叶副连长看着我没有说话。"

老人问:"你真能做到不复员吗?"

我说:"我想在当时的条件下我能做到。叶副连长说的是实话。

我要是坚持不复员、不离队，别说连里就是团里也拿我没办法。我没做错什么事，我也没有什么要求。我完全可以理直气壮地要求继续为部队服务呀。当然要做到这一点我需要动用一下我们家的社会关系，这并不难，我非常清楚。"

"那你为什么不坚持自己认为是合理的要求？"老人又提出了问题。

我看着老人说："其他的兵也能像我这样吗？也能想留下来就留下来吗？不能，而我能，最起码是有人觉得我能。这样我不就成了特殊分子了吗？反过来说，我又为什么不能复员呢？就因为我是生在部队里，长在部队里，对部队有感情，不怕吃苦，不怕牺牲？我想当兵部队就得让我当兵，那部队还像什么部队？我知道或许我有这个能力，我的社会关系给我提供了这样的条件。我也有合理的理由，但是我没有这样的权力，绝对没有这样的权力。我受的教育不允许我那样做。"

老人问："当时有那样做的吗？"

我说："当时有。我就知道不愿意复员就让某位领导给基层部队打个招呼就留队了。还有的人在原部队干得不太好索性就调个部队一样提干。这就是风气。"

老人说："这可不是什么好风气。"

我说："是呀，我同意您的看法。"

老人说："你不耻与那样做的人为伍，所以你决定服从连里的决定，或许这个决定对你是不公正的。"

我说："是的，我决定服从连里的决定。不过这里没有什么公正不公正的问题，决定留谁不留谁这是连里的权力。这就是部队，我就是兵，这没什么好说的。所以我对叶副连长说：'叶副连长，你放心吧，我同意走。'

第七日　夜谈军中私情事　冬月花开世无常

叶副连长睁大了眼睛看着我，我闭上眼睛点了点头。我怕一睁开眼睛眼泪就会掉下来。我也知道这句话一说出来自己就没有退路了，只有走人了。

'你想好了。你不愿意走没关系，我回去和连里说。'叶副连长说得很诚恳。

我说：'不，算了。连里不想留我，我留下来还有什么意思？'

'别，你要是不愿意走也不愿意在咱们连可以和团里说换一个连队，要不然和直属队说咱们换个团。'

我知道这纯粹是叶副连长自己的想法。

我说：'那我还是兵吗？我还是做一名该来时来该走时走的普通一兵吧。'

他说：'你再想想，我不急着给连里回话。'

我说：'算了，别让连里着急了，我知道就差我一个人了。你这就去告诉连里我同意走了，他们可以上报团里公布名单了。'

他说：'要不我先给连里回个话，然后我回来咱们在聊聊？'

我说：'不，谢谢叶副连长，也为难你了。其实你们谁也不用为难，只是我自己有些难受。我原本是不想参军的。后来参了军，来到了咱们连队，我还是挺喜欢咱们连的。我喜欢在大山里生活，喜欢紧张的战备施工。我在这个连已经生活了三年了，习惯了。叶副连长，你知道要想改变已经成为习惯的东西是挺难的。'

他说：'是，是不容易。我现在探亲回去几天有时还感到挺不习惯的。'

我叹了口气说：'再改吧。没办法，就这样吧。如果方便麻烦你给窦副连长捎个话，就说我本来以为他要和我谈话的。我已经想好了他和我谈话我也同意走。'

叶副连长说：'没问题。我一定转告他。要不然我让他主动找你。

你们再聊聊。他可是你的老排长。'

我说：'算了。我希望你是咱们连最后一个和我谈话的人。'

他说：'要不你再和指导员，连长谈谈？'

我真的不想谈了。

我说：'算了，我怕再谈下去我会改变主意的。'

我知道我是不会改变主意的。我希望平平静静地离开，和每个复员战士一样。

叶副连长见此就说：'那好，就这样吧。我相信我对你的看法是对的。不过离你们离队还有些日子，你要有什么想法还可以找我谈。'

我不知道叶副连长对我有什么看法。他没说，我也不想问了。我知道他的意思，他是怕我在最后的时刻变卦。我苦笑了一下说：'叶副连长，你放心吧。我不会变卦的，你去向连里汇报吧，连里还等着呢。'

叶副连长走了，我一个人呆呆地坐着。事情终于了结了。其实一年前我就预感到事情会是这样的，只是我不明白为什么会这样。我做错了什么？我干了什么不该干的事？也许什么都没有，事情本来就该如此。我能做的只有叹息了。

我知道此时全连上下都知道这事了。因为这两天连队复员的名单基本上都定了，只剩下我一个人了，有不少战友来问我。他们都是关心我的去留。即使有的人没有过来问我，我也能感觉到他们对我的关心。没有想到我个人的去留问题在连队里还真成了一件事。不管怎么说，我脑子还是有点乱。我想一个人静静地待一会儿，什么都不想才好。

门突然被推开了，班长走了进来。他一进来就问：'连里找你谈过了？'

我说：'谈过了。'

第七日　夜谈军中私情事　冬月花开世无常

他问：'走还是留？'

我说：'和你一样，咱们一块走。'

他说：'怎么会呢？那咱们班的老兵不都走光了吗？'

我说：'那有什么，连里工作需要嘛。'

他说：'前几天连里和我谈让我复员，我想那肯定是留你了，我什么都没说。我想留谁都一样，反正咱们班得留一个人，新兵总得有人带呀。你没有跟连里表示要求留队？'

我说：'没有。班长，你没有跟连里表示要求留队？我记得在班里开会时你说过，要是连里让你留队你一定安心在部队工作。'

他叹了一口气说：'连里一说让我复员，我想那肯定是留你了，所以就什么也没说。'

看着班长我心里有些内疚，我感到是我连累了班长。"

"怎么是你连累了你们班长？"老人和任珍都不解。

我说："我也只是感觉。我觉得如果班长不和我在一个班没准就能留队了。也许连里想让我走，又怕我和班里其他的老兵比索性都让他们走人，这样就没的好比了，总之我是有这样一种感觉。班长看我没说什么就对我说：'现在说什么都晚了，让咱们走咱们就走吧。'

我苦笑了一下说：'也只好如此。'

班长说：'走，咱们吃饭去。这两天部队的饭还是要吃的。'

听班长这么一说我也笑了。我说：'哪能不吃饭呀，走，吃饭去。'

我还记得那天晚上吃的是面条。当我把面盛好后班长把我的碗端了过去，他到了厨房里舀了一勺猪油放在我的碗里。我觉得那碗面特别香。班长说：'香吧？这猪可是咱们自己养的。'

我说：'是吗？往年不是过春节才杀猪吗？'

'今年为了欢送咱们复员多杀了一口猪。以后再要吃自己养的猪就不容易了。'班长感叹道。

我也有同感。以后不要说吃自己养的猪，就是吃口军粮也不容易了。我又想起了小时候唱的一首儿歌：骑白马，挎洋枪，小娃娃自幼吃的是八路军的粮……一切都将成为过去了。"

"你就这样复员了？"老人问。

我说："不，还有一段小插曲呢。"

"又发生变化了？"老人和任珍好像都希望事情发生逆转。

我说："变化倒没有，只是有了一段小插曲。我记得非常清楚，那是在1972年2月17日的晚饭后，别的复员老兵都在聊天，我一个人正坐在床前看书。这是我在部队的最后一夜了。其实我也没有真的在看书，只不过是想一个人静静地待着。突然窦副连长来找我。他对我说：'团长到咱们连来了，他想和你聊聊。走吧。'

我头也没抬就问：'团长来干什么？'

窦副连长说：'来看望复员老兵嘛。'

我说：'那就把所有的复员老兵都集合起来，让团长看看不就得了。'

窦副连长说：'瞧你说的，团长说想先和你聊聊。'

我依旧低着头说：'窦副连长，你看我领章，帽徽都摘了，按规定我现在已经不是兵了。我是老百姓，团长和我聊什么？'

窦副连长说：'你不是还没有离开部队吗？团长怎么不能和你聊聊？团长也是关心你嘛。'

我说：'你和团长说我谢谢他了，他要关心还是关心他的兵吧。我一个老百姓就用不着他关心了。'

窦副连长见我没有起来的意思就说：'走吧，团长还等着你呢。怎么和你说呢？有什么事可以和团长谈谈。有些问题只要团长表个态，咱们能在部队里解决就不拖到地方上去。'

我说：'你告诉团长，我没有需要部队解决的问题。'

窦副连长问：'那你真的不去了？'

我说：'不去。'

窦副连长一看我真的不去就说：'那你别走，我回去和团长说一声。'

我说：'连队就这么大地方，我还能去哪儿？行，我哪儿都不去。你去给团长回话吧。'

窦副连长走了。我端着书一个字也看不进去。没劲，真没劲。本来我想安安静静地待一会儿，又让团长和窦副连长给搅了。

三年前，我刚到部队的时候也喜欢一个人静静地坐在铺边。那时虽然刚到部队，刚刚进入一个全新的环境中，但好像并不陌生，周围的一切都透着一股亲切。三年后的今天，我最后一次坐在铺边，却感到周围的一切都是那么陌生。我怎么也把它们和自己联系不起来，我想我可能真是不该属于这里。我真的该走了，走得远远的。

团长推门走了进来，就他一个人，这是我没有想到的。他一直走到我的铺边，一屁股就坐在我的铺上。

团长问：'怎么不想见我？'

我说：'没什么想不想，只是觉得没必要。'

团长说：'怎么没必要？别看我是团长，你是兵，我们也没见过几次面，可你的情况我还是了解的。你还是为部队做了一些工作的。部队也应该帮你解决一些问题。我知道你想留队，这很好，我也答应过你，现在连队让你复员也是为你好嘛。但是部队要对你负责，对你父母负责。所以刚才我已经和你们连说了你可以晚走几天，我们争取把你的组织问题给解决了。你看怎么样？这样你回到地方也好交代嘛，回到家里也好向父母有个交代，我们对你的父母也好有个交代嘛。'"

"你同意了？"老人的眼神告诉我她也很吃惊。

我平静地说："不，我没有同意。"

老人问："为什么？这样做毕竟可以解决你的个人问题呀？这在当时是很重要的。"

任珍满脸疑惑地看看我，看看老人，她不明白我们所说的问题是什么问题。我看着窗外说："是呀，我也希望有些问题能够解决，但是不能用这种方式呀。团长的话确实是让我吃了一惊。我没有想到他会提出这么一个问题。这算怎么回事呢？别人复员都走了，我单独一个人晚走几天，为的就是解决组织问题，入了党再走。这我算是什么党员？不行，我向团长明确表示：'不，团长，我明天和大家一块走。'

团长说：'那今天晚上解决组织问题来不及了。批准战士入党要团党委批，你明天早晨走今晚团党委怎么开会？怎么批？来不及了嘛。你晚走几天，等其他的复员老兵都走了，团里就要开会研究新兵教育的工作，这样顺便把你的问题也解决了。这样对你自己好，我们也算对你父母尽到了责任嘛。'

我说：'我没有要求组织上为我解决入党问题呀？'

团长说：'我们不是为你好嘛。'

我看着团长说：'团长，我是义务兵。到部队来是尽我一个公民的义务的。我想留在部队，想在部队干一辈子，可我没想通过部队解决什么个人问题。我想入党，三年前我一入伍就写了入党申请书。三年都过去了，从来就没有人说我够党员标准了。明天我就要走了，这个时候说我可以入党，您说我能入吗？我当了三年兵都干了什么我想大家心里都有数。就是有人故意不看，可天地是有良心的。别说提干了，就是班长我也没有当过一天，也没有入党，甚至连"五好战士"都不是。但我不会怨部队，我也不记恨你们。团长，你放心，我会入

第七日　夜谈军中私情事　冬月花开世无常

党的，我会光明正大地入党，我会成为一名合格的党员。'

我真不明白，当兵的是我，他们是我的领导，他们应该对我，对每一名当兵的人负责，对每一名战士有个交代。谁让他们向我父母交代了？简直是莫名其妙。他们怎么不对那么多和我一同复员的战士的父母负责？不对他们有个交代？不过这些想法我没有说出来。他毕竟是我的团长，至少曾经是我的团长。

团长见我不答应他的建议，不肯晚走，又见我情绪还算稳定就对我说：'好，你有这些想法很好。今天晚上我就住在你们连，不管什么时候你随时都可以来找我。我明天送你们上火车。'

团长说完了站了起来，我也站了起来目送团长离开宿舍。团长走后，同室的战友纷纷回到宿舍。原来他们一见团长来找我就都出去了，一直等在走廊里。一进屋他们就问：'团长和你说什么了？'

我说：'没说什么。'"

"你没有把团长和你说的告诉别人？"老人越来越爱问问题了。

我说："没有。这是我第一次把这个事说出来。"

老人问："为什么你没说？"

我说："因为虽然我不赞成团长的做法，可我也觉得没必要说出来让其他的同志对团长产生看法。"

"哦——"老人哦了一声又点点头。

我继续说："其他的战友当然不相信团长没和我说什么。他们说：'不会吧？我们刚才在外面猜团长准是让你留队。'

我说：'怎么可能呢？明天咱们大家一块回家。'

说到回家我心里有点黯然，我努力做到不让任何人看出来。

'真的？'有人问。

我说：'当然是真的了。明天早晨咱们谁也不许睡懒觉。咱们高高兴兴回家去。'

自从公布了复员名单后，复员的老兵就不参加出早操了，也可以不按时起床，只要能赶上吃早饭就行了。不知道这个规矩是什么时候形成的。我可不行，起床号一响我还是按时起床。留队的老兵和新兵出操，我在旁边溜达。我知道队列中已经没有我的位置了，但我还是想看看他们出操。过几天连看出操的机会都不会有了。

这一夜我根本就没睡着，这是我在部队睡的最后一夜。我身下的褥子已经铺了整整三年了，明天就不能睡在它上面了。我们只能把被子带回家，褥子是要上交的。"

"你还挺留恋你的褥子。"老人开玩笑地说。

我说："我也有点奇怪，褥子有什么好留恋的。可没成想我还真过了一段连褥子都没得铺的日子。"

"是吗？您不至于吧？"任珍睁大了眼睛问。

"那你一定是没回家？"老人猜着说。

我说："不是不回家，而是在北京我根本就没有家。"

"你不是在北京参军的吗？你们家怎么会不在北京？"老人感到奇怪。

我说："说到后来你们就知道了。我还是先把在部队的事说完吧。"

老人说："对，你还是先把在部队的事说完了。"

我继续说："最后一天其实只有几个小时，那是1971年2月18日。早晨我们按时起了床，打好了自己的背包。我们的行装很简单，就是被子一床，棉衣一身，罩衣两身，单衣两身，衬衣两身，绒衣一身，大头鞋一双，胶鞋两双，床单一条，蚊帐一顶，再就是洗漱用品。除了身上穿的，能打入背包的东西不多。我和别人有点不一样。我还有个前面的一位老器材员复员时留给我的小木箱子，里面都是我用自己的薪金买的专业书籍。我本想这些书籍对于今后的工作会有

第七日　夜谈军中私情事　冬月花开世无常

益,可没想到从此后这些书我再也没有看过一次。除此之外就没有其他的东西了。褥子、大衣、雨衣都整理好上交了,工具也早就上交了。"

"枪呢?当兵的总该还有枪吧?"任珍天真地问道。

我说:"不是所有的兵都有枪的。我们是无线电工程兵,我们的武器就是施工的工具,当然这都是需要完整上交的。

吃完早饭也就是我们在连队的最后一顿饭,连队派车把我们送到了沈阳火车站。来的时候我们是兵,当然是坐兵车,也就是闷罐子车。回去的时候我们是老百姓,自然坐普通客车。普通客车虽然好,一人一个座位宽敞亮堂,但我更愿意坐闷罐子车。坐闷罐子车可以躺着,躺在稻草上闻着稻草的香气。周围都是战友,大家是一个集体,有着共同的目的,那种感觉真好;现在可完全不一样了。大家都是老百姓,一个是一个,虽然都是回北京,可到了北京就各奔东西了。

我们在火车站的月台上最后一次整了队。团长讲了话,我几乎没听清楚他说了些什么。不是他的声音不够大,也不是他的口齿不清楚,实在是我没有心思去听。团长讲完话便和大家一一握手,当和我握手的时候还拍了拍我的肩头说:'再见了,希望我们今后还能再见面。'

我想他这肯定是句客气话。我说:'我不见得有机会再到东北来了。'

团长笑着说:'但我有机会去北京,我们可以在北京见面嘛。'

我不知道自己会不会留在北京,因为我的父母此时在保定。我说:'我也不见得在北京。'

'那也说不定今后我们会在其他什么地方碰见的。'团长说完了又笑了笑,拍了一下我的肩头,便走过去继续和其他人握手,可我没见到他再和别人说话。团长的话或许是真的,也许他真的希望今后我们还能碰上一面。但我说的也是真的，我认为我们在见面的机会微乎其微。'"

"以后三十年中你见过你们团长吗？"老人问。

我说："没见过。"

老人又问："你见过你们连的干部吗？"

我说："也没有。一别三十年，我再没有见过我们连、我们营、我们团的任何一名干部。"

老人问："是你不想见他们还是没机会？"

我说："是没机会。虽然我也没有特别想见他们之中的任何一位。可我也不会刻意地躲着不跟他们见面。我说过了，我不记恨他们之中的任何一位，虽然他们让我复员了，我心里不痛快。我必须面临着他们都想不到的困难，但在心里我还是原谅了他们。也许他们有他们的道理。我的困难再大也只能由我自己来解决了。

我们上了车，找到自己的座位后便把车窗打开和送行的战友话别。我也被裹在其中，但我没有说话。我突然有一种感觉好像站在月台上的人我都不认识。他们说的话我也听不清楚。忽地一个人走过来隔着车窗拉住我的手。我猛一回神，发现是我们二营的教导员。他拉着我的手说：'回到家里替我向你父母问好。'

我张了一下嘴不知说什么好。恰在这时车开了，他撒开了我的手。我向他挥了挥手，算是对他的回答吧。至于是什么意思我自己也不知道，教导员愿意当什么意思就是什么意思吧。火车渐渐地走远了，站在月台上的人永远从我眼中消失了。而我对于他们来说也将永远是一个不相干的人。"

老人问："你的部队生活就这样结束了？"

我说："是的，我的部队生活就这样结束了。从1968年2月18日凌晨1点钟到达部队至1971年2月18日早晨8点钟火车开动，我在部队整整生活了三年零七个小时。我尽了自己该尽的义务，我努力了。"

老人说："那后来呢？哦，今天时间到了。你再喝口水，让任珍送你下楼。"

我端起了杯子喝了一大口水，然后站起来向老人告别。我说："明天见，不用送了，我又不是第一次来。"

我不明白老人今天为什么要让任珍送我下楼。

"任珍，送送伯伯。"老人又说了一次。

我刚要再次拒绝发现任珍正用眼睛看着我。从她的眼神中我可以看出来她让我不要拒绝。我没有再说话，转身向门口走去。任珍和我一块走向房门。我感觉到老人一直看着我的背影。

出了门，任珍轻轻地关上了门。我转身对她说："别送了，就到这里吧。"

任珍笑了一下说："阿婆可是让我把您送下楼的。"

这么多天来我是第一次听见任珍称老人为阿婆。每天从我进门到离开的这两个小时中，老人和任珍之间很少说话。老人没有什么动作，任珍的一切都好像是安排好了似的，一举一动都很精准，也无需老人再说什么，她也不再问什么。因为俩人之间没有对话，所以我也不知道任珍对老人如何称呼。今天我才知道她称老人为阿婆。

我们一块走下了楼，走到单元门口我站住了，对她说："你阿婆是不是有话要对我说？"

任珍微微地一笑，还是笑得那么甜。她问："您怎么知道的？"

我说："也没什么，是猜的。"

"阿婆，阿婆说……"她有点犹豫。

我说："有什么话就说嘛。我们又不是第一次见面，也算是认识了嘛。再说毕竟是你阿婆想让你说的，有什么不好说的？"

她说："那就先说第二件事吧。"

我看着她为难的样子心里有些不忍就说:"还不是一件事哩。行呀,先说哪件事都行。"

她说:"阿婆说每天给您钱您都不拿,要不然改成一个月给您一次吧。"

我说:"我可没有那么多的事可说,也许要不了一个月我就把我的事说完了。"

"那,那阿婆和我都没想到这事……阿婆特喜欢听您讲的故事。伯伯是真的,我也喜欢听。"任珍又一次为难了。

我看着她笑了。我说:"没关系,这事我会和你阿婆说的,你说第一件事。"

她笑了一下说:"阿婆说这些天来您和她说话一直称呼您,她有点不习惯,她想您是否可以改一下对她的称呼?"

哦,原来是这事。不过老人的话不多,好像我也没有怎么叫她,一般只是她问什么我就直接答什么了,不过她想让我今后直接和她对话,当然还是有个称呼好。

我想了一下说:"当然可以,不过我不知道你阿婆想让我怎么称呼她。"

任珍笑着说:"她说您可以称她阿婆。"

我说:"这不大合适吧?你阿婆今年高寿?"

她说:"阿婆七十了。"

我问:"你今年多大?"

她说:"我十九呀。"

我说:"是呀。你阿婆七十,你十九,我都五十多了。咱们俩都称她阿婆,那辈分不就乱了吗?"

我笑了,任珍也笑了。她说:"阿婆说了,让我称您伯伯。在她们那里亲近的人之间,大人往往跟着孩子称呼老人。我称她阿婆,称您伯伯。您跟着我称她阿婆，这样亲近，这也是她们家乡的做法。"

我明白了。我说："任珍，我想问你一件事。"

她说："您问。"

我问："那我以后怎么称呼你？"

她说："伯伯，当着阿婆的面也别叫我任珍了。"

我问："那我怎么称呼你？"

她说："按阿婆她们那里的习惯您就叫我阿珍吧。"

我说："行，咱们就这么定了。阿婆在的时候我叫你阿珍。阿婆不在的时候我还是按咱们北京的习惯叫你任珍。怎么样？"

她说："太好了，就这样。"

我说："我还想问你一件事。"

她说："您问。"

我问："阿婆在北京有什么亲人没有？"

"没有……"阿珍还想说。

我制止了她，说："哦，我明白了。你回去吧，不要让阿婆等的时间长了。"

她问："伯伯，您明白什么了？"

我说："任珍，你现在还小，以后长大一些你就会明白了。你一定要照顾好阿婆，要听她的话，要尽可能地多陪陪她。"

阿珍点了点头。我说："那我们明天再见吧。"

她轻松地笑了一下说："明天见。"

我走出了小区的大门。在窗户里我望见了老人的身影。我相信她也一定看见了我正望着她。她是位怎样的人？我仍不知。

常思连队往事多
浪迹街头复员兵

第八日

第八日　浪迹街头复员兵　常思连队往事多

当我第八次走进这间客厅的时候，看到阿婆又一次站在窗前。

"阿婆，我来了。"我主动向阿婆打招呼。阿婆一听我叫她阿婆脸上立刻露出了笑容，抬起手来招呼我："过来，过来。"

我快步走到阿婆身边。她用手亲热地拉住我的胳膊说："走，咱们还是过去坐着说话。"

阿婆使劲地拉着我，好像我是她的拐杖。我尽量跟着她的步子慢慢地走向我们的椅子。

"外面热吧？"她一边走一边问。

我说："还好，不算太热。"

阿婆说："还说不热，看看你脸上的汗。阿珍，快给伯伯拿条毛巾来。"

阿珍随手就递过来一条干干净净用凉水浸过又拧干了的毛巾，可以看得出这是事先准备好了的。

"这条毛巾是给你准备的，我们家的东西都是各人用各人的，这样干净。"

阿婆说到这里我才发现，茶几上原来放我水杯的地方已经不再是之前的一次性口杯，而是换上了一只精美的茶杯。阿婆、阿珍面前也各有一个同样的茶杯只不过花色不同。我接过了阿珍递过来的毛巾。阿珍走到阿婆的另一边用手搀着阿婆。阿婆松开了拉着我的手说：

"快擦一擦脸。我知道北京这个时候最热,特别是在太阳地里能把人晒晕的。"

我说:"不至于,我身体还行,再说我也跑惯了。"

阿婆说:"真是不好意思,让你顶着太阳来。"

阿珍说:"阿婆,您和伯伯都坐下吧,别站着说了。"

阿婆笑着说:"对,对,坐下说。你先喝口水。别,阿珍给伯伯拿块雪糕来,让伯伯先解解暑。"

"阿珍,不用拿雪糕,我还是先喝口水吧。"说着我主动端起水杯大大地喝了一口水。我喝水时阿婆一直看着我,等我把水喝下后阿婆才开口:"昨天说到哪里了?"

阿珍说:"阿婆,伯伯说到火车开了,伯伯要回家了。"

我问阿珍:"我说我要回家了吗?"

"我想起来了。你说了,你不是说复员都得回家吗?而且你还说了哪里来的必须回到哪里去。"阿婆肯定地说。

我说:"是的,我是说过按规定复员是从哪里来回哪里去,也就是回家了。这对于绝大多数人来说是如此,可对于我来说就不是了。从哪里来回到哪里去并不等于回家。"

"为什么?你不是从北京参军的吗?你家不在北京?"阿婆感到奇怪。

我说:"我是从北京参军的。参军时我家在北京,可复员时我家已不在北京了。"

阿婆问:"发生了什么变故?"

我说:"我还是先接着昨天的话说吧。"

阿婆和阿珍点了点头。我继续说:"火车开了。车厢里和来的时候大不一样,热闹得很。大家都在高声地谈论着。有的在说部队的事,有的在议论回家后的打算。看得出来每一个人的心里都是很踏实的。对于他们来说也确实没有什么不踏实的地方。特别是城里的复员兵，政府是要管到底的，三个月之内一定会给你安排好工作。所以回到北京只要到区武装部报到就可以放心回到家里等消息了。可我不行，此时在北京我已无家可归了。

我没有参与战友们的谈话。我望着车窗外飞速向后退去的景致想着自己的心事。那是1969年秋的一天，我突然收到一封从河北省保定市寄来的信。我感到很奇怪，在保定我没有认识的人呀。打开一看是我小妹妹的来信。在信中她讲述了一件我们谁也意想不到的事：

一天晚上家中的人都入睡了。客厅里的电话突然铃声大作。父亲已经离休四年了，家中平时很少有人来电话。晚上更是从无电话的。电话铃已经响了，父亲还是起来去接电话。接完电话父亲回到卧室里就穿衣服。同时对母亲说：'你睡吧，我要到休干处去开会。'

母亲忙问：'天都这么晚了开什么会呀？你怎么去呀？'

父亲说：'开什么会我也不知道。接我的车马上就到了。'

说完父亲就走出了卧室。很快车就到了。父亲坐车走了。母亲一夜没有合眼。在那个年代里什么事情都是有可能发生的。

天刚亮父亲就回来了。一见到父亲平安回来母亲一颗悬着的心放下了。父亲一进门就把母亲叫到身边说：'林副主席发布了一号通令，要求全军进入战备状态，和我们无关的事我就不说了，和我们有关的只是要求我们疏散，离开北京。'

母亲听了一愣说：'战备和我们有什么关系？我们都离休了，和老百姓不一样吗？'

父亲说：'说是为了保证咱们的安全，怕万一打起仗来这么多人照顾不过来，疏散了相对安全一些。'

母亲问：'那让咱们去哪里呀？'

父亲说：'这次和以前也不一样，组织上不作硬性安排，让咱们

自己定。'

母亲不解地说：'自己怎么定？组织上应该有个统一的安排呀。'

母亲还是习惯由组织说了算。父亲说：'也许时间太紧来不及了吧。不过文件上说得很清楚，除了北京、上海、天津三地，全国去哪里都行。中央军委已经下了命令要求各地必须安排咱们这些人，老帅们昨天夜里已经都走了。要求我们三天必须离京。在会场上当即就要求大家报出疏散的地名。不报地名的不许离开会场。'

母亲问：'怎么搞得这么紧张？那你报咱们去哪里呀？'

父亲说：'和你商量是来不及了。我想咱们到北方已经三十多年了，气候已经适应了。孩子们也都在北方，咱们还是留在北方吧，咱们就去保定吧，离北京还近一点。'

母亲说：'行，咱们就去保定。可保定那么大咱们找谁呀？咱们住在哪里？咱们怎么去呀？'

父亲安慰母亲说：'你别急。我要了辆车，一会儿就来。我先到保定去一趟，看看哪儿有房子，能够找谁。你在家里做准备。家具是不能带了，说是当地能安排。先把生活必需品准备好吧。'

母亲说：'你一夜没睡了，先吃口饭，睡一会儿吧。'

父亲说：'吃口饭吧。睡觉是不行了。一会儿车来了就得走。上边催得很紧。反正也得走，晚走不如早走，早走早踏实。一会儿在车上睡吧。'

吃过早饭父亲就动身到保定去了。母亲带着弟弟、妹妹和阿姨在家里收拾东西准备搬家。

我们这个家就没有安定过。战争年代不说，就是解放后我们家到了北京也是搬来搬去。从1949年到1964年的15年间，我家至少搬了八九次。当时我住校。有一次我星期天的下午回学校上学，星期六再回家就不知道家搬到哪里去了。父亲离休后本想这一下可不用再搬

第八日　浪迹街头复员兵　常思连队往事多

了，没想到没有安定几年又要搬家了。

父亲到了保定还算顺利。保定的驻军是三十八军。三十八军的首长亲自陪着父亲去选房子。父亲选中了一套原来河北省委书记处书记的房子。因为河北省委搬到石家庄去了，所以房子一时空了下来还没有安排使用。房子很好，在部队的大院里套着独门独户的小院。安全、安静还宽敞。当天父亲就赶回了北京。第二天把能带走的东西都收拾好，不能带走的东西都卖了。家具只好放在原处让组织去处理。第三天一大早在组织规定的时间内，父亲、母亲、小妹妹和阿姨就到保定去了。弟弟也搬到了工厂的集体宿舍去了。从此我在北京的家就不存在了。"

"那你怎么办呀？"阿婆和阿珍都为我着急。

我说："我也不知道。这正是我无法和别人一起说笑的原因。我不知道等待我的是什么。"

阿婆问："你们连队知道你的情况吗？"

我说："知道。那个时代讲究对组织忠诚，不管是自己的事，还是家庭的事都要如实向组织汇报。"

"那你应该在复员时和组织讲清楚，或许他们会考虑的。"阿婆埋怨我没有进一步向连队说明。

我说："情况他们是了解的。我不愿意再说明什么了，不愿意依靠别人，宁愿自己面对一切。"

阿婆再次问："那在你安排工作之前怎么办？武装部能帮助安排住处吗？"

我说："我估计不行。因为武装部接收的都是本地的复员兵。当然都有家了，根本用不着安排住宿。前一天晚上我就把自己的钱算好了：部队发了三个月的伙食费，每天按五角算，三个月九十天一共四十五元。还发了十五元的安置费，是用来买生活必需品的。我在部队第一年的薪金是每月六元，第二年是七元，第三年是八元。三年合计是二百五十二元，三年间我一共花了一百一十二元，还剩一百四十元。我共有钱二百元。我敢说我是这些人中最有钱的人之一。我不吸烟不喝酒，省了不少钱。别人有钱没钱都不要紧，因为他们到家了。可我不行，我需要用这些钱来维持自己的生活。最起码要维持一段时间。我想努力把每天的伙食费控制在五角钱，三个月内吃饭的问题不大，时间再长一点也还行。最大的问题是住。住店是不可能的，再便宜的店我也住不起。"

"那可怎么办呀？"阿珍也着急了。

我说："对此我是一点办法也没有，向前走吧。我想没有过不去的坎，风餐露宿总是可以的吧。我做好了最差的打算。"

"那你岂不是要流落街头了？你在北京不是还有不少的同学吗？干吗不到同学家去借宿？"阿婆好像忘了我们是在说一段往事，她又在为我出主意。

我说："当兵三年和同学都没有什么联系，再说当时大部分同学都上山下乡了。"

"有办法，您可以借宿在您战友家。他们不就在您眼前吗？"阿珍也为我出主意。

我说："算了，我不愿意麻烦别人。这也不是一天两天的事。还是到了北京再说吧。"

"你是不是不愿意让人家知道你的处境？"阿婆揣摩我的心思。

我说："是的。我的确不愿意让人家知道我此时的处境。人总是有点自尊心的，特别是在困难的时刻。"

阿婆问："你也没有把你的处境告诉你父母？"

我说："没有，让他们着急干什么。不过我还是写信告诉他们我复员了。我先回北京安排好工作后就回保定去看他们。让他们放心。"

第八日　浪迹街头复员兵　常思连队往事多

"你有没有把你的处境告诉和你通信的同学?"阿婆真是细心。她还想到了我还和一个同学有着通信往来。

我说:"当然是要写信告诉她的,告诉她我复员了。让她暂时不要给我写信了,以后我会给她去信的。"

阿婆问:"你以后还会给她去信吗?"

我不知道阿婆为什么问这个问题。这是个不好回答的问题。因为未来对于我来说完全是个未知数。阿婆见我没有说话就说:"我只是想知道当时你的想法。"

我坦诚地说:"写信告诉她我复员了是出于礼貌。我想今后我可能是不会给她写信了。"

阿婆问:"为什么?"

我说:"很简单,是差距嘛。她在军医学校学习。毕业后就是军医,是干部。我最好的情况是分配到工厂当工人,二级工;还有可能分到商店当售货员;甚至分到废品收购公司,一天到晚拉着排子车在胡同里收废品。"

阿婆问:"还有这种事?"

我说:"当然了,我说的都是真事,可不是故事。我一个同学的弟弟复员回来后就分到了废品收购公司收废品。对于我来说干什么都不要紧,任何工作我都能接受。我认为一个人的工作往往会把他限制在一个范围内活动。不同的社会分工会把人们划分在不同的范围内。我不喜欢用阶层这个词。阶层难免给人以高低不同的感觉。不同职业的人们往往有着不同的活动范围。阿婆您说呢?"

阿婆说:"一般说来是如此,但是也有例外。"

我说:"例外总是会有的。我想我还是做一般的吧。不同范围内的人在往来时是会有不同感触的。何必呢?就是不替自己想也不能不替对方想想吧。"

阿婆轻轻地点了点头然后问："那到了北京以后到底怎么样了？"

解甲回京　非本所愿

我说："到了北京后，部队送复员兵的干部把我们送到区武装部，把人事档案一交接，他的任务就完成了。我们要在区武装部办理登记手续，领取复员证。办完手续就可以回家等分配工作的消息了。其他的人都争着先登记，登记完了好回家。只有我一个人在旁边默默地看着他们一个一个地登记，一个一个地离去。当天将黑的时候只剩下我们班长和我了。班长让我先登记，我让班长先登记。后来还是班长先登记了。班长登记完领了复员证，可他没有走。他一直站在我身边。当我登记完时武装部的工作人员把登记表收拾好，看了我们一眼说：'好了，你们可以回家了。'

我对他说：'我没地方去。'

第八日　浪迹街头复员兵　常思连队往事多

武装部的工作人员听我这么一说吃了一惊。他停下手中的活两眼盯着我问：'你不是北京入伍的吗？你家怎么不在北京？'

我说：'参军的时候我家在北京，可1969年我家搬到保定去了。所以现在我没有可去的地方。'

他皱着眉头说：'这是怎么搞的？我们还没有遇到过这种情况。那你呢？你也没地方去。'

他又转过头去问班长。班长说：'我家在大兴。现在晚了，末班车已经过了。所以今天晚上我也没地方去。'

武装部的工作人员拉着脸说：'那你刚才怎么不先登记一直要等到最后？咳，这可怎么办呀？武装部也没地方让你们住呀。你们俩城里有没有亲戚？'

'没有。'我们俩同时摇了摇头，心想要是有可投奔的亲戚我们俩还站在这里干什么。

他说：'这可不好办了。'

我一看他为难的样子觉得真是给人家添麻烦了。我把背包往肩上一背，拎着自己的小木箱和脸盆对班长说：'咱们走吧。'

班长也背起了背包和我一道向门口走去。"

阿婆问："你们俩去哪里？"

我说："武装部的工作人员也是这样问我们。我说：'不知道。'

'咳——'他深深地叹了一口气说：'等一会儿。我去和领导商量一下看有什么办法。你们俩先坐下。'

我们俩站住了。可谁也没有坐下，连背包都没有从肩上取下来。我们只是默默地站在屋中间。过了好一会儿，不，也许时间不长他回来了。他一进门就说：'我们领导说了，你们可以暂时借住在我们这间办公室里。晚上你们就只能睡在办公桌上了。要注意第二天早晨一定要把办公桌收拾好，背包打好放在柜子顶上。你——'

他指着班长说：'明天一早就可以回家了。你——'

他又指着我说：'记住，每天早晨八点钟我们上班后你可以出去转转；晚上五点钟以前一定要回来，不然大门一关你就进不来了。还有一点要注意，晚上小心煤气中毒，还要注意不要失火。'

听他这么一说我心里一块石头落了地，总算有地方过夜了。

'谢谢您，太谢谢您了。'我和班长连忙道谢。

他的脸也不似刚才那么严肃了。他说：'不用谢。我们也没有其他的办法。现在你们俩赶快上街买点吃的，水自己烧。我们已经下班了，等你们回来我再走。'

我们俩跑出了武装部，每个人买了两个火烧就赶了回来。他见我们回来了又嘱咐了一遍就走了。我们把他送出大门口。只听"咣当"一声，大门从外面被锁上了。我们被锁在武装部里了。我的心反倒踏实了。

我们俩回到办公室里，一人倒了一杯白开水开始吃我们回到北京后的第一顿晚餐。我一边吃着火烧一边对班长说：'老孟，要是刚才人家不留咱们你打算怎么办？'

班长说：'那我就到长途汽车站去，在那里熬一夜。'

我说：'和我想到一块去了。我和你一块去长途汽车站。'

班长说：'第二天我走了，你怎么办？'

我说：'我好办，再换个车站呗。白天到武装部听消息。晚上找个长途汽车站或火车站凑合呗。'

班长说：'那怎么行？我想真要是到了那一步不如你就到我家去。咱们一块等消息。'

我笑了一下说：'谢谢你了，现在不用了。我就在武装部等着吧。'

班长也笑了，说：'那也好。你在武装部等没准儿还能先给你分

第八日　浪迹街头复员兵　常思连队往事多

配工作呢。'

我说：'但愿吧。'

我俩一边吃着火烧一边聊着。吃完了火烧班长提议早点睡觉。是呀，昨天夜里在火车上根本没法睡觉，到现在也该睡了。我俩各自选了一张桌子把背包打开铺一半盖一半，脱了棉裤当枕头，把棉衣压在被子上，刚躺下时还真觉得挺舒服的。班长很快就睡着了。"

"桌子够长吗？"阿婆关心地问道。

我说："桌子当然不够长。被子也只能横着用才能铺一半盖一半。腿不能伸直，只能蜷缩着。但这我已经很知足了，蜷着也是躺着呀，而且还是在屋里，还有炉子。不过我还是把窗户打开了个缝儿，虽然有阵阵寒风吹进来，但我心里踏实。

班长开始打鼾了，我真羡慕他，他明天就可以回家了。可我还只能待在这里。我望着窗外漆黑的天空，小小的四合院的房檐把天遮得严严的，从窗子里望去天空只有井口大小。我想起在部队时我常常站在山顶上看天。天是那么高，那么宽，不由得让你感到心旷神怡，天阔无我。这天晚上我才知道天也有这么低、这么小的时候。仿佛我只能蜷缩在这块窄小的天地之间，这才是我的天，这才是我的地。只要我把腿伸直了，一种空悬、寒冷的感觉就会告诉我出界了，我怎么也不能入睡。过去的事是不用再想了，可明天的事我却不能不想。明天到底是什么样子，我搜肠刮肚还是感到无从想起。明天怎么办？到哪儿去？干什么？在部队的时候我很少想明天的事，一切自有领导替你考虑好了，你尽管安心地睡觉。第二天一起床，班长就会把全天的工作都安排好，你只要去干就行了。现在可不行了，明天没人替你考虑。我知道的事只有一件，就是早晨八点之后我要离开这间办公室。然后，然后……对了，明天我可以先到长途汽车站去送班长。我回头看了班长一眼，他睡得真香呀。有了这件可干的事我也迷迷糊糊地睡着了。

　　第二天天一亮我和班长就起来了。我们谁也没有表，办公室里也没有钟，自是不知道几点了。为了不影响人家上班，我们赶快把办公室收拾好。把炉子捅开烧上一壶开水，把办公室里的暖壶都灌好。同时把办公室的窗户彻底打开换换空气。我们在屋里睡了一夜，办公室里的空气显然会变得污浊。人家还要在这里办一天公，还是给人家换换新鲜空气吧。把一切都收拾好了人家还没有来。我和班长只好坐在椅子上等。也不知道过了多长时间，只听见"哐当"一声大门开了，有人进了院子。一个人从窗户外看见了我和班长，他马上推门进来问：'你们俩是从哪儿来的？'

　　我和班长同时站了起来。班长说：'我们是复员兵，是昨天从沈阳空军来的。'

　　来人说：'我没问这些。我是问你们俩怎么进的屋？'

　　我说：'我们俩昨天就没走。'

　　他问：'为什么报了到还不走？'

　　班长说：'我们俩没有地方去才待在这里的。'

　　他说：'没地方去也不能就坐在武装部不走呀，谁叫你们待在这里的？'

　　我说：'有一个同志我们不知道他的名字。他就在这间办公室里上班，好像他请示了领导。'

　　'还有这事？'他好像不太相信我的话。

　　班长说：'真的，要不然我们也不能待在这里呀。'

　　他正在审视着我们，那位同志正好来了。一见此景他马上说：'我请示了领导，副部长同意了的。'

　　'哦——，那你们就待着吧。'那人说完就走了。

　　刚来的这位同志巡视了一下办公室。看来他还满意，说：'你们

出去吃早点吧。你——'

他指着班长说：'就可以回家了，在家里等消息就行了，也不用急。服兵役三年了也该好好和家人团聚团聚，工作肯定会有的。你——'

他又指着我说：'你也三年没回北京了吧？你可以在城里好好逛逛。记住下午五点之前一定要回来，要不然大门一锁你可就进不来了。'

我们又向他道了谢。班长背起了背包，我帮他拎着脸盆一块走出了武装部的大门。我们找到了一个小早点铺，里面的人不多。此时已经过了上班时间，上班的人早都吃过早点了。我们找了张桌子坐了下来，各自点了一份早点。班长要了碗糖浆，四根油条。我要了碗白浆，两根油条。

'你吃的太少了。'班长见我只要了两根油条便说。

我笑了笑说：'班长，你还不知道，我的饭量历来不大。'

他说：'可别叫我班长了，咱们都复员了还有什么班长。'

我说：'别，可别这么说，历史可是不能改变的。你当过班长就是班长，谁能说你不是？'

他说：'这两天我一直在想一个问题。有些话我也不知道当说不当说。'

我说：'对我你还不了解？好歹你也当了我一年的班长，有什么话你尽管说。'

他说：'我想咱们这一分手也许见面的机会就不多了，有什么话到时候想说可能也没机会了。'

我笑着说：'瞧你说的，咱们不都在北京嘛。北京再大能大到哪儿去，见面还不容易？说不准咱们还被分在一个单位。领导一看你当过班长还让你领导我哩。'

听我这么一说他也笑了，说：'咱们要真分到一个单位，我就建议领导，让你领导我。你工作能力比我强，办法也多呀。'

我说：'算了吧。到时候还是你领导我吧，习惯了，挺好。'

他说：'好了，好了，不说笑话了。有一个问题我一直没有想明白。就是咱们刚当兵的时候连里的干部、排里的干部对你都挺好的，挺重视你的，什么事都愿意让你去干。那时我们私下里都特羡慕你。可不知怎么的连里的干部还是这些人就对你有了看法。特别是第三年有些工作分明可以让你干。你干也合适，可就是不让你干。你说为什么？'

我看了他一眼说：'那我怎么知道呢。'

他继续说：'不让你干也行，有什么问题说清楚，可也不说，这我就更不明白了。比如说给新兵上课吧，不是也有老兵给咱们讲过课吗？怎么就不能让你给新兵讲讲课？你肯定能讲好。可就是不让你讲，非让我讲，这不合适嘛，我根本就不善于讲课。真不知道这样安排有什么好处。这样的事还有好多。我就想问你一句话，你到底得罪谁了？'

这个问题我还真不知道怎么回答他。我端起了豆浆喝了一口问他：'你看我像个得罪人的人吗？'

他说：'是呀，你也不像呀。你干了什么让他们不高兴的事了？'

我说：'咱们一直在一块，一个锅里吃，一条炕上睡，一个工地上施工，我干了什么事你看不见还听不见？你说我做什么了？'

他想了一下说：'是呀，我也没发现你做错什么事，所以我才不明白。'

我说：'班长，你不明白就算了。有的时候我也不明白。有的事你分明没有做错而且做对了，也只能这么做，可有的人对你的看法就会来个一百八十度的大转弯，怎么办？你不做吧不行，恐怕还得做。

班长，你是好人。这些事你还是不明白的好。我也不想明白了。'

他犹豫了一下说：'可我觉得咱们连的干部也不错呀。'

我说：'我也觉得咱们连的干部也不错。包括复员的，调走的，调来的，提升的都不错。可他们有他们的想法，他们有他们的选择。这都是可以理解的。'

他问：'你不怨他们？'

我说：'我不怨他们。我为什么要怨他们？'

他说：'是他们让你复员了，而你是应该留队的呀。'

我说：'是呀，我是想留队。可这些天我又在问我自己，我为什么不能复员？有些事情是必须应该怎么做的，可有些事情就没有什么应该不应该的了。就拿复员来说。每年是必须有人复员的，这是应该做的事。至于具体到谁头上，那就没有谁必须留下来，谁必须走了。'

他说：'你想的开这很好。'

我看着他笑了一下说：'咱们走吧，你该回家了。咱们今后还有机会聊的。不过过去的事就让它过去吧，咱们前面的路还长着哩。'

我和班长一块走出了早点铺。我把他送到长途汽车站，看着他坐上车，望着他远去。"

阿婆问："以后你们还见过面吗？"

我说："我没有想到我们还真的没有再见过面，而且永远不可能再见面了。"

阿婆问："为什么？"

我说："听说前几年他病故了。他走的时候才四十几岁，正是工作的好年龄。"

阿婆问："他干什么工作？"

我说："他在宣武区法院工作，已经当了副庭长了，怪可惜的。他是个好人，是个好干部。"

"他得的什么病？"阿婆问得还挺细。

我说："听说他得的是肝癌。"

"哦"阿婆"哦"了一声说"癌症呀，目前还没有好的办法。"

我继续说："班长回家了。我自己慢慢地沿着来的路往回走。我一边走一边算着账：早晨油条三分钱一根，两根六分钱；白浆二分钱一碗，共八分钱；中午最好能吃一份素炒饼，两角钱有饼有菜；饼抗饿挺好的；晚上一角钱三个小笼包，一角钱一碗馄饨有肉有汤；虽然量少了点可晚上不用活动也还行。这样一天下来伙食费四角八分钱，还能剩下二分钱，一个月下来就是六角钱，又够一天的伙食费。此时可是不能超支呀，谁知道要等到什么时候才能安排好工作，什么时候才能有收入呢？车是尽量不坐，虽然有的时候车费只需几分钱，可这几分钱对我也是宝贵的。反正我有的是时间。

也不知道是怎么回事，此时的路真不经走，一会儿我又回到武装部附近了。此时我又不能进去，只好继续往前走。慢慢地走到了前门，绕过前门就是天安门广场。天安门广场也是冷冷清清的，除了过往的车辆和行人，很少有人驻足。我一个人孤零零地站在人民英雄纪念碑前。

三年前，当我们参军时这里的人多极了。有走的，有送的；一批人走了，又一批人来了。虽然也是二月的天气，可谁也没有感到寒冷。我们就要离开北京了，离开家人，离开学校和老师、同学了，可我们没有一个人感到孤独。不管是走的还是送的，大家都处在一种集体的热烈的气氛中。三年前的情景就像发生在昨天一样。我慢慢地走到我们照相的地方。我站在那里环顾四周，仿佛他们都还在我的身边。一阵寒风吹来，一个寒战使我又回到了今天。今天他们之中的大部分人都不知道我在哪里，可以肯定没有一个人知道此时我正一个人孤零零地踱步在天安门广场。

第八日　浪迹街头复员兵　常思连队往事多

我想找个地方坐一会儿,便向中山公园走去,到了门口我却没有进去。那时中山公园的门票只需几分钱,可一碗白浆才二分钱,一张门票够我喝不少的豆浆。我一天的伙食费只有五角。早晨起床的时候我就拿出五角钱放在了外衣的口袋里。这就是我一天的总花费。早晨已经花了八分钱了,还剩四角二分钱。我又算了一遍。在中山公园门口踱了一会儿最终还是没有进去。

我又沿着来的路走回前门,随便拣了一条胡同走了进去。北京一共有多少条胡同我说不清楚,走过多少条胡同我也说不清楚。反正北京的胡同没有两条是一样的。可在今天它们在我的眼里都是一样的。一样的灰墙,一样的灰瓦,一样的灰色一线天,一样的留着积雪的泥泞路。小胡同里阳光少,背阴的墙角还积着厚厚的冰雪,可胡同里风也小。我慢慢地踱着,真希望这条胡同长一点,再长一点。我不愿意走到胡同的尽头,到了尽头又要选择走向何处,可我实在没有什么好选择的。此刻,时间也仿佛在为难我,总是迟迟不肯流去。难道今年的冬天就这么冷,把时间都冻住了?

肚子饿了,我找了个小饭馆走了进去。按照早晨的计划要了一盘素炒饼。像这种吃炒饼的小饭馆是没人给送饭菜的,都是自己到收费处交钱,收钱的人给一张一寸大小的纸片。我凭着这个小纸片到厨房的门口领上一盘炒饼,找了个靠炉子近的桌子坐了下来。这素炒饼两角钱一大盘真是不错,又有饼又有菜。菜一般是圆白菜,用葱丝一炝锅,那个香劲就别提了,比我想象的还要好。我慢慢地吃着炒饼,但也不能太慢,太慢就凉了,凉了就不香了。炒饼好吃但也有不足之处,就是往往偏咸偏干,吃完了易渴,叫水得很。可我又没地方喝水。那时街上没有卖水的地方。就是有我也买不起。那时可以说我真是有地方撒尿,没地方喝水。所以只好吃完了炒饼就在小饭馆里要上一大碗水。这水也是不要钱的,一般饭馆都会给的。吃饱了喝足了,没有理由再在饭馆里坐下去了，只好蹾出饭馆依旧信步在街头溜达。
　　下午还不敢走远，只是在武装部附近的几条街上转悠。还要不时走进有钟表的商店看一下时间，以免耽误了回武装部。到了下午四点钟就得赶快再找个地方吃晚饭。自然也是按照计划来一碗馄饨，三个小包子。虽然感到欠点也只好如此了，再吃可就超支了。一旦超支再不能及时安排工作，没有收入就只能向家里要了。我相信只要我张口父母是一定会给我的，最困难的就是我张不开口。凭什么二十四岁了都当了三年兵了还向家里要钱？还要家里供我吃，供我喝，养活我？不成，就是要饭也不能向父母伸手。好在这三个月还能熬得过去，只好先委屈一下自己的肚子了。
　　下午五点钟之前我赶回到武装部，目送他们每一个人走出了大门。'咣当'一声大门关了，院子里瞬间寂静了下来。我坐在那里能听见自己呼吸的声音。昨天还有班长，而今天只剩下我自己了。屋里连个收音机都没有，更别说电视了。我静静地坐在那里。一是实在没的可动；二也是为了剩点体力免得饿得快；三是走了一天了也真不想再动了。"
　　"伯伯，您真够倒霉的。"阿珍同情地说道。
　　"是呀。当时我也曾这么想过。几节车厢的复员兵谁现在不待在自己温暖的家里？谁不和家人围坐在一起吃饭？谁晚上不躺在自己的床上？只有我一个人借住在武装部的办公室里，大门还被反锁着。只有我一个人在街头的小饭馆里独自吃着最小份、最简单的饭菜。晚上还只能蜷缩在桌子上。我也真够倒霉的。"
　　"你真认为自己是最倒霉的人吗？"阿婆看着我问道。
　　我说："那要看怎么说了。我在最困难的时候也常想在我们这群复员兵中我算是倒霉到家了。可要是和天下所有的人来比或许我就不是最倒霉的人。我还有间办公室借住，有的人就不行；我还能吃上三

第八日 浪迹街头复员兵 常思连队往事多

顿饭，虽然是少了点；我还能躺在桌子上，可有的人只能睡在地下。所以当我感到困惑无助、百无聊赖地在街头游荡的时候我还能够忍着。有时我甚至想如果命运安排一定要有人陷入如此窘境，那还是我来吧。"

"我不下地狱，谁下地狱！"阿婆随口说了一句。

我说："阿婆，那倒不是。工作的无着落，生活的窘迫都不是最主要的，最使我难受的是心里有一种说不出的滋味。"

"我想象得到。"阿婆自信地看着我说。

我问："您知道？"

阿婆说："孤独。"

两个字，阿婆说到了我心里。我默默地点了点头。我从小生活在部队里。从幼儿园开始就上了寄宿学校，上完中学又当兵。从来没有一天离开过组织。没人管的滋味还真是不好受，心里空荡荡的。每天都有无数的人出现在你的面前。他们或匆匆忙忙，或闲闲荡荡地从你身边走过。但你总感觉你不属于他们之中的任何一员。你就是你，一个孤独的你。因为他们之中没有任何人和你一样，是一个暂时不属于任何单位、无固定居所、白天只能在大街小巷闲逛、无所事事的人。这时我能做的事就是流浪和回忆了。我的身体在大街小巷中流浪，我不可能想今后的事。当时的境遇是我根本不可能想象今后将是什么样子。我的思绪慢慢地又回到了过去，回到了在部队的三年工作和生活中。"

"怎么又想起了你在部队的那些不顺心的事来了？"阿婆关切地问道。

我说："不，不是。那些不顺心的事过去就让它们过去吧。这时我又想起了在部队生活中的一些趣事。"

"是吗？那你快给我们讲讲。"阿婆急切地说。

我说:"我们刚一分到连队就进了大山。我和所有的城市兵一样对大山充满了新鲜的感觉。我们希望山上有茂密的森林。森林中有各种各样的动物。一到星期天我们就上山去砍柴,为的是节约燃煤,节约出来的煤钱用来改善连队的伙食。每次上山我们都希望能够碰上大点的动物。我们一边砍柴一边谈论着遇到了狼怎么办,遇到了熊怎么办,还有人希望遇到一只老虎,希望也能成为像武松一样的打虎英雄。可是几个月下来,上了不少次山,结果什么也没有碰见。别说是老虎呀,熊呀,狼呀什么大动物,就是像兔子之类的小动物也没有碰到过一只。我们在山上偶尔会遇到猎物夹也都是锈迹斑斑,空无一物。再一打听才知道,我们这个工地工程兵已经干了十年了。他们成天放炮,早把大小动物都吓跑了。至此后我们上山除了砍柴再也不在腰里别把斧子了。我们都知道在这片山林里别说碰到野兽就是你有意地去找,也别想找出一只来。我们都管这里的山林叫'寂静的山林'。"

"那你们那里就没有动物了?"阿婆问。

我说:"动物还是有的。"

阿婆问:"有什么动物?"

我说:"有蛇。"

"啊,蛇多可怕呀。"阿珍一听说有蛇就吓了一跳。

我说:"一开始我们谁也没有想到会有蛇。也许是我们所有的人都把蛇这种动物给遗忘了。可有一次在我们星期日去种地的路上,走在前面的人都站住了。有人高声地喊道:'蛇,有蛇。'

我原以为城里来的战士会怕蛇,可没想到一些农村来的战士也怕蛇。只见我们排长站在队伍的旁边说:'快,快,快把它弄开。'

排长的话一点作用没起。后面的人没向前去,前面的人直往后退。我被闪在了前面。我一看原来是一条二尺左右的蛇横在路中间。它抬起头来望着我们这些人但并没有向我们爬过来,也没有要走的样子。这时有一位战士拿着铲子准备用铲子把蛇拍死。我阻止了他,对后面的人说:'谁带着报纸给我一张。'"

阿婆问:"你要报纸干什么?"

我说:"捉蛇呀。"

"什么?用报纸捉蛇?"阿婆不相信。

"用报纸怎么捉蛇呀?"阿珍也感到奇怪。

我说:"你们听我说呀。后面的人果然给我递过来一张报纸。我打开报纸看了看,上面没有什么重要内容,也没有破的地方。我把报纸卷了一个卷,粗细就跟那蛇差不多,把一头用根线给系上,然后轻轻地走到蛇边一下子用脚踩住蛇头,用另一只脚再踩住蛇尾。我用报纸开口的一端对着蛇头心里数'一,二,三!'踩住蛇尾的一只脚一用力,踩住蛇头的脚一松,蛇一下子就窜到了纸筒里了。再用一根线把开口的这一端给系上,这样蛇就被我捉住了。"

阿珍问:"纸多不结实呀,那蛇还不把报纸弄破了钻出来呀?"

我说:"不会的。蛇被限制在一个和它差不多粗细的纸筒里,它根本就使不上劲,所以它弄不破纸筒。"

阿婆说:"我们家乡也有蛇。可我从来没见过用这种方法捉蛇的,也没听说过,真是有意思。你是从哪里学的?"

我笑了一下说:"说实话这不是我跟别人学的,是我自己想出来的办法。没想到还真行,就把蛇给捉住了。"

阿婆问:"那你把蛇弄到哪儿去了?"

我说:"我们还要种地,我就把蛇放在地头了。等我们下了工,我就用两只手指头捏着报纸筒的一头把蛇提回了连队。当时建国他们向我要这条蛇。我怕是毒蛇,就把蛇嘴掰开一看,还真是一条毒蛇。我用剪刀把蛇的毒牙给铰了下来,然后把它给了建国他们。"

"您一共捉了几条蛇?"阿珍小声地问。

我说："以后我再也没有捉过蛇。"
"为什么？动物里我最怕蛇了。"阿珍说。
我说："我也不喜欢蛇，可蛇吃老鼠。别看这山上没什么其他的动物，可是老鼠特别多，经常偷我们的粮食。后来实在没办法我们就在树上用木板搭个粮仓，树下就是我们连的狗窝。我们连的狗可会拿耗子了。这样一来就好多了。为了让蛇多吃几只老鼠，我就不捉蛇了。不过我捉的这条蛇在我们连还是起了作用的，它在我们连里待了几天之后，我们连的好多人就不再怕蛇了。他们在以后的野外施工中也不会因为怕蛇而胆战心惊了。"
阿婆看着我说："没想到你们当兵的人还会干捉蛇、玩蛇这种事。"
我看着阿婆说："阿婆，您认为呢？在边疆，在人迹少见的地域的部队像我们这样捉条蛇呀，捉个小动物呀是很正常的。把它们捉回连队里养着玩也不是什么新鲜事。一般领导也不管。"
阿婆说："哦，不算出圈。"
我点了一下头说："是的，不算出圈。"
阿婆笑了一下问："你们干过出圈的事吗？"
我想了一下说："那看怎么说了。大的圈没出过，小的圈嘛，就不好说了。"
阿婆说："你能给我们说说吗？"
我冲着阿婆和阿珍不好意思地笑了一下说："一想起这事我还真有点不好意思，当时我们确实出了点圈。那是我们进山大约四五个月后的时候。这个时候对于我们新兵来说是最难过的时候。刚一进山的新鲜劲没了，山里的生活又太枯燥乏味了，每天除了上工就是政治学习。没有电视，没有收音机，甚至连报纸都不能按时收到，而且还只有《解放军报》，也没有任何娱乐的项目。连里的规定是扑克不许打，

第八日　浪迹街头复员兵　常思连队往事多

棋类只许下军棋，其他的棋一律不许玩。为什么？有人问过。连里的答复很简单就两个字：规定。那时最难过的就是星期天，特别是新兵，一到星期天就抓耳挠腮，六神无主，不知道干什么好。好像都得了星期天焦虑综合症。连队也为此犯难。又是一个星期天，吃完早饭我们几个人就躺在床上，两眼望青天谁也没说话。大家都不知道干什么，就那么静静地躺着。过了一会儿排长进来了，看了我们一眼也没说话就出去了。不一会儿他又进来了，看我还躺着就又出去了。第三次他一进屋就嚷嚷：'起来，起来。怎么一到星期天就躺着？你们不能干点别的？'

大家都没动。不知是谁说了一句：'排长，你说不躺着干啥？'

排长说：'干点什么不成？你们不是爱爬山吗？去爬爬山活动活动。'

大家还是没动。又有人说：'排长，你说周围这么多山，咱们哪个没爬过？都爬腻歪了。'

排长说：'起来吧，我带你们上山弄点好吃的去。'

一听说有好吃的，马上就有人坐了起来。我没动。我心想，这个时候山里能有什么好吃的？山葡萄过时了，山核桃、山梨、山里红、榛子等都还没熟。不知道排长说的好吃的会是什么。排长见我没动就拍了我一下说：'起来吧，跟我上山去。'

我问：'排长，现在山上有什么可吃的？'

排长说：'别问了，到了山上你们就知道了。我保证这东西你们都爱吃。'

我将信将疑地爬起来和宿舍里的战友跟着排长一块向山上走去。一路上我还仔细地向周围看来看去，希望能发现点什么我平时未能发现的东西，可什么也没有发现。排长看着我说：'别找了，你们谁也发现不了我说的东西。'

我说：'排长，你就别卖关子了，快告诉我们吧。'

排长说：'告诉你们是可以的，但是我有个条件，就是你们知道了不能告诉任何人。'

我们异口同声地说：'没问题。'

排长又说：'也不能告诉连里。'

我们想都没想就说：'没问题，我们全听你的。'

这时排长才神神秘秘地说：'咱们去弄点老玉米来烤着吃，可香啦。'

一听说是老玉米我们都愣住了。怎么这山里还有玉米地？我们怎么不知道？大家都感到有点奇怪。有人问：'排长，这山上还有玉米？'

排长说：'当然有，我还能骗你们。'

有人问：'谁种的？是老百姓？'

排长笑着说：'老百姓的玉米咱们能随便掰吗？三大纪律八项注意你们是怎么学的？'

我说：'那是谁种的？总不能是野生的吧？'

我们都诧异了。

排长狡黠地一笑说：'告诉你们吧，是咱们连自己的。'

听说是我们连自己的玉米地大家都感到很奇怪。我们怎么都不知道山上还有一块连里的玉米地，排长看着我们满脸疑惑的表情笑着说：'春天时有一段时间咱们排施工忙，所以连里在山后开地种玉米的时候就没让咱们排参加，咱们排的人包括我和王技师都不知道。前些日子黄副连长让我陪他去查看了一下我才知道的。那地里的玉米长得还真不错。现在烤着吃正好。'

这时有人说：'排长，不告诉连里咱们自己掰老玉米烤着吃合适吗？'

排长说：'有什么不合适的。告诉连里你还想吃老玉米？没门。'

有人说：'不是说不拿群众一针一线吗？'

排长咧着嘴笑了一下说：'没好好学习吧。那三大纪律八项注意说得是很清楚的，是不拿群众一针一线，关键是不拿群众的。咱们吃自己的老玉米不算违反群众纪律。再说瞧瞧你们这个样子，一到星期天就没精打采的，个个都像抽了筋似的。再在床上躺一天非躺出病不可。真等你们病了那可比少几个老玉米对咱们连的损失大。你们说是不是？'

听排长这么一说就没人再说什么了。其实我们每一个人不仅是想吃烤老玉米，主要是闲着没事憋得大家晕头转向的。只要是有事，至于出圈不出圈也就不在乎了。有的人还感到出点圈更刺激，更有意思。随后大家都加快了脚步，过了一道山梁果然有一块玉米地。我们几个人刚要钻进地里去掰老玉米，排长又叫住了我们。他说：'别着急，听我再说两句。第一，外面的玉米别掰，要掰就掰地中间的，别挨着掰，隔着掰。第二，吃多少就掰多少。别忘了这毕竟是咱们自己的老玉米。自己吃自己的问题不大，可浪费就不好了。行了你们去掰吧。'

一听排长发话了我们就一头钻进了玉米地。福利回头看了一下排长。见他没有和我们一块钻进玉米地，而是坐在地头上点了一支烟，他问：'排长，你咋不进来呀？'

排长说：'我累了，先在地头歇一会儿。'

福利说：'要不我给你带两个出来？'

排长说：'行呀，给我带一个就行了。'

福利问：'你要老点的还是嫩点的？'

派长说：'给我来个嫩点的，我就不进去了，等会儿我来给你们烤。'

片刻我们就把老玉米掰好了。当我们钻出玉米地时排长还坐在那里吸着他的那支烟。见我们都回来了他又发话了：'去弄点干树枝来。记住一定要干的，湿的可不行。'

很快我们就把柴火弄回来了。排长逐根地检查把他认为是湿的柴通通扔到一边并说：'湿柴不能用，光冒烟不着火。'

福利看着排长拣出了不少的柴就说：'排长，柴湿点没事，烟冒完了也能着。'

排长冲着福利把眼睛一瞪说：'冒烟还成？一冒烟那马上就能让人家发现。一会儿连长就得带人上来，非抓咱们个人赃俱获。'

福利又说：'排长，烧柴火不让冒烟可不太好办。'

排长说：'有什么不好办的。听我的，我点着火之后你们就用帽子扇，使劲地扇，这一扇火就旺烟就少，烟少了你们再使劲地扇，烟就散了，远处就看不见了，就没事了。'

说完排长亲自找了个相对隐蔽的地方把柴架了起来，然后小心地把火点着。他一边用嘴吹一边用帽子扇。等火着旺了他就招呼我们一块扇。他自己一边续柴一边把老玉米架在火上烤。按照排长说的做，果然火旺烟少。老玉米在火上烤得噼哩啪啦作响。一会儿烤玉米的香味就飘了出来。福利等不及了伸手就去抓。排长在他脑勺上拍了一下说：'着什么急，小心烫着。等一会儿才好吃哩。'

福利伸了一下舌头说：'我肚里的馋虫都快跑出来了。排长你真行，看来你是个偷吃玉米的老手了。'

排长又在他脑勺上拍了一下说：'说什么呢？我还不是为了你们。看看你们那个样子。一到星期天个个都像泡软了的面条，夹都夹不起来。'

排长一说到这里马上有人接着说：'排长，你说得太对了。一到星期天我就浑身没劲。你说说这是为什么？'

排长还没有答话又有人说:'你那是好的。我一到了星期六的晚上身上就没劲了。'

排长看了大家一眼说:'一说你们,你们还就来劲了,是不是以后从星期五就开始没劲了?'

福利冲着排长说:'排长,你还真别说,我现在呀,一听见"星期天"这三个字腿就发软。你说说这是怎么回事?'

排长笑着说:'我说你小子身上哪儿都没病,是脑子出了毛病。'

福利说:'排长,你冤枉好人。我一没有想家;二没有刚过门的媳妇。你说说我脑子里能有什么毛病?'

排长说:'你以为不想家,不想媳妇脑子就没毛病了?'

这时有人说:'排长,我看福利是闷的。'

排长反问道:'那你呢?'

那人说:'我们也都是闷的。'

排长说:'照你们这么说那人家守边疆,守雪山,守海岛的兵还不都闷死了?'

排长一句话就把说话的人给噎了回去。福利不服气地说:'排长,我不同意你的观点,什么叫身上没劲就是脑子出了毛病?别人怎么想的我不知道,反正我什么都没想。'

福利的话我信。入伍前他不过是个初二的孩子,思想单纯,生性活泼好动。在学校里是文艺宣传队的成员。到了部队也是团宣传队的成员,整天就是说呀,唱呀,乐呀的。可是回到连队成天就是施工。白天看不见白云蓝天和太阳,晚上见不到星星和月亮。到了星期天除了四面青山就是山沟沟上的一线天,他怎么能不感到闷得慌?可我觉得排长说的也有道理。驻军条件比我们差的连队多的是,不见得人家都和我们一样一到星期天就心里发慌。我不愿意承认是我们自身出了问题,所以我就一直未参加他们的讨论,而是在一边默默地翻看着火中的老玉米。

过了一会儿排长说：'算了吧，我看老玉米差不多了，赶快趁热吃吧，要不然就烤焦了。'

大家纷纷从火炭中扒拉出烤熟的老玉米吃了起来，真是好吃。我们这批兵都是从北京地区来的，玉米是我们的主要粮食之一，所以大部分人都有吃玉米的习惯。到了东北近半年了没有吃过玉米，现在一边吃一边不停地说：'好吃，好吃，真是又香又甜。'

排长看着福利笑着说：'怎么现在有劲了，腿不软了？'

福利没有一点不好意思还笑着对排长说：'排长，这可不是我一个人，你看他们不都是吃得蛮带劲的吗？'

排长更乐了。他说：'我就知道一说到吃的你们准来劲，怎么样？我没说错吧？看来还是脑子出了问题。'

福利指着我不服气地说：'排长，你说我脑子出了什么问题？反正我没有不安心部队的工作。不信你问他。'

福利把球踢给了我。排长对我说：'福利和你一个班。你帮他分析分析看他的问题出在哪里？'

我还真不愿意说这个问题。一是我不愿意说谁有什么问题；二是我也真不知道这问题出在哪里。正在我为难的时候突然一个念头出现在我的心里。我说：'据我了解还真不见得是脑子出了问题，也完全可能是身体出了问题。'

我此言一出在场的人都愣了。有人马上问我：'是不是大家的身体都出了问题？'

我说：'是呀，都有可能出了问题。'

他再问：'那排长呢？'

我说：'排长也可能有问题。'

排长一听说他身体可能有问题便忍不住问：'你说我身体可能有

什么问题？那连长，指导员他们有没有问题？'

我说：'要是有问题谁也跑不了。就在一条山沟里，吃的是一锅饭，干的是一样的活，有问题自然也是一样的问题。'

排长接着问：'你说是什么问题？'

我说：'我觉得好像是我们的身体里缺少了维生素。'

另一个战友问：'我身体好，胃口好，吃得也不少。我不会缺维生素吧？'

我说：'维生素在人的身体里是不能产生的。你吃得再多，但是在你吃的食物里缺少了维生素，那么你还是会缺维生素的。'

排长又插话问：'你说咱们这维生素是怎么缺的？'

我想了一下说：'你们想想。自从咱们到了这山里后基本上就是吃酸菜。酸菜在制作过程中早就把维生素给破坏了。再有，咱们施工的工地里没有太阳。咱们上工、下工两头不见太阳。少了阳光的照射就会引起缺钙。人体里要是缺了维生素，缺了钙自然就没劲了。'

我一说完马上有人说：'我看你说的有理。感到身体没劲的人不是一个两个，不会都是脑子出了问题。我看排长说的不对。'

又有人问：'要是身体里缺了维生素，缺了钙，那为什么平时身上没有感到没劲呀？'

我没想到这个问题还没完了，只好接着说：'我认为这正说明咱们连的干部、战士有觉悟。一到了工地上，大家把战备施工看得高于一切，精神的作用就弥补了身体的亏空。这就是精神变物质。可到了星期天没事干了，精神上没有寄托了，身体缺少维生素、缺钙的症状就反映出来了。'

这时排长说：'你说的好像有点道理，可你有根据吗？'

我说：'有呀。大家都知道在第二次世界大战的时候德军围困了列宁格勒九百多天。保卫列宁格勒的苏联军民粮食不够，根本就没有蔬菜和水果，很多人都牙龈出血，身体乏力。经专家检查发现除了饥饿，人们摄入的基本热量不够之外，还有一个很重要的原因就是缺少维生素，缺钙。当然缺少粮食、蔬菜、水果并没有影响苏联军民抗击德军。这就和我们现在一样，虽然我们不缺粮食，但是我们也没有蔬菜和水果，我们也会缺少维生素，缺钙的。当然这也不影响咱们施工，可确实会影响咱们全连人员的身体健康。'

排长说：'那你说说当时苏联怎么办了。'

我说：'当时苏联发现了问题自是一方面打破德军的围困加强补给；另一方面他们发现一些树叶中含有人体需要的维生素。他们就想办法提取了树叶汁发给人们食用改善人们的身体状况。'

有人问：'那你说说咱们现在怎么办？就这样下去咱们连的人会不会得软骨病？'

我说：'没那么严重，得软骨病恐怕不会。不过我发现咱们连刷牙时出血的人不少。我觉得这还是有点问题。'

排长说：'你就别说那么多了。你说有什么办法没有？'

我说：'要我说这事情也好办。首先咱们连里要重视；其次咱们自己每一个人要重视。'

有人马上插话说：'咱们怎么重视呀？要不咱们向上级反映反映能不能给咱们加强点补给，帮咱们解决一下？'

排长一听立刻打断了他的话说：'这可不行。条件比咱们连艰苦的连队有的是。这事没法向领导反映。'

他指着我说：'还是你说说咱们自己有什么法子？'

我想了一下说：'我想咱们是不是可以向连里反映让司务长给咱们多买点青菜。青菜里维生素的含量高。'

排长说：'那钱呢？咱们连每个人每天的伙食费只有四角五分钱。米、菜、油、盐、煤都含在里面。菜吃多了粮食怎么办？'

第八日　浪迹街头复员兵　常思连队往事多

我对排长说：'粮食不能少。咱们连施工任务这么重，粮食少了热量不足就干不动活了。不过咱们可以少用煤呀。'

排长乐了，说：'别瞎说了。少用煤你让咱们吃生米生菜呀，不行，不行。'

其他人也和排长一样用否定的眼光看着我。他们只是在啃着老玉米没有吱声。

我说：'排长，你听我说呀。谁让你吃生米生菜了。咱们少用煤，可以用柴呀。'

听我这么一说，大家马上七嘴八舌地说了起来。

'对呀，咱们守着满山的树林还不有的是柴。烧柴省了煤钱就可以买菜了。这是个好主意。'

'反正星期天咱们也没事干，不如上山弄点柴省了钱用来改善咱们自己的生活。'

……

说着就有人站起来准备去弄柴。还说：'说干就干，咱们今天就弄点柴回去。'

排长说：'别着急。这事咱们还得和连里说一下，再由连里和炊事班说。'

'连里不会不同意的。'

'炊事班也不会有意见的。'

大家又你一言我一语地说了起来。排长马上说：'你们怎么搞的，都当兵半年了还不知道部队的规矩，就是明知连里会同意也要先和连里说；就是明知炊事班没意见也不能由咱们一排去和炊事班说而要由连里去和炊事班打招呼。总不能咱们几个人在这里一边啃着老玉米就一边把这事给定了吧？'

听排长这么一说，大家都不吱声了。原本站起来要去拾柴的人又

都坐下了。排长又对我说：'你刚才只说了缺维生素的事，缺了钙怎么办呀？'

我说：'补钙我没有什么好办法，不过我听说多晒太阳能够促进钙在体内的吸收。'

排长说：'这好办，咱们就多晒晒太阳呗。咱们现在不就在晒太阳吗？'

有人说：'噢。咱们坐在这里啃老玉米就算晒太阳了，恐怕不是这样吧？'

'那怎么晒？'

大家又你一言我一语地说了起来。福利对我说：'还是你说说应该怎么晒？'

我说：'那当然是让太阳光直接照到皮肤上了，穿着衣服不算。'

福利说：'那好办，咱们把衣服脱了不就得了。'

说着他就把上衣脱了个干净。他把衣服往地下一铺躺在上面晒起了太阳。有人看着福利问我：'是这样晒吗？'

我说：'差不多吧。不过应该把眼睛遮住。别让太阳光把眼睛给灼伤了。'

福利听到后就随手把帽子扣在脸上。我一看这个方法不错就把衣服和裤子都脱了，只穿了一条裤衩躺在草地上用帽子扣在脸上晒起了太阳。其他的人一看我和福利的样子也都脱了衣服开始晒太阳。连排长也加入了我们的行列。"

阿婆说："这就是你们的日光浴。"

我说："是的。躺在山坡的草地上，闻着草香，任山风轻轻地吹拂着。暖洋洋地晒着太阳可舒服了。"

阿婆说："那你们可要注意别让太阳给灼伤了。"

我说："那个时候我们哪里懂得这些。前胸晒红了就翻过身来晒

第八日　浪迹街头复员兵　常思连队往事多

后背。有的人还一边啃着老玉米一边晒太阳。有的人还真睡着了发出了轻轻的鼾声。每个人都感到美美的。"

"那你们吃了连里的玉米连里没有发现?"阿珍看着我问。

我说:"你听我往下说呀。大家吃也吃够了,晒也晒够了。排长就招呼我们穿好衣服回营房。临走时排长说:'大家都过来每人往柴灰上撒泡尿。'

有人问:'排长,撒尿干什么?'

排长说:'防止死灰复燃呀。等咱们走了,风一吹再着了把山林给烧了那麻烦就大了。真出了事咱们可就吃不了兜着走了。'

他又问:'那撒了尿就不碍事了?'

排长说:'别问那么多了。这是经验,学着点快过来吧。'

我们按照排长说的办了。临回到营房时排长再三叮嘱我们不要把烤玉米的事漏出去。可没想到星期一就被黄副连长发现了。在晚点名时他对全连说:'今天我发现咱们连山后那块玉米地里的玉米丢了一些。好在丢的不多。据我的调查是被人烤着吃了。具体是谁干的我还没有调查清楚。从明天开始我们要派人轮流上山巡查,一直到玉米收获。那可是咱们连的财产,大家都要精心。'

好在副连长没有发现这事是我们干的。可是我们也没有想到这事给连里的战友添了麻烦,每天都要派人到后山去巡查。后来我们再也没有去掰老玉米烤着吃了。"

阿婆笑眯眯地看着我说:"都是几十年前的事了你还一直记着。"

我说:"是呀。我会常常回忆起这些事。特别是我独自在胡同里迎着寒风无所事事地溜达的时候。一想起那山里的太阳我就会感到身上暖暖的。一想起那香喷喷的烤玉米就会使我忘记吃饭前的饥饿感。"

说到这里我看了一下时间说:"阿婆,您该休息了。"

阿婆说:"我还想问你一件事。"

阿珍说:"阿婆,伯伯都说了这么长时间了,也该歇歇了。"

阿婆笑着说:"好,好,明天再说,明天我再问你。喝口水,喝一点,你这个人就是不爱喝水。"

阿婆埋怨我喝水少。我只好端起了杯子一饮而尽。阿婆看着我喝完水笑眯眯地说:"这就对了。多喝点水好,渴不渴也要喝,一旦渴了就说明缺水了。这一点过去我也不知道。当老师说话多应该多喝水。可又怕上厕所影响上课,就故意少喝水。还以为没事,谁知道原来这么做不科学。不能让自己感到渴了才喝水,要记住。"

说完了她自己端起了杯子大大地喝了一口。阿珍一见也端起了杯子喝了一口。阿婆见状笑了起来。

我站起来告辞,阿婆也要站起来。我上前扶住她让她坐下。我说:"我又不是客人。您站起来干什么?快坐下吧。"

听我这么一说,见我扶着她不让她站起来。她又笑了,说:"不是客人也要送呀,哪有不是客人就不送的理。"

阿珍见了扶住阿婆说:"送,送。我替阿婆送伯伯还不行。您就别动了。"

阿婆说:"好,好,你替我送。"

阿珍说:"那您好好坐着,我送伯伯去了。"

阿婆说:"去吧,我不动,我坐着还不行?其实我也能动,就是你不让我动。"

阿珍笑着说:"可不是我说的,是医生说的让您注意。"

"那好明天咱们再接着说。"阿婆摆了摆手表示不说了。

我也摆了一下手说:"明天见。"

我和阿珍走出了客厅的门。

阿珍一出门就对我说:"伯伯,您看出来了吗?阿婆今天格外高兴。"

我说:"我感觉到了。"

阿珍问:"您知道为什么吗?"

我说:"哦,这个我还没想。你说说为什么?"

阿珍笑着说:"因为您叫她阿婆了。"

我说:"就为这?"

阿珍说:"就为这。因为已经好长时间了只有我一个人叫她阿婆。今天又有您了,所以她格外地高兴。伯伯,您以后一定要坚持来呀。"

我说:"可我没有那么多好说的呀,说完了怎么办?要不然你侧面问一下阿婆,我给她读小说怎么样?我朗读也挺好的。"

阿珍摇着头说:"不行,不行,过去有人给她读过小说,她不爱听,说那都是作家编的。她喜欢听真人讲真事。"

我说:"那可怎么办?"

阿珍说:"伯伯,您想想阿婆为什么一定要找个阅历多的人来陪她?"

我想了一下说:"再说吧,让我再想一想。你回去吧。别让阿婆一个人待久了。"

阿珍说:"伯伯,您出了大门回头看一下窗户,阿婆一定在窗边站着呢。"

我笑了一下说:"回去吧。明天见。"

阿珍回去了。当我走出小区大门的时候回头望了一下窗户,果然阿婆站在那里。

误打误撞上大学
心中有信难相寄

第九日

第九日　心中有信难相寄　误打误撞上大学

当我们第九次坐在一起的时候，阿婆便开门见山地问："昨天我就想问了，那时你想过她吗？"

阿珍跟着问："伯伯，谁呀？"

阿婆说："阿珍，你别问，让伯伯自己说。"

我笑了一下说："阿婆，您是明知故问。"

阿婆也笑了。我说："几十年前的事了，回忆一下也无妨。"

阿婆认真地说："不，不是无妨，是有益。"

我说："当时我静静地坐着等天渐渐地暗下来，我不忙着开灯，开了灯我也是坐着，还是省点电吧。在昏暗中我摸出了她的相片，我一直把她的相片带在身上并揣在内衣的口袋里，此时我能够感觉到相片的温度。我有两张她的相片，这两张相片只有我见过。只有在没有其他人在我身边时我才会拿出来端详，我已经不知道看过多少遍了，不用开灯我也能看得清清楚楚。"

"你怎么会有她的相片呢，你参军时她不是没有去送你吗？"阿婆记得真清楚。

我说："原本我是没有她的相片的。我们参军后在校的同学把我们合影的相片都寄给了我们，可相片中没有她。我们一直有书信往来，可我从没有向她要过相片，主要是我不知如何开口，说实话也是怕她拒绝。后来她给我来信告诉我她上大学了，我从心里为她高兴。

她在班里一直是好学生。初中外高中的时候她还是金质奖章的获得者,她是块学习的料。为她高兴的同时也有几分惆怅,那时我已经感到我在部队待不长了,要是复员到地方,最好也只能是分到工厂当工人。差距就是距离,差距越大距离越远。可她在来信中说让我继续给她写信,并在信中认真地把地址又写了一遍,她鼓励了我,我想这可能是最后一次机会了。"

阿婆问:"为什么?"

我说:"因为我已经感到我今后的路的艰难了,我自己无所谓,父母在意我也没办法,我只能想办法尽量少让他们为我担心。可我不能再拖累别人,尤其是不能拖累她。我没有理由让她为我担心,没有理由让她和我一块去经受艰辛,即使是作为朋友我也不忍。"

阿婆关切地问:"你有可能复员的事告诉她了吗?"

我说:"我暗示过。"

阿婆问:"她还一直给你写信?"

我点了一下头说:"是的。"

阿婆问:"那你打算怎么办?"

我说:"我想不管她是否给我寄相片我都会慢慢地拖延回信的时间,慢慢地拉开距离。"

阿婆说:"她要是一直给你写信呢?"

我说:"事实就是像您说的那样。她一直在给我写信,在她的回信中根本就没有提到有关我复员的事。"

阿婆说:"是不是你说得太含蓄了,她没理解?"

我说:"不,不会的,是我没有想到。当时我以为时间会冲淡一切。她有繁重的学习任务,有新的环境,有新的战友与同学,一切的一切都会使她对已经过去的、旧的印象趋向淡化。"

阿婆说:"你不了解女人。"

第九日　心中有信难相寄　误打误撞上大学

我说:"阿婆,您说得太对了,我是不了解女人。上学的时候我身边的女人就是母亲、姐妹、女老师、女同学,在我的眼里她们和父亲、兄弟、男老师、男同学都是一样的。当我参军之后,女人都在我眼前消失了。所以我可以说是不了解女人的,特别是不了解除了母亲、姐妹之外的女人。"

阿婆问:"她给你回信了?"

我说:"她没有马上给我回信。在我没有收到她回信的时候我的心里一直惴惴不安。我常问自己:你不是希望淡化彼此的往来吗,可又为什么每每盼着收到她的来信?我就是在这样的矛盾中等待着,等待着我不知道的结果。终于她的信来了。当我收到她的信时才发现,她的回信并没有晚几天。没有打开信我就知道里面有我想要的东西了。我没有马上拆开信,而是闭上眼睛尽量回忆她留在我记忆中的样子,想象着她现在的样子。我没有见过她穿军装、戴领章与帽徽的样子。但每当我见到女兵的时候就会情不自禁地想到她。我总觉得她穿军装的样子比我眼前的任何一位女兵都更好看,更精神。我拆开了信,小心翼翼地从信封里抖出了相片。呀,还是两张。一张是正面像,一张还是侧脸的艺术照!没想到相片中的她还真和我想象中的一模一样。我看着相片中的她,仿佛她也在看着我。我当时的感觉这相片就是为我而照的。"

"那她在信中是怎么说的?"阿婆笑着问,她又着急了。

我说:"我打开信一看全明白了,原来这相片就是为我而照的。她接到了我的信后就去照相了,所以耽误了回信给我。我被感动了。她还告诉我她胖了。我仔细地看了看相片,没觉得。我一直担心学习紧张她会瘦的,如果她真的胖了,那就说明现在的学习对于她来说是一件轻而易举的事,本来她就是一名学习高手。"

阿婆问:"你给她回信了吗?"

我说:"当然回了。"

阿婆说:"你不是说要拖一些时候,慢慢拉开通信的时间,淡化你们的关系吗?"

阿婆真是个细心人,好像我说的每一个细节她都记得,还时不时地翻出来问你。

我说:"这次不一样嘛。她不是给我寄相片了吗?我不能收到了人家的相片也不告诉人家一声不是?"

阿婆笑着说:"还是割舍不下。"

我点了一下头说:"是有一点。"

阿婆说:"不,不是有一点。我看根本就是割舍不下。"

我说:"是呀,我的心里确实很矛盾。她这次来信完完全全说的都是她自己的事,关于我的事她一句都没有说,一切尽在不言中。对于一个身处逆境中的人来说也许无言便是最好的理解,最好的宽慰。我把这封信连同相片一块揣在内衣口袋里,希望它们每时每刻都伴随着我。此时在黑暗中我端详着她,细细地读着她信中的每一句话。"

"伯伯,在黑暗中您看得见吗?"阿珍歪着头问。

"伯伯看得清清楚楚的。"阿婆说。

阿婆没等我说便替我回答了。阿珍看了看阿婆,又看了看我,将信将疑地问:"真的?"

我微微一笑没做回答。阿婆说:"阿珍,你还小,到了那个时候你也会看得清清楚楚。"

此言一出阿婆和我都笑了。阿珍见我们都笑了,她的脸红了起来。阿婆见状又马上把话题拉了回来,她问:"那你把你复员的消息告诉她了吗?"

我说:"当然告诉她了。在叶副连长找我谈过话之后我就给她写了一封信,信写的很短,告诉她我要复员了。复员后的情况一切都不清楚，让她不要再给我来信了，最后我祝她一切都好。"

阿婆问："你没有说等你安顿好了再给她去信？"

我说："没有。"

阿婆说："那不就有分手的意思吗？可你又没有说清楚。"

我说："有那个意思。不过也确实如您所说我没有说得很清楚。她是个明白人，我相信她会明白的。让时间去冲淡这一切吧。"

"伯伯，那她就真的没给您写信？"阿珍的语气里充满了惋惜。

阿婆说："傻孩子，伯伯那时连个住的地方都没有，让她往哪里写信呀。"

"那就没有办法联系了？"阿珍心有不甘地再次问道。

"你真的没有给她去信？或许她会像当年你给她出主意一样帮你想个好办法以摆脱你现在的困境。"阿婆也关心地再次问道。

我说："我真的没有给她去信。我不愿意让她知道我现在的窘境，让她为我担心。我也不会说假话，让她以为我这里一切都好。"

阿婆若有所思地说："其实你也可以把实际情况告诉她，让她去选择。"

我说："不行，不行。阿婆，您是过来人。说实在的有时候选择是件很困难的事，我不能把困难留给她。"

阿婆说："就这样你停止了给她写信。"

我说："是的，不过在给她的最后一封信中我已经告诉她我复员了，我想她会理解的。"

阿婆说："但是你很可能不理解她。"

我说："是的，我刚才就承认了我没理解她。"

阿婆问："那后来呢？"

我说："我还能干什么。晚上和衣睡在武装部的办公桌上。屋里就剩我一个人了，连自己呼吸的声音都能够听得到。我就这么静静地躺着，任时光在我身旁流过。白天则继续四处流浪，或在某一处避风的旮旯里凝视着北京永恒的青砖灰墙，或在匆匆的人流中孤独地踱着我自由的步子。

区武装部离我们中学很近，但是我没有回去看看，甚至连校门口都没有走近过。虽然现在正是放假的时候，学校里几乎没有什么人，但我还是怕碰见偶尔回校的老师。我不知道碰见他们时他们会问我什么，我该如何回答他们。我们高三一块当兵的同学好像只回来了我一个人，还连党都没入，不用说人家肯定认为我没有干好。还是别遇见的好，真是无颜面对师长呀。

这时我常想我这个人也许就不是当兵的料。从我当兵的第一天起一直到我复员整整三年的时间，我愣没有把部队的事情搞清楚。就说我们刚入伍时我们排的三个班长吧。一班班长是公认的工作能力最强，技术最好，人缘也好，排里威望也最高。当排里的干部不在时，一班班长自然就是领导指定的负责人。可谁也没有想到三个班长中第一个复员的就是一班班长。一班班长复员后最显山露水的就是三班班长了。三班班长技术上还行，有领导欲，工作能力也不差。他本人也想在部队干下去，可没成想他也复员了。就剩下我们二班班长了，我就是二班的，和他接触最多，他是个好人，论工作认认真真，论能力实在是一般，论技术更是一般了，文化水平也不高，可偏偏他提干了，而且提的是技师。我真不知道如果让他单独领导施工那可怎么办呀，可部队就是这样。不，或许是我们的部队就是这样。由此我又想起了我与团长的第一次谈话。

我们团领导有个好习惯就是当他们坐车外出的时候，只要碰到在路上走的战士都会停下车来，招呼你上车捎上你一程。一次我从团部回连队，刚刚走出团部大门，一辆吉普车就从后面开了过来，在我的前面停了下来。一位干部模样的人从车窗探出头来问我：'到哪

里去?'

我说：'去沈阳。'

他说：'快，上车吧。我正好也去沈阳。'

我说了声：'谢谢。'

就赶紧向前跑了几步，拉开车门上了车坐到了车后排空着的位子上。我不知道坐在前排座位上的首长是谁。因为我们连长年在外施工，所以团首长只要是没去过我们连的，我们几乎是都不认识。

首长问：'你是几连的?'

我说：'首长，我是六连的。您是?'

首长听了笑着说：'哈哈，不认识我吧，我是你们团长。我姓孟。'

这时我才知道坐在我前面的这位首长原来就是我们团的最高军事首长孟团长。

我忙说：'对不起，您看我连自己的团长都不认识。'

团长说：'这不能怪你，要怪也只能怪我。你们连长年在外面施工很辛苦，可到现在我还没有去过你们连，对你们连关心不够，所以你不认识我是自然的。'

团长的话说得我心里热乎乎的，立刻拉近了我和团长的距离。

团长又问：'你是哪里的兵呀?'

我说：'北京兵。'

团长再问：'是学生兵?'

我说：'算是吧。'

团长说：'读了几年书?'

我说：'高中毕业。'

团长说：'那可以说是兵中的秀才了。'"

阿婆问："连队里不是还有大学生吗?"

我说:"大学生参了军就是干部,中学生参了军还是大头兵,我们高中毕业自是兵中学历最高者,因此团长说我们是兵中的秀才。"

阿婆笑着说:"原来是这么一回事。那团长一定会赏识你们这些秀才兵的。"

我说:"恰恰相反。我们团长根本就不喜欢学生兵。"

阿婆不相信地说:"为什么?你怎么知道你们团长不喜欢学生兵?"

我说:"是团长自己说的。不知道因为团长天生就是个直性子的人,还是因为他觉得对于一个像我这样的小兵而言,说什么都无所谓。他紧接着说出了让我感到惊讶的话。"

"他是怎样说的?"阿婆急于想知道我们团长都说了些什么。

我说:"团长直率地说:'我不喜欢你们这些学生兵。'

我当时吃了一惊,忙问:'为什么?'

团长说:'就为你刚才说的那三个字。学生兵遇到什么事都爱问个为什么。你们就不知道当兵最重要的不是要搞清楚什么事为什么,而是要搞清楚上级要让你干什么。让你干什么你就干什么,把什么干好就行了。至于什么事为什么这样干这是上级的事。就拿我来说,司令员让我这个做团长的干什么,我还能问为什么吗,不能吧。上级让干什么就干什么,这就完了。'

我不解地问团长:'团长,搞清楚为什么再干不是更好吗?为什么要不清不楚地干呢?'

团长说:'所以我不喜欢你们这些学生兵。自然所有的事都有原因。但是有的事一是搞不清楚,二是就算是清清楚楚的也不见得需要每一个人都清楚。这就是部队,你明白吗?'

我当时并没有明白团长这番话的意思。因为毛主席说过对于任何事情都要问个为什么。我也没有回答团长而是问了他另一个问题。我

问他：'您喜欢什么样的兵？'

团长说：'你问我喜欢什么样的兵。我告诉你我特别喜欢那些从大山沟里来的兵。尤其是那些连电灯都没见过，汽车都没坐过的兵。一天三顿饭有干粮他都问为什么不吃稀饭。这样的兵最听话，最好带，干活也最肯出力气。'

听了团长的话我一头雾水。我问：'团长，您可是通讯团的团长。如果您的兵连电灯都没见过，他们怎么能掌握无线电通讯技术呀？'

团长满不在乎地说：'不会可以学嘛。'

我说：'一个兵的服役期只有三年，要是连电灯都没见过，恐怕不会有多高的文化，三年内掌握无线电通讯技术恐怕不容易。'

我之所以说不容易完全是因为和我说话的是团长。其实我的本意是不可能。无线电技术是一门相当复杂的技术，在大学里是专门的一门功课。上过高中的人都未见得能学好，没有文化的人怎么能够在短短的三年中掌握的了？

团长说：'就你们行是不是？就你们这些学生兵能够掌握无线电技术？我就不信没文化学不了无线电技术。可以一边学文化一边学技术嘛。'

团长的话说到这里我实在是没什么好说的了。其实在不久前就发生了这样一件事。上级调我们连一排的两个班去支援通讯站的一项工作。我也在其中。在双方交接工作中我才了解到通讯站之所以需要我们支援是因为他们的新兵未能按时完成技术培训。我曾问他们的技师，'你们的培训时间是不是太短了？'

他说：'哪是呀。往年我们是培训三到四个月。今年都培训了快一年了，还没能上岗。'

我问：'什么原因？'

他说：'还能是什么原因，还不是因为文化水平太低了。有的人

几乎就是文盲。'

我吃惊地问：'你们怎么能招文化水平这么低的兵？'

他说：'这哪里是找招的呀。我们原来是从城里招了一批学生兵。专业训练都开始了。一天一位副司令员来我们站检查工作。他发现了我们这批新兵都是学生兵就对我们提出了批评。说我们轻视工农。批评就批评吧。谁也没想到这位副司令员回去就把我们这批兵给调换了。给我们从工程兵调换来了这批兵。这批兵可有特点了。一是听话，让干什么就干什么，而且话都不多；二是能吃能干，他们一个人能吃我们两三个人的饭，把我们有的连吃的够呛，同时也能干，砌个猪圈，挖个菜窖什么的也一个人顶仨；三是上课听不懂，上课你讲什么他们都听不懂，真没办法。这不我们才请你们来帮忙吗？'

我问：'那你们怎么办？'

他说：'到了现在我们还能怎么办？其实他们也不愿意来，他们中有不少的人还愿意回去当工程兵。可又怎么回呢？我们是只好如此了。'

这事我没有和团长说，我心想说了也白说，团长是不会因此而改变他的看法的。从此团长给我留下了深刻的印象，也许我也给团长留下了印象。这就是我和团长的第一次见面。"

阿婆问："后来你还见过你们团长吗？"

我说："阿婆，您忘了？前两天我才说过的。"

"伯伯说了的，他还见过两次。一次是在拉练的路上，一次是伯伯复员的时候。"阿珍嘴快替我说了。

阿婆说："想起来了，想起来了。看来你第一次和团长见面就没有给你们团长留下一个好印象。"

我说："阿婆，您说我说的不对吗？在当时的情况下我又能怎么说呢？"

阿婆说："你说的不错。但是你说的时间、环境和对象都不对。主要是对象不对。要是现在你还会那样说吗？"

我说："现在已经用不着我说了。现在部队已经不征招没有文化的兵了。如果是现在我再遇到类似的情况我也不会说什么了。虽然我会坚持我的看法，但是我不会说了。"

阿婆说："你经历过了。"

我说："是的，我经历过了。不过当我刚刚复员回来的时候可不是这样想的。刚开始的时候我想反正没有事正好利用这段时间好好地总结一下当兵三年的经验和教训，对以后的工作肯定会有好处的。可是很快我就发现这是个不现实的想法。我根本不可能一边流浪一边总结过去。我发现对于我来说明天比昨天更重要。我最迫切的是需要一份工作，需要一个栖身的地方，一个吃饭的地方。特别是像我这样一个一直生活在集体中的人，一旦成为一个孤独的人，其心情恐怕是他人很难想象和理解的。"

说到这里我见阿婆双眼盯着我，眼睛里流露出同情的目光。她说："我能想象得到。"

"您？"我没有想到阿婆会说出这么一句话来。我诧异地看着阿婆。

阿婆说："不只是我。"

这间屋子里还有谁？除了阿婆和我就是阿珍了。可她才不到二十岁。她能理解的了一个孤独的流浪者的心情？我把诧异的目光转向了阿珍。阿婆也把目光转向了阿珍。阿珍看到我和阿婆都看着她便说："伯伯，我或许只能想象个一二，但阿婆肯定都能够想象得到。"

阿珍的话使我打住了话头。我看着眼前的着一老一少。说实在的，我所说的这些事都是三十年前的事，此时此刻的我并没有怨天尤人的想法，只是按着时间的顺序信口把过去的事再说了一遍。她们能够理解我当时的心情,莫非她们也有过类似的经历?我一时竟不知如何去想。

"好了,我不打岔了。阿珍,咱们还是让伯伯说说他怎么上大学的吧。我记得好像是你复员回到北京后没参加工作就上大学了,是吧?"

阿婆看我不说话了,马上又把话题拉了回来。

我说:"我是一头撞进大学的。"

"什么?你(您)是一头撞进大学的?"阿婆和阿珍异口同声地问道。这一下她们都感到诧异了。

我说:"真的,我是一头撞进大学的。恐怕全国在我之前没有,在我之后也没有,只有我一个人是以这种方式上大学的。"

"那你快说说你是怎么一头撞进大学的。"阿婆好像根本不相信。阿珍也是一脸的狐疑。

我说:"这事要不是发生在我自己身上连我都不信。这话还得从头说起。虽然我很想上大学,但是在这个时候我已经完全想不起上大学这回事了。对于我来说,现在最最重要的就是需要有一份工作,有一个可以吃饭、晚上可以安安稳稳睡觉的地方。我不能再等下去了,开始催武装部的同志。可我每次问他们所得到的答复都是很简单的三个字'再等等'。实在没有别的办法,我只好每天回到武装部时都不厌其烦地问他们有没有消息。几天之后,终于有一位同志经不住我的询问,耐心地和我多说了几句话。他问我:'你的户口也在宣武区吗?'

我说:'不,不在,我的户口在东城区。'

他说:'那你也可以去东城区武装部看看嘛。'

我不明白了。我问:'什么?不是说从哪里参军的就由哪里负责安排吗?'

第九日　心中有信难相寄　误打误撞上大学

他解释道：'是的，从哪里参军复员就回哪里。这是个大的原则，指的是从哪个省、自治区、直辖市参军就回到哪个省、自治区、直辖市。宣武区、东城区都是北京市，所以你回东城区安排也是可以的，只要你自己提出要求。如果你不愿意等了也可以到东城区去看看。'

说完他就走了，又把我一个人孤零零地锁在武装部里了。这时离我复员回京已经有近一个月了。

第二天我决定到东城区去碰碰运气。说实在的，我心里一点底都没有，甚至一点希望都没有抱。那时候别说宣武区和东城区了，就是全国的情况都差不多。反正在街上也是瞎溜达，不如到东城区去碰碰。我打听好了东城区武装部就在灯市口附近，从前门到灯市口坐公共汽车最多要一角钱，但我决定走着去，反正我有的是时间，又刚刚拉练过，我不怕走。八点钟武装部一上班，我就开始徒步向灯市口走去。

七十年代初的北京，三月份天气还挺冷的，街上大部分人都还穿着冬装。我自然还是那套装束，棉衣、棉裤、棉帽子，脚上还是那双大头鞋。街上穿大头鞋的人很少。一是北京没有东北那么冷，二是大头鞋也太沉。就是我的战友们一回到家中首先换掉的就是大头鞋。可我没的换，只好穿着它，好在我已经习惯了。也许因为我心里有些急，我几乎是用行军速度走的，很快身上就开始出汗了。当我找到东城区武装部的时候，衬衣都已经湿了。一走进东城区武装部的院子，我就发现这里的情况好像和宣武区那边大不一样。宣武区武装部的院子里每天都有一些复员兵来来往往的，可这院子里一个人也没有，不知是为什么。既然已经来了怎么也得找个人问一问呀。我便挨着窗户向屋里望，看有没有人。我发现一间大屋子里坐着几个复员兵正在说着什么。我就推门走了进去，向坐在那里的几个复员兵问：'同志，武装部的工作人员呢？'

他们中的一个人对我说：'他们今天不办公。'

这句回答给我来了一个透心凉。要是赶上了政治学习那肯定是不会有人再来解答我的任何问题了，我今天就算是白跑了。我有点不甘心便又问：'为什么呀？'

他们说：'不知道。'

我问：'那你们在这里干什么呢？'

他们说：'我们什么也没干。我们是一个部队的战友，没事在这里随便聊聊。你是哪个部队的，你来干什么？'

我说：'我是沈空的。来问问安排工作的事。'

他们说：'沈空的？这么多天了，我们怎么没有碰上一个沈空的？不过你别急，反正得给咱们安排工作。你还不如回家好好休息休息。真要是开始工作了又没有时间休息了。'

他们都是家在北京的人，怎么能够想象得到我的处境？我也没办法去给他们解释，只好再问一句：'他们有人在吗？'

他们中的一个人指着一个门小声地说：'那里头有人。'

我一看，原来这间大屋子里还有个套间，门关得严严的。我轻轻地走到门口，把耳朵贴近门缝想听听里面的动静。里面好像一点声音都没有。我回头看了一眼那几个复员兵。其中一个人又指了一下这个门小声地说：'里面肯定有人，不信你敲敲门。'

我没有不信他的话。我只是不知道敲开了门怎么和人家说。东城区和宣武区还不是一样，大家都在等着分配。我又为什么一定要人家先给我分配工作呢？可如果连武装部的人我都没有见，那我又为什么要来呢？迟疑了一下我决定还是敲一下门，问一下吧。就是不行我也算努力了，对得起自己了。想到这里我敲了一下门。里面没有动静。我又敲了一下，里面还是没有动静。我又回头看了一下告诉我里面有人的那位复员兵。他使劲地挥了一下拳头，意思是让我敲得响一点。

我使劲地敲了一下。突然里面传出了一个不耐烦的声音：'谁呀？'

我慌忙回答说：'我。'

里面的人没好气地问：'你是谁？'

我说：'我是复员兵。'

里面的人更不耐烦了。她大声地说：'复员兵的事明天再说。今天我们有事不接待。'

我只好求她说：'我确实有困难，您开开门。我问一点事，问一下就行了。'

门'吱'的一声开了一条缝儿。我刚伸进去一只脚，门又从里面推住了。幸亏我穿的是大头鞋，虽然鞋被挤住了，可脚没有被挤疼。我感到里面的人想把门再关上。她推了推门，却因为我的脚已经伸到了门里而卡住了。她没能把门关上，只好对我说：'什么事？'

我说：'我想问一下有关分配工作的事。'

她皱了一下眉头说：'不是和你们说过了吗，让你们放心回家等着去，一定会给你们安排工作的。'

我忙说：'不是我不放心，是我确实有困难。我需要尽快有一份工作。'

她问：'你有什么困难？'

我说：'我没有住的地方，也没有吃饭的地方。'

她不相信地看着我说：'你不是本地参军的吗？你家呢？'

我解释说：'我是本地参军的，我家原来就在东四六条，六八年我参军后我家就搬走了，所以我复员回来后就没地方去了。'

'哦，那你现在住哪儿呀？'她的语气缓和了一些。

我没敢说我暂住在宣武区武装部的办公室里。我说：'我暂时借住在一个单位办公室的桌子上。但这实在不是个办法。'

她想了一下说：'你再坚持几天吧，你有什么困难我今天也给你

解决不了。'

我看她又想关门了，忙问：'那您……'

还没等我说完她就打断了我的话，说：'今天我们很忙，一点时间都没有。我们正在招生。'

说着她就使劲地推了一下门，想把门关上。我一听'招生'两字，心里一震，马上大叫一声：'哎呀。'

顺势就蹲了下去，这样一来里面的人就再也关不上门了。她只好把门打开说：'对不起，我没有看见你的脚，怎么样？'

我一边假装用手扶着脚一边问：'您们正在招什么生呀？'

也许是她真的以为挤了我的脚，态度又缓和了一些，说：'这和你没关系，我们正在招大学生。'我一听说招大学生马上站了起来说：'招大学生呀！那您招我吧。'

我也不知道怎么就随口说出了这句话。

她一看我站起来了，脸马上拉了下来，一边把我往外推一边说：'不行，不行，我们要先看档案。'

一听说要先看档案我的心就凉了。我的档案根本就不在东城区武装部，要看档案肯定没有我的戏。可我心里也挺纳闷的。我天天都在宣武区武装部里待着，怎么没见到那边招大学生呀？我知道这是千载难逢只可撞不可遇的机会。我顾不了那么多了，一边抵抗着她的推搡不肯退到屋外去，一边大声地喊：'求求您了，您就招我吧，您不会后悔的。'

她板着脸说：'求我也没用，关键是人家大学的老师。你还是先出去，老师挑上了你，我们就会通知你的。'

这时候我才发现坐在桌子后面还有一位女同志。她原来一直在低头认真地看着档案。听我一嚷嚷，就抬起头来看了我一眼。就是这一眼我便认准她就是招生的老师。我便冲着她大声地喊：'老师，老师，

您就招我吧!'

她笑了。可能是她也没有遇到过这种情景,于是说:'让他进来吧。'

这时我的一条腿已经退到门外了。推我的人见老师发话了,一抬手,我向前一个趔趄直接扑到老师的桌子前。我听见身后重重地关门声。顾不得了,我马上站直了冲着老师敬了个礼说:'谢谢您!'

老师说:'先别谢我,我问你,你是哪个中学的?'

我说:'我是师大一附中的。'

老师愣了一下问:'是和平门那里的师大附中?'

我忙说:'是的,是的,就是和平门的师大一附中。'

老师接着问:'六六年时你上几年级?'

我说:'上高三。'

老师说:'真的?那就是说高中你已经读完了?'

我说:'没错。我们高中已经毕业了。本来正在准备高考,这不"文化大革命"了吗?六八年我就当兵了。今年我都二十四了。这些档案里记得清清楚楚的。'

我想她们在看档案一定相信档案。可一说到档案我心里又'咯噔'一下,要是她们当场翻一下档案就会发现这里根本就没我的档案,那可坏了。好在老师相信了我的话,她没有要再看档案,而是对我说:'坐下吧,你先填个表。'

柳暗花明,撞进大学

说着她就把一张表递给了我。原来是一张北京化工学院的志愿表。这时我才知道正在这里招生的是北京化工学院，对于这所学校我是一无所知。虽然当年我曾经历过高考前的报名准备，可是我根本没有想过报考任何化工专业，所以对化工类的大学都不了解。不过现在也顾不得那么多了，拿过志愿表我就开始填。先写上自己的名字，然后顺着向下填。当写到报名专业的时候我才想起来我根本就不知道北京化工学院有几个系，都有哪些专业。我只好放下笔问老师：'老师，您能告诉我咱们学院有几个系，都有哪些专业吗？'

老师说：'这次招生的一共有四个系：有机系，机械系，仪器仪表系，自动化系。'

'那我报自动化系吧。'说着我就要填上自动化系。

老师马上说：'不行。'

我愣了一下，问：'为什么？我当过无线电技工有一定的基础。'

老师解释说：'自动化系已经招满了。今天在这里只有有机系招生。'

我问：'那要是我想学自动化就没办法了？'

老师说：'没办法。你要报名只能报有机系。'

这时武装部的那位女同志说话了。她说：'你一定要学自动化专业那就明天再来。北京工业大学明天也来招生，他们学校好像有自动化专业。'

我犹豫了，对于化工我了解得太少了。北京化工学院的老师一看我有些犹豫，就说：'我们在这里只招一天。明天北京工业大学在这里也只招一天。如果你明天报不上名，到那时你再想上我们北京化工学院也不可能了。'

听老师这么一说，原本已经放松了的心情又紧张起来了。看来对于学校我是没有选择余地了，要是今天不报北京化工学院那要再上大学可就悬了。可是我就不明白还有那么多大学、学院呢？全国总有二百来所吧，他们怎么都不招生？怎么今天只有北京化工学院一家在这里招生？可对于北京化工学院我还真是不了解。老师也看出了我的心思。她问：'你是不是不太了解我们北京化工学院？'

我忙说：'是，我是一点都不了解。您能不能简单地给我介绍一下？'

老师说：'北京化工学院是咱们国家在1958年大学院系调整时建立的。原来是化工部直属院校，也就是通常所说的中央院校。比如说明天来招生的北京工业大学就是地方院校。化学工业是我们国家的重点发展工业，所以国家很重视化工院校的建设。前两年全国进行院校调整，把北京化工学院下放了。这次北京市特地又把北京化工学院要回来了。现在咱们学院隶属于北京市。'

听老师这么一介绍我才知道北京化工学院还是全国重点院校，我想那还是上重点院校吧。如果明天人家北京工业大学或是不要我，或是自动化专业也满了，再让我上个不了解的专业不就更麻烦了吗？想到这里我就对老师说：'老师，那我就报有机系吧。我报什么专业呀？'

老师说：'你就报基本有机合成专业吧。'

又是一个不明白。我忙问老师：'什么是基本有机合成？您能再简单地说一下吗？'

老师说：'世界是由物质组成的，物质分成无机物和有机物两大类。世界上已知的无机物不过五万多种，可已知的有机物有一百五十万种以上。但是大量的有机物都是由一些小分子量的基本有机物组成的。这些小分子量的有机物也被称为基本有机物。制备这些小分子量的基本有机物的过程就叫作基本有机合成。总之一句话，基本有机合成也就是低分子有机物的合成。你以后一上课就明白了。'

我明白了一点。我心想那有低就应该有高呀，马上问老师：'老师，听您这么说有低分子有机物的合成，那有没有高分子有机物的合成呀？'

老师听我这么一问，笑了。她说：'当然有了。'

我问：'咱们学院有吗？'

老师说：'当然也有了。'

我再问：'也在有机系吗？'

老师说：'在呀。'

我一听马上说：'那我报高分子合成吧。'

老师听我这么一说，笑的更厉害了。她说：'低分子合成是化工中最基础的，也是最重要的一部分，又是用途最广的。在咱们学院里也是招生最多的一个专业，师资力量也最强。高分子专业的面都比较窄。如咱们学院有塑料合成专业，橡胶合成专业，化学纤维合成专业，专业面都比较窄。'

我坚持说：'老师，宽窄都没关系，如果有可能您还是让我报高分子专业吧。'

老师说：'我可告诉你，不管是低分子专业还是高分子专业，就其专业来说可没有高低之分。'

我忙说：'老师，我知道，我知道。'

老师又笑了一下说：'你真是有高不报低呀。'

我不好意思地笑着点了点头。其实我对有机化学知之甚少。初中不说，上高中后三年都有化学课。每学年都有厚厚的一本教科书，只是到了高三的第二学期临毕业的时候才学了薄薄的一本有机化学。一共没有多少学时，好像主要是学了点有机物的分类和名称什么的。对于高分子就更不知其然了。

老师想了一下说：'好吧，我给你问一问。不过咱们先说好了，

如果高分子专业有名额，人家专业也要你，你就去。如果没有名额或人家不要你，你就去低分子合成怎么样？'

我马上说：'行，行。老师就麻烦您给问一问。'

老师当着我的面拨通了电话。她对着电话说：'喂，喂，是化工学院招生办吗？请查一下高分子那几个专业还有没有名额？什么？什么？塑料专业的人正在你那里。行，行，我直接和他们说。'

电话的那边又换了一个人。老师说：'喂，是塑料专业的代老师吗？'

电话的那头传来了肯定的答复。老师问：'你们专业招满了吗？什么？还有一个名额？我这里有一名复员战士他希望报高分子专业。啊……他是北京师大一附中的，啊……高中毕业……行，行，我给你们留着。'

听到这里我知道事成了。老师放下电话对我说：'填表吧，专业塑料合成，你走运刚好还有一个名额。'

我忙说：'谢谢老师了。'

我迅速地填好了表交给了老师。这时我才想起来问老师：'老师，您贵姓？'

老师说：'我姓郑。'

我永远记住了郑老师，我永远感谢她。她的一句话改变了我人生的轨迹。

我看着郑老师把我填好的表收进了她的提包。她合上了刚才还在翻阅的档案，把它们交给了武装部的同志。我看出这一天的招生工作结束了。我是郑老师在这里招收的最后一名学生，也是最幸运的一名。

郑老师收拾好东西对我说：'你回去准备好。后天早晨八点钟在武装部的院子里集合，学院派车来接你们。'

一切都来得太突然了，需要准备些什么我完全不知道。我忙问：'郑老师，请问要交多少学费？'

郑老师说：'不用交学费？'

听了郑老师的话我大吃一惊，心想：还有上大学不用交学费的，那也得交其他的费用吧，最起码得交饭费吧。对于我这个零收入的人来说还是问清楚的好，也好早做谋划。想到这里我再问：'那需要其他的费用吗？饭费一般需要多少？'

郑老师看着我又笑了。她说：'钱，你不用带。你只要带上自己的被褥，衣物和洗漱用具就行了。学院每月会发给你们每人19块5的补助金，其中15块5的伙食费，你们在学校的学生食堂就餐；4块钱是用来补助生活需要的。记住一定要把自己用的带齐。'

太棒了！我真的没有想到不仅有学上，而且生活问题也一并解决了。我从心里更加感激郑老师了。我站了起来向郑老师点了点头，表示一切没问题。郑老师又对武装部的同志说：'谢谢你们了。请你们把档案准备好。后天我来连人带档案一块带走。'

武装部的同志说：'谢什么，你们也帮了我们一个大忙。要是你们把复员兵都招走了，那我们还省心了呢。没问题，后天你只管来带人拿档案吧。'

说着她俩都笑了。武装部的同志回过头来对我说：'你是哪天来武装部报到的？告诉我，我好把你的档案拣出来准备好。'

一听'档案'两字我打了个激灵，结结巴巴地说：'我，我的档案不在这里。'

武装部的同志一听就急了。她说：'什么？你的档案不在这里？你是干什么的？你跑到这里来干什么？你的档案在哪里？'

我只好解释说：'我是复员兵没错，但我的档案在宣武区武装部。'

第九日　心中有信难相寄　误打误撞上大学

　　她瞪着眼睛对我说：'简直是瞎胡闹。你的档案在宣武区武装部，你就应该到那里去。你跑到我们东城区武装部来干什么，这不是把我们的工作给搅乱了吗？'

　　她真的和我急了。我一看她急了，心又提了起来。我知道要是过不了她这一关，那一切都完了。我马上再解释说：'我的户口在东城区，是宣武区武装部的同志建议我到这里来的。我现在没地方住，没地方吃，实在是没办法了。他们又一时安排不了我的工作，所以才让我到户口所在地的武装部来求助，并说这是符合政策的。'

　　武装部的同志不听我的解释。她说：'这是怎么搞的嘛。他们怎么能这么做？不行，郑老师，他的档案不在这里，这可不行。您还得重选一名。'

　　我一听真的急了，忙说：'别，别，我可以把档案转过来。'

　　武装部的同志把脸一拉，说：'你说转就转了，还有政策没有？'

　　我央求着说：'按照规定您接收我也没有错。我的户口就在东城区，求您了。如果您不让我上学那我还得在街头流浪一段时间，我真的没有地方去。'

　　听了我的话郑老师问：'你家不在北京，你的户口怎么在北京？'

　　我说：'刚才我已经和这位同志解释了。我家原来在北京，可我参军后我家搬到河北去了。现在在北京我是孤身一人，没的住，没的吃，我实在是快坚持不下去了。郑老师，您就招了我吧，我一定不会让您失望的。'

　　郑老师知道了我的处境就对武装部的同志说：'算了，就这样吧。刚才你也看见了我已经和学院通过电话了，已经给他注册了。再改也不好办。如果不违反政策你就帮他把档案转过来吧。这样不就算你们武装部的人了。'

　　见郑老师这么一说，武装部的同志也就不再说什么了。她说：

'行，看在郑老师的面子上，我就不和你计较了。不过档案你自己去拿，你拿过来我接收；你拿不过来我也没办法。'

听了她的话，我想有宣武区武装部同志的话在前面转档案应该是没有问题的，就千恩万谢地退出了屋子。我看了一眼刚才还坐在外屋的几位不相识的复员兵的地方，想去谢谢他们刚才给我的指点，可此时那里已是空无一人。他们可能永远都不会知道正是他们不经意的举动竟改变了我的人生轨迹。人的命运呀真是莫测，有的时候当事人毫无把握，可毫不相干的人竟在不经意中稍一点拨便使其南辕北辙。

我出了屋子后立马跑出了武装部的院子来到了大街上。我生怕再发生什么变化，仿佛离开了武装部事情就不会再变了。当我离开武装部的时候，从心里感觉到近一年来都没有的轻松。天仿佛比我来的时候更蓝了，太阳也比刚才更暖人了，风也不知道是什么时候停的，连路都好像比来时平坦了许多。一出了东城区武装部所在的胡同我就跳上了一辆公共汽车。我希望能够早点赶回到宣武区武装部，好把自己的档案取出来送到东城区武装部。"

听到这里，阿婆和阿珍都松了一口气。阿婆说："这下可好了，你的问题算是都解决了。"

阿珍也说："伯伯的运气真好，这叫好人有好命。"

"就这样，仅隔了一天我就走进了大学的校门。"

阿婆微微地一笑，好像她的心里也得到了某种满足。我看了一下表，时间已经过了。我说："阿婆，我该走了。"

阿婆说："没关系，你再坐几分钟。有个事我想问你一下。"

我说："您问。"

阿婆说："那我就直截了当地说了。"

我说："有什么话您就直说吧。"

我看了阿珍一眼。她红着脸看着我，肯定是她把昨天我临走时说的话告诉了阿婆。其实我也还没有最后做出决定，也没想好怎么和阿婆说，不过阿珍告诉了阿婆也没有错。

阿婆问："你是不是不想来了？"

我说："我只是想我的故事已经可以告一段落了。"

阿婆说："要是我想请你听另外一个故事呢？"

我一听阿婆这话，以为阿婆要说自己的故事，这正是我求之不得的事。我立刻说："我很愿意听。"

阿婆说："那好，请你明天准时来。"

我说："我一定准时到。"

今天阿珍没有把我送下楼。她像往常一样只把我送到客厅的门口，在和我道别的时候她的脸上露出了满意的微笑。我隔着她向阿婆望去。阿婆坐在那里闭上了双眼，脸上的神态满意，安祥。

她是眼前灰姑娘
自信人间童话多

第十日

第十日　自信人间童话多　她是眼前灰姑娘

　　这是我第十次走进这间客厅。此时我的心情和前九次完全不同，是处在一种十分放松的状态，因为这次我是来当听众的。我不知道阿婆将要告诉我一个怎样的故事，但我想这一定是个值得听的故事。

　　像往常一样我们仨都坐在各自的座位上。不，不对，我感觉和往常有点不太一样，好像阿珍有点不自在，她坐在那里好像有点拘谨。眼睛也不似往常那样主要是看着我，而是一直看着阿婆。阿婆的神情倒是基本和往常一样，只是嘴角多了一丝微笑。我看得出来这微笑是在鼓励阿珍，也好像在告诉我有一些事情不妨让我知道。

　　阿婆看着我笑了一下。她笑的那样自然，那样恬静，又是那样的深沉。她说："我告诉你我是怎样认识阿珍的吧。"

　　根据我的经历，我想阿珍一定是从劳动服务公司聘来的。不，如果真是这样阿婆还有什么要和我说的呢？我看了看阿婆，又看了看阿珍。从她们的脸上我没有找到答案。

　　阿婆说："告诉你，阿珍是我从马路边捡来的。"

　　阿婆的话让我人吃一惊，我说："什么？阿珍是您捡来的？"

　　现在还能从马路上捡人？我两眼诧异地看着阿婆。阿婆看了我一眼，眼角的鱼尾纹轻轻地抖动了一下。她又看了一下阿珍。阿珍的脸恢复如常，刚才的一点不自在也消失了。她轻声地说："伯伯，是真的。我是阿婆从马路边捡来的。"

尽管阿珍也承认她是阿婆捡来的，但是我还是不能完全相信。阿婆没有理会我而是看着阿珍说了下去。她说："那是大约一年前的事了。一个周末的下午，我外出回家的路上，发现一个小姑娘正坐在所学校的门口伤心地哭着。她哭泣的声音虽不大，可是那样的凄凉，那样的无助，一下子就揪住了我的心，像一只无形的手把我拉到了姑娘的身边。

姑娘并没有感觉到我的出现，她完全沉浸在悲痛之中。我站在她的身边，见她身上的衣服虽然已经很旧了，却是十分干净整齐。她坐在一个小小的木箱上，两手臂支在腿上，双手捧着脸。我估计她的身高在一米六五左右，而且身材修长，长得很好，只是瘦了一点。她身边还有一个人造革的手提包和一个编织袋的包都是鼓鼓的，里面好像装的是她的行李。看她的样子像个学生，可为什么在学校门口哭呢？我心里纳闷。已经是放暑假的时间了，而且是周末。我看了一眼学校的大门，大门确实是关着的。这时又有几个过路的人围了过来。有人问姑娘：'你怎么了？'

一连问了几声姑娘只是哭却不回答。我夹在人群中也希望能够知道到底发生了什么事。姑娘一直没有回答把人的问话。我心里有点着急了，也插话问了一句：'姑娘，到底怎么了？'

也许是我俩有缘。听到了我的问话姑娘竟抬起头来看了我一眼，她一边抽泣着，一边轻声地答道：'奶奶，我没有地方去。'

姑娘的一声'奶奶'叫得我心碎。她抬头看我的眼神也深深地揪住了我的心。我问：'你在北京有家吗？'

姑娘没有回答我而是点了点头。我再问：'你父母呢？'

姑娘摇了摇头。有家没有父母，我的心又被揪了一下，问：'那你家里都有什么人？'

姑娘又抬起头来看了我一眼，刚止住的泪水一下又涌了出来。我

忙说:'别哭,别哭,有什么事告诉奶奶。'

姑娘哭得更伤心了。我想一定是她家里还有什么人对她不好,使她有家不能回,要不然她怎么能坐在路边哭呢?我只好再问:'是不是家里人对你不好?'

姑娘又摇了摇头。这就怪了,既然有家,又不是家里人对你不好,那干吗不回家?越是感到奇怪我就越想知道原因,于是又问:'那是家里遇到了什么事?'

姑娘还是没有回答我的问话。我想一定是周围的人太多了,姑娘觉得不好说。我向她伏下身去,轻声地说:'我们找个安静的地方。你把你的难处告诉奶奶好吗?或许奶奶能够帮你一下。'

姑娘点了点头。我走出了人群叫住了一辆出租车,请司机过来帮我拿姑娘的行李。我又走进了人群。这时姑娘已经用手帕擦干了眼泪低着头站在那里。我指着小木箱、编织代袋包和手提包问:'这都是你的行李吗?'

姑娘小声地说:'是。'

我对她说:'那咱们走吧。'

姑娘有点胆怯地问:'奶奶,咱们到哪儿去呀?'

我说:'孩子别害怕。奶奶带你到一个又安静、又安全的地方去。等你把你的情况告诉奶奶后,奶奶会帮助你的。如果你对奶奶的安排不满意,奶奶保证再把你安全地送回来。怎么样?走吧。'"

阿婆说到这里看了一眼阿珍说:"阿珍,当时我是这样说的吧?"

阿珍点了点头说:"我是第一次听到有人和我这样说话。"

阿婆继续说下去:"我没有拉她,而是让她跟着我走向出租车。我让司机直接把我们送到华侨大厦。到了华侨大厦我招呼姑娘下车,说:'到了,下车吧。'

姑娘一看是华侨大厦马上说:'奶奶,怎么到这里了?我不去。'

我奇怪地问道:'怎么了?这里不好吗?'

姑娘怯生生地说:'不,这里好。可这不是我来的地方。'

我还是不明白就问:'为什么?你为什么不能来这里?'

我们正说着,一位侍应生走来帮助拿行李。这时我才发现姑娘看了侍生一眼马上低下了头,脸色微微有点发红。当侍应生从司机手中接过小木箱时他愣了一下,忙向车里望去,并轻声地问道:'任珍,是你吗?'

这是我第一次听到这个名字。我问他:'你叫她什么?'

侍应生奇怪地看着我答道:'夫人,我叫她任珍。难道和您一起来的不是任珍?'

我问他:'你怎么知道车里坐的是任珍?'

侍应生掂了一下手中的小木箱,又指了指地下放着的编织带包和手提包说:'这可是任珍的全部家当。您看看这古旧的小木箱,现在谁还用这种箱子,也只有我们同学任珍还在用,还有这编织袋的包,这手提包。任珍的行李都在这里了,当然任珍就在这里了。'

我见他说的头头是道就问他:'这么说你是任珍的同学了?'

他冲我一笑说:'是的,夫人。'

我对着坐在车里的姑娘说:'好了,任珍下车吧。有你同学在这里你该放心了吧。'

阿珍慢慢地下了车。她一直低着头,两只手不知放在什么地方好,一直在攒着衣角。我对她同学说:'请把我们的行李搬到前台。'

他的同学看着我问:'这也是您的行李?'

我说:'是的,是我们的。'

说完我就径直向大堂的前台走去。阿珍只好跟在我后面走进了大堂。我们一行人一走进大堂,领班的就向我们走过来问道:'夫人,您是?'

第十日　自信人间童话多　她是眼前灰姑娘

我知道他是看见我们的行李了。在这里也许他没有见过这种行李。我没有看他只是说：'我要个房间。'

'请您跟我来。'他要带我们到前台去。

我说：'不用了，这我知道。'

他还以为我不知道在哪里办入住手续。真是以衣取人了。不，不是以衣，我穿的还可以，是以行李取人了。我带着阿珍向前台走去。领班只好跟在我们后面。到了前台我把证件递了过去说：'我要个房间，就要个标准间吧。我来付款，她来住。'

我指了一下阿珍说：'任珍，把你的证件给她们看一下。'

阿珍在我背后小声地说：'奶奶，我不住这里。'

我回过头去对阿珍说：'听话，你先在这里住一两天，有些事我还要安排一下。这里有你的同学不是挺好的嘛。'

说着我就对她同学说：'请把我们的行李送到我的房间里。'

大堂里来来回回的人都把目光投向了我们。我知道他们都像领班一样奇怪我们的行李。在众目睽睽之下，阿珍几乎要躲在我的身后。她再次小声地说：'奶奶，您……'

我打断了她的话说：'不，你现在什么也不要说，我也不听，你要听我的，按我说的做。'

我又回过头去对前台的服务员说：'请在餐厅给我们订一张桌子，两个人用，要安静点的。'

说完我就领着阿珍到了我们的房间。进了房间我对她说：'给你半个小时的时间，你赶快洗个澡，然后换上最好的衣服。有裙子吗？'

阿珍低着头说：'有，但都是旧的。'

我说：'那没关系，选件好一点的穿上。记住什么时候都要把头抬起来，把腰挺直了。快洗澡去吧，我要休息一会儿。'

阿珍去洗澡了。我就躺下来休息。"

阿婆阿珍，非亲似亲

说到这里阿婆停住了。她端起了水杯喝了一口。

"你们就这样认识了？"我不禁感叹了一句。

阿婆说："是的，就这样我们相识了。下面的事让阿珍来告诉你吧。"

说完之后她就把身子向后靠了靠，微微地闭上双眼。我发现阿婆精神尚好，可好像体力不如前几天，看得出来她累了。

阿珍接着说："伯伯，等我洗完澡之后见阿婆好像已经睡着了。我没出声只是静静地坐在阿婆对面的床上，刚好半个小时阿婆睁开了眼睛。阿婆没有马上起来而是躺着看着我说：'洗完澡了？'

我说：'洗完了，谢谢奶奶。'

第十日　自信人间童话多　她是眼前灰姑娘

阿婆说：'好了，从现在起不要叫我奶奶了，叫我阿婆好吗？这是我们家乡的习惯。'

'谢谢阿婆。'这是我第一次叫阿婆。

阿婆说：'唉，好孩子，穿上裙子就是不一样了。好，站起来让阿婆好好看看。'

我不好意思地站了起来，仍旧低着头。阿婆说：'听阿婆的，把头抬起来，好；下巴收一点，嗯；眼睛要平视，胸脯挺起来，对；收腹，臀部抬一点，好。你身材好，但一定要注意保持正确的形体姿势。一开始不习惯没关系，习惯了就好了。特别要记住在任何时候都要把头抬起来，把胸脯挺起来。过来，坐在阿婆的身边，让阿婆帮你把头梳一下。'

阿婆坐了起来让我背对着她坐下。当阿婆捧着我的头发梳第一把的时候，一股热泪夺眶而出。自从妈妈去世后就再没有人给我梳过头了。我没有抽泣，也没有低下头，而是让泪水沿着我的面颊悄然流下。我挺着腰板，抬着头坐在阿婆的面前。我记住了刚才阿婆不止一次对我说过的话。阿婆给我梳好头对我说：'到卫生间去照一照。看阿婆梳的头怎么样，我好久没有给人梳头了。把眼泪擦干，我们要吃饭了。'

我一直背对着阿婆，真不知道她是怎么知道我流泪的。我按照阿婆的话做了，当我走出卫生间的时候阿婆站起来了，见我出来了，说：'好了，我们去吃饭吧。'

阿婆带我到了餐厅，找到了我们预订的桌位。阿婆一边翻着菜谱一边说：'你叫任珍？'

我答：'是，我姓任，任务的任，珍是珍宝的珍。'

阿婆说：'好名字，要做到名副其实呀。那我以后叫你阿珍好吗？'

我点了一下头说：'好。'
我想这可能也是阿婆家乡的习惯。阿婆问我：'你想吃点什么？'
我拘谨地说：'阿婆，我没有点过菜。'
阿婆说：'没点过没关系，可你总有爱吃的菜呀。'
我小声地说：'我爱吃豆腐。'
阿婆说：'豆腐是好东西，我们就要个豆腐。你还喜欢吃什么？'
我真的不知道吃什么好，要知道这是我第一次坐在这样的餐厅里。我只好说：'阿婆还是您说吧。'
阿婆见我说不出来就说：'好吧，这次就我点，下回要学会点菜。要个鱼，清蒸鲑鱼，要一斤的鱼；吃饭一定要有青菜，要个蒜蓉西兰花，再要个香菇菜心，要两碗蛋花汤；主食要两碗米饭。就这样，汤要先上。'
服务员说：'夫人，不好意思，我们这里没有蛋花汤。'
阿婆说：'和你们厨师长说一下，他会做的。如果他不会，请他来一下我说给他。'
服务员只好说：'好的，夫人，您稍等。'
服务员走后阿婆对我说：'阿珍呀，要记住。吃饭一定要有荤有素，菜要清淡。特别是我们女人不要吃太多油腻的菜，量要适当，多了少了都不好。今天菜点多了点，你要多吃。下次不行，饭吃七八成最好。听阿婆的没错，记住了吗？'
我说：'记住了。'
到这时为止我心里一直惴惴不安。我感觉阿婆对我好，可为什么呢？我坠入了雾里云中。点完菜后阿婆放下菜谱一直微笑着看着我。我更加不安了。我不敢看阿婆，也不敢低下头，只好低着眼皮看着桌面。阿婆看着我的样子笑了，问我：'阿珍，想什么呢？'
我说：'阿婆，阿婆……'

第十日 自信人间童话多 她是眼前灰姑娘

我不知怎样回答阿婆的问话。阿婆说：'没关系，有什么就说什么。一会儿菜上来了吃饭的时候可不许说话。'

我鼓足了勇气说：'阿婆，您为什么对我这么好？'

阿婆听了我的问话笑了起来，说：'我对你好吗？先不要下结论。我这个人的要求是很严的。你要有思想准备。'

我不知道阿婆说的是什么意思。可从阿婆告诉我如何站立，看阿婆点菜，我已略有感触。我下意识地点了点头表示知道了，后来我和阿婆相处了一年才真正体会到阿婆所说的严是真的。可我也真正地感受到阿婆对我的好。

饭菜上来了。阿婆吃饭时果然不说话。她只是嘱咐了我一句：'慢慢吃，别着急，我等你。'

阿婆吃得很慢。我第一次和阿婆吃饭，而且是我有生以来第一次在这样的大饭店里吃饭，紧张得我几乎不知道怎样使筷子。几次把夹起来的菜都掉了，阿婆就像没看见一样一直在细嚼慢咽。我心里紧张还有一个原因就是这个餐厅里有几个服务员是我的同学，她们正用诧异的眼光看着我。我知道这里的规矩是服务员不许和不是自己服务对象的客人随便说话。可她们的目光告诉我，她们怀疑她们所看到的那个人就是她们的同学——我。同时她们又从我穿的衣服确定坐在她们面前就餐的人就是她们的同学——我，而且是全班最贫穷的同学——我。她们哪里知道连我自己都怀疑我自己此时的处境。饭吃完了，没有吃中午饭的我几乎把饭菜都吃光了。阿婆只吃了小半碗饭，各样菜也只吃了很少的一点。阿婆用爱怜的目光看着我说：'吃好了吗？'

我说：'吃好了。'

阿婆说：'那我们回房间吧。'

我随着阿婆回到了房间。阿婆站在窗前望着窗外川流不息的车，背对着我用若无其事的口气说：'坐下吧，告诉我发生了什么事？'

'阿婆，我，我是服务技校的学生。我，我刚毕业。'我太紧张了说起话来有点结巴，真不知道从哪里说起好。

阿婆说：'别紧张，慢慢说。想说什么就说什么，想怎么说就怎么说，不想说的就不说，不要勉强自己。如果什么都不想说也没关系，就直接告诉阿婆，阿婆不会说你的。'

听阿婆这么一说，我紧张的情绪放松了下来。我开始把我的遭遇告诉阿婆。"

"我问一句好吗？"我忍不住想问一句话。

"伯伯，您问。"阿珍停住了话对我说。

我说："不，我想问阿婆。"

阿婆一听我要问她，睁开了微闭的眼睛说："问我？问吧。"

我说："要是阿珍不想说，您怎么办？"

阿婆说："当时我已经想好了。如果阿珍不说，我会让她在华侨大厦住上一些日子，让她慢慢地想想。不过通过她的眼睛我看到了，她会告诉我的。我相信我的判断。"

我问："为什么？"

阿婆笑着说："因为她纯洁，我真诚。结果证明了我的判断是正确的。下面的事让阿珍告诉你吧。"

说完她又把眼睛闭上了，但是从她的脸上露出了满意的神情。

阿珍继续说："我告诉阿婆我是服务技校的学生。不久前刚刚分到一家个体餐厅当服务员。本来我可以和我的同学一块分到像华侨大厦这样的大饭店里当服务员的，可是一般饭店不安排服务员住宿，所以几家饭店都选上了我，却最终因为我需要住宿而没有被录用。没办法我只好到了一家个体餐厅当服务员。老板对我挺好的，同意我和几个外地打工妹晚上睡在餐厅里，几个椅子一拼就是我们的床。我知足了，我有工作了，有了工作就有收入，有了收入就可以贴补家用。老

第十日　自信人间童话多　她是眼前灰姑娘

板对我的工作很满意，因为我毕竟受过专业训练。但是很快麻烦就来了，餐厅周围几个不三不四的人开始天天光顾餐厅，开始是看着我品头论足，后来就点名要我为他们服务，只要是我为他们服务他们点的菜就多，因此老板还挺高兴的，我也没多想。但很快老板和我都发现不对头了。他们开始长时间赖在餐厅里不走，而且还不让我为其他的顾客服务，闹来闹去把别的顾客都吓跑了。最后他们还威胁老板要砸餐厅，老板没办法只好在这天早晨把我辞退了。我无处可去只好回到学校，可没想到学校的大门关着。"

"这个老板真是的，连保护自己雇员的能力都没有，她还开什么餐厅？！"我愤愤不平地说。

阿珍说："我不怪老板。她也是没有办法，还是她用车把我送回了学校。我们分手时她一定要塞给我二百元钱。我不要，她非给我，还说对不起我。她临走时曾对我说：'任珍呀，女人太漂亮了不是福呀。'"

我问："那你为什么不回家？"

阿珍说："阿婆当时也是这样问我的。我不是不想回，我是回不去呀。"

我问："为什么？"

阿珍说："我们家没地方，容不下我。"

我再问："你们家都有谁？是谁容不下你？"

阿珍说："我只有一个哥哥，家里还有嫂子和一个侄女。不是他们容不下我，而实在是住的地方太小，连他们三人都容不下。"

我问："这是怎么回事？"

阿珍说："从我记事的时候起，我就知道家里只有妈妈和我。爸爸什么时候去世的，怎么去世的妈妈从来不说，我也不知道。我只知道我还有个比我大得多的哥哥在'文革'中上山下乡了。隔一两年哥哥哥会从乡下回北京来看我们，给我带好多农产品。哥哥对我可好了。后来哥哥在乡村结了婚，嫂子也是下乡的知青。我嫂子可漂亮了，就是身子弱点。他们有个女儿。本来我哥哥是可以回北京的，可是因为家里没住的地方，也为了让我有个相对宽裕点的环境，他们就没有回北京。

在我上初中的时候我妈去世了。我妈临走之前嘱咐我哥一定要回来，不为别的就是为了照顾我。当时也正赶上有政策，凡是北京上山下乡的知青只要北京有单位接收就可以搬回北京。我哥就找到了我妈她们厂。这是个很小的街道厂，已经快倒闭了，连现有职工都发不出工资。可厂里的领导都是街坊邻居，对我们都挺好。他们就以让我哥顶替我妈名额的名义开出了证明。据我哥说，这是我妈她们厂最后一次使用厂里的公章。我哥答应返京后绝不给厂里添麻烦。我哥想自己有的是力气，也肯吃苦，怎么还不能找份工作养活一家人？可他一个初中没毕业的学生，又刨了那么多年的土，除了力气要文化没文化，要技术没技术，要想找份工作谈何容易。最后没办法只好干起了卖菜的营生。他骑着一辆借来的自行车，自行车后面挂着两个筐，走街串巷地卖菜。我哥这人实在，卖菜从来不肯缺斤少两，也不卖高价，所以街坊邻居都愿意买他的菜，其实也有照顾我们兄妹的意思。再加上我嫂子帮人家看孩子，日子勉强还算过下去。

初中毕业后哥嫂都让我上高中，准备日后上大学。按我的学习成绩上个好点的高中是没问题的，学校的老师更是坚持让我上高中，可我想上高中要三年，考上大学还要上四年，我哥嫂的负担太重了。因此我就瞒着哥嫂报了技校，而且是只上两年的服务技校。当我收到录取通知书的时候嫂子都伤心地流泪了。我哥只说了一句话：'我把小妹给耽误了。'

我装出满心高兴的样子安慰他们。可家里没有一点欢乐的气氛。

第十日 自信人间童话多 她是眼前灰姑娘

嫂子默默地在为我准备着简单的行李，哥哥蹲在门口叹息。我报服务学校还有一个原因就是这个学校可以住宿，而且住宿费很低，临上学时我悄悄地把侄女拉到一边嘱咐她一定要好好学习。两年后我就工作了，我要和哥嫂一块供她上大学。

我们学校也有助学金，申请助学金要有两个条件，一是家庭经济困难；二是学习要好。由于助学金少，所以每学期都要申请。有的同学不愿意让人知道自己家里困难就不申请。我不怕别人说我家穷。每学期我都如实向学校报告家里的窘境，申请助学金。每次我被评为全班家庭最困难的学生，而我又是这些申请人中学习最好的。所以我总能得到助学金。每当我领到助学金而把我哥给我的学费退给他时，我哥都会说同一句话：'小妹，哥对不起你。'

听到这句话我的心都快碎了。为了安慰我哥，我都会绕到哥的背后趴在他那宽厚的背膀上，让他背我，就像我小时候他从乡下回京来看我和妈妈时一样。每到这时我侄女就会跟在后面高兴地一边跳一边叫：'姑姑，姑姑。没羞，没羞，那么大了还让我爸背。'

嫂子也在一边拍着手笑。只有我看得出来这笑声中有多少苦涩。

就在我上学的最后一个学期，我们居住的胡同危房改造，政府提供了周转房。但是我哥嫂没要，因为周转房比较远，我侄女上学有困难，而且我哥嫂卖菜、打工都太不方便了。还有一个很重要的原因就是周转房的房租虽然便宜，可对于我们家来说也是笔费用。哥嫂想把这笔钱留下来给我和侄女用。所以我哥就向一个同学家借了人家盖的一间储物棚暂住。此棚只有四平方米，只能放下一张床，好在我们家也没有什么家具。

通常我是星期六的早晨才回家帮助家里干点活。我哥是一年三百六十五天不休息的。我嫂子给人家带孩子，星期六也不在家。我就在家给侄女做做饭，帮助她复习复习功课。一般吃完晚饭趁着天亮的时候我就回学校了。星期日我就不回家了，在学校里自己看看书，复习复习功课。

一天我帮侄女复习功课不知不觉天就黑了。我哥一看天黑了，怕我路上不安全就不让我走了。他说他到同学家去借宿，让我和嫂子、侄女在一个床上凑合。好久没和家人一起过夜了，我也没多想就同意了。临睡觉时我哥夹着一床被子拿着一张旧席子就出去了，嫂子把哥哥送出门。我和侄女还在床上复习功课。哥走时我也没在意。

睡到半夜一个闷雷惊醒了我。屋外雨点打在窗户上'砰砰'作响。嫂子一个翻身爬了起来，从床下拿起了块塑料布打着伞就跑出去了。我马上感到不对，也没顾着找雨具——其实，我家也没有多余的雨具，就冒着雨跑了出去，我悄悄地跟在嫂子的后面。在深夜的雷雨中，在摇曳的路灯灯光下，我跟着嫂子一直跑到一座过街天桥下。桥下站着一个人，他身上已经淋湿了。嫂子跑过去把塑料布围在他身上。我一下子冲了过去扑在我哥怀里，只喊了一声：'哥——'泪水一下子涌了出来。我哥、我嫂子一看我来了，大吃一惊。我哥忙说：'睡在屋里热，我想凉快凉快，没想到下雨了。'

我忙用手捂住哥的嘴，抽泣着说：'哥，你这都是为了我……'

哥哥紧紧地搂着我说：'小妹，哥对不住你，至今也没能让你有个能安生的家。'

说到这里两颗晶莹的泪珠儿滚落下来。我紧紧地捂住哥的嘴不让他说下去，我真不知道还能说些什么。泪水和雨水一起从我的脸上流下，嫂子赶快用手帕为我擦脸。我哥一手紧紧地搂着我，一手搅着弱小的嫂子。我们三个人就这样在桥下站了好久好久，任凭风吹雨淋，依偎在哥嫂的胸前我感到了温暖，有这样的哥哥我知足了。"

阿婆这时睁开了眼睛深情地看着阿珍告诉我："那天当我听阿珍讲到这里的时候，我就在心里决定把她留在我的身边。当天我没有让她再说下去。我把她一个人留在了饭店里，自己回了家。我要好好想一想以便做出相应的安排。下面还是让阿珍说吧。"

阿婆说完了又闭上了眼睛。

阿珍继续说："阿婆要回去了。我把阿婆送到饭店门口，看着阿婆打车走了。阿婆到哪里去了我也不知道，什么时候回来我也不清楚。此刻的我已不知不觉地把阿婆当成了我的依靠。当阿婆一离开我的视线，我的心一下子悬了起来，顿时感到无依无靠的。我感到周围的人都在看着我，我就像一只落到了天鹅湖里的丑小鸭，感到自己并不属于这里，我迟疑地走回到饭店的大堂。我的腿有点发软，手心沁出了汗水，我忘了我的房间号了。正在不知所措时一个服务生向我走来，问：'小姐，您需要帮助吗？'

我愣了一下：小姐？谁是小姐？他在和谁说话？我向四周看了一下。'您需要帮助吗？'他又问了一次。

我在慌乱中说：'不，不需要。'

服务生刚要走开，我马上又把他叫住说：'您能帮我一下吗？'

服务生马上又转过身来十分客气地问：'您需要什么？'

我尴尬地说：'您能告诉我我住在哪个房间吗？'

服务生一听立即睁大了眼睛，他一定认为我出了什么问题，他可能还没有见过哪位客人不知道自己的房间。可我确实记不得了。因为刚才我一直是跟着阿婆进进出出，我也没有想到阿婆会把我一个人留在饭店。最主要的原因是我从来没有住过饭店。他很快就反应过来了，说：'小姐，请您跟我到前台来。'

我战战兢兢地跟在服务生后面走到前台。前台问我：'小姐，请告诉我您的姓名。'

我红着脸报上了姓名，前台立刻就把我的房间号告诉了我。她还特意说：'小姐，您的房间号的前两位数是楼层数，后两位数是房间

号。需要送您回房间吗?'

'不,不需要,我自己找得到。'我几乎是逃离前台的。我感到他们都在用异样的眼神望着我的背影。我快步走到了电梯前闪身躲了进去。

'小姐,您到几层?'

我不知道电梯里还有服务员,她的问话吓了我一跳。我慌忙说:'十,十层。'

电梯把我送到了十层,终于我躲进了房间。一进房间我就瘫倒在床上。此时我的脑子里一片空白。我就那样静静地躺着躺着。

突然有人敲门,又把我吓了一跳。我没敢吱声。敲门声又一次响起。我一下子从床上跳了起来赶快坐到沙发上,并打开了落地灯。然后对着门说:'请进。'

门开了,一个服务生走了进来。我一眼就认出来他是我的同学晓飞。我紧张的心情一下子缓和了下来。他进门后小心翼翼地问:'小姐,您需要什么吗?'

他没有认出我来。我看得出来他有点紧张,就像我刚才一样。

我摇了摇头说:'不,我什么都不需要。'

他站在那里说:'小姐,可否向您打听一个人?'

他在说什么我真的不明白了,我只好说:'你说吧?'

他看着我说:'您认识任珍吗?'

我听了说:'你在说什么呀?我就是任珍。晓飞,你怎么连我都认不出来了?'

他还是疑虑地问:'你真是任珍?'

我睁大了眼睛说:'是呀,你仔细看看,我当然是任珍。'

他还是问:'服务技校的任珍?'

我说:'当然了,我就是服务技校的任珍。晓飞,你就别啰唆了,

关上门快坐下来。'

我让他坐在我旁边的沙发上。他坐下后说：'说实话我刚才还真不敢认你。下午的时候担任门童的大李告诉同学说你住到饭店里来了，我们都不相信，都说他看走了眼了。后来在餐厅服务的格格、薇薇也说看见你了，说你和一位夫人一块来的。格格说她还听见你叫那位夫人阿婆来着。不知是谁查到的，说你就住在我服务的这一层。他们就让我来证实一下，没想到还真是你。你是怎么来的？'

我说：'我自己也不明白。今天早晨我刚被解雇，下午稀里糊涂地就跑到这里来了。'

我刚要向他讲一下我这一天我的离奇经历，他就说：'你先别说，我现在在班上也没时间听，过一会儿我们就下班了。他们说如果真是你就来看看你，不过他们也有人担心。'

我问：'他们担心什么？'

他说：'他们就怕你不认我们了。'

我说：'我巴不得你们来。你们不来我都不敢相信我自己了。你们快来帮我分析分析这到底是怎么一回事。'

他说：'好，我走了，等会儿见。'

他走后我焦急地等着他们。这时我已不再感到孤单，这里有我好几个同学，我知道他们会帮助我的。过了一会儿门童大李、餐厅服务员格格、客房服务生晓飞都来了。这一回他们不再拘谨了，一进门就叽叽喳喳地问到底是怎么一回事。他们都是我朝夕相处的同学，都是最了解我的人。我家是全班同学家中最贫穷的，谁都知道我哥是走街串巷卖菜的，我嫂子是给人家看孩子的保姆，家中除了一个正在上学的侄女就再无他人。可怎么一下子就冒出了个富有的阿婆？还把我接到饭店里来住？他们想问问清楚，可我恰恰也不清楚。我只能把今天的经历原原本本地说给了他们。请他们帮我分析分析。

'童话，实实在在的童话。一个发生在我们身边的灰姑娘的故事。'大李一个劲地说。

格格也跟着说：'真像是童话，可还缺一个王子呢？'

大李又说：'明天，不，也许是后天，她阿婆就会给任珍带来个白马王子。'

我一看他们说的完全不着边际，就说：'大李，你在说什么呀？快别瞎说了。'

我想让他们认认真真地帮我分析一下。我不想在这个时候还让他们拿我打镲。这时只有晓飞一个人托着腮认真地听我说。他突然问：'你这个阿婆是不是你远房的一个亲戚？'

我想了一下说：'不，不是。我从来没有听我妈、我哥说过我家有什么远房亲戚。'

晓飞再问大李和格格：'大李，格格，你们俩都见过任珍的那位阿婆。你们看看她们有没有相像的地方。'

格格抢着说：'我注意了，别看任珍的阿婆年纪不小了，可她长得挺漂亮的。'

晓飞说：'我没问你她阿婆长得漂亮不漂亮。我问你她俩长得像不像？'

格格说：'她俩长得像不像那我没注意。'

晓飞说：'那你现在想一想。'

格格想了一下说：'我觉得她俩不像。虽然她俩都挺漂亮的，可还是不一样。'

晓飞又问：'那有没有相像的地方。比如眼睛、嘴、耳朵或其他的什么地方。'

格格又想了想说：'好像没有。她阿婆的漂亮是那种江南型的，而且有一种大家闺秀气质。咱们任珍的漂亮是典型北方的，都市型

的,那种人见人爱型的。'

晓飞又转过去问大李:'大李,你看呢?'

大李倒干脆,说:'你想什么呢?在我看来她们根本就没有相像的地方。'

晓飞听后说:'那就坏了。'

晓飞这么一说,把我和格格、大李都吓了一跳。大李、格格异口同声地问:'为什么?'

晓飞说:'你们想想,世界上没有无缘无故的恨,也不会有无缘无故的爱。这位阿婆对任珍这么好凭什么?'

是呀,凭什么?这也正是我摸不着头脑的地方,大李和格格就更是一头雾水了。最后还是晓飞说:'肯定是她看上咱们任珍的容貌了。你们想想咱们学校,不,包括咱们那一片的学校、单位、企业有哪个姑娘比咱们任珍靓的?'

晓飞这么一说,大李有点急了,忙说:'废话少说,你就说这事是好事还是坏事吧。'

格格也沉不住气了,她说:'你快说说这到底是怎么一回事吗?'

尽管大李、格格一个劲地催。晓飞还是不紧不慢地说:'任珍,你知道这阿婆的姓名吗?'

我说:'不知道。'

晓飞再问:'她是哪的人?'

我说:'她好像是南方人。'

晓飞说:'南方大了,是哪个省,哪个市的人?'

我说:'不知道。'

'她是干什么的?我替你说吧,还是不知道。对吧?'晓飞自信地说。我点了点头。我确实不知道阿婆是干什么的。

晓飞问:'那你怎么也不问问呢?'

我说:'我怎么问呀?再说我也不敢问。'

晓飞说:'这就更麻烦了。万一出点什么事咱们连她是谁都说不清楚。'

'不至于出事吧?任珍她们吃饭的时候我还特别注意地多看了那位阿婆几眼,觉得她挺慈眉善目的,不像坏人。'格格小声嘟囔着说。

'格格呀格格,我在学校时就说过你。在你眼里谁像坏人?难道坏人长的都像胡汉三、南霸天那个样?还是在脑门上刻着我是坏人几个大字?'晓飞开始数落格格,格格不说话了。

大李说:'晓飞,你往坏里说还能怎么样?'

晓飞说:'她要是拐子呢?'

'什么?你说阿婆是个人贩子?我不信。'我是不了解阿婆,但我绝不相信阿婆是坏人。"

阿婆动了一下,不过她没睁开眼睛而是闭着眼睛对我说:"你看,阿珍的同学把我当人贩子了。"

说着阿婆的嘴角还露出了笑容。阿珍继续说:"我没有想到我这么一说,晓飞更来劲了。他说:'你们想想,现在最危险的就是轻信。如果被拐者能够识破拐骗者,那她还能被拐骗吗?'

'那倒也是。'大李附和着说。

格格小声地问:'那你说怎么办?'

'咱们最好把任珍转移出去。'晓飞说。

格格再问:'你认准了那位阿婆就是人贩子?'

晓飞说:'格格,你又来了。我也没说她就是人贩子,不过咱们总不能让任珍跟着一个不知根不知底的陌生人吧?这,这太危险了。'

我的同学们开始为我策划如何离开阿婆。

'咱们三个人先分着把任珍的行李转移出去,然后任珍就装作饭后散步大摇大摆地走出去就行了。等大家都出去了咱们就在约定的地

方集合。'照晓飞说的这不复杂。可格格问：'然后呢？'

大李想的很简单，说：'然后咱们把她送给她哥哥不就完了？这总不错吧？还最保险。'

晓飞和格格都同意。

'不，不行。你们又不是不知道，我家没地方让我住呀。'我不同意。如果我能够回家，今天的一切不是就不会发生了吗？他们一想也是。后面怎么办还真是个问题，他们一时也没了主意。

片刻格格说：'要不然你去我家。'

我说：'你家也不宽敞呀。'

格格仗义地说：'咱俩睡在一个床上就行了。总不能让你流落街头吧。再说你又不是没去过我家，我父母都挺喜欢你的。'

格格就是这样一个热心人，谁有了困难她都肯帮助，可我们都知道她家也挺困难的。不行，无论如何也不能让我的困难成为同学们的负担，决定还是留下来看看再说。于是我说：'我想就这样走了也不太好，我还是待在这里吧。'

'你不跟我们走？'大李和晓飞同时问道。

我说：'不，我不走。'

晓飞问：'为什么？'

我说：'我觉得阿婆是个好人。'

'那你明天打算怎么办？'晓飞问道。大李和格格也关心地看着我。

我说：'我想明天求求阿婆，请她给我介绍个工作。我想阿婆可能会有办法。'

'你决定了？'晓飞问。

我说：'我决定了，我相信阿婆。'

晓飞说：'那好，你决定了我们也不好说什么，也不能强迫你走。

不过我们也要有所安排。'"

阿珍说到这里我打了个手势让阿珍暂停，我以为阿婆睡着了。没想到阿婆说话了："怎么不说了。"

我说："阿婆，我觉得您累了。要不然今天就说到这里，明天咱们再接着说。"

阿婆说："不，今天让阿珍说完了吧。我想让你在我家吃晚饭。好吗？"

我忙说："不，不用了。我愿意听下去，可我还是回家吃饭。"

阿婆问："为什么？"

我说："我妈妈希望我回家吃饭。"

阿婆又问："要是你回家晚了呢？"

我说："我们约定好了的，如果到了点我还没有回家她就先吃。她有病，必须按时吃饭，吃药。她会给我留饭的，我回去后再吃。她喜欢看着我吃饭，所以我要尽量满足她的要求。"

阿婆再问："你就没有不回家吃饭的时候？"

我笑了一下说："当然有了。如果我实在不能回家吃饭，一定会打电话告诉我妈妈的。"

听我说到这里阿婆说："我想求你一件事。"

我说："阿婆，看您说的，您有什么事就说嘛。"

阿婆说："给你妈妈打个电话。你把这样的机会留给我一次好吗？"

阿婆说这句话的时候眼睛里流露出渴望的目光，我不忍心拒绝她，同意了。

她马上说："阿珍，把电话拿过来，让伯伯给家里打个电话，好让伯伯家里的阿婆放心。今天我们可以多聊一会儿了。"

阿婆满意了，她又闭上了眼睛。我打完电话阿珍继续讲下去。

"还是晓飞的主意多。他说让格格晚上和我睡在一起防止出事。由他和大李通知当晚在饭店里上班的同学都关注我们一下。他还对格格说：'你明天早点起来，别让阿婆或其他的人碰上。如果有人把任珍带走你就跟着，有什么事及时通知我和大李。'

　　格格有点担心地说：'我一个女孩子行吗？你和大李为什么不跟着？'

　　晓飞说：'我和大李不是在上班吗？再说大白天的你怕什么？明天薇薇一下班，我就告诉薇薇让她和你一块干怎么样？'

　　格格一听晓飞这样说就说：'行，有薇薇我就不怕了。她可比我胆子大。'

　　大李也鼓励格格说：'也许什么事也没有，咱们还白忙活了呢。不过咱们都是为了任珍，谁让咱们是同学呢。'

　　这时格格又说：'不过你们说我住这里行吗？经理会不会说我？咱们不能在客房里过夜可是有规定的。'

　　晓飞说：'这好办，让任珍到前台说一下就行了。你就算是她的客人。'

　　开始我还不敢到前台去说，可我又想让格格留下来陪我。在大李和晓飞的一再怂恿下我鼓起了勇气拉着格格去了一下前台，没想到这竟是一件很容易的事。大李和晓飞走了，我和格格怎么也睡不着，一直到凌晨我们才迷迷糊糊睡着了。

　　突然有敲门声，我和格格一下子惊醒了。我们赶快穿好衣服。我打开门一看傻眼了，原来敲门的正是阿婆。格格让阿婆堵在房间里了，阿婆进了门随手义把门关上，她看着我和格格，我们俩的脸都红了，低着头尴尬地站在那里不知说什么好。阿婆倒是很平静，她缓缓地走到沙发跟前慢慢地坐下，然后轻轻地问：'阿珍睡好了吗？'

　　我有点结巴地说：'没，没太睡好。'

阿婆问：'为什么？'

我说：'不，不太习惯。'

我真有点紧张，不知道阿婆会对格格的出现有何反应。

阿婆看了看我，又看了看格格说：'不习惯没关系，以后慢慢就会习惯了。这位小姐是谁呀？'

我忙说：'阿婆，她叫格格，是我的同学。'

阿婆说：'就在这个饭店工作吧。'

我吃了一惊问：'您怎么知道的？'

阿婆说：'昨天吃饭的时候我们不是见过面吗？'

呀，阿婆的眼力和记忆力真好。当时格格只不过是往我们这边多看了几眼，阿婆就把格格记住了。

我向阿婆解释说：'阿婆，是我让她晚上陪我的。'

阿婆没有接我的话而是转过脸去看着格格说：'格格，你今天上班吗？'

格格和我都不明白阿婆的意思。格格红着脸说：'不，今天我休息。'

阿婆说：'那好，阿婆想请你帮个忙行吗？'

格格睁大了眼睛问：'您请我帮忙？'

阿婆说：'不行吗？我想请你陪我和阿珍出去走走。'

我和格格听了阿婆的话都晕了。真不知道阿婆为什么要这样做。格格看着我，我看着格格，都不知道怎样回答阿婆才好。阿婆看到我们的样子笑了。她再问：'格格，你今天有事？'

格格忙说：'没，没事。'

阿婆说：'既然没事就陪我们转转吧。'

格格点了点头。阿婆说：'好了，你们赶快洗漱。我们一起吃早餐去。'

我和格格忙到卫生间去洗漱。阿婆若无其事地坐在那里。

　　当我和格格陪着阿婆出现在餐厅里的时候，薇薇着实吃了一惊。薇薇和格格四目相对整个一个不明白。想问的无法问，想说的无法说，而且也说不清楚。吃完早餐阿婆又带着我们回到了房间。

　　阿婆坐在沙发上，让我和格格坐在她对面。阿婆对我们说：'阿珍，上街前我想问你几个问题。你要好好想想，能回答的就回答，不好回答的可以想一想，不要急着回答。格格，你是阿珍的同学，可以看得出来你们的关系不错。你也可以帮助阿珍参谋参谋。'

　　听阿婆这么一说，我和格格又都有点紧张。阿婆问：'阿珍，我问你，今后你打算怎么办？'

　　我战战兢兢地说：'我，我找工作。'

　　阿婆接着问：'有目标吗？'

　　我说：'没，没有。'

　　阿婆说：'我可以提个建议吗？'

　　从来没有人和我这样谈话，真不知道该如何回答。格格此时倒显得比我放松。她见我一时答不上来就马上替我说：'可以，可以，您当然可以提，我们也很想听听您的建议。'

　　阿婆看着我们说：'我想请阿珍为我工作，不知你是否愿意？很简单的，就是家政服务，照顾我的生活起居，帮助我处理一些日常生活中的事。'

　　格格用胳膊碰了我一下小声地说：'和你嫂子干的一样。'

　　阿婆没有听清楚格格的话。她又问了一句：'阿珍的嫂子也干家政服务？她不是给人看孩子吗？'

　　此时格格变得快人快语了，又抢着替我说：'她嫂子替人家看孩子，顺便也干家务活，也是家政公司给安排的。'

　　阿婆听了浅浅地一笑说：'说一样也行，但是各家的情况不一样，

所以要求也不一样。'

阿婆说到这里我想还是问问清楚的好。我就问：'阿婆，我想问问您有什么要求？'

阿婆说：'我的要求很简单：一要干净；二要整齐；三要守时。这是第一步。第二步我要教你学会规矩。这倒不是说你现在不规矩，而是要你知道在不同的场合下，处在不同的位置有不同的规矩，要学会在各种场合下的规矩。第三步要学会独立处理各种事务。这都是后话，首先要做到第一步，明白吗？'

说实话我不太明白，这好像不是在说工作，而是在说进行什么训练。

'不太明白。'我只好实话实说。

阿婆倒也干脆。她说：'不明白也没关系，你可以先试试。如果感到不合适你可以随时走，当然你不愿意试也没关系。我还有第二个建议：你可以先住到我家去，继续找你的工作。等你有了工作，有了住处你随时可以搬走。在这里我有个条件，就是住在我家吃住免费。怎么样？'

这是什么条件？天下竟有这样的事？我有点不敢相信自己的耳朵。我看了看格格。格格直挠耳朵，她也感到很吃惊。

阿婆看着我们俩说：'是不是不相信？'

我和格格同时点了点头。阿婆笑了，说：'没关系，没关系今天不用答复我。你可以继续住在这里，还让格格陪着你，什么时候想好了再告诉我。'

这时我的心'怦怦'直跳，也许这真是个机会。我想起来有一次我陪嫂子到家政公司找工作，也是这个样子。这时格格又用胳膊碰了我一下。我明白这是她让我赶快下决心同意，不要错过这个机会。我鼓起勇气对阿婆说：'那我就试试吧。'

第十日　自信人间童话多　她是眼前灰姑娘

'好，就这么定了。'阿婆显得很高兴，我也松了一口气。只是格格事后才告诉我，她碰了我一下是想让我先别定，拖一天找机会和晓飞、大李、薇薇他们再商量一下，没想到让我给理解反了。

这时阿婆说：'那我们再说下面的问题。阿珍，你的档案关系放在什么地方？'

我说：'现在还在学校里。学校有规定，毕业生在用人单位试用期间可以把档案暂时放在学校，但是得交点存档费。等和用人单位签了正式合同后再把档案转走。如果半年后还没有找到工作就把档案转到街道。'

我把具体的情况和阿婆说了一遍。阿婆说：'这好办。我先和你们学校签个试用合同，为期半年。存档费我来交，不扣你的工资。半年后咱们再想办法。'

阿婆一说和学校签合同，我的心里就踏实了，赶紧点头表示同意。阿婆一见我没有异议就说：'第三件事，咱们该上街了。阿珍、格格跟我走吧。'

说着阿婆就站了起来。我和格格也跟着站了起来。我忙问：'阿婆，咱们上街干什么？'

阿婆笑着说：'给你买几件衣服。格格，你可要帮阿婆好好参谋参谋，咱们要把阿珍打扮得漂漂亮亮的。阿婆的眼光可能有点老。'

听阿婆这么一说我又吃了一惊。哪有还没工作就先给买衣服的？格格也不知道怎么回答阿婆才好。阿婆的话每每让我们吃惊，我忙说：'阿婆，我不要衣服，我的衣服还能穿。'

我和格格都站在原地没有跟着阿婆走。阿婆听我这么一说笑了。她回过头来对我说：'我是想给你买几套工作服。当然你现在的衣服也不错，挺合身的，只是旧了点。为我工作嘛，工作服还是由我来选，格格当参谋。走吧。'

阿婆说到这里我和格格只好跟着走了。

刚走到饭店门口,只见大李瞪大了眼睛看着我和格格。他一个劲地向格格摆手。格格只好对阿婆说:'阿婆,您等一下,我去和我同学说句话。'

阿婆说:'去吧。阿珍,你也去吧。去和同学打个招呼。'

我跟着格格跑向大李。到了大李面前,他急促而低声地和格格说:'格格,谁叫你和她们走在一起呀?你应该在后面跟着,不能让那位阿婆发现。你是怎么搞的?'

格格忙解释说:'不是那么回事,是阿婆让我跟她们一块去的。别说了,等会儿回来我再和你们说。'

我刚要说话,格格就拉着我的手向回跑,说:'回来再说吧,别让阿婆等久了。'

到了阿婆身边格格报到似地说:'阿婆,我们回来了,咱们走吧。'

阿婆叫了一辆出租车,我们坐车走了。我回头看了一下大李,他还呆呆地站在那里。到了新东安商场,阿婆径直带我们走向几家有名的专卖店。这些专卖店对于我和格格这样的女孩子来说只有看的份。店中的服务员也不会搭理我们这些看客。我也真佩服这些服务员,当阿婆一出现在店里的时候,她们就立刻走上前来打招呼。当然我更佩服阿婆,阿婆从来不在店内转悠,而是直接走向她的目的柜台。她会很快拿起一条裙子或一件上衣在我身上比一下,然后回头对格格说:'格格,你看怎么样?'

格格说:'任珍,你看呢?'

阿婆说:'不,不要问阿珍。穿衣服不是给自己看的,要多征求别人的意见。'

现在的女孩子穿衣服大多数都是由着自己的性子来,只要自己喜欢别人怎么看就不再理会了。而阿婆总是说穿衣服一定要自己穿着舒服，让别人看着也舒服。说实话阿婆挑的衣服我和格格很难再提什么意见，这些衣服对于我来说都是再合身不过的了。"

我说："阿婆好眼光。"

这些天来，我见过阿珍换过几套衣服。每套衣服穿在阿珍身上就像定做的一样。阿婆仍旧闭着眼睛，可是她笑了，说："哪里是我的眼光好，是我们阿珍长得好。什么衣服穿在她身上都好看，我们阿珍衬衣服。"

阿珍接着说："看上的衣服阿婆就要我试穿一下。她总是让我穿上衣服在她面前走几步，伸伸胳膊，活动活动腰，然后问：'舒服吗？'

开始我会征求一下格格的意见。阿婆说：'衣服穿在你身上，舒服不舒服格格怎么会知道。阿珍，不，还有格格，你们一定要记住。穿衣服一定要注意两点：一是自己要穿着舒服，二是别人要看着好看。'

只要我说舒服，阿婆就会立刻买下来。阿婆买衣服还有一个特点就是从来不问价格，当然就更不会砍价了。不一会儿的工夫阿婆就给我买了四条裙子，四件上衣，还买了一顶凉帽，是那种宽边古典式的。我都不敢拒绝阿婆，因为她的心情好极了。可我的后背一直在冒汗。

阿婆说：'好了，衣服就先买这些吧。不够我再带你来挑。'

我小声地问：'阿婆，这些是我们家的工作服？'

阿婆笑着说：'是呀，这些是我们家的工作服。当然和工厂、饭店的工作服不一样。'

格格在一旁说：'阿婆，我以为您要带阿珍参加时装发布会呢。'

阿婆退后了两步看着我对格格说：'格格，你看我们阿珍参加时

装发布会比谁差？'

格格忙说：'比谁都不差。'

店里的服务员，顾客也都把目光投向了我，看得我直不好意思。阿婆很得意地对服务员说：'给我们包上，下面我们去买内衣。'

我问：'还买内衣呀？'

阿婆说：'是呀，这么好的外衣当然要有相应的内衣了。记住，外衣穿的是气质，内衣穿的是心态。'

这回我是完全不懂了。我不明白内衣和心态有什么关系。买完内衣又去买鞋，从拖鞋，布鞋到皮鞋都买了，我和格格都快拿不了了。阿婆还一边买一边说：'阿珍，在一般情况下你不需要穿高跟鞋。高跟鞋有很多弊处，容易引起脚的畸形，还是穿坡跟鞋好一些。但高跟鞋你也要有，在一些场合还是需要穿高跟鞋的。'

人生如梦　梦在人间

第十日　自信人间童话多　她是眼前灰姑娘

很快我们就采购完了。回到饭店格格对阿婆说：'阿婆，下午我还有事就不陪您了。'

阿婆问：'不和我们一快吃午饭了？'

格格说：'不啦，谢谢您。'

阿婆说：'格格，是我该谢谢你。你又帮我们挑东西，又帮我们拿，自是我们该谢谢你的。'

格格走了。吃完午饭回到房间，阿婆说：'中午我要休息一会儿。你洗个澡把新衣服换上。从里到外都换上。'

说着阿婆就帮我挑好了一套衣服。洗完澡后我就坐在沙发上静静地等阿婆醒来。阿婆醒来后躺在那里睁开眼睛看着我说：'阿珍，站起来让阿婆好好看看，……转一圈……再转一圈……好，真是不错，身材好怎么穿怎么好。'

阿婆说的我直不好意思。"

"我们阿珍本来就是个美人胚。"阿婆笑眯眯地插话说。阿珍的脸又红了。

阿珍继续说："阿婆又帮我化了淡妆。阿婆还对我说：'天生丽质的女孩子千万别化浓妆，因为自然才是最美的。淡托颜，浓毁容要注意呀。'

这是我第一次化妆，对着镜子我都有点认不出自己了。收拾停当后阿婆又仔细地端详了我一会儿，脸上露出了满意的神情。阿婆想了一下说：'好了，下面我们还要办几件事。第一件先把本层的服务员叫来。'

说着阿婆打了铃。一会儿工夫服务员就到了。阿婆说：'请把这位小姐换下来的衣服洗了，明天早晨要。'

我一听忙阻止说：'阿婆，不用了，有空我自己洗。'

阿婆没有理会我对服务员说：'你拿去吧。'

等服务员走后阿婆说：'阿珍，你到前台去一下。查一下你们学校今年一共分到这个饭店几个同学，有几个人就向前台要几张请柬，把他们的名字写上。今晚我们请他们吃饭。'

我不解地问：'为什么？'

阿婆笑着说：'没什么，我就是想认识一下我们阿珍的同学。'

我没的说了。阿婆接着说：'根据咱们的人数再让前台给订个包间。你办好了这事顺便请值班经理来一下。'

我说：'阿婆，一些事不用找前台，找我们同学就行了。'

阿婆说：'不，不要找同学，就找前台。你去吧。'

我不习惯找前台办事，因为我没有住过饭店。临出门的时候阿婆又叫住了我说：'走路时挺起胸，抬起头，眼睛平视。好了去吧。'

我下了楼走向前台，一看还是昨天那几位服务员。我的心里踏实了一些，已经见过面了嘛。可后来我才发现他们竟谁也没有认出我来，不过还好，他们还是满足了我的要求。原来我们学校这次一共分来了六位同学。前台也按照我的要求给他们分别送去了请柬。我又去了一趟餐厅，看了一下我们订的包间。当我回到房间的时候阿婆正在和值班经理说话。阿婆说：'我请几个在你们饭店里工作的孩子吃饭可能会给你们的工作带来不便，请你谅解。'

值班经理说：'没关系，我们各个部门都有替班人员。'

阿婆说：'那好，就谢谢你们了。请他们按时到，好吗？'

值班经理说：'没问题，我们会及时通知他们的。您还需要什么只管提出来，只要是我们能做到的都没有问题。'

阿婆说：'那就麻烦你们了。'

值班经理走了。阿婆对我说：'阿珍，你坐下来，我们有些事还要说一说。'

我按照阿婆的要求坐在了她身边的沙发上。阿婆说：'既然你为

第十日　自信人间童话多　她是眼前灰姑娘

我工作，我就要付你工资。你希望工资是多少？'

这个问题我还真是没想过，不知道怎么和阿婆说。我只好说：'阿婆，这事还是您说吧。多少我都没意见。'

阿婆说：'没意见也该有想法嘛。没关系，怎么想的就怎么说。'

我说：'我嫂子也做家政服务，管吃不管住每月三百五十元。一周工作六天，星期天不休息再加十五元。我想也就这个水平了。'

刚一说完我就后悔了，马上补充说：'其实再少一些也行。因为我没有干过，是新手。再说我还住在您那儿，所以少一些也行。'

'你有了工资打算怎么用？'阿婆话锋一转又说到了另外一个话题。

我说：'当然是交给我哥了。'

阿婆问：'你自己就不留一点？'

我有点不好意思地说：'我也打算给自己留一点，因为女孩子总有一些自己要花钱的地方。'

阿婆又问：'你打算给自己留多少？'

我说：'也就五十元吧。多了我也没用，其余的都交给我哥。'

阿婆问：'为什么？'

我说：'我哥对我好。自从我妈去世后，一直是我哥嫂照顾我，我这一辈子也忘不了他们。'

阿婆说：'如果我给你开双份工资。比如说是七百元，你会不会给自己留下一份？'

我说：'不，不会的。我会把六百五十元都给我哥嫂。'

说到这里阿婆想了一下说：'就这么着吧。我每月给你七百元的工资，当然你要住在我那里，吃、穿、用都由我来负责。关于休息嘛，我看先不用定，你有事可以请假，不过要提前打个招呼，请假我不扣你工资，你看怎么样？'

我说：'阿婆，您给得太多了，我不要。'

阿婆说：'不多。你别忘了，我要求可严、可高了，所以我给的工资也高。'

我想了一下问：'您家里还有其他人需要我同时照顾吗？'

阿婆说：'没有，你只照顾我一个人就行了，所以你会有很多空余时间。不过我不会让你闲着的，我要求你必须利用空余时间学习。学好了，阿婆会奖励你的。你做得到吗？'

阿婆的话我感到很奇怪，我从来没听说过雇主要求雇员必须学习的，还学好了有奖励，我更不知道阿婆说的奖励是什么。我惴惴不安地问：'您要求我学什么？'

阿婆说：'学英语，学形体，学美学……要学的东西很多。'

听阿婆这么一说我更不敢贸然答应了。虽然有些功课在学校里也学过一些，但都是皮毛，不知道阿婆到底要求的是什么？

我冒昧地问：'阿婆，不知道您要求我学到什么程度？'

阿婆说：'当然学就要学好，英语要做到听、说、读、写都过关，形体课的要求要融入你的一举一动……'

'那恐怕很费……'我是想说那恐怕是很费钱，也很费时的。

阿婆没让我说下去就说：'费什么都不是你考虑的。我只问你学不学，能不能学好？'

我咬了一下牙说：'那我试试。'

阿婆说：'不是试试，是要努力，努力学好。'

我没敢吱声，只是使劲地点了点头。阿婆说：'这我就放心了。一定要好好学，努力学好呀。'

阿婆说这话的时候，她的神态、语气完全不像是对我这样一个才认识一天的外人，而是像是对自己的晚辈，对自己所疼爱的嫡亲孙女。她拉着我的手眼里充满了柔情与期盼。这种目光我已经好久没有见到了。这是阿婆第一次拉着我,一股暖流顿时传遍了我的全身,我的眼圈有点湿润了。

'好了,我们吃饭去。'

阿婆站起来,拉着我的手带我走向餐厅。当我们出现在餐厅的时候,我的同学全到了,六位同学无一例外地都用诧异的目光看着我。没人说话,我也不知道说什么好,只是站在阿婆的身边。还是阿婆先发了话:'格格,怎么不认识我们了?我们不是刚分手吗?'

格格瞪大了眼睛说:'阿婆,您我是认识的。只是任珍我有点认不出来了。您都把我们的任珍打扮成公主了,要不是她站在您的身边,我可真不敢认了。'

格格一说,同学们也七嘴八舌地说了起来。晓飞直拍自己的脑门,有点不相信眼前的一切。大李咧着嘴在乐,看得出来他在为我庆幸。女同学更是对我细细打量,都为我高兴。阿婆看着我,看着我们一言不发,只是在笑,就像看着自己的孩子在欢乐地嬉戏一样。菜上来了,阿婆招呼大家:'吃饭了,大家一定要吃好。这次是阿珍请大家,我陪吃了。'

阿婆的一句话又把我的脸说红了。我忙说:'阿婆,怎么是我请?是您请嘛。'

阿婆笑着说:'怎么是我请?没有我的阿珍我怎么能请到这么多的小朋友,当然是阿婆出钱了。这叫阿珍的情,阿婆的钱,是不是呀?'

同学们齐声说:'阿婆说的好。我们祝阿婆身体好,也祝任珍遇到了一位好阿婆。'

阿婆的一句'我的阿珍'把我的脸说得更红了。阿婆也更高兴了。她连忙招呼大家:'吃菜,吃菜,不够可以加,可不能剩下。'

大家快乐地吃了一顿饭,饭后阿婆要回家了。我们一块把阿婆送

到饭店门口。阿婆临上车前对格格、薇薇几个女同学说：'你们今天谁有空陪陪我们阿珍？'

格格说：'让薇薇陪吧。今天她有空，我也该回家了。'

薇薇说：'阿婆，您放心。今天我陪她。'

阿婆笑着说：'那就谢谢你了，明天我就要把阿珍带走了。不过我欢迎你们常来我家玩，看看阿珍，也陪陪我。'

同学们一块说：'阿婆，您放心，我们一定去打搅您。'

阿婆笑着坐车走了。

第二天阿婆把我接回了家。新的生活开始了，我就是这样认识阿婆的。

回到家后我才知道家里只有阿婆一个人，没有多少活需要我做，阿婆给我安排的主要的事就是学习：有的课是阿婆给我报的班；有的课是阿婆给我请的老师到家里来教我；也有的课是阿婆自己教我的。在这所有的课中，我觉得阿婆教我的课最重要，对我最有用。"

我问："阿婆教了你哪门课？"

阿珍说："阿婆教我做人。阿婆教我要做个好人。"

这时阿婆说话了："阿珍是个好孩子，是个勤快的孩子。自从她进了这个家门，这个家里的活就是她来打理了。为了让她好好学习原来我是想再雇一个人的。可阿珍坚决不答应，她还威胁我。"

我听了吃了一惊忙问："她怎么威胁您？"

阿婆笑着说："她说我要再雇人她就走，就离开我。"

我问阿珍："你为什么不让阿婆雇人？"

阿珍说："家里就阿婆一个人根本就没有多少活，我一个人都不够干的哪里还需要再雇个人。"

阿婆说："阿珍这孩子不仅勤快，而且悟性好，是个可教的孩子。我真的没有看走眼。现在我们俩已经谁也离不开谁了。阿珍，你说是

第十日　自信人间童话多　她是眼前灰姑娘

不是？"

阿珍笑了没有说话。我看的出来是这样的。

如果不是阿婆和阿珍坐在我的眼前，我真不敢相信天下会有这样的事。阿婆像是猜透了我的心思。她闭着眼睛说："阿珍说的都是真的。我说的也是真的。当然还有好多事她没有说，恐怕是来不及了。"

我没有理解阿婆的意思忙说："没关系，阿婆，今天晚了。明天我再来。我还真想听听您和阿珍的故事。"

阿婆说："哦，这可不是故事，都是真事。"

阿珍看了一下钟说："阿婆，您该打针吃药了。今天就到这里吧。伯伯，您坐一会儿，二十分钟后开饭。"

说着阿珍就走过去扶阿婆。阿婆摆了一下手不让阿珍扶她，可她自己没有站起来。阿珍说："阿婆，还是让我扶您一下吧，万一闪着就麻烦了。"

阿婆不再坚持了。她叹了一口气说："人老了，身体不行了。"

阿珍把阿婆扶出了客厅。

到今天为止我还没有弄清楚阿婆姓甚名谁，是从哪里来的，过去是怎样走过来的。我还真想进一步了解一下阿婆的情况，但又不知道如何了解。正在我暗自揣摩的时候，有人敲门。阿珍在里面对我说："伯伯，请您帮忙开一下门。让他们把饭菜摆到餐厅。"

我去把门打开。门外站着两位餐厅服务员，手里提着保温盒。我把他们让进了门。

"伯伯，餐厅在走廊右手边第一个房间。"阿珍又说话了。

按照阿珍说的我们走进了餐厅。餐厅不大，餐桌也不大。餐桌周围只有四把椅子，可见平常使用这个餐厅的人不多。餐厅的摆放和客厅一致，十分简单明了。服务员把饭菜摆上。我感到此饭菜似曾相识，但一时又想不起来，这时阿婆和阿珍出现了。一见到她们我想起来了。这就是阿婆和阿珍初次见面时吃的那四样菜。一盘清蒸鲑鱼，一盘豆腐，一盘蒜蓉西兰花，一盘香菇菜心。三碗蛋花汤，三碗米饭。饭菜的品种一模一样，只是量可能多了一些而已。

三把椅子面前的桌子上已经摆好了自用的碗、盘、勺、筷。阿婆她们肯定是分餐制了。阿婆在阿珍的搀扶下走到了自己的位子前。她一边坐下一边说："坐吧，都不是外人就别客气了。"

我只好坐下了。我知道阿婆吃饭不爱说话，所以也只是吃饭不再吱声。当过兵的人吃饭自然快，很快我就吃完了。阿婆一看我吃完了就说："还是当过兵的人。你先到客厅坐一会儿，我们马上就出来。"

我站起来说："阿婆，您别急，慢慢吃，我在客厅等您。"

说着我就走出了餐厅，回到了客厅。我没有坐下而是站在窗前，望着窗外心想：这个家里好像没有其他的人。她的家人呢？她会有怎样的过去？她将怎样继续走下去？这一切都像迷一样萦绕在我的脑中。

"怎么不坐？过来我们再坐一会儿。"

阿婆和阿珍出来了，我们又都回到了各自的位子上。阿婆说："今天耽误你的时间了。现在晚了，我也不再留你了。阿珍，去把给伯伯的东西拿来。"

阿珍起身走了。阿婆继续说："这些天来你告诉了我许多我没有听到过的事，我非常感谢你。有些事你是不是从来没有和别人说过？"

我说："是的，有些事已经过去了，提也无益。"

阿婆问："那你为什么要讲给我？"

我说："第一，您和这些事都无关；第二，我相信您能够做出客观的判断。"

阿婆说："哦，那我可更要好好谢谢你了。"

我说："阿婆，您可千万不要这么说。我可没为您做什么呀。"

第十日　自信人间童话多　她是眼前灰姑娘

阿婆说:"我可不这么看。你相信我,把你的经历告诉了我,让我与你共享,这就足以让我感谢你了。"

我还要再说,这时阿珍走出来了。她手里端着一只盘子,就是十天前摆在桌子上的那只盘子。盘子上放着着一叠人民币。阿珍把它递给阿婆。阿婆把盘子伸到我面前说:"在我看来这不是我商定的报酬,而是我对你的一点谢意。"

我一看就感到不对,这好像要比应该给我的多好多,况且我还没有打算要。我说:"阿婆,这不对吧?好像多了很多。"

阿婆说:"多吗?不多,不多。"

我说:"阿婆,这钱无论如何我也不能要,前几天我不是说过了嘛。钱的事以后再说。"

阿婆说:"我也希望以后再说,可我怕万一没了以后呢?"

我没有理解阿婆的话。我说:"怎么可能呢?最起码我明天还会再来的。"

阿婆淡淡地一笑说:"还是拿着吧。"

我说:"阿婆,说什么我也不能要,无功不受禄,不行,不行。"

我一边拒绝一边用眼睛看了一下阿珍,希望她能帮我一下。可我看到的是阿珍眼里流露出一种莫名其妙的眼神,使我完全不知她要表达的内容。我不忍让阿婆长时间地端着盘子,便把盘子接过来放在桌子上。阿婆见我又把盘子放下了叹了一口气说:"这是你应该得的。阿珍,伯伯不要也就算了。"

我一听阿婆这样说了马上接口说:"对,对,阿婆说的对。您刚才吃饭的时候不是说了嘛都不是外人。阿珍,你说是不是?"

阿婆听我这么一说笑了,阿珍也笑了。她一边笑一边说:"阿婆给您钱也没有把您当外人,只是伯伯自己不要倒显得有些生分。"

阿婆笑着说:"阿珍,怎么和伯伯说话呢?去把我给伯伯的信拿来。"

阿珍转身进去又拿出了一只盘子,还是一样的盘子,只是盘子里放着一封信。阿婆把信递到我手里说:"有些事今天晚上就不说了,都写在这封信里了。不过我有个小要求,这封信你一定要到明天下午两点钟再看,行吗?"

我看着那封信出神。我感到里面好像没有钱,因为信比较薄。没钱就好办,可为什么一定要到明天下午两点钟才能看呢?我不明白。我看看阿婆,又看看阿珍,不知是何用意。阿婆说:"奇怪是吧?别猜了,之所以要你明天下午再看信,是希望你那时还能感到是我们三人在一起聊天。"

我问:"我看了信再来?"

阿婆说:"信上写着呢,阿珍送送伯伯。"

我说:"阿婆,我走了。"

说完了我又迟疑了一下。阿婆看出来了就问:"你是不是还有什么要说的?"

我想了一下说:"几天来我一直有个问题,不知当问不当问?"

阿婆看着我笑了说:"什么问题你都可以问。"

我说:"您为什么对阿珍这么好?"

阿婆问我:"你以为呢?"

我说:"我不知道,在我看来您不一定需要阿珍呀。"

阿婆说:"你错了。我和阿珍相遇了,在有些人看来是阿珍的福气,但在我看来是我的福气。阿珍给予我的远比我给予阿珍的多。你或许想象不到。"

我想阿婆一定有她特别的经历,不然她是不会有这样的想法和举动的。想到这里我就说:"我可否把您和阿珍说的用文字记下来?"

阿婆沉默了。过了好一会儿她才说:"你写下来会有人信吗?"

我笑了一下说："这些天来我和您说的各种事也不见得有人信。信不信由人吧。"

阿婆又沉默了一会儿说："这样吧。事你可以写，而且要原原本本地写，但不要用实名。"

我马上说："我明白了，我会的。您是为了阿珍。"

阿婆会心地笑了，说："是为了阿珍，也是为了我自己。"

我又问："可这又是为什么呢？"

阿婆看着阿珍和我说："因为阿珍不是灰姑娘，我也不是仙女。我们都是人，是生活在现实中的普通人。阿珍，你说是不是？"

阿珍莞尔一笑没有回答。我明白了，真的明白了。

我拿着信站起来要走了，阿婆又说："把信收好了，明天再看。你过来让我仔细看看你。"

我感到更奇怪了。我无法拒绝她便走到阿婆的面前，向她伏下身去。

阿婆一手拉住我的手，另一只手拍着我的手背。她努力地睁大了眼睛看着我。阿婆的这种眼神我一生只见过一次，就是我母亲送我参军时，她在我临走时看我的那一眼时眼中流露出的眼神。那是一种深深期盼的眼神。母亲盼我平安，盼我健康，盼我进步，盼我成才，盼我为国家建功立业，又盼我早日回到她的身边。期盼，期盼，太多的期盼，一切的话语都流露在这最后一眼的眼神中。可阿婆对我有什么期盼呢？我们才认识几天。这几天又能说明什么呢？我有些茫然。阿婆动了一下想站起来，我扶着不让她站起来。我说："阿婆，我走了，您不要站起来了。如果需要，今后我可以待的时间长一点，多陪陪您。"

阿婆说："好，好，你走吧。"

她慢慢地松开了我的手。我缓缓地直起了身子，慢慢地转过身去，轻轻地走向门口。

阿婆在我身后说："阿珍，送送伯伯。"

我回过头来对阿婆说："您歇着吧。我明天再来陪您。"

阿珍把我送到楼下。我问阿珍："阿婆的身体好像大不如前几天，怎么回事？"

阿珍说："阿婆一直有病。"

我说："阿珍，告诉伯伯，看了吗？阿婆得的是什么病？"

阿珍说："一直在看，每天都要吃好多的药，还打针。"

我问："吃什么药？打什么针？谁给打针？"

阿珍说："针是我给打，半年前我就学会打针了。药也是我给分的，种类很多我也说不清。每次分药我都是按照医生开的方子分。"

不对，不是阿婆不让她告诉我就是她不想告诉我。她在阿婆身边有一年了，阿婆的病她怎么会不清楚呢？我打定主意明天来直接问阿婆，看我能不能帮上什么忙，好歹我还有个做医生的爱人。想到这里我就对阿珍说："你回去照顾阿婆吧，明天我再来。"

阿珍说："伯伯再见，您慢点走。"

我说："知道了，你回去吧。"

阿珍说："我说的是您慢点离开这个大门。"

阿珍说完了转身跑了回去。我突然明白了。当我站在大门口回过头去向楼上望去时，我见阿婆和阿珍正站在窗口向我挥手。她们的身影深深地印在了我的心里。

没有结束的故事

回到家里我把信端端正正地放在书桌上。刚放下我又拿了起来仔仔细细地又看了一遍。这是一个普通的牛皮纸信封。封面上未写一个字。封口上也没有用胶水粘上，只是用钉书器打上了一个书钉。我又把信放好。我猜不透信中会写些什么。我暗想有两个做法：一、现在就打开信封看信上都写了些什么，但是一定要下决心不管看到什么都要等到第二天下午两点之后再去办。二、就是坚持到第二天下午两点之后在来看。想来想去这两个做法的结果都是一样的，遂决定信守对阿婆的承诺采取第二个做法。就让这封信再在我的桌子上安安安静静地躺上十几个小时吧。

这十几个小时过得好慢。晚上睡不着，白天也不安生。吃过中午饭我就坐到桌前等时间慢慢地流过。我把钟放在眼前，两眼盯着秒针一格一格地跳动，听着钟声"嘀嗒，嘀嗒"的响着。阿婆、阿珍的容貌又出现在我的眼前，她们的话语又响起在我的耳边。不知为什么我有一种奇特的感觉，好像我和阿婆、阿珍不是才认识，而是已经认识了好久好久。同时我也有一种预感，好像我们即将分别。我努力不去做这样的设想，而是想只要时间一到，我打开信封一看，就可以像往常一样到阿婆家去了。我就可以看到阿婆和阿珍了。那时我一定要先问问阿婆的病，再问问阿婆的家，再问问，再问问……可随着时间一分一分地流过，本来是相见的时间越来越近，可我心里的预感却是一种分别的感受，而且越来越浓，越来越重。此时我反倒真的希望时间停顿，让那种分别的感受在停顿中消失吧。

钟的指针终于指到了下午两点。我拿起了放在手边的剪刀轻轻地挑开书钉，我仔细地把信夹了出来。突然一张支票随信被带了出来，落在了桌子上。这让我吃了一惊。我拿起来一看支票上的数字愣住了。我马上换了一副眼镜再看，还是那个数。这可麻烦了，肯定是阿婆搞错了。她给我支票干什么？还是这样一张大额支票。先看信吧。看完信再给她把支票送回去。我赶快打开信。

你好！

当你打开这封信的时候我和阿珍已经离开北京了。你没有想到吧？其实十天前我就应该走了。你看到的那个招聘启事我原来是想撤回的，只是一时忙着准备离京没有来得及撤销。未曾想你出现了。你展现在我面前的是我未曾见过的一个世界。你是属于我未曾接触过的一类人中的一员。好奇心使我留了下来。

你第一天就给我留下了深刻的印象。直觉告诉我，你所讲述的都是你的亲身经历，都是真的。特别是你最后并没有拿走本来属于你的报酬。你这样做使我百思不得其解。但你的神态告诉我你是真诚的。后来我终于明白了是你的好奇心使你来到了我这里。好奇心使我们两个完全不相同，有着完全不一样经历的人走到了一起。你的善良使你用自己的亲身经历去宽慰我一个孤独的老人。因此我更想知道你曾经的经历。

你的故事告诉我你有一个良好的出身，本来展现在你面前的应该是一条坦途，然而你却选择了一条崎岖坎坷的路。你也应该得到荣誉、奖赏，起码也是表扬。可你什么也没有得到，甚至连最起码的补偿——一件棉衣你也没有得到。可我更没有想到的是你竟然坦然面对了这一切，无悔无怨。你使我相信面对挫折与不公而无悔无怨的人是最可信赖的人。我信任你。

　　我给你留下一些钱，这可不是给你的报酬，是感谢你对我的信任——你告诉了我你那些不为人记住，不为人知晓的经历。你对我的信任给我带来了快乐与信心。信任与快乐则是无价的。你给予我的比我能给予你的要多得多。我很感谢你。

　　下面我还要告诉你一些我的想法，特别是对阿珍。

　　当我第一次见到阿珍的时候，是她的容貌吸引了我。当我知道了她的身世之后我几乎要收养她做我的孙女，可我害怕优越的条件会耽误了她，所以第二天我决定让她以服务员的身份进入了我的生活。可我的心一直把她视为我的孙女。（这一点我没有告诉她，你是唯一的知情者。）现在我把她带走了。适当的时候我会安排她出国学习，但是我将明确地告诉她，我希望她学成后回国，回到北京。到了那个时候还要拜托你照顾她。虽然她有疼爱她的哥嫂，可我还是有些不放心。我看得出来你也很喜欢阿珍。所以我思来想去还是把她托付给像你这样的一个人。

　　当然说实话你对我还是不了解，我可以告诉你我是归侨。我回国是为了参加抗美援朝的，但最终我没能去成朝鲜。我的经历在我的部分日记中有所记述。我的日记就放在我们聊天时的茶几上。那里还有阿珍的日记。当然是我要求她写的。不过可是她自己愿意放在那里的。你会有机会看到的。到那时希望你能够感觉到我们仍旧在一起。

　　我的身体不让我再写下去了。我真的希望再和你与阿珍坐在一起聊一聊。我还想听听你上大学、工作后的经历。不知上天给不给我这个机会。

　　我把我在北京的一切都托付给你了。其中包括我的希望。

　　再见！真的希望再见！

萍阿婆

信的结尾没有注明时间。此时我才明白为什么昨天阿婆一定要我在她家吃一顿饭。我没有想到我们在一起吃的这第一顿饭竟有可能是我们最后的晚餐。不，我希望其他的情况出现。我拿上信仔细地把支票装好，骑上自行车向阿婆家奔去。当我走到阿婆家小区的大门口时我犹豫了一下。阿婆信上写得明明白白的，她和阿珍都走了。可马上一种强烈的愿望又涌上了我的心头。我必须走进去再看一下。准三点我站到了阿婆家门口。楼道里静静的。五分钟过去了，阿婆家的门没有一点的动静。我黯然地转身向楼梯走去。可强烈的不甘心使我再次转身来到阿婆家门口。第一次我按响了阿婆家的门铃，门铃响后阿婆家仍旧是静悄悄的。我明白了阿婆信上写的都是真的。其他的情况没有出现。

　　阿婆和阿珍就这样突然在我面前消失了。消失得无影无踪，就像她们突然出现在我面前一样，然而她们却没有离开我的心。她们在我心里种下了一颗希望的种子。这颗种子已经深深埋在了我心里。它将伴随着我一直走下去，走下去。

写在后面的话

故事没有结束，书不能没有结束。让我在这本书结束之前再说几句。

首先我要感谢我的父母，感谢我的妻子，感谢我的孩子，感谢他们给我带来了我的人生。感谢带过我的阿姨，教过我的老师，感谢他们使我懂得了许多的道理。

同时我还要感谢社长铁鹰，是他给我提供了又一次工作的机会；感谢国晓健担任本书的编辑；我还要感谢全社的同人，感谢他们包容了我这样一个写作与出版的门外汉。我还要感谢我在人生旅途中遇到的每一个人，感谢他们为我的人生增添了五彩缤纷的花絮……

最后我还要感谢那些抽出时间打开这本书的人。感谢你们翻阅了我的人生经历片断。同时拜托你们。如果你们在今后的生活旅途中遇到了萍阿婆和阿珍务必告诉我一声。

拜托，拜托了。

编后语

在那样的年代，有那样一群人。他们在人迹罕至的地方承担着不为人知的工作，肩负着保卫共和国的重担。他们流汗，流血，冒着各种各样的危险，然而并没有军功章在等待着他们，甚至没有褒奖。今天他们均已离开了他们曾经奋斗过的地方。他们的青春年华已随着那样的岁月一同逝去。但当他们回首往事的时候，没有后悔，只有欣慰，因为他们经历过了。

—晓健—

凡人小事三部曲之
我的大学

一叟 著

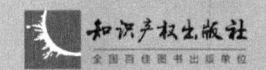

知识产权出版社

图书在版编目（CIP）数据

凡人小事三部曲之我的大学/一叟著．—北京：知识产权出版社，2018.8
ISBN 978-7-5130-5790-5

Ⅰ.①凡… Ⅱ.①一… Ⅲ.①自传体小说—中国—当代 Ⅳ.①I247.5

中国版本图书馆 CIP 数据核字（2018）第 191781 号

内容提要

本篇讲述了"文化大革命"中北京一所大学里一名第一届工农兵学员的经历。

责任编辑：国晓健　　　　　　　　责任校对：潘凤越
封面设计：臧　磊　　　　　　　　责任印制：孙婷婷
插　　图：刘淑兰

凡人小事三部曲之我的大学
一叟　著

出版发行	知识产权出版社 有限责任公司	网　　址	http://www.ipph.cn
社　　址	北京市海淀区气象路 50 号院	邮　　编	100081
责编电话	010-82000860 转 8385	责编邮箱	guoxiaojian@cnipr.com
发行电话	010-82000860 转 8101/8102	发行传真	010-82000893/82005070/82000270
印　　刷	北京建宏印刷有限公司	经　　销	各大网上书店、新华书店及相关专业书店
开　　本	880mm×1230mm　1/32	印　　张	8.875
版　　次	2018 年 8 月第 1 版	印　　次	2018 年 8 月第 1 次印刷
字　　数	214 千字	定　　价	98.00 元（共三册）
ISBN 978-7-5130-5790-5			

出版权专有　侵权必究
如有印装质量问题，本社负责调换。

谨以此书献给我的大学老师和同学们

在那个前无古人后无来者的年代，
我们曾同迷茫，共探索；
有过失落，也有收获。
虽然那段岁月留在我们身上的不是光环，
但那段经历也是一笔不可复制的财富……

目　录

楔　子　　　　　　　　　/001
1　我上学了　幸运　　　/003
2　学生生活　温暖　　　/019
3　如是学习　无奈　　　/030
4　今又重逢　企盼　　　/050
5　水到渠成　自然　　　/063
6　终成正果　心安　　　/082
7　校园花絮　多彩　　　/097
8　我入党了　如愿　　　/126
9　实习路上　团结　　　/132

10　切实感受　贫苦　　/172
11　在实习中　努力　　/189
12　体验生活　自勉　　/194
13　踏上归途　圆满　　/212
14　游览成都　自在　　/228
15　毕业分配　计划　　/252
16　后面的事　难料　　/263
17　四十年后　感怀　　/270

楔　　子

我真的太幸运了，复员才一个多月连工作还没有安排就上大学了。上大学是我梦寐以求的事。我从上小学时就有志向要好好学习，争取考上大学。大学毕业了，有了专业技能就能更好地为人民服务，报效祖国。1963年我初中毕业考上了北京市的重点中学——北京师大一附中。我少年时上大学的梦很快就可以实现了。只要我按部就班地上完三年高中考上大学是没问题的。因为当时北京师大一附中的高考升学率几乎是百分之百。到了1966年5月，我们完成了高中的学业。毕业考试也结束了。文理科分班也完成了。各高校的招生简章已贴进了校园。剩下的就是高考了。令我们万万没有想到的是就在这时史无前例的"无产阶级文化大革命"爆发了。我们这一届及全国的中学生的大学梦顷刻间就破灭了。1966年高校没有招生。1967年高校依旧没有招生。高校什么时候恢复招生没人知道。我们被无可奈何地滞留在了高中。

1968年2月我应征入伍了。我们的营房在深山老林里，出门不是上山就是下坡。我睡的是铺着稻草的大通铺，喝的是山泉水，吃的是高粱米。夏天蚊虫肆虐。冬天冰天雪地。论条件是挺苦的，但我很快就把上大学的念头抛到了脑后去了。我决心做个职业军人，一辈子当兵保卫祖国。可我的这个梦也和我的大学梦一样破灭了。我只当了三年的义务兵。1971年2月我复员了。当我回到阔别三年的北京时已物是人非。北京还是三年前我离开时的那个样子，可这里已经没有我的家了。我的家于1969年搬到河北省保定市去了。和我有联系的战友和同学不是留在部队里就是上山下乡了。北京已无我落脚之地。我只好晚上借宿在宣武区武装部的办公桌上，白天浪迹在北京的胡同里。此时的我就像是个命运的弃儿，连上帝都把我遗忘了。可令我万万没有想到的是，就在此时，安琪儿竟奇迹般落到了我的肩头。我被大学录取了。开始我总不敢相信这是真的，深怕自己是在做梦。直到我爬上了北京化工学院派来接我们的大卡车载着我们驶进了北京化工大学的大门我才相信这一切都是真的。我真的成了一名大学生，而且是"文化大革命"中的第一届大学生。不过此时我内心深处还有点遗憾，这就是我们没经过高考。我暗自揣度此时的大学或许和"文化大革命"前的大学有很大的不同。很快我的猜测就被证实了。

1 我上学了 幸运

那个时候大学是按照部队建制编制的。我们合成塑料专业的学生一共30人编为一个排。负责的老师为排长，学生中出一个副排长。我们的排长姓王，叫王豪忠，是个男老师。我们的副排长也姓王，叫王秀华，是个女同学。全排分为3个班，各班都有一名班长。班长由学生担任。全排的党员组成一个党支部，支部书记由老师担任，是全专业政治工作的负责人，行政职务是政治指导员。我们的支部书记姓代，叫代守振。

代指导员帮我把行李拿到宿舍。那是一个住了近20个人的大宿舍，里面住的全都是复员兵。一开始我还以为大家都是一个专业的同学。后来才知道，全系的复员兵都被临时安排在这里了。很快我们便了解到了我们这些复员兵为什么有这样的机遇，还没有分配工作就直接被分来上大学了。

原来在"文革"的初期，领导就决定把北京化工学院下放到外省市去。一开始是下放到了河南省，结果没有找到合适的校址。后来又决定到广东茂名，因为那里有很大的石化企业，可是也没有合适的校址。就这样选来选去一直到了1971年年初也没有找到合适的校址。可这时大学已经开始酝酿招生复课了。学院的领导就给北京市打了个报告，表示希望能回北京。没想到北京市很快就和化工部沟通好了。批准了北京化工学院的请求，并要求当年三月开学，争取成为首批招收工农兵学员的院校。这时离全国统一开学的日子已经没有几天了。学院一方面紧急把还散落在外地的老师急速召回北京，一方面集中了尚在北京的老师下到北京市指定的区县工矿企业去突击招生。在招生中遇到了一个困难，就是工农兵中兵学员的来源成了问题。总参认为北京化工学院所设置的专业与部队实际需要不对口。学员毕业后无法回部队按专业分配工作，也就是说不能做到学以致用。这在当时是不能被允许的，所以拒绝向北京化工学院输送现役军人学员。可在当时的形势下工农兵学员中只有工人学员，农民学员，而没有兵学员是不行的。眼看就要开学了，还招不上来兵学员。学院没办法只好给北京市委打报告说明情况，请示如何办。市委很重视这事。据说当时的市委书记吴德很快就把报告批下来了。并指示在当年的复员兵中招一些条件较好的作为兵学员。此时离开学仅剩三四天了。除去联系、准备的时间，实际招生的时间只有一两天。再具体到一个武装部也只有一半天的时间了。由于复员兵还没有安排工作，没有具体单位，又已离开了原来的部队，所以也没法搞推荐，只能是由招生的老师看档案选了。就这样，几十名复员战士一时间变成了大学生。以这种方式上大学的可以说是前无古人，后无来者。在当年招收的大学生中，我们这些人可能是最出人意料的，也是最幸运的。我又是其中最特殊的一位。我生是用自己的脚丫子给自己别出了一个大学生的名额。无论如何我也没有想到我的大学梦竟是用这种方式实现的。

我们专业的学生大约一半来自北京近郊的区县，一半来自北京的工矿企业和街道。只有我一个人是当年的复员兵。其实我们中当过兵的还有一个人。他是去年复员分到北京化工二厂当工人，今年又由厂里推荐上大学的。这样我们俩就代表工农兵中的兵了。我们专业有女同学22人，男同学8人，是当时学院中男生最少的专业。其中只有3名高中生。一名是党支部负责人之一，姓刘，也是六六年的高中毕业生；另一人就是我；再有一人是个女同学，她是六六年高一的学生。其他的同学主要是初中生，从初三到初一都有。还有小学程度的同学。我当时很纳闷为什么同学之间的学历相差这么大，很快就明白了，原来在选拔大学生时几乎就没有把学历作为一个因素来考虑。

大学食堂　席地就餐

入学后的第一件事就是领饭票。这事由排里的生活委员负责。她向大家解释得很清楚，上级规定：凡是有五年工龄的学员一律可以带工资上学。工资由原单位发。工龄不满五年的或从农村招收来的学员一律发给19元5角钱的生活费。其中15元5角钱的饭票，4元钱的现金。我们排只有个别人能保留工资，大部分人都要靠这19元5角钱的补助来生活了。我一是工龄不够，只当了3年兵；二是也没有发工资的单位，当然也就只能依靠这19元5角钱生活了。这我已经很知足了。因为毕竟上大学才是第一位的，只要有地方住，有饭吃就可以了。至于条件嘛则完全不在我考虑范围之内。当时吃饭是定量的。从农村和工厂来的男同学大多不够吃，还要家里贴补一点粮票和饭费。女同学基本上都够了，还有一些人吃不了。我基本上够吃。后来上级又调整了补助。统一补助改为三级补助。这三级分别是19元5角、17元5角、15元5角。家庭生活困难的和家在农村缺少现金收入的同学可申请19元5角的补助，家境好一点的可申请17元5角的补助，其他的人凡是没工资的一律保留15元5角的补助。申请的办法是个人申请，集体公议，上级批准。我自是只能领15元5角的饭票了。我给自己定了一个消费标准，就是每月的各种花销不得超过3元。因为在上学前我曾见过父亲一面，我把当兵节余的钱都给他了。我认为大学给我的补助足够了。我用不着钱。可父亲一定要给我留下100元钱。开始我还以为这100元钱没用处。可没想到就是这100元钱解了我的围。这样我就可以用这100元钱度过我3年的大学生活了。当然衣物是不能添置新的了。不过从部队带回来的衣物还够我穿一阵子。放假回家还可以把我参军前的衣物找出来用。三年的时间不算长，一对付就过去了。

　　入学的第二天就举行了开学典礼，而后就是入学教育。入学教育主要就是端正上大学的目的，要树立为工农兵服务的思想。同时提出了要上好大学，管好大学，不让一个阶级兄弟姐妹掉队。从这个口号就可以看出，当时的工农兵学员的队伍在入学时的文化水平是多么的不齐。刚一开学还没有上一堂课，上至学院的领导下至每个专业的老师就估计到了会形成有人掉队的局面。当然每个同学都表了态要好好学习，一定要完成党和人民交给我们的学习任务，一定不辜负工农兵对我们的嘱托。高中的同学还一致表示要尽自己的力量去帮助学习困难的同学，让他们也跟上学习的步伐。

教有所教　学有所学

入学教育后就是感性教育阶段。由于大部分同学都没有接触过化工，不知何为化工。只有少数几个同学是来自化工厂的。他们对化工有一些感性认识。因此根据理论源于实践，理性源于感性的观点，开课后的第一课就是到化工车间去，去具体地实践一下。好在我们系有自己的实验车间。我们就在实验车间开始了认识化工的实践。在实践了一段时间后开始上有机化学课了。我们的第一节有机化学课就是在车间里上的。

我们用的教材都是老师临时编写的。"文革"前的教材都废弃不用了。由于准备的时间太短，以至于老师都没有来得及把整套的教材编完。只好由老师编完一节讲一节，编完一章讲一章，一边编一边讲。教材都是油印的，一片一片的。我还帮老师刻过蜡纸。老师编写教材也很困难。编浅了不像大学教材，编深了又有一部分同学看不懂。我在高三的时候学了一点有机化学的知识。那点知识充其量只能算是一点科普知识。可这在我们专业来说就是掌握有机化学知识多的了。入学后不久，一位留校当老师的"文革"前的学生送给了我一本她上学时用的有机化学书。这对于我来说是如获至宝。没事的时候我就把它拿出来看，居然基本上都能看懂。而且我还把每章后面的习题都做了一遍。基本上也都能做。有一段时间看书、做题就是我星期日最好的消遣。很快老师就发现我掌握了比其他同学多一些的有机化学知识。上课对于我来说成了一件简单的事。随之而来也引起了一些小麻烦。当时要求老师在备完课之后，为了让同学们听得懂就要在讲课前先征求一下同学的意见。也就是先给少数几个同学试讲一下，看看他们能否听懂。我就成了老师征求意见的主要对象。这样有些课我就不得不听两遍，浪费了我一些时间。可在当时这又是没有办法的事。所以我还是和老师配合得很好。很快一部分同学就有意见了。他们提出，老师不能只征求学习好的同学的意见，这样不能代表整体的水平。我也认为他们提得对。可老师也确实为难。后来我自己当了老师才发现，往往是没听懂的同学还提不出具体意见。没办法只好是常常发大学的讲义，讲中学的课程。每当老师又从中学课程讲起时，我的思想就开小差。但我绝不敢迈出教室一步。那时如果你走出了教室就会引起轩然大波。就会说你骄傲自满，脱离同学，看不起学历比自己低的同学，等等。若你只是思想上开小差，那就没人说你了。其实授课的老师也知道你思想开小差了，但他知道今天讲的你已经掌握了，再要求你认真地听也是为难你，也没这个必要。这时我常常想起家，想起父母，也常常想起留在部队的战友，但我想得最多的还是她。我已经有一些时间没给她写信了。再给她写信怎么开头呢？这确实是个为难的事。我一直在找机会，其实就是找个理由。

一天我正在学院里的路上一边走一边低头想事。突然一个人挡住我的去路。我头也没抬就向旁边让了一下，可没想到她也向同侧让了一下。我再让她还站在我面前。不得已我抬头一看，原来是我高中的同学荣莉。我吃惊地问道："怎么是你？"

她笑着说："为什么不能是我？"

我再问："你怎么在这里？"

她说："你先别问我，我问你，你怎么在这里？"

我说："我来上学呀！"

她接着问："你什么时候上的学？"

我说："这不刚开学嘛。我还没有弄清楚哪儿是哪儿呢。你是不是也来上学了？"

她没有回答我的提问，而是说："今天晚上你到我家来一下，我有事要和你说。"

说着她就把她家的地址给了我，然后对我说："我现在还有事就不和你说了。今晚你一定要来。"

荣莉的态度使我感到很奇怪。她可是个爽快人，说起话来很少绕弯子。可今天怎么也说起没头没脑的话来了。况且还是久别后的第一次见面。我真有点琢磨不透。我看着她走远的身影还愣了好一会儿。

吃完晚饭我和班里的学生干部打了个招呼就匆匆忙忙地出了校园。按照荣莉给我的地址找了过去，这才发现她家就在我们学院的对面。走路也不过5分钟左右。当我站在她家门口的时候又有点犹豫了，真不知她要和我说些什么。一想起下午她和我说话时满脸严肃的样子我还真有点怵。希望她要和我说的事不要破坏这些日子我的好心情。最后我还是举起手敲了一下门。门里传来了问话的声音："谁呀？"

我只答了一个"我"字。门"吱呀"一声开了。荣莉出现在门里。她冲我笑了一下。这一笑一下子把我紧张的心情冲得一干二净。

"进来吧。我就知道你会来的。"

我也笑了一下说:"你叫我来,我还能不来。"

她又笑了一下说:"算了吧。我可没那么大本事。"

我随着她进了屋子。在灯光下我发现她的脸上全然没有下午我们见面时那严肃的神情。她把我让到沙发前说:"坐吧,我给你沏杯茶。"

我忙说:"不用了,不用了。我刚吃完饭。"

她说:"干吗那么客气,我们家有好茶。"

我随便问了一句:"叔叔阿姨在家吗?"

她笑着说:"你别紧张,家里就我一个人。他们都不在家。"

说着她就去给我沏茶水。其实我这个人对茶叶是根本分不出好坏的,再好的茶叶到了我嘴里也和柳树叶差不多。片刻她端着茶杯回来了。她把茶杯放在茶几上说:"泡一会儿再喝就出香味了。说说吧,怎么回事?"

我有点丈二和尚摸不着头脑,不知道她说的是什么事,便小心翼翼地问她:"你说的是什么事?"

"你还问我?我能关心什么事?还不就是咱们同学的事呗。你说吧,为什么不给人家写信?"

她这么一说我就明白了。她是因为我没有及时写信而替她来问罪的。可是她又是怎么知道我们一直在通信而恰恰最近我又没有给她去信的呢?我感到有些纳闷。难道是她把我们之间通信的事告诉荣莉了?她们俩可是发小。可转念一想不会吧?我都没把这事告诉任何人,连我父母和我最好的朋友都不知道。她见我狐疑的样子就说:"告诉你吧,她给我来信啦。"

"什么?她给你写信了。她在信中说了些什么?"

"瞧你急的,怎么就许她给你写信就不能给我写信。告诉你,我们俩从小学起就是同学，我们是老同学了。"

"这我知道，她是不是在信中说到我了？"我想她一定是在信中提到我了，便不由地问。

荣莉把脸一拉说："她骂你了。"

我的心一怔忙问："她骂我什么？"

荣莉又笑了。她说："瞧你那样子，又着急了。跟你开个玩笑。她没有骂你。她可不是那种在背后骂人的人。"

我问："那她到底说什么了？"

她说："她就问我知不知道你的下落，如果知道就告诉她。如果不知道让我帮她打听一下。"

我有点不相信地问："就这些？"

她说："这些还不够，你还想让她写一些什么。你又不是不了解她。不信你自己看。"

说着她把一封信放在茶几上。从信封上的字我一眼就能看出来是她的来信。信封瘪瘪的肯定里面只有一页纸。这也是她的风格。我怎么好意思看两位女同学的信。

我忙说："我相信，我相信。"

她又把信往我面前推了一下说："没事，看吧。"

我还是没动。我不好意思地说："那你怎么找我呀？"

她瞪了我一眼说："你还好意思问。都是你，净给别人找麻烦。你早点给她写信不就得了。你又没有给我写过信让我到哪儿去找你。不找吧，又不合适。我正在犯愁，没承想今天下午你就撞上我了。这回好了，不用我给她回信了，你自己给她写封信吧！"

"行，我回去就写。"我爽快地答应了。可没想到荣莉不答应。

她说："不用回去写了，你现在就在我家写。"

她的口气有点不容商量。我笑了一下说："我这不是没有带笔和纸，也没有信封、邮票呀。我还是回去写吧。"

她说："我都给你准备好了。你就在这里踏踏实实地写。写好了你自己粘上。明天早上我替你发了。"

说着她就拿来了笔、纸和信封，连邮票都贴好了。看来我是一定要在这里把信写好了才行。我有点不好意思地说："你让我想想怎么写。"

她一听马上说："这有什么好想的，你又不是没有给她写过信。平时你是怎么写的这次还怎么写就行了。你不是挺能写的吗？怎么现在就没得写了？"

我说："这不是情况变得太突然了嘛。"

她见我有点勉强就说："情况变不变跟我没关系。她让我帮忙找你，我找到了。我的任务就完成了。至于怎么和她说是你的事，与我无关。不过你要是真不愿意写我也不勉强你，那你就别写。明天我写就是了。我就告诉她你上大学了不就得了。"

我听她这么一说马上说："别、别，还是我写吧。"

她见我答应写信了就笑着说："哎，这就对了。还是你自己写好。你就在这儿写吧。我不打搅你了。"

说着她就拿起一份报纸看了起来。她说的对，这本来就是我自己的事，也应该由我自己来写信说明一下。其实我原想等一切都安顿好了就给她去信。可没想到让荣莉给撞见了。而她又是这么一个上心的人。我很快就把信写好了。荣莉把胶水拿过来说："你自己粘上吧。"

我把信粘好了。盖荣莉把信拿了过去说："明天我替你发了。"

我忙说："不用了，还是我自己发吧。"

她坚持说："送佛到西天，好人做到底。还是我替你发吧。明天我上班的路上就发了，也省得你再出来一趟。"

我看她坚持要替我发也只好如此了，便说："那就谢谢你了。"

她又笑了一下说:"其实我是在帮我老同学的忙。要是你我才不管呢。没有你那么干事的,不管发生了什么事总要打个招呼,告诉一下嘛。"

我尴尬地笑了一下说:"你帮了不该帮的人,更该谢谢你了。"

她又笑了一下说:"好了,你就别贫了。说说你自己的事吧。"

我不太愿意回忆前些日子的事。但面对着荣莉我又不好不说。我就把复员后的经历简单地对她说了一遍。

她听了之后说:"我就不同意你的做法。你完全可以找找同学嘛。你干吗不来找我呀?"

我说:"我也不知道你的地址呀。"

她说:"算了吧。你就是知道也不会来找我的。你,我还不了解。"

我笑了一下算是默认了。

她见该办的事已办了就对我说:"好了,今天就到这里吧。你也该回学校了。你已经知道我家了,以后没事就到我家来玩吧。"

我说:"那你还没有告诉我你的事呢。"

她说:"我现在和你在一个学院里,不过我不是学生,是工作人员。其他的事以后再说吧。"

我知道非要女同学说出自己的事是不礼貌的,只好告辞回到了学院。我为荣莉没能上大学而遗憾。她可是我们中学时的好学生。如果她能够走进高考的考场,肯定也是一流大学的好学生。没有几天我就收到了她的回信。信依旧写得很简单。只写了知道我上大学了她很高兴,希望我把大学里生活学习上的事写信告诉她。我把来信翻来覆去地看了好几遍,没有看出一丝埋怨的语气,心里的一块石头落地了。当然,我把这个情况告诉了荣莉。她知道后笑着说:"你可别得意,那是人家不好意思在信里说你。要是我一定不饶你。好了,现在我的任务完成了,剩下就是你们俩的事了。"

我故作糊涂地说:"怎么是我们俩的事?"

她说:"你别揣着明白装糊涂。怎么不是你们俩的事?还有我们什么事?有什么想法干脆点。两个人的事总不能让女同学先开口吧!"

我只好承认说:"我就是不知道怎么说。"

她干脆地说:"你怎么想的就怎么说,这有什么难的?男同学里就你黏糊。"

说实在的我觉得她是个顶好的人。她的能力比我强。毕业后分到医院里一定能够成为一名好医生。可我对自己就缺乏信心了。我把我的想法如实地告诉了荣莉。她直言不讳地告诉我,在她们女同学看来她各方面都比我强。今后也一定比我有前途。但是男女之间的事是很难说清楚的。常常是大家都认为合适的却不能白头到老,而大家都不太看好的却能够一生相厮相守。这全凭当事人自己了。当然她也一再表示,她们也认为我是个好人,是个老实人。可老实人就显得有点窝囊。我自己也有所感觉。所以一直不知怎么办才好,只好一步一步走下去看了。

从此后我经常到荣莉家去玩。她家有什么好吃的东西她就叫我去吃,我也不推辞。吃完了就聊天,山南海北地聊。荣莉是个热心人,不少同学都和她有联系。慢慢地我也和这些同学有了联系。荣莉家就成了我们最常聚会的地方。对于我来说,她家就成了我校外唯一的去处。首先是她家离我们学校近;二是我口袋里没有钱,稍远一点的地方就去不了。当然我也不是每周都去的。一般情况下她不叫我,我是不去的。大部分休息的时间我还是待在学校里。

到了星期日,家在城里的同学都回家了。住在近郊区、交通方便的同学也回家了。我们两个复员兵,还有少数几个远郊区的同学就只有待在学校里了。好在吃住不愁,我又刚从部队上下来,习惯了。一般情况下我就在学校里看书。我总是先把老师发的讲义看一遍,然后就做讲义后面的习题。虽然老师留作业时只选一部分,可我是每道习题都做,而且写得工工整整的。当老师留作业时,我就拿出来再看一遍交上去就行了。所以我常常是老师发下讲义后不久就把老师要留的作业都做完了。那时没有更多的书好看,也没有更多的习题好做。最难受的就是当其他同学做作业时你无事可做,怎么办?我真没想到上大学有上大学的难处。而这个难处竟是没得书看,没得题做。其实学院图书馆里是有书的。可这些书和作者大都受到了批判。新的书"文革"开始后又没出,真是没办法。你觉得没书看,没题做,还有人觉得书看不过来,题做不完。你没办法,他也没办法,老师没办法,学校也没办法。这就是当时大学的情况。

"文革"已经进入到第6个年头了,还没有一点要结束的样子。以至于很多的人,包括我自己都以为今后的社会可能就是这样了。既然是在"文革"中就一定要有"文革"的事做。我们入学后最先碰到的就是"批陈整风"。这次"批陈整风"跟我们所经历的前几次大批判不一样。前几次批"彭、罗、陆、杨",批"刘、邓、陶",批"王、关、戚",批"杨、余、付"等等的批判都是大搞群众运动。搞得轰轰烈烈的。这次完完全全是有组织、有领导的,是作为一次政治学习来搞的。我们就是利用政治课的时间来"批陈整风"的。其他的活动照常进行。该上课的时候上课,该休息的时候休息。也许是经历的批判太多了,也许是因为有了专业学习上的压力,"批陈整风"在学院里很快就流于形式了,后来慢慢地连形式都没了。

就在"批陈整风"沉寂下来的时候,一场大的风暴正在酝酿中。这时的北京显得格外的平静,就像在台风的风眼中。毛主席已经有些日子不在北京了。林副主席也不在北京。学校里专业学习的空气突然间浓重了起来。原来雷打不动的政治学习开始松动了。政治学习也多安排自学，甚至连讨论都没有。有一些学习困难的同学利用这个机会偷偷地在政治学习时间做作业。说来也怪，也没有人管，政治生活好像突然停止了。当然还是有人感到不对劲了。一天我正走在路上，橡胶专业的一个同学把我悄悄地拉到一旁，低声地对我说："听说军队都进入紧急状态了，好像是出大事了。"

说实话我是一点都不知道。我还正为近日清静了许多自得其乐呢。虽说当时我家就住在保定38军的营区内，但我本人一直在北京上学。又不能每周回家，也不常给家里写信。就是写信父母也不会把部队的情况通过书信告诉我。我是不愿意相信他说的事是真的，可我也深知，在"文革"中什么事都有可能发生。他见我不置可否就又小声地说："听说林副主席出事了。"

我听了大吃一惊，忙说："不会吧?"

他说："你肯定知道。你不相信我。"

我真不知道怎么回答他。只好借口有事赶快走开了。这天晚上，我躺在床上仔细地回忆了一下。好像有段时间林副主席没有出现在报纸上了。那时报纸就是政治人物的晴雨表。一个人如果在报纸上不出现了那肯定就是出事了。但说到林彪这可不是一般的中央领导。林彪可是毛主席亲自选定培养的接班人，而且还史无前例地写在了党章中。我自己寻思，真要是林彪出了事，那可能是出了意外。可我又想，林彪能出什么意外呢？他是党中央唯一的副主席，全军的副统帅，谁出意外他也不能出意外呀！不要说相关部门对他的保护，就是林彪本人也是一贯小心谨慎的。无论如何我还是不希望他出事的。虽说在"文革"中领导的沉浮是经常的事，但大部分人还是希望稳定的。只有领导层稳定了国家才能稳定，只有国家稳定了民族才有希望。

没隔多久我的希望就破灭了。林彪出事了，还是天大的事。他摔死在蒙古的温都尔汗。学院里停课学习中央文件。专业的老师、同学都和我一样感到十分震惊。中央文件讲得很清楚，林彪是叛逃了。可这时离 1969 年 4 月的九大林彪被正式确立为毛主席的接班人才仅仅两年零五个月。林彪怎么就从天上掉到了地下，而且是掉到了外国。大家都不明白为什么会发生这样的事。真是百思不得其解。好像领导也解释不清楚。最好的办法就是尽快让这件事过去。经过一段时间的学习。我们都接受了这样一个事实，就是林彪死了。很快又恢复了上课。一切都平静了下来，比以前还平静。

2 学生生活 温暖

事情往往是很奇怪的。大的事件很好过去。过去之后又往往在老百姓中留不下什么痕迹。这可能是越大的事情离老百姓越远的缘故。可很多的小事反倒在老百姓中留下了层层涟漪，久久不能平静。

我上学后即被指定为合成塑料专业的团支部书记。一是因为我是复员战士。那时社会上的口号是"农业学大寨、工业学大庆、全国学习解放军"，复员兵也受重视；二我也是最老的团员；三也是我学历比较高，学习上的压力会小一点。我们专业有6名学生党员。支部就建在专业里，一切活动都以党支部为中心。团的工作相对简单一点，只是配合党支部而已。我想的很简单。头一个月过去后团支部正式改选，大家仍选我。我也没推辞就成了正式的团支部书记。

后来我才发现，在大学里有些工作是很不好做的。最突出的问题就是学生的恋爱问题。这在现在看来本是一件很小的事，或根本就不是事。况且当时的学员中有相当一部分年龄偏大，早就到了谈婚论嫁的时候。可当时学校规定，在校学习期间是不许谈恋爱的。理由是谈恋爱会影响学习。这是有明文规定的。但是还有一条不成文的规定，就是有恋爱关系的不许分开。其理由是上了大学不能忘本。工农推荐我们上大学，我们不能上了大学看不起工农。还特别提出来要防止"一年土，二年洋，三年不认爹和娘"。这样一来，本是学生的私事也就成了当时学生组织的工作重点之一。

学生生活　温暖

我们班有个女同学上学前在化工厂工作。她已和同厂的一个复员兵好上了。十分万幸的是他们俩的关系还没有公开就都被送到北京化工学院学习来了。女同学在我们专业学习塑料合成工艺，男同学在机械系学习化工机械。多美的事呀！一块上大学，还在一所大学里，还能经常见面。可他们怎么也没有想到，这件美事也给他们带来了很大的麻烦。世上没有不透风的墙，没多久他们的事就被发现了。首先是同宿舍的同学反映她晚上回宿舍太晚，影响别人休息。接下来就有学生干部找她谈话。追问她晚上都到哪儿去了？和谁去的？为什么不按时就寝？责备她自己不休息还影响其他同学休息。同时指出女同学晚上不归也不安全等。说了好多，似乎是她犯了很大的错误。她听了很不服气，就和那个学生干部顶了起来。她认为自己没什么错。一、没有离开学校，只是睡不着觉和自己同厂来的同学谈谈心有什么不可以？二、对方是党员，又是复员战士，也是工人，再说又不是什么坏分子，有什么不可接触的？三、又不是新认识的，难道上了大学就要和原来认识的人都断绝往来吗？四、她又没有影响学习。至于回来晚了影响别人休息则是没有的事。她的动作比有的人夜里起来上厕所的动作还轻。要是怕影响大家休息那夜里就别上厕所了等等说出了一连串的理由。恰恰找她谈话的人又是与她同厂一块来上学的。原本人们认为他俩认识、相熟好谈话，可没想到该同志的工作方法有点简单，口才又差一点儿。她便认为这人有意和她过不去。结果两人闹了个不欢而散。该同志也向党支部做了汇报。自是反映她拒绝批评，不思改过。怎么办？不能不管，确实又不好管。最后党支部决定让团支部再试着做做工作。党支部把工作布置了下来，团支部只好去做了。我们几个支部委员商量了一下，都觉得这工作不好做。一是因为我们都没有这方面的经验，不知道应该从哪儿谈起；二是已经有人做了工作，没有做好。当事人产生了抵触情绪，工作将更不好做；三是这里涉及感情问题。感情问题又是最说不清的。大家商量来商量去，最后建议由我去找她谈一谈。她们的理由是，我年龄大一些，在部队里受过锻炼会做思想工作。她们哪里知道我在部队里就是一个大头兵，哪有什么做思想工作的经验。可也没有别的办法，我只好同意试一试。

我想了好几天最后决定不正式找她谈话，而是采用在不经意中聊天的方式。我利用在校办工厂实践的机会有意识地把她和我分在一个班上，一块上夜班。在夜深人静的时候，我让她在一边休息。我把该干的活都干了随后拿出一本书看了起来。过了一会儿我抬头看了她一眼，只见她双眼直愣愣地看着反应釜发呆。我便轻声地问："喂，发什么呆？想什么呢？"

问她的时候我的眼睛故意不去看她，还是盯在书本上。

她叹了一口气说："哎，没想什么。"

她的叹息使我感到她的思想压力还是很大的。

我说："没想什么为什么不抓紧时间看看书？我最喜欢在夜里看书，没人打扰效率高。"

她说："看不下去。"

我问："看不下去还是有想法呀，能说说吗？或许我能帮你出出主意。"

她沉默了一会儿说："有些事我想不通。"

我当然知道她说的是什么事，但是我没有说出来。我是想让她自己说出来。这样或多或少可以减轻一点她的思想压力。我问她："什么事你想不通？"

她说："前几天他们找我谈话了，我想不通。"

我问："谈什么了你想不通？"

我没有想到她说："你肯定知道。你们都是干部还有不通气的。"

我说:"不,我只是想知道你哪儿想不通,也许你想的也有道理。"

她一听我说她也许有道理就接着说:"我为什么不能和他来往?他是党员,又是复员战士。在厂里也算表现好的,所以才被送来上大学……"

我说:"慢点说,慢点说。我想问你有人说他不好了吗?"

她有点不好意思地说:"那倒没有。"

我笑了一下说:"这不就得了。你有什么想不通的?"

她说:"那干吗不让我们来往?"

我问:"谁说不让你们来往了?"

她说:"那我们在一块为什么就说我们在谈恋爱?"

我说:"别人怎么说你不要管,首先是你自己要清楚你自己是不是在谈恋爱。关键是你要对自己负责。"

听我说到这里她不说话了,低着头。我也不催她。我又把该检查的都检查了一遍,该记录的都记录了。我面对着反应釜根本不去看她。过了几分钟她在我身边小声地说:"我们之间确实有好感,但这不是今天的事。在厂里时我们就互相有好感了。当时厂里正在推荐上大学,我们就没敢把我们之间的事公开,怕的是影响我们之中任何一个人上大学。我说的是真的。"

我头也没回就说:"我相信你说的。我也相信你们之间的感情是真的。而且我希望你们能够珍惜这份感情,把你们的感情保持下去。"

听我这么一说,她马上抬起头来睁大眼睛望着我,吃惊地问道:"真的?你说我们可以保持现在的关系?"

我说:"为什么不能呢?共产党人也不是从石头里蹦出来的。共产党人是最讲感情的……"

她疑惑地问:"那为什么……"

我又笑了一下说："你听我说，关键是方式方法。在工厂里的时候你们是讲究方法的。你们怕让人家知道了影响推荐你们上大学，所以你们尽量不让人家知道你们的关系。这一点你们做得就挺好的。现在你们上大学了，你们感到没有约束了，就开始不讲究方式方法了。可是你们忘了，学校里是不让谈恋爱的。因此你们现在想让大家承认你们的关系，认同你们以恋人的关系往来就有困难了。别人就会说你们违反了学校的规定。这一点你们自己就没有想清楚。"

她想了一下觉得我说的有一定道理就问："那我们该怎么办？"

我说："这好办得很。你们是有经验的。你们过去能让人家不知道，为什么现在非让人家知道，甚至闹得满城风雨。"

她嘟嚷着说："我又没想让他们知道。"

我笑了一下说："那怎么人家就知道了，而且是都知道了。"

她无可奈何地说："我们不过是见面的次数多了一点，见面的时间长了点。"

我说："我不反对你们见面。但是你们为什么不能改在星期日见面？为什么不能在校外见面？我不相信会有人管你们在星期日干什么，和谁在一起。你说呢？"

她说："那倒是，不过那平时就不能见面了？"

我说："也不是，我不是说你们两个人在校园里碰见了非要互相假装不认识，互相躲着。只是说，在学校里两个人待在一起的时间多了肯定就会影响学习。你想想，你们俩又不是学一个专业的，俩人在一块的时候恐怕谈情说爱的时间居多。晚上回来晚了不讲影响别人，自己恐怕也不能马上入睡，最起码影响自己吧？"

她不好意思地又低下了头问我："那你说怎么办？"

我说："这是你们俩自己的事。你自己想明白了，我相信你能够处理好。不过你问我，我也可以说说我的想法。我建议你们静静地保持关系。这样做对你们双方都有好处，特别是对女同学。你想想，现在不管你们怎么好也不能结婚吧？如果能有两三年的时间进一步地互相了解，加深感情有什么不好呢？"

她被我说服了。她小声地说："如果他们也是这样找我谈话我早就想通了。"

我回头又看了她一眼说："我可没有找你谈话，是你自己要和我说的。通，也是你自己通的。"

我们俩都笑了。

以后她还真的按我们俩说的那样做了。班里对她的意见也渐渐地消失了。大学毕业后他们俩真的结了婚。听说婚后的生活还不错。当然这是后话了。

有要好的，也有要散的。可是当时的情况却是要好的不让明着好，要散的自是也不许散。这样一来便平添了不少的麻烦。我们专业有个女同学。她上学前在农村。通过别人介绍认识了一个当工人的小伙子，年龄比她还小两岁。据说俩人的关系已处得不错。后来我们这位女同学上大学了。一开始俩人来往也还算正常，也正是有这些往来，班上的同学才知道她有这么一个男朋友。可不知为什么，过了一段时间渐渐地俩人的来往就少了。女同学对这种事比较敏感，就有人猜疑他们之间可能出现了裂痕。这个女同学也经不住别人的盘问，终于承认自己对对方不太满意。这一下子就像捅了马蜂窝，议论轰的一下就四散开来。那个小伙子的形象便一下子高大了许多。又开始有人做这个女同学的工作，什么人家是工人阶级啦，你在农村当农民的时候人家肯和你好就证明人家觉悟高，对你感情深，现在你上大学了就不满意人家，实际上就是看不起人家了，这就说明你思想上发生了变化。如果你再这样下去就会彻底忘本，等等。好在这个女同学是党员，她的工作用不着我这个团支部书记来做。当我知道这件事时听说她已在同志们的帮助下改正了错误,恢复了和她男朋友的关系。我还听说我们专业有的同志还找她男朋友做工作,希望他有时间常到学校来看看她。要他加强和她的联系,和她多交流。据说她男朋友还真的比以前来的多了,以至于弄得全专业的师生都知道了这件事。大学毕业后,他们也结了婚。当多年之后同学们再聚会的时候,听说她已经有了两个孩子。生活平淡如水,就一直这样过着。也许这也是一个不错的结局。

当我知道这件事后颇不以为然。我曾和我们专业的一位学生党员干部聊天时说及此事。我坦率地说出了我的看法。我不明白组织上为什么要干涉人家的私生活,要管人家的情感问题。我们这位党员同志,也是我大学的朋友,回答得更直截了当。他说:"组织上没有干涉她的任何私事呀。组织上没有说她必须和谁好,也没有说她不和谁好就怎么样。"

我说:"那干吗有一些人要去找她谈这个问题?去说她的私事?去干涉她的个人想法?"

他说:"不管他们怎么说,他们都不代表组织,只代表他们个人。他们所说的也只能是他们个人的看法。"

我听他这么一说便有些不高兴了。本来我也没有责备谁的意思,只是说说自己的想法而已。照他这么一说,好像那些找她谈话的人都是代表个人去的,那就更没有理由干涉人家了。想到这里我便不客气地问道:"你找她谈了没有?"

他爽快地说:"找了。"

我问他:"你代表谁?代表组织?还是代表你自己?"

他说:"我和她明确地说了。虽然我是党支部的委员,但是这次和她谈话不代表党支部,也没有受党支部的委托,我只代表我自己。我只谈我听到的一些反映,只谈一谈我个人的一些看法。"

我问:"你真是这样说的?"

他说:"不信你可以去问她本人。"

我相信他说的。他是个老实人。我问他:"你的看法是什么?可以告诉我吗?"

他说:"当然可以。我跟她说了,和谁好是她自己的事,别人无权让你和谁好,和谁散。但是我希望你能够认清环境,注意影响。"

我说:"什么叫认清环境,注意影响?"

他说:"认清环境就是要注意到我们是处在一种什么具体的形势下。比如说在战争环境下。在部队中一般的战士和基层的干部就不能结婚,感情再好也不行。因为随时都会有流血牺牲,这样就会给对方带来更大的痛苦和不幸。这你是知道的。"

我问他:"那现在是什么环境?"

这句话一出口我就发现自己说走了嘴。他马上接着说:"你说呢?现在是在'文化大革命'之中呀!"

说到这里他对我笑了笑。我明白了。他接着说:"就这个问题你说组织上好怎么说,不好说。人家有看法这就是影响。如果人家没有看法谁又会去找你去说这个呢?也就算了。你说说咱们班这么多年龄大的同学,这方面的事能少吗?关键是不要造成不好的影响。"

我明白了。在这个问题上关键是不要造成不好的影响。这时我才想起来,他说的和我之前跟那个女同学说的是一回事。一般的情况下事物的内因是主要的,外因是次要的。可是在特定的情况下外因会强烈地反作用于内因,以至于使事物的内部发生扭曲。我们专业的这两位同学都是因为没有注意到外在的影响,结果使自己陷入了不必要的麻烦之中,使一件无事之事在他们的心里留下了难以平静的涟漪。

好在这恋爱的风波没有蔓延开就被一件突如其来的事给阻断了。上面要求立即行动起来执行毛主席"深挖洞、广积粮、不称霸"的指示。"广积粮、不称霸"对于我们学生来说是不贴边的事,但"深挖洞"则是一定要有所行动的。因为这时地不分南北东西,人不分军民男女都在挖洞。学校立即召开了动员大会。领导宣布停课一个月要在北京化工学院的地下挖出一个地下防空网。一声令下,全院师生行动起来了。全院的师生分成三班,24小时不间断施工。整个北京化工学院一时间变成了一个大工地。这又何止是北京化工学院,全国都变成了个大工地,到处都在挖防空洞。好像明天就有人要从天上往你头上扔炸弹似的。在以后的日子里我走过全国许多地方,几乎无一处不见人防工程。可见此工程耗人力、物力之大。不过干这点活对于我来说不算什么。一是我才二十几岁正当年。二是我才刚复员,在部队上干的活比这重得多。我可是真真实实参加过1969年的大战备的。当然对于其他同学来说这也算不了什么。因为我们之中的大部分人就是从劳动第一线来的。所以不管是男同学还是女同学干得都挺欢的。

我也挺喜欢干活的。这倒不是说我善于干活,而是一劳动起来好像周围的空气都净化了,班里各种各样的事都少了,也用不着我们这些学生干部再伤脑筋去做那些工作了。

我们专业的人比较少,只有30人。男生是全院各专业比例最低的,只有8人。但是我们和其他专业一样按人头承担同样的工作量。工作刚一分下来的时候我还真有点担心。我曾私下和我们专业的领导提过是否需要提醒一下系里的领导,我们专业的女劳力多,男劳力太少。可他说不好意思向领导开口。等一安排完具体的工作,没想到全专业除我之外竟无一人提出异议。一开始我还以为是她们或许不好意思,或许想借此表示女生不比男生差。一拉上工地我发现我的担心是多余的。特别是一些从农村来的女同学,干起活来真和小伙子相差无几,不管是挖土、抬筐、推小车、打夯样样都干得蛮麻利。她们确实不比我们差。当然从城里来的女同学体力上要差一点。我常提醒男同学要照顾女同学一点。因为在我心里她们毕竟是女同学。我们基本上都能完成院里分配下来的任务。

一个月很快就过去了,防空洞挖好了。北京化工学院的地下有了一个完整的防空洞网。校园里平地突出了许多防空洞的通气孔。防空洞挖好了我没有下去过。好像我们班都没人下去过。当然我也希望永远不要有人下去。当我们再次回到教室的时候,我们发现气氛有些许的变化。

3 如是学习 无奈

如是学习 无奈

经过一段的教学实践，可能上至教育部，下至每所已经招生的大学、学院、每个系、每个专业，以至于每位授过课的老师都发现用这种不经过任何文化考核，直接推荐上来的大学生的文化基础太参差不齐了。这样就给进一步地授课带来了很大的困难。就拿我们专业来说，三十名学生中只有三名高中生，其中两名高中毕业生，一名是高一的学生；还有两名中专未毕业的学生；大部分都是初中生，其中初三的学生只占少数，多数都是初一、初二的学生；还有几名小学文化程度的同学。这些同学坐在一间教室里，由一名老师讲授同样的课程自然感受是大不相同的。即便是再高明的老师恐怕也无法同时满足所有学生的听课需求。问题是发现了，怎么办？教育部提出了两条改进的措施。一是从1972年开始大学招生要通过文化考试。不过不是全国统一考试，而是由各省、自治区、直辖市考。二是已经入学的要经过文化补习。同时把学制由原定的三年改为三年半。既然今后入学要经过文化考试，那么在校学习时就可以理所当然地进行考试了。

因此当我们从挖防空洞的工地回到教室时发现气氛有些不一样了。首先是原先开的课停了，开始补高中的课了。这还是次要的，令人感到有些紧张的是考试开始了。同时我也隐隐地感到老师们却有一种轻松的感觉。因为从我们一上学开始，如何评定一个学生的学习状况就是一个很恼人的事。入学没有考试，入学之后能不能考试一直有争论。如果不考试用什么办法来检查一个学生的学习效果这就是一个问题。有人提出用评议的办法。怎么评？是由老师来评还是由老师和学生一块评？用什么标准评？争来争去一直没有结果。日子就这样一天天地过去了。课还是照样上，老师照样教，学生照样学，结果如何，无人知晓。老师不知道，学生也不知道，领导就更不知道了。谁都认为这样下去不行，可谁也不知道怎么办才好。这一下有办法了，还是一个字"考"。只有不会考试的学生，没有不会考试的老师。因此老师明显地感到轻松了。

　　补课开始了。我们主要是补高中的数学、物理、化学。但是要把高中三年的课程用半年的时间补上也不是一件简单的事。讲的快了肯定有人跟不上，讲的慢了又肯定时间不够用。还有一个问题就是学生中还有一部分是高中毕业生，让他们再听一遍高中的课有没有必要。听了几天的课之后我就找领导反映是否可以让我们几个高中生和愿意先考试的同学先考试，考试通过了就不用再听课了。系里的老师问我高中的课我是否都还记得。是的，毕竟时间已经过去5年多了。我想恐怕任何一个人也不敢说5年前他学的东西百分之百的都记得。但我告诉老师，在当兵前也就是1967年的时候，我自学了一册大学基础课中的高等数学和一册无机化学。在当兵后我也没有放弃学习，我还自学了一本无线电数学。在上大学之后前一段时间我已经学完了北京化工学院"文革"前讲的有机化学，其中所有的习题我都做过了。我想高中的功课我基本上是掌握了。老师没有答复我。几天后老师在上课时宣布了系里的一项决定。凡是已经在中学学过的同学，又认为自己还掌握，没有忘记的课程，可以不再听课了。但作业要做，考试要参加。听了之后我很知足了，我可以有更多的时间看自己想看的书了。

如是学习　无奈

重读中学　不免走思

  一开始我把老师讲义后面的习题一股脑地都做了。然后就腾出时间来看自己从各处淘来的书。有的书和专业有关，有的书和专业毫无关系。我甚至看了一遍中国通史。后来我发现这样不好。因为你在自习时看其他的书，总有人来问你作业的事。你又不能不帮助别人，结果是自己想看的书总看不成。你要是躲到别处去，那就会有人说你骄傲自满、脱离群众，引起很多的麻烦。再说看到一些同学有困难我也不忍。后来我就改变了做法。上课时我不去听讲而是找个地方看自己想看的书。上自习时我回到教室和大家一块做作业。这样他们有什么问题就可以问我。我也可以一边做作业一边和他们讨论习题。我以为这样就不会有人说我脱离群众了。

  在补课的过程中也闹出了一些笑话。这些事本来在中学都不会发生，可谁也没有想到竟在大学里发生了。如果这不是亲身经历恐怕我也不会相信。历史在这里开了一个小小的玩笑,使一些没有受过完整中等教育的人进入了高等学府。这就不可避免地在大学里发生了一些在中学里都不会发生的事。

一天在晚自习上,老师都回家了,我正在给一个同学讲一道题。忽然听见在教室的另一个角落里两个男同学在激烈的争论。一个人是我们班中的另一个高中毕业生,另一个据说也是初中水平。两个人的声音越来越高,把教室里同学的目光都吸引了过去。我不禁也抬起头来听了一下。他们争论的问题使我大吃一惊,竟是有没有"万有引力"的问题。那位学历浅一些的同学竟不承认有"万有引力"。任凭如何向他解释他就是不相信。和他争论的同学就把牛顿是如何在苹果树下看到苹果落下来,从而引起了他的思考苹果为什么不浮到天上去,最后发现了"万有引力定律"的过程给他讲了一遍,并告诉他自从发现了"万有引力定律"就解释了很多过去解释不了的物理现象。他就是不相信。他始终认为如果地球对人有引力,那人就会像磁铁吸住铁钉一样被地球吸住,人就不能动了。人能够自由的行走就说明地对人没有引力。最后教室里一半的同学都去和他辩论都没有说服他。不知是谁提出来让我去给他解释一下。我一看这架势,恐怕找个科学院院士来说破了天也是白搭。想了一下我走到他面前只说了一句话。我说:"不管你怎么想,但我要提醒你在考试的时候你一定要承认'万有引力定律',否则你1分也得不到。"

就这样,我的一句话终止了这场辩论。我庆幸没有老师在场,也希望不要有人把这事告诉老师。我真是没有想到在我大学的同学里还会有持这种怪想法的人。可过了不久又发生了一件虽说不如上面那事荒唐,却也令人啼笑皆非的事。

一次上实验课。练习最基本的过滤操作。老师先做了一遍。然后就叫同学跟着做一遍。就是把混有泥沙的食盐水通过滤纸和漏斗过滤一下，沙子就留在滤纸上，食盐水就干净了一些。就是这么简单。这本是初中的一项实验，委实不该拿到大学里来做。可谁也没有想到，一位同学过滤后的食盐水竟变成了绿色的。老师看着他烧杯中绿色的食盐水吃了一惊，忙问他："你是怎么搞的？"

他很坦然地说："老师我可是完全按您的要求做的，它就变绿色的了。"

老师问大家："还有谁的滤出液是绿色的？"

大家都举着自己的烧杯说："没有。"

老师又对他说："你是怎么做的？你说一遍。"

他说："我打开抽屉，拿出绿纸折成四层，用剪刀剪去多余的部分。然后把绿纸放在漏斗里用水把它贴在漏斗壁上再开始过滤，就是这样。"

他说的没错，老师环顾了一下他的实验台才发现发给他的滤纸还放在台上没有用。老师指着滤纸问他："你桌子上的纸是什么纸？"

他干脆地说："白纸。"

老师有点哭笑不得地问他："那你用的什么纸？"

他还有点奇怪地说："我用的就是老师说的绿纸呀！"

老师问："你就没有看一下其他同学用的是什么纸？"

他回答说："看了，我还奇怪老师说让用绿纸他们为什么用白纸。"

老师又问："你就没问一问？"

他说："没问，我想按老师说的做没错。"

老师无可奈何地说："那你是从哪儿拿的滤纸？"

他说："老师说让用绿纸，我一看台子上没有绿纸，只有白纸。我就打开抽屉一看，里面有一张绿纸。我就拿出来用了。"

"唉！"老师叹了一口气说："我说的是过滤用的过滤纸，不是绿颜色的绿纸。你用的不是过滤纸，而是绿颜色的包装纸。"

事情也就巧了，在他的抽屉里恰好有一张绿色的纸。这真是连初中生都不会做错的事，居然有大学生做错了。此后老师在讲课时尽量不用简略语，以免产生不必要的误会。

还有一次我们在上实验课。负责带课的老师因有事离开了片刻。就在这时实验室里出现了漏气的"嘶、嘶"响声。大家也没有在意。响声越来越大。刘井泉便离开了自己的实验台顺着响声找了过去。很快他就发现响声来自实验室墙角一个柜子上的一个瓶子。他走了过去看了看没看出名堂。他就回过头来看了一下老师不在就对我说："这个瓶子在响，你过来看一下。"

我抬头看了他一眼，放下手中的事对他说："你回来吧。我过去看看。"

说着我就走了过去。我们俩正走了个对面只听见"砰"的一声响瓶子爆炸了。破碎的玻璃碴儿崩的到处都是。还有一些碎玻璃碴儿打到了刘井泉的背上。幸好是他背对着爆炸的瓶子，没有伤着他。也幸好他挡住了我，也没伤着我。可整个实验室里立刻充满了一种刺鼻的醛的味道。我一看有的同学眼泪都流出来了马上对大家说："快把手上的事都放下，赶快离开实验室。小刘，快把门打开。"

刘井泉赶紧把实验室的门打开。同学们猫着腰鱼贯撤出去。很快走廊里也充满了刺鼻的醛的气味。我待同学们都出去了，又看了一眼实验台确保不会有事便也走向门口。当我刚走到门口的时候老师赶了过来。她焦急地问："出什么事了？"

刘井泉说："爆炸了。"

老师吃了一惊问："怎么会爆炸呢？谁的实验爆炸了？怎么会有这么大的醛的味道？"

刘井泉说："不是我们的实验爆炸了，是一个瓶子爆炸了。"

老师问:"谁的瓶子爆炸了?"

刘井泉说:"不知道。"

老师有问:"谁见到那个瓶子了?它放在什么地方?"

刘井泉说:"我见了。它就放在墙角的柜子上。"

老师说:"你来指给我看。"

说着老师就和刘井泉走进了实验室。我也跟着走了进去。同学们也跟在我的后面要进去。我把他们拦住了说:"等一下,我和老师、小刘先进去看看再说。"

他们停住了脚步。我们走进了实验室。刘井泉把放瓶子的地方指给老师。老师问:"瓶子呢?"

刘井泉说:"爆炸了。"

老师说:"总有瓶子碴儿吧。"

我和刘井泉在实验室的地下和实验台上找了一遍。发现碎玻璃碴儿崩的到处都是,最大的也只有黄豆粒大。刘井泉捡了几块玻璃碴儿递给老师说:"这就是玻璃瓶的碴子。"

老师拿在手中看了看又闻了闻问:"多大的瓶子?"

刘井泉用手比了一下说:"就这么大。"

我在旁边说:"就是 500 毫升那么大的瓶子。"

老师问我们俩说:"你们谁看见瓶子里装的什么?装了多少?"

我说:"我还没有走近瓶子就炸了,所以我没看见瓶子里装的东西。"

刘井泉说:"我倒是走近了瓶子,可是它直响我一紧张就没细看。我就回头叫他。他还没走过来瓶子就炸了。"

老师四下看了一遍说:"好了,没事了。把大家都叫进来吧。"

我把大家都叫了进来。老师对大家说:"大家把自己的周围打扫一下,不要让碎玻璃扎着。关于瓶子爆炸的事和我们的实验没有关系，大家不要紧张，继续做咱们的实验。"

这时有人问："老师，这个气味很刺鼻子和眼睛是什么呀？"

老师说："根据气味来看是一种低分子的醛。具体是什么醛还不好说。"

又有人问："它怎么就会爆炸了呢？"

老师说："这还不好说，因为我们还不知道瓶子里装的是什么。"

老师看的出来有的同学还是有点紧张，就又对大家说："通过这件事我们可以得到一个教训，那就是学习化工一定要处处小心。任何化学反应都是可控的。如果我们小心了，按照化学反应的规律去做就能使其为我们所用。如果我们不小心，大意了，那意外的事情就可能随时发生。这次爆炸就是个意外，也肯定是不小心的结果。"

老师的这些话其实在以前也曾说过，可一直没有引起大家的注意。这次算是给了我们每一个在场的人一个实实在在的提示。使我们每个人在今后处置化学试剂，做化学试验时都格外小心。

不久后一次更大的爆炸给我们又敲了一次警钟。

那天我们正在上课，突然"砰"的一声巨响把我们教室的玻璃都震的"哗啦啦"直响。同学们都愣住了。老师也愣了一下马上说："别动，别动。这好像不是在咱们学校。"

马上就有人问："那这是在哪儿呀？"

老师说："哪儿不好说，但应该是在离咱们学校不远的地方。"

又有人问："是爆炸吧？"

老师说："像是，除了爆炸外还会有什么有这么大的响声。"

有人担心地说："也不知道把什么炸了。"

老师说："咱们继续上课吧。下了课我们会去了解一下的，到时候也会告诉大家的。"

同学们在惴惴不安的气氛中上完了这堂课。

如是学习　无奈

　　第二天我们得知这次爆炸的是北京化工研究院的一个反应釜。北京化工研究院的许多玻璃窗都被震碎了。没有听说人员伤亡的情况。反应釜一般是用金属做的，所以一旦爆炸那就和一颗炸弹没什么两样。如果里面装的是有害物质，那就成了一颗毒气弹了。爆炸后形成的污染就更厉害了。不过这次爆炸好像没有形成环境污染。因为我们化工学院就在北京化工研究院的西北角。这次爆炸除了巨大的声响把我们吓了一跳之外就没什么了。至于给北京化工研究院带来的影响和损失老师没说。我们不得而知。不过同学们在私下里还是有议论的。就有人问我："你说这次爆炸会有人员伤亡吗？"

　　我说："不好说。"

　　他说："这么大的动静还能不伤着人？"

　　我说："那也要看在爆炸的时候反应釜的附近有没有人了。"

　　他问："那要是有人呢？"

　　我说："要是有人就麻烦了，即使没有直接炸着就是震也震的够呛。"

　　他说："看来这化工还真是个危险的专业。"

　　我看着他问："怎么，是不是有点肝颤？"

　　他苦笑了一下说："那倒没有，只是，只是……"

　　我说："只是我们自己今后小心点就是了。俗话说'小心驶得万年船'。这些事故都是不小心引起的。"

　　他没有说话只是点了点头。在往后的实验和实习中，我曾不经意地注意过他。他确实做得很仔细，很小心。可他心里的那阴影是否还在我不知道，也没有问。

　　好在开始补习了，大家一门心思地学习。再加上有了考试就有了学习成绩，就有了比较，有了差距，也就带来了动力。过去自习课一结束大家就都回宿舍了。不管作业做完了没有，也不管自己听的课是

互帮互助　共同进步

否懂了。下课后离开教室是天经地义的。现在不一样了。晚自习下课铃声响过后不回宿舍的人大有人在。我们是"文化大革命"中的第一批大学生。学校里的学生少，再加上学院也是刚从外地搬回北京，学院的房子也并没有都从占有单位要回来，学院就把我们暂时安排在实验楼里上课，也在实验楼里住。其实这是很不合适的，因为实验楼里都是实验室，还储有不少的化学试剂。可在当时，学校也是不得已而为之。我们专业的男生宿舍就和我们专业的教室门对门。这上课下课就太方便了。方便有方便的好处，有时方便也带来了麻烦。一开始下了课我就回宿舍，可往往是我还没有在宿舍坐稳就又被叫回教室去解答其他同学的问题。这时老师们都回家了。谁有问题就只能是同学之间互相解答了。我们宿舍离教室最近问我的就多一些。一开始我还不

如是学习　无奈

太习惯，因为我自视天分不高，虽说学习还算努力，可在中小学时学习一直是一般的。所以少有同学问我什么学习上的问题。现在我倒成了个最经常被问及者。不习惯归不习惯，我还是有问必答，而且尽量耐心地去回答。后来我索性就不回宿舍了，一直等到教室里的人走得差不多了我才回去。

在解答问题时我发现有些问题很难回答。因为大量的问题需要在按部就班的学习中解决，可在没有中学知识基础的那种跳跃式的学习中就不好办了。知其然易，知其所以然不易。往往是自己费了很大的劲对方还是不得要领。这使我常常感到很为难。后来我想出了一个办法。凡是遇到这样的问题我就不再做详细的解释，而是简单地告诉对方结论，让他记住，并说明对于我们来说其有用的部分只是结论而不是证明和推导的过程。这就像为什么人不吃饭就会饿死一样。我们只要记住这个结论，承认它按时吃饭就行了。至于人为什么不吃饭就会饿死，到底是经过了怎样的一个过程人才饿死的对于我们来说并不重要。当然这个过程也要有人去研究，可那不是我们。经过我这么一说，果然问题好办多了。当然对于一些悟性较好的同学能给他们多说一点，我还是会多说一点的。但不管怎么说我自己还是个学生，还要学习，也不可能花更多的时间和精力去辅导其他的同学。

有了考试就出现了差距，也就有了矛盾。学习成绩自然地把学生分成了三部分。一部分学习成绩好，在专业里自然受到老师的重视和同学的青睐。第二部分学习还可以跟得上，成绩居中。这部分人数较多，也是老师授课的重点对象。老师对这部分人比较重视。因为只有让这部分人听懂了，授课任务才算完成，学生的学习任务也才算完成。第三部分就是困难户了。这部分人数不多，但学习困难很大。他们多数文化水平偏低，一般只有小学水平或是农村的初一、初二的学历，又放下了5年的时间，因此学习起来自是难上加难。上述的荒唐事、令人啼笑皆非的事就发生在这部分同学身上。这是最令老师头痛的一部分人，他们自己也头痛。

这时学院里出现了两种议论。一种认为不经过入学考试是不对的，这样做势必造成今天困难的局面，也根本无法保证教学的质量；另一种认为恢复考试就是倒退，是对工农兵的排斥。这两种议论慢慢地在学校的校园里扩散着。有的专业在学生中还发生了比较严重的对立情绪。因为在这些专业里，一些学生干部年龄偏大，文化程度偏低，学习上比较困难，考试成绩也不太好。一考试下来情绪很难不受影响。相反，学历高一点的同学又不是学生干部，学习比较轻松，考试成绩也比较好。结果是学习困难的同学社会工作还多，搞得学习和社会工作两头紧；学习好的同学社会工作少，学习机会和时间多，学习和社会工作两头轻松。这样一来，两部分同学之间就难免互相产生看法。学生干部认为另一方是只专不红，对方又认为他们是只红不专，完不成大学里的学习任务。同学之间的对立情绪弄得老师很为难。说实在的，一般老师都喜欢学习好的同学。同时老师也喜欢能够帮助他们做一些社会工作的学生。他们是多么希望这是一批人呀。现在却分成了有对立情绪的两部分，使得他们左右为难。

值得我们专业老师庆幸的是，这个问题在我们专业里不突出。我们专业的学生党员负责人是个高中毕业生，学习在专业里名列前茅。我虽不是党员但我是团支部书记。这样我们专业的学生党团主要干部都是高中毕业生，学习在班里都是没得说的。而且我们团支部的其他委员学习都还可以。在团支部成立之初，我就强调团的干部在学习上一定要起带头作用。如果她们在学习上有困难就直接和我说，我一定鼎力相助，甚至可酌情减少社会工作。她们都很努力。由于我们专业的这种情况，使得我们专业在这场风波中表现得比较平稳。因此多次被系里、院里评为先进集体，也使得我们专业的老师省了不少的心。

我们专业也有个别的党员学生文化水平低一些，虽然他们本人都很努力，却还是很难在短时间里赶上来的。我们都能感觉到他们的心理压力。为此我们一些主要的党团干部专门讨论过这个问题。有的同学提出来索性把他们从已担任的社会工作中替换下来，让他们专心地学习。我认为该同学的本意是好的，但是我不同意这样的做法。我认为这些同学学习上困难比较大，成绩差一点，他们心理上的压力已经很大了。如果再把他们从所担任的社会工作位置上换下来，虽然表面上可以使他们少开一些会，少做一些社会工作，多一些时间看书学习，可是他们的心理压力会更大。他们会认为因为他们学习成绩不好，就低人一等，就不能承担相应的社会工作，严重的还会使他们产生自卑情绪，反而使他们学习起来更困难。其他的人一听也觉得我说的有道理。可那又怎么办呢？当时正处在"文化大命革"之中，政治活动、社会活动一直比较多，要让他们来做势必要耽误不少时间从而花在学习上的时间减少，学习肯定会受影响。怎么办？怎么办？一时间大家没有了主意。沉默了好一会儿我突然想起来，我们干吗不变通一下？我们可以采取不免其职，只减少其具体工作的办法。这样既可以照顾到这些同学的情绪，又可以使他们有更多的时间学习。我向与会者保证，今后我们团支部可以承担更多的社会工作。他们都认可了这个办法。会后我把团干部和骨干分子召集在一起，把我的建议说了一遍，获得了他们的一致赞同。这样一来，我们专业学习有困难的学生干部有了更多的学习时间，团的干部和骨干分子也在社会工作中得到了锻炼。因此我们专业不仅学习空气浓，而且更团结了。这一年我们专业被学院评为先进集体，我们团支部也被评为先进团支部，我本人也受到了表扬。

我们专业团支部被评为先进团支部之后，我本人也在北京化工学院有了一点点的知名度。这本不是我所愿，可就在这时发生的一件平常小事又给不了解我的人加深了一点印象。

我上大学以后全部行头仍旧是部队的那一套。只是因为从部队回来时按规定不给褥子才从家里拿了一床褥子。当时连枕头我都没有带，只是用一个包袱皮包了几件衣服做枕头。冬天穿的衣服多了，包袱皮里的衣服不够就垫上几本书。身上穿的从里到外都是部队发的。平时我也不花一分钱。我倒不是故意这样做的，只是从小养成的习惯。在一些人的眼里，我是个家境并不富裕的复员战士学员。我完全不在乎他们这样看我。我们相处得很好。有一次学院里进行保持艰苦朴素作风的教育还把我一身洗白了的旧军装借去当展品，我还被评为艰苦朴素的标兵。

其后不久父亲到北京来看病，住在军区总医院。我请假去看父亲。老师关心地问了父亲的病情后又随口问："你父亲是哪年参军的？"

我只能实话实说："1930年。"

他吃惊地看着我又问："这么说你父亲是老红军了？"

我说："是。"

他接着问："参加过长征？"

我点了点头。他一见马上说："你看看，能不能在你父亲身体许可的情况下请他来学院给咱们来一次革命传统教育？"

说实在的，我不愿意父亲到学校里来。主要是不愿意人家知道我是干部子女。我希望在大家眼里我就是个普通的学生，和大家一样，挺好的。我一直认为父母是父母，自己是自己。他们是老革命，老干部，自己是老百姓。父亲是将军，他的那颗将星代表他的工作和荣誉。我只是一个兵，一个尽了三年义务、做了自己应该做的普通一兵。这次他老人家一来那全专业的同学就都知道了，弄得不好邻专业的同学也会知道，这不好。我以父亲有病为由婉拒了老师。没想到老师又提出要派代表去医院看望父亲，并顺便采访一下。我一看老师很坚决，只好答应去和父亲商量一下。到了医院我就把这事和父亲说了。父亲以为完全拒绝也不好，与其让人家来不如自己去。就这样父亲来了一趟学校。

我原想如果能不动声色地来，平平静静地走就最好了。没承想父亲离开时正赶上其他专业下课。那时北京的汽车不多，学院里很少有小轿车来。突然系门口停了一辆军用小轿车自然引来了很多奇怪的目光。恰在这时，系里的军代表和我们专业的师生陪着父亲出来更是引得许多人驻足观望。我听到有人在问："这位首长是谁？他来干什么？"

"这是一位老红军，给我们做革命传统报告来了。"

"你们是怎么请到的？"

"是我们班同学的父亲。"

"是吗？怎么没看出来？是谁？"

"你们怎么能看出来，连我们都没有看出来，是他。"

我感到有人在背后用手指我。父亲走了，班里倒是没什么。可在一段时间里外班总有人用诧异的目光看我。我也没办法。他们爱怎么看就怎么看吧。

本来团支部改选时团员们都准备继续选我为团支部书记。党支部也没什么意见。现在知道我的人多了，关心我的人也多了起来。这样一来就有人发现了一个小问题。在全院所有的学生团支部里只有我们这个团支部的书记——也就是我本人不是党员，还是个老共青团员，此时我已经到了可以退团的年龄。其他的团支部书记都是党员兼任。这一点我自己从来没有想到。我们专业的师生恐怕也没有注意到。既然有人提出来了，是呀，一个先进团支部的书记不是党员恐怕不太合适，为什么不合适谁也没说清楚，反正有人觉得不合适。没当先进时也没人觉得不合适，工作做好了，成了先进了倒觉得不合适了。指导员找我谈话。我本想告诉他，我们中学的团支部书记都是团员，而且还年轻得多，我本人在中学就曾担任过团支部书记。可一想此一时彼一时，就什么也没说。只说了请领导考虑还是换个党员同志吧，我会配合他的。指导员建议我当团支部委员。我拒绝了。因为实际上团支部委员的分工已经定了。每个委员都有人了。大家都在准备新一学期的工作，不管我担任什么委员都要换掉他人，不合适。指导员又建议我担任团支部副书记，我更不能同意了。别的支部都没有副书记，那我们怎么能这样做呢。我叫他放心。我一定会和新的支部书记配合好，争取再创一个先进支部。

我召集了最后一次团支委会，传达了调整支部书记的新安排。没有想到的是她们的反应竟是后悔。后悔去争当什么先进，不当先进就不会有人管我们了。有人建议索性再重选一次，谁想干就让谁来干好了。我一看大家都有点情绪就劝慰她们说，这里没有哪个人的问题。我们应该相信所有的人不管他们是怎样想的，都是好心，都是为我们好。再说我们还在一个班，生活学习在一起，还是朝夕相见的嘛。经我这么一说大家的情绪平静了下来。我又带着开玩笑的口气说："我能给你们提个建议吗？"

她们都笑了，一起说："你说吧。"

我说："希望你们能和新书记配合好，就和我在时一样。"同时我还表示，今后大家有什么想法还可以和我交流，需要我帮助的我一定鼎力相助。最后我告诉她们我很珍惜我们在以前的工作中建立起来的友谊。我希望它永远留在我们心里。我永远视她们为我的朋友。我的话使她们很受感动。在此后的学习生活中我们还经常交流，凡是能给她们以帮助的我总是乐于其行。我们一直相处得很好。虽然毕业后我们就很少见面了，但在心里她们是我的朋友。

就在我不当团支部书记后不久，领导就推荐我到系学生会担任学习委员。我们系是有机系，有基本有机合成专业3个排、合成橡胶专业2个排、合成纤维专业2个排、合成塑料专业1个排，还有1个无机专业排，一共大约270名学生。由于各专业学习的内容不同，所以一般都是以专业为单位进行学习和各种活动，很少全系一块活动。特别是专业学习更是各专业各自为政。所以系学生会仅仅是院学生会下面的一级组织，平日里没有多少活动。我可以有更多的时间学习了。

第二学年的学习开始了。新的学员依旧是工农兵学员。有一点不同的是七二年入学的学员是经过文化课考试的。当时的文化课考试由各省、自治区、直辖市进行。各省、市、区考试的水平很难保持一致。但考和没考还是有很大的区别。我曾和几位老师交流过看法。他们一致认为七二级的学员比七一级的学员文化水平高，也比较齐，教起来相对容易一些，学的也好一些。但政治觉悟好像还是七一级的学员强一些。七二级的学员思想上更活跃一些，管理上难度也大一些。但不管怎么说由于七二级的学员入学，学院里的学习气氛更浓了。

七三级学员也是经过文化课考试的。有了这两次的文化课考试，我和许多人一样都以为从今后上大学就是需要经过考试的。可谁也没想到，就在七三级学员刚一入学后不久就发生了一件震动全国的事件，即"张铁生事件"。张铁生是辽宁省的考生。他在考试的时候交了"白卷"。他虽然没有答题，可在卷子上发了一通议论。原文如下：

尊敬的领导：

书面考试就这么过去了。对此，我有点感受，愿意向领导谈一谈。

本人自1968年下乡以来，始终热衷于农业生产，全力于自己的本职工作。每天近十八个小时的繁重劳动和工作，不允许我搞业务复习。我的时间只在27号接到通知后，在考试期间忙碌地翻读了一遍数学教材，对于几何题和今天此卷上的理化题眼睁着，真是心有余而力不足。我不愿意没有书本根据地胡答一气，免得领导判卷费时间。

所以自己愿意遵守纪律，坚持始终，老老实实地退场。说实话，对于那些多年来不务正业，逍遥浪荡的书呆子们，我是不服气的，而且有着极大的反感，考试被他们这群大学迷给垄断了。在这夏锄生产的当务之急，我不忍心弃生产而不顾，为着自己钻到小屋子里面去，那是过于利己了吧。如果那样，将受到自己与贫下中农的革命事业心和自我革命的良心所谴责。有一点我可以自我安慰，我没有为此而耽误集体的工作，我在队里是负全面、完全责任的。喜降春雨，人们实在忙，在这个人与集体利益直接矛盾的情况下，这是一场斗争（可以说）。我所苦闷的是，几小时的书面考试，可能将把我的入学资格取消。我也不再谈些什么，总觉得实在有说不出的感觉，我自幼的理想将全然被自己的工作所排斥了、代替了，这是我唯一强调的理由。

我是按新的招生制度和条件来参加学习班的。至于我的基础知识，考场就是我的母校，这里的老师们会知道的，记得还总算可以。今天的物理化学考题，虽然很浅，但我印象也很浅，如果有多两天的复习时间，我是能有保证把它答满分的。

自己的政治面貌和家庭、社会关系都清白。这几年对于我这个城市长大的孩子来说真是锻炼极大，尤其是思想感情上和世界观的改造方面，可以说是一个飞跃。在这里，我没有按要求和制度答卷（算不得什么基础知识和能力），我感觉并非可耻，可以勉强地应付一下嘛，翻书也能得它几十分嘛！（没有意思）但那样做，我的心是不太愉快的。我所感到荣幸的，只是能在新的教育制度之下，在贫下中农和领导干部的满意的推荐之下，参加了这次学习班。

白塔公社考生　张铁生
1973年6月30日

不知是何人把这份"白卷"给捅了出来。结果"中央文革"便有人拿此事来做文章。说上大学恢复考试是旧的教育制度的复辟，张铁生是反复辟的英雄。结果张铁生被沈阳农学院破格录取了。全国都展开了要不要恢复考试和如何看待"张铁生事件"的讨论。不过说来也怪，这事是校外雷声大，校内雨点小。讨论是各年级、各专业都讨论了。可支持张铁生的人不多。特别是七三级的同学，很多人对张铁生很反感，称他是"白卷先生"。他们认为张铁生是哗众取宠的小丑，是吃不到葡萄就说葡萄酸的狐狸。他自己平时不努力学习，不认真复习功课，考试的时候答不上来也就罢了，没想到他却反污人家文化考试过关的同学不安心劳动，只是一心想上大学。说他才是一心想上大学又没有本事上大学的人。七一级、七二级的学员也没有什人支持张铁生。老师就更别说了。这股风刮起来的很突然，可退下去的也很快，没过多久各种议论都烟消云散了。考试停了一段时间，不久就又恢复了，也没人提出异议。学校里又恢复了往日的平静。

4 今又重逢 企盼

今又重逢　企盼

　　这时收到她的来信。信中说她就要毕业了，马上就要分配了。按照当时的规定，分配方案很简单，哪里来回哪里去。她是从北京去的自是还要回到北京来。只要她回北京，我们就有机会见面了。她让我先不要给她去信，等她回到自己的医院后自是会给我来信。

　　等待是很难受的。其实我一直在等着她回北京。放假的时候我从家里带回到学校一辆自行车，就是为了等她回来后好去看望她。已经有几年没见到她了。虽然经常收到她的来信，还是禁不住想见到她本人。我会经常把她的来信看来看去，每次都能感到甜甜的蜜意。晚上我会把她的一封信放在枕边。在夜深人静的时候仿佛能够嗅到她的气息。每次放假我们都要回家。可她家在天津，我家在保定。虽有时间又没机会。唯有空思念。只有等到她毕业回北京就好了。可这个时刻越是临近就越是感到难熬。

　　就在这时，我的战友张立和探亲回家到学校来看我。我不知道他是怎么知道我上大学的。自从我上了大学之后就没有给部队去过信。这倒不是我不想给我的战友写信，实在是我们的连队经常换防已不知其地址了。见到了他很是高兴。他不仅是我同连同排的战友，也是我同中学的同学。他在高三二班，我在高三三班。我们一块入的伍。1970年的冬天我们还一起拉练过。我复员了，他超期服役。他说在我复员后不久他就被调去学开汽车。现在在连队里当司机。我感到很奇怪，连队里的高中生不多，开汽车用不着高中学历。当然我不是说高中生不能开汽车，但在连队人才较少的情况下，没有必要这样安排嘛。当然我现在已经不在部队了，就是在部队，我一个大头兵又能说什么？我不无遗憾地问他："你有什么打算？就一直开车开下去？"

他想了一下说："我没什么打算。不过我不相信我是当司机的命。如果不能在部队干下去，我也希望能够早点复员，也希望能够上大学。不过我对理工科不感兴趣，我要上大学就学文科。"

有想法好，就怕没打算，但他的想法怎么实现呢？我不知道是劝他留在部队好，还是尽快复员好。因为这件事我们自己能起作用的成分很小。我问了问老连队的情况。他说连队还是老样子没什么好说的。铁打的营盘流水的兵，只是这兵是一茬比一茬的文化水平低，一批比一批的素质差。这也不能怨部队，兵都是从社会上招来的。这几年学校没有正经上课，部队又怎么能招到文化水平高一点的兵？说到这里他叹了一口气说，这和他也没什么关系，他只要开好自己的车就行了。他还告诉我一条信息：我们连的副连长，也就是我们排的原排长听说我上大学了便对别人说我上大学应该感谢他，因为是他极力主张让我复员的。如果我不复员肯定不会有机会上大学的。听立和这么一说，我还真有一点哭笑不得，只好一笑了之。我确实很想上大学，但是如果当时让我超期服兵役留在部队里我会毫不迟疑地留在部队里的。即便让我在上大学和当兵两者之间择其一，在当时的情况下我也会选择留在部队里当兵。这样做也许今天我会后悔，可当时我一定会这样做的。现在可好，好像我上大学是他们成全的。不过说实在的，他们毕竟当过我的领导，虽然最后没有让我留在部队里，我还是对他们心存敬意的。即使在我浪迹街头、食无定处、夜无归宿的时候我也不曾埋怨过他们。我对立和说："立和，你回去后如果有人再和你说及此事，你就说你见到我了。我还说如果现在让我回到部队去当兵，我还会回去。"

立和听我这么说他笑了。我知道他不信，放到现在就更没有人信了。可当时我说的是真心话。我们又聊了好一会儿。他要告辞回家了，我没有条件留他过夜，要不然我真想留下他来个彻夜长谈，好好地谈一谈我们在部队的三年生活。我把他送到校门口，最后对他说："希望你能够在部队干下去。"

他轻轻地叹了口气说："身不由己呀！"

我们俩说的都是真心话。我大学还没有毕业他就复员了。复员后他被分配到北京铁路局当司机。虽然我们都在北京，可有二十多年我们都没有见面。后来我们又建立了联系，一直到现在都保持着很好的往来关系。他终没能够走进大学的校门，一直在铁路局当司机。也许这就是命，是人们无法左右的命。

之后不久她就来信了。她果然回到了原来的医院。这真是太好了，虽说她们医院在郊区，可毕竟在北京呀。我骑车就能去了。我们是五年来再次离得这么近。我们就要见面了。在来信中，她告诉我在回医院报到前回了一趟家。她妈妈曾问到她的个人问题。是呀！女儿大了妈妈怎么能不操心。她没有在信中告诉我她是怎样回答的。我当天就给她回了信，问什么时候可以去看她。她很快给我回了信表示一般来说她都在医院，什么时候去都行。当然最好是星期日去。其实我也只能星期日去。收到她的信我很兴奋，可在同学们面前我还是尽量表现出若无其事的样子，好像这就是一封平常得不能再平常的信。可有细心的同学还是会看出一点端倪，便凑过来问："谁来的信？你那么高兴。"

我装做不经意的样子回答说："战友，同年的战友。"

我还故意把信封给他们看。他们一看信是从部队来的便信以为真了。可他们没有想到这位战友是位女性。不过还是有人对我说："你战友的字写得可够秀气的。"

我听了只是一笑了之不置可否。

就在我收到她的来信后的第一个星期日我起了个大早,同学们还在熟睡的时候我已经上路了。其实头天一晚上我都没有睡好。虽说我有她上学时的照片,但这也是两年前的了。不知她是胖了还是瘦了。女同学总是说不清的,她们的变化总是比男同学大。这时我又想起了上大学前的一件事。

上大学需要一份体检表。我就到北京军区总医院去做体检。当到牙科检查时一位女医生仔仔细细地把我的牙检查了一遍然后问:"你复员了?"

我一听这话感到很奇怪,心想这检查身体和复员有什么关系?再说一看我这身打扮从里到外,从头到脚都是旧军装,而且没有领章、帽徽,谁都能看出来是复员兵。我简单地回答说:"是的,刚复员。"

她又问:"体检干什么?"

我更奇怪了,她问这干什么?前面过了好几个科了,从来没有医生问体检的目的。我心想这个医生真是多事,你检查就是了,管我干什么呢。可现在坐在人家的治疗椅上,有想法也没办法,只好说:"是上大学需要体检表。"

她又说:"哦,你上大学了,挺好的。"

那还用说,谁不知道上大学好,你可不知道我这大学上得可有多么不容易。不过我只是心里想了想没和她说。我想说了她也未必能理解。

她接着说:"不过你的牙可不好。"

我一听有点着急,忙说:"我这牙都是当兵当坏的。"

她"噗"地笑了一声说:"没听说有当兵把牙当坏了的。"

我解释说:"这是真的,连队里做饭经常是米淘不干净,就把我的牙硌坏了。"

她说："那在部队时怎么不去医院看一看？"

我心想这位医生真是多事，可我又不能不承认人家这么说也是为我好。我只好继续解释说："我们连队在深山老林里，离医院远了去了，来回一趟要几天。怎么可能为颗牙齿去医院呢。"

她听了没再说什么继续着她的检查。检查完了，她填好了体检表拿到我面前。我刚要伸手去接，她突然把体检表拿开，看着我问："你认识我吗？"

听她这么一问我吃了一惊。说实在的，到此刻为止我还没有认真看她一眼。一来人家是医生，是做检查者，咱是被检查者。只有她看咱的，哪有咱看她的。二来也是她戴了一个挺大的口罩，把脸的大部分都遮住了，看也看不清。三主要是我这个人没有看女性的习惯。她这么一问我才抬起头来认真地打量了她一下。她可倒好，见我盯着她看不仅没躲开反倒站在我面前把脸凑近了让我看仔细。不看还好，这一看可麻烦了。没认出来。这可怎么办？四目相对，我无言以答。她这样问我就可以断定她应该是个我曾经认识的人。我在记忆中飞快地搜索着。战友？不可能。我们那个大山沟方圆几十里都没有人家，就更别说女兵了。高中的同学？我高中的女同学是有几个当了兵，可我对她们还有点印象，不像眼前这位。初中的同学？那可是有年头了，我怎么也想不起来。我躺在那里，她站在我面前笑眯眯地看着我。我真有点窘。灵机一动我就说："你戴着个大口罩把自己都给遮住了，我怎么认得出来。"

我原来的想法是我这么一说你就告诉我你是谁就行了，她还能不给我这个台阶？可没想到她不仅没告诉我她是谁，反而把口罩给摘了又向前凑了一下说："你仔细看看，我是谁？"

这下子可坏了，我感到我的脸都红了，好不尴尬呀！我还是没有认出来她是谁。我知道每个女生都希望人家记住自己，可我是实在想不起来了。我只好实话实说："实在对不起，我想不起来了。"

她把嘴一噘说："你真是贵人多忘事。我是王鲁宁。"

唉，王鲁宁，太熟悉的名字了。我不用再看了，她就是王鲁宁，是我初中时学校里有名的好学生。当时每次考完试都按成绩排名次，她总在前几名。这样自是人人知其名的。不过那时我对女同学不太关注，再加上学校是男女生分班，所以我几乎没有和她说过话。可以说是甚知其名，不甚知其人。她一报出名来我感到很不好意思，只好自找台阶地说："你比小时候漂亮多了，所以我没有认出来。"

眼前的她确实比我印象中的漂亮，虽说我对她只有一个模模糊糊的印象。她笑着说："讨厌，忘了就说忘了呗。"

"讨厌"还是小时候女同学常说男同学的那两个字。我也笑了。我说的是实话，女同学长大了总是变化比较大的，而且绝大多数越变越漂亮。也许这就是人们常说的丑小鸭总会长成白天鹅。我见她没有埋怨我的意思就问："我的牙不要紧吧？"

她说："放心吧，不影响你上大学。不过要抓紧治一下，要不然整个牙都会坏掉的。"

说着她就把签好字的体检表递给了我。我再三表示感谢后就离开了牙科。女同学就是这样，往往是几年不见就认不出来了。

现在我要去见她，不知道这几年她会有多少变化，不过对于她我是忘不了的。清晨的路上行人不多，车也不多，我把车骑得飞快，路边的景致迅速地闪到我的身后。这条路我走过多次了。去八达岭、十三陵都要经过这条路。过去都是和同学一块去，一边骑车，一边聊天，一边浏览着沿途的风光。今天我可没有这个闲情雅致。不过我的心情还是相当好。我马上就要见到她了。当我骑着车拐下京昌公路，沿着最后一段路直奔她们医院的时候，一种莫名其妙的心情突然涌上我的心头。见到她我说什么呀？当我骑车里开学校的时候，不，当我昨晚决定今天一定要去看她的时候，我都没有想过这个问题。整个一个晚上我只感到应该去看她，想见到她，至于见到她该说什么我根本就没有想。现在马上就要见到她了，说什么还真是不知道。心里虽然这么想着，可不知为什么蹬车的脚却没有慢下来。很快她们医院就出现在我眼前了。虽然我还没有想出个所以然来，我还是毫不迟疑地把车骑进了她们医院。

"你来了。"这是我见到她时，她说的第一句话。说这话时她脸上露出了一丝淡淡的笑，就是这一丝只有我才能感觉到的淡淡一笑使我刚才还有点紧张的心情一下子放松了下来。她把我带到她们的宿舍里，让我坐在她的床上，她就坐在对面的床上。她问了问我们学院的情况，我一一做了回答。说实在的，我就怕她问我刚复员时的情况。怕她问我那时为什么不给她写信。但她一直没问。一开始我还以为她知道我的心思而故意不问的。后来我才明白，她看重的不是过去而是现在和将来。在她的眼里，过去的就让它过去吧。正是基于此她才主要问了问我在学校里的生活。她特别问了我在大学里学不学外语，她知道在中学时我外语学得不好。我告诉她："学。"

她问："学什么语？"

我说："英语。"

她再问："好学吗？"

我说："对于我来说什么外语都不好学。"

虽说当时在我们专业里我外语还算是学得好的，可那只是因为我其他的功课好一些，我有更多的时间学外语，所以学得相对好一点罢了。

她又问："我是问你与俄语相比好不好学？"

我说："我感觉英语发音比俄语难，和俄语不一样。一个字母可以有多个发音,所以学英语一定要掌握国际音标。但英语没有变位,语法相对容易些。"

她说:"你能给我说一句吗?"

我说:"我说得不好,算了吧。"

她又说:"给我说一句还不行?"

我说:"不是,我是说我的发音不准。"

她说:"我又没有要听标准英语,我就是想听你说的英语。"

看来不说是不行了,我想了一下说:"那我就说一句。I am poor student."

她问:"什么意思?"

我说:"我是一个穷大学生。"

她说:"瞎说,谁让你说这句了。不行,不算数,重说一句。"

我说:"I am studying English."

她问:"这句是什么意思?"

我说:"我正在学英语。"

她说:"这不是挺好的,干吗说那没用的话。"

我说:"实事求是嘛,我就是一个穷大学生,一分钱的收入都没有,一切都依靠学校供给。"这话一说完我就有点后悔。这不是容易让人家认为是在哭穷吗?

果然她关切地问:"有困难吗?"

我忙说:"没,那到没什么,大家都是一样的。我刚从部队回来过惯了这种集体生活。"

她说:"在部队每月还有6元的津贴,现在你们有吗?"

我说:"一开始有,每月4元。后来家庭生活不困难的同学就不发了。我自然就没了。不过好在我原来也不怎么花钱,有钱时也不花。所以有与没有也无所谓。"

她说:"你倒想得开。"

我说:"原来出个门有时坐车还要花个车票钱。现在我有自行车了,不管到哪儿去我都骑车,既锻炼了身体又不花钱。"

她说:"那你还不买件衣服?大学里恐怕不会发衣服吧。"

我说:"买什么衣服,上大学这三年还不用买。从部队带回来的衣服基本上够穿了。再说还有参军前的衣服也还可以穿。所以在这方面就不用花钱了。就是平时需要买个牙膏、肥皂什么的,一个月有个块儿八毛的就够了。"

我说的都是实话,那时身上没钱的日子是绝大多数的,也确实能够过下去。在我的记忆里,在大学期间我除了买过两双布鞋,身上穿的仅买过一条游泳裤衩,那还是学校里开了游泳课我才买的。

她说:"有困难你就说。"

我说:"行,有了困难我一定来找你。"

她说的是真话,心里话。可我说的就不是心里话了。我希望能常来看她,可真有了困难我是很难张口求她的。我毕竟是个男人,是个成年的男人。

我们又把话题转回到学习上。她希望我能把英语学好。她还说她也想学英语,还说让我帮她学。帮她学习我可不敢。别看我比她英语学的早,我敢说只要她想学就一定学得比我好。我这个人缺少学外语的细胞,外语总是学不好。后来的实际情况也证明了这一点,她的英语比我强多了,但不管怎么说我会努力下去的。

中午吃饭的时候她去食堂把饭买回来,我们就在她的宿舍里一边吃一边聊。说的大多都是工作学习上的事。她特别关心大学里的各种事。我从她的言谈话语中可以听她还是很想上一次大学的。可这是很难的事。当时上大学与否完全不取决于个人,主要取决于各单位的领导。所以经常会发生一种奇怪的现象,就是有的单位的领导不是把工作最好的、学习也好的同志送去大学深造，而是把和自己意见不一致的人送去上大学，甚至把自己不喜欢的人送去上大学。他们感到这些人在工作中指不上，还经常和自己闹别扭，不能开除，又不能调走，最好的办法就是让他们上大学，离自己远远的。即便三年后再回来自己也可以轻松三年。如果三年后不回来了那就是烧了高香。我就遇到过这么一个学员。按他自己的说法，他就是被单位领导发配到大学里来的。相反，工作好的同志首先是工作上就离不开。如果上大学去了，这三年立马就用不上了。二是如果三年后再分配到别的单位就更吃亏了。所以工作越好的人就越要留在身边。这些领导的想法也是能够理解的。这都是当时的制度造成的。她就是这样一种领导绝对舍不得放出去学习的人。当看到她有些失望的时候，我鼓励她先自学争取今后考研究生。她说："现在哪儿招研究生呀？"

我宽慰她说："既然大学开学了，那招研究生就是早晚的事了。"

她说："到那时候没准我都老了。"

我忙说："不，不会的。我觉得用不到我们老。"

她见我认真的样子笑了，我也笑了。可在"文革"中一直没有招研究生。到了"文革"结束后的第二年恢复了高考。第三年恢复了考研。她也有了机会。她一举考上了研究生。再后来她又考上了博士生，成为一名医学博士，这都是后话了。

就这样我们聊了大半天。下午三点我就要回学校了。我还要赶回去吃晚饭。要是在她们医院吃完晚饭再回学校就太晚了。她把我送出医院，一直送到大路边。我骑出去一段路回头一看她还站在路边。我知道一直到看不见我她才会回去的。

回到学校吃完晚饭觉得很没意思，便信步走到荣莉家。恰巧她一人在家。我便把我去她们医院的事告诉她了。荣莉听后问："你和她说清楚了没有？"

我一时没有明白过来就问："什么说清楚了没有？"

她说："就是你们俩的关系呀。"

我摇了摇头说："没有。"

荣莉指着我说："你呀你，你干什么去了？为什么没说？"

我说："几年没见了我就去看看她，这个事我没好意思说，也不知道怎么说。"

她说："你们俩又不是才认识，认识这么多年了，怎么说不行？你总不能让人家女同学先开口吧？"

我说："那倒不是。不过为了她好，我觉得如果她能有个学医的朋友更好……"

我刚说到这里她就把我给顶了回来。她说："得了，得了。又不是办医院干吗都学医。你就说你自己吧。你觉得她怎么样？"

我说："我觉得她挺好的。"

她说："这不就得了。现在需要的是你向她表明你的态度。剩下的就是她的事了。"

我说："那我也不能不替她想呀！"

她说："你这个人真是的，让我怎么说你？在这个问题上，你首先要想清楚的是你自己。她要想清楚的是她自己。她的事不用你想，你想也是白想。你想你的，她想她的，俩人想到一块去了这事就成了，想不到一块去就吹了。就这么简单，像你这么想永远成不了事。"

我没的话说。仔细想想荣莉的话也有她的道理。的确是这样，首先是要表明自己的感情，如果谁也没有勇气向对方表达出自己的感情，那又怎么能向前迈进一步呢？可是又怎么向她表白呢？我一直没想出什么好的方法。荣莉自是希望我能够直截了当地表明。可我确实下不了决心，因为我非常清楚我们之间的差距。我不知道我们之间的感情是不是能够弥补我们之间的差距。如果能够弥补那是最好不过的，如果弥补不了那就麻烦了。今天弥补不了就会遭到拒绝，明天弥补不了就会伤害两个人的感情，到了那个时候恐怕连朋友都做不成了。如果真是那样还不如就像现在这样做个好朋友。差距往往是不会伤害朋友的友情的。从荣莉家回到学校后的一段日子里我一直处在矛盾之中。

今又相逢　情有所归

5 水到渠成　自然

她回到医院之后我们见面的机会是多了，但实际上我们见面的次数并不多，常常是几个月也不见一面。还不如我见荣莉呢。从她们医院回来后我见荣莉的次数明显的增多了，为什么我也不知道。反正想她的时候我就找借口跑到荣莉家去坐坐。在荣莉家我也不说和她有关的事，东南西北地聊上一通心情也就好了。当然我们之间的信是比以前多了，也许我们都更喜欢用信来交流。

从她们医院回来后我审视了一下自己的生活环境。原来我生活在一个多女性的环境中。我们班只有8名男同学，可是有22名女同学。8名男同学中已有3人有了未婚妻，这是公开的事。22名女同学中好像也有个别人有了男朋友。其余的都是游离的离子。虽然学校已经再三教育学生们在大学学习期间不要谈恋爱，并作为一条纪律来强调。但人是有感情的，感情又往往是不受纪律约束的。特别是这样一群二十多岁的男女青年朝夕相处，生活在一起、学习在一起、劳动在一起。又要求他们互相关心、互相爱护、互相帮助、互相学习。那他们之间产生感情就是很难免的事了。以后的事实是在我们大学毕业之后不久，我们班就成了两对。我们都为他们高兴。这样一来我们班的男生除了已有未婚妻的三人和我之外，剩下的四个人其中两个人都是和大学同班同学组成家庭的，比例高达百分之五十。我相信只是由于我们班男女生不成比例，否则丘比特的成绩会更大。当然这也和我们专业的内在环境有关。我们专业有几名党员都有对象。这样一来，他们对这个问题就是能够理解也不可能抓得很紧。再加上我做过团支部书记，我对这个问题又看得比较开，采取了宽容的态度。我之所以采取这样一个态度，一方面是由于我一贯对事对人求宽的心理；另一方面也是因为我心里有她。当然这一点是他人不知的。所以我们班除了一开始闹出了点小风波之后，很快就不再有人关注这样的事了，便随其自然地发展。也还好总算是发展的平稳健康。

  当然我也会对我们班的某个或某几个女同学多一些关注。但我仔细审视了自己，由于心里始终有她，便从来没有让自己对女同学的关注超出那个合理的度。从入学我就是团支部书记。另外两位委员都是女同学。一位是组织委员苏维兰，一位是宣传委员刘淑兰。苏维兰高高的个子，办事稳重。她还是班里的体育明星，不管是田径运动还是球类运动她都是场上人物。刘淑兰做宣委名副其实。她不仅性格开朗，还写得一笔好字，画得一手好画。有了她们俩，团支部的工作好做多了。在我当团支部书记的一年里，我们一块开过多少次会，谈过多少次心都不记得了。我们有过分歧，也有过争论，但是我们没有闹过矛盾。我们相处得很好。在学习上我们是同学，在工作中我们是同事。在生活里我比她们年长几岁，自认为是兄长，视她们为小丫小妹。还有一个女同学也引起了我的关注。引起我对她关注的是在我们之间发生了一件很小的事。这件事也可能她早就忘了，可给我留下了很深的印象。人就是这样，有的时候是很奇怪的，他自己也说不清楚。

  事情是这样的。我们专业有个从农村来的女生。好像是"文革"开始时上初中二年级。"文革"中就回家参加劳动了，后来当了"赤脚医生"。她不爱说话，即便说话声音也很轻，而且说话时眼睛总是看着地。说话时还特别爱笑，那是一种淡淡的笑，浅浅的笑，一种自然的笑。一开始我并没有注意到她。她是团员,被安排做团小组长,也还算称职。可论社会活动能力就比我们几个团支部委员差一点了。

有一次,我们在北京化工二厂参加实践活动。中午就在工厂的食堂就餐。大家都和工厂的工人一样换了饭票再到食堂的窗口去买饭菜。这次她恰恰排在我前面。队前面的人一拥挤她没站稳向后一退,一脚踩在我的脚趾头上。"哎呀!"一声我立刻把脚抬了起来。她也几乎是同时撞到我身上。我抬起的脚也碰到了她。她头还没有回过来就连声说:"对不起,对不起。"

随着道歉声她回过头来,我也把目光从我的脚上移开看了她一眼。我们俩的目光正好碰在一起。她的目光里充满了歉意,而我不过是下意识地看了她一眼而已。她红着脸用很细的声音再次说:"实在对不起,我不是故意的。"

我一边用手捂着脚一边说:"疼死我了,正踩在我脚趾头上。"

她第三次说:"对不起。"

我心想你怎么就会说对不起,就随口说:"对不起也不止疼。"

这话一出口我就后悔了。我不是那种刻薄的人。又是面对着一个女生,人家已经再三道歉了你还有什么不满的。她的脸更红了。她用更细的声音说:"那我也没办法,要不然你踩我一下吧!"

说着她就把她的脚伸到我的脚前。听她这么一说,看着她伸过来的脚,我"扑哧"一声笑了出来。听到我的笑声她抬起眼来莫名地看着我。我忙说:"踩你的脚,我的脚就不疼啦。"说着我就拉了她一把让她转过身去。

"队往前走了,快跟上。"

她转过身去走了两步又回过头来。我没等她开口就说:"没事了,没事了,快买饭吧。"

她买完饭后并没有离开。我知道她在等我。我端着饭盒主动走近她说:"快走吧,吃饭去吧,我的脚已经不疼了。"

她问:"真的?"

我笑着说:"真的,你有多大的劲,踩一下没事。"

说完我就走开了。她见我走了才走开。从这以后不知怎的我就开始关注她了。我觉得她就像一个纯朴的小丫。此后她学习上有什么问题也愿意来问我,我也总是耐心地给她讲解。好在她的悟性还行,有的问题一点就通,解答起来不费事。我把她作为大学其间的一个小朋友。不过她当不当我是她的大朋友我就不得而知了。不过我不在意,因为我心中有我的她。

我又收到了她的来信。她的每一封来信都是我所盼望的。在那一段日子里收到她的来信是我最高兴的事。在这封信中她告诉我她妈妈又来信了,再次问到她的个人问题。她也不知道如何回答。是呀,替她妈妈想一想,这个问题做母亲的不能不问。设身处地地替她想一想,此刻这个问题还真不好回答。晚上我躺在床上翻来覆去地想,是应该有个明确的态度了。可怎么说才能使她妈妈不感到唐突呢?突然我想出了一个好主意。我马上爬起来,跑到教室里提笔给她写信。我让她写信告诉她妈妈就说她正在和一个同学通信,顺便把我的情况简单地介绍一下。

我们俩在初中也是同学,可不同班,所以我对她印象不深。到了高中我们俩就同班了。从高中我们同班开始到现在已有 9 年了,相互之间总算是比较了解。可对于对方的家庭那都是不甚知晓。我只知道她的父亲是军人。她人弟弟也在我们中学上学,1966 年时上高二。她也是只知道我的父亲是军人,我妹妹也在我们中学上学,1966 年时上高一。在六十年代的时候同学们从来不谈论自己的家事。特别是在大部分干部子女中认为谈论自己的家事是不光彩的,是有意炫耀,反而会被人家看不起。我们一般也不打听别人的家事,那样也会引起别人不好的看法。我连同学了十几年的好朋友其父母具体是做什么的也不知道。如果有人在我面前炫耀自己或他人的家庭，我也会有看法的。

在高中时就发生过这样一件事。有一次在全校大会上我发过一次言。这也是我在全校大会上唯一的一次发言。那时一般在学校里发言都是要事先写出稿子，然后经过老师看，帮助修改，发言时再照着念一遍就行了。可那一次由于我是学校炊事班的班长，要为全校的师生做饭，就没有来得及写稿子，仅仅是拟了个提纲到了台上就来了个即兴发言。没有想到竟然博得了阵阵掌声。其实我并不认为我讲得怎么样，大概是那时很少有人做即兴发言而已。散会后有一个高个子的同学走过来向我要发言稿。我告诉他："没有发言稿。"

他不相信地说："怎么会没有发言稿呢？"

面对着一个陌生的人我说了一句："没有就是没有，我怎么给你。再说我也不知道你是谁？为什么要给你？"

没想到他反问了我一句："你真的不知道我是谁？"

说这话时他表现出很奇怪的样子，好像我就应该知道他是谁似的。他这么一说我有些不高兴了。我顶了他一句："我为什么要知道你是谁？"

他倒知趣，一看这样子再说下去也不会有什么结果就走了。他走后有人对我说："他是林枫副委员长的儿子，林炎志。"

不听这话还好，一听这句话我便心生反感。心想：你父亲是副委员长与你有何干，你又不是副委员长。你就是副委员长也管不到我这个中学生。那时我们学校里高干子女很多。国家主席刘少奇的女儿刘平平、总书记邓小平的儿子邓质方、罗荣桓元帅的女儿罗巧丽、朱德委员长的孙子朱援朝，等等，他们都和老百姓的子女一样在学校里默默地读自己的书。没有人去关注他们的存在。要不是后来的"文化大革命"，我根本就不会知道有这样一些人就在我的身边。在"文化大

水到渠成 自然

革命"中林枫被打倒了，我反倒和林炎志有了一些往来。我才知道原来是我误会他了，他是我们学校团委的副书记，那是人家的工作。自此我才改变了对他的看法。

从这件事上可以看出来，那时我们很多人是很反感议论同学家庭的。所以同学之间往来只知其人，不知其家是很正常的。我和班上的一个男同学同班了4年多，一直到十几年后才知道我们俩人的父母是老战友，是很熟的人。不过在"文化大革命"中，与干部子女往来也是有风险的，因为随时都会有一些干部被打倒。今天还是革命干部，是毛主席革命路线上的人，明天就有可能变成了走资派，成了反对毛主席革命路线的人而被打倒。其子女也是，今天还是革命干部子女，明天就成了可以教育好的子女了。我们家还算是走运，因祸得福进了"保险箱"。父亲的单位1964年被改编了，他为了安排好单位的同志累病了，领导让他暂时休息。谁也没想到，到了1966年"文化大革命"开始了。父亲的单位没有了，他也不是当权者了，自然也就没人来家里闹革命了，他也不会被"造反派"打成"走资派"了。我把这个情况如实告诉了她。

当我再收到她的来信时，她告诉我已经把我们通信的事告诉她妈妈了，并说一旦收到回信就再给我来信。好长一段时间内我都没有收到她的来信。我也不好意思写信去问，便陷入了等待之中。要放假了，我写信告诉她我要回保定去了。其实也是想知道她妈妈回信了没有，只是我没有直接提出来。她的回信来得很快，但只字未提此事。我坠入了五里云雾之中。从她这么快就给我回了信和信的字里行间所透露出的信息来看，应该不是她有所隐瞒而是她也不知道她妈妈的态度。但不给我回信又怕我有想法，就来了个快速回信却又故言其他。

假期我回到了保定。就在我回家的第一个晚上，父亲把我叫到客厅，母亲也坐在那里，而且两人的表情都很严肃。看到这个场面我心里有点惴惴不安,不知将要发生什么事情。我小心翼翼地坐下。父亲开门见山地问:"你是不是在谈恋爱?"

我想坏了,父亲怎么会问这事?按当时的规定,大学里是不许谈恋爱的,父亲又是个对我要求很严的人,他知道了这事还不知道要如何说我。我没有正面回答,只是问:"您怎么会问这个问题?"

父亲说:"你就说有没有这事吧?"

我支支吾吾地说:"怎么说呢?"

父亲见我有些为难就直率地把事情的原委讲了出来。

原来事情是这样发生的。就在不久前她叔叔,原军委炮兵的一位领导突然造访我家。她叔叔一进门就对我父亲高声地说:"政委呀,恭喜你了,我们要成亲戚了。"

父亲听了此言有些丈二和尚摸不着头脑便问了一句:"我们是什么亲戚呀?"

她叔叔笑哈哈地说:"当然是儿女亲戚啦。"

父亲还是不明白又问:"我的哪个儿女和你的哪个儿女好了?"

她叔叔说:"你是不是有个儿子在北京师大一附中上学?"

父亲说:"是呀。"

她叔叔说:"这就对了。我兄弟也有个女儿在师大一附中上学。听说他们关系不错,你不知道?"

一听说是他兄弟我父亲认识,但父亲并不知道他有个女儿和我同班,就像她父母不知道我一样。父亲问她叔叔:"这事我还不清楚,你是怎么知道的?"

她叔叔说:"我那个侄女的妈妈给我来了一封信,让我来征求一下你们做家长的意见。"

听到这里我忍不住问:"您和我妈妈是怎么说的?"

父亲看了我一眼说:"这在家里是一件大事,怎么也不和家里说一下？让人家找上门来我和你妈妈还能说什么？我们只好原则地说了一下。"

我小心翼翼地问："您的原则是？"

父亲继续板着脸说："我们只好说这个问题就看你们自己了。你们自己愿意，我们做家长的没意见。"

父亲说到这里我偷偷地看了母亲一眼。我妈妈的脸色倒挺平和的，嘴角还有一丝让人不易觉察到的笑容。看到妈妈的脸色我心里踏实了一些。看来父亲对我有意见不是这件事的本身，而是我没有提前告诉他。想到这我带有歉意地对父母说："这事还没有定，原本是想这次回来和您们商量一下的。"

听了我的这句话父亲的脸色平和了一些。他告诉我，她叔叔临走时说："看来我们这个亲戚是做成了。我回去给他们回封信，让他们放心。"

原来她母亲收到她的信后，很想知道我们家对这事的态度。当知道她叔叔和我们家同在保定时就把这事托付给她叔叔了。她叔叔受了委托就亲自跑上门来。她父亲和叔叔与我父亲曾同在一个单位，虽时间不长但彼此之间印象都挺好。所以她叔叔极力想把这事促成。在我家时，她叔叔说了不少她的好话。使得我父母还没有见到她便对她有了一个很好的初次印象。

事到如今，我只好如实地把我们之间的事说给了父母。父母听得很仔细，还不时提一些问题。凡是我知道的我都尽量详细地告诉他们，凡是我不知道的我也如实说我不知道。对于她本人，我自信还是比较了解的。我们毕竟同班了 4 年多，又通信了 4 年多。不过对于她的家庭我就知之甚少了。我甚至不知道她的父母是谁，也不知道她有几个弟弟妹妹。我父母的态度是十分明确的，就是我们之间的事是我们自己的事，做父母的不干涉。我明白这是父母对我的信任，对我们的认同和支持。我很感谢他们。接下来父亲又提醒我：你说了不少都是她的优点，我也相信。但要记住，一个人有优点也会有缺点，要看到一个人的优点，也一定要包容她的缺点。不能婚前只看优点，好似一朵花，婚后抓住缺点不放，像似豆腐渣，闹得不可开交。对人要感情专注，能共同生活一辈子是一件幸事。因此婚前要慎重，婚后要负责。要对自己负责，更要对对方负责，对家庭负责。有了孩子还要对孩子负责。母亲一直没有说话，我知道她同意父亲的说法。我除了回答父亲的问话也没有说什么。因为我根本没有想到会有这次谈话，而且第一次谈这个问题就直接谈到了结婚的事。我是一点准备都没有。至于如何走下去我还没有把握，因为此刻我毕竟还不知道她父母的态度。不过此时我已经知道我父母的态度了。虽然父亲嘴上说这是我们自己的事，他们不置可否，可看得出来，他们在心里对这桩事还是十分满意的，并希望这事能够尽快变成事实。也许是因为我是家里的长子，也许他还想早一点抱上孙子。父亲还告诫我看人不能只看容貌，关键是看思想，看双方有没有共同的思想基础。一开始我没有理解他的意思，便问："您又没有见过她，怎么知道她的容貌？"

父亲笑了一下说："我和你妈妈虽然没有见过她本人，可我和你妈都见过她的照片。"

我听了吃了一惊，心想父母怎么能见到她的照片。我一共只有两张她的照片，还是我当兵时她寄给我的。我一直带在身边从来没有给任何人看过。我问母亲："是吗？你们见过她的照片？"

母亲点了点头说："见过了，长得不错。"

我忙问："您们是在哪儿见的？"

父亲说："是那天她叔叔来时带给我们看的。她长的胖胖的，是不是？"

我说："是，不过现在瘦了一点。您们看的照片她戴眼镜吗？"

母亲说:"不戴,怎么她眼睛不好?"

我说:"她有点近视,平时是戴眼镜的。"

父亲说:"近视也没什么。你大姐和你妹妹不都近视嘛。胖瘦也没什么,身体好就行了。我说的意思是在你今后的生活中,你周围会有好多的女人,也许有的女人很漂亮,很有魅力,也很能干,但我希望你不要再去注意她们。也就是说明确了你们之间的关系,其他的女人你就不要再想了,再好的女人都和你没有关系。千万不要像有的人见到漂亮的女人就走不动路,结果闹得自己家庭不和,给自己和家庭都平添了很多的麻烦。"

我一听父亲说这话就说:"爸,这才哪儿到哪儿呀,您就说这话,您看您儿子是那种人吗?"

父亲严肃地说:"我知道你不是那种人,对你我还是有信心的。不过作为家长我提醒你一下也没有别的意思。"

听了父亲的话我才明白,父母根本就没有关注她的容貌。我看母亲很少说话就主动征求她的看法。母亲说她没有什么意见。我知道妈妈说没意见就是认可了。在家里特别是对我们兄弟姐妹是很少说肯定的话。她认为我们做对了是应该的,做错了则是一定要批评的。因此没意见就往往成了母亲对我们兄弟姐妹的肯定和赞同。现在父母都表态了,我心里就有数了。就在这时我才想起来我们自己还没有最后说定呢。我只好对父母说:"我们现在是来往的比较多,可还没有最后说定。"

我是希望万一有什么变化父母也能够理解。

父亲好像比我还有信心。他说:"我看问题不大。在考虑个人问题的时候关键是你们自己,可也不能不考虑到双方的家庭。完全不考虑家庭往往也会出这样那样的问题。从家庭的角度来看,我认为没什么问题。我估计她的父母对此也不会有什么,剩下的就是你们自己了。说了半天,我要说的就是一句话,要负责任。不仅婚前要负责任,婚后更要负责任。要负责一辈子。特别是男方要负更多的责任。"

我领会了父亲的意思。

假期很快就过去了。我也盼着假期早点结束。在假期中我没有给她写信。我担心写了信她再给我回信时就开学了,反倒麻烦,不如开学后再给她写信。回到学校后我就给她写了一封信,把在假期里发生的事告诉了她。信发出后我就一直在等她的回信。没想到等来的不是回信而是她本人。

那天下午我们正在上自习。一个坐在教室门口的同学轻轻地走过来对我说:"外面有人找你。"

我头也没抬就说:"请等一会儿,写完这一点。"

同学对着我的耳边小声地说:"是个当兵的女干部。"

我猛地抬起头来心想是她。我一个字也写不下去了扔下笔就跑出了教室。果然是她。我不等她开口就问:"你怎么来了?"

她把我拉到一边不紧不慢地说:"我爸爸到北京来开会,我妈妈也从天津来了。他们想见一见你,你能去吗?"

我想了一下说:"时间我倒是有,可你说我现在去见他们合适吗?"

这话一出口我就后悔了,人家已经来叫我了,我怎么能再问人家呢?果然她说:"我不是来叫你了吗?要去现在就走。如果你觉得现在去不合适我就和他们说你没时间,就以后再说。"

她说得再明白不过了,我不能再犹豫了,马上对她说:"你等一下,我去请假。"

说这话时我看了她一眼。刚才她脸上流露出的一丝不快已经消失了,取而代之的是她脸上最常见的那种平静。她就站在我们教室的门口等我。我转身快步走回教室,三下五除二地把作业都收拾好,顺手把要交的作业交给我的邻桌，请他帮我交一下。然后走到班长身边小声地说："班长，我出去一下。"

班长头也没抬就说："去吧，我知道了。"

因为平时我很少请假，同学们都以为我是在部队里养成了不爱外出的习惯，所以一般我请假离校都很容易。班长连问都没问一声就准假了。我和她一块走出了学校的大门。

在路上她告诉我她也是刚刚收到她妈妈的来信。她一看再写信和我商量就来不及了，只好直接来找我。我笑了一下说："商量不商量也没关系，反正早晚也要见面的。"

她说："谁说的？我还没同意呢。"

我知道她是在故意这样说。我也故意说："你要是不同意我还去干什么。"

说着我就假装站住了。她笑着推了我一把说："别逗了，快走吧。见了我爸爸妈妈再说吧。"

其实我们心里都明白，见了她父母就没的说了。正在这时，一辆公共汽车从我们身边开过，车站就在不远的前方。我问她："能跑几步吗？"

她干脆地说："追。"

我们俩一块向前跑去。我先跑到车门口，用一只手把住车门，一只脚踏在车门里，一只脚踩在地下，回过身来招呼她。当她跑近时我一把把她拉上车。在她身后我一侧身挤上了车。车上的人很多，她有点站不稳。我在她身后用身子紧紧地顶着她。她就贴在我胸前。她向前挪动了一下，可人太多了没挪动成。她回头看了我一下，一边轻轻地喘着气一边不好意思地说："人太多了。"

我挺了一下胸脯，想让她靠得更稳一些，小声地说："没关系，我扶着呢。"

这是我们第一次靠得这样近。我闻到了她身上的气息,仿佛感觉到她的心跳。我看到我呼出的气体拂动了她的发丝。我感到我的脸在微微发烧。好在她是背靠着我。过了一会儿她用手理了一下头发,我赶快屏住呼吸,我以为是我喘息的气体吹痒了她。我希望车开得慢一点,这样她就可以在我身上多靠一会儿。人再多也无妨,这样她就可以靠得我更紧一点。

当我和她一块走进招待所大门的时候,远远地看见在喷水池边站着一个中年女人。我脱口问了一句:"那人是你妈妈吗?"

她小声地说:"你不知道我近视,我看不清。"

说着我们走近了。果然是她妈妈。她赶快走上前去叫了一声:"妈妈。"

她妈妈抬起头来看见了我们。她拉了我一下对她妈妈说:"他来了。"

我也赶快走向前去叫了一声:"阿姨。"

她妈妈看着我们笑着说:"我刚下来想看看你们来了没有,你们就来了。快上楼去吧,她爸爸还在屋里等你们呢。"

我们一起走进她爸爸的房间。进屋一看,屋里坐着好几个人正聊在兴头上。可以看得出来他们都是她爸爸的老战友。她妈妈对她爸爸说:"他们来了。"

她上前去叫了一声:"爸爸。"

我也接着说:"叔叔,您好。"

她爸爸坐在沙发上看了我们一眼笑着说:"好好,来了好。你们先在里屋坐一会儿吧。"

她赶快拉着我走进里屋,然后随手把门轻轻地关上,转过身来对我说:"坐下吧,别管他们。"

我们俩就在里屋的沙发上坐下。她说:"我爸爸这个人就这样,和家里人话不多。"

我说："他不是正在和那些人说话吗？"

她说："不，在家里他很少和我们说话，不是在那里看文件就是看书、看报纸。小时候我们都有点怕他，现在我们都习惯了。"

她一点一滴地向我介绍她的父亲、母亲和弟弟、妹妹。我也向她全面地介绍了我的家人。过去虽然我们在一起聊的也不少，但我们都没有向对方完整地介绍一下自己的家庭。我们都知道我们俩的事今天是该有个说法了。在这之前还是要让对方多了解一点自己的家庭。过了好一会儿，外面客厅里还没有动静。我忍不住悄悄地问她："你爸爸妈妈把咱们叫来干什么？"

她平静地说："我也不知道。我妈妈的来信写得很简单，就说想见一见你，没说别的。这次他们来北京我也是刚见到他们，还没有来得及和他们说话呢。"

我相信她的话。既来之则安之，只好等下去了。又过了一会儿，她妈妈进来了。我以为是叫我们出去见她爸爸，谁知是来叫我们吃饭的。我只好和他们一块去吃饭。吃饭时她爸爸不爱说话，只是坐在那里不紧不慢地吃着，她妈妈不住地让我吃这吃那。第一次和她们家人一块吃饭多少有点拘束。正在吃着饭一个人走过来和她父亲打招呼。她爸爸放下手中的筷子和来人寒暄，我们也只好放下手中的筷子。来人一见马上说："你们吃，你们吃。我来看看老政委。"

说着他看了一眼坐在她父亲身边的她问："这是谁呀？"

她妈妈说："这是我的大女儿。"

来人马上说："都长这么大了，这可是个有名的好学生。"

听了这句话她妈妈脸上露出了喜悦的神情。看来这位是她们家的老熟人。来人又和她爸爸说了几句话就走了。我们继续吃饭。

吃完饭我们一块回到她爸爸的客房中。这时只有她爸爸、妈妈、她和我4人。一进屋，她妈妈就招呼我们坐下。一看这样子我就知道今晚最重要的一幕就要开始了。我们刚一坐下，她爸爸就开口了。他对我说："你爸爸我认识，他可是个老实人。我认为自己也是个老实人，可你爸爸比我还老实。我们都是红一方面军的，长征到了延安。抗日战争爆发后我们都想上前线。那时除了想上前线打日本鬼子之外，我还有点私心就是想如果牺牲了就算革命到底了，死不了就可以进步。因此就利用往前线送干部的机会坚决要求留在了抗日前线。你爸爸就老实，组织上让留在延安就留在延安了，其实延安也很苦。我们在前线打了胜仗还能搞到点战利品，改善一下生活。你爸爸他们在延安可就苦了。"

她妈妈见她爸爸把话题说远了就提醒他："你说到哪儿去了？把孩子们叫来是为了说这个的吗？"

她爸爸说："说一下也不要紧嘛。我们就是从那个时候走过来的嘛。"

说到这里他看了我一眼问："你是党员吗？"

我不好意思地说："不是。"

她爸爸说："怎么当了兵还没有入党？像我们这样家庭的孩子还是要争取入党的。"

我只好如实地说："当兵时我申请了，可连队没有吸收我入党。上了大学后我又提出了申请。我争取在大学里入党。"

她爸爸听了点了点头说："还是要争取入党的。"

我知道这是她父母不满意我的地方。其实我父母对此也不满意，只是他们没有明确给我指出来而已。我自己也一直为此感到有很大的压力。她妈妈见我有些尴尬就插话说："入党没入党除了个人努力外还有环境因素，因此不能单纯地看入党没入党，关键是要老老实实地做人。"

她爸爸接着对我说:"我也是这个意思。今天把你叫来一是我们没有见过面,还是要见一下的嘛;二是想告诉你们,这件事我们两个老人都没有意见,是同意的。我们也知道你的家里也没意见。两边家里都没有意见,又是你们自己认识的,不是家庭包办的,你们俩年龄都不小了,我看可以考虑结婚了。"

我真的没有想到第一次见到她的父母就谈到了结婚的事。我完全没有心理准备。我忙解释道:"学校里有规定,在上学期间不许结婚。"

她爸爸不解地问:"到了结婚的年龄也不许结婚?"

我说:"现在都是工农兵学员,到年龄的学生很多,要是在上大学期间都结婚那就会影响学习。"

她爸爸点了点头说:"学校里有规定还是要遵守的。你哪年毕业呀?"

我回答说:"七四年毕业。"

她爸爸想了一下说:"七四年你们就27岁了,不小了。我看毕了业你们就结婚。要孩子也不要太晚。现在我们身体还行,你们有了孩子我们还可以帮助你们嘛。"

她爸爸说到这里我偷偷地看了她一眼。她低着头红着脸坐在那里一言不发。看来她也是完全没有想到她爸爸竟说得如此直率。她妈妈也没有插话,看样子也是同意她爸爸的说法。她爸爸又问我:"你有几个兄弟姐妹?"

我说:"六个。我有两个姐姐,两个妹妹,一个弟弟。"

她爸爸说:"你们家有六个孩子,我们家有五个孩子都不少。我们那个时候是响应国家的号召。现在不需要那么多孩子了。不过孩子还是需要的。一个嘛少了点,两个最好。"

这时她的脸更红了,我们都没有吱声。我们确实还没有考虑过这个问题。她妈妈说："这是以后的事,以后由孩子们自己来决定。"

她爸爸说："我谈谈我的看法嘛。给他们提个参考意见,也是为他们好。孩子多了抚养、教育都是问题,自己还要工作。所以还是事先有个打算的好。"

这一点虽说是我没有想过,可经她爸爸这么一说我就从心里同意了。一是孩子不能多要。当时已经开始计划生育了。政府提出的号召是"晚、少、稀"。晚就是晚婚晚育。这一条我们肯定是做到了。我们注定是要在27岁以后才能结婚。这是完全符合政府晚婚号召的。少是指"一个不少,两个正好,杜绝第三胎"。稀是指如果要生第二胎要和第一胎间隔4年。二是我希望能有自己的孩子。我特别喜欢孩子。当然这我一个人说了不算,还要两个人取得一致意见。三是她爸爸说的要有准备。我觉得做什么事都得有准备,特别是要有心理上的准备。有人主张顺其自然,然而我觉得只有有了准备才能顺其自然。后来我们走过的路更进一步使我确认了一切都要把话说在前面,都要有所准备,包括心理与物质上的准备。

我们就这样一直坐在客厅里听她父母说话。主要是她爸爸在说,她妈妈说得不多。我只是回答一些她爸爸妈妈提出的问题。她几乎就没有说话。最后她爸爸说："在招待所里也不太方便,我们就不留你住宿了。以后有时间到家里去吧。一会儿让他们送你回学校。"

我忙说："不用了,我坐公共汽车回去很方便。"

说着我就站了起来。她妈妈说："别着急,已经安排好了。你再坐一会儿,车来了他们会来叫你的。"

我只好再坐下。她爸爸妈妈又问了问我所学的专业,学习的难度和学校中各方面的情况。我都一一做了回答。我答的尽量简单明了,使他们对我所学的能有个基本的了解。在我们说话的过程中,她还是一言不发。汽车来了。我站起来向她爸爸妈妈告辞。她和她妈妈一直把我送到楼下,送到汽车边。临上车时她妈妈又说:"有空到天津家里来玩。"

我答应了。汽车开动了,我从车窗望过去,她们母女还站在楼门口。

回到学校已经过了熄灯时间。我悄悄地走进宿舍,轻轻地爬上床,美美地睡了一觉。第二天早晨醒来,初见她父母那窘迫、尴尬、不知所措的感觉荡然无存,所剩的只有由衷的愉悦。

6 终成正果　心安

终成正果　心安

过了几天我找了个机会去看荣莉。我想应该把这次和她父母见面的事告诉她。因为毕竟是她使我们又建立了联系。她也非常关心我们的事。

到了荣莉家一看她不在家。她妈妈在家。阿姨让我坐下来等她，说她一会儿就回来。好在我来的次数多了和阿姨也很熟，便不客气地坐下来一边和阿姨聊天，一边等她。

这时阿姨告诉了我一个消息使我大吃一惊。阿姨说荣莉和她男朋友吹了。没有想到在我的事情取得了长足进展的时候，荣莉的事情却翻车了。她的事我不太清楚。一是她是女同学，男同学不好打听女同学的事；二是我这个人在这方面的能力比较差，自己的事尚且为难，他人的事就更不敢多言了。

阿姨刚把她的事说完，她就进门了。她一出现又使我吃了一惊。她竟是这样的平静，好像什么事也没有发生。原来我是想告诉她我们的事，我也想对她表示感谢。谢谢她找到了我，谢谢她促成了这事。但此刻无论如何我也张不开口了，只当是平日里无事到她家来随便坐坐。她也没有和我说她的事。不过她还是问了问我们的事。我也只是含糊其词地说了几句。我怕此时把我们的事都说出来会影响她的情绪。我心里不知不觉地产生了一种内疚的感觉，好像是我们影响了她。

从她家出来，我决定要想办法给她介绍个更好的人。过了一些日子，另一个同学果然给她介绍了个新朋友。我一颗悬着的心终于放下来了。

多少年来我们一直是靠通信维持着联系，这主要是因为我们俩不在一个城市里的缘故。现在她终于回北京了，我也在北京上大学，而且我已经见过了她父母，我们开始经常找机会见面了。又过了些日子父亲再次来北京住院。我到医院去看他，顺便就把见她父母的事告诉了父亲。父亲说他同意她父母的意见。也希望我们在我毕业后就结婚。同时也提出了希望我们能尽早有个孩子，趁着他们身体尚可以，总可帮我们一把。我真没有想到两边的老人的想法竟是如此的一致。我知道虽说他们认识已久但就这事他们并没有见过面。也许他们这辈人的想法都是如此，根本用不着交流。我说这事我一个人说了不算，要和她一块决定。在这一点上父亲倒是同意我的看法。他希望我在今后的生活中诸事要多和她商量，要尽量避免一言堂。我让父亲放心，说我能做到这一点。他笑着说他相信我。临走时父亲说想见她一面。老人都是一样。我答应了。

回到学校后我马上给她写了一封信。告诉她我父亲在北京住院，老人想见她一面，并把父亲病房的号告诉了她。到了星期日我又到医院去看父亲。他一见我就问："她来吗？"

我说："我已经把您住院的事告诉她了。今天她能不能来我说不准，因为不知道这个星期日她值不值班。"

父亲对此表示理解，因为都是军人。我一边陪着父亲说话，一边不时用眼睛瞟一下门上的窗户，生怕错过一个人影。忽然一个熟悉的面容出现在窗前。"爸爸，她来了。"

我刚要站起来去开门。她已经推门进来了。

"伯伯，您好！"随着她进门的脚步声，她已在向我父亲问好了。

"来，来，坐下来。"父亲招呼她坐在身边。她大大方方地坐在父亲身边的沙发上。不用我介绍了，他们都知道对方了。她坐下后先问了问父亲的病情。当她知道我父亲的身体并无大碍时，她的表情变得轻松了。接着他们就聊了起来。她是个快言快语的人，不论谈到什么问题都不打嗑，一点都不显得拘束。不知道的人一定不会想到他们是第一次见面。我在一旁看着他们俩聊，很少插话打断他们。一是我要和父亲说的话在她来之前已经说了；二是我也想让他们俩人多聊聊，能够尽量地互相多了解一些。从他俩谈话的神态上我感到父亲对她是相当满意的。我也感到了她对父亲的敬意。很快探视的时间就到了，我们只好站起来告辞。临走时她说下周再来。父亲说不用了，过几天他就出院回保定了。

一出医院的大门我就对她说："我爸爸还给了咱们两张故宫珍宝馆的票，我不是告诉你了吗。"

她说："是呀，我知道。"

我说："那你还和我爸爸说起来没完，你看看现在都晚了。"

她笑着说："你爸爸一个人在这里住院多寂寞。咱们只能星期日来看他还不多陪陪他。"

我问："那咱们还去故宫吗？"

她说："去呀，咱们现在就去。赶得上咱们就看。赶不上也没什么，反正故宫又搬不走。"

我们俩匆匆忙忙地赶到故宫，还是晚了。故宫已经闭馆了。我遗憾地说："珍宝馆对外不开放。这两张票是内部参观票。没看成可惜了。"

她安慰我说："没关系，珍宝馆早晚会开放的。你想看以后它开了咱们再来。我觉得能陪你父亲多待一会儿，让他心里高兴比什么都强。"

听她这么一说我也没什么好后悔的了。她看我没事了就问:"你晚上有事吗?"

我说:"没事。"

她说:"那你陪我到赤丽家去吧。今晚我想住她那里,明天一早从她家回医院路顺。"

我正乐得多陪她一会儿就说:"行。"

我们俩聊着天直奔了赤丽家。没想到赤丽不在家。赤丽妈妈告诉我们她出去了,什么时候回来不知道。虽然她一再留我们坐下来等,我们还是告辞离开了。

当我俩走到马路上的时候,才发现我们根本没地方可去。她回医院已是不可能了,去她们医院的末班车早已过了。无论如何要给她找个去处,不能总这样在马路上走呀。我看了她一眼,她倒是很平静,好像就这样在马路上走下去也无所谓。看着她的脸我突然想起了荣莉。我说:"咱们去荣莉家吧。"

她侧过头来看着我说:"我没有去过她家,她家远吗?"

我说:"她家就在和平北街,离我们学校很近。不过第二天你回医院上班可能远一点。"

她说:"也没有别的地方可去,就去她家吧。好在我和她熟。咱们走吧。"

我们一块坐车到了和平北街。当我们走到荣莉家楼下时她说:"可别荣莉也不在家。"

我抬头一看,荣莉家的窗口有灯光。"她在家。"我脱口而出,心里的一块石头落了地。我俩快步走上楼,到了她家门口。我满心欢喜地敲响了她家的门。"吱"的一声门开了。从门缝里露出一张陌生的脸。我的心一紧忙问:"这是荣莉的家吗?"

门里的人说:"是呀,你们找谁?"

我说:"找荣莉。"

她说:"她不在。"

这三个字像一盆冷水兜头泼了下来。我忙问:"她到哪儿去了?"

"不知道。"她回答得很干脆。

我再问:"她什么时候回来?"

她说:"不知道。"真是一问三不知,一点办法也没有。

我只好再问:"你是谁?"

她说:"我是她朋友。你们是谁?"

荣莉的朋友真多。这一年多我没少来她家,可还是经常能碰到陌生的人称是她的朋友。

"我们是她的同学,中学时的同学。"我向她说明我们的身份。

她又看了我们一眼说:"哦,那你们进来吧。"

此刻我们也只好进屋了。女孩在我们身后把门关上。她说:"你们坐吧。"

说完就又自己坐下继续看她的电视。我们也只好坐下一边跟着女孩看电视,一边等荣莉。没有见到荣莉我的心里总是不踏实。电视里演的什么我也没有看进去。过了一会儿那个女孩扭过头来问我们:"你们吃饭了吗?"

这时我才想起来我们还没有吃晚饭。我只好实话实说:"没吃,不着急,我们再等等她。"

女孩一边看电视一边说:"你们到厨房去看看有什么吃的,自己弄着吃吧。吃了再等她,她还不知道什么时候回来呢。"

她说这话时就像她也是这家的主人似的。不过此时我还是很感谢她的,要是没有她我们岂不是还要在街上流浪。当兵时吃不上饭是经常的事,我自己倒也罢了,可现在有她,让她也饿着可不好。好在我熟,就拉着她一块到厨房去弄吃的。等我们弄好了,也吃完了,再次坐到沙发上的时候荣莉回来了。她一见我们俩便笑眯眯地说："你们俩怎么一块来了？"

她说："我到医院去看他父亲。从医院出来我原想到赤丽家去。明天从她那儿回医院方便。可她不在家，我们就到你这儿来了。"

荣莉一听她去医院看我父亲就问："你父亲怎么了？要紧吗？"

我说："不要紧，再过两三天就出院了。"

荣莉听了说："不要紧就好。你们还没吃饭吧。我给你们弄点吃的去。"

她马上拉住荣莉说："别弄了，别弄了，我们吃过了。"

荣莉不相信地说："吃过了？你们在哪儿吃的？到了我这里你们就别客气。"

荣莉还埋怨我："来也不打个招呼，你常来也就算了。可她是稀客，我得好好招待一下。"

说着荣莉就笑呵呵地走向厨房。她一把拉住了荣莉说："我们真的吃过了，就在你家吃的。"

荣莉转过身来吃惊地看着我们问："谁给你们做的？"

我说："我们自己做的。"

"真的？"荣莉有点不相信，她转过头去问看电视的女孩。那女孩笑着说："是真的，是他们自己做的。"

荣莉听罢又笑着说："这就对了。以后到我家有什么吃什么，没有了自己做，再没有买回来做也行，就是不要客气。"

当天晚上她就住在荣莉家了。

转眼就到了这一年的国庆节。国庆节前我收到她的来信。她约我到天津去，并给我写好了地址。是呀，我也应该去她家一趟了。再说，我原本也没有打算回我保定的家。我到银行去取了钱。这虽说是我今后上学期间仅有的费用，不会轻易拿出来用，但现在到了该用的时候了。到了银行我傻眼了。银行因故关门,要到国庆节后才开门。这可怎么办?我身上连去天津买火车票的钱都不够。我总不能向她借路费吧?写信向家里要肯定没问题,可时间来不及了。想来想去只能找二姐去借。想到这里,我骑上自行车直奔北苑二姐的单位。此刻我最担心的就是二姐千万别不在。因为最近我是找谁谁不在。我都有点怕找人了。二姐要是不在可就真麻烦了。还好二姐在。一见二姐我就开门见山地说:"我要去一趟天津,没钱买火车票,你能不能借给我10元钱?"

二姐也没问我去天津干什么就给了我10元钱,还问:"够不够?"

10元钱不能算多,可二姐一个月的工资也不多,我也不好意思再多借了。我说够了,并一再表示我会还她的。二姐让我别把这事挂在心上,还请我吃了一顿饭。

口袋里有了10元钱,再加上国庆节放两天假,一天退伙食费5角,两天是1元,一共有钱11元。可以安排去天津了。去天津的火车票是2元多,还剩8元多。我第一次去空着手总不好吧。可带什么呢?在这方面我是一点概念也没有,身边也没个商量的人。我信步走到学校的小卖部,里面只有一位中年售货员。我转来转去不知买什么好。

她看了我一会儿就问:"同学,你要买什么?"

我不好意思地说:"我也不知道买什么好。"

她又问:"是不是送人?"

我说:"是。"

她再问:"送什么人?"

我说:"去天津一个人的家里。"

她说:"天津的供应不如北京。你去天津可以买上几斤鸡蛋。还有这两天我们刚进了点黄花鱼,又大又新鲜,去天津路不远带上几条黄花鱼挺好的。"

我一听乐了。我说："好，鸡蛋我买点，黄花鱼就算了。天津比北京靠海，缺什么也不会缺鱼。"

售货员也笑了，她说："同学，这你就不懂了。天津的鱼都支援咱们北京了，所以天津市场上的鱼比北京还少。不信你这次去看看就知道了。"

我想听人劝吃饱饭。我就买了5斤鸡蛋和4条黄花鱼。售货员好心地给我找了个纸盒子把鸡蛋装好，又找了个塑料袋把黄花鱼装好。我谢谢了她，拎着东西就上了火车站。买了车票一看手中的钱已所剩无几，连买一张回程的车票都不够了。顾不得了，去了再说吧。我就这样上路了。

到了天津，好不容易才找到她家。好一扇大门，敲了几下不见有人来开门。核对了一下地址，没错，就是这里。从门缝向里望了望，原来有一条长长的甬道，过了甬道才是院子。这么远里面的人肯定是听不到敲门声的。在门上仔细地找了一遍才发现有一个很不显眼的电铃。我试着按了一下，由于院子深也不知道电铃响了没有，更不知道院子里的人听见了没有。没有别的办法，只好静静地站在门外等着。过了一会儿，里面传来了脚步声，脚步声临近了，有人在门里问："谁呀？"

我不知道怎样回答才好，只答了一声："是我。"

"哐啷"一声门开了。我提着东西跨进了大门。和来人打了个照面，来人一看不认识我，什么话也没说转身就向回走。我只好把东西放在地下，回过身去把大门关上。当我再次转过身来提起东西的时候，长长的甬道里只剩下我一个人了。我只好独自向前走了。过了甬道，前面是个大院子。院子的北面是一幢旧式洋房。我顺着院子里砖砌的路走到房子门前，再次敲门。又是没人答应。再找一遍电铃，这次没有找到。我用手轻轻地拉了一下门,门开了。我对着门里问:"有人吗?"

没人应答,我小心翼翼地走了进去。一边走一边问:"有人吗?有人吗?"

还是没人应答。我满心奇怪:这门开着怎么能家里没人呢?我只好提着东西沿着走廊向里面走。拐了一个弯,下了一个台阶,前面又是一间屋子。透过门上的玻璃窗我看见里面有人。我第三次敲了敲门。里面的人问:"谁?"

我连忙报上姓名。

里面的人一听是我马上给我开了门。我一看此人正是刚才给我开门的人。他一见我笑了,说:"原来是你呀,快进来。刚才我还以为你是找别人的。我是她小舅。"

他指着坐在桌子边的一位老人说:"这是她姥姥。"

我忙说:"姥姥好,小舅好。"

小舅把我介绍给姥姥。姥姥笑眯眯地说:"还没吃饭吧?快坐下来吃饭。"

小舅一边把我手上的东西接过去,一边说:"来了就好,还带什么东西。"

我说:"没什么,就一点鸡蛋和几条鱼。"

小舅说:"鱼放着,下午让她四舅做。她四舅会做鱼。"

小舅一边说,一边把我让到姥姥身边坐下。姥姥一边给我盛饭一边说:"她来信了,说你要来。你叩是我们家的贵客。"

我忙说:"姥姥,看您说的,我哪是什么贵客。"

小舅说:"在我们老家那儿,女婿上门就是贵客。"

姥姥和小舅这么一说弄得我怪不好意思的。可也没有别的办法,来都来了,只好坐下来一起吃饭。

饭后小舅还要上班就走了。姥姥年纪大了要午休。我只好一个人坐在屋子里找了本书看。此刻家里静得很，除了我翻书的声音外一点动静都没有。在一个陌生的环境里我根本无心看书。这时我在心里埋怨她不早点回来，让我一个人待在陌生的她家，多不自在呀。可反过来一想，她也没办法，她是军人嘛。我也是当过兵的人，当兵的人哪能那么自由。想到这里，我又不忍埋怨她了。又翻了几页书，不知怎得一个怪念头冒了出来：万一她回不来可怎么办？这种事也说不定会碰上的，部队就是这样，不知为什么上边一道命令下来取消休假，大家就只好乖乖地待在营房里。这种事我在部队时就遇到过好几次。越是过节越要战备。要是那样我可就倒霉了。她不在，我一个人在这里算是怎么一回事。再说，我身上又没钱，连张回北京的火车票都买不起。想到这里，我有点后悔不该冒冒失失地自己先来。当时要是和她约定在北京某个地方见面，然后再一块来就好了。即使她不能来我也好打道回学校。现在后悔又有什么办法呢？看来人在这个时期智商就会下降。没办法，只能是耐心地等下去，等她回来。既然看不下去书最好能找点事做，有事干也省得胡思乱想。能干什么呢？这是在她家，又不知道她家的规矩。突然我想起来，不是带来了几条黄花鱼吗？我去把鱼给收拾了，我会收拾鱼，说干就干。我就在厨房里慢悠悠地，仔仔细细地收拾了起来。当我快要收拾完的时候听到身后有脚步声，回头一看，一个中年人站在我身后。他也没问我是谁就说："你来了，什么时候到的？"

我心想这肯定是她们家里人，而且她们家的人都知道今天我要来。我说："中午到的。"

他问："吃饭了吗？"

我说："吃了，就在家里吃的。"

他说："我是她四舅。你怎么在这里收拾起鱼来了，放下，放下，我一会儿就弄好了。"

我叫了一声"四舅",说:"我也没事,慢慢地收拾着,这就完事了。"

四舅看了一下收拾好的鱼说:"你弄得真干净,没必要。她和她妈妈都是医生,总是要求什么都收拾得干干净净的,其实一下锅就都干净了。"

四舅是个快言快语的人。我一边和四舅聊天,一边想她的舅舅真不少。晚饭前她家里的人陆陆续续地回来了。其中有她最小的弟弟,还在上学,中午见过的小舅、小舅妈和他们的儿子,最后是她妈妈。除了她,能回来的都回来了。家中的其他人都在部队上,肯定是回不来了。这一点和我们家一样,当兵的人多了很难全家人在一起过个节。吃晚饭的时间到了,饭菜都上桌了她还没有回来,我心里难免有点焦急。她妈妈看出来了,宽慰我说:"她每次回来都比较晚,你不用急,咱们先吃着,她会回来的。"

我对她妈妈说:"再晚天就该黑了。"

她妈妈笑了一下说:"没关系,她经常很晚才回来。"

我们正说着就听外面喊道:"妈妈,我回来了,他来了吗?"

也许是屋里已经比较暗,她没有看见我。她妈妈说:"来了,不就坐在这儿呢。"

我忙站起来向她走过去,一边把她手上的东西接过来一边说:"来了,早来了。"

她一见我就在屋子里,倒有点不好意思了,忙笑着问我:"你什么时候到的?"

小舅走过来说:"人家中午就到了,你怎么这么晚才回来,让人家等了半天。"

"部队怎么能和他们比。他们是说走就走。我这还请了半天假呢。"她嘴上不服气，可脸上却露出了不好意思的神情。我一见状马上打圆场说："部队就是这样，我也是当过兵的人，这点还是能理解的。"

其实小舅也没有责备她的意思，一见我这样说也就不说了。随后大家落座吃饭。

晚饭后大家聚在一起看电视。这是我第一次到她家，也是第一次面对她家这么多人。好在她家里的人都很随和。可不管怎么说，我还是有点拘束。她们说话的时候凡是没问到我的，我一般都不插话。在和我说话时，我也尽量说得简单一点。以至于我给她们家人的初次印象是不爱说话。正在看着电视，忽然听见有人敲门。我坐在离门较近的地方便主动去开门。我一边开门一边问："你找谁？"

来人没有回答就径直走了进来。只见他肩上扛着一个袋子，看样子还不轻。进门后他就把袋子往地下一放。我刚要再问一下，他抬起头来一看正好和我打了个照面。他马上问："你怎么在这里？"

听他的口气，他不仅和她们家人熟还认识我。我看着他的脸怎么也想不起来他是谁。只好反问他："你来干什么？"

他说："我妈让我给阿姨送点大米过来。"

这时她妈妈也出来了，原来是她们家的老熟人。我也借这个机会退回到屋子里。我是实在想不起这人是谁了。过了一会儿，来人走了。她妈妈回到屋子里我才问她妈妈来人是谁。她妈妈说："是肖良臣。"

我还是想不起来肖良臣是谁。我想或许是我小学或初中的同学，时间隔的这么久了，平时又没有联系，记不起来是有可能的。可我不知道他怎么还记得我，难道这十几年我变化不大？我觉得自己的变化还是挺大的，不仅相貌有变化，就是性格也变了不少，环境和时间是会改变每一个人的。可有的人就是有这样的本事，不管你怎么变他都能把你认出来。在这方面我就比较差。我这样有一搭没一搭的瞎想着,电视也没有看进去。看完电视该休息了。我和四舅睡在一个屋里。四舅对我说:"你先睡,你睡了我再睡。"

我看时间不早了就说:"咱们一块睡吧。"

四舅说:"我睡觉打鼾,我睡着了你就睡不着了。"

我说:"没关系,您睡吧。"

果然四舅躺下不一会儿就鼾声大起。对于我来说,这可不是没关系,一夜我都没怎么睡着。

国庆节的当天我们哪儿都没去。她好久没回家了,自是希望利用这个机会在家里多陪陪她妈妈。她妈妈几次让我们上街去逛逛,我们都没去。我知道她有些话要和她妈妈说,就故意躲开。我去帮姥姥干活。姥姥虽说年事已高,但从年轻时养成的劳动习惯一直保持着,重一点的活是干不了了,那她的手也不闲着。没事就把每天煮饭的米呀豆呀拿来拣一遍。把里面的沙子、草梗都拣得干干净净的。我就帮姥姥拣米,拣豆。得空我就到院子里转一转。

这是一个独立的院落。虽然大门临街,可居住的房子并不临街。大门的旁边是车库。显然,这个院子原来的主人是相当的富有。进了大门是一条长长的甬道,使房子远离了街道的喧哗,显得十分的恬静。走过甬道是个不小的院子。院子里有几棵高大的杨树。院子中间还开辟出一块地,上面种满了各种蔬菜。我注意到其中没有任何一种花卉。这可能也是"文化大革命"的影响。那时种花被认为是资产阶级的情趣,而种菜才是劳动人民的本色。房子坐落在院子的北面,完全是欧式风格,尖尖的屋顶,高高的门窗。墙壁上爬满了爬山虎。整个院子一片葱绿。

两天的时间很快就过去了。第三天的中午,我们从天津返回了北京。虽然到北京的时间尚早,可她坚持要赶回医院。我把她送到郊区的公共汽车站。看她坐上车后我才返回学校。

过了不久,我家从保定搬回了北京。因为我家是由于林彪的"一号通令"被迁出北京的。从1971年的"9·13"事件后不久被迁走的人家就陆陆续续地搬回了北京。

北京有了家,星期日我就可以回家了。她也有机会到我家来了。我妈妈就是在家里第一次见到她的。妈妈对她的印象挺好。最使我高兴的是,我们再也不用无目的地在马路上遛达了。我们有更多的机会,更长的时间在一起了。

7 校园花絮 多彩

运动场上

我们学校的操场上有两次明显的变化。刚上学的时候，学校的学生虽不多，只有我们一个年级几百人，可是一到下午下课后，操场上就满是人了。有踢足球的、有打篮球的、打排球的，操场边还有打羽毛球的。围观的人也不在少数。这时好像学校的教室都空了。全校的学生都跑到操场上来了。不仅是学生上了操场，就是老师也来到了操场上。能下场打球的就和学生一块打球，不下场的也会站在操场边做观众。老师和学生打成一片。

后来情况慢慢地发生了变化。随着教学的进一步深入，操场上的人渐渐地变少了。特别是在恢复了考试之后，再去操场的人就更少了。有的同学因为学习压力大，也只好把去操场上活动的时间减了再减；有的同学虽然学习上的压力不算大，可也不好在人家还在教室里学习的时候自己跑到操场上去锻炼。这样一来操场就变成了僻静之处。各种球和体育器械也就变成了闲置之物。这是学校运动场上的第一次变化。

这个变化很快就引起了学校的注意。为了让同学们回到运动场上以保持健康的身体，学校不仅提出了要求还想了很多的办法。其中具体的措施之一就是开展各种体育竞赛。给我留下深刻印象的是长跑比赛和游泳比赛。这两种比赛都是全校性的比赛。学校要求每个专业的每个班都要派队参加。为了集体的荣誉，凡是参加比赛的同学又回到了操场上去锻炼。没有参加比赛的同学一部分去陪练，一部分去当啦啦队，操场上又热闹了起来，这是学校运动场上的又一次变化。下面我就先说说长跑比赛。学校要求每个班最少要派三个队。其中最少两个男生队，一个女生队。每个队是4个人。我们班有22名女生出一个队绝对没问题。可我们班只有8名男生，要出两队那就是说所有的男生都要参加。在班里讨论如何组队的时候，有人提出是否可以向学校说明一下我们班的具体情况，让我们班出两个女生队和一个男生队。我们班的大部分女同学都同意这个建议，可大部分男生都不同意。我们男生认为女生要组成两个队参赛我们没意见。可我们班有8名男生，是可以组成两个队的，为什么只组成一个队？最后班里决定就按照学校的要求组队。女生队很快就组成了。男生队的组成却费了周折。一开始就有人提出来由跑得快的四个人分成两个组再加上两个跑得慢的人组成实力相当的两个组。这样做的结果是两个队的成绩都差不多。我坚决反对这种做法。我的意见是由四个跑得快的人组成我们专业的1队。由四个跑得慢的人组成我们专业的2队。他们说这样一来两个队的差距太大了，势必造成参加2队的同学没有积极性。我说，这次比赛不是一次班内的比赛，而是一次全校性的比赛。我们班的两个队面对的不是彼此，而是全校的其他班级的各队，这样我们就应该争取尽可能好的成绩。因为只有取得了好的成绩才容易激发大家锻炼身体的积极性。如果我们平均使用力量就很难取得好成绩，这样反而会挫伤大家的积极性。我还举了历史上有名的"田忌赛马"的例子。我说：我们应该以1队去争取好的成绩以体现我们班的实力；以2队去争取完成比赛以展示我们重在参与的精神。最后我终于说服了那些主张组成两个实力平均队的同学。那谁去2队呢？我自报去2

队。这样我们很快就两个男生队达成了一致的意见。我们定了一个现实的计划。女生队争取拿到前几名，男生1队争取排名靠前，男生2队一定要完成比赛。就是我们跑在倒数第一，我们也要争取跑到终点，没有参加比赛的同学都要到现场去为本班的参赛队加油。

比赛那天我们全班同学都去了。比赛的路线是从学校的大门向西跑到安贞桥（那时还没有安贞桥，只是一个十字路口），再返回来到学校的大门。两个人以接力的方式跑去，另两个人再以接力的方式跑回。女生组先跑。我们班的女队果然跑进了前几名，这对我们男生队是个很大的鼓励。男生组的比赛开始了，发令枪一响，我们的1队冲了出去，我们的2队就落在了后面，我是2队的第二棒，当我接过接力棒时，在我身后已经没有人了。我拼命地跑，想追上我前面的人，哪怕是追上一个人也好，我和倒数第二的人距离似乎在缩小，路边有我们班的女同学在为我加油，但在交棒前我还是没赶过一个人。比赛的结果和我们预想的一样。男生1队取得了较好的成绩，男生2队完成了比赛。全班的同学没有人因为我们男生2队跑了倒数第一而沮丧，相反大家都挺高兴的。因为我们完成了比赛，我们得到了自己预想的成绩，这就是我们班的体育实力。

另一项比赛是游泳。游泳是 4×100 米接力。原来学校想的是不仅有男女组，还要分不同的泳姿。结果一了解才发现，许多班的女生就找不出4个会游泳的人。最后决定各班只出男队，女队就算了。只出男队也有问题。就拿我们班来说，会游泳的男生只有5个人。其中会蛙泳的只有我一个人，而我只会蛙泳其他的泳姿都不会，其他的人都是只会狗刨。游泳和跑步可不一样，跑步是谁都会的，只是跑得快与慢的问题。游泳那可不是人人都会的，也不是一时半会儿就能学会的。改个泳姿也不容易，可哪儿的比赛也没有狗刨这种泳姿，我们班只好弃权了。没想到弃权也不容易，学校说：咱们又不是正式比赛，只要会游泳就行了，狗刨也没问题。我们问狗刨分在哪种泳姿组里。学校答复说不分泳姿了，只要会游泳就行了。看来其他的班要按泳姿组队也有困难。我们没办法，只有组队参加比赛了。本来同学们是想让我参加的，可那两天我正感冒没法下水。只好就是他们4个人了。倒也好，是清一色的狗刨式。我们都知道在各种泳姿中，狗刨是最慢的。如果我们拿狗刨去和其他班的其他泳姿比赛，结果是可以预见的。我们只好不去考虑比赛结果了，权当这次参赛是响应学校的号召。比赛前的几天里，每天下课后他们都到游泳池去练习。我们都去陪同，连一些女同学也去为他们鼓劲。

比赛的那一天到了。我们班的同学都去给我们的游泳队加油。临赛前，老师一再强调这次我们参加比赛的目的是重在参与。其实不管是参加比赛的同学，还是我们这些啦啦队的同学，都能想到比赛的结果，没有悬念的比赛也就没有紧张和刺激。我们的队员很轻松地站在出发点，发令枪一响第一棒就入水了，从一开始我们班的队员就游在最后一位，一直到其他队的第四棒都上岸了，我们的第三棒还在水里。当我们的第四棒下水时，水里只剩下我们的队员一个人了。岸上的人都为他一个人加油，他也终于游到了终点，我们完成了比赛。我们知道只要是比赛一定有第一名，也一定会有最后一名。这就是我们班的实际情况。大家都没有为此气馁，游泳池还是我们常去的地方。

梅阡导演

梅阡导演是我国戏剧界非常有名的导演。我要说这位顶顶有名的大导演给我们这些根本就不知道戏剧为何物的北京化工学院的工农兵学员导过戏可能不会有人相信。可这确实是真的。事情的经过是这样的。

这一年为了活跃学校的文化生活，院里要举行文艺汇演。要是在平时文艺汇演不是个事，哪个班都有文艺骨干，演上个把节目是不成问题的。可在当时这可就真成了一个问题，主要是不知道什么能演。也许你今天唱了个歌，明天这个歌就被批判了。你后天跳了个舞，大后天这个舞就被说成是毒草。班里负责这事的同学想来想去说，不如咱们自己编个独幕话剧算了，题目就定为《工农送我上大学》。这个提议在班委会上通过了。接下来就是找人编剧本了。班上的文体委员找到了我说："你给咱们班写个剧本吧。"

我一听马上说："不成，不成。我根本不知道剧本为何物。"

她说："你要是不知道剧本为何物咱们班就没人知道剧本为何物了。"

我说："那咱们就别演什么独幕话剧了。咱们可以演别的嘛。"

她说："你说演什么？"

我说："唱歌，跳舞都行嘛。"

她说："你说唱哪首歌，跳哪个舞？"

我说："我又不会唱歌，不会跳舞，怎么会知道唱哪首歌好，跳哪个舞行。"

她说："正是因为没人知道哪首歌能唱，哪个舞能跳，我们才想咱们自己编个剧来演的。咱们又不到外面去演，就在学校里演。演的又是《工农送我上大学》，不会有问题的。"

我说："这不是问题不问题的事，是咱们没干过这事。"

她问："你看过话剧吗？"

我只好说："看过。"

她说："这不就得了。咱们班大部分人都没看过话剧。在咱们班你就算对话剧最了解的人了。再说，我也知道写个剧本挺费时间的。咱们班也就你还有这个时间。这个事是非你莫属了。"

在她的坚持下我只好答应试一试了。我私下里想，我是个百分百的外行，好在我周围也没有个内行，对付着干吧。"文化大革命"中常常是这样外行掺和内行的事，掺和得怎样那就只有天知道了。不过我对她说："既然要写《工农送我上大学》，咱们就要写得真实一点。我对你们上大学的过程都不了解，这你说怎么办？"

她说："这好办。你想找谁了解你跟我说。我让他如实告诉你就是了。"

我说："别我说呀，你看咱们找谁了解一下？"

她说："行，咱们商量一下看找谁合适。"

我们俩商量了一下确定了几个采访对象，一了解没有什么出彩的事情，我有点泄气了。我对她说："看来这个剧本不太好搞了，没素材呀，我看算了吧。"

她给我打气说："这可不能算了。你想想咱们班的人都知道这事了，咱们不干怎么说呀？我想你可以写得高于生活嘛。"

我一想也是，只好同意再试一试。经过了一段时间的努力，我勉强搞出了个东西。在我看来这还真不能算是个东西。可没想到，我交给她后她欣然接受了。过了两天她又找我说："我们都看了，大家都认为可用，有几点你再改一改。"

接着她说出了具体改进的意见。没办法，只好按她说的又改了两稿。总算过关了。我想这回可没我的事了。可没想到她还是不放过我，她一定要我也参加演出。我对她说："我从来就没有上过台。我不会演戏。"

她说："咱们班有几个人上过台，有几个人参加过演出？多数人都是第一次嘛。"

我说："我没见过编剧演剧的。"

她说："咱们是自编自演嘛，当然编剧就要演了，如果你都不演，那别人怎么演。"

我只好说："我编的剧本我知道，这里没有适合我的角色。"

她说："这还不好办，剧本是你写的，你把自己加进去就行了。"

我经不住她的软磨硬泡就又加了一个角色由我来演，不过我只给了这个角色一句话。我们一块把剧中的角色分配了一下，由她去和被选上的人沟通。大家基本上都同意出演。因为从上到下大家都把文艺汇演当成一项政治任务来看待。在那个时候，很多的活动都和政治挂钩，只要一和政治挂钩，也就很少会有人再提出异议。

有了剧本，也有了演员，还缺排演的时间和导演。本来大家想在下了晚自习后排演一会儿。可总有人作业没完成，总不能让人家不做作业去排戏吧。再说，没有导演也是个问题。没有导演就没有人拍板。往往是一个细节你说东他说西，争了半天也定不下来。就在我们不知如何是好的时候，一个突然的事把这两个问题都解决了。

那时学校都要安排专门的时间让学生参加劳动。中学是如此，大学也是如此。我们这些人最不怵的就是劳动。我们大部分人就是从劳动第一线来的。所以一说要到我们学校的农场去劳动，绝大部分人都感到很轻松。这一下我们就有排戏的时间了。班里决定晚饭后的时间都用来排戏。有了时间就缺导演了。谁也没有想到北京化工学院的农场（当时称五七干校）和文化部的农场（五七干校）紧挨着。也不知道是谁还打听到在文化部的农场里还真有个导演。他就是梅阡。当时我们班的同学中几乎没有人知道梅阡是何许人也。我倒是知道梅阡是个导演，而且是大导演。在"文化大革命"初期，我们学校组织看了一部被批判的电影"桃花扇"就是梅阡导演的。梅阡当然也为此受到了批判。同时也使我们很多从来不关心文艺的人知道了有个导演叫梅阡。不过这事当时在我们这些工农兵学员中几乎没人知道。所以当有人说在隔壁的农场里有个导演的时候，班里的文艺骨干就提出来是否可以请梅阡来给我们做指导，她们来找我商量。她们问我："你知道梅阡吗？"

我说："知道。"

她们说："你说说梅阡是个什么样的人。"

我说："我仅仅是知道梅阡这个名字，其人如何我并不知道。"

她们又问："那你说他在农场干什么？"

我想这还用问吗？他一定是在农场接受改造的。可我没有这么说而是说："还不和我们一样也在劳动呗。"

她们再问："你说咱们请他给咱们做指导他会来吗？"

这个问题我确实费思量了。在她们看来，请梅阡来给我们做指导没有合适不合适的问题，只有人家来不来的问题，可我心里非常明白，只要我们去请，又没有文化部"造反派"的阻挠，梅导一定会来的。只是去请一个正在接受批判的人来给我们指导合适不合适。想到这里我没有立刻回答她们。她们见我没吱声就又问："咱们要是不请他，那谁又能来给咱们当导演呢？"

这时我想，这在"文化大革命"初期受批判的人多了，也不见得人人都有问题。梅阡要是真有什么大问题他可能就不在农场劳动了。想到这里我就说："你们去试试吧。"

她们说："我们来找你就是希望你和我们一块去的。"

我说："我还是不去的好。"

她们问："为什么？"

我说："请人这事还是女同学去好，你们请他，他不好拒绝。"

她们问："真的吗？"

我说："这当然是真的了，不信你们去试试。"

她们又问我："我们去了怎么说？"

我说："见了梅阡导演你们就实话实说。一定要告诉梅阡导演，咱们是根本就不知道戏剧为何物的，恳请他来启蒙咱们一下。"

她们又说："我们去请他，他要是不来你再去。"

我笑着说："没问题。不过你们一去他一定会来的。"

她们都笑了。我不去倒不是因为我有顾虑，而是我认为不会有什么事的，而且梅阡导演一定会来。不出所料，她们找到了梅阡导演，向他说明了来意，诚恳地请他来给我们做指导，并告诉他我们是根本不知道戏剧为何物的一些人。梅阡导演爽快地答应了我们。不过，他说他只能在农场里给我们做指导，在我们回到学校后他就不能去了。这样我们已经很满意了。本来我们想晚饭后去找他，但他坚持来找我们，我们也只好同意了。以后每天晚饭后，我们就在宿舍里等梅阡导演，他总是会准时到的。我们把剧本给了他一份，他还给我们提出了一些改进的意见，我们也都接受了。他在给我们做指导的时候总是很和蔼很耐心，从不着急，而我们初次面对他的时候每个人都感到很紧张，总有人忘词或把词说错。这时他就会笑着说：别紧张，那个词呀其实就在你嘴边，只要你放松了它自然就出来了。对于他说的我们做不到的地方他也不急。总是说：别急，别急，再来一遍。我记得有一次小高把一句台词说成了"我激动得眼镜直流"。

梅导马上说："停，你再说一遍。"

小高一紧张又说成了"我激动得眼镜直流"。

梅导笑着问："同学呀，这个眼镜怎么流呀？"

梅导这么一说我们在场的同学才发现小高把眼泪说成了眼镜。梅导问："你们谁听出来了这位同学把眼泪说成了眼镜了？"

我们都说："没听出来。"

梅导问："你们都在场上，而且离她这么近为什么没听出来？还有这位同学我让你重说了一遍为什么还是错了？"

大家你看看我，我看看你，不知道如何回答是好。这时梅导笑着说："你们太紧张了，你们是工农兵学员，演的就是你们自己。在生活中你们是怎么说话的，怎么动作的，那么在舞台上你们就应该怎么说，怎么动作。你们一定要记住，剧中的人物就是你本人。舞台场景就是你们的生活场景，这样你们就不紧张了，也就不容易把台词说错了。"

梅导还告诉我们在背词的时候不能只背自己的词，还要把在场的其他人的词也记住，这样才能在该自己说话的时候及时说话，也才能够更好地表现出应有的表情。梅导结合着我们的表演一点一滴地指导着我们。几天后，我们在梅导面前不再拘谨了。我们真的把梅导当成我们的老师了。

在梅导的指导下，我们完成了排演。虽然在学校文艺汇演的时候梅导没能来看我们演出，但是我们的演出里都带着梅导的心血。

麦子熟了

那个年代，麦子熟了的时候就是全民总动员的时候。无论是工矿企业，还是机关事业及科研机构，文艺团体等一切社会单位都要组织起来帮助麦收。当然大专院校也不例外，都要停课到附近的人民公社去帮助抢收麦子。

我们北京化工学院的西面和北面就是一大片的麦田。这也就成了我们固定的抢收麦田。那时北京的天气也很怪，一到收麦子的时候就会赶上雷阵雨。收麦子最怕的就是下雨。一下雨，熟了的麦子就容易掉粒，麦子一掉粒就没法收了。而且下雨天麦子无法晾晒。麦子受了潮容易发芽、发霉，这一年的收成也就毁了。所以只要一出太阳就要赶紧地收，赶紧地晾晒，赶紧地打麦，赶紧地入仓。总之就是一个字"紧"。

收麦前一天的晚饭后，专业的老师和学生干部就到麦田去认了一下分给我们专业的麦地。我一看这块地还真不小，便自言自语地说：

"这任务可不轻呀。"

刘崇朴看了我一眼说:"问题不大。"

我说:"老朴,你可别忘了咱们班是女多男少呀。"

刘崇朴说:"这我知道。你别担心。咱们班从农村来的同学不少,他们都割过麦子。"

我说:"那咱们也要好好安排一下。"

刘崇朴问:"怎么安排?"

我说:"你是当过大队长的人,安排个麦收还不是轻车熟路(刘崇朴在入学前是生产大队的大队长)。"

刘崇朴对我说:"说说你的想法。"

他这么一说我只好说:"咱们把男女生搭配好。一个男生的旁边安排一个弱一点的女生。男生割到地头马上调过头来帮助他身边的女生。这样就能保证进度差不多。"

刘崇朴听我这么一说笑了。他说:"你这样安排不成。"

我问:"为什么?"

他说:"割麦子就是个熟练活。不论男女只要割过,割得多了就割得快。就是男生要是没割过,或割得少那也是不行的。"

我听他说的有理就问:"那你说怎么办?"

他说:"要我说,咱们回去了解一下,看谁在家里时常收麦子。然后咱们在把常收麦子的同学和没怎么收过麦子的同学搭配在一起。这样才能保证进度差不多。"

我一听就说:"那就按你说的办。"

回到学校后,我们就按刘崇朴说的把全班的同学分成两人一个小组。

第二天一开镰,立马就看出来谁是割过麦子的,谁是没有割过麦子的人了。割过麦子的同学割起麦子来不仅割得快,而且留下的麦茬又低又齐。割下的麦子也码得齐。没有割过麦子的同学割起麦子来不仅割得慢,而且留下来的麦茬也高低不一,割下来的麦子也放得杂乱无章。一开始我还想虽说我没怎么割过麦子,不能和刘崇朴、刘井泉、赵增福等这些从农村来的男同学比,但也应该不比那些从农村来的女同学差。可一开镰我才知道,我连那些从农村来的女同学也赶不上。一开始我还免强跟得上她们,可半个小时以后,她们就把我落在后面了。不管我怎么努力我也赶不上她们。郭文平就在离我不远的地方。当她割到地头的时候我还差好大一截。她到了地头直了一下腰,擦了一把汗又调过头来接我。当我们俩碰头的时候我不好意思地说:"谢谢你了。"

她说:"这有什么好谢的。"

我说:"你要是不调过头来接我,我割到地头还要好一会儿。"

她说:"那你平时帮助我们解答问题我们也没谢你呀。"

我说:"那是应该的。"

她笑了一下说:"那我来接你也是应该的,不用谢。走,咱们再去接其他的同学吧。"

我们又一块去帮助那些还没有割到地头的同学。割了一会儿麦子我和刘景泉又被抽去装车。我们的任务是把割下来的麦子都收到一块,然后再装到大车上,运到打麦场上去晾晒。负责这事的自然是大队的车把式。我和刘景泉就是听吆喝的。我们才装了大半车,车把式就发话了:"行了,行了,同学别装了。"

我和刘景泉都不明白,分明还能装一些可他为什么就不让装了?刘景泉问:"还能装,怎么不装了?"

车把式说:"装多了马拉不动。"

刘景泉说:"这装的不算多呀。"

车把式说:"够了,够了,就是这些了。"

说什么他也不让再装了。我和刘景泉只好住手了。车把式过去拉马，马就是不肯走。车把式一看马不肯走就自言自语地说："装多了，装多了。"

　　说着他就从车上又拽下来了几捆麦子。刘景泉见了说："没见过一辆车才拉这么点麦子的。"

　　我拉了一下小刘说："别说了。他也许是有他的想法。"

　　车把式又去拉马。马还是不肯走。这时车把式急了，他破口大骂那匹不肯走的马。他骂来骂去马就是不肯走。我不解地问："你骂它管用吗？"

　　车把式回过头来对我说："不骂它怎么办？"

　　我说："赶车，赶车，你就得赶呀。你揍它两下它就走了。"

　　车把式说："那可不行，我可不能揍它。"

　　我问："那有车把式不打马的？"

　　车把式说："我就从来没有打过它。"

　　刘景泉问："它不拉车你还不打它？为什么呀？"

　　车把式说："它可是我们大队的功臣呀。"

　　我和刘景泉异口同声地问道："它有什么功？"

　　车把式说："它给我们队里下过两匹小马驹。"

　　这一下子我和刘景泉都明白了，车把式是实在舍不得打这匹下过小马驹的马。可你不打它，它不走，这车上的麦子怎么办？总不能让人一捆一捆地抱到打麦场上去吧？想到这里我就问："那它不走怎么办？"

　　车把式看着我和刘景泉说："不好意思了，你们俩同学能不能在后面推一下车。"

　　看来也只好如此了。车把式在前面拉着马，我和刘景泉在后面推着车。我仨一使劲大车终于动了。我和刘景泉一直把大车推出麦地上

110

了大路。车把式回过头来说："谢谢你们了。"

我和小刘说："不用谢。"

车把式扶着车辕走了。他的腿脚不好，走起路来一瘸一拐的。可他始终没有坐在大车上，一直就在地下走着。我和小刘都明白他是舍不得坐车，他怕他的马累着。他的背影渐渐远了，可也永远留在了我的心里。他就是我们中国农民的一员。

荞麦花开

这一年为了向解放军学习，我们专业还组织了一次拉练。由于我们没有野炊的设备，也没有野营的装备，再加上没有那么长的时间，所以也只能用半天的时间在学校周围的农村田间徒步走走。现在看来，我们的那次拉练更像是一次郊外的远足。

出了学校的大门向北走就是农村。我们沿着田间的小路排成一路纵队行走着。我和王豪忠老师走在队伍的最后面。说是让我们俩负责收容。其实我们走得并不快，而且我们也不可能走太长的时间，所以不会有人掉队，也没有什么好收容的。虽说是这样，我们俩还是按照要求一直走在队伍的后面。我们一边走一边闲聊着。王老师问我："你在部队的时候拉练过吗？"

我说："当然拉练过。"

他问："是千里野营吗？"

我说："都是那么说的，不过具体哪个部队走了多少里也不好说。"

他又问："那你们部队具体走了多少？"

我说："这个我可说不好。当时我不过是个战士，领导说走咱就走，领导说停咱就停。每天走了多少，总共走了多少，我还真是不知道。"

他再问："你们是什么时节拉练的？"

我说："我们是 1970 年的 12 月到 1971 年的 1 月之间拉练的。新年我们都是在拉练途中过的。"

他说："那你们真的是冬练三九了。"

我说："冬练三九是没错。不过由于我们部队没有野营的装备，所以我们没有野营，为这事我还一直感到挺遗憾的。"

他又问："那你们晚上住哪儿呀？"

我说："只能住老乡家了。所以我们的拉练是不能和人家陆军的野战部队相比的。他们比我们辛苦多了。"

他问："那你看咱们这拉练怎么样？"

我停下了脚步等前面的人走出去几步后才小声地对他说："咱们这哪是拉练呀。"

他说："那你说咱们这算什么？"

我说："散步。"

王老师笑了，他小声地说："你可别和同学们说，要不然该打击大家的积极性了。"

我说："那是当然。不过出来走走也好，也是一种锻炼。"

王老师说："咱们毕竟只是大学，不是部队，不能和部队比。"

我说："那是当然，社会是有分工的嘛。部队就是部队，大学就是大学。全国学习解放军也只能学习解放军的精神。不能事事都和解放军一样。"

王老师说："这话你能说，我可不能说。"

我问："为什么？我说的不对吗？"

王老师说："你是复员战士，又是革命军人出身，你说了没关系。我要这样说就会有人说我学习解放军不是真心了。"

我听了没有再说什么。我知道在运动中有很多事是说不清的。为此我们俩也不再说这个话题了。我们开始随便说一些不着边际的事。我们俩一边走着一边说着，忽然前面的队伍停了下来。我们俩走过去一看，原来全班的同学都在围着一块地看着什么。我们俩也走向前去看，没见地里有什么呀。王老师便问："你们在看什么？"

有个同学说："王老师，我们在看这块地里种的是什么东西。你来看看，你知道吗？"

王老师又向前走了两步。他弯下腰去对着地里种的东西看了又看，然后摇了摇头说："我还真不知道这是什么东西。不过看这东西长得挺整齐的，像是种的东西，不是野生的。对了，咱们班有不少家在农村的同学。你们谁在家里种过这东西？"

王老师的话说完了我们班从农村来的同学你看看我，我看看你，谁也没有说话。王老师又问了一句："你们谁在家里见过这东西？"

这时李井泉说："我们队里种的东西我都认识。我们队里绝对没有种过这东西。"

其他的同学也都摇摇头说在家时没种过，也没见过这东西。王老师回过头来对我说："你来看看，你见过这东西吗？"

我站在原地说："那是荞麦。"

王老师满脸疑惑地看看地里的荞麦又看看我说："你说这是什么？"

我说："那是荞麦。"

这时有人说："这怎么可能是荞麦呢？一点麦子的样子也没有呀。"

我说："荞麦不是麦子。我们通常所说的麦子是指小麦、大麦、黑麦、燕麦等。它们的形状虽有不同但都很相近，都是属于一年生或二年生的草本植物，而荞麦只是一年生的草本植物。"

我说到这里还是有人不信。他们一边围着荞麦看一边说："这麦子都收了怎么它才开花呀？"

我说："所以说荞麦不是麦子呀。俗话说'头伏萝卜，二伏菜，三伏种荞麦'。你们想想种荞麦的时候麦子都入仓了，它岂不是现在才开花嘛。"

还是有人不相信眼前这块地里种的是荞麦。我一看没办法就说："要不咱们问问这里的社员吧。"

王老师说："对，还是问问社员。"

大家四下一看才发现，此时附近竟无一人。没办法我只好说："咱们先记下来，这种植物的茎带粉红色，叶三角形互生，花是白色或粉红色的。咱们回学校一查就查出来了。"

我们离开了这块地走出不远，恰好对面来了一个人。一个同学走上前去问："您是这里的社员吗？"

那人说："是呀。"

同学说："问您个事好吗？"

那人说："问吧。"

同学指着我们刚离开的那块地问："那地里种的是什么？"

那人看了一眼说："哦，那块地呀，种的是荞麦。"

同学一听马上回过头来对大家说："嘿，那真是荞麦。"

这句话一出，有一半的同学都回过头来看我。他们一定很奇怪我怎么会认识连从农村来的同学都不认识的荞麦。王老师对我说："你行呀。"

我忙对王老师说："不就是认识荞麦嘛，这没什么。"

王老师说："可咱们班那么多从农村来的同学他们都不认识呀。"

我说："这不奇怪，他们队里不种荞麦他们就没见过，不认识是正常的。我见过，我就认识这也不足为奇。"

王老师说："那他们的大队为什么都不种荞麦呢？"

我说："我刚才说了俗话说'头伏萝卜，二伏菜，三伏种荞麦'。三伏天才种荞麦秋天就收了，荞麦的生长期短，产量就低。一亩地产百十来斤就算高产了，一般就产几十斤。所以一般生产队是不会种荞麦的。"

王老师又问："那既然荞麦的产量这么低为什么还会有人种？"

我说："据我所知，一般是因为受了灾或其他原因误了季，别的庄稼没法种了又不愿意让地闲着就种荞麦来占地占季。种就有收获，少比没还是强嘛。"

王老师看着我笑着说："你知道的还真不少呀。"

我忙说："可不能这么说。荞麦我不过是见过而已。我没见过的东西多了。比如说五谷中的黍我就没见过。如果路边有块地里种的是黍子，没人告诉我一样也是不认识。"

王老师说："你说的也是。不过你刚才说了荞麦种的不多，那你是在哪里见过的呢？"

我说："这我就说不好了，反正我当兵前就知道荞麦是这样的了。"

王老师问："你不是在师大一附中上的学吗？师大一附中可是在城里呀。"

我说："我也许在初中、小学，甚至在幼儿园就见过荞麦了。我上高中前一直在海淀上学。我们学校的西墙和南墙外就是一望无边的庄稼地。在幼儿园时阿姨就带我们到田野里去玩过。长大了我们就自己跑出去玩。我们在芦苇荡中掏过鸟蛋。在小河沟里捉过鱼虾和青蛙。反正农村孩子干过的那些事我们差不多都干过。也就在这玩耍的过程中认识了地里种的各种各样的庄稼。"

王老师说："我还以为你就是个从校门到校门的学生呢。真没想到你知道不少书本外的东西。"

我说："我知道的真不算多。"

王老师说："在咱们班你就算知道多的了。"

我说："那要看怎么说了。人家才上过初中你已经高中毕业了，要是你再比人家知道的少岂不是说不过去了。"

王老师说："我不是说书本知识。"

我说："书本外的知识那就要靠个人的经历了。经历的多获得知识的机会就多。经历少自然获得知识的机会就少。"

王老师说："我同意你的这个看法。你知道的多和你经历的多有关系。"

我说："是呀。可是经历往往是个人不能选择的。就拿当兵来说，咱们班的绝大部分同学恐怕都想当兵，可他们没有这个机会。而我呢？学校送我去当了兵，部队上的事情我就知道些。反过来我当兵的那些战友们没有机会上大学，他们就不知道大学里的事。这也是没得说的。"

王老师说："是呀，是这样的。人有怎样的经历在有些时候好像是不能选择的。不过我们这样说是不是好像有点宿命论了？"

我听王老师这么一说马上意识到我们把话题扯远了。我笑着说："扯远了，扯远了。我们怎么由荞麦扯到这上面来了。"

王老师也笑了。我们不再就这个话题说下去了。我又想起了荞麦，荞麦花。荞麦花小小的并不艳丽，也不能给人们带来丰硕的果实，但是它总能给灾后的人们带来希望。

看电影喽

在所有的文艺节目中我最喜欢的就是电影。可我就是没有看电影的命。上高中的时候电影还真是不少，可我一般都不去看，怕的是看电影耽误时间影响学习。"文化大革命"开始后我倒是有时间了，可电影界又成了重灾区。绝大部分电影都被认为有这样那样的问题。电影不能放映，编剧、导演、演员都成了被批判的对象。有的时候一些电影也被拿出来放映。这是被当成反面教材搬出来的。《清宫秘史》《桃花扇》等电影我就是在这个时候看的。可看完了之后我也没有进行批判。这主要是我对批判没有什么兴趣。1968年2月，我当兵了。我们连长年驻扎在深山老林里就更没有看电影的条件了。偶尔有放映队到友邻的部队去放电影，我们连也会被邀请去看。可放映的电影都是一些我们看过不知多少遍的军事教育片如《地道战》《地雷战》等。后来有了样板戏的电影，可是我们又没有机会观看。电影成了我们文化生活中的奢侈品。

　　复员后我上了大学，情况略有改观。首先是样板戏的电影有机会看了。京剧《智取威虎山》《沙家浜》《红灯记》等的电影和芭蕾舞《红色娘子军》《白毛女》的电影我都是在学校里看的。我最爱看的还是故事片。那时也出了一些故事片如《春苗》《决裂》《金光大道》《青松岭》等。《决裂》给我留下了比较深的印象。因为《决裂》演的是教育革命的事，而这时我们正在上大学。故事的背景是江西的"共产主义大学"。江西的"共产主义大学"在1966年大串联的时候我去过。对江西"共产主义大学"的做法我认为是可行的，但是我同时也认为此路不应该是教育的唯一之路，甚至不应该成为主流之路。当然我这个想法只是存在心里，没有表露出来。所以看了《决裂》之后我自是有点不以为然。一天几个同学在教室里聊起了《决裂》。他们大部人都认为《决裂》拍得很好，揭露旧的教育体制理论脱离实际的状况，提出了教育革命的方向。他们特别提出了一个情节，就是一位老教授在课堂上讲马尾巴的功能受到了学员们的抵制。对这个情节他们说得津津有味。我一直在听但没有搭茬。忘了是谁在这时问了我一句："你觉得这一段编排的怎么样？"

我想了一下说:"我觉得有点问题。"

在场的人都感到有点吃惊。其中一个人问:"你说有什么问题?"

我说:"在这个情节中好像学员们觉得马尾巴没什么功能,根本就不应该在课堂上讲。"

有人说:"是呀,马尾巴有什么功能还值得在大学的课堂上讲一通。"

我说:"大家都知道生物在进化的过程中完全没有用的器官就会逐步退化直到最后的消失。比如,大家都知道人和猴有一个共同的祖先。但是猴有尾巴,而人没有尾巴。为什么?因为尾巴对猴有用,对人没用。所以在猴的进化过程中尾巴被保留了。而人呢?就没有了尾巴,仅剩留下了一点尾巴的痕迹尾骨。马在世界上已经存在了几百万年,甚至更长的时间。马一直保留着尾巴,所以马尾巴一定有它的功能。"

我说到这里他们也都认为我说的有一些道理。不过还是有人问:"那你说马尾巴的功能是什么?"

我笑了一下说:"我又不是农业学院家畜专业的,我怎么能知道马尾巴的功能。"

他们都笑了。有个人开玩笑地说:"你猜猜马尾巴有什么功能。"

我说:"咱们在座的有几位是从农村来的,你们在家里都见过马吧?"

几个从农村来的同学说:"那还用说,马谁没有见过?就是城里的同学也没有没见过马的。"

我说:"我说你们见马的机会多。"

他们说:"那倒是,哪个生产队没有马,看到马是经常的事。"

我说:"那你们就应该知道马尾巴的作用呀。"

他们几个人互相看了一下说:"马我们是经常见,但是马尾巴的功能我们还真没想过，说不出来。"

我说："其实我也不知道，但是我们仔细想一想还是能想出一点来的。"

他们说："你就别卖关子了。你说说。"

我说："那我就猜一下，说的不对你们更正。"

他们说："你说吧，你说错了我们也不批判你。"

我说："你们在农村特别是在夏天见过马尾巴总在不停地摆动吧？"

他们说："见过。"

我说："你们知道马尾巴为什么总在不停地摆动吗？"

他们说："不知道。"

我说："据我观察那是马在用尾巴轰马蝇。特别是在夏天，马排过便后又没法擦屁股。咱们人也不给马擦屁股。"

我一说到这里他们都笑了。我接着说："因此马屁股就特别地臭。这样一来就招来了很多的马蝇。马蝇在马屁股上爬来爬去弄得马很难受。所以马就用马尾巴甩来甩去轰马蝇。你们看马尾巴是不是很像拂尘。它不仅可以轰马蝇还可以把马臀部和后腿上黏的一些杂草和尘土掸掉以保持卫生。你们说是不是这样？"

他们听了都认为我说的有道理。我又说："当然马尾巴的功能不只这一点。我知道这一点而已。"

这时又有人问："你是怎么知道的？"

我说："你们别以为我一直就在城里的学校里读书，对农村的事不知道。其实我们上中学的时候经常到农村去。有一次我们下乡去劳动，我们班有的同学就住在马棚的旁边。干完活后我们就在马棚外看马。"

他们说："那你也不如我们和马接触得多，可我们就没有想到马尾巴还有这个作用。"

我说："所以说不仅要多看，还要多想。多看靠眼，多想靠脑。"

他们说："你总是能从看到的事物里想到一些什么，而我们就不能。你说这是为什么？"

我说："说实在的，在这方面我的能力并不强。在我过去的同学中比我强的人多了。我感到要提高这方面的能力关键还在于肯动脑筋。我们看到一个事物不要想当然地认为它就是这样，而要问自己一下它为什么是这样。不要怕想错了。想的多了我们就会养成思考的习惯，就会找到如何思考的方法。我们也就会比较容易地发现事物的本来面目，就不会人云我亦云了。"

他们听了我的这番话纷纷点头表示赞同。真没有想到一次关于电影的议论竟变成了有关如何认识事物的讨论。马尾巴也由无用而变成了有用。

我们除了看一些国产的故事片之外，还看了一些外国进口的故事片。当然"文化大革命"以前进口的外国故事片一律停映了。西方国家的电影也停止了进口。我们所能看到的外国故事片主要是阿尔巴尼亚、越南、朝鲜的电影。如阿尔巴尼亚的《宁死不屈》《第八个是铜像》，越南的《琛姑娘的森林》，朝鲜的《鲜花盛开的村庄》《卖花姑娘》等。当《卖花姑娘》在北京上演的时候刮起了一阵《卖花姑娘》风。当时几乎所有的电影院都是只放映《卖花姑娘》。就是这样《卖花姑娘》的电影票还是一票难求。大一点的单位为了满足本单位群众观看的需求，就想办法搞拷贝自己放映。我们也多次向学校里提建议，希望学校里能为大家放映一场《卖花姑娘》。最后学校的答复是实在搞不到拷贝。后来，不知道是哪位老师还是哪位同学为我们搞到了学校附近一个单位的一些电影票。不过我们得到的不是坐票而是站票。也就是说，我们只能在礼堂座位的后面站着看电影，即使这样我们已经很满足了。看电影前,其他专业看过《卖花姑娘》的同学对我们说:"你们在看电影前最好准备好手绢。"

我们专业的同学问:"为什么?"

他们说:"《卖花姑娘》这部电影太感人了,催人泪下。看过的人几乎没有不落泪的。"

我们专业的几个男同学并不以为然。特别有个男同学还说:"不就是看电影嘛,我没手绢,我也不会为看部电影买手绢。"

我是个容易动感情的人。我还是悄悄地准备了两块手绢。看电影的时候我落泪了。整个礼堂里抽泣之声响成一片。走出礼堂的时候我见每个女同学的眼圈都是红的,手里都拿着可以挤出泪水的手绢。男同学的手里倒是没有几个拿手绢的。但是也是个个眼里含着泪花。我知道他们是把泪水打湿了的手绢都揣在兜里了。因为我的兜里就有两块可以拧出水的手绢。我看了一眼说不会带手绢的那位同学。看来他是真的没带手绢,因为他的袖口是湿的。这部电影确实打动了我们每一个人的心,给我们留下了深刻的印象。

有一天,我们得到学校的通知,说是第二天全校要停课组织大家去看电影。这可是从来没有过的事,同学们都感到有点莫名其妙。学校还通知说各班的生活委员到学校里去领票的同时,也要把第二天中午的饭给领了。我们这才确定明天要看一整天的电影。在那个文艺生活匮乏的年月,这无疑是一顿饕餮大餐。大家只顾着兴奋了,也没问第二天看的是什么电影。我压制不住好奇心,就悄悄地问老师:"咱们明天去看什么电影呀?"

老师说:"电影的名字我也不知道。"

我又问:"是故事片,还是科教片,纪录片什么的?"

老师说:"听说是故事片。"

我最爱看故事片。一听说是故事片还看一整天,马上又问:"那不会是一部电影吧？"

老师说："听说是四部。"

我说："也不知道是进口片，还是国产片？"

老师说："是进口片。"

我问："都是进口片吗？"

老师说："听说都是进口片，还都是日本的。"

我感到很奇怪。那时电影院里根本就不放日本电影。在我的印象里我没有看过日本的电影。即使在"文化大革命"前我也没看过。我问："怎么会是日本电影呢？"

老师说："不仅是日本电影，听说还是你喜欢看的题材。"

我更吃惊了，忙问："是什么题材？"

老师说："是有关战争的题材。"

老师这么一说我似乎有点明白了。在"文化大革命"之中，一切形式的娱乐片已经销声匿迹了。西方资本主义国家的电影也都不见了踪迹。在这个时候学校里竟停课一天让所有的同学和老师看日本拍摄的有关战争的片子，那一定是把它作为教育片来观看的。而且百分之八十是作为反面教材来看的。想到这里我笑了一下。老师问："你笑什么？"

我说："是怕我们忘了战争吧？"

老师也笑了一下说："看来你的警惕性还是蛮高的嘛，电影你不用看了。"

我一听忙说："我还是看看吧，多受受教育没坏处。"

老师又笑了。

第二天放电影前我们才知道一共放映四部日本拍摄的有关战争题材的电影。它们是《黄海大海战》《军阀》《啊，海军》《山本五十六》。《黄海大海战》讲的是日本的联合舰队如何消灭了俄国远东舰队的事。这次战斗是发生在日俄战争时期。日俄战争是两个帝国主义国家日本和俄国为了争夺在华利益而爆发的战争。战争的地点是在我们中国的领土和近海上。奇怪的是,在我们中国的领土和近海打仗而我们中国当时的清朝政府却保持中立。无论哪一国获胜,哪一国失败真正的受害国只有一个就是我们中国。《军阀》讲的是日本军阀的崛起。军阀在崛起的过程中分成了不同的派别。不同的派别之间发生了残酷的,甚至是流血的斗争。但是不管哪一派军阀他的目的都是攫取国家的权力,把战争推向他国,推向世界。《啊,海军》讲的是日本海军的一所著名的军校。这所军校在一个名叫江田岛的小岛上。它最早成立于我清光绪年间。比我国最早的近代海军军校福建马尾船政学堂仅晚几年,基本上可以说是同时代吧。这个军校还派生出了在日本国内蜚声一时的"江田岛精神"。所谓的"江田岛精神"其实就是日本的"武士道精神"。它是通过如何把一个纯真善良的日本中学生培养成一名踏上日本对外侵略战车的炮灰来宣扬"江田岛精神"的。通过这部影片我们可以看到"武士道精神"给日本周边国家带来的灾难。同时也使日本民族陷入了悲哀,使日本孤立于世界民族之林。《山本五十六》讲的是日本在挑起太平洋战争时的日本海军联合舰队的司令官日本海军大将山本五十六的军旅生涯。整个影片充满了对山本五十六的美化。其实就是这个山本五十六策划了偷袭珍珠港的事件,把日本拖入了太平洋战争,从而也加快了日本失败的过程。他自己也毙命于这场由他挑起的战争。

电影看完后我们曾用政治学习的时间进行了讨论。我是班里仅有的两个有过当兵经历的人之一,因此我也就成了讨论的主要发言者。在讨论中有人问我:"你当兵的时候赶上打仗了吗?"

我说:"赶上了。"

同学们一听我赶上了打仗都来了精神接着问我:"你赶上哪场战

争了?"

我说:"我赶上珍宝岛自卫反击战了。"

他们又问:"你上前线了吗?"

我说:"我没上成。不过我写了要求上前线的请战书。"

这时有个女同学问我:"你没能上前线懊悔吗?"

我说:"懊悔呀,我可懊悔了,我可能要懊悔一辈子。"

她又问我:"你们当兵的是不是都希望打仗?"

我肯定地说:"不,那可不是。虽然我不否认有的当兵的希望打仗,可绝大部分军人是不希望打仗的。"

她又问:"那为什么?军人是可以通过打仗来建功立业的呀?"

我说:"打仗是可以建功立业,但也不一定就能建功立业。可只要是打仗就一定要死人。你们没有听过这样一句话吗?'一将功成万骨枯'。战争是可以使人成名,可这个'名'浸透着多少人的血,是需要用多少人的命来换取的呀。就拿被日本奉为军神的乃木希典来说,他率领日军攻打俄军把守的旅顺。攻打了十个月,死了几万名日军官兵,就连他的两个儿子都死在了前线。可见战争的残酷。"

有个女同学问:"那能不能不打仗?"

我说:"不能。"

她问:"为什么?"

我说:"因为有人想打仗。"

她又问:"是什么人想打仗?"

我说:"战争狂人。如我们在电影中看到的东条英机,山本五十六等就是战争狂人。他们是一定要打仗的。"

这时又有一个女同学问我:"那就没有办法制止战争了?"

我说:"制止战争最好的办法就是打败战争的挑起者。只有把战争狂人一个不剩地都送进坟墓,世界才能得到和平。"

又有一个同学说："这些战争狂人真是可恶，要是他们都死光了就好了。"

我说："老的战争狂人死了，新的战争狂人又出来了。第二次世界大战结束了没几年就爆发了朝鲜战争。朝鲜战争结束了又爆发了越南战争。越南一直到现在还在打。我看过的电影《琛姑娘的森林》描写的就是现在的事。世界上每年都在发生着大大小小的战争，简直是没有一刻消停。"

同学们都认可了我的发言。我们也都明白了上级为什么要让我们观看这四部日本拍摄的有关战争题材的电影。这就是让我们时刻记住，世界上总有那么一些人念念不忘战争。他们总想用战争达到他们用正常手段达不到的目的。我们要时刻保持警惕。

8 我入党了 如愿

我入党了 如愿

入党是我梦寐以求的事。在高中时我就写了入党申请书，不过因为在各方面都不突出，所以自知是没有希望的。"文化大革命"开始后，基层党组织都瘫痪了，根本就无法再发展党员。参军后我又写了第二份入党申请书。我充满了信心，相信自己在部队一定能够入党。可没有想到在部队我唯一的一次入党机会竟是在连队决定让我复员以后。就在我们复员战士离开部队的前一天的晚上，团长突然来到了连队，说是来看望复员战士的，并指名要和我谈一谈。团长对我说："虽然我们没有见过几次面，你的情况我还是了解的。你还是为部队做了一些工作的，部队也应该帮你解决一些问题。我知道你想留队，这很好，我也答应过你。可现在连队让你复员也是为你好嘛，部队要对你负责，对你父母负责。刚才我已经和你们连队说好了，你可以晚走几天，我们把你的组织问题给解决了。你看怎么样？这样你回到地方也好交代嘛，回到家里也好向父母有个交代，我们对你的父母也好有个交代。"

是呀，我是希望有些问题能够解决，特别是渴望入党，但是不能用这种方式，团长的话确实是让我吃了一惊。我真的没有想到他会提出这么一个问题。这算怎么一回事呢？别人复员都走了，我单独一个人晚走几天，不是为了工作，而是为了解决个人的组织问题，入了党再走，那我算是什么党员？不行，我不能做这样的党员。我向团长明确表示:"不,团长,我明天和大家一块走。"

团长有些不解地看着我说:"那今天晚上解决组织问题来不及了。批准战士入党要团党委开会。你明天早晨走今晚团党委怎么开会?怎么批?来不及了嘛。你晚走几天,等复员老兵都走了,团里就要开会总结老兵复员的工作和研究新兵教育的工作。这样顺便把你的问题也就解决了。这样对你自己好,我们也算对你父母尽到了责任。"

我对团长说:"我没有要求组织上为我解决入党的问题呀。我也没有权利向组织提这样的要求。"

团长说:"是,是,你是没有提,可我们是为你好嘛。"

我平静地对团长说:"团长,我是义务兵,到部队来是尽我一个公民的义务的。我想留在部队里,想在部队里干一辈子,是因为我对部队有感情。这在不久前我是对你说过的。可我没有想通过部队解决什么个人问题。我想入党,三年前我一入伍就写了入党申请书。三年都过去了,从来就没有人说我够党员标准了。明天我就要走了,这个时候说我可以入党,您说我能入吗?我当了三年兵别说提干就是班长也没有当过一天,甚至连'五好战士'都不是。但我不会埋怨部队,我也不会记恨你们。团长你放心,我会入党的,我会成为一名合格的党员。"

说实话我真不明白。当兵的是我,他们是我的领导,他们应该在我服兵役的时候对我负责,对每个当兵的人负责,对每一名战士都有个交代。谁让他们向我父母交代了?简直是莫名其妙。他们怎么不对那么多和我一同复员的战士的父母负责?不对他们有个交代?不过这些想法我没说出来,他毕竟是我的团长,至少曾经是我的团长。

团长见我不答应他的建议,不肯晚走几天,也没有办法。又见我情绪还算稳定就对我说:"好,你有这些想法很好。今晚我就住在你们连,不管什么时候你随时可以来找我。我明天送你们上火车。"

我入党了 如愿

团长说完站了起来。我也站了起来，目送团长离开宿舍。这一晚上我几乎没有睡觉。我知道这是我在部队的最后一个晚上。我的军旅生涯结束了。这次我不按团长的建议做恐怕要很长一段时间入不了党了。可我不后悔。第二天早晨我和全团所有的复员战士一块上了火车。就这样我失去了在部队入党的唯一一次机会，也是最后的机会。我把这件事深深地埋在心里。我知道一切都要从头再来。

上了大学办完入学手续，安顿好住宿之后，我所做的很重要的一件事就是写了我的第三份入党申请书。我给自己订了个计划，一定要在大学学习期间入党。可是到了1973年年初，我的目标还没有实现，我的心里挺着急的，但我也明白这并不完全取决于我，还要看我们专业的其他同学。因为那个时代要入党还要征求党外群众的意见，当然关键还在于我们专业的党支部。我们专业的党支部已经发展了好几名党员，就连我们团支部的委员和团小组长都有入党的了，可我一直还在党外。有时我按照党章的要求对照自己感到也差不多了。再看看那些党员和新入党的同学，也觉得自己并不差。虽说当时入党还要看家庭出身、社会关系，可这对于我来说也不是问题。再说学习上自己也是专业里数一数二的，因此有时便搞不明白了。我和专业里的学生党员的关系还不错，便时不时向他们征求意见，希望他们能够指出自己的不足，好使自己在今后的学习、生活中改正，以达到党组织的要求。可每到这时他们总是含糊其词，要求我要严格要求自己，多做自我检查，真是没有办法。我不是说我这个人没有缺点，只是觉得一个人不可能没有缺点，也不可能不犯错误，只要他身上的缺点和他犯的错误于革命无大妨碍就应该得到谅解。谁能说自己没有缺点，不犯错误？就是已经入党的人他们就没有缺点了？就不犯错误了？在他们入党的时候他们就没有缺点吗？我百思不得其解。我们专业党支部从入学以来发展的党员就一定比我更符合党员标准吗？我有点心里不平衡。好在这时我已经是26岁的成年人了，我没有把自己的想法说出来。我想如果我说出来了一定会有人认为我对党支部的工作不满。这可是不得了的事。

就在这时我们专业党支部的学生支委刘崇朴和我聊了一次天，对我很有启发。他说每个人都有缺点，也可能犯这样那样的错误，关键的是他的缺点和所犯的错误一不影响大局；二大家能谅解；三要好改，使人认为你能改正。再明确地说，像你这样家庭出身好，本人经历好，学习也好，又有一定工作能力的人，在一般人的眼里最容易出现的缺点是什么？你自己好好想一想。当然我这样说好像是告诉你不是在真实地发现自己的缺点，而是在找自己有怎样的缺点才合理。可客观的情况就是这样。他和我的谈话给我留下了深刻的印象，使我明白了这样一个道理。一个人不可能没有缺点，但是他不应有别人不能包容的缺点；一个人不可能不犯错误，但是他不能犯别人不能原谅的错误。一个人要想让一个群体接受他，他就应该生活在这个群体之中，而不应生活在这个群体之外。

和他聊过之后我认真地反省了一下这两年自己走过的路，虽然我没有发现自己有什么严重的失误，但是我还是发现自己确实有脱离了这个群体的现象。比如，在进行文化课补习的时候。虽说学校里有明文规定已经学过的同学可以不听课，只要通过考试就行了。我为了多看一些书，多学一些课外的知识，就自然而然地不去听一些课了。而刘崇朴人家也是高中毕业生，那些课程也都学过了，可他就很少不去听课。开始时我还不能理解他，为什么已经掌握了的课还要坐在那里听。这样做是不是一种浪费？现在我明白了，在那样的时代这是一种明智的做法。你这样做了虽然损失了一些时间，也可能使自己少了一些获得其他方面知识的机会，但你把自己置身于群众之中，你便得到了群众的认可。我错了吗？我没错，但我离开了群体，我得到了更多知识的同时也失去了一开始和同学们的亲密感。这样的事多了,同学们就很难赞同你了。虽然你没做错什么,虽然大家也说不出什么,但总感到你和大家有一点距离。

问题的症结找到了。我主动找他又谈了一次。我承认自己有脱离群众的地方,这反映出自己头脑中自觉不自觉地产生了骄傲自满情绪。希望党组织和同学们经常提醒自己,帮助自己克服缺点,不断进步,达到党员标准,争取早日入党。他肯定了我对自己的认识,鼓励我要坚持不断地努力,要相信组织,相信群众。从此后我开始注意在学习中、在生活中尽量和同学们保持一致。这时我家已经回到北京了。星期日我可以回家,平时我就更加注意尽量多地和同学们在一起。上晚自习时我不是做完了作业就回宿舍,而是继续待在教室里看看其他的同学有没有需要自己给予帮助的。课外也尽量多和同学们一块活动。有一些体育活动自己不擅长,不喜欢,过去就不参与了。现在自己也试着参与一下,不行就做观众。过了一段时间,同学们都感到我有了不小的进步。党支部也开始考虑我的入党申请。

1973年10月,我终于如愿加入了中国共产党。我是在毕业实习开始前入党的,也是我们专业发展的最后一名党员。入学之初,我们专业有6名党员,在后来三年半的学习过程中又发展了6名党员,临毕业时全专业还是学生30人,可其中已有党员12人。这在当时是北京化工学院党员比例最高的专业,也是自身发展党员最多的专业。自己已经是一名共产党员了,自然要在今后的学习和工作中发挥党员的作用,争取为党、为国、为人民做更多的工作。

9 实习路上 团结

实习路上　团结

我们专业毕业设计分成两个部分。有八人参加彩色胶片的研制试验。这是属于技术开发工作，带有一定的科研性质，技术要求相对高一些，也比较有乐趣。大部分人也就是二十二人要参加离子交换树脂生产车间的设计工作。说实在的，这是我们专业的正业。可这项工作比较辛苦，有大量的计算和制图工作，也比较乏味。原来我想参加彩色胶片的开发工作。当我知道教研组的老师希望刘崇朴参加这项工作时我就主动放弃了争取。我知道我们俩是不可能分在一个组里的。因为我们专业毕竟只有我们两个人受过完整的高中教育，能够较好地完成大学期间的学习。虽说后来也有一些同学学得不差，可功底还是薄了一点。老师希望他参加彩色胶片组，那一定是希望我能参加离子交换树脂组。他也为此找过我，征求过我的意见。他说他参加哪个组无所谓，其实我也无所谓。就这样我们都听从老师的安排。

当大组分定了之后，我们才知道工厂实习时我们还要分成两个小组。一组十六人到江苏无锡去实习，实习结束后到上海参观。另一组六人到四川宜宾化工厂实习。这个消息一传出来立刻在同学之中引起了不小的风波。大多数人都愿意去无锡，没有人愿意去宜宾。说实在的，在这之前我们专业的有些同学都没有听说过宜宾这座城市。当然也有一些同学不知道无锡，但所有的人都知道上海，都希望能到上海去一趟，看一看这座中国最大的城市。我是去过上海的，而且去过不止一次。我对上海没兴趣,可我想去无锡。我知道无锡在太湖边上,很想去看看太湖的风光,而且天下名泉二泉在无锡。我看过了济南的趵突泉,杭州的虎跑泉,所以也很想看看二泉。所有的人都想去无锡,没有人想去宜宾。怎么办?老师为了难。老师不想硬分,那样就会搞得一些同学心里不痛快。老师找到我,想听一听我的想法。我见老师挺为难的就当即表示我去宜宾,并表示我可以试着动员几个人去宜宾。老师听了很高兴。他嘱咐我:"可不要勉强人家,弄得人家高高兴兴地去了,别别扭扭地回来,影响后面的毕业设计。"

我对老师说:"您放心,我也没有权力去勉强人家呀,我会注意方法的。"

老师还提醒我:"要注意男女同学的搭配,兼顾学习实力的平衡。"

我问:"那去两个男生行吗?就我一个男生不大方便。"

老师想了一下说:"行,就两个男生。你要抓紧时间工作,尽快给我个结果。"

我又向老师打听了一下两个化工厂的情况,就开始了我的游说活动。

六个人除了我之外还需要五个人。这五个人中一定要有一个男生,不然就我一个男生太不方便,这一点老师已经认同了。再要两个男生也不可能,因为我们专业的男生太少了,一共才八人,分成三个组平均每组还不到三个人,何况我们这一组还是人数最少的一组。人数定了我就开始物色具体的人选。我相中了刘景泉,一个从通县农村来的小伙子。一是小刘学习还可以,接受能力强;二是他人高马大身体好,这一点也很重要,因为我自己就不是一个体力很强的人,离开学校几千里还是要考虑一下身体的;三是他年龄比较小,经历简单,好管理,虽说我不是管理者,可同在一个组还是简单点好;四是和我也合得来，这是我的私心。不足的是他没有出过远门，连火车都没有坐过。据他自己说，"文化大革命"之前他连北京城里都没有来过。"文化大革命"之初，他和村里的几个小伙伴决定一块进城逛逛北京百货大楼。结果是进了建国门看见一座楼房上挂着百货商店的牌子，一看这个商店比通县所有的商店都大就以为是百货大楼。进去逛了一圈感到确实比通县的商店好多了，什么也没有买就心满意足地回家了。后来才知道那根本不是人们通常说的百货大楼，真正的百货大楼在王府井。就是这样我还是希望能够动员他和我一块去宜宾。

我找到他开门见山地问："小刘，这回实习你想去哪儿？"

他十分干脆地说："当然是希望去无锡。"

我问他："为什么？"

他说："去了无锡就可以到上海去看看。"

我又问他："为什么非要去上海？"

他说："上海是咱们国家最大的城市，当然值得去看看了。"

我说："那别的地方你就不想去看看了？"

他说："当然想。有机会去的地方越多越好。谁不想多见识见识，你说是不是？"

我说："不错，去的地方越多见识越广，学到的东西也越多。古人不是说'行万里路，读万卷书'嘛。不过我和你有一点想法不一样。如果让我选，我这次就不去无锡。"

他有点不相信地问："为什么？是不是你去过上海？"

我还没有回答他。他就接着说："我知道了。"

我问他："你知道什么了？"

他说："你去的地方多。你一定是去过上海和无锡了。"

我笑着说："你说对了一半。我是去过上海，可我没有去过无锡。我听说无锡很美，不仅有美丽的太湖，还有闻名全国的二泉。我很想去无锡，可这次我不打算去。"

小刘不解地问："为什么？"

我向他解释说："上海是全国最大的城市，工业发达，交通便利，商业也发达。今后工作了去上海的机会有的是。无锡也在京沪线上，来往也很方便。可相反，去四川宜宾就不容易了。古人说过：蜀道难，难于上青天。虽说现在比古代好多了，通了火车，但今后去宜宾的机会也是很少的，也许我们一辈子都不会再有机会了。再说据我了解，宜宾化工厂是从天津搬去的，可以说是经过再设计的。我们到那里去实习对今后的毕业设计肯定大有补益。而无锡是个老厂，设备也比较老，有参考价值，但不如宜宾化工厂的参考价值大。你说呢？"

小刘问："那干吗不都去四川宜宾？"

我说："不是蜀道难嘛，在路上我们就要走三天。还要在成都住一夜。再说我打听了宜宾厂也容不下咱们班那么多人。"

小刘又问："那去宜宾的有几个人？"

我说："听说去的人很少人，机会难得呀。"

小刘问："那这次你去哪儿？"

我不打嗑地说："我希望去宜宾。"

小刘想了一下说："好，那我和你一块去宜宾。"

我一看小刘同意了马上说："好呀，你赶快找老师去说一下。"

小刘又想了一下说："那你要是不去了怎么办？"

我肯定地说："不会的，你还不了解我？我不是那种说话不算数的人。"

他还是有点不放心地说："我不是说你说话不算数，而是说老师不让你去宜宾，一定要让你去无锡，怎么办？"

到这时我想还是和他交了底好，也省得他不安心。我笑了一下说："小刘，就是我不去，你去也是你长见识呀。这一点和我去不去没有直接的关系。不过我可以告诉你，我已经把我想去宜宾的事和老师说了，老师也基本同意了。我来找你是希望和你做伴，咱们俩一块去。当然我不勉强你，你要是实在不愿意去就算了，我再找别人。"

小刘听我这么一说马上说；"真的？那好，你也不用找别人了，咱们一块去宜宾，我这就去和老师说。"

小刘刚要走我又叫住他说："别忙，我提醒你一句。我和你说的话你别对其他的人说。"

小刘问："为什么？"

我笑着对他说："这你还想不到，要是大家都知道了去宜宾的好处，都要求去不就麻烦了。"

小刘一想也是就说："行，我知道了。我不告诉别人。不过不是就咱俩吧？"

我说："那当然了，还有女同学呢。"

小刘问："女同学都谁去？"

我说："还没有定，不过男同学就咱俩，你可得多发挥点作用。"

小刘说："没问题，我听你的。"

我马上说："你可别这么说，我又不是领队，咱们都听老师的。"

小刘笑了，他说："听谁的都行，反正我没有出过远门就得听你们的。"

说完他就找老师去了。

我找的第二个人是我当团支部书记时的团支委苏维兰。我们有着良好的合作关系，互相也很信任。她自是一说就通了，她只有一个想法就是希望我也去宜宾。我明确地告诉她我肯定去宜宾。她也放心了。

很快这六个人就凑齐了。其余的三人是学生副排长王秀华；党员李秀珍，她还是我的入党介绍人；团员高秀英。这六人中三人是党员，学习上没有特别困难的，在我们专业里这是相当不错的搭配。老师很快就公布了分组名单。我敢说，如果老师再不公布名单还会有人愿意参加到我们这个组来，事后也确实还有人表示想到我们这个组来，可因为去各厂的人数已经和对方联系好了，不能再改了，只好如此了。

三个组分头进行准备。专业上的准备倒没什么，可由于大部分的同学都没有出过远门，所以准备起来就显得格外的忙乱。特别是去无锡的组，因为人数较多，厂里无法提供那么多的被褥，只好自己带上全套的行李，又正值隆冬时节，行李自是格外的笨重。尤其是女同学什么都要带，大包小包的每人都有几个包。我们组就好多了。厂里为我们安排好了住宿，我们只要带上换洗衣物和洗漱用具就行了。我们每人只有两个包，一个书包和一个手提包的行李。还没有出发他们就开始羡慕我们了。

临出发前几天，专业的负责人代老师把我们组六个人和带我们组实习的龙老师召集到一起。他告诉我们同学一件意想不到的事。原来龙老师是四川人，他已经多年没回家了。系里同意龙老师利用这次带队实习的机会回老家看望一下。为了不影响我们的实习，龙老师要先走几天，晚回来几天。这样我们六个人就要自己经过三天的旅行才能到达我们的目的地——宜宾化工厂。途中还要转一次火车，转一次船，在成都和宜宾各住一个晚上。老师问我们有没有问题。除了我之外他们几乎都没有出过远门。这次一走就是好几千里，再没有老师带领，心里便没了谱。这时你看看我，我看看你，都不知道怎么回答代老师。我一看这架势龙老师挺为难的。如果我们不能自己去那他就要把我们带去，再带回来。这样他就不能回家了。想到这里我就说："代老师，你们放心吧。我没问题。"

代老师说："不是你有没有问题的事，是要你们六个人都没问题。"

我坚定地说:"我们一定能够顺利、按时达到目的地,您们不用担心。"

龙老师还是有点不放心地问:"你有把握?"

我说:"没问题。其实四川我在六六年就去过了。那时我还带了二十多人呢。现在比那时安定多了。"

他们几个同学一听我去过四川也就放心了。龙老师更是高兴。代老师说:"既然是这样,你就负责把大家顺利地带到宜宾化工厂。路上可不许出事。"

我向老师做了保证,一定要把同学顺利地带到实习的工厂。代老师指着我对其他同学说:"你们在路上和在学校里不一样,又没有老师在身边,因此一定要注意团结,要听他的。他当过兵,又去过四川,他在这方面比你们几个人有经验。"

听老师这么一说我倒有些不好意思了。我本来想说:"还要依靠大家共同努力。"可转念一想他们都没底,我再说要依靠他们岂不是使他们更没底了?就什么也没说。他们听了老师的话都表示没问题。我也对他们有信心,要不然我也不敢揽这个头。接着龙老师就把我们的行程说了一下。从北京出发的火车票由学校统一购买,我们不用操心。从北京出发坐两天的火车到成都,到成都时是傍晚。要马上买好第二天去宜宾的火车票,在成都休息一夜。第二天早晨再坐火车到宜宾,又是傍晚到,再住一夜。第二天再坐船就直接到宜宾化工厂了。旅差费系里已经发下来了,由我们自己带着。他们都建议由我来统一保管。我想也没得推托就答应了。龙老师安排完了就要走了。他还要回家做准备。小刘突然说:"龙老师,你可要早点来呀。"

龙老师说:"我一定早点去。"

我忙说:"龙老师,您别着急。我们在宜宾化工厂等您。"

龙老师说:"咱们在宜宾化工厂见。"

我们送走了龙老师。龙老师一走他们五个人就把我围住七嘴八舌地说了起来。

"你真的去过四川?你去过宜宾吗?"

"到了成都咱们住哪儿呀?到了宜宾咱们又住哪儿?"

"龙老师说到宜宾化工厂还要坐船,坐船晕吗?"

"到了成都买不到去宜宾的火车票怎么办?"

"……"

我笑着说:"别急,别急,你们先听我说。我说的对咱们自己去。你们觉得我说的不行,没关系咱们再把龙老师叫回来,让他带咱们去。反正现在他还没走。"

他们安静了下来。我说:"首先我告诉你们,我是真的去过四川。我到过四川的成都、重庆。不过我还真的没有去过宜宾。在路上究竟会发生什么事我也说不好。不过我想只要我们做好准备,我们六个人团结一致就没有解决不了的问题。我想是这样,我先拿出一个方案,你们看行不行,然后咱们再说别的。"

小刘急着说:"那你就快说吧。"

我说:"咱们要想顺顺利利地走一趟,光靠我一个人不行,要靠咱们六个人,每个人都要发挥作用。咱们来个分工负责,你们看行不行?"

小高心直口快地说:"我可没出过这么远的门,我负不了什么责。"

小刘说:"你先别说,你先别说,让人家把话说完了。"

我还没有来得及说话,王秀华又插话问:"咱们怎么分工?"

我说:"我是这样想的。到了宜宾化工厂和龙老师会合后自是由龙老师负责。在路上由我们自己负责。那么在路上吃、住、行都由我

实习路上　团结

来负责，你们一定要配合我。王秀华，你是副排长，对内还是你负责，你要负责咱们六个人的团结一致，要保证咱们是一个有效的集体。李秀珍，你是老党员了，咱们六个人都是党团员，你来负责政治思想工作。你们之中还要有一个人配合我联系吃、住、行的有关事宜。"

小刘一听马上说："我配合你，我配合你。"

我笑了一下说："你不行。"

小刘听我说他不行不觉一愣，脸上不禁泛出了红晕忙问："我为什么不行？"

我解释说："因为有一件更重要的事要由你来负责。"

他一听还有更重要的事由他来做就忙问："什么事呀？"

我很严肃地说："你要负责咱们组的安全。你想想咱们组只有两个男生，咱们俩不能同时离开这个组。你要负责女同学和所有行李的安全。这是一项很重要的工作，关系到我们能不能顺利地完成这次实习。"

小刘听了也感到事关重大就问："我怎么负责呀？"

为了缓和多少有点紧张的气氛我故意说："数数会吧？"

大家一听都笑了。他不解地说："数数谁不会。"

我说："会就行。记住在火车上、在路上可能人很多。你要注意不要把人走丢了，不要把行李丢了。怎么做？就是常数数。常看看六个人都在不在，行李都在不在。要保证人和物都在你的视野里。这是很重要的。"

他又问："那我要怎么做呢？"

我说："这好办。你要记住咱们是六个人。你要时刻注意到这六个人是不是都在一起。"

小刘笑着说："咱们六个大活人还能丢一个？"

我说："你可别这么说，坐在这里没问题是丢不了，可在路上就不好说了。"

小高也说："不至于吧。"

我说："怎么不至于，两个人还有走散的时候，特别是在上车下车的时候。上车有人没挤上去，下车有人没挤下来。这都是问题。坐公共汽车还相对好办。坐火车和船若有人没上去和没下来就很麻烦。"

小高听了说："还真是的。要是落下了怎么办？"

我说："所以我说这事很重要。不能落下一个人，还有东西也不能丢了，丢了东西也很麻烦。小刘，这事你一定要负责好，特别是我不在的时候。"

小刘点了点头问："你什么时候不在？"

我说："到了成都我要买车票，还要联系住宿，还要有一个人配合我一下。"

小刘还是有点紧张，便问："我要看不住怎么办？"

我说："你别紧张，大家都会配合你的。再说就六个人，你拿眼睛一扫就数出来了。不像那个组十几个人，得仔仔细细地看，再有小苏协助我对外联系。"

说到这里我看了一下小苏。

小苏说："我愿意和你一块干，可我没干过。"

我说："没干过不要紧，什么事都有第一回，一回生二回熟。你跟着我，咱们商量着办。"

"行。"小苏答应了。小高见我就没有说到她，就忍不住问："那我呢？"

我说："你别急，我没有忘记你。你想，小刘是个男同学，而我们组里有四位女同学，所以在安全方面小刘就有不方便的地方，这就需要你配合了。"

小高说:"你能说的具体一点吗?"

我说:"我举个例子。比如说,女同学要上厕所,这在学校里是再平常不过的事,谁想去谁就去。可我们到了一个从来没有去过的陌生地方,就要格外小心。女同学上厕所就势必脱离了小刘的视野,这时就需要你来负责。我提醒大家,在我们到达宜宾化工厂之前,任何人都不能单独行动。特别是女同学,就是上厕所也不行。"

我说到这里,她们几个女同学互相看了一下,脸上不觉露出一些紧张的神情。小高小声地问:"有那么紧张吗?"

我说:"没有,没有那么紧张。"

小高问:"那你为什么那么要求?"

我说:"不要问为什么,这就是一条纪律。听说过一句话吗,叫小心无大错。我是为了你们好。"

小高说:"我明白了,我就是负责陪她们三人上厕所。"

她这么一说我们都笑了。我说:"怎么就是这点事呢?总的来说就是女同学不能单独活动。这一点是由你来负责的,因为到了成都、宜宾住宿时肯定是你们四个人住在一起,我和小刘住在一起。这时小刘就不好负责了,你就要负起责任来。"

小高说:"这回我明白了。"

我说:"还有一件很重要的事要由你来负责。"

小高一听就说:"还有事那?"

我说:"刚才你不是说你没出过远门,负不了责吗?这次咱们走的不近,是个好机会让你锻炼锻炼。"

小高笑了。我继续说:"这就是大家的卫生保健。至于怎么要求大家我就不多说了,你自己好好想想。一定要保证大家健健康康地完成实习任务,平平安安地回到学校。大家都要把自己负责的工作做好,任何一方面都不能出事,出一件事就可能使我们的实习泡汤。"

大家听我说了这么一大通心里也有了一些底,就不再说什么了。最后我又说:"我们也应该替龙老师想一想。如果这次不让他回家,可能就是今后有时间他也没有那么多的钱。这对他来说可是个千载难逢的机会。再说我们自己吧。虽说我们还是学生,可我们是大学生,是成年人,再过半年就要毕业走向工作岗位了。我们也应该在这方面经受锻炼。我相信我们有能力顺利地完成这次实习。"

经我这么一说,他们也都有了信心。

龙老师先走了,又过了几天我们也出发了。学校用车把我们两个组一块送到火车站。虽说是我们去四川的火车先开,可还是有一些时间。我们就帮助去无锡的同学把他们的行李运到候车室,把他们安顿好了之后我就招呼我们组的同学到我们的候车室去。女同学有点依依不舍。不管怎么说我们是最小的一个组,而且是唯一没有老师同行的一个组。这一分手今后的几天里就要靠我们自己了。他们组的老师要送我们进站。我谢绝了,因为他们组的同学多,更需要老师的照顾。我有信心把其他五位同学顺利地带到目的地。

当我们走出老师的视线后,我让大家停下来围成一个圈,把自己的手提包都放在面前的地下。他们都不明白我要干什么,各个都用狐疑的眼光看着我,可谁也没有说话就按我说的做了。我把每个人的手提包都拿起来掂了一下,然后把一个最重的提包放在我面前,把另一个重一点的提包放在小刘面前。把她们四女生的提包都做了调整。身体好的同学拿重一点的,体力差一点的拿轻一点的。小刘一下就明白了,他把最重的那个提包从我面前拿到他面前。我看着他笑了一下。几个女同学同时说:"不用换了,我们拿得动。"

我说:"不仅要拿得动,还要跟得上。还是换一下的好,我们要保持一定的行动速度。小刘、小高,你们俩现在点一下行李,每一件都要点到。"

小高问:"挎包点吗?"

我说:"只要不是穿在身上的都点,你们俩的数一定要一致。"

他们点完了。我说:"这一路上你们要随时清点,千万不要把行李丢了。特别是上下车,离开住宿地时。从现在起我们拿的都不是自己的提包,我们要相互负责。现在我把车票发到每一个人的手里。每个人都要记住自己的车厢号和座位号。一旦走散了不要着急,先上车,按照车票上的车厢号和座位号就能找到大家了。"

小高问:"咱们都挨着吗?"

我说:"咱们六个人的票是连着的,可不见得在一排。你们记住,上了车找到自己的座位先坐下。进站时我走在最前面,小刘你走在最后面。听明白了吗?"

大家都表示清楚了。小刘有点面有难色。我知道他没有出过远门,自是想紧紧地跟在我后面。我让他走在女同学的后面,他也会紧紧盯着我。这样女同学就不易被挤散了。都安排好了我们就直奔检票口。上车的人很多,好在我提前有了安排,我们的人没有被挤散。上了车为了相互照应方便我又想办法和附近的人调换了座位,把六个人都换到一个单元里了。三个人一排对面坐,这就是我们在火车上的小天地。我让小刘坐在我对面最靠过道的位子上,四个女同学坐在里面。我们的行李都放在我们头顶的行李架上,我们一眼就能看见。大家都坐稳了,我的心也踏实了。小刘擦了一把脸上的汗说:"没想到人这么多。"

我说:"这还不是最挤的,沿途还要上人,到时候可能会更挤。"

小刘说:"上车时可把我急坏了。我真怕你们把我落下。"

我说:"你不用急,北京站是始发站,大家都能上车。"

小刘说:"那咱们干吗要挤着上?咱们让他们先上好了。"

我说:"不行,最后上车行李就没地方放了。"

小刘听了抬头一看说:"还真是的,行李架上已经满了。"

这时小高也说:"刚一上车我心里直打鼓。"

我问她:"你心里打什么鼓?"

她说:"上了车我发现我的座位和你们不挨着。我怕你们干什么一不小心把我给忘了。"

我笑着说:"这回放心了吧?大家都坐在一块想躲都躲不开。"

小高一边笑着摆手一边说:"我可不想躲着。"

大家都笑了。王秀华说:"这是不是你提前就想好了的,你怎么也不事先和大家说一下,也省得小高紧张。"

我说:"这事是只能办,不能说。因为谁也不知道是不是能办成。我也想好了,如果办不成,人家不同意和咱们调换,也没有关系,咱们可以内部调换,我坐到最远的座位上去。"

李秀珍说:"还是这样好,大家在一起多好呀。"

我们正说着火车开了。车一开,我们这一行人的气氛就活跃了。刚才在车站里时人人都是满脸的严肃,好像要去做什么大事似的。当我第一个通过检票口走下楼梯回头望了一下,见他们每个人都用双眼紧紧地盯着我,十只眼睛的目光把我定在了原地。我只有等他们一个个通过检票口快步跑到我身边,我们才一块走下楼梯,登上火车。现在他们每个人的脸上都露出了笑容,我本人也放松了下来。我把背靠在椅子背上,把腿伸平,心满意足地看着他们,心里想这第一步还算顺利。小苏坐在我身边,再靠里面是李秀珍。她的身体弱一些,坐在里面两边可以靠,也少挤一点。她的对面是小高。小高自己要求坐在靠窗户的位子上。她一直兴致勃勃地望着窗外飞快闪过的景色。王秀华坐在小苏的对面。她是我们几个人中年龄最大的,虽说也没有出过这么远的门,出门的经验少点,还是不管做什么都招呼着点大家,毕竟是大姐嘛。我对面是小刘,他不仅没出过远门,还是我们当中年龄最小的。刚一上火车便一刻也不停。一会儿坐下试试椅子舒服不舒服，一会儿又站起来看看车厢里能不能活动活动，一会儿向窗外望望看火车到了什么地方，一会儿又向车厢两头看看车厢里有多少人。过了一会儿他又小声地问我："火车上有厕所吗？"

我说："火车上怎么能没有厕所，就在车厢的两头。"

他一定要去看看，我让他自己去，他说："你不是说不让单独活动吗？"

我笑着说："你去吧，我坐在这里就能看见你。"

他去了。一会儿回来对我说："我刚进去就又有一个人推门要进去，厕所太小了，我连让他的地方都没有。"

我告诉他："你进去后应该把门锁上，外面的人可以根据门上的小牌知道里面有人，就会在外面等你出来后他才进去。"

小刘说："我把门关上了，可车一晃门就开了，还吓了我一跳。"

我说："光关上不行，一定要锁上，车上的门不锁都关不严。"

听我这么一说小刘又去了一趟。回来后对我说："这次我才看清楚门上有个小牌。里面一锁上外面就显示有人，门一打开外面就显示无人。这回我明白了。"

我对他说："这一路上还有好多你没有见过的东西，没有经过的事，其实都很简单，看一遍经历一次你就明白了。我们也是这么过来的，做什么都有第一次。经历多了这方面的能力就在不知不觉中增长了。"

小刘点了点头。过了一会儿他又问："在火车上怎么吃饭呀？"

我把几个女同学也招呼过来对他们说："在火车上一般有四种吃饭的方式。一是到餐车上去吃。凡是长途的火车都挂有一节餐车。在餐车上吃饭和在饭馆里吃饭一样。有菜单，不过菜单上的品种不多。看菜单点菜，点完饭菜就坐在餐桌旁等着，自有服务员把饭菜给你送来。二是有服务员推着一个小餐车把盒饭送到各个车厢来，有饭有菜固定的价格，吃完了服务员会把饭盒收走。三就是到了车站下去买，各车站在月台上都有卖食品的，一般是包子、烧饼和各地的特产食品、风味小吃，也挺好的。四就是自己带，上车前自己准备好吃的，想吃什么就带什么。"

王秀华问我："那你说咱们怎么吃？"

我说："我想咱们还是自己从车站上买着吃。"

小刘问："为什么？去餐车吃不是最方便吗？"

我笑着对他说："在餐车上吃是方便，可是也最贵。一个普通的菜就是块儿八毛的。我们的钱不多，每人每天伙食费5角，再加上旅途补助费2元，一人一天才2元5角，可能还不够一顿饭钱。"

小刘说："那咱们就吃盒饭。"

我说："一般盒饭就两种。素一点的1元5角一盒，有一点肉的就2元以上一盒。"

小刘睁大了眼睛看着我说："照你这么说咱们连盒饭也吃不起了？"

我说："你还别嫌盒饭贵，量还少，像你这样的饭量一顿吃两盒还不准够。"

女同学一听都乐了。王秀华说："早知是这样咱们还不如自己带。"

我解释说："自己带也有问题。咱们是学生不能自己做。带也是在北京买。在北京买就不如一边走一边买了，走到哪儿就吃到哪儿。这样还能吃到各地的风味，你们说是不是？"

他们一听我说的有理就都同意在火车站买着吃了。吃饭的问题解决了，坐在我身边的小苏问我："你都去过哪些地方？你给我们说一说好吗？"

实习路上　团结

　　我想坐在火车上也没有什么事好干，弄不好这些第一次出远门的人还会想家，还是尽可能地和他们聊聊天，转移一下他们的注意力。我说:"我去过的地方也不算多，小的地方就不说了，就说说我去过的城市吧。自从我记事我住过的城市有天津、张家口、石家庄、北京。'文化大革命'初期大串联时我去过南京、上海、武汉、重庆、成都、宁波、杭州、南昌、福州、长沙、衡阳、贵阳、桂林、昆明、柳州、广州，我还去过毛主席的家乡韶山。"

　　小苏、小刘羡慕地说:"你去过的地方真不少呀。"

　　我继续说:"后来我当兵了，又去过沈阳、本溪、抚顺、铁岭。不过我当兵大部分时间是在大山沟里。复员后又去过保定。"

　　小高问:"你在哪个城市里待的时间最长?"

　　我笑着说:"当然是北京了。"

　　他们忙说:"北京不算，北京不算，我们说的是在北京以外的城市你待的最长的是哪个?"

　　我想了一下说:"应该是沈阳。当兵的最后一年我们连一直住在沈阳。"

　　小刘问:"你在哪个城市待的时间最短?"

　　小苏觉得小刘不能这么问就说:"没有你这样问的，待的再短你也没有去过。"

　　小刘有点不服气就说:"怎么啦? 我为什么不能问一问?"

　　小苏刚要说话我用手碰了她一下说:"没啥，没啥，你可以问。我可以告诉你。我想一想。哦，我好像在宁波待的时间最短，大约只有100分钟。"

　　小高一听感到有点奇怪就问:"只待了100分钟，那你干什么去了?"

　　我说:"什么也没干。我们仅仅是为了坐船出海而去了宁波。"

小高还是有点不相信就说："不会吧？"

我说："我可以实话告诉你们这是怎么一回事。当时是大串联的时候，我和一个同学到了上海。他没有坐过客轮，也没有坐船看过大海。这次到了上海就特别想坐坐船，坐在船上看看大海。为了满足他的这个愿望我们俩就决定坐船离开上海。至于坐船到哪儿去也没有想，只是想到码头上去看一看。到了码头一看还真巧，当天下午就有一班船到宁波。从船的航行路线上看，这班船出了上海就到了大海上。在海上航行不长的一段路就到了宁波，而且时间不错。下午3点开船，第二天早晨5点到宁波。说走就走，我们俩就上了这班船。一上船我们俩就把挎包往床上一放就跑到甲板上去看风景去了。其实我是坐过船的。这次主要是陪同学坐船。可船一开我才想起来我们可能根本就看不到大海。"

小刘问："为什么？"

我说："这时我才想起来上海的码头是在黄浦江上。在黄浦江里船走得很慢，出了吴淞口才到长江。再在长江里航行一段才到长江出海口。船还没到海上天就黑了，就什么也看不见了。"

小苏问："那你告诉你同学了吗？"

我说："没有。"

小高问："那你干吗不告诉人家？"

我说："此刻告诉他有什么用？船都开了。我只好陪他站在甲板上看黄浦江两岸的风光。那也是挺好看的。左岸有林立的高楼大厦，右岸有很多的大工厂。江面上有无数大大小小的船只，也有军舰。但很快天就黑下来了。"

小刘问："天黑了就什么也看不见了吧？"

我说："那还用说。到了今天晚上你们再对着窗户向外看看，看还能看见什么。"

小苏问:"那你们就一直站在甲板上?"

我说:"没有。站在甲板上只能看见航标灯,一点意思也没有。过了没有一会儿他就坚持不住了,我们就回到了船舱里。可时间尚早又睡不着就聊天。聊着聊着我们就感到船晃得很厉害。船一晃他又来劲了,非要再上甲板不可。说是要体会一下大风大浪的感觉。"

小高说:"那多危险呀。"

我说:"我也是这么说的,可他非要去。还说毛主席说了要在大风大浪中锻炼,平时没机会。现在有了,咱们怎么也得感受一下。没办法只好跟他一块又上了甲板。那时年轻胆子大,不知深浅。我们就顺着梯子,扶着栏杆爬到了甲板上。啊!一到甲板上第一个感觉就是风大。我们都知道船是开不了多快的,可我们感觉到风就在我们身边呼啸着,好像吹透了衣服直接吹到了我们的肌肤上。第二个感觉就是晃得厉害。俗话说海上是无风三尺浪,再加上这么大的风就不知浪有多高了。反正风把浪花都吹到我们的脸上了。用舌头一舔咸咸的还带一点腥味。如果不是紧紧地抓住栏杆肯定要摔倒在甲板上。周围的一切都是黑的。天是黑的,海是黑的。连唯一有一点亮的航标灯也被埋在浪花中。"

小刘问:"你们就不怕掉到海里去?"

我说:"我确实有点怕了,就招呼他赶快下到舱里去。他可能也怕了,就听了我的招呼。当然还有一个原因就是我们都有点晕了。我们毕竟不是常坐船的人。下到舱里就迷迷糊糊地睡了。第二天天刚蒙蒙亮船就到了宁波港。我们俩爬起来就往船下跑。在船舷边等着下船的时候,我们听到岸边'呱、呱、呱呱'的蛙声一片。我们感到很奇怪,怎么码头上还会有这么多的青蛙。等我们下了船才知道那根本就不是青蛙的叫声。"

小高忙问:"是什么的叫声?"

我说:"你们猜猜。"

小刘说:"是癞蛤蟆。"

我说:"不是,再猜。"

小高说:"那就是鸭子或鹅。"

我说:"也不是,再猜。"

小苏说:"这可不好猜。我们又没有去过南方,对南方的事知道的太少了。你就告诉我们吧。"

我说:"我也没想到,原来是三轮车的喇叭。宁波的三轮车安的不是车铃,而是一种气喇叭。喇叭的后面有一个橡皮球,用手一捏就发出了'呱呱'的响声。蹬三轮的人招揽客人也不叫,就一个劲地捏喇叭。三轮车多了,喇叭声响成了一片。"

小苏说:"真是一个地方一个样。"

我说:"是的,一个地方一个样。这次咱们到四川就会看到和北京很不一样的地方,你们可别大惊小怪呀。"

王秀华说:"你不是去过四川吗?你先给我们讲一讲。以后我们见到了也就不怪了。"

小刘说:"咱们先让他把宁波的事说完了再说四川的事,反正有的是时间。"

我接着说:"下了船我们就在码头上找了个小摊吃了早点。此时尚早能干什么去?我们就顺着街走吧。真是没有目的。宁波是座中小城市。这是我第一次到南方的中小城市。我的第一个感觉就是南方人好像比我们北方人勤快。"

小高问:"是吗?他们怎么勤快?"

我说:"这是我的感觉。我们下船的时候也就是 5 点钟,要是在我们北方,大部分人好像还在睡觉,是不是?"

小高说:"才 5 点钟不睡觉起来能干什么?"

其他几个人也有同感。我说:"可这时整个宁波已经醒了。菜市场里的人很多。家家户户的门都开了,都有人出出进进。或是去买一天的蔬菜,或是去洗衣服什么的。我的第二个感觉就是南方人爱干净。宁波市里有河水,很多的房子就建在水边,出门走不了几步就到了河边。顺着河边望去,一大清早就有不少的人在河边洗洗涮涮。我的第三个感觉就是不讲究卫生。"

小刘马上插话说:"不对,不对,你这是怎么说的,什么叫爱干净不讲究卫生?"

我笑着说:"我真是这样感觉的。你们听我往下说。远远地望去大家都在河边洗洗涮涮,可走近一看,才发现原来是洗什么的都有。有洗衣服的,有淘米洗菜的,最糟糕的是还有涮马桶的。"

小高问:"什么是马桶?"

我说:"南方很多地方没有厕所,所以家家户户都备有一个比椅子矮一点的那么一个桶。桶的上口有宽边,还有个盖。上厕所时就坐在桶上大小便,这个桶就叫马桶。马桶是要天天涮的。你们想想在一条河里又淘米洗菜,又洗衣物,又涮马桶,怎么能卫生。"

他们听我这么一说都说:"这是太不卫生了。"

我接着说:"特别是一些船上人家。"

小刘问:"什么是船上人家?"

我说:"就是全家都住在船上,以船为家的人家。"

小刘问:"那他们不上岸?"

我解释说:"他们不是不上岸,而是在岸上没有住房。因此全家就住在船上,吃在船上,睡在船上,日常生活主要都在船上。他们往往是在船头淘米洗菜做饭,在船尾倒马桶,涮马桶。你们想想这河上船多了河水该有多脏,怎么能卫生。"

小高听了忙说:"哎呀!坏了!我们去的地方是南方吧?那里有

厕所吗？我还没有在马桶上解过手呢。"

我说："宜宾我也没有去过。不过我们去的工厂是从天津迁过去的。工厂里的工人和技术人员都是北方人，我估计会有厕所的。"

王秀华说："最好有厕所，要不然可太不方便了。"

小刘说："又跑题了，又跑题了。怎么说着说着就说到厕所上了。还是说说你们是怎么离开宁波的吧。"

我说："其实很简单。我们在街上溜达了一会儿没什么意思。我就提议先到火车站去看看从宁波有到什么地方去的火车。他觉得也对。我们就去了火车站。到了火车站的售票处一看，正好 6 点 40 分有一趟开往杭州的火车。火车已经进站了，离开车还有不到 10 分钟。我们俩灵机一动办了两张票就上了火车。6 点 40 分准点开车。我们是 5 点到的宁波，6 点 40 分离开的，在宁波一共待了 100 分钟。"

小刘说："你们就这么离开宁波了？你们还有什么体会？"

我说："促使我们离开宁波的原因还有一个，就是宁波话很不好懂。上海话已经不好懂了，宁波话比上海话还难懂。好在上海是大城市，总还能碰到会说普通话的人。可在宁波就不行了，有时你一连问上几个人都搞不懂他们说的是什么。问路、吃饭、买东西都很困难，所以我们就下决心离开宁波了。"

小刘问："那四川话好懂吗？"

我说："咱们专业老师和同学中不是都有四川人吗？"

小刘说："我说的是纯四川话，他们说的都是北京化了的四川话，当然好懂了。"

我告诉他："四川话是地方语言中比较好懂的一种。他们说话最大的特点就是快，所以和四川人说话不能急，要慢慢说，一句是一句。不然说快了一句赶一句，你就听不清楚了。"

我们几个人有说有笑时间过得也很快。不过在聊天的过程中我也把一些需要注意的事说给他们。比如，途中到站可以下去活动活动。但有两点一定要注意。一是车上一定要留人看行李，不能同时都下车以防行李丢失。二是下车的人一定不能走远，要及时上车。晚上休息时也要有人值班。大家排好班一定要等接班的人醒了下班的人才能闭眼。他们都同意我的意见，愿意按我说的做。每到一个大一点的站我就问他们下去不下去。如果他们都想下去，我就在车上看行李。如果有人累了，不想下去，我就跟着下去的人一块去，好招呼他们及时上车。小刘最有意思，他最喜欢下车。只要车一停他就问："这站能下车吗？"

如果车停的时间太短我就不让他下车了。车停的时间稍微长点我就尽量让他们下去走走，看看，活动一下。后来我发现，只要是我下车一定是我不叫他，他不上车。只要是我不下车他准是下去一下就上来，他绝不在月台上多待一会儿。有一次他刚下去就又上来了。我问他："怎么开车的铃声还没有响你就上来了？"

他说："我怕车开了把我给落下。"

我说："那怎么我下车的时候你就可劲地撒欢，我不叫你，你就不上车。那你就不怕把你落下了？"

他笑着说："我就知道你不会把我落下的。"

看来还是有依靠的好，有了依靠人就会放松了。吃了晚饭之后我就招呼大家早点休息。我怕大家太累了，还有好几天的行程呢。可谁也闭不上眼。一是他们都没有坐着在火车上睡过觉；二是他们毕竟是第一次出远门，又是在火车上的第一夜，多少有点新鲜感。外面已经完全黑了。这时大家的注意力都集中在车厢里了。小刘问："什么时候上来了这么多人呀？"

这时他才发现车厢的过道里都站满了人。我说："这就是沿途各站上来的呀。"有一位旅客把他的行李放在我和小刘之间。他还坐在上面，使我们俩的腿都不能伸直。小刘问那位旅客："你有票吗?"

那人笑着说："当然有票，没票怎么上车。"

小刘说："那你的座位呢?"

那人说："没座位，中途上车哪有座位。"

小刘有点不相信就问我："是吗?"

我说："是的。比如咱们从北京上车时，我不知道你注意到没有，车厢里就坐满了。"

小刘摇了摇头说："没注意。"

我说："那时几乎每个人都有座位。可是到了保定，石家庄也有人要去四川成都，也要坐这趟车。他们上来后就没座位了，只能站在过道里，等有人下了车他们才能坐下。"

小刘问："那要是一直没有人下车呢?"

我说："那他们就只好一直站在过道里了。当然到了晚上来回走动的人少了，他们也可以席地而坐。"

小刘说："原来是这样。我坐了一天了，刚才还感到浑身有点酸，现在一看人家站着的人顿时感到咱们坐着幸福多了。"

这时，一个站在小刘身边的人原来是靠在椅子背的边上，可能是站累了便不自主地靠在了小刘的身上。小刘躲了一下，他马上不好意思地说："对不起，对不起。"

小刘什么也没说，他知道那人也不是故意的。过了一会儿，那人的眼睛又闭上了，身子随着车子的晃动又靠了过来。这次小刘没躲而是站了起来对那人说："你坐一会儿吧。"

那人忙说："对不起，对不起，你坐，你坐。"

小刘说："我也坐累了，我站一会儿，你坐下吧。"

说着他就把那人按到他的座位上。那人一坐下就睡着了。看来他是个常出远门的人。小刘靠着椅子背站着问我："你坐过这么挤的火车吗？"

我笑着说："这不算挤，这是一般的。"

小刘看了一下车厢的过道说："这过道里都站满了人。这么多人都没有座位，这还是一般的？"

他有点不相信。我对他说："在'串联'时我坐的车多了，大部分车都比这挤。"

小刘说："是吗？再挤人待在哪儿呀？"

我说："我跟你说，那时人多的时候一般车厢里有4层人。"

小刘把车厢上下看了一遍不相信地说："这车厢里哪有4层的地方呀？"

我说："你看，最上面是行李架，人趴在行李架上这是第一层人。坐在椅子背上的是第二层人。坐在椅子上的是第三层人。躺在椅子下面的人是第四层人。"

小刘猫下腰去看了一下问："这椅子底下能躺下人吗？"

我说："怎么不能躺下。此一时彼一时，到时候就能躺下了。"

小刘还是不相信。他说："你在椅子底下躺过？"

我说："当然了。我就曾钻在椅子下面从北京一直躺到南京。当然也有时爬出来换换气。那时我认为椅子下面是最舒服、最安全的。躺在椅子下面有三大好处。一、最松快，别人挤不着；二、不用担心掉下来摔着；三、不用担心别人从上面掉下来砸着。从北京出发时我就准备了一件雨衣。一上火车我就把雨衣往椅子底下一铺爬了进去。当我和我同学钻到椅子下面的时候，椅子下面还没有人。还有人感到奇怪，他们想这两位是干吗呀，一上车就钻在椅子下面。我们的小秘密很快就被人发现了。所有的椅子下面都躺着人了。"

小刘听到这里再次弯下腰去往椅子下看了看。我以为他也要试一试呢。这时小苏往里挪了挪，让我靠她近一点，好腾出一点地方让站在一旁的人可以挤着坐下。

我们又聊了一会儿,我坚持让大家休息。坐在小刘位子上的那个人主动站起来让小刘坐下。小刘他们也挤了挤让那人一块坐下。这样一来,本来三个人的座位就坐了四个人。虽说是挤了点,好在是冬天,再加上车厢里的暖气也不太热,大家挤着点还暖和。慢慢地随着火车有节奏的震动他们都迷迷糊糊地睡着了。

不过我并没有睡着。首先是我说过不能都睡,得有人照看行李。其次是我出门出的多了,白天没那么兴奋,晚上也没那么困倦。再加上我答应了老师这一路上要照顾好他们五个人,心中有这点事也睡不着。小苏靠着我睡着了。我把身子稍微斜了点,让她靠在我背上。这样她可以舒服一点。哎,不是我的她。如果此时是她在我身边我就会让她整个靠在我身上,尽可能地让她舒服地睡。可现在不行,要不是在这个特别的环境下,我们同学之间无论如何是不能挨得这么近的。这也是我第一次和女同学挨得这么近,要是我的她在身边就好了。在当时就是只有我们俩在一起时,我们也没有挨得这么近。我真希望当我再回到北京的时候,见到她的时候我们能挨得这么近。我知道这也只是想想而已。不知道她在干什么。应该在睡觉,都已经是半夜了。不,也可能她没睡,如果是值班就不能睡了。我猜不到她此刻会不会想我,想到我在想她。

火车猛地晃了一下。小苏的头碰到了我的肩头。她惊醒了,发现自己靠在我身上有点不好意思便又向里挪了挪。我回头看了她一眼,发现她脸上泛起了淡淡的红晕。我小声地对她说:"没事,你接着睡吧。"

她也轻声地说:"你睡一会儿吧,我来看着。"

我说:"你睡吧。我反正睡不着。"

她劝我说:"怎么你也得睡一会儿,你不是说在路上还要走几天吗?"

我说:"我真的睡不着。你再睡一会儿,过一会儿我叫你好了。"

她说:"那你别忘了叫我。"

我点了一下头说:"你放心吧,快睡。"

她怕挤着我就和李秀珍挤在一块趴在小桌子上睡了。小苏刚睡了,小刘又醒了。他说:"你歇一会儿吧。我看着行李。"

我说:"你睡吧,我还没叫你呢。"

小刘说:"我睡不实。"

我说:"不习惯吧?"

他说:"是有点不习惯,我还没有坐着睡过觉呢。不过我想明天我就会习惯了。"

我笑着对他说:"明天咱们就到成都了,就可以睡在床上了。"

他问:"那什么时候可以到宜宾化工厂?"

我说:"如果顺利,后天早晨离开成都,晚上就可以赶到宜宾。但我们必须在宜宾住一夜,第四天才能到宜宾化工厂。"

他说:"那还要倒两次车。"

我说:"不,只倒一次车,从宜宾到宜宾化工厂坐船。"

小刘一听还要坐船可高兴了。他说:"没想到我们还能坐船,也像你坐过的那种船吗?"

我说:"不,不一样。这次我们坐的船是一种比较小的船,通常叫渡船。船上没有卧铺。稍微大一点的渡船有座位,小一点的渡船连座位也没有。人家就只能足站着了。"

不管怎么说,小刘还是挺高兴的。他说:"这回咱们可合适了,肯定比他们经得多,见得广。"

我说:"小刘,你知不知道有个词叫熟视无睹。"

他说:"知道,就是见的多了就和没看见一样。"

我说:"知道就好。我们肯定是走的路长一点,看到的东西也可能多一点。但是关键不在于你走了多远的路,都看到了什么。关键在于我们能不能从中吸取点什么。可别忘了,最主要的还是我们要把实习做好。我们要尽可能地多掌握点知识,多收集点材料,这样对我们今后的毕业设计才有好处,才能达到实习的目的。切不可天天在工厂里转,一回学校老师一问又说这没看见那没看见,那可就真是熟视无睹了。"

小刘说:"那到了工厂你可要提醒我,看都需要收集哪方面的材料。"

我说:"搞毕业设计我和你一样也是第一次,也没有经验。大家既然一块来了就一块干。这次实习也就不到一个月,一个人不可能把材料都收集全了,可如果我们六个人分开来收集,就可能收集的比较全,就能凑成比较全的一套东西。"

小刘说:"你说怎么干。"

我说:"我也没有见到宜宾化工厂的流程、工艺和设备,现在还不好说,到了厂里再说吧。我想龙老师一定会有安排的,只要大家团结一致问题就不大。"

小刘满有信心地说:"就咱们六个人,好办。"

我点了点头说:"我想也是。好了别说了,你抓紧时间休息会儿吧。"

小刘坚持说:"该你歇会儿了,还是我来值班吧。"

我看他态度坚决就同意了。我嘱咐他过一会儿一定要叫别人换班。他答应了。其实这一夜我基本上就没有睡着。我不时地睁开眼看一看。他们几个人都很负责,从来没有一个人等着别人叫,都是自己醒来主动替换他人的。

第二天大家都习惯了列车上的生活。我又开始做下火车的准备。

我知道四川的治安形势一直不太好，可我也不敢说得太多。我怕说多了会引起他们过度紧张，反而麻烦了。我主要提醒大家要把随身的东西带好。特别是钱，整钱一定要放在安全的地方，随时用的零钱要单放。小刘小声地说："我把钱放在提包的最里面了。"

我说："不行，大家都要记住，钱一定要随身带，最好放在贴身内衣的口袋里，粮票也是如此。"

接下来我继续安排。车票由我统一来买，回学校后由我去报销。下了火车由我和小苏、小高去买明天去宜宾的火车票。其他三人负责看管行李。小刘说："还是让我跟你去买火车票吧，让她们四人看行李还不行？"

我笑着向他解释说："不是人家四人看不了行李，是咱们俩买不了6张票。"

小刘问："为什么咱们买不了6张票？"

我告诉他："一般火车站都是每人限购2张票，所以必须去3个人。要是留下3个女同学看这一堆行李我还真有点不放心，所以留下你这个棒小伙子也起点威慑作用，等到了宜宾咱们俩去买船票。"

听我这么一解释小刘也就不说什么了。随后我又提醒大家注意安全。但我也看出来了，他们有一点不以为然了。因为第一天已经平安顺利地度过了。一切顺利，好像并不需要像我说的那样。只有小苏一直十分认真地在听我说。我一看这样子也只好长话短说，点到为止了。

傍晚时分成都到了。车厢里一阵忙乱，他们又有点紧张了，早早地就把自己的行李准备好了。我再三告诉大家别急，成都是终点站大家都要下去的。只要看好自己的行李，等别人都下去了，咱们再走也不迟。火车终于停稳了。车厢里的人开始走了，我坚持不让大家下车，一直等到人都走得差不多了，我才从从容容地带着他们下了火车。出了检票口我马上叫小刘他们三个人待在一个灯光比较亮的地方休息,并看着行李。我们三人直奔售票处去买第二天的火车票。到了售票处一看人还真不少。小高有点急了忙问我:"这么多人咱们能买到票吗?买不到票怎么办?"

我看了她一眼说:"你以为这些人都是去宜宾的,他们去哪儿的都有。我估计咱们能买到。如果咱们买不到明天的票就买后天的。"

小高说:"要是明天走不了就坏了。"

我宽慰她说:"那有什么坏了的。明天走不了我就带你们在成都玩一天。成都好玩的地方比上海还多。"

小苏说:"是吗?你说说成都有什么好玩的地方。"

我说:"成都有武侯祠、杜甫草堂、临江楼等,再远一点还有著名的都江堰、青城山。"

小苏说:"我们真要是能在成都停一天就好了。"

我说:"看机会吧。"

我们运气还算好,买到了第二天去宜宾的火车票。剩下的事就是安排大家住宿了。我按照龙老师的安排带大家到教育局招待所去住宿。在公共汽车站,我们看见每个站牌下都站着两位带红袖标的老人。他们一边维持秩序,一边高声地喊:"小心贼娃子,小心贼娃子。"

他们都没有听明白老人喊的是什么意思,小高就小声地问我:"他们喊什么呢?"

我小声地告诉她:"贼娃子就是小偷,让大家注意小偷。"

听我这一说他们又有点紧张了。他们开始相信我说的要注意安全的话了。上车时我在最后面以防有人挤不上车。这时天已经全黑了,可车上的人还是很多。我原想让大家排在一起,不让别人插进来。可人一挤还是把我们挤开了。费了好大的劲总算把大家都推上了同一辆公共汽车。我们顺利地到了招待所。安排好住宿后又带他们到招待所附近的饭馆里吃了顿便饭。饭后回到招待所请服务员第二天早晨早点叫醒我们。这一夜我睡得很香。

第二天天还没有大亮，招待所的服务员就把我们叫醒了。我结了账，带他们去吃早点。在吃早点的时候我把火车票发给每一个人，让他们自己拿着好过检票口。这时王秀华问我："时间还早，干吗不让大家多休息一会儿，这么早去火车站？"

我说："你们仔细看看今天的火车票与前天的有什么不同？"

他们每个人都把自己的票亮出来仔细地查看。王秀华说："没什么不一样呀。"

小刘突然说："不对。这票上没有车厢号和座位号。我们是中途上车。"

我说："小刘说对了一半。咱们的票上确实没有座位号，可这是始发车。从成都到宜宾没有快车，只有慢车。快车从始发站上车是对号的，慢车不论从哪儿上车都不对号。"

王秀华说："慢车就不对号入座？这不和咱们北京的郊区火车一样了。"

我说："是的，全国的慢车都不对号。"

小刘问："那有座位吗？"

我说："说不好。从昨天买票的情况来看去宜宾的人不少。"

李秀珍有点着急忙问："那可怎么办？"

其他的人一听可能没有座位也都有些着急。真要是没有座位，要在火车上站一天恐怕吃不消的不会是一两个人。

我说："这就是我为什么这么早把大家叫起来的原因。我们要早点去火车站排队，争取排在前面。"

王秀华说："那咱们就快到火车站去吧！"

我说："别着急。告诉你们光去得早排在前面还不行，还要会抢座位。首先我们到了火车站马上就去排队，一定要争取尽量排在前面。检过票后马上就向火车跑，但要记住一定要向最远处的车厢跑。"

小刘说："不对吧，应该向最近的车厢跑吧？"

小苏说："别打断人家的话，你又没有这方面的经验。"

我忙说："小刘说的也不是没有道理。如果你排在最前面，那你过了检票口就向最近的车厢跑。后面的人还没有追上你，你就上了火车，这自然就有你的座位。可是如果你不是在最前面，你前面有一些人，他们过了检票口就直接奔向最近的车厢，结果就会堵在车厢门口上不去。等前面的人上去了你再上就没有座位了。可这时你要是向远处跑，你就会超过一些人。当你前面人不多的时候你就迅速地上车，在这节车厢里你就肯定会有座位。"

小高听了着急地说："明白了，明白了。咱们快去火车站吧。"

说着她就站起来要走。我让她坐下说："别着急。磨刀不误砍柴工，你听我说完了。咱们六个人各人拿各人的东西，人一多再向车上跑，有前有后非乱了不可。一上车谁也找不着谁，万一再有一两个人没挤上车就更麻烦了。"

这时李秀珍说："你说怎么办吧，我们也不议论了，你说怎么办就怎么办。"

王秀华也说："就这样，你安排吧。"

小苏说："我们都听你的，你就快说吧。"

一看大家都同意李秀珍的意见，我就说："那好，你们听仔细，我这里有两个办法。一是我们各自为战。我们的目的地是宜宾，这一点每个人都是很清楚的。上车的时候不管用什么办法挤上车就行。到了宜宾咱们再集合。"

说到这里我停了下来看着他们。他们五个人你看看我，我看看你。谁也没说话，可都面露难色。这时李秀珍说："你说说第二个办法。"

我说："第二个办法也很简单，就是集体行动。"

我刚一说到这里他们几人马上说："那还是集体行动吧。"

我说："那好，你们听我说。小刘，你身体最棒，也跑得最快。你排在最前面。你不用拿提包，但要背四个挎包。过了检票口你就向前面远处的车厢跑。小苏，你排第二，拿两个挎包跟上小刘跑，记住一定要跟上。你们上了车要抢占一个三人座位的一个单元，把6个挎包分别摆在座位上就算把座位占好了。然后小苏坐在最外面的座位上，就是昨天我坐的座位上，把脚放在对面的座位上。小刘打开车窗招呼我们上车。李秀珍，你排第三，你的任务是盯住小刘和小苏，看他们上了哪节车厢，你看好了别急着上车。小刘一开窗户你就把提包从窗户递进去，然后空手上车，这样反而快一点。王秀华，你排第四，你跟着李秀珍，但你有个任务，要随时招呼着后面的小高。小高，你排第五，你的任务很重，你要拿两个提包，同时要盯住王秀华。我在最后，小刘和小苏的提包由我和小高来拿。小高，你要辛苦一点了。"

小高说："两个提包我拿得动，可就跑不快了，你们可别把我给落下。"

我笑着说："你放心，我一定走在你后面。我最后一个上车，只要你们都上了车就别管我了。"

小苏听马上说："那可不行，万一你没上来，到了宜宾我们上哪儿呀？"

我说："没关系。万一你们找不到我，你们就到宜宾市委第一招待所去住，我一定会找到你们的。不过这样的事是不会发生的。只要你们都上了车，我就不会落下。"

大家都认可了我的安排。我们立刻就收拾行李直奔火车站。到了火车站一看人已经不少了。不过候车室里还有空的座位。王秀华挺高兴地说："我们来的不晚，还有空座位，让大家找个地方休息一下吧。"

我马上说："别，咱们还是先找到咱们这次车的队，先排上队。"

当我们找到本次列车的检票队时前面已经排了一些人了，还好人不算太多。看到大部分旅客都在候车室里坐着，而我们则在站着排队，王秀华说："人也不算太多，咱们让身体弱点的同学找个地方休息一会儿吧。"

我知道她是好意，是关心同学，可我还是坚决不同意。我说："只要你一离开队，一会儿你挤都挤不进来了，而且后面的人也不让你再进来。咱们再坚持一会儿，等上了车再踏踏实实地休息。"

过了不大一会儿，我们身后就排起了长长的队伍，而且人挨着人挤来挤去的。这时大家不免又有点紧张。我又检查了一下每人应带的东西。提醒大家努力保持队形，按早晨我说的去做。小刘显得格外地紧张，他不时地回头看我。我再三提醒他别回头，别看我，进了站只管往前冲，我会看着他的。

开始检票了。检票员带着上千人的队伍向检票口走去。队伍一动马上乱了起来。有的人跟不上，有的人想越过别人插到前面去，前面的人又不让插。好在我们还年轻，行李也不多，还能跟得上队伍。我们每一个人都有点紧张。他们紧张是怕挤散了掉了队，我紧张也是怕挤散了有人掉队。人一分散就不好照顾了，毕竟老师是把他们交给了我，特别是走在前面的小刘此时显得更紧张了。一过检票口他就开始跑。可没跑两步就又停下来，回头看看小苏跟上了没有，又看看我过了检票口没有。我一看这架势心想坏了，就大声地喊："小刘，别管我们，你快向前跑，快上车。"

他听到我的喊声又开始向前跑。他一边跑一边回头，始终没有超过几个人，相反还有一些行李少的旅客跑到他前面去了。小苏跟在他后面也是随着他三步一回头，两步一回头的。我一过检票口马上对小高说："这样不行，你别着急，慢慢跟上来，我到前面去。"

说着我就三步并做两步跑到小刘面前对他说："把挎包给我，你到后面去帮助小高拿一下提包。"

说着我就从小刘手里拿过了挎包，一下子都挎在肩上，把提包递给了小刘。我对已站在身边的小苏说："跟我快跑。"

说完我头也不回地向前跑去。我听见小苏的脚步声加快了，我感觉到她就在我的身后。同时我也感觉到他们每一个人的脚步都加快了。路虽不是很长，我还是超过了不少的人冲到了最前面。当我冲到第一节车厢门口时我几乎是第一个到达。我踏上车门的梯子时才回头看了一下小苏。她脸上渗出了汗，脸色有点发红，嘴微微地张着，急速地喘着气。不过她毕竟还紧紧地跟在我的身后。我上车后一手拉着车门的扶手，一手伸向小苏。她一看我把手伸向她，也赶快把手伸了过来。我使劲一拉她跳上了火车。我们俩走进车厢，车厢里几乎没有人。我们俩对看了一眼都笑了，这真是太好了。我挑了一个离车门不太远的单元，把挎包摆好。小苏说："还是靠中间点好吧。"

我说："不，太靠里了一旦人多了上厕所就不方便了。"

我让小苏坐下看着座位。我把车窗打开，把头伸出去。我一眼就看见王秀华和李秀珍正在张望。我大声地喊："在这里，在这里。快到窗户这里来。"

她们听见我的喊声，看见我伸出窗外的头汗渍渍的脸上露出了笑容。她们俩跑过来把手提包从窗户递进来。她们空着手很快就上了车，我让她俩尽快就座。当我再次把头伸出窗外时，看见小刘和小高正站在月台上，提着我们的手提包四下张望。小高的脸涨得通红，汗水从额头淌下来把头发都黏在脸上。由于两只手都提着提包也无法腾出手来理一理零乱的头发擦一下脸上的汗水。小刘眉头紧锁，口里呼出团团白气。我高声地喊："小刘、小高，在这里，别着急。"

他们看见了我，小刘的眉头一下子舒展了。小高一边喘着气一边问："王秀华和李秀珍呢？怎么一转眼我就看不见她们了？"

我说："她们都上来了，快把手提包递进来。"

本来我是想下车去接他们的。可一看车门口挤了一大堆人，要想下去恐怕也不容易，就只好像先前那样让他们先把提包从窗户递进来，赶快把我们头顶上的行李架占上。当小刘和小高挤上车时，车厢里已经坐满了人。这时还有人在上车，又是一趟超员的车。那时很少有不超员的车。等大家都坐稳了我一看表，从检票开始到大家都上了车坐稳也就几分钟，也就这几分钟把大家都累得够呛。几个女同学都坐在座位上喘气，只有小刘把额头汗水一擦又跟没事人似的。他在座位上可坐不住，又把头从窗户伸出去。他一边看一边说："看那，车都坐满了还有人上车呢。"

我说："当然会有。不信你就看，只要车不开就会有人上车。"

他扭过头来说："我刚才跑过来时发现后面几节车厢的人比咱们这节车厢的人多。他们怎么不上咱们这节车厢呀？"

我说："这就是我为什么让你们多跑几步路的原因。早晨我跟你们说的事，现在你们都看到了吧。我们没有排在最前面。如果我们也跟着别人上离检票口近的车厢可能我们就找不到座位。还有一点，这趟车是慢车，很多小站都停。有一些小站的月台比火车还短。这样火车只能把中间的车厢停在车站的月台上，车头和车尾的车厢就只能停在站外。这样上下车都不方便，所以坐慢车从小站上下车的人就愿意坐中间的那几节车厢，那几节车厢也就显得格外挤。"

这时小苏又想起来刚才小刘要跑又不跑的样子就问他："小刘，

实习路上　团结

你刚才怎么三步一回头，跑跑停停的?"

小刘说："我不是跑不动，我是心里没有底，我怕跑远了你们就追不上了。"

王秀华听了说："你不是怕我们追不上你，你是怕自己跑丢了吧?"

小刘说："我也是怕自己跑丢了。我又没有来过四川，还真怕跑丢了连北京都回不去。"

小刘这么一说大家都笑了。小高说："谁不怕把自己跑丢了。刚才就剩我一个人在最后面可把我吓坏了。我叫你们谁，谁都不搭理我。"

大家都说没听见。这我相信，刚才月台上乱哄哄的，再加上人人都有点紧张只顾着向前看，谁也顾不上自己身后的人。其实我是听见了可也我没时间理她呀。我说："小高，其实你不用急。"

小高说："你说我怎么能不急。我一个人在最后面提着两个手提包。跑也跑不快，跟也跟不上。一转脸你们都跑没影了。我叫你们吧又没人搭理我，我怎么不着急。"

我笑着说："这就是你自己没动脑筋了。我是给你吃了定心丸的，你想明白了你就不着急了。"

小高奇怪地问："你没给我什么定心丸呀?"

我说："你好好想一想。我是当着大家的面给你的。"

我这么一说，其他几个人也感到有些奇怪。大家都是一块活动的没见我给小高什么呀。小高看着他人问："你们看见了吗?他给我什么了?"

其他人都莫名其妙地看着我。小苏对我说："我没看见你给她什么。"

我问其他几个人："你们也没看见?"

他们也说没看见。我笑了一下说："我把我的手提包给你了。难到我会不要我的手提包，那可是我的全部家当呀。"

大家一听都笑了。小高也笑了，她一边笑一边说："我就怕你们把我落下，根本就没有想起来我还拿着你的手提包呢，这回好了，我记住了。这一路我就拿着你的提包，我再也不担心你们把我落下了。"

我说："你没想起来不要紧，只要我没忘了就行了。再说我也不敢让一个人丢呀，丢了怎么向老师交代呀。"

大家又笑了。就这样笑来笑去刚才紧张的气氛都笑没了。小刘说："还真亏有你，不然在路上我们还真不知怎么办才好。"

我说："其实也没什么，只要经历过了就都明白了。"

小苏说："真没想到这一路上还有这么多的名堂。你要不告诉我们，就是走过来我们也不见得能明白。"

我们聊着聊着火车开了。过了一会儿，我见小高用衣服蒙着头，靠在窗户边好像在睡觉。一开始我以为昨天夜里她没有睡好，刚才一跑又累了就没在意。可又过了一会儿，我发现她在轻轻地抽泣。我吃了一惊，用肘碰了一下小苏小声地问："小高怎么了？"

小苏对着我耳朵小声说："她丢钱了。"

我一听吓了一跳，马上对着小苏的耳朵小声地问："丢了多少钱？"

小苏用手比画了一下说："5元。"

只丢了5元，我还稍微放下了一点心。我问："是什么时候丢的？"

小苏说："昨天到招待所时就发现了，可能是在公共汽车上丢的。"

我又问："是单丢了5元钱，还是连钱包都丢了？"

小苏说："把钱包都丢了。幸亏你提醒我们不让把钱都放在钱包里。她在钱包里就放了 5 元零钱。"

我说："我知道了。这事我也有责任，我少说了几句话。"

小苏说："我不明白，这事和你有什么关系？你已经提醒我们了，你还有什么责任？"

我说："我忘了告诉你们，当别人说要注意有小偷时，千万不要用手去摸自己放钱的口袋。你一摸小偷就盯上了，你摸完了见钱还在就放心了，正好就给了小偷机会。小高一定是在听人家喊'小心贼娃子'时下意识地摸了一下放钱的口袋，就让小偷给盯上了。"

小苏听我这么一说吓了一跳说："没想到四川这么乱。"

我说："你们只是在北京，哪里知道像这样的地方多了。"

小苏说："那现在怎么办？要不要劝劝她？"

我说："丢的东西找不回来了，劝也没有用。记住这事大家以后谁都不要再说了。小高要哭就让她哭一会儿，哭过就好了。"

小高哭了一会儿就不再哭了。我们也没有再提这事，但是大家都更加小心了，以后再也没有发生过类似的事。

三十二年后，当我们同学再在北京化工大学校园里相聚的时候，我问小高："你还记得我们一块去四川宜宾实习的事吗？"

她笑着说："怎么不记得，我还丢了五元钱呢。"

看来一件很小的事也会勾起人们对一段往事长久的记忆。是哭是笑，愿往事给人们带来的是美好的回忆。

10 切实感受 贫苦

切实感受　贫苦

毕业实习　收获良多

　　终于到宜宾了。一下火车一道新的风景线又出现在我们眼前。我们一走出火车站立刻有一群人围了上来。他们每人手里都拿着一根一米多长的棒子。由于围上来的人多迫使前面的同学不得不停住了脚步。出站时我走在最后面，怕的是谁掉了队就麻烦了。现在一见前面的人不走了我就赶过去问："怎么了？为什么停住了？"

　　她们说："他们挡住了路，不知道要干什么？"

　　我对她们说："没事，没事，咱们走吧。"

　　说着我就一边扒拉开站在我们前面的人一边说："不用，不用，我们自己拿，你们找别人去吧。"

我在前面蹚出了一条道,他们几个人就跟着我走出了人群。小苏快步走到我跟前问:"他们要干什么?"

我说:"他们就是要帮咱们拿行李。"

小苏又问:"那他们拿棒子干什么?"

我说:"他们手中的棒子就是咱们那里的扁担,用来担行李的。"

说着我就四下张望了一下,想找一个扛行李的指给她看,不过一个扛行李的人都没有。我看见一个初中生模样的孩子一直跟着我们。他见我四下一望就马上跑过来说:"您到哪儿去?我帮您拿行李吧。"

我对他说:"我们的行李不多,自己拿得动,不用你帮了。你能告诉我市委第一招待所怎么走吗?"

他马上说:"我知道,就在前面不远。我带你们去吧。"

说着他又要帮我扛行李。我拒绝了。一是我们的行李确实不多,也不重,自己完全拿得动;二是这个孩子也实在是太单薄了,我也不忍心让他替我来扛行李。他又向几个女同学要求替她们扛,她们也拒绝了。他还不死心一直跟着我们,走到路口他就主动给我们指路。我问他:"你替人家扛行李要多少钱?"

他伸出两个手指说:"2角。"

我问:"走多远都是2角?"

他咧了一下嘴说:"宜宾不大,没有太远的路。"

我又问他:"你上几年级了?"

他低下了头小声地说:"没上学。"

我不解地问:"为什么不上学?"

他说:"家里没钱。"

我问:"上学要好多钱吗?"

他说:"买书买本买笔总是要钱的,在学校里吃饭也要钱,家里拿不出来,只好不上学了。"

切实感受　贫苦

　　我听了他的话心里很不是滋味。一个初中生的书本笔需要多少钱？可他们家竟然拿不出来，可想而知他们生活的窘迫。

　　我又问他："你今天替人家扛了几趟了？"

　　他说："还没有扛一次。到宜宾的车不多，来的人也都不要我们扛，没扛到。"

　　我想今天他是挣不到钱了，因为天已经晚了，也没有火车再到宜宾了。走着走着他不走了，用手一指前方说："那就是市委第一招待所，你们到了。"

　　我顺着他指的方向望去，市委第一招待所的牌子已在眼前了。我向前走了几步回头看了那个孩子一眼。他还站在那里一脸无奈的样子，呆呆地望着我们这一行人。我站住了把提包放在地下向他招手。他一下子跑过来问："叫我吗？"

　　"给。"我递给他2角钱。

　　他犹豫了一下说："我没帮你扛行李。"

　　我说："你给我们指路了，一样的。"

　　他笑了，说了一声"谢谢"接过了钱转身就跑了。看着他瘦小的身影我想，也许这是他几天来第一次有了收入，虽然这改变不了他的生活，但可以使他今晚得到一点快乐。看着他消失在人群中，我才转过身来和大家一块向招待所走去。

　　到了招待所，我拿着学校的介绍信办理了住宿手续。我们是学生，只能住大房间。虽说是大房间，可整个招待所就没有住几个人，所以我们的房间里只有我和小刘。她们女同学的房间里也只有她们四个人。等大家都安顿好了就到了吃晚饭的时间。一打听，招待所里有食堂。这太好了，无论怎么说，招待所的食堂也比街上的饭馆便宜。我就招呼大家去食堂吃饭。

　　到了食堂一看，吃饭的人也不多。根据食堂的规定，只有住宿的客人才能在食堂吃饭，还要先换饭票和菜票，不过还是很方便的。可以吃一顿换一顿。女同学一般就换2两饭票需要4分钱，一个甲级菜2角钱，一共2角4分钱就够了。我自是2两饭不够，就换了4两饭票8分钱，也是一个甲级菜2角钱，一共2角8分钱。小刘要了5两饭票，再加上菜钱一共是3角钱。大家都感到太便宜了。换好了饭票和菜票就去买饭菜。女同学在前面。她们一人端一碗米饭和一盘菜看来量还不少。轮到我时我把饭票和菜票递了过去。服务员给我端来了一碗米饭，一盘菜还有一盘红薯。我忙说："同志，我没要红薯。我要的是4两米饭。"

服务员挺客气地说："我们这里规定的是每个客人每餐只供应2两米饭。你要多买就只能给红薯了。1两米饭顶5两红薯，所以给了你1斤红薯，没错。"

哦，原来是这样的。既然如此我也只好端着红薯走了。小刘的红薯更多足有1斤半。我们到宜宾后的第一个感觉就是粮食不足。这可是在有"天府之国"之称的四川呀。我们更没有想到的是，在市委第一招待所里也拿红薯顶粮食，不过菜还可以。我们不约而同地要了笋干炒肉。肉虽然比我们学校食堂菜里的肉少得多，可不知人家是怎么炒的，还是蛮香的。不管如何，我和小刘是吃不完红薯的，只好请女同学来帮忙。

吃完饭我看还有时间，就想安排女同学在招待所里休息，我和小刘去码头看看能不能把第二天的船票买了，也省得第二天起来现忙活。没想到我这话一出口，她们都说不累，也非要跟着到码头去看看。于是大家一起去。出招待所时向传达室的师傅打听了一下知道码头并不远，我们就沿师傅指的路溜达着走了过去。

宜宾是一座山城，处在岷江和金沙江的汇合处。从宜宾一直到出海口这一段江水就是长江。宜宾可以说是长江第一城。宜宾码头就在

切实感受 贫苦

岷江和金沙江汇合点的岷江这一侧。站在码头上可以清楚地看到汇入长江的两条截然不同的江水。岷江江面宽阔，水流平缓，碧波映青山，绿水缀白帆，像一幅画，像一首诗，像一位梳洗长发的美丽少女。我们站在落日的余辉中，陶醉在这诗画般的美景中久久不能自拔。金沙江则全然不同。江两岸陡峭，江面狭窄，未见其形已闻其声。临江一观，只见滚滚江水有如从天而降，咆哮而至。卷着黄沙的江水拍击着两岸，掀起了滔滔浪花。远远望去，有如一条金色的蛟龙踏浪而来。我真想走到江边去，听一听它的吼，看一看它的舞。但是他们几个人无论如何不让我再靠近它一步。

我们又回到了码头，此时看到的是另一番情景。就在我们去看金沙江的时候，一条船靠了码头。我们怎么也没有想到，搬运工竟是清一色的妇女。她们排着队一个接一个地走到船边。船上有两名男壮工把一只只大约60公分高、45公分见方的竹筐放到每个妇女的背上。当竹筐一靠在她们的背上时，她们便向前一躬腰，竹筐便斜靠在她们的背上。她们的双手背在背后扶着竹筐，一只手还攥着几只竹签，另一只手拿着一根竹棍，她们开始缓慢地拾阶而上。小高站在我身边小声地问："她们怎么把棍子放在身后，不拄着棍子呀？"

我摇了摇头表示不知道。我也是第一次见到这种情景。我真的没有想到解放都二十多年了，这里的运输业竟是如此的落后，竟和解放前没什么变化。我的心情很沉重。特别是出现在我们面前的这些搬运工竟全是女工。同时我也深深地感到在她们那矮小的身躯里蕴藏着巨大的力量与坚强意志，使她们能够承受如此的艰辛，能够肩负起如此沉重的责任。面对着她们我不禁肃然起敬。我看到我们每个同学的脸上的表情都是凝重的。我们随着她们拾阶而上。这时我们才发现她们手中棍子的作用。当她们上到途中时会偶尔停下来把棍子支在竹筐的底部稍微直一下腰，以作休息。过后只要一弯腰竹筐便又落在背上继续登阶而上。到了码头顶部，货场又有两名男壮工帮她们从背上把竹筐搬下来。她们便可以从记账人那里领到一根竹签。下班后，她们就可以根据手中的竹签去领取报酬。这样的工作都是当天结账的。我们几个人不约而同地走进货场。我让她们四个女同学一人抓住竹筐的一个边使劲提一下。她们竟没有提动。我和小刘又去试了一下，费了很大的气力才把竹筐提起来。小刘说："好沉呀，弄不好有近200斤。"

我问货场的工人这竹筐里装的是什么。他们说是瓷器。我想怪不得那么沉。我又问他们把这竹筐从江边背上来能挣多少钱。他们的回答又使我们吃了一惊，才五分钱。此时我又想到了之前宜宾火车站遇到的那个男孩，也许他的母亲就在这些搬运工之中。我不忍再看下去，便急急忙忙向街上走去。

回到了招待所，我们坐在一起把今天看到的情景议论了一下。大家的心情都挺沉重的。我们六个人中只有我一个人到过四川，可我也没有见过今天这样的情景，就更别说他们五个人了。大家都感到我们的国家还是有很落后的地方，有一些人的生活还是很艰难困苦的。我们能够生活在首都，能够上大学是很幸运的。我们应该努力学习，今后好好地工作以报答社会今天给予我们的一切。我们应该努力地去改变那些贫穷落后的地方，去改变那些生活在艰苦环境下的人们的状态。我们每一个人都感到肩上的担子是那么的沉重。同时也激励着我们去克服各种困难把这次毕业实习做好。

第二天一大早，我们就赶到了码头。登上了一艘内河客运渡轮。船不大，只有一层。船舱里有几排木椅子，早来的人就可以坐在椅子上，晚来的人或站或坐在船帮边。我们来的比较早就坐在椅子上。乘客陆陆续续地上了船。其中大部分都是周围的农民。很快我们就发现这里的人和我们北方的人装束有很大的不同。最不一样的是这里的男男女女都爱在头上缠着包巾。特别是老年人，一出门就把包巾缠上。

切实感受 贫苦

一开始他们还以为这些人是少数民族呢,后来我告诉他们其实这些人大部分都和我们一样是汉族人。我母亲就是四川人,她们那里的人也是这种装束。还有这里的人很少用扁担挑东西,大部分人用背篓背。这一点也让同学们不太理解。我告诉他们,四川人不是不能挑东西,而是很能挑的。至于为什么很多人不挑,这是因为四川是个盆地,境内多山。在崎岖的山道上挑东西就有些不方便了,不是前磕就是后碰,这时用背篓就显得方便多了。小刘听我说完,就想试试人家的背篓。我便和旁边的一个老大爷借了个背篓。老大爷怎么也没有弄明白小刘为什么要背他的背篓,可他还是把背篓借给了我们。小刘背了一下说:"挺好用的。"

小苏和小高也争着要试试。船上的乘客都转过脸来看他们,眼里露出了好奇的神情。小苏、小高背过后都说挺好用的。小刘还说:"等咱们实习完了回北京时我也买个背篓,把自己的东西往里一放,背上就走。"

我们都笑了。老大爷听明白了我们在说他的背篓好,他也笑了。我还告诉他们:"这背篓不仅可以背东西,还可以背孩子。"

王秀华说:"用篓子背孩子,孩子在里面多不舒服呀。"

我说:"不,用背篓背孩子,大人和孩子都舒服。背孩子的背篓不是刚才你们看的那种直的背篓,而是下面细,中间有个台,上面粗一些,孩子在里面可以坐着。小一点的孩子还可以用被子包着,用宽带子从上面拦一下,这样妈妈在干活的时候孩子就不会掉出来。"

他们都有点不相信我说的。恰在这时,一位妇女背着一个我说的那样的背篓走到我们身边。我一看她要放下背篓就主动过去帮了她一下,把背篓放下。我见她背篓上蒙着一块布,感觉里面好像是个孩子便问:"是你的娃吗?"

她笑着点了点头,并掀起布来让我看,里面果然是个小孩。我问她:"干吗蒙着?"

她说:"船上的风好大呀。"

我招呼他们过来看,他们一看果真如此。孩子坐在篓里也睁大了眼睛看着我们。可能在同学们奇怪的同时,他也奇怪怎么会有这些人围着他看。

船开了,很快就离开了岷江进入了长江。小刘突然说:"快看呀,长江里的水是两种颜色。"

船正行进在长江的中间,船右边的江水是黄色的,左边的水是碧绿的。小刘问:"这是怎么回事?"

我说:"昨天咱们在宜宾码头不是已经看到了吗?右边的水是从金沙江里流出来的。金沙江的江面窄、落差大、水流速快,带了大量的泥沙,所以水就浑浊是黄色的。左边的水是从岷江里流出来的,岷江的江面比较宽、落差小,水的流速也比较缓慢,带的泥沙就少得多,所以是碧绿的。两股水流入长江后由于江面更宽了,这两股水不可能一下子混合在一起,就在长江江面上形成了一条分界线,看起来很有意思。这种现象在世界很多地方都有,最著名的是非洲的尼罗河。青尼罗河和白尼罗河在苏丹的首都喀土穆汇合后,在江面上形成长长的分界线。每年都有不少的旅游者前去观看。"

确实船走了很长一段路之后江水才都变成了一样的黄色。这时小苏说:"如果都变成绿色的就好了。"

听小苏这话,我忽然想起了一个问题就问他们:"你们说是金沙江的水好,还是岷江的水好?"

他们几个人异口同声地说:"肯定是岷江的水好。"

我问:"为什么?"

小刘说:"金沙江的水那么浑,含沙量肯定低不了。可岷江的水碧绿碧绿的,清透的几乎可以见底。虽然不敢说不含杂质,但一定比金沙江的水好。"

他们几个人都是这样认为的。我告诉他们："据说宜宾的居民是能吃金沙江的水就不吃岷江的水。做豆腐肯定是用金沙江的水。谁要是用岷江的水做豆腐准卖不出去。"

"是吗？岷江的水多清呀，金沙江的水那么浑，这是为什么？"

他们不约而同地提出了这个问题。我告诉他们："一开始我也很奇怪。打听了一下，人家告诉我说是金沙江的水看起来浑可水质好。岷江的水看起来清，可水质差。至于为什么人家也没说。"

小刘连声说："奇怪，奇怪。"

小苏说："这可能是当地人的习惯。"

我说："我们仔细想一想，其中还是有它的道理的。"

小刘问："有什么道理？"

我说："我是这样想的。岷江的上游有成都、乐山等城市，沿江又有地势平缓的成都平原，因此沿江有不少的工厂，污染肯定少不了。所以到了宜宾，虽然表面上看起来水还行，但是水中的各种污染物已经很多了，所以水质就差了。相反金沙江就不同了。金沙江流域主要是高山峻岭，没有大城市，也没有什么工厂，所以污染就少。水中的杂质主要就是沙子，只要把沙子过滤掉水质还是蛮好的。你们想想我说的是不是有点道理？"

小苏说："你说的有道理，可你是怎么知道的？"

我说："当然这也只是我的推测。引起两江水质不同的原因污染可能也只是其一。如果真要了解这个问题也不难，只要到当地的环保局了解一下就清楚了。通过两江水这个问题我们可以悟出两点：一是我们一定要透过表面现象看本质，只有了解了事物的本质才能够更好地认识事物，千万不能想当然。二是我们是学化工的，我们要特别地注意污染问题，重视环保是我们义不容辞的责任。"

王秀华说："那你说老百姓怎么知道哪条江的水质好？"

我说："老百姓有最简单的办法就是尝，打来水一尝就行了。我们为什么要实习，就是为了要尝一尝，要亲自做一做。这样在今后的毕业设计中就不只是凭着书本上的知识和想当然了。"

说着说着小刘突然喊道："到了，到了。快看那就是宜宾化工厂。"

我们顺着他指的方向看去，果然在江边有一片厂房。在厂子的围墙上写着宜宾化工厂几个大字。顺着工厂的围墙往上游看有一个码头，离工厂并不远。一看到工厂，他们都站了起来忙着收拾行李。我忙招呼大家坐下："大家别着急，都坐下。船还要掉头呢。"

"呀，坏了，码头都过了船怎么不停呀？"小高发现船已驶过了码头就嚷嚷了起来。大家听她这么一嚷嚷又都站了起来张望。一看船果然已经驶过了码头。我赶快说："别着急，别着急，都坐下。船怎么会不停呢。船是要掉头的。我们这只船小，一会儿掉头会摇晃得很厉害，大家都坐好。"

听我这么一说他们又都坐下了。他们刚一坐下船就开始掉头。由于掉头掉得比较急，船果然摇晃得很厉害。有的人开始有点头晕了。好在掉过头后船加大了马力很快就靠上了码头。

我们提着行李下了船，也不用打听顺着在船上看到的方向走了过去，很快就找到了宜宾化工厂。到了厂里一问才知道，龙老师还没有到。好在工厂里已经知道我们要来了，准备工作都做好了。工厂把我们安排住在厂里的招待所。她们四个女同学一间，我、小刘和龙老师一间。招待所里自是被褥等一应俱全，我们是方便多了。等我们把东西放好后，负责接待我们的同志就带我们到厂里转了一圈。先到厂部见了副厂长、技术科科长。再到厂实验室，我们要实习的车间……离子交换树脂生产车间。我们见到了车间主任、当班的各位班组长。他

切实感受 贫苦

们大部分都是从天津迁过来的，见到我们北京来的学生都很热情，把我们当老乡看。再过来就是去了食堂，带我们换了厂里的饭票，又指给我们哪里是澡堂。最后他对我们说："这一路上你们辛苦了，今天就不要再去车间了。下午洗个澡，换换衣服，好好休息一下。等你们老师来了，他和厂技术科安排好了你们再开始实习。"

说完他就走了。这时我们有时间仔细地看一看我们周围的环境。

宜宾化工厂紧临着长江。工厂还有个自己的货运小码头，从工厂的仓库可以直接通过缆车把原料运上来，也可以把成品直接放到小码头的船上运出去，十分方便。工厂的各个车间就依次建在长江岸边的山坡上。通过车间的窗户就可以看到滔滔的长江水。我发现车间里的排风扇很少。在北京时，每个车间都有几个很大的排风扇，往往是在加料和放料时都需要把排风扇打开。后来我参加了这里的投放料才明白，在这里根本用不上排风扇，只要把窗户打开就行了。什么时候江面上的风都比排风扇的风力大得多，这可是太方便了。由于车间建在山坡上，只要物流合理，倒是显得比平地还方便。我们经常看到有工人推着小车运东西，根本不费力，顺着坡地修好的路就把东西运到目的地了，真是太妙了。可如果物流不合理，那麻烦就大了。工厂的生活区就紧临着工厂的上风区，职工上下班都很方便。我们住的招待所，还有浴室和食堂都在厂区和生活区之间。有的单身职工下了班就吃饭，吃完饭去洗澡，洗完澡就回宿舍。一点路都不多走，便当得很。

围着厂区绕了一圈后，女同学就回招待所休息了。我和小刘决定去洗澡。工厂的浴室就是个大大的木板房，里面分成一个个的小间。从外面看起来挺严的，可到了里面把衣服一脱，顿时感到四面透风。在这样的浴室里洗澡就像在篱笆墙里洗澡一样，好在水还挺热的。衣服就放在自己身边的衣柜里，顺手就可以拿来穿上，要不然非把我给冻坏了不可。当我和小刘洗完澡出来才发现，这里的职工来洗澡时穿得很少。有的人甚至只穿单衣、短裤和拖鞋，洗完了也是这身打扮。而我和小刘还穿着棉衣。真是一方山水养一方人，一个地方一种习惯。平时他们虽然穿得比我们少，可也穿毛衣，可洗澡前后竟穿得这样少，而且人人如此也没见谁感到寒冷。

我和小刘回到招待所，便约女同学一块到食堂去吃饭。在食堂吃饭的人不多。一般有家的职工都回家了，只有单身职工才在食堂吃饭。食堂的饭菜很便宜。一个炒青菜5分钱，一个炒笋丝7分钱，一个2两的馒头4分钱，2两米饭3分钱。有肉的菜很少，就是笋丝炒肉里也没有多少肉，价格也很便宜才1角钱。我和小刘花上2角钱就能吃上一顿饭。女同学一般一顿中餐和晚餐才花1角多一点，早餐才花几分钱。学校还给我们每个同学每月6元的伙食补助，平均每天2角钱。这补助的2角钱就够我们一天的菜钱了。大家吃完饭从食堂里走出来都满心欢喜，这一个月实习下来我们每个人都会有伙食节余了。

饭后我们走出厂区溜达。厂外就是宿舍区，一排排的楼房整齐地排列在山坡上。周围就是山，山上就是田。谁也说不上这里是农村还是城镇，没有任何界线。宿舍区里也没有任何娱乐场所。商业也很少，只有一间很小的粮店和一间很小的杂货店。粮店周围有几个卖菜的小摊，卖菜的人好像就是工厂附近的农民。我们转了转看来实在没好去的地方，只好快快不乐地返回了招待所。我看得出来他们几个人都有点后悔跑到这么偏僻的地方来。为了不让这种情绪发展下去，回到招待所后我就建议大家在一起议论一下到工厂后的体会。由于没有准备，一开始谁也不知道议什么。我只好现想议题了，我说："我们这次实习有两个主要任务。"

我一说有两个任务他们都拿疑惑的眼光看着我。因为在实习前老

切实感受 贫苦

师交代得非常清楚。这次实习的主要任务就是要了解一下在今后毕业设计中所涉及工艺的国内现状,要保证在毕业设计时设计出在国内领先的水准。可你倒好,实习还没有开始就说有两个主要任务。那这两个任务是什么?你给我们说说。看到大家的疑惑的表情我接着说:"第一个任务是要了解一下国内离子交换树脂生产工艺的现状,为我们今后设计提供最直接的数据,同时要尽可能地提出改进的方案。具体怎样做要等龙老师来了之后再做具体的布置。第二个任务那就要完全靠我们自己了,那就是我们要感触一下中国的社会。过去我们主要生活在北京。北京是我国的首都,从各方面来说北京在全国都是最好的。可是一路下来我们可以清楚地看到,北京并不能代表全国。我们北京人所享受到的一切并不等于全国人民都享受到了。由此我们可以感到我们肩上的任务有多重。我们有多少工作要去做。我觉得我们应该通过自己亲眼看到的、亲身感受到的来体会一下我们的责任。"

经我这么一说,大家纷纷谈起了一路上的感受。每一个人都感受到我们的国家还是太落后了,人民的生活还是太苦了。虽说我国人民在政治上已经翻身了,可在经济上还远远没有翻身。这一路上的很多见闻都是他们从来没有见过的,甚至都没有听过的。特别是宜宾火车站上的那个棒棒娃和宜宾码头上的那些搬运女工。

小苏说:"我真的没有想到在我国还有连小学、初中都上不起的孩子。可以看出来他们的生活肯定是很贫苦的。如果不是亲眼所见也许我不会相信。我是一个长在矿区的孩子,在我们矿上也有一些困难户,每年矿上都要救济他们。但是没有一户的孩子不上学的,起码也要上完初中,看来这里有的孩子连小学都上不了。哎,他们长大了就会成为新一代的文盲了。"

小刘说:"我也没有想到码头上还有那么多的女工。她们干的活是那么重,而收入又是那么少。我觉得像这么重的活就不应该让女工来干，也不知道男人都干什么去了，我真的有点想不通。不过从这里也可以看出来，四川的妇女真能干。"

小高说："我觉得能干也不应该叫妇女干。多重的活呀！我们四个人都搬不动，人家一个人要背着上那么多的台阶。反正在我们那里像这么重的活是不会让妇女来干的。"

小刘马上说："我不是说了嘛，我也认为不该让妇女干那么重的活。我们那儿也不会让妇女干那么重的活。可是在宜宾我们看到还有不少的妇女干那样的活。我想这肯定是有原因的。"

王秀华说："原因就是穷。"

她这个"穷"字一出口，大家都把目光投向她。她见大家都看着她就解释说："如果不是穷谁会让自己家里的女人出来干这么重的活，来挣这几个钱。咱们这一出来到成都时我还没有什么感觉，可到了宜宾一下火车我就有一种说不出来的感觉，后来我觉出来了就是贫穷，由于贫穷引起了落后。"

李秀珍也跟着说："我同意王秀华的看法。我也有这样的感觉，心里很不是滋味。"

贫穷落后的环境造成了一种压抑的气氛，使大家的心里都很不是滋味。在这种气氛下是很难把实习做好的。好在大家把自己的感受说了出来。现在关键就是要把大家的情绪尽快调整过来。在路上我最关心的就是如何把大家顺利地带到宜宾化工厂来。其他的问题都没有考虑，往往也来不及考虑。现在终于平安地到了目的地，下面的问题就是要稳定大家的情绪把实习做好。

大家都发了言把自己的想法说了。接下来他们就把目光投向了我，分明是在说："是你把我们动员到这里来的，不知你有何感受？"

我说："我和大家的感受是一样的，就是太穷了。但我必须如实地告诉大家，这里尚不是我国最穷的地方。比这里穷、比这里落后的

切实感受 贫苦

地区还有。"

"真的吗?"他们都吃惊地看着我。

我说:"真的。就是在宜宾地区我们才刚来一天多,我相信我们也没有看到最穷的人,也没有看到宜宾最落后的地方。还有好多的东西我们没有看到,没有感触到。但有一点我还是有所感触的。这就是我们所见到的这些人好像并没有我们所感受到的那么压抑。你们仔细想想,不管是我们在火车站见到的棒棒娃,还是在码头上见到的搬运女工,从他们的脸上我们只能感受到辛劳,可没有感受到压抑。是不是?"

经我这么一说,他们也开始感觉到好像当地人并没有我们这样的压抑感。小刘说:"你这么一说我才感到是这样。是不是他们已经习惯了这样的生活?"

小高说:"你说的有道理,就是他们已经习惯了。特别是他们没有过过更好的生活,甚至他们以前的生活比这还苦,所以他们就没有我们这样的感觉。"

小高觉得小刘说的有理,还对小刘的说法进行了补充。

我说:"你们说的有一定的道理,但是我感觉还不完全是这样,还有另外一个原因。"

小苏一听还另有原因就忙问:"还有什么原因?"

我说:"那就是他们对未来的信心。他们认为只要通过自己的艰辛劳动就能够改变现状,就能够过上比现在好的生活,因此没有必要为今天的困苦而懊恼,而沮丧。不管你们信不信反正我信。"

大家听我这么一说都默不作声了。过了一会儿小苏说:"我觉得你说的有道理。反正我觉得有希望的时候就感到压力小了。"

其他几个人听小苏这么一说也不由得点了点头。我继续说:"今天晚饭后从街上回来看到大家的心情都有点压抑,其实我自己的感觉也是一样的。但反思一下我们毕竟只来了一天,人家是长年累月生活在这样的环境中,人家都不感到压抑,还生活得那么自信,我们有什么理由沮丧呢?他们有信心,我们就更应该有信心。我们应该有信心把我们的工作做好,为国家、为人民、为党做出更大的贡献,其实也就是为改变这里人民的生活状况做出了我们的贡献。"

我刚一说完,小高立刻接着说:"经你这么一说我想开了。刚才我心里还特别难受。真的没有想到我们国家还有这么穷的地方。现在我明白了,穷并不可怕,可怕的是没有信心和勇气去改变它。人家长年累月生活在这里都不气馁,我们就更没有理由气馁了。我们应该把学校交给我们的任务完成好。今后毕业了好好工作,多为国家做贡献。争取把祖国建设得更好,让全国人民都过上好日子。"

接着你一言我一语,大家都表示一定要努力搞好实习,争取多掌握一些知识。今后用自己学的知识来改变国家贫穷落后的地方,让祖国变得更繁荣昌盛。我一看大家的情绪变了,我的心情也好多了。我就说:"咱们今天就议到这里吧,明天就正式开始实习了。"

王秀华说:"龙老师还没有来怎么办?"

我说:"没关系。明天我们先到科研科去看看。龙老师肯定已经把实习的事和科研科说好了。"

大家都同意我的意见。女同学就站起来准备回去休息了,临走时她们还说希望今后我能多带她们出去走走,好多接触接触社会。我自是答应了她们的要求。

没有想到当天晚上龙老师就赶到了。他见我们都平平安安的,而且一切都已经安排好了自是很满意。后来有听说我们已经参观了工厂脸上露出了赞许的微笑。本来准备休息的女同学一听龙老师到了又跑过来见老师。我见龙老师已经很累了,就让她们稍微坐了一下都早点回去休息。这一夜是我离开学校后睡得最好的一夜。

11 在实习中 努力

实习开始了，包括三个内容。（一）工艺：要求熟悉阴阳离子交换树脂的整个生产工艺过程，要从看开始到能跟着干，最后要能做到独立操作；（二）设备：要对所有设备有所了解，清楚每台设备的性能、在生产工艺中的作用及设备的必要的外观、尺寸和重量，等等；（三）要对阴阳离子交换树脂生产工艺的改进方向及方法要有所了解。任何产品都不可能是十全十美的。目前生产的阴阳离子交换树脂还有许多方面需要改进。因此我们在做工艺设计的时候就需要尽量考虑到改进的余地。

首先是熟悉工艺。我们六个同学分成两个组。一个组在阴离子交换树脂的生产线上，另一个组在阳离子交换树脂的生产线上。过几天以后再对换过来。对于离子交换树脂的生产工艺我们是有所了解的。我们曾在北京化工五厂的离子交换生产车间实习过。这次再到宜宾化工厂来实习，主要是了解一下两个厂的生产工艺的异同。在跟了两个班之后，我们就发现这两个工厂的生产工艺实际上是大同小异的。不同的地方对产品的产量和质量影响都不大。这样一来设备的选择就方便多了。阴离子交换树脂的生产工艺比阳离子交换树脂的生产工艺复杂一些，设备要求高一些，工艺流程也长一些，但总体来说都不是很难的。很快我们就能够跟着干了。宜宾化工厂的职工对我们也特别好。据说我们是他们从天津搬到宜宾后第一批来厂实习的大学生，而且是从几千里之外的北京来的,所以从厂长到车间班组的工人对我们都很热情。车间主任在车间的会上曾说过:工农兵学员都是有实践经验的大学生,他们有经验又有理论。我们应该相信他们,让他们放手地去干,在干中积累更多的经验,我相信他们能干得很好。经车间主任这么一说,本来我们挺放松的心情一下子又紧张了起来。工农兵学员因为从事过一些工作,因而动手的能力或实践经验与从学校里直接出来的大学生相比是会有所不同。但就离子交换树脂的生产工艺来说,我们几个人无论如何不能说是有经验。即使我们在北京化工五厂实习过,充其量也只能说是有所了解,怎么能跟这里的车间主任、技术员、车间里的工人相比呢?我们只好再三表示我们是来学习的,来向车间里的工人、技术员、车间的领导学习的,真正有着宝贵实践经验的人是他们。车间主任是个爽快的人,他再三表示对我们欢迎,并说你们想看哪里就可以看哪里,你们想看什么材料我们就提供什么材料。如果你们想试一试开车,不要客气,只管提出来。只要是能做的,我们一定安排你们做。面对着车间主任的真诚,我们只有表示感谢。

看了两个班后我们就开始跟着干了。由跟着看到跟着干,一开始她们几个女同学还有点紧张,不过我和小刘倒还是挺有信心的。其实只要掌握住关键的几步就没有问题了。一是配料比千万不能错。二是要控制好反应温度。化学反应温度是最重要的因素之一。温度不到往往反应不完全,甚至不发生反应。温度过了又往往发生反应过头,产生大量的副产品。三就是要控制好时间。过长的反应时间不仅会产生过量的副产品,还会浪费能源。这几步在操作规程中都写得清清楚楚,只要认真操作就行了。一个星期之后,车间主任又提出了一个大胆的想法,让我们自己独立开车生产一批产品。一开始我们都有点犹豫,生怕给干砸了。可车间主任却信心十足,他说:"我观察好几个班了。说是你们跟着干,其实很多工作都是你们自己干的。只要有信心就没有干不好的。我相信你们一定能够生产出合格的产品来。"

龙老师也说:"对于离子交换树脂的生产工艺你们应该说是基本掌握了的。在北京化工五厂你们就已经见过了其生产的全过程。来四川也有一个星期了,只要小心按规程操作应该就不成问题。我和车间主任都会关注你们的。"

在车间主任和龙老师的鼓励下,我们终于下决心自己独立操作一次,争取生产出合格的产品。独立操作的前一个晚上,我们六个同学在一起进行了最后的准备。首先明确了第二天每个人的岗位。我们决定任何一个操作步骤都要有两个人在场,一个人作为操作者,另一个作为复核人,每一步操作都要由两个人共同来完成。分好工后每个人又把第二天自己要进行的操作复述了一遍,由其他的同学共同来检查一下,看他说的对不对。其实经过这段时间的实习,整个生产工艺流程及操作规程都已经印在我们每个人的脑子里了,说出来是不会错的,但是真要轮到自己来做了又有点不放心,自己对自己不放心,终究是没有亲自做过嘛。

第二天我们每个人都醒得比较早,谁在床上也躺不住。为了不影响龙老师休息,我和小刘轻轻地爬了起来,洗漱完了就早早地跑到工厂的院子里等食堂开饭。过了不一会儿,她们几个女同学也来了。我们站在院子里望着滚滚东去的长江水,好一会儿谁都没有说话,真好像有点战前的味道。每个人都在想今天自己应该怎么做,也在想自己有可能遇到什么情况。其实会遇到什么情况大家心里还是有数的,也就是前几天自己都看到过的那些情况。凡是没遇到的想也是白想,也是不会想到的。但不知怎么着大家的心里就是没有底,因为这毕竟是第一次。

过了一会儿小高问小刘:"你今天为什么起那么早?"

小刘说:"不为什么,就是睡不着。"

小高追问:"是不是有点紧张?"

小刘说:"其实也没有感到什么紧张不紧张的,就是睡不着。"

小高说:"睡不着还不是紧张嘛。"

小刘反问道:"那你也这么早就起来了,你紧张吗?"

小高没话说了,只好说:"我是有点紧张。"

小刘也跟着说:"其实我也有点紧张。平时身边有人时怎么干我都敢干,可是身边没人了我就有点心虚了。"

听小刘这么一说我们都乐了。小刘说的是实话。没坐过火车的人坐火车还不踏实呢,何况这次是让他自己去投料,控制反应温度,掌握反应时间,生产出合格的产品来,怎能不感到紧张?小高和小刘这么一说,我们也都感到自己还是有点紧张的。可说来也怪,一承认了自己紧张反倒轻松了许多。我望着长江水说:"长江水是不会回头的。"

大家听我这么一说都愣了一下。小苏马上明白了,她说:"你是不是说今天一定会顺利过去的?"

我笑了,大家都笑了。食堂开门了我们一块走了进去。

果然这一天顺利地过去了。顺利的连是怎么过去的我们自己都不知道。产品的分析结果很快就出来了,合格!所有的指标都合格。我们真想好好庆祝一下,可工厂周围连个娱乐的地方都没有,没办法只好在食堂里每人买了个好点的菜,自己慰劳了自己一下。我们决定星期日到宜宾城里去看看。

12 体验生活 自勉

体验生活　自勉

　　星期六的晚饭后没事，我们六个同学便一道走出了厂门，沿着江边信步走去。大家一边走一边聊。聊的最多的自然还是实习的事。这时不由得想起了在无锡实习的同学来了。小刘说："也不知道他们独立操作了没有？"

　　王秀华说："没准他们也独立操作了，老师会安排的。"

　　小高抢着说："那可不一定。来时龙老师也没说让咱们独立操作呀。还是车间主任提出来龙老师才同意的。我想他们不一定有这样的机会。"

　　小苏也跟着说："他们人多也不见得好安排。再说人一多也难免出问题，只要有一个人不小心就麻烦了。我要是老师就不安排他们独立操作。"

　　李秀珍问了一句："要是你是老师，你会安排咱们这些人独立操作吗？"

　　小苏挺痛快地说："那我会安排的。咱们人少，人少好掌握。掌握了每个人的情况认为可以，当然就好安排了。"

　　小苏说得满有信心。我没有参加他们的聊天，只是随着大家一起沿着江边走着。我爱看山，也爱看水。山，给人一种实实在在的感觉，给人一种永恒的感觉。水，给人一种不息的感觉，给人一种变化万千的感觉。自然界就是这样，有的不动，有的不停；动者恒动，静者恒静。小苏见我一直没有说话,便轻声地问:"你在想什么?"

我小声地说:"我什么也没有想。我在看水。"

小苏不解地问:"看水?"

我说:"是呀,看水。滔滔不绝的江水一泻千里。昨天还在金沙江和岷江,今天就到了宜宾汇成了长江。明天过泸州,再过去就是重庆、三峡、武汉、南京、上海,就奔进了浩瀚的东海。多么令人神往呀!"

小苏问:"从这里上船就能一直到上海?"

我说:"当然了,不过据我所知还没有直通的船,只能一站一站地换乘船。"

小苏说:"要是能直达上海就好了。咱们去无锡实习的同学不是最后要到上海参观吗?咱们和他们约好,就坐船沿着长江一直到上海和他们碰面,该多有意思呀!"

小苏说到这里乐了起来,好像真能沿着长江一直到上海似的。小刘听见我们在聊长江也插话问我:"你在长江上坐过船吗?"

我说:"你们不都坐过了船。咱们从宜宾来化工厂时不就是在长江上坐的船吗?"

听我这么一说大家都笑了。小刘不好意思地说:"我说的是你有没有坐过那种长途的船,就是一坐好几天的船?"

我说:"坐过。"

小刘问:"你从哪儿坐到哪儿呀?"

我说:"我先从上海坐到武汉,又从武汉坐到重庆。在火车上我不是告诉过你吗?"

小刘还是问:"坐了好几天吧?"

我说:"从上海到武汉一天多,从武汉到重庆三天多,都快四天了。"

小刘接着问:"长江两岸的风景一定很好?"

我笑着说:"长江两岸的风景确实不错,但是你坐船不一定都能看得到。"

小刘说:"那怎么看不见?是晚上天黑看不见吧?"

我说:"你说得对。船在长江中走好几天自是要过夜的,夜里确实什么也看不见。不过你说的也不全对。就是在白天也有看不见两岸风光的时候。这就是在快到长江入海口的地方。在那里长江很宽,到底有多宽我也说不清楚。反正船在长江中心航道上走,两边都看不到岸。"

小高说:"那不跟大海一样啦?"

我说:"是呀。有一次我坐船。船出了吴淞口我就以为到了大海。眼前一望无边,白浪滔天,风吹过船舷都带着腥味。可一问船员才知道,船刚进长江。"

不知是谁说了一句:"你说生活在长江边是不是挺好的?"

我真不知道如何回答这个问题。虽说我比他们几个人走的地方多一点,可我还真没有在长江边上待过。恰在这时,我们正好走到泊在岸边的一条船旁。我随口说:"咱们上船看看,问一问船上的老乡不就知道了吗?"

小高说:"人家让咱们上吗?"

"我去问问。"说着我便向船走去。小刘从后面一把拉住我,小声地说:"算了,那合适吗?"

"那有什么不合适的?说真的,我们来了那么多天了,还真没有和当地的老百姓打过交道呢。没关系,我先去看看。"说着,我就走上从船上伸到岸边的跳板。这时围坐在船头的几个人都转过头来看我。我趁机和他们打招呼:"老乡,我们能上船来看看吗?"

他们睁大了眼睛,脸上露出了诧异的表情。我忙解释说:"我们没有坐过你们这样的船,所以想上来看看。"

听我这么一说,其中一个人说:"没啥好看的,你们想看就上来吧。"

我一听他们同意了,就回头招呼同学们上来。跳板比较窄,我站在船上伸手把女同学一个个拉上了船。这是一只普普通通的农家船。船不大,中间没有棚,只在船尾、船舵上有个小棚。船的中间有一支桅杆。由于船已靠岸了,帆已落了下来。收起来的帆把船分成前后两个部分。在我们上船时已有五个人坐在船头。他们围着一个炉子在烤火。炉子上坐着一口锅。由于船不大,上船后我们也只能站在他们的背后。"老乡,吃饭了吗?"我随便问了一句。

"还没有,我们正在做饭。"一个老乡说道。

我问:"做什么吃的?"

没人回答,其中一个人掀开锅盖。我们向锅里看去,原来只是一锅红薯。小苏问:"你们就吃红薯,不吃别的?"

他们中的一个人说:"晚上只吃红薯。晚上没活干了,吃点就行了。你们尝尝。"

说着他就从锅里拿出了一个红薯递了过来。我们见锅里的红薯并不多就忙说:"谢谢,谢谢。不用了,我们已经吃过饭了。"

我们每一个人都明白锅里的红薯怕是连他们自己吃都不够,我们怎能忍心再去尝。"你们吃吧。别让我们影响你们吃饭。"

说着我就把他伸过来的手轻轻地推了回去。

"那我们吃了。"他不好意思地说。他再次掀起了锅盖拣了一碗红薯站了起来,走向船尾。我和小苏也跟了过去。他走到舵旁把红薯递给了一位坐在棚子里的老者,回过头来对我们说:"这是我们的船老大。"

我赶紧说:"大爷,您好。我们是北京的学生,在这岸上的化工厂实习。今天没事转到江边上您的船上来看看。"

老人叹了一口气："唉,我们这船有什么好看的,你们要看就看吧。"

我问："大爷,您们到这里来干什么呀?"

老人头也没抬一边吃着红薯一边说："拉粪。"

小苏问："拉粪干什么?"

"做肥料呀。"老人仍在吃着红薯。我和小苏四下看了看,船上什么都没有。小苏再次问："大爷,您们的粪放在哪儿呀?"

老人向船头喊了一声："把船板打开,让学生看看咱们拉的粪放在哪儿。"

喊完了他又低下头去吃他的红薯。这时船头有个小伙子站起来。他走到船中间掀起一块船板。我们都围了过去顺着掀开的船板看过去。原来果真是大半舱的粪便。一阵江风吹过,刺鼻的粪臭一下子冲了出来。几个女同学不由地用手捂住了鼻子向后退了一步。如果不是在船上可能她们还要退得更远。掀开船板的小伙子见状又立即把船板盖上了。他一句话也没有说就又回到船头吃他的红薯去了。

我们几个人又回到船老大的身边。这时他的红薯也吃得差不多了。我们就在他身边坐下和他拉起了家常。

我问："大爷,您们船上的这些大粪是从哪儿收来的呀?"

大爷说："就是在工厂的宿舍区。"

小苏问："您们都什么时间去收呀?我们都来了好几天了怎么也没有见过您们呀?"

大爷说："每天早晨工人还没上班的时候我们就到各家各户去收。"

小刘说："哦,每天早晨我们还没有起床的时候总听见有人在外面吆喝什么,原来是您们在收粪呀。"

大爷说:"是我们唤他们各家各户出来倒粪。"

小高问:"那他们让您们收吗?怎么环卫局的人不来收?"

"由我们来收是说好了的,你们看。"大爷说着用手向岸边的工厂区一指说:"原来这里都是我们的田,后来国家要在这里盖工厂,就把我们迁到上游去了。迁走的时候我们就和工厂说好了,上游的地贫不好种,国家盖工厂我们没有意见,可工厂宿舍里不能盖厕所,家家户户都要用马桶,家属区的粪要由我们来收。这是说好了的。"

不知是谁说了一句:"盖了厕所也可以由您们来收嘛。"

大爷说:"盖了厕所水一冲就把粪都冲跑了,我们农民还怎么收。"

这时我们才明白为什么当我们到工人师傅家里去串门的时候,发现家家户户都没有厕所,方便时都用马桶。原来是当地农民在他们耕种的土地被征用时提出了这样的一种要求。这个要求使我们每一个人的心都收紧了。土地是农民的根,是农民的命。祖祖辈辈耕种的土地在他们的眼里几乎和儿子一样重要。当他们失去了如此重要的土地的时候,他们所要求的竟是粪便,难道这粪便就这么金贵吗?

我注意到这是一只再普通不过的农家船,完全没有机械的动力。我问:"大爷,那您们把这些粪便送到哪儿去?"

大爷说:"送到上游去。"

我又问:"那您们怎么把粪运到上游去呀?"

大爷说:"拉上去,拉纤知道吗?"

我没有说话,我在坐船路过三峡时见过。其他几个人异口同声地说:"没见过。"

大爷说:"拉纤就是用纤绳拴在船上,用人把船逆水拉上去。没办法,没有机器就只能靠人拉了。"

小刘看了看船,又看了看坐在船头的几个人问:"那拉得动吗?"

体验生活　自勉

　　我不愿意让他们再说这个话题了。我知道拉纤是河运中最辛苦的活。没等大爷回答小刘的问话我就问："大爷，那您们晚上睡在哪儿呀？"

　　大爷干脆地说："就睡在船上。"

　　大爷的话使我们都大吃一惊。这船上可怎么睡呀？不仅四壁皆无，就是上面连个顶棚也没有呀，而且此时已是隆冬时节。我们几个人身着棉衣尚感到江风冷冽。他们怎么能够睡在这露天的江面上呢？大爷看出了我们的困惑就说："没法子，不睡在船上睡哪儿呀。好在我们习惯了。只是我这把骨头老了，所以我睡在棚子里。"

　　大爷说的棚子向船头的一面也是敞开的，就是遮住的地方也是见风透风，着雨漏水呀。我不忍再和大爷聊下去。在宜宾火车站的时候，在宜宾码头的时候，我们已经感到这里和北京的巨大差距，甚至可以说是天壤之别。可我们怎么也想不到，这里还有一些农民为了一船粪竟不得不在寒冬腊月里露宿在江面上，就睡在装粪的船舱上，与满舱的粪便仅隔一层船板。他们每天三顿饭两顿是红薯，只是中午也是一半红薯一半米。午饭时用一个饭盒盛一半米，上面放上几块红薯，请工厂的食堂在蒸饭的时候帮他们蒸一下。这对于工厂来说算不了什么，可对于他们来说便是值得千恩万谢的了。坐在船头的几个人不止一次地说工厂里对他们挺好的，不仅给他们粪，还帮他们蒸饭。这时小苏轻轻地拉了一下我的衣角小声地说："咱们是不是该走了？"

　　我点了点头站了起来向大爷告别。大爷也没有留我们，只是说了声："天黑了，你们慢走。"

　　就在我将要转身走时发现船舵旁放着一捆甘蔗便问道："大爷，这甘蔗是您们自己种的吧？"

　　大爷说："是我们自己种的。本来想拿到街上去卖几个钱，可是不好卖。你们拿一根去吃吧。"

说着他就转过身去摸甘蔗。我忙问:"大爷,您这甘蔗卖多少钱一根?"

大爷说:"一根一角钱。你们拿根去吃吧,不要钱。"

"不,大爷,我买一根。"说着我就从衣袋里摸出一角钱递到大爷的手里。

小苏也说:"我也买一根。"

小刘、小高、王秀华、李秀珍每人都买了一根。最后我拣了一根又短又细的甘蔗,我们就扛着甘蔗往回走。在回来的路上谁也没有说话。

回来后我们就坐在宿舍里吃甘蔗。我们都感到这甘蔗很甜,汁很多。也许这是因为我们心里都感到了某种苦涩的缘故。

第二天吃过早饭后,我们按原计划到宜宾去看看。我是要去买一些实习用的坐标纸,她们几个女同学需要买一些生活用品。当然到了四川还是想多走一走,多看一看。从工厂附近的码头到宜宾市逆水行舟一个多小时就到了。原来我想自己去买纸,让他们到街上去转转,大家约个时间在码头见面就行了。可他们都说还是大家一起走,怕走丢了,这人生地不熟的找都不好找,只好大家一起去买纸。说实话我真没想到在宜宾买几张坐标纸会这么困难。我们走了好几家文具店都没有买到。就在我几乎绝望的时候,王秀华发现了又一家文具店,门面不大,原本我都不想进去了。她们都说要进去碰一碰运气,我只好随着她们进去了,没有想到一问还真有。售货员蹬着凳子从货架的顶部拿下来一卷纸,上面落满了尘土。我们买了几张,我顺便问了一句:"你们这里的文具店怎么大部分都不卖坐标纸?"

售货员说:"这种纸太贵,不好卖,所以一般文具店都不进。我们这点存货还是前年进货时配给的,要不然我们店也不会进。这不都二年了也没卖掉几张。再过些日子纸都老了,就废了。"

体验生活　自勉

我又问:"那你们这里的学生不用吗?"

售货员说:"这么贵的纸我们这里的学生都不用。他们都是自己画。"

小刘问:"那工厂呢?工厂不用吗?"

售货员接着说:"大一点的工厂就自己到成都去买。"

我们没有再说别的,拿着包好的坐标纸走出了文具店。走在马路上小刘问我:"宜宾是个县吗?"

我说:"不,是个地级市,比县高一级。"

小刘问:"那怎么买点东西比我们通县还困难?"

我看了小刘一眼说:"通县在哪儿,通县不管怎么说也是北京,而宜宾在四川。不说四川的经济比北京差得多,就是在四川本省,宜宾也是个落后的地区。比成都、重庆差得多,当然就更没有办法和北京比了。"

小刘听了一脸的茫然。话虽然是这样说了,可是宜宾落后的状况无论如何我也是没有想到的。7年前我曾到过四川。那时虽然是处在"文化大革命"的初期,全国都笼罩在"革命"的气氛中,可人们总是要吃、要住、要生活的。那时还没有感到像现在这样困难。7年过去了尚不如昔,真是让人痛心。我是有比较的,他们几个人都没有来过四川,可看他们的神情也能感到他们的沉重。在他们的眼里一切都是那么的陌生。他们好像在问自己,这也是我们的国家吗?我们伟大的祖国怎么是这个样子?他们过去不曾见过,也从未想到过。我们在街上转来转去,终于感到实在是没什么好转的了,大家决定还是回工厂去吧。

我们到了码头一看,回工厂的班船要很晚才开。大家很失望,不知道要在这码头坐上半天是什么滋味,可又有什么办法呢?又不通公路。有了路怎么都可以走,没有公共汽车还可以搭车,没车搭还可以用腿走。可眼前只有一条滔滔的长江，没有船总不能游回去吧？他们都气馁了，一个个都无精打采地闷坐在候船室。我自己跑到售票处看宜宾码头的船路图。结果我发现有一班船到一个小镇，不久后又有一班船从这个小镇开出到工厂附近的码头。船到工厂时从宜宾到工厂码头的船还没有开船，而且我还发现分段走的船票还不贵。我赶快回去把这个发现通报了大家。他们都同意走。一是宜宾实在是没什么好待的，都希望早点回到工厂去。二是也想多去个地方，再看一看四川小镇的风情。

　　船票很好买，买了船票就上船。这是一只更小的船。看来是越短途的船越小，去的地方越小船越小。船上连椅子都没有，旅客或站或就坐在船舷的内侧。由于船舷很低迎面的江风一吹，浪花就能溅到乘客的身上、脸上。我们不由得向船里躲去。然而当地的人却都待在原地，他们已经习惯了。半个小时左右，船就停了下来。我们没有看见码头。船就在一块浅滩边抛了锚。"到地方了吗？"我心里起了疑问。我还没有问就见船上的水手把一块跳板搭好，船上的乘客纷纷走下船去。船上的人本来就不多，瞬间就剩下我们几个人了。他们几个人也心存疑虑，看我没动也站着没动。船上的水手满脸狐疑地看着我们。他心里一定在想这几个人是干什么的？怎么到了地方不下船？我一看乘客都下光了，他们都在浅滩上沿着一条人踩出来的小路上走着，也只好向跳板走去，他们几个人也只好跟着我走下了船。下了船就站在长江岸边的一块沙滩上了，四下张望，别说是镇子，就是连一间房子也看不见。我只好回头问船上的水手："同志，请问镇子在哪儿呢？"

　　水手向山上一指说："就在那边山上。"

　　顺着他指的方向望去，我才在山的半腰隐隐约约地看到少许的房子。我们下了船，零星的几个人上了船，水手把跳板收了起来，船又发动了，搭载着不多的几位乘客又掉头向宜宾方向驶去。沙滩上就剩我们几个人了。小高见状有点着急忙问:"这可怎么办呀?这里连个卖船票的地方也没有,我们怎么回去呀?"

我想当然地说:"肯定在镇子里有卖船票的地方。反正时间还来得及,我们到镇子上看看,顺便吃点东西,我们还没有吃午饭呢。"

其实这时我们也别无选择。我们沿着从沙滩一直延伸到山腰的小路,跟着先下船的人们向山上那片房子走去。

不一会儿就走到了。说是一个镇子,实际上就是沿着半山腰有一条石板铺成的小路,路的两边有一些房子,多也不过几十户人家而已。路是沿着山腰铺的,所以路两边的房子不一样高。在山坡上的房子出门就是路。门槛比路面高一点。在山坡下的房子路比房基高。有的人家只好把门开在背路的一面。路面已经离后窗的窗台不远了。走在路上伸手就可以摸到房上的瓦。小刘他们几个人都是第一次见到这样的路,这样的房子,这样盖房子的方式,都感到很新鲜。路是这样的窄,有的地方伸开双臂就能同时摸到路两边房子的房檐。小刘还真的伸开双臂试了一下。我和小刘走在前面,突然听见几个女同学在后面叫我们。我们回头一看,只见她们站在十几步之后停住不走了。原来不知何时,也不知从何处来了一头大猪,它一声不吭地走到我们中间与我们为伍,一起漫步在小镇的石板路上。走了几步它又不想走了,便横站在了路的中间,它这一站便挡住了后面的女同学。我和小刘赶快走回去用脚轻轻地踢它的屁股,希望它向旁边靠一靠好让我们的女同学过来。可它就是不动,还把头偏过来用眼睛瞪着我和小刘。好像在说:我走累了,歇一会儿还不行,你们干什么踢我。小刘一看它不动有点生气了抡起脚来狠狠地踢了它几下。我赶快拦住了他,小声地说:"小心点,你知道是谁家的猪,万一踢坏了,人家让咱们赔可就糟了。"

说着我就用手推了推猪请它让开点。猪不知是怕小刘再踢它,还是感谢我不让小刘踢它，竟顺着我的意思摇摇摆摆地移到了路边，把路给让开了。几个女同学一见赶快跑了过来。

镇子小得不能再小，我们很快就找到了船票的售票处。买好了船票一看还有时间，就想赶快找个吃饭的地方。镇子虽小，吃饭的地方还是有的。有几间饭馆紧挨着，都是只有一间房子大。我们拣了一间稍微大一点的走了进去。虽说正是吃午饭的时间，可饭馆里没有吃饭的客人。我们一走进去马上有人过来招呼我们。从她脸上的表情就可以看得出来，我们是她今天唯一的客人。她一边招呼着我们坐下来一边用一块看不出本色的抹布把桌子擦了一遍。我们六个人围着一张桌子坐下，各自点了一碗面。我和小刘每人要了 4 两，她们几个女同学每人就要了 2 两。店主转身去煮面，我们就坐着聊天。大家聊着聊着，忽然一只大公鸡不知从哪儿飞到了我们的餐桌上，把我们几个人吓了一跳。可它好像没事似的在桌子上走了几步，看看这个人，再瞧瞧那个人好像在问：你们是从哪儿来的？我怎么没有见过你们呀？小苏冲着我和小刘喊："你们快点把它轰走吧。"

我和小刘挥手去轰鸡。店主从后面的厨房把头伸出来说："不要紧，不要紧，这是我家养的鸡。"

店主说完了又把头缩了回去继续煮面。小苏说："这是怎么一回事。她家养的鸡也不能在饭桌上跑呀。"

我说："可能是平时客人少它在桌子上跑惯了。今天看到我们占了它的地方特地跑来看个明白。"

小高说："这里太脏了，咱们还是换个地方吧！"

我劝道："算了吧，人家都把面给咱们下了，咱们不吃叫人家卖给谁呀。再说这个镇子上就这么几家饭馆，不是都看过了吗，还不是都一样。"

听我这么一说，几个女同学也就算了。一会儿面就上来了。刚吃

体验生活　自勉

了两口李秀珍突然叫了一声"哎呀!"放下了碗站了起来从桌子边跑开了。她指着桌子喊:"桌子下面有东西。"

我和小刘一听赶快猫下腰去往桌子下面一看,还真有个活物,是只狗,也不知是什么时候钻到桌子下面来的,我们六个人竟没有发现。这时几个女同学都放下了碗躲开了桌子。这只狗倒也老实,它安安静静地趴在桌子下面两眼望着我们,好像在说:你们躲什么呀,这是我的地方,凡是有人来吃饭的时候我都趴在这里。你们吃呀,你们不吃给我吃好啦。我一看这狗挺老实的就招呼女同学回来:"没事,它不咬人。你们坐下来吃饭吧。"

几个女同学异口同声地说:"不,你们把它轰走。"

我和小刘只好再猫下腰去轰它。这只狗确实老实,我和小刘一轰它,它就站了起来耷拉着脑袋悻悻地走了出来。它走到门口还回头看了我们一眼,仿佛在问:我又没有惹你们,你们干吗非轰我走。几个女同学见它在门口又站住了便挥手去轰它。一直看着它走出门口消失在小镇的石板路上之后才回到桌边坐下继续吃面。由于担心还会有什么其他的动物来捣乱,她们都加快了吃饭速度,很快就吃完了。付了钱马上就走出了小饭馆,那样子好像生怕再有什么动物会追出来似的。

走到了外面小刘说:"这个地方真怪。猪在街上走,鸡在桌子上跑,狗见了生人不叫也不跑。人和家畜都混在一起。"

我说:"一方山水养一方人,一个地方一个风俗。不同的地域不仅风土人情不同,就是家畜的习惯也不同。"

小高嘟囔着说:"这个习惯太不好了,我就不习惯和猪呀,狗呀在一块。这该有多脏呀。"

我笑着说:"你是没生在这里,长在这里,如果你生在这里,长在这里就习惯了。不习惯怎么办?猪在街上走你就不上街?鸡上了饭桌你就不吃饭？你看看人家这里的人有谁不习惯，不都是这样生活的嘛？"

听我着么一说，小高也就不吱声了。镇子里再也没有什么好看的了，我们就从原路退回到江边等船。

除了我们六个人，江边再也没有其他的人了。虽说我们是在四川也可以说是地处南方，但毕竟是 12 月的天气了。深灰色的云把天遮蔽的严严实实，仿佛是支在长江两岸的山头上。风掠着江面吹过，不禁使我们每个人都打了个寒战。我们几个人孤零零地站在江边，多少有点凄凉。好在不一会儿下游就开上来一只小船，看样子好像要靠岸。船上也没有几个人。王秀华不禁问道："这里的人星期日也不出门？哪里的人都不多。"

大家你看看我，我看看你，谁也没有接这个话茬。片刻小高冲着我说："咱们这些人中就你是来过四川的，你说说人都到哪儿去了？"

我想了一下说："这个我可说不好。不过我猜想可能有一个原因。"

小高快人快语问："你说是什么原因？"

我说："今天不逢集。我们所在的这个地方基本上还算是农村。农村的特点，特别是比较偏远的农村是不过星期日的。要买什么东西，或是要卖什么东西就只有到集市上去。因此逢集的日子人会多一些的。"

小刘说："我们家也是农村，怎么没有逢集不逢集的事。我们那里都是过星期日的。"

我说："别忘了，你们家虽说是农村，但毕竟是在北京，而且还是离城区不远的近郊区。你们那个地方可能连集市都没有。"

小刘说："我们那里还真的没有集市，买东西去商店多方便呀。"

说着说着船就靠岸了。果然船上没有几个人，人一下光小刘就蹦上跳板。我在他身后说："小刘，你知道这船是往哪儿开的你就上。"

小刘听我这么一说，一下子又跳了下来。我笑着说："你别下来呀。"

上也不是，下也不是，小刘尴尬地站在那里不知如何是好。我赶快上去一脚踏在跳板上问道："请问，这船是到宜宾化工厂的吗？"

水手说："是，要走就快点上来。"

我一听没错就招呼大家赶快上船。在船上我对小刘说："我就是让你先问问。你问也没问就上船，万一错了可就麻烦了。船和汽车不一样可以随时停下来。这一错就不知道错到哪儿去了。"

小刘不好意思地站在那里，我也没有再说下去。小苏站在我身边轻声地问："那他下来的时候你干吗不让他下来？"

我解释说："你没看见小刘一下来人家就准备撤跳板了。小刘站在上面人家就不会撤。我一站上去就马上问人家，也省得让人家等着。"

小苏轻轻地叹了一口气说："哎，太不方便了，连个站牌都没有，也不知道船什么时候到，开到哪里去，也没有人可问。"

我说："大概的时间还是有的，我们不也上了船嘛。这样的短途运输主要都是为当地人服务的。哪条船大概什么时间到，开到那儿去当地人都清楚，人家甚至看一眼江中行驶的船就知道是哪个航班。"

小刘说："不会吧？我看这江中不少船的样子都差不多。"

我说："你说的对。有的船是差不多，但很少有一模一样的船。"

小刘问："那是为什么？"

我说："因为造船和生产汽车不一样。生产汽车是先生产出同样的汽车零部件，最后一组装就成汽车了。所以用同样的汽车零部件，又用同样的组装方式装出来的汽车自然就一样了。可船就不是这样生产的。当然我说的是稍微大一点的船，而不是指那些小船。大一点的船都是一艘一艘造出来的。所以就是同一型号的船也有不一样的地方。也有把同一型号的很像的船叫姐妹船的。意思就是像姐妹一样,那也不会完全一样。"

小刘问:"你怎么知道的?你造过船?"

我说:"我哪里造过船。我是从书中看到的。我和你们说过的,一个人的一生是有限的,不可能事事都经过,不可能事事都亲自实践一遍。这就需要看书,要善于学习,把别人通过实践得来的知识通过学习变成自己了解的知识。"

小高说:"那你看了不少的书吧?"

我说:"其实我看的书也不多。我只是喜欢看书,但我看书的机会不多。"

小苏问:"你怎么没机会。"

我说:"你想想,你上初中时我正上高中,上了高中就想上大学。那时学校里的功课特别紧,除了课本之外就是与课程相关的一些书。其他的书根本就不敢看,怕耽误时间。高中刚毕业还没有来得及考大学,'文化大革命'就开始了,又无法读书了。到处都是乱哄哄的,没机会也没书好读。再后来我就当兵了。我们连队在深山老林里,别说是书,就是连报纸都看不上。我偶尔有机会出差进城就悄悄地买上几本书,都是和无线电有关的书。就是这些和工作有关的书也不能公开地看。"

小苏问:"为什么?"

我说:"那还不是怕人家说你走只专不红的道路吗?"

小苏说:"书买了不看岂不是白买了?"

我说:"当然不能白买。不能公开看,我就偷偷摸摸地看。在睡午觉时躲在蚊帐里看,或星期日跑到山上去看。再后来我就复员回来上了大学,其后的事你们就都知道了。你说我有多少机会看书?"

小苏说:"那你也比我看书看得多。我想你一个人看的书可能比我们几个人看的都多。"

　　我说:"那也不见得。不过我希望你们几个年轻的同学到了我这个年龄能比我现在看的书多。"

　　小苏说:"那不可能。"

　　我说:"有什么不可能的,关键是你想不想看,只要想就有可能。"

　　小苏说:"可马上咱们就要毕业了。毕了业就要工作,就没有那么多的时间看书了。"

　　我说:"当然工作后时间会少一些,但我告诉你两点:一是学习与工作是不矛盾的;二是开卷有益。只要你看书就一定会有收获。"

　　聊着聊着,不知不觉船靠岸了。我们上了岸就直接回工厂了。

13 踏上归途 圆满

踏上归途　圆满

　　第一阶段的实习结束了。第二阶段的实习开始了。第二阶段的实习相对容易一些，主要是对现有的车间进行尽可能详细的测量，为今后的毕业设计提供详细的数据参考。工厂自是十分支持我们的实习，不仅让我们在车间里随便地测量，还把资料室打开让我们随便地使用工厂的图纸。这样做起来就格外省力了。我们常常是拿着图纸到车间去核对。结果也发现了一些与图纸不相符合的地方。遇到这些地方我们就问车间主任或车间技术员。他们都会十分详细地给我们讲解改动的原因，使我们获益匪浅。很快我们就完成了第二阶段的实习。

　　第三阶段的实习是在工厂的试验室里进行的。这一阶段的实习主要是熟悉工厂试验室的工作。工厂试验室的主要任务是不断地摸索新工艺，以提高产品的质量和降低成本，同时也要不断地摸索减少"三废"的新途径。我们这次实习还有一项附带任务，就是要帮助成都工学院的一个项目完成一部分实验，给他们提供相应的实验数据。大家做起实验来格外小心。因为虽说实验是我们做，可数据却是成都工学院的老师用。如果做得不好，人家看不起我们倒没什么，可给我们老师丢人、给我们学校现眼就麻烦了。再有就是时间有限，几乎没有重做的时间。为了保险，我建议龙老师让我们分成两班来进行实验。原来试验室的工作一般是不倒班的，如果分成两班一天就能当两天用。龙老师自是没意见，不过他说一定要和试验室的主任研究后才能决定。很快龙老师就和主任谈妥了。试验室主任也和车间主任一样对我们的实习全力支持。他说早晨他可以早点来给我们开门，并协助我们做一些工作。我们不愿意太麻烦主任就决定早班上正常班。中班向后拖，反正我们住在工厂里，再晚也是那么一回事。

下面就该分班了，看谁上早班，谁上中班。我没有想到分班竟会遇到麻烦。因为有的实验反应时间比较长，要早班投料，中班才能出结果，这样一来问题就出来了。有的人不能看到反应的前期，有的人不能看到反应的后期，可大家又想都看一下全程。所有的人都倒一次班吧，老师又怕系统误差加大。怎么办？时间短，实验批次有限，怎样才能使大家都满意呢？最后我出了个主意，就是部分人固定，以减少系统误差，大部分人倒一次班，以便于观察反应的全过程。龙老师问："那谁固定呢？"

我说："我想我和您固定吧。您在早班，我在中班。您看行吗？"

龙老师说："那你不就看不到实验的前半部分了？"

我说："没关系，我可以看实验记录。再说今后还会有机会的。"

大家都没意见就这样定了。我有意识让小苏先上早班，因为小苏做实验比较细。虽说是龙老师在早班，可具体操作总不能让龙老师做吧？实验的记录也不能让龙老师写吧？所以让小苏先做起个好头。前面的人把实验记录做好了，后面的人就好跟着做了。当然我没有把我的想法告诉别人，主要是不希望在同学之间引起不必要的误会，好像不相信其他的同学似的。不过我还是把我的想法私下告诉了小苏本人。叮嘱她要有信心把实验做好，并告诉她关键是要把数据记全，就算万一实验有什么不足之处，有了数据也容易找出问题，以改进实验，如果数据不全那可就麻烦了。小苏说她希望能先和我分到一个班上，有什么事也好和我商量。我对她说："其实咱们同学之间在做实验方面都差不了多少。但是我注意过你的操作比较细，所以就建议龙

踏上归途　圆满

老师让你先上早班。不管结果如何关键是要拿出数据，只要你把数据记全了，对于实验来说就是成功的，我们就有改进的办法和机会。再说，早班还有龙老师和其他的同学，你的任务就是勤动手，多观察。"

小苏说："那能不能早晨你先和我们一块投料，等反应上了你再回去，反正早晨你也睡不着。再说你也得起来吃早饭呀。"

我说："那不成。你当我是谁？我既不是老师，也不是这次实习的负责人。只不过是大家信任我，老师也信任我而已，所以我也得信任大家。千万不能让人家觉得好像只有我行，别人都不行。要是那样就坏了。再说我也没有理由不相信你们，你说是不是，你也要相信自己。"

小苏又说："那能不能我上了早班不下班，一直拖到中班？"

我说："那也没必要，反正你还要换到中班来的。"

小苏再说："那你再帮我把实验方案复核一下。"

我说："这个可以。"

说着我又帮她把实验方案复核了一下，让她做到心中有数。

第二天早晨我和往常一样起了床，吃完早饭，便习惯地向试验室走去。小刘在我身后喊我："喂，你哪儿去呀！你是中班。"

我愣了一下，其实我也知道自己是中班，但不知为什么就不自觉地向试验室走去。我迟疑了一下还是转过身来回到招待所。这一上午我什么事也没有干，也没有休息好，总是有点神不守舍。好不容易挨到上班的时间，我匆匆忙忙地赶到试验室。当我踏进试验室房门时，看到上早班的同学和龙老师平静地坐在实验台前。我知道一切顺利。龙老师见我们到了把手随便一挥说："交班吧。"

我们先看了一下试验，又看了一下试验记录。试验记录写得很清楚，试验也很正常，都在设想之中。我让早班的人都回去休息。龙老师说他再待一会儿。我笑着说："龙老师，您放心吧。您们都把试验做到这份上了,再往后就出不了格了。"

龙老师说:"不是我不放心,是回去了也没有事。"

其实龙老师此刻的心情和我刚才的心情是一样的。好说歹说总算把龙老师劝了回去,因为试验还要做好几天。

试验很顺利,几天下来我们要收集的数据都收集齐了。最后龙老师又给大家留了一天的时间,要求我们每一个人都把这次实习的材料再做一次整理,看还有什么遗漏。这一天过得很快。吃过晚饭,龙老师带着我们六个人到厂长家、车间主任家以及几个最熟悉的工人师傅家转了转表示了我们的谢意。

回到了招待所,龙老师告诉我们,他家里还有点事要处理一下,不能和我们一起回北京,让我们几个同学先回去,问我们有没有问题。我们都说没有问题。来的时候我们能自己来,回去还能有什么问题?龙老师说他也相信我们不会有问题。最后他交代我要把成都工学院老师要的材料给送过去。他说他在回北京时就不在成都停了。我答应了老师一定把材料送到。

第二天一大清早我们就来到了码头。厂长、车间主任、厂里的好几位技术员和工人师傅都来给我们送行。在这一个月的实习日子里大家相处得都很好。分别时大家都希望今后能有机会再见。可大家心里都明白再见的机会实在是太少了。一直到开船之后他们还站在码头上,我们也一直望着他们。渐渐地人看不清了,但还看得见工厂。一直到最后工厂也浸在了晨雾中。我们踏上了归途。

一出宜宾码头我就安排小刘和李秀珍、王秀华、小高他们四个人拿着行李慢慢地向火车站走。我和小苏轻装快行先去买火车票。这时我们六个人已是归心似箭,谁也不愿意在路上多耽搁了。我和小苏一路小跑到了火车站。一看还有到成都的火车票,太好了。买好了票我们又掉过头去接他们。他们一听买到了票都很高兴。当我们赶到火车站的时候已经开始检票了。幸好人还不算多，我们每个人都有座位。火车开动了，我们从车窗向外再一次看了看宜宾。这是我们第一次来宜宾，也许也是最后一次到宜宾。宜宾离北京太远了，这远或许不仅仅是距离上的遥远。

宜宾终于在我们的视线里消失了。这时大家马上把注意力转移到了我们将要到达的成都。小刘和小高几乎同时问我："你去过成都吧？"

我笑着说："你们也去过呀！"

他们一愣，小高马上明白了。她说："那不算，那不算。咱们来的时候到成都天已经黑了。第二天走时天还没有大亮，成都是个什么样我们都没有见到。"

我和他们开玩笑着说："反正你们是到过成都了。咱们还在成都住了一夜呢。不算到过算什么？"

小刘想了一下说："那就算路过吧，仅仅是路过而已。"

我说："路过就路过吧。成都我去过，不过按小刘的说法我也是路过。"

小刘说："不管怎么说你对成都比我们了解得多。你说说成都怎么样？"

我说："什么怎么样？"

小刘说："哎，我也说不清什么，就是各方面吧。"

我说："总的来说成都比宜宾好多了。成都是四川的省会，比宜宾大得多，市容也好。城里城郊的古迹也多。不过我几乎都没有去过。我还是在'文化大革命'初期去的，到现在已经好几年了。"

王秀华这时说："那咱们能不能在成都待一天，让大家逛逛成都？"

我开玩笑地说："咱们这几个人里你的官最大，你是副排长，你说了算。"

王秀华笑着说:"去,去,什么我说了算。龙老师不是交代了吗?路上的事你多操心。"

我又对李秀珍说:"你是党小组长,你说呢?"

李秀珍也笑着说:"你怎么把我也扯上了。不过嘛,能停一天让大家休息一下我也没意见。你看着办吧。"

这时小高他们三人也都吵吵着要在成都待一天。小高说:"那他们还去上海呢。最少他们也要在上海待三天。咱们只是路过成都,在成都待一天不为过吧?你们说是不是?"

我说:"小高呀,你怎么昨天不说呢?昨天你一说,龙老师说:'反正你们也没有到过成都,就在成都玩一天吧。'龙老师一发话不就妥了。现在才说,你说怎么办?"

小刘马上替小高说:"昨天不是没想起来吗?刚才我们还没有想到这事呢。这不前面就到成都了我们几个才想起这事来着。"

小苏也说:"我们都没有出来过,也没有这方面的经验。你就想想办法吧。"

其实我也挺想让他们在成都玩一玩的。我心里最明白,当时他们都是希望去无锡的,因为去了无锡就可以去上海。但是一定要有人来宜宾,老师不好出面硬性分配就让我出面组织几个人来宜宾。说得难听一点,他们几个人都是让我给蒙到宜宾来的。再不让他们在成都逛一逛就有点太说不过去了。可总得有个理由吧?再说要在成都待着就得在成都住,费用怎么办?要让大家各自出不太好,让学校给报也不知行不行。我问:"你们谁知道他们到上海住在哪儿?"

小刘说:"我好像听说他们是住在什么学校。总之那边学校有空着的学生宿舍,他们都带着被褥比较好办。"

我说:"是呀。咱们要在成都待上一天就得住。咱们就得住旅馆,住宿费怎么办?"

王秀华问:"需要多少钱?咱们来的时候不是住在教育局的招待所吗?在宜宾又住市委招待所没花多少钱嘛。"

我说:"住招待所当然便宜了。"

小高说:"那咱们还住招待所不就得了。"

我说:"介绍信呢?"

小刘问:"住招待所还要介绍信呀?"

我说:"当然了。要不然人家凭什么接待你呀。从学校出来的时候龙老师只把来时路上要用的介绍信给我了。当时我以为回来时的介绍信在龙老师那里,可昨天我才知道龙老师也没有介绍信。我想他以为我们在路上不会停留的。"

小高有点急了。她忙问:"那可怎么办?"

小刘说:"不行咱们就在火车站的候车室待一夜算了。"

我说:"那可不行。在火车站待一夜,再坐两天火车,也许你行,我也行。可她们几个女同学非折腾病了不成,不行。"

后来还是李秀珍说:"我看这样吧。咱们在成都住一夜,回学校后学校给报最好,不给报咱们自己掏就算了。"

王秀华说:"我同意。这不是什么大事,学校给解决最好,不行咱们自己解决。"

其他人都没有意见,这事就这么定了,我们在成都停一下。就在这时我忽然想起来龙老师还让我把一份试验数据交给成都工学院的老师。我说:"我们有个正当的理由在成都停留一下。"

他们异口同声地问:"什么理由?"

我说:"龙老师不是让我把一份试验数据交到成都工学院吗?这趟车是晚上才到成都。我只能明天去成都工学院。这样我们就可以在成都待一天了。明天我去成都工学院交材料,你们就可以好好地逛一逛成都了。我估计逛成都一天也就差不多了。到时候咱们约好了在火车站见面。你们看怎么样?"

大家都说行。小高说:"那你刚才不早说,害的我着急。"

我笑着说:"对不起了,我这不是把这事给忘了嘛。"

小高说:"那到底咱们在成都待多长时间呀?"

我说:"这我可就说不好了。这要到了成都看从成都到北京的火车是什么时候发车才知道。如果是上午发车,我们就得在成都住两个晚上。大家有整整一个白天的时间。如果是下午发车,那么大家只有一个上午的时间。当然最好是晚上发车。这样大家不仅有一整个白天的时间还不用住两个晚上。"

小苏问:"那今天晚上到了成都怎么办?"

我说:"我是这样想的。一到成都我和小苏、小高就去买回北京的火车票。小刘、李秀珍、王秀华在候车室里一边看行李一边休息。买好了火车票,小苏拿着票到候车室去找小刘他们。我和小高去排队安排旅馆,等安排好了我们再去找你们,咱们再一块去旅馆。你们看怎么样?"

小刘说:"还是让我和你一块去买票吧。让她们女同学一块休息带看行李。"

我说:"不行,成都还是比较乱的,有一个男同学和女同学在一块会好一点的。"

听我这么一说小刘就不再说话了。小苏又说:"那咱们买完票就一块去安排旅馆吧,我不累不用去候车室休息。"

我说:"安排旅馆不用三个人,两个人就行了。让你回到候车室还有一个意思,是拿到票后要格外小心,不要把票给搞丢了。带着票到处跑容易把票弄丢了。等我和小高把旅馆安排好了之后,咱们再把票分给每一个人。"

踏上归途　圆满

王秀华说:"票你一个人拿着就行了,不用发给每一个人了。"

我说:"这可不行。谁也不敢保证不丢东西,放在一个人的手里万一丢了那就都丢了,损失太大了,不行。还有第二个原因,就是明天我们要分开活动。万一明天我没有及时赶到,或你们在逛成都时走散了,怎么办?大家不要互相找,成都也很大你是不容易相互找到的。这时大家就各自上车,在车上会齐。一但落下谁,也不用着急。就去签字坐下一趟车自己回北京。"

我这么一说,他们几个人又面面相觑,好像真有人会丢了票或走失了似的。我一见又说:"其实你们也别紧张。我告诉你们需要注意的几点。第一点拿到车票后一定要把车票单放,而且要放在内衣口袋里。这样做一是为了防偷;二是为了防止自己在拿别的东西时把车票带出来不知不觉地丢了。第二点就是你们五个人最好一块活动,总不能五个人一块误车吧。第三点就是一定要把回火车站的时间留得宽裕一点。远的地方这次就别去了。成都是个大城市,今后大家还会有机会来的。"

我这么一说,他们几个人又活跃了起来。虽说我们已经出来一个月了,可出来这么远对于他们来说毕竟是第一次,自然远行归途的心情也是第一次经历。他们几个人都很兴奋。

我问小高:"小高,你想家吗?"

小高说:"想。我第一次走这么远,确实有点想家。"

小刘说:"我也想家。可我也想在外面多待些日子。还有好些地方没去,好多的东西没见到。"

小高补充说:"其实我也挺想再待些日子的,我也没待够。"

我看得出来他们的心情是矛盾的,又想家,又想在外面多转一转,多见见世面。他们又羡慕起橡胶专业的同学来了。橡胶专业的同学实习去了大庆。毛主席号召"工业学大庆,农业学大寨"。大庆在我们这些学工科的学生眼里是很神圣的，都希望能够亲自到大庆去看一看，去感受一下大庆那种拼命干革命的气氛。可惜只有很少的同学有这样的机会。

说起归途的心情我比他们五个人都要平静得多。主要是我经历的多一些。我看着他们说着笑着不由得想起了她。不知她现在做什么。我出来时给她去了一封信，告诉她我要到四川去实习。实习后我的大学生活就快结束了。又一次面临去向的不明确。不过工作肯定是有的，但分到哪儿是一点都不清楚，而且无从想起，是学校、工厂还是设计院、研究所只能听从分配了。就我个人而言，还是想去工厂。既然学了工科最好就搞工业。虽说是什么都不知道我还是愿意把自己的想法告诉她，几年来我已经养成了这样一个习惯。本来没有想到她会给我立刻回信，可她在收到我的信当天就给我回了信。在信中她除了嘱咐我要注意身体和安全之外，还告诉我她也很想再去学习。由于毕业的时间不长再一次上学的机会不会有了，只能争取脱产进修。也不知道她们医院有没有这样的机会。如果没有还要自己想办法创造机会。从心里讲，我也希望她有机会去学习，学习无论如何总是一件好事。可是还有半年我就毕业了，如果她真的要去学习了那我们的事恐怕就要拖下去了。是呀，这种可能是存在的。事情真要是拖下去我还是应该有个明确的态度，那当然还是要支持她学习的。我看着火车窗外飞快闪过的山山水水，心里想的都是她和我的事。他们几个人热热闹闹的谈话我是一句也没有听进去。又过了一会儿，小苏发现我一直没有说话就用胳膊肘轻轻地碰了我一下问："想什么呢？"

我随口说："我在想毕业后的事。"

小苏听我说在想毕业后的事就笑着说："还早着呢，咱们毕业设计还没做呢。"

我说："不早了，只省下半年的时间了。三年一晃都过去了，半年还不快。"

我这么一说小苏也感到所剩时间不多了。她说:"真是的,不知不觉三年就过去了。那你想毕业后干什么?"

我说:"干什么说不好,还得由组织上来考虑。"

小苏听了不解地问道:"那你不是说在想毕业后的事吗?"

小苏的问话使我有点窘,可我又不能把我刚才想的事告诉她。顿了一下我说:"是,我是在想我能想的事。"

小苏接着问:"你能想的事?能想什么事?"

我只好含糊地说:"想学习的事呀。"

小苏听了自是不解又问:"你还想再上学呀?我没有听说招研究生的事。"

我说:"不,不是上学。学习也不单是指上大学。"

小苏被我说糊涂了。就在这一刻我下决心不管她学习多长时间我都等她。一旦下了决心,心里就没事了。

我问小苏:"毕业后的事你就真的没想?"

小苏想了一下说:"我是真的没想。其实有的时候我也想想一下今后的事,可总不知从何处想起。"

我相信她说的。从入学的第一天开始,学校的教育就是一切听从党安排。既然是由党来安排那么自己还考虑什么?自己要考虑的就是党叫干啥就干啥,就干好啥。其他的事都别想,想了也白想。所以时间长了,有不少人对不少的事就不再想了。小苏说她没想我是相信的。其实对于工作的事我自己也是想的不多,也是无从想起,想了也白想,也就不想了。我问她的是想自己的事了没有,自己是如何打算的。看来她是没有理解我的问话。车上人这么多,我也不好说白了也就没有就这个话题再说下去。再说,我刚才也只是顺着自己的思路随便问了一句而已。

这时小苏轻声地对我说："要不明天我和你一块到成都工学院送材料去吧?"

我看了她一眼说："不用了,成都工学院挺远的,去了还得找人。搞的不好要半天的时间。你还是和他们一块逛逛成都吧。"

小苏说："其实我并不想逛成都。"

我说："那你刚才不是也说希望在成都停留一天吗?"

小苏笑了一下说："我只是想多看看。看看成都工学院也挺好的。反正我觉得逛大街没什么意思。"

我说："要不明天再说吧。看能买到什么时候的火车票。有时间你就和我去成都工学院。如果时间太短了就再说吧。"

小苏坚持说："俩人去和一人去有什么区别,我又不会拖你的后腿。"

我笑了一下说："我可没说你拖后腿。我只是想让你有时间休息一下,放松一下,玩一玩。再说要是别人也要去成都工学院怎么办?送一份材料没有必要去那么多人嘛。"

小苏说："不会的。去学校办事有什么意思,我想她们不会去的。"

我说："那你为什么要去?"

小苏不好意思地说："你就别问了,就让我去吧。"

我说："休息一会儿吧,这事明天再说。"

我心里想她要去就让她去,只是这事用不着俩人而已。让她自己去我又有点不放心,她也不见得愿意。

火车到成都时天已经黑了。我们出了站先到候车室找了个地方放下行李,安顿好李秀珍他们三人。我就和小苏、小高一块去买票。排队的人还挺多。我们一边排队一边看售票处挂着的列车时刻表。小高问我："咱们买哪次车的票?"

踏上归途　圆满

我说:"我想最好是买明天晚上的,这样我们就有一整天的活动时间了。"

小苏问:"要是没有明天的票怎么办?"

我说:"那就只好买后天的票了,不过要在成都待的时间长了也不好。"

小高说:"买不着票有什么办法,咱们也不想老待在成都呀。"

我看小高认真的样子笑了。我对她俩说:"别急,等排到咱们再说。"

我一边和她们聊着一边用眼睛在售票处的墙上来回地看。忽然我看到一张告示,好像是买票须知。我让小苏和小高排着队自己跑过去一看,还真是购票须知,还真和我们有关。一是买北京的车票要有北京的证件或是省里的介绍信;二是每人只能买两张火车票。我赶快跑回队里告诉了小苏和小高。我让小苏回到候车室去把他们三人的学生证取来,很快小苏就回来了。过了一段时间排到我们了。太顺利了,我们如愿买到了第二天晚上回北京的车票。我们拿着票回到了候车室。他们看着我们手里的火车票都很高兴。我让他们继续休息,自己和小高一块儿去办理住宿。

住宿要先在火车站的住宿登记处办理登记手续。然后他们就给你一个登记卡。登记卡上有指定的旅馆,你拿着登记卡到旅馆去就可以入住了。我和小高到登记处一看,这可坏了。排队的人比售票处的队长得多。售票处还有好几个售票口,可登记处却只有一个窗口,而且进展的速度极慢,好一会儿才向前走上一小步。照这样的速度我估计没有三几个小时别想排到。刚排了一会儿小高就有点急了。她囔囔道:"这什么时候才能排到呀?等排到了天也该亮了。"

我劝道:"别急,别急。大家不一样在等嘛。"

又过了一会儿我也有点急了,确实是太慢了。我从口袋里翻出来学校开给宜宾化工厂的介绍信。因为龙老师提前已经联系好了,所以我们到了宜宾化工厂时就没用这封信。我一直把它放在口袋里,后来就忘了。不知怎的这时想起了它。我把它拿在手里对小高说:"你在这里先排着,我到前面去看看。"

小高点了点头,我就向登记处的窗口走去。登记处窗口边的墙上贴着一张旅客须知。上面写着登记住宿的旅客必须持有的证明及各种注意事项。我知道自己手中的介绍信不合格,可又没有别的介绍信只好拿它来试一试了。我走到窗口前,见一位女同志正在办手续,看样子快办完了。她的后面是一位老同志,我便对老同志说:"老师傅,我想问问您。您看我这介绍信行吗?"

那位老同志看也没看我拿的介绍信就把头冲着窗口扬了一下说:"你去问他们。"

我忙对老同志说:"谢谢您。"

说着我就把介绍信递进了窗口。里面的人接过了介绍信不经意地浏览了一下问:"从北京来的?"

我忙说:"是的,路过成都到宜宾去。"

里面的人又问:"住几天?"

我说:"一天,就一天。票已经买好了,明天就走。"

里面的人接着问:"几男几女?"

我说:"2男4女。"

"住站前旅馆。"说着他就把6张卡片递了出来。我接过卡片连忙说:"谢谢,谢谢。"

我回过头去看了一下那位老同志,他用异样的眼光看着我。他的心里或许在想:我是让你问一问介绍信的事,你怎么就给自己登记了呢?我也连忙对他表示感谢说:"谢谢您老师傅。"

他也没有顾着理我就把自己的介绍信递进了窗口。我跑到队后找到小高把她拉了出来说:"走,咱们回去吧。"

小高一边跟着我走一边问:"不登记了?那咱们住哪儿呀?"

我不理她。她急得一连问了我好几次。我们走出一段距离之后我才把手中的登记卡拿给她看,不无得意地说:"办完了。"

小高瞪大了眼睛问:"你是怎么办的?咱们前面还有那么多人呢?"

我说:"你就别问了,快走吧。"

我们快步走回了候车室。在候车室里他们正焦急地等着我们。我们一走进候车室就听见小刘大声地喊:"我们在这儿呢,我们在这儿呢。"

我们一走近几个女同学也忙问:"怎么样?登记上住处了吗?"

小高高兴地说:"都办妥了,走吧。"

我说:"先别走。咱们先把火车票分了,每人一张自己保管。"

王秀华说:"还是统一保管的好。"

我坚持说:"不行。我不是说过了嘛。明天咱们要分头行动。万一在检票前咱们聚不齐大家就分头上车,在车厢里会合。"

说着我就从小苏手里把票拿过来分给了每一个人,并嘱咐一定要把票装好。然后再让大家检查了一下自己的行李是否都带齐了。没问题才一块走出了候车室。在去旅馆的路上正好路过住宿登记处。他们看到有那么多的人排了那么长的队不知是干什么。小刘问:"那么多的人排队干什么?"

小高说:"是登记住处的。"

小刘纳闷地问:"那么多的人你们怎么这么快就登记上了?"

小高说:"那你就别管了。"

小刘又来问我。我说:"快走吧。到了旅馆好早点休息。明天你们还要逛成都呢。"

说着我就加快了步子向前走去,他也只好快步跟上走向旅馆。

14 游览成都 自在

游览成都　自在

第二天一清早我就把大家召集到一块儿,把全天的安排又说了一下。首先是大家先到火车站把行李存放在小件行李寄存处。这样省得大家活动时带着行李不方便。然后大家一块到火车站前广场上认准一个地点为下午的集合地点。我告诉大家最好在开车前2个小时到达集合地点。安排完了我问大家还有什么事没有。大家都说没事了。只是小苏一个劲地用眼睛看我。我只当没看见她。最后我才说:"那就这么定了。咱们现在就去火车站存行李,再定集合地点。然后小苏和我一块去成都工学院送材料,其他的人一块自由活动。最后我再提醒大家一下,千万别误了火车。"

说完我就拿起行李往旅馆外走,大家都跟在我后面。在路上小刘对我说:"让我跟你一块去成都工学院吧,让小苏和她们几个女同学一块活动怎么样?"

我坚定地说:"不行。我干吗让你和她们一块活动,就是希望你能够发挥作用。我可是把三个女同学都交给你了,可不许出事。要记住上下车你都要走在后面。大家一块活动时你也要多留个心眼,听见没有?"

小刘说:"听见了,我想不会出什么事吧?"

我严肃地说:"可不能大意。别忘了上次路过成都时小高就把钱包丢了。这次不管是谁都不能再丢东西了。"

听我这么一说小刘也感到自己有责任了，也就不再提和我去成都工学院的事了。

分手后我和小苏就直奔成都工学院去了。在路上小苏对我说："我还以为你不让我跟你来呢。"

我笑了一下说："为什么不让你来，这又不是什么了不得的事。"

小苏说："那你干吗不早说，一定要放在最后才说，让我一直担着心。"

我说："我是怕别人也要一块来。你没有看见小刘在路上和我说他也要来吗？我把这事放在最后说就是不想让别人再提出异议。这么简单的一件事确实不需要来更多的人。"

小苏说："那我可要谢谢你了。"

我说："这有什么好谢的，难道办公事能比逛成都还有意思？"

小苏笑了笑没有回答。我们很快就找到了成都工学院。可找我们要找的老师却费了点劲。由于事先没有联系，他没有在教研室。教研室的另一位老师让我们把材料留在他的办公桌上。我担心弄丢了便托词说还有些事要面述而坚持要找到他本人。幸好他没有离开学院，在我们找了好几个地方之后终于找到了他本人。我们把材料交给了他。他当着我们俩的面浏览了一下，对我们提供的试验数据基本上满意。我心里的一块石头落地了。

离开了成都工学院时间尚早。我问小苏："咱们去哪儿呀？"

小苏没说去哪儿，反过来问我："咱们还去找他们吗？"

我说："找他们干什么？再说成都这么大他们早不知道跑到哪儿去了。咱们根本不可能找到他们。我是说咱们俩去哪儿？"

小苏一听高兴了。她说："你说吧，去哪儿都行。"

我问她："你是想逛逛商店呢，还是想去看看古迹什么的？"

她干脆地说："去哪儿我都没意见。你想去哪儿咱们就去哪儿。

我跟着就是了。"

我说："那咱们就去武侯祠吧。"

小苏说："行，咱们就去武侯祠。"

在去武侯祠的路上我问小苏："你知道武侯祠是谁的祠吗？"

小苏说："不知道。"

我又问她："你知道诸葛亮吗？"

小苏说："诸葛亮我知道。他是三国时期的人。"

我说："武侯祠就是诸葛亮的祠。我以前也没有去过，不过我听说这是中国历史上唯一的一座君臣同庙的建筑群。"

小苏问："什么是君臣同庙？"

我说："在封建社会中，皇帝死了就要给他修座陵墓安葬他，纪念他。因为他是皇帝，是至高无上的。活着的时候他一人高高地坐在上面，别人只能站在他的下面。死后他也要独自埋葬在一个地方，再大大地建个陵园。别说在这个陵园里就是在周围别人也不能埋。这个武侯祠就不同了。它的前面是蜀汉昭烈皇帝刘备的墓，后面是蜀汉丞相诸葛亮的祠。前面是汉昭烈皇帝庙，后面是武侯祠。由于诸葛亮在四川深得人心，再加上三国演义把诸葛亮进行了神化处理，结果使得武侯祠的香火一直比汉昭烈皇帝庙的香火还盛。久而久之人们就把这一片建筑统统简称为武侯祠了。看起来倒有点像是在大臣的祠里埋了个皇帝似的。"

小苏一个女同学平时对《三国演义》《水浒》等书看得不多，也没有多少兴趣。一路上我多是从历史的角度给她讲了一些三国的知识。小苏听得挺认真，还时不时地提出一些问题。有的问题我知道便讲给她听，有的问题我也不知道，也只好说不知道了。

到了武侯祠我们还是先看了看汉昭烈皇帝庙。庙堂上刘备居中高坐，旁边站着的是他的孙子。小苏看得还挺仔细的。她问我："怎么没有刘备儿子的像?"

我说:"蜀汉一共只传了两代人。第一代就是刘备,第二代就是刘备的儿子后主刘禅。刘禅没能守住刘备开创的基业,让三国中的魏国给灭掉了。刘禅成了亡国之君,所以后人在修庙时认为刘禅不配受人香火,就不塑他的像。而刘禅的儿子,也就是刘备的孙子不忍亡国最后自杀成仁。后人感到他有骨气便以他的塑像代替了他父亲的塑像。"

小苏听到这里叹了一口气说:"一个国家亡了也挺可怜的。"

我说:"是的。但这就应了《三国演义》开篇的那句话'合久必分,分久必合'。咱们中国几千年的历史就是在这分与合的交替中发展过来的。"

小苏问:"那怎么蜀汉没有把魏国给灭了?"

我说:"那原因很多,总的说来是蜀汉国小力弱,魏国大力强。在历史上总体来说是力量强大的灭掉力量弱小的。在近代史上,西方列强敢于欺负我们也是由于他们强我们弱。所以我们要努力使我们的国家强大起来。"

我们一边看着一边聊着。看完了昭烈庙就自然而然地走过去看武侯祠。

武侯祠从建筑规模上看比昭烈庙还是小一些。但是从建筑的装潢上来看,可以看得出来历朝历代人们在武侯祠上下的功夫确实不比在昭烈庙上下的功夫小。特别是从对联及相关的诗词和文章来看,人们对诸葛亮的赞美之意远甚于刘备。我自己对诸葛亮也是十分敬重的。我个人认为诸葛亮对后人影响最大的是他的两种精神:一是鞠躬尽瘁死而后已;二是士为知己者死。鞠躬尽瘁死而后已已经成为了中华民族的一种精神,成了自三国之后每一位民族英雄必有的品质,也成了每一个有民族感、有事业心的人所追求的一种境界。"士为知己者死"

影响更多的是文化人。士者文化人也，文化人更渴望的是遇到知己的人。诸葛亮在出茅庐时曾对其弟说要照顾好家，等他助刘备完成基业之后还要回来种地。他终于没有回来而是积劳成疾累死在五丈原。这是为什么？因为刘备前有三顾茅庐，后有白帝托孤。诸葛亮便以为是遇到了知己明主，甘为其劳，甘为其死。不仅己死，而且其子也为蜀汉而死，其孙也为蜀汉而亡。可见祖孙三代皆为忠良。诸葛亮甚为后人所敬重，不仅是因为其才华出众智慧过人，更重要的是其品质的感召力。我们在武侯祠停留的时间稍长一点，看得也仔细一点。

从武侯祠出来已到了中午。我们找了一家小饭馆吃了一点便饭。因为我们俩都不能吃辣的菜，所以我特别找了一家吃汤圆的小馆子。我是特别爱吃汤圆，我来请客。一是人家小苏陪我去成都工学院送材料；二是又陪我逛武侯祠。虽然她也表示出挺感兴趣的，可我还是感到有点不好意思。所以当小苏表示也要付款时我坚持不让她付。吃完了汤圆小苏问："咱们现在去哪儿？"

我心想，人家一个女同学陪你逛了半天庙，怎么也该陪人家逛逛街了。我就说："咱们先逛逛街吧。"

小苏说："你不是不爱逛街吗？"

我说："可我毕竟没在成都逛过街，逛逛也无妨。"

小苏说："你不是来过成都吗？"

我说："那是在'文化大革命'初期，来了也没逛街。"

我们俩一边聊天一边在大街上信步走着。一会儿她从书包里摸出几个橘子递给我。我奇怪地问："你哪儿来的橘子？"

她笑了一下说："我买的。"

我不信地问："你什么时候买的？咱们俩一直在一块我怎么没见你买？"

她说："是你买汤圆时我看见门口有个卖橘子的就买了一点。"

我拿着橘子说:"哎,你买橘子干什么?"

小苏不服气地说:"那你到宜宾的那天晚上不是也买了橘子吗?"

我说:"那不是刚到四川嘛,我是买来给大家尝个鲜的。"

她马上说:"那我也不是买给自己吃的呀,我是买给咱们俩吃的。"

她刚一说完马上意识到自己说走了嘴,脸上有点微微发红。我也感到有点不好意思就没有再说下去,只是默默地向前走着。她走在我的身边也没说话。其实她说的话也没什么,现在只有我们俩人在一块,可不买了东西就是俩人一块吃呗。我们班的同学都知道有人和我往来,我们之间的关系他们也都猜得出来。只是学校里不让学生谈恋爱,我也不好明言,同学们也都不说什么。为此我非常感谢我们班的同学,大家都心照不宣。小苏也是知道这事的,想到这里我剥开了手中的橘子吃了一瓣,然后说:"挺甜的。"

小苏在一边说:"是吗?我还没吃呢。"

我说:"你自己也吃呀,别成了我一个人吃了。"

小苏笑了,她也剥开了橘子吃了一瓣。我们俩一边吃着橘子一边走着。过了一会儿小苏问:"你说成都还有什么好去的地方?咱们别光在街上这么走了。"

我想了一下说:"有个地方不知你想不想去?"

小苏问:"哪儿?"

我说:"杜甫草堂。"

小苏愣了一下说:"杜甫草堂?"

我说:"杜甫你知道吗?杜甫是中国非常有名的诗人,被尊称为诗圣。他是唐朝人,距今已有一千余年了。据说他一生写了近万首的诗,留传下来的少说也有一千多首。哦,我想起来了毛主席有一首词《咏梅》就是和杜甫的一首《咏梅》词写的。"

小苏说:"你一说毛主席诗词我就有点印象了。可我们学的古诗词少,所以对这方面的人物也就没有什么印象。"

听她这么一说我就说:"那就算了,别去了。"

小苏马上说:"还是去吧。反正我觉得光这么在街上走也没什么意思。去了多少我还能长点见识。"

我说:"杜甫草堂我也没去过,去了不好你可别后悔。"

没想到小苏倒想得开。她说:"去吧。古迹还能有什么好的,越古就越破,就是越好。唐朝的草屋现在还能有吗?就是那块地呗。你说是不是?"

我说:"我想也是。或是遗址,或是后人根据文字记载的又重修了一下。"

小苏催我说:"走吧。去看看就知道了。"

我们便寻路向杜甫草堂走去。路上小苏问我:"你读过杜甫的诗吗?"

我说:"当然读过。我在初中、高中时都读过他的诗。"

小苏又问:"你还记得吗?"

我想了一下说:"我已经有多年没读他的诗了,不知道还记不记得。"

小苏说:"你好好想想,看能不能给我背一首,让我听听。"

我又想了一下说:"我试试吧。我好像还记得杜甫很有名的一首诗,名叫《石壕吏》。'暮投石壕村,有吏夜捉人。老翁逾墙走,老妇出看门。吏呼一何怒,妇啼一何苦!听妇前致词:"三男邺城戍。一男附书至,二男新战死。存者且偷生,死者长已矣!室中更无人,惟有乳下孙。有孙母未去,出入无完裙。老妪力虽衰,请从吏夜归。急应河阳役,犹得备晨炊。"夜久语声绝,如闻泣幽咽。天明登前途,独与老翁别。'好像是这样吧。"

小苏问我:"你是什么时候读的《石壕吏》?"

我说:"最早是在初中,后来上了高中又学了一遍。这些年没有再看唐诗、宋词了,所以生疏了很多。《石壕吏》是比较熟的一首,所以还记得。其实现在我脑子里已经没有几首诗了。"

说着就到了杜甫草堂。这时小苏突然问我:"你说杜甫的那首《咏梅》你还记得吗?"

站在杜甫草堂的门前我一拍脑门说:"唉,我错了。"

小苏不解地问:"你怎么错了?"

我不好意思地说:"我想起来了,毛主席和的那首词不是杜甫写的,是陆游写的卜算子《咏梅》。"

小苏笑着说:"是吗?是你故意说错的吧?"

我知道这次是她在故意逗我。我很抱歉地说:"我真不是故意说错的。当时我正想着杜甫草堂的事,不知怎得就把杜甫和陆游弄混了。真是对不起。"

小苏说:"好了,就算你不是故意的。那你把陆游的词背一下行吗?"

我只好在杜甫草堂门前背了一遍陆游的《卜算子·咏梅》:"驿外断桥边,寂寞开无主。已是黄昏独自愁,更著风和雨。无意苦争春,一任群芳妒。零落成泥碾作尘,只有香如故。"

杜甫草堂已经开辟成了一座公园。其中一点唐朝的遗迹也看不到了。除了诗是杜甫的之外,再也没有看到杜甫的痕迹。想也是杜甫一生不得志,家境又一直不好,除了诗他又有什么能留下来呢?秦始皇的阿房宫都没有留下来,杜工部的草堂又怎么能留下来。不过秦始皇和杜甫都在中国历史上留下了自己的名字,都占有一席之地。秦始皇靠的是他的霸业,他的王者之气。杜甫靠的是他的诗,他的现实主义文采和风格。小苏对诗的兴趣不大,只是陪着我看。我也尽量不耽搁太长的时间。就在我们快出门的时候,小苏指着一个人问我:"你看那个人是干什么的?"

我顺着她指的方向一看,只见一个人站在那里旁边支着一辆崭新的自行车。自行车上搭着一张纸。纸上写着"上海自来水来自海上"几个字。我一看就明白了。我对小苏说:"这是求下联的。他那纸上写的是对联的上联,求下联。谁对得出来他就把那辆自行车送给谁。"

小苏听了有点吃惊。她说:"这是真的?那成都这么大就没人能对出这副对联?我不信。"

我说:"你不信,咱们过去问一问。"

小苏说:"行,咱们一块过去,你问。"

我说:"行,我问,你听着。"

说着我们一块走了过去。我对那人问道:"您是求下联的吗?"

那人说:"是的。谁要是能够对出我这上联,我把这辆全新的飞鸽自行车送给他。"

我问:"是真的?"

那人说:"绝不说谎,对出来当场把车推走。不信你可以试着对一下。"

我没有试着对。我自知是对不上来的。我又问:"你在这里多长时间了?"

那人说:"不长,才三个月。你有兴趣试试吧。"

我笑了一下说:"我对对联知之不多,就免了吧。"

小苏一听耸了一下肩拉着我离开了。出了杜甫草堂小苏说:"还真让你说对了。三个月都没有人对上来。"

我说:"这上联其实不是他的。"

小苏看着我问:"你怎么知道的?"

我说:"我记不清在哪儿了,但我肯定是见过的。"

小苏忙问:"那你见过下联吗?"

我说:"没有。这个上联是很难对的。"

小苏问:"为什么?"

我说:"你注意到没有。这个上联正着念倒着念都是'上海自来水来自海上'。这确实不好对。搞得不好这个上联可能成为绝对了。"

小苏问:"什么是绝对?"

我说:"对联应该有上联和下联,上联和下联要对仗工整。可有的时候写出上联了就再也对不出下联了,这就只有半副对联了。这就是绝对。"

小苏说:"那你再说一个绝对好吗?"

我说:"行。我给你讲一个绝对的故事。你知道中国最大的一部书是什么书吗?"

小苏说:"不知道。"

我说:"是《四库全书》。《四库全书》是清朝乾隆年间由皇帝御批编纂的一部书。当时的总编纂就是号称天下第一才子的纪晓岚。要编纂一部由几万册书组成的全书没点真才实学是不行的,不下功夫也是不行的。纪晓岚是个既有真才实学又肯下功夫的人。他常常工作通宵,他的家人都很心疼他,怕他过度劳累。有一次他又熬了个通宵。他的妾去催他休息,推开书房的门一看,纪晓岚正在伏案工作而毫未觉察有人进了书房。他的这个妾非常聪明,知道要直接催他休息一定不起作用。于是她就对纪晓岚说:'我出个对联的上联,你对下联。你要是对上来了我就不打扰你了。如果你对不上来你就得听我的。'言外之意就是你要是对不上来你就得乖乖地去休息。纪晓岚知道他这个妾是个女才子。可他想,当今皇上和满朝的大臣一年不知要做多少对联,他纪晓岚就没有被难住过。想到这里他连头都没有抬就说:'你说上联吧。'纪晓岚的妾一看他这个样子心里有点不高兴,心想你也太小看人了。今天我一定要出个难的上联，让他好好费费心思。想到这里她抬头一看天已大亮了，一束亮光从窗户照进了书房。她脱口说出了上联：'朱格孔明朱格亮'。纪晓岚一听，抬起头来半晌没有吱声。最后他乖乖地站了起来跟着他的妾走出了书房。纪晓岚至死也没能把这个上联对上。后来他的妾也挺后悔的，觉得自己给丈夫出了个大难题。"

小苏听了问："那后来有人对上吗？"

我说："据我所知，这个故事是发生在乾隆年间，距今已有二百多年了，至今还没有人能够把下联对出来。"

小苏问："就真的那么难对？"

我说："这个上联出得太巧了，也太难了。你仔细地想一想，朱格实指朱红色的窗户的格子，谐音复姓诸葛。孔明实指窗户的孔被太阳光照亮了，孔明又是诸葛亮的字，诸葛亮字孔明。最后是朱格亮，本意是朱红色的窗户的格子也被早晨的太阳照亮了，谐音正好是诸葛亮的姓名。真是绝了。中国复姓不少，还有司马、夏侯、上官、淳于等等。把姓加上名，再加上字，还要与实景相合真是太难了。所以成了绝对。"

小苏听到这里问："你怎么知道这么多？"

我轻轻地叹了一口气说："唉，其实不是我知道的多，在我的高中同学中我的知识面还是比较窄的。说真的是你们知道的少了点。当然这不能怪你们。你们没有机会，也没有时间去读更多的书，这些知识在书中都有。"

小苏说："我也感到我们看的书太少了。"

我说："你要是真有这样的感觉，你今天就有收获。"

小苏说："我感到自己还是挺有收获的，知道了不少的历史知识。"

我笑着对她说:"你可别把我说的都当成历史知识,我说的有些是传说。"

小苏一板正经地说:"传说也是知识呀。"

我们俩一边说着一边向火车站走去。快到火车站时我想有件事最好嘱咐小苏一下。我问她:"一会儿见到他们,他们问咱们去哪儿了,你怎么说?"

小苏说:"我就说咱们去了武侯祠、杜甫草堂了。怎么啦?"

我说:"要是人家问你们怎么想起来去的。你怎么说?"

小苏说:"那我就实话实说是你提议的呗。说是我提议的人家也不信呀。"

我说:"你千万别这么说。你要是这么说了容易引起误会。"

小苏不解地问:"这有什么好误会的,不会吧?再说本来也是你提议的嘛。"

我说:"哪里是我提议的,是咱们在成都工学院时成都工学院的老师建议咱们去武侯祠和杜甫草堂的。"

小苏不信地说:"在成都工学院时我怎么没听见?"

我说:"当时你好像是去卫生间了,你怎么能听见。"

小苏将信将疑地说:"那可不怪我。不过我想就说是你提议的也没什么。"

我说:"那可大不一样。今天早晨分手时我并没有想起来建议他们可以去武侯祠和杜甫草堂。结果我只带你一个人去了。搞不好容易引起误会。当然要是他们不问就算了。"

小苏想了想说:"也是,要是有人问,那我就按你说的是成都工学院的老师建议咱们去的。"

很快我们就到了火车站。小苏一眼就看到他们四个人了。他们已经把自己的行李取出来了。看的出来他们的情绪不高。王秀华问我们："你们怎么现在才来？"

我没有回答她而是问她："你们什么时候来的？"

小高说："我们早来了，已经等了你们好半天了。"

我说："我们现在来也不晚呀。你们怎么不在城里多逛逛？"

小刘说："没啥好逛的。你们都到哪儿去了？"

小苏看了我一眼说："我们哪儿也没去，只是从成都工学院出来时他们的老师建议我们去看看武侯祠和杜甫草堂。我们一打听武侯祠不远，就顺道去了趟武侯祠。"

小高问："武侯祠是谁的祠？有意思吗？"

小苏说："武侯祠是诸葛亮的祠，里面供的自然是诸葛亮。武侯祠的前面是昭烈庙，也就是刘备的庙。不过是几个塑像，也没有太大的意思。你们都去哪了？"

几个女同学对庙也没什么兴趣。可小刘说："我要是知道的话我也去武侯祠。我们就是逛了逛街，太没意思了。成都的街比北京差远了。"

我笑着对小刘说："你可不能这样说。要论市面繁荣我敢说哪儿也比不上北京。北京是首都，全国只有一个嘛。可是各地都有各地的特色，这就看你发现了没有。要不然你就是白来了一趟成都。"

小刘和小高几乎同时说："我们没有发现什么成都有而北京没有的。"

我说："你们再仔细想想。"

小刘说："汤圆。"

小苏说："不对，北京有汤圆。"

小高说："担担面。"

我说："更不对了。北京卖担担面的地方不少。"

小刘想了一下说："是醪糟吧？我在北京就没有见过卖醪糟的。"

我说:"也不对。王府井的东风市场里就有卖醪糟的。"

小刘说:"是不是我们没看见?"

我说:"不可能。你们肯定看见了,而且不知道看见了多少次。"

本来李秀珍和王秀华有点累了,坐在一边没有参加我们的说话,只是默默地听着。一听到说有什么今天他们见了好多次而北京却没有,她们俩也参加到讨论中来了。王秀华说:"没有哇。我们今天真的没有发现什么新鲜的事,为此我们几个还感到有点失望。"

这时小苏也问我:"咱们在路上见到了吗?"

我说:"见到了。咱们见到了也不止一两次。"

小苏也有点诧异地说:"这可奇怪了,我怎么好像也没有见到什么北京没有的呀?"

小高说:"你就告诉我们吧,别让我们瞎猜了。"

我说:"那我就说了。"

小刘说:"你说吧。"

我说:"茶馆。你们谁在成都没见过茶馆?"

他们异口同声地说:"真的,这茶馆咱们还都见过。"

我又问:"北京有吗?你们谁在北京什么地方见过茶馆?"

他们想了一下不约而同地说:"咱们北京还真没有茶馆。"

我说:"这就是成都的一大特色。可以说成都是无街没有茶馆的。'文革'前成都的茶馆比现在还多。"

小刘问:"成都有那么多的茶馆,有那么多的人喝茶吗?"

我说:"当然有了。如果没人来喝茶,那茶馆还怎么开得下去呀。"

小高问:"是不是成都人喝茶都去茶馆喝?"

我说:"那倒不是。成都人爱喝茶,在家里也是天天喝茶。"

小高说:"那我就不明白了,既然在家里也喝,干吗还到街上去喝?"

我说:"这就要说到成都人的另一个习惯了——摆龙门阵。"

小刘问:"什么是摆龙门阵?"

我说:"怎么说呢,摆龙门阵有点像我们所说的聊天。不同的是,四川人一说起来就是长篇大论,就是街坊邻居家里的一点事他们都能给你说成一个故事。还有一点不同,就是我们北京人有的时候到邻居家、朋友家坐一坐,沏上一壶茶一边喝茶一边聊天。成都人则不然,他们最喜欢的是约上几个人,或亲人,或朋友到茶馆坐在一起谈天说地,品茶喝水。久而久之就养成了到茶馆喝茶的习惯。约不到人就自己一个人去。一个人干喝茶没意思,怎么办?这就出现了一种娱乐形式——说书。成都茶馆里的说书是很有名的。在'文革'前成都的说书与听书也是成都的一大景观。不过在'文革'后,说书的不见了,可茶馆还是保留下来了。人们还是时不时地到茶馆去喝茶。我想这可以说是成都与北京不同的一大特色吧。"

小苏说:"这还真是和北京不一样。我在北京就没有见过茶馆。"

小刘说:"虽然在北京我也没见过茶馆,可我想咱们北京那么大不会连茶馆都没有吧?"

我说:"小刘这个问题提得好。咱们北京从前不仅有茶馆,而且茶馆还不少。北京的茶馆也和成都的茶馆一样是很重要的社交场所。老舍就曾写过一出话剧,剧名就叫《茶馆》。只是到了解放后,北京的茶馆才渐渐地消失了。现在北京还真的没有茶馆。"

小刘说:"除了茶馆你再说说成都和北京还有什么不一样的?"

我说:"不一样的地方肯定还有很多,只是由于我们在成都停留的时间有限,所以有一些事物我们可能领略不到。"

小高快人快语地说:"那你就给我们说一个领略到的吧。"

我笑着说:"你都领略到了我还说什么。"

大家一听我的话都笑了。小高红着脸说:"我说错了。我是说我们看到了又没有能够感悟到。比如刚才说的茶馆,我们都见到了也没觉得怎么样。你一说我们才想到北京没有茶馆,茶馆是成都的特色。"

我接着小高的话说:"其实南方很多地方都有茶馆。比如样板戏《沙家浜》中的春来茶馆就代表了江浙一带的茶馆。但是哪儿的茶馆都没有成都的茶馆多,也没有成都茶馆里的人多,什么地方的人也比不上成都人在茶馆里待的时间长。成都人喜欢泡茶馆。"

小苏问:"还有呢?"

我说:"还有一点就是成都的早市特别的多。这也可以说是南方城市的特点。不知你们注意了没有?"

小刘说:"我注意了,好像没什么不一样,就是菜的种类比咱们北京多。好多菜的名字我都叫不上来。"

小苏说:"冬天还有那么多的青菜,这一点比北京好。北京一到了冬天就剩下白菜、萝卜和土豆了。"

我说:"你们说的对。还有一点你们没有说出来,就是成都的菜都洗得非常干净。青菜都不带根,任何菜上都没有泥。"

小刘一听马上说:"对了。早晨路过早市的时候我就感到人家的菜和咱们北京的菜有那么一点不一样。可我就没往这方面想。"

王秀华说:"得了,你又事后诸葛亮了。人家不说你还说没什么不一样,人家一说你又有感觉了。"

小刘满不在乎地说:"我确实有感觉就是没有那么具体。"

我忙说:"没关系,没关系。咱们又不是搞社会调查的,不过是说说而已。"

大家说说笑笑时间很快就过去了。忽然小高说:"坏了,咱们忘了排队去了。一会儿上车该抢不到座位了。"

我说:"小高,你别急。我把票给你的时候你看了没有?"

小高说:"我没有仔细看,就顾着把它揣起来了。"

我说:"咱们是从始发站上车,对号入座。咱们的行李也不多,有地方放就行了。"

小高说:"那咱们去宜宾时也是坐从成都发往宜宾的车,怎么不对号?"

我说:"那是慢车。慢车一律不对号。快车从始发站上车是对号的。这个问题我是说过的。"

小高说:"是吗?我怎么不记得了?"

小苏和小刘都说:"说过了,说过了,是在去宜宾时说的。"

小高说:"对不起,我忘了。"

我说:"没关系。这点事坐两次车就明白了。"

小高拿出她的票看了一下说:"拿票的时候我也没注意,还真有座位号呢。"

说着她又把票放好。她马上又问:"咱们的票是挨着的吗?"

我说:"咱们的座位号肯定是连着的,但不一定在一排。"

他们几个人都说还是像来的时候那样大家坐在一起好。我说:"那要看了。上车后大家还是要先坐在自己的座位上,等咱们左右的人都来了我再和他们商量。不过我可说好了,大家要想坐在一块,到时候人家要和我们谁换,咱们谁就得动。"

他们都表示没问题。说着我们就一起向车站走去。

上了车我马上与周围的旅客商量,很快就把大家调到一起了,还和来时一样。我和小刘坐在靠走道的一边,她们四个女同学坐在里面。王秀华和李秀珍坐在靠窗户一边。小高坐在小刘旁边。小苏仍坐在我旁边。一切都安顿好了我建议大家早点休息,已经走了一天的路了,还要在火车上坐两天,要注意不能太累了。火车开了不一会儿李秀珍和王秀华就靠着窗户睡了。她们确实有点累了。小刘和小高一点睡意都没有，眼睛睁得大大的好像闭不上似的。小苏也许是和我一起走的路多了点，显得有点累，可也没有睡意。我一看他们实在是睡不着也就算了。我轻轻地闭上眼睛心里想："这趟远行算是快到终点了。虽说我不是什么负责人，可我总感到自己有某种责任似的。我希望能够好好想想，看看自己有没有做过了头的地方。当兵时我是有过这方面的教训的。做过了老师怎么看？同学怎么看？一直到今天都很支持我的小苏怎么看？昨天他们是怎么看的，今天又会怎么看？再过两天大家就回到学校了那时又会怎么看？是否会认为我做过了？一连串的问号出现在我的脑海里。唉，真是的。有的时候人们总是重复自己做过的事。难道这次我又做'错'了吗？可我不这么做又能怎么做呢？我也装做没有出过远门，也不知怎么坐火车，那这次实习也会进行的，那就是另外一个样子了。可能会更好一些吗？不见得。好像我也只能这样做，万一别人有看法就让他有看法吧。'错'了也只能'错'了。"

这时我感到坐在我对面的小刘用脚轻轻地碰了我一下。我睁开眼看了他一眼。他问："你刚才睡着了吗？"

我说："没有。"

他问："你困了吗？"

我说："不困。"

他又问"那你闭着眼睛干什么？"

我说："没有干什么，随便想点事。"

他再问："想什么？"

看着小刘刨根问底的样子，我笑了一下说："我在想你这次来宜宾实习会不会后悔。"

小刘一听马上说："我不后悔。"

我看小高在看着我俩说话就问她："小高，你后悔吗？"

小高说:"我不后悔。我挺喜欢咱们几个人一块来实习的。"

我问她:"为什么?"

她说:"咱们人少矛盾就少,干什么事大家就容易想到一起干到一起。虽然我们几个人都没有出过这么远的门,可有你都替我们安排得挺好的。大家干什么都一块干,我挺喜欢这样的。"

我又问小刘:"小刘,你呢?"

小刘说:"我也觉得挺好的。这次到宜宾来学到的东西不少。有学业上的,也有社会上的。咱们人少好安排,什么都能自己亲手动一动。动了手印象深,对今后的学习和工作肯定有好处。再说,咱们还看到了四川的很多的社会状况,我自己也挺有感触的。总之我觉得咱们这次实习挺好的。"

我看了坐在我身边的小苏一眼问她:"小苏,你呢?"

小苏说:"我觉得挺好的。如果让我再选一次我还选咱们一块实习。"

我问他们三个人:"我们这次实习还有什么不足之处?"

他们都没有想过这个问题,一下子都愣住了。过了片刻,小苏说:"时间短了一点。如果时间再长一点,我们能做得再细一点就好了。我最担心的是一旦下学期开始毕业设计再发现有什么需要参考的而我们又没有在实习中遇到就不好办了。"

小高说:"要是咱们能在工厂就开始毕业设计就好了。有什么不明白的就到车间去看看,那该多好。"

小刘说:"那还叫设计,那不成抄了吗?设计就得有和人家不一样的地方。"

小高辩解说:"我也没有说抄呀。我的意思是参考参考,省得搞出个方案来不能用。"

我说:"咱们是谁也没经验,但老师总是有经验的。我估计这一个月的实习可能也够了。只要咱确实按老师的要求做了，问题就不会大。

小刘说："我也希望实习的时间能够再长一点。如果能再多去几个地方就更好了，还可以多看看，长长见识。反正我觉得这次出来挺长见识的。要不然外面是个什么样子还真不知道。"

小苏问我："你觉得这次实习怎么样？"

我说："说实在的，实习应该是个什么样我也不知道。虽说是全国各地我去的地方不算少，可我从来没有实习过。不过这次实习从我个人的感觉来说基本上还算是满意的。老师布置的功课我们都做了。另外我们也对四川的社情有了了解。这也是社会经验，对我们今后工作肯定有好处。不过太顺利了也不好，任何事物都有两面性。一方面是好的一面，另一方面是不好的一面。我们太顺利了就说明我们没有遇到有问题的一面，可在实际上这方面是存在的，只不过是我们没有遇到而已。如果我们在实习中遇到了一些问题，遇到了一些困难，甚至是挫折，我们通过自己的努力把它解决了，今后再遇到同样的问题我们就不用担心了。这次我们太顺利了，所以我总担心好像还有什么问题我们没有遇到，没有发现。今后遇到了，摆在我们面前还是个新问题。你们说是不是？"

小高抢着说："你说的有道理。可我觉得顺利还是比不顺利好。没问题总不能我们自己给自己找点问题来解决吧。"

小苏说："人家也没说非要给自己编出个问题来找麻烦。只是说可能有些问题咱们没发现。"

小刘也跟着说："没发现问题自然是没法解决了。反正也没有影响咱们什么，我觉得也没什么不好。"

我说："也许我是杞人忧天了。没有发现问题实际上也有两种可能。一种是确实没有什么大问题，有的问题已经基本上让前人解决了。当然还有一种就是确实是有问题，而我们没有发现。我也希望我们所遇到的是前一种情况。"

小苏问："那要是后一种情况怎么办？"

我说："当然就是后一种情况现在也没办法了，因为我们不知道问题在哪儿。只能是什么时候问题出现了再想办法解决，不过是麻烦一些罢了。"

小刘直率地说："我愿意和你一块实习。你考虑问题细，我们可省了不少的事。"

小高也说："就是。我们几个人都没有出过这么远的门，有的时候真不知道该怎么办。反正我不愿意事事都自己先去试着干。有人带一下挺好。"

我对他俩笑着说："你们俩懒，不愿意自己去闯，自己去动脑筋。"

小刘说："那可不能这么说。我觉得我还是挺愿意动脑筋的，只是有的时候不知道怎么去想。这主要还是我的经历太少了。"

小苏也替他们辩解着说："我们的经历确实太少，不能和你比。你一个人走的地方可能比我们几个人走的地方都多。"

小高说："什么呀，我看他一个人走的地方比咱们全班同学走的地方都多。"

我说："可别这么说。咱们班当过兵的人不止我一个。在'文化大革命'初期串联过的人也不是我一个人。我只不过是走的地方稍微多一点罢了。在我们中学同学中我远不是走的最远的，也不是走的地方最多的。"

小苏说："不管怎么说我们还是挺羡慕你的。"

我问："你们羡慕我什么？"

小刘说："羡慕你当过兵，走过那么多的地方，经历过那么多的事呀。"

我说："我也挺羡慕你们的。"

他们几个人一听同时问："你羡慕我们什么?"

我说："我羡慕你们年轻呀。你们想一想，你们比我要小四五岁，咱们同时毕业。四五年后你们也就是今天我这个年岁，只要你们努力都会成为单位的骨干的，可我在这个年岁才刚毕业。我是不是应该羡慕你们呀？"

他们听我这么一说都笑了。小苏说："这样的实习要是能够多来几次就好了。"

小刘说："别只去一个地方，多去几个地方就更好了。"

小高说："我觉得自己挺长见识的。学习上的事就不说了。这次我是见了不少自己从未见过的事，干了自己从未干过的事，到了自己从未到过的地方，吃了自己从未吃过的东西。我挺满意的。"

说这话时她的脸上露出了心满意足的样子。了解了他们三个人对这次实习挺满意的我也就放心了。不管怎么说，白天跑了一天还是有点累了。大家说了一会儿话还是露出了疲倦的神态。我再次劝他们早点休息。他们见李秀珍和王秀华都已经睡着了，也就不再说话了。慢慢地也都进入了梦乡。

第二天列车上的音乐一响大家都睁开了眼睛，急急忙忙洗漱。刚一收拾完坐定，李秀珍和王秀华就问："你们昨天晚上说什么来着?"

我们几个人都笑了，问她们："你们俩昨晚干什么了?"

李秀珍说："开始我还听见你们在说话，自己虽然懒得说可还是想听一听你们说的，可不一会儿就不知道你们说什么了。"

王秀华也说："我也是听着听着就听不见了。我心里还想你们怎么不说了。"

小刘笑着说："你肯定是在做梦。我们说话的声音也不小，你要醒着还能听不见?"

王秀华也笑了。小高说:"我们也就说了一会儿,主要是说实习的事和今后毕业设计的事。"

小刘说:"我们几个人都认为这次实习还是挺顺利的,对今后的毕业设计一定会大有帮助。"

说到这里他指了我一下说:"就他有点担心。他怕太顺利了可能有些问题没被发现。不过我不担心,我觉得顺利就好。"

王秀华和李秀珍也都说顺利就好。就是今后出现了一些问题只要大家努力就一定能够解决。至此看来大家都是比较满意的,也许我真是多虑了。

40个小时的旅程很快就过去了。当我们回到北京时,从保定和上海回来的两部分同学都先于我们回来了。大家聚在一起谈起了实习的见闻还着实热闹了几天。很快学校就放寒假了。老师在临放假前提醒我们,这将是我们大学生活的最后一个假期。再开学就是我们的最后一个学期了。最后一个学期的任务就是毕业设计。希望大家利用假期的时间做好必要的准备。

15 毕业分配计划

毕业分配 计划

寒假过去了,新的学期开始了。我们都知道这是我们大学生活的最后一个学期,也是最关键的一个学期。大学这几年到底学得怎么样也就看这学期了,所以刚一开学大家还是比较紧张的。其实紧张的也不单是我们学生,老师和院系的领导也显得有点紧张。因为我们是"文革"中招收的第一批工农兵学员,自然也是第一批毕业生。对于在这样的形势下怎样搞毕业实践,怎么做毕业论文、搞毕业设计是谁也没干过、谁也不知道的。大家都担心搞得不好会出什么问题。可谁也没说什么,所有的人只是努力去做,争取做得更好。

为了让大家能顺利地通过毕业设计这一关,老师也想了一些办法。其中关键的一个措施就是毕业设计不是以个人为单位,而是以小组为单位。老师把班上的同学分成几个组,每个组负责一个设计题目,各组都由学习比较好的同学担当组长。大家共同设计,分别出图和相应的设计文件。这样有分有合,既能看出每个学生的学习状况,又能使那些学习有困难的同学不至于太难。当然,老师也要在学生中把工作做透,使人家愿意共同设计。让那些学习好一点的同学愿意和学习有困难的同学搭班共同设计,又要注意不要让那些学习有困难的同学认为自己是配角,从而放松了努力或产生自卑心理。好在我们班同学之间的关系都不错,因此在编组的过程中没有发生什么矛盾。大家都是抱着一个心思把毕业设计搞好。

在毕业设计中不知怎的又突然冒出了一个小插曲。就是学校突然决定给每个学生都上计算机普及课，时间是两周。1974年年初的时候，计算机在人们心中那和人造卫星一样是相当高深的东西。别说社会上人们知道的不多，就是在大学里也没有多少人知道计算机为何物。我对计算机的了解仅限于报纸上对计算机的新闻报道。当时绝大多数的大学包括我们化工学院都没有计算机。我们做毕业设计时就用计算尺。那时的计算机都是大型机，别说微机了就是小型机都没有。据说当时北京的高校中只有清华大学有一台计算机。虽说是没有计算机，可各高校都知道计算机的普及已是迫在眉睫的事了。所以各高校纷纷开始普及计算机知识，有的高校还设立了计算机专业。

没有计算机怎么学习计算机？只好是纸上谈兵了。计算机普及课分两部分。一部分是讲布尔代数，也就是二进位制；另一部分是计算机原理。由于是知识普及课，所以老师讲得轻松，我们也听得轻松。虽然老师也留作业，可也没留过什么难做的题。一般同学做起来都不太费劲。

可是谁也没有想到，最后一道作业题给我们每一个同学都留下了十分深刻的印象。老师留的最后一道题是每个同学必须从自己毕业设计的计算中选出一个题目来，计算完后用计算机复核。当时就有同学问哪儿有计算机呀？老师说已经和清华大学联系好了，可以到他们那里去上机。不过清华大学的计算机非常忙，我们必须在约定的时间内完成准备工作和上机过程。这一下子把大家紧张坏了。首先是每个同学都要选出一道题来。在毕业设计中需要计算的东西是非常多的。从开始设计几乎天天都在计算，而且是用计算尺算。由于计算尺的精度有限，所以就是同一道题，不同的人也很难得到相同的答案。如果真能用计算机复核一下自是再好不过了。可此时还有一些东西没算完，我们也只好在已算完的题目中去选了。可选什么样的题目呢？同学们犯了难。选简单了用计算机复核意义不大。可选复杂了吧，不但把它转化成计算机语言也复杂，万一计算机复核出了问题解决起来更麻烦。到那时，就是想找出问题的所在都不容易。因为你弄不清楚到底是你计算出了问题，还是转化过程出了问题。我们组的同学商量来商量去也没有拿定主意。最后只是定了全组的人一定要每人选一个不同的题目来做。我想来想去还是选了一套比较复杂的数据。经过几天的计算数据都出来了，然后再把计算过程翻成计算机语言，再用打孔器打在纸带上。

到了上机的那一天，全班同学都带着自己打好的纸带到清华大学的计算机房去集合。进了机房，我们才第一次见到了计算机。当然也只是见到了计算机的面板部分。这是整个计算机的很小一部分。据说，整个计算机要占整整一层楼还多。其实到了操作室也不能让我们动一下计算机。我们只是把纸带交给操作员，他们把纸带装到计算机上。计算机一开动，纸带就像放电影的胶片一样，由一个轴上转到另一个轴上，同时打印机开动，数据就打在上面了。头一次见到这么个大家伙，谁都不敢第一个试。由于进去的时候我就站在最后面，所以我也没有吱声。老师问："谁第一个来？"

同学们你看看我，我看看你。谁也没有吱声。老师又问了一次："谁第一个来？"

还是没人吱声。老师的眼睛在同学中不停地扫描着，终于停到了我的身上。老师指着我说："你来吧。"

老师点了名，我只好硬着头皮把我的纸带隔着好几个同学递给了老师。老师接过了我的纸带让我走到前面去。他当着我的面把纸带递给了操作员。我知道老师是想让我近距离地看一下计算机。操作员接过了纸带就装到了机器上。我紧张得不得了，都没有看清楚操作员是怎样操作的。只见片刻计算机就开始运作了，一会儿打印机也开始打印了。打印机的机头就像一台老式英文打字机的机头一样，一会儿就打好了。操作员把纸带取下来并把打印好的数据从厚厚的一打纸上撕了下来递给我们老师。老师把数据递给我问："你带自己算的数据没有？"

我说："带了。"

老师说："那就对一下，看是否一致。"

我接过了数据赶快退到外面对了起来。太好了，上百个数据大部分一致，少数不一致的偏差也在允许范围内。我一颗悬在嗓子眼的心总算又复位了。我又走回机房想告老师一声，正在这时，只见安放纸带的轴飞快地转了起来，把一条纸带像蚕吐丝一样快速地吐了出来，落在地上。最后纸带吐完了计算机也停了。老师走过去从地上把纸带抱了起来对站在身边的一个同学说："这就说明纸带上有错误，计算机无法计算，它就给退出来了。你赶快拿到外面去检查一下。如果能改好还可以重新来一次。"

我看见那个同学从老师手中接过了纸带，眼里含着泪花。我赶快帮她把纸带整理好。好在我们有准备带着打孔机，发现了错误可在现场改。她还没有查到错处又一个同学也抱着纸带出来了。我看着她们哭丧着脸在一边检查着纸带，又帮不上忙，实在是不忍再看下去便找了个借口先回学校去了。

晚上回到宿舍一打听才知道，有不少的人的纸带被计算机吐出来。只有少数几个人改正成功的。计算机给出的结果能和我们人工计算基本符合的少了点，一部分同学没有成功，我们挺失望的。可老师却很满意。原来他以为没有人会一次顺利通过的。好在这只是一次对计算机的初步认识。我们的设计还是要依靠自己用笔和计算尺来算。虽然这次利用计算机的成功率不高，我们还是对计算机有了初步的认识。

毕业分配　计划

　　计算机课上完了，正常的毕业设计又继续下去了。由于准备的比较充分，所以整个毕业设计的过程没有遇到什么太大的困难。所遇到的最大的麻烦也就是由于几个人算一套数据而往往是几个人的结果不一样。只要是有一个人算的不同就要大家一起来复核。这样做一是为了保证在计算上少出差错；二也是为了让每一个同学都能把正确的数据算一遍。这样一来有时就不免发生争论，也确实耽误了不少的时间。好在我们小组把最复杂的一套数据用计算机复核过了。因此减少了不少的麻烦。

　　毕业设计很快就结束了。大家对于最后的成绩都不太关心。因为整个设计是集体完成的。虽然有的人做的多一点，有的人做的少一点；有的人承担了较难的部分，有的人承担了较容易的部分；但不管怎么说，总是每个人都有一份，所以成绩相差不会太大。

　　接下来就是毕业分配教育。这个阶段是三年多大学生活最轻松的。毕业分配教育的中心内容就是服从分配，党叫上哪儿就去哪儿，党叫干啥就干啥。到底有哪些单位要人，要几个人，都是哪些岗位全是不公开的，所以当学生的想也无从想起，只好听之任之了。当然完全不想也是不可能的。当时唯一的想法就是别分到外地去，只要能留在北京，分到什么单位倒也无所谓。就我个人的想法当然最好能分在化工厂。在大学生活的几年里没少下过厂：北京第二化工厂、北京第五化工厂、北京有机化工厂、四川宜宾化工厂、等等，还参观过一些塑料厂和化纤厂。我去过的最大化工厂是向阳化工厂。向阳化工厂是当时国内最先进的生产丙酮、苯酚的工厂，看起来确实很气派。总之，通过一系列的实习和参观，我对工厂有了一定的了解，也产生了感情，觉得如果能在化工厂里工作，亲手生产出国家需要的产品该有多好呀！另一方面，那个时代也是工人阶级领导一切的时代。各单位、各部门都有工宣队。工农兵学员到了工厂自算是工人阶级的一员，政治地位也高。虽说我自己并不想领导谁，可作为领导阶级的一员总比成为被领导阶级的一员要好。当时同学之间也很少谈论这些事。因为一是谈了也白谈；二是谈得多了还怕别人说你有想法，不能做到一颗红心多种准备。

那找个什么办法消磨一下时间呢？我们男同学开始打扑克。三年多都没有时间打扑克，现在有空闲的时间了，没事就几个人聚在一起打打扑克消磨一下时光。当然也不是所有的人都打扑克。有的人开始做一些个人的准备。我们班有个男同学是四川人。他和我一样也是复员兵。只不过他复员后没有回四川而是分到了北京的工厂，又由工厂送来上大学。本来从工厂来的同学是最安心的，因为当时分配有一条原则就是从哪里来回哪里去。他们都是要回原单位的。只是像我这样没有原单位的和从农村来的同学才需要分配。我们的心里才有些惴惴不安。没想到他不想回原单位，而是想回四川老家。他一向学校提出申请我们都吃了一惊。因为当时要想从外地调入北京，拥有一个北京的户口是很难的。于是大家纷纷问他为什么不留在北京。特别是我们几个在四川实习的同学都知道，四川的条件是无法和北京比的。他说：他爱人在四川，他打听过了，不管他分在哪个单位都不可能把他爱人调到北京来。与其这样长年天各一方，不如他回去算了。他爱人小杨我们班的同学都见过。她是他当兵时的战友，也是四川人，复员后就回四川了。在我们上大学期间他们结的婚，而且是小杨从四川来学校结的婚。当时就是这样，谈恋爱不成，结婚可以。后来学校还真的同意他回四川了。四川把他分到了小杨的工作地渡口。后来渡口改成了攀枝花市。他知道后挺高兴的，我们也都为他高兴。他马上动手准备回四川。他找了班上的好几位同学和人家换讲义。他的讲义由于保护得不好都比较破旧了。结果把三年多的讲义整整装了一麻袋。这一天他又在整理他的讲义，我走过去问他："你带这么多的讲义多不方便呀？"

他说："你不知道我去的地方可不比北京，是个偏僻的地方。那里肯定没有那么多的材料和书。如果到了用的时候没有就麻烦了。"

我说："那也用不着带那么多。再说这些都是咱们学过的，你重点带一些有关专业的讲义就行了。真的用不着都带，特别是一些基础课的讲义。"

他连连摇头说："不妥，不妥，还是都带上的好。虽说是都学过了，我怕有些东西时间长了会忘的，还是把讲义带上保险。"

我说："你呀，你是宁信讲义也不相信自己呀。"

他说："那是当然了。讲义上写的多明白，我怎么也记不住那么多呀。还有一些是我原本也没有弄懂的。我还是先带回去看看再说吧。"

话说到这里我也不好再说了。看到他还有一些讲义比较旧我就把自己手头上的一些讲义拿来让他挑，他着实挑走了好几本。我又帮他把这些讲义整理了一遍，然后统统装到麻袋里。他比我们都先离校，我们把他送到火车站。他还真把那一麻袋的讲义托运回四川了。

他走的当天，班上的气氛多少有点伤感。大家都实实在在地感到分手就在眼前了。再加上去途不明，有的女同学都快落泪了。我自是没有那么伤感，因为我经历的离别比较多，即使是前途未卜的离别这也不是第一次了，所以我还是比较平静的。

终于分配的时刻到了。这一天的上午大家都集合在教室里。这也是全班除了已经提前回四川的同学之外，所有同学最后一次的聚会。我看得出来，虽然每个同学都想尽量保持平静，可脸上露出的笑容还是有那么一点不自然，就连老师们脸上的表情也透着不自然。

分配的名单宣布了。我被分到了北京航空学院。我感到有点诧异，弄不懂到北京航空学院去我能干什么。不过我没有提出来，因为自己是表过态的,要服从组织分配。我心里有了疑惑脸上就难免有所表露。代老师看出来了。他在会后问我:"你有什么想法?"

我说:"咱们是学化工的,我还是想到化工厂去。"

代老师说:"原来我们也没有想让你去北京航空学院。"

我问:"那怎么把我分去了?"

代老师说:"是北京航空学院把你挑去的。"

我问:"他们怎么会挑我呢?"

代老师看着我笑了一下说:"他们在报需求的时候是向咱们专业要一名党员毕业生。我们就初步定了一位女同学,他们看后表示希望要一名男同学。我们就把咱们专业的男生党员的名单给他们看了,他们就挑中了你。"

我相信代老师的话,可我心里的疑惑并没有消除。我想只能是先到北京航空学院去看看了。我们班有三位女同学、吕惠莲、郭文平、李淑琴被分到了河北省保定市胶片厂,就是后来的乐凯胶片厂。她们曾在那个厂进行过毕业论文前的实习,就是我们去四川宜宾化工厂实习的同时。她们的题目就是彩色胶片的研制,是个非常好的题目。胶片厂也是个非常好的厂,只是谁也不愿意离开北京,离开自己的家。我看到她们三个人的眼圈都红了,可没有落泪,也没有说什么,只是紧紧地闭着嘴。我们班还有四名留校的同学。他们是刘崇朴、刘淑兰、孙玉凤和崔桂英。这是全校留校生最多的班之一。相当一部分同学还是按照哪儿来哪儿去的原则分配的。一部分同学都分到了化工局和轻工局。他们要到局里之后再进行一次分配才能确定具体分在哪个单位。当然化工局的同学大部分要分到化工厂,轻工局的同学大部分要分到塑料厂。小苏、小高、张桃花等同学是从房山县来的,他们回到了房山县。小李和代树清是从通县来的,他们回到了通县。于存胜是从平谷来的,他回到了平谷。还有几个同学被分到了燕化。燕化是

毕业分配 计划

北京市新建的石油化工基地，在我看来他们是幸运的。我们都很纳闷，还有两名同学分到了建材局，都不明白他们分到建材局能干什么。那时的建材主要就是砖、瓦、木、石、沙、水泥什么的。建材局要学塑料合成的学生干什么？后来才知道，原来建材局已经开始和日本合作发展新型的建筑材料。这些新型的建筑材料有相当多的是塑料类的。这两位同学很快就被派到日本去接新设备。从而成为我们班最先走出国门的两位同学。后来还有人为此不平，认为他们是班上学习成绩较差的，可他们竟有这样的机会。我听后很不以为然，什么是机会？机会就不是人人均等的，而且是不以其他的条件为依据的。也许你学习好，工作能力强，你获得机会的概率高一些，可你恰恰没有获得；也许他学习差一点，工作能力弱一点，他获得机会的几率低一些，然而他却实实在在地得到了。这就是现实，也许正是如此的现实才使生活变得更加生动。我就是这么想的。我觉得也许从学习成绩上，工作能力上看他们不如我，但我希望他们比我更幸运。也许我会有比他们更多的机会，可最后我什么也没有得到，但是那我也希望他们能够得到。

名单公布后就告之我们各接收单位的报到时间和报到方式。大多数单位都是指定报到时间，让大家先回家休息。到了指定的时间再到指定的地点去报到。但是分到学校的同学则不然，我们是要先报到然后再回家休息。北京航空学院通知我们第二天就来车接我们。这时我才知道北京化工学院一共分到北京航空学院四名同学。其中基本有机合成专业的同学两名，他们是郭宝兰和许昌平；塑料机械专业的同学一名，她是王英；还有就是我。

第二天北京航空学院的车来了。我们把自己的东西都搬到车上。同学都很羡慕我们。一是有车来接不用自己劳神费力；二是学校让我们带上行李那肯定就是有宿舍了。那时房子很紧张，绝大多数单位新分的职工都不给解决住宿的问题。分到高校就不同了，一般高校都能给老师解决宿舍。我们四个人都上了车，隔着车窗和送行的老师、同学们告别。车缓缓地开动了，当车开出校门的那一瞬间，我猛地感觉到我的大学生涯结束了。我在心里默默地念道：再见了我的大学，再见了我的老师，再见了我的同学们。

16 后面的事 难料

凡人小事三部曲之**我的大学**

　　前面所讲述到的事都是我在上大学期间发生的事，但并不只是发生在校园里的事，也不是我在上大学期间所发生的全部事情，仅仅是留在我脑海中印象比较深的一些事，以及我自己对这些事的感受。当然这些事或许没有给其他的当事者留下什么印象，或许他们与我的感受完全不同，这都是正常的。希望他们能够理解我只能以自己的感受来记述我所经历的这些事。

　　我的大学生活结束了，像所有大学生一样，大学的生活对我们的影响是终生的。只不过我们是特殊时代的一批前无古人、后无来者的大学生，所以发生在我们身上的事也是其他大学生不可能遇到的。当然我们这些人自己也是不曾料到的。

　　我们大学毕业之后两年发生了一件惊天动地的大事。"四人帮"在一夜之间被打倒了。史无前例的无产阶级"文化大革命"戛然而止。这时我已经离开了北京航空学院调到了北京制药工业研究所。我们这些工农兵学员和全国绝大多数人一样走上街头欢庆"四人帮"的倒台。我们庆幸国家终于回到了秩序之中，恢复了本应有的面貌。

　　1977年的秋天高考恢复了。我满心欢喜地去找我们的支书，对她说："我要参加高考。"

　　支书问我："你不是刚大学毕业没几年吗，怎么又想考大学了？"

　　我对她说："大学我是上了，不过我并没有参加过高考。所以我想参加一次高考，试一试。"

支书笑了。她说："我也是学生出身。当过学生的人喜欢什么的都有，可我还没见过喜欢考试的。"

我也笑了。我说："我还真不是喜欢考试。只是我虽然上了大学但是没经过高考，一想起来总是有那么一点遗憾。"

支书见我真想参加高考就对我说："你先准备吧。但是已有10年没有高考了，想参加高考的人肯定不少。我想这次高考的录取率一定很低，你要有思想准备。还有一点就是一定不能影响工作。"

听了支书的话我知道她是为我好。我对她说："你放心我不会影响工作的。对于这次高考我是有心理上的准备的。考上了固然好，考不上我也不会背包袱的。11届的高中毕业生一块参加一次高考当然不会容易。"

支书说："哦，一共是11届，我还少说了一届。你有心理准备就好，你抓紧时间准备吧。至于教育部会出台一个什么样的具体政策，现在还说不好。"

有了支书的这句话我心理有数了。我想不管上面出台什么政策，基层组织这一关总是要过的。既然支书说让我准备就不会不让我参加考试。至于上面嘛已经批判了"文革"中采取的推荐法，认为考试是目前最公平的办法就不会把任何人排除在外的。我回家后开始认真准备高中的功课。原本我上高中时的课本早在"文革"中遗失了。好在我上大学时学校曾补习过高中的功课，虽然我没怎么参加补习，可高中的课本我还是想办法找了一些。有了课本就好办了，定个复习计划复习就行了。看着高中的课本，做着高中的习题，我仿佛又回到了高中时代。只是我不能在白天来复习功课，因为白天我还要上班。晚上复习功课时也不时有一种异样的感觉浮上心头，因为身边多了一个儿子，我已是年过30的人了。高考我可以参加，可我再也不是11年前

265

的高中生了。

几天后，支书拿着一份教育部的红头文件找到我。她对我说："看来你是不能参加这次高考了。"

我吃惊地看着她问："为什么？"

她把文件递给我说："我特地把文件给借出来了，你自己看吧。"

我接过了文件快速地浏览了一遍。我知道这次高考是没希望了。因为文件对参加高考的条件做了明确规定。其中有一条大意是：凡是在"文革"中上过大学的已经是大学生了，不得再参加高考。我看过之后什么也没说把文件还给了支书。支书说："既然上级有规定我们也只能按照规定办。"

我看着支书说："那是当然。"

支书说："照着现在这个形势的发展来看，我想研究生制度也会恢复的。你好好地准备一下，争取考研究生吧。"

不知怎地我自己冒出了一句话："恐怕我没有这个命。"

支书笑着说："别这么说，机会总会有的。"

我只好放弃了参加高考的念头。可我万万没有想到的是，后来教育部又发了一个文件，否认了在"文革"之中入学的工农兵学员的大学生资格。此文一出，立刻在全国掀起了轩然大波。各地有近百万的工农兵大学生走上街头抗议教育部的文件。北京的工农兵大学生还组织起来包围了教育部、劳动部等政府机构。我也参加了抗议。我们单位的工农兵大学生被分去围困劳动部。我们的抗议还是很文明的，没有发生任何冲突。就在我们围困劳动部的第二天，劳动部里出来了一名干部。他说让抗议的人们选出五名代表向劳动部的领导直接反映意见。我们选出了五名代表，我们的要求很简单，就是撤销教育部的文件，承认工农兵学员的大学生资格。我们甚至没有对我们的待遇提出任何的要求。当时"文革"前的大学生的工资待遇是每月55元，大

后面的事　难料

专生的工资待遇是每月43元（北京地区），而我们的工资待遇却每月只有39元，还不如工厂里的二级工。以我自己为例，我当时的工资是每月40元，因为我是复员兵，所以工资比其他的同学多1元。可我弟弟也是复员兵，他分到工厂当了工人，是二级工。他的工资是每月40元2角。他的工资比我还多2角。当时的工资就是这样定的，大家也都没有说什么。凡是被围困的部委都和工农兵学员的代表进行了对话。最后我们得到的答复是领导一定会认真地听取我们的意见，一定会给我们一个合理的答复。在得到了这个答复之后，工农兵大学生结束了抗议活动。我们都回单位恢复了正常工作。我们相信会给我们一个合理的答复的。

很快教育部做了答复，大意是要对全国的工农兵学员进行一次认真的考核。考核通过的承认大学生资格。数、理、化、外文由省市统一考试，专业知识由行业统一考试。教育部还要求凡是有工农兵大学生的单位都要认真地组织工农兵大学生准备和参加考试。当我们得知教育部的答复之后虽然有一部分人表示不满，可绝大多数人还是接受了的。我们开始认真地备考。我所在的北京制药工业研究所的领导给我们提供了很大的方便。但我们还是有一点紧张。我们知道不管什么时候只要是考试，那么主动权就握在设定考试的人手中，参加考试的人总是被动的。考试终于结束了。凡是参加考试的人大多数都通过了。只有少数的人没有通过。当然还有极少数的人由于种种的原因没有参加考试。我就有个同事她正赶上生孩子只好放弃了考试。接下来的结果是大家都不曾想到的。这次考试似乎是什么作用也没有起到。教育部没有再对工农兵大学生发什么文件，只是把工农兵大学生的工资待遇一律提到了每月43元，而且是不管你是考试通过了，还是没有通过，还是根本就没有参加考试。这就是"文革"前大专毕业生的工资待遇。这件事就这样结束了。我们认为是结束了，可实际上并没有结束。在后来的职称评定、干部任用等方面此事都起着有形和无形的作用。就在我的同学工作的单位,有的就把工农兵大学生当大学生使用;有的把他们当大专生对待;还有个别单位索性就把工农兵大学生当工人使用。事情就是这样。一直到1994年,也就是我们第一届工农兵大学生毕业20年后,教育部才又发了一个文件正式承认工农兵大学生为大学生,并要求各高校为工农兵大学生补发新的大学毕业证书。不少的人没有回校去领新的毕业证书,因为此时再关心此事的人已经不多了。不过我还是去领了,虽然它对于我来说已经没有任何实际意义了。

后来我也想过考研究生。可在这时我的孩子已经2岁多了。关键是我爱人也想考研究生。为了能够兼顾到孩子的教育,我们订了个轮考的计划。这第一年她先参加研究生的考试,如果她有幸考上了,我就在家里一边工作一边教育孩子,同时复习功课,等她研究生毕业了我再考研。如果第一年她没有考上,那么就以她为主照顾孩子,我准备第二年参加考研。如果我也没考上,那么第三年她再考。我们准备一直考下去,因为一开始考研时并没有年龄的限制。我们相信,只要坚持不懈终会有人考上的。她很幸运,虽然经过了一波三折,她还是第一次参加考研就考上了。我抱着孩子到火车站送她到外地去读研究生。她上了车还嘱咐我一定要抓紧时间复习功课,等她回来后我就可以去考研了。可我们万万没有想到的是,就在她还没有毕业的时候,考研的政策又变了。考研不再是没有年龄限制了,而我这个年龄的人被排除了。真是人算不如天算,从这一刻,我知道我再回到大学校园的梦想彻底破灭了。也许是因此我更加怀念在大学的那些日子,想念每一位同学,想念每一位教过我的老师。

我到现在清楚地记得同专业的同学有张秀芬、孙玉凤、刘淑兰、闫树春、刘红、李秀珍、陈巧云、张景山、刘崇朴、耿香伟、郭永芝、崔桂英、李凌、于福海、赵增福、刘桂英、张桃花、于存胜、刘景泉、戴树清、高秀英、戈永安、王秀华、刘瑞华、苏维兰、郭文平、李淑琴、刘修元、吕慧莲。

带过我们专业的部分老师有代守振、凌绳、王豪忠、李瑞珊、张黯、周凯梁、夏桂荣、施力田、董汝秀、龙文宝、徐瑞清、徐定宇等。

还有许多的老师教过我们，虽然今天我一时记不起他们的名字了，可我从心里感谢他们。感谢老师把知识传授给了我们，感谢老师对我们的教导。他们不仅是我大学期间的老师，而且是我一生的老师。

人生路上　相逢是缘

17 四十年后 感怀

四十年后　感怀

1974年我们毕业后就走上了工作岗位。同学之间几乎没有什么往来。这倒不是我们同学之间的感情随着走上了不同的工作岗位而淡漠了，实在是大家把主要的精力都投入到了工作中。到了2011年之后，也就是我们入学40年后我已经退休三四年了。我们班绝大多数人也都退休了。我已经当了爷爷。我们班有相当一部分同学都当了爷爷、奶奶、姥爷、姥姥。我们之间联系多了起来。或打个电话相互问候一下，或互相发个短信交流一下信息，再或多或少的约上一些同学和老师小聚一下。同学之间可谈的话题很宽，但大家谈的最多的还是我们共同学习和生活过的那段岁月以及那段岁月给我们带来的种种影响。大家感触颇多。下面我仅摘录几个人的感言：

美好的大学生活，好想再重过一回！

刘崇朴
2015 - 09 - 15

大学生活让我们激动，让我们难忘，成为我们生命里程中最重要的阶梯。

刘淑兰、刘红
2015 - 09 - 15

特殊的年代，特殊的人，完成了不寻常的特殊使命。我们工农兵学员来自基层，走向基层，为祖国的建设事业做出了不可磨灭的贡献。师生情，校友情，永远延续。

刘景泉、戴树清
2015-09-29

难忘的大学生活。难忘的"文革"。教育界奋斗一生。落日夕阳红。健康快乐生活每一天！

陈巧云
2015-09-26

上大学是我人生的一个重大转折点，使我从一个单纯怯懦懵懂的农村姑娘成为一名光荣的人民教师。在大学里我的人生观、世界观发生了巨大改变。我入党了。我永远不会忘记那深深的恩师情。由于我们学习基础参差不齐，老师们耐心细致地教诲。还记得张黥老师在讲台上教授有机化学，施力田老师化工原理的三传一反，周凯梁老师讲授塑料加工工艺，凌绳老师手把手地教我们使用计算尺进行物料衡算，至今仍历历在目。我永远不会忘记那浓浓的学友情。同学之间无私的互相帮助，特别是几位老高三的同学有求必应，热情为同学们解答问题，自己都顾不上写作业。那时，我们风华正茂意气风发，一起在教室认真学习，一起学军学农，一起备战备荒深挖洞，一起编排节目唱歌跳舞，一路高歌去食堂……机遇给了我人生。幸运让我结识了恩师和好友。我感恩生活。美好的大学时光永远铭刻在记忆之中。

孙玉凤
2015-10-01

四十年后　感怀

四十年聚首有感

当年的帅哥靓女，青春热血上大学。

如今两鬓已斑白，四十年后重聚首。

记忆中的许多事，恩师情、学友情让我们无法忘却。

时间都去哪儿了，还没好好感受就老了。

勤恳工作一辈子，满脑子都是工作、家庭和孩子。

时间都去哪儿了，还没好好看看眼睛就花了。

如今也该爱爱自己了，不然就剩下满脸的皱纹了。

时间都去哪儿了，如今儿女已长大。

孙儿绕膝享欢乐，不要忘了抽点时间给自己。

大家都已奔七了，尽情享受生活吧！

无怨无悔一辈子，健康快乐 100 岁。

孙玉凤

2015 - 10 - 02

印象翁冀中同学之中见"老"翁，超然洒脱又轻松。

偏好不走寻常路，品鉴苦乐硕果丰。

张秀芬

2015 - 10 - 03

四十年后的感慨

上大学前，我是北京市房山县长沟中学初中毕业的农村少女。在社会主义教育运动中我加入了青年团，运动后期加入了中国共产党（年仅19岁）。社教运动未结束，"文化大革命"又开始了。我被选为人民公社的打字员。1971年由于工作出色，公社推荐我上大学。当我接到录取通知书时心情激动得难以言表，彻夜未眠，真好像是在做梦。这也是我一生的一个转折点。我当时想等到大学毕业后一定要尽心尽力地报效国家，报效党。没有毛主席，没有党，没有国家就没有我的今天。

毕业后，我满腔热情地踏入了燕山石化企业。我虽然没有被分在生产第一线，但在图书馆也算是一位一线工作人员。我为科技人员直接服务。我参与了图书分类，建立相应的数据库。了解他们的需要，为他们提供科研资料。有时为了一本书、几个复印件或影印资料不知要跑多少地方。我竭尽全力地去采集、购买、求人帮忙。我知道这也是在为祖国的化工发展做贡献。党需要，人民需要，国家需要，我就会努力去做。我绝不会辜负党对我多年的培养和教育。

在毕业三十年、毕业四十年、校庆五十年的聚会时，同学们相聚在母校更是感慨万千。我们谈友情，回忆过去就像回到了昨天，回到了我年轻的时代。真是高兴极了。

虽然相聚时我已是两鬓花白，离开了工作岗位，但每个人都在各自的家庭里发挥着正能量，带好下一代。让年轻人安心工作，这也是在为社会做贡献呀。

最后我再次地感谢母校，感谢老师。愿我们和老师在我们毕业五十年时再相聚。

王秀华
2015 - 09 - 28

学校神圣，老师伟大。

一 叟
2015 - 09 - 15

三年多不平凡的大学生活虽然已经过去 42 年了，但每每回忆起

四十年后　感怀

来总好像是在昨天一样。到工厂实习，到农场学农，在课堂上专心听老师讲课，自习时同学互相答疑，课余时间促膝谈心，平时互相帮助，深深的同学情和师生情……一件件、一桩桩时时在脑海里浮现。

作者是我的同学。他挥毫写下的点点滴滴细腻、生动、感人，是发生在我们身边的真实的故事；是那段历史不可或缺的部分。让我们读着这本有意义的书，回忆着美好难忘的大学生活，快快乐乐过好每一天吧！

李秀珍
2016 - 04 - 29

怀着梦想和激情走进了大学的校门，开始了我人生新的旅程。多姿多彩的大学生活有欢笑，也有泪水。有太多的人、太多的事时常浮现在我的眼前。忘不了和同学同室同眠；忘不了和同学同堂同学同进步；忘不了和同学一起做实验的各种乐趣；忘不了和同学一起学工、学农、学军的社会实践。更忘不了老师的谆谆教导和送我们上大学的人们对我们的殷切希望。

大学是人生的一个里程碑。感谢大学让自己学会了不少知识，而且也成熟了许多，结交了一辈子都不会忘的朋友。这就是我的大学感触。大学的生活真好！

苏维兰
2016 - 04 - 29

学兄你好。自从在校友会上得知你的作品《我的大学》即将完稿让同学们也写上几句开始，1971年至1974年的那段光阴就时时浮现在眼前。回想起那时，"文革"的味道越来越淡了。人们开始尝试找回各行各业的原点。于是停顿了几年的大学招生又开始了。大学招生办学是何等大事。咱们的老师们重新开始身体力行。在当时的环境下，他们不能全搬已有的教学大纲，但是通过他们的努力还是找到了既符合工农兵大学当时形势又可以摸索着办学的最好办法。我们从四面八方来到了让人向往的大学校园。那时我 19 岁，和老师们和同学们吃住在一起度过了学习各种知识的近 4 年的时光。就算我们是那个时代的试验品，我们也是幸运的。当时学校的各级领导和老师们与同学们亲如手足。大家都想找到最好的办学方法。我们就是在这种特殊的年代，在特别的历史背景下走过了承前启后的工农兵大学时光。

"文革"中砸烂的大学从我们迈进校园就开始了重生的希望。招生办法、教材教案、授课方式都与过去有很大的不同。去工厂实习的机会也多了不少。开门办学使我们有幸聆听到华罗庚大师讲授的优选法。在干校学农时，我们还幸运地遇到了《桃花扇》的导演梅阡大师，并请他指导了我们班排演的独幕剧。在校园里，老师们在讲台上下对基础参差又都渴望求知的学生采取了多种教学办法，使每个同学都获得了长足进步。在校园与工厂往返的路上，在教室与车间交融的过程中，我们毕业了。不敢说我们的学习是多么的系统，也不敢说我们的学习达到了多高的程度，在其后的工作中我们或许没有取得什么骄人的成果，也没有获得令人瞩目的社会认可，但是我们在各自的岗位上都尽力了。我们为国家进步、社会的发展尽了我们自己微薄的力量。我们知足了。这就是我心中的大学，也是我最美好的回忆。

刘瑞华

2016－05－19